SOLDIERS
SORTIE

士兵突击

兰晓龙 著

人民文学出版社

图书在版编目（CIP）数据

士兵突击/兰晓龙著．—北京：人民文学出版社，2017（2025.9重印）
ISBN 978-7-02-012335-3

Ⅰ.①士… Ⅱ.①兰… Ⅲ.①长篇小说—中国—当代 Ⅳ.①I247.5

中国版本图书馆 CIP 数据核字（2017）第 025349 号

选题策划	刘　稚
责任编辑	黄彦博
装帧设计	陶　雷
责任印制	王重艺

出版发行　人民文学出版社
社　　址　北京市朝内大街 166 号
邮政编码　100705

印　　刷　三河市中晟雅豪印务有限公司
经　　销　全国新华书店等
字　　数　502 千字
开　　本　710 毫米×1000 毫米　1/16
印　　张　26　插页 2
印　　数　123001—128000
版　　次　2018 年 1 月北京第 1 版
印　　次　2025 年 9 月第 29 次印刷

书　　号　978-7-02-012335-3
定　　价　59.00 元

如有印装质量问题，请与本社图书销售中心调换。电话：010-59905336

《士兵突击》 人物表

许三多
演员：王宝强

许三多的人生经历了"从屁孩到孬兵、从孬兵到好兵、从好兵到一个成熟的人"几个阶段。他的成长之路多灾多难，部队的熔炉让他的人生颠覆了一次又一次。

成才
演员：陈思成

成才一直很顺利，然而他一跌到底，然后他爬了出来。成才自信，目的性强，永远都知道自己要什么，达到目的也不罢休。其实，成才不相信任何人，除了许三多，当他察觉死亡逼近，最绝望的那一刻，他喊的名字是许三多。

史今
演员：张译

史今是温厚的大哥，也是严格的慈母。出身农家，本分而早熟。这个时代，男人渴望这样的手足兄弟，女人寻找这样的臂膀胸怀。利他的人格，让他看起来就是完人。

高城
演员：张国强

出自名门，背靠大树，前途无量。他天生具有领袖气质。爱才惜才，只少点耐心。刚愎自用，却有刚烈外表下的男儿柔情。

袁朗
演员：段奕宏

他要把许三多们训练成"一个人就是一支军队"。他身怀绝技，通透一切，就像一尊神，主导着一切。

伍六一
演员：邢佳栋

心气比成才还高得多，只是他从来光做不说。生正逢时的他留在了"钢七连"，他是那种做刀刃的钢。为了不拖累许三多进Ａ大队，在魔鬼考核接近终点的时候，这个从不服输、永不言败的男人竟然拉响了求救弹宣布放弃。

吴哲
演员：李晨

这个年纪轻轻的少校，家境优渥，学历惊人，性格既有棱有角又通达圆润，把原本格格不入的军人世界和学子风气融于一身，是一个乐观、自信、幽默又坚持原则和理想的男孩。

楔　子

　　一只蚂蚁攒行于它这一系侦察蚁用腹腺分泌物标志的蚁路上,这东西对它的重要就如铁轨对火车头的重要。世界对它像对我们一样是个大得没谱的地方,它的优越性在于它可以靠那些不可复制的碳氮分泌物确定前边是不是它该去的地方,我们则只能靠蜘蛛网一样延伸的交通网络和航班表,自然,我们、我类或者说我辈族群中间也有那么一些人愿意去同类未有涉足的地方,或者是丛林莽荒或者是心灵的纵深,但那类家伙叫作冒险家,就如那类的蚂蚁叫作侦察蚁一样。

　　但我们这只蚂蚁是只兵蚁,褐色族群。无论颜色,兵蚁就如我臆想中"一战"时的士兵,终其一生装在不见天日的闷罐车里,运行于据说安全实则杀机四伏的轨道之上,直到车门打开看见天日的时候……

　　作战。

　　终其一生。

　　好吧,我们的褐色兵蚁不听我们的唠叨,它不安地竖起了触须,今天的空气不大对劲,前边出现了十二只兵蚁的身影——幸好那支小分队和它属于同一蚁城。

　　它跑上前,立刻和领队者开始了永恒不变的互哺和交流。授予者从自己的公共嗉囊吐出流质食物,搓成球状喂给饥肠辘辘的伙伴。我们的兵蚁很想报答以同样的行为,但它力不从心,它要把消息送回去,路还长得很。

　　蚂蚁触角上的十一个节能释放出它独有的费尔蒙,这是它的十一张嘴。十一张嘴同时又是十一只耳朵。

　　提供食物的领队者从兵蚁的第一节触角上知道它的年龄:一岁。从第二节触角上知道了它的军阶:无生殖力狩猎兵蚁。第三节触角指出它的种类和所属蚁域。第四节触角显示了编号和称呼。第五节显示出兵蚁的精神状态:疲劳而激动。第六节用于一般交流。第七节专用于较复杂的对话。第八节只用于和蚁后交谈。第九节至第十一节在战斗时可作为大头棍使用——类似我辈族群中的警用甩棍。

　　……

　　您确定您买对书了吗?是《士兵突击》不是《蚂蚁突击》?

　　我坦白,我也不知道为什么会在"士兵突击"四个字后写上了一只蚂蚁,然后就此敲响了新换的键盘——也许只是觉得声音很爽——然后无耻地抄袭着法国佬贝尔纳·韦尔贝尔《蚂蚁联邦》的片段。贝尔纳·韦尔贝尔试着用蚂蚁的触角来观察、评论甚至改变世界,但是世界让蚂蚁茫然就像让我们茫然一样——蚂蚁的世界是方的,世界的尽头寸草不生,像地狱一样冒着焦化的沥青味……真是不幸,某位侦察蚁的伟大冒险遇上了我辈族群的蚁路:沥青浇的公路,并且就此终结。世界的尽头有毁灭和魔鬼,魔鬼的形态是巨大而柔软的粉红色柱子,有时一个单挑,有时五个一起出现,无论五个还是一个,那只侦察蚁的下场只有一个,成为沥青上肝脑涂地的一个剪影。实际上我不知道这只让哥伦布也要汗颜的侦察蚁如何发出最后的信息,也许只是在粉身碎骨的痉挛中用全部的触角,第一节至第八节,甚至包括第九节至第十一节全力地嘶吼出它的信息:

不要过来,不要过来。世界到了尽头,到了世界的尽头……

五个或者单个出现的粉红色柱形魔鬼……和我辈族群恐怖的东西不大一样……是某个小孩恶作剧的手指头,他抬起他的手指头,上边还黏着那只仍在发送信号的侦察蚁尸体:我又碾死了一只。他心里模糊地说,并且有模糊的快乐。坦白讲,我小时候常干这样的勾当,长大后就像《中山狼》里的东郭先生一样小心脚下,唯恐断送了麦哲伦、伽利略和哥伦布,直到有一天自己也烦了,昂首阔步地走了出去,心里说,死便死吧,这是命运。

书归正传,我们的褐色兵蚁和那支步兵班告别,迅速前往它的蚁城,它第五节触角上激动不安的信息我可以翻译如下:

不对劲。有异味。世界要坍塌,世界在震动。

蚁群的遗传记忆告诉它,那是那只永逝的侦察蚁前辈用全部触角描述过的气味,地狱的味道。兵蚁不知道那是沥青、汽油、钢铁、火药和硝烟的味道,和它不同族类中同一职业的人类的味道。

它所属的蚁城物产丰富,幅员广阔,九百六十万……——#¥%我在说什么?无边无际的方底穹形宇宙向无边无际的两端无尽延伸。它们的蚁后依照此格局构筑了辉煌的蚁城,并且竭尽心力想要模仿出方底穹形的内部结构——徒劳无功,混凝土抹出,非自然形态的方底穹形对还未发现火的蚂蚁们不可模仿,蚂蚁们的精神导师们于是把这种形状作为神之存在的铁证如山。

兵蚁回到了让它觉得安稳踏实的四方体宇宙。然后……

一个巨大的粉红色柱形魔鬼向它压了下来,另一个稍短但更粗的魔鬼加入……

兵蚁被拈了起来,而不是被碾死。

它用全部的触角——包括不具备发送功能的第九节至第十一节触角——竭尽全力地发送信号,并且力图这信号能强烈到加入它这一族群的遗传记忆:

世界在坍塌,世界在震动。别走了,到了尽头……

钢铁味、硝烟味、汽油味,非自然的纤维织物的味道。

魔鬼和末日的味道。

兵蚁在哭泣……不,兵蚁不会哭泣。

第 一 章

许三多抬起一只摘下了手套的手,兴致勃勃看着在他指端上爬行的蚂蚁,他觉得它像他一样,有些不安。

炮弹撼动着这处几十年前修筑的废弃防空工事,撼动着头上的大地,撼动他、成才、吴哲和袁朗,撼动他们不管制式,好用拿来就用的混杂装具、九五短突、九五标准型突击步枪、九五班用轻型机枪、八八式狙击步枪、夜视仪、指示仪、跳频电台、定仪装置、干粮袋、水袋、急救包等一切人类为战争发明的复杂到莫名其妙的专用工具。

成才不看他,吴哲看着他,袁朗瞟着他。

许三多从涂满油彩的脸上绽放出一个笑容:"蚂蚁。"

吴哲:"兵蚁。"

袁朗:"步兵。"

许三多的笑容接近开怀了,以至于吴哲很想说:"笑什么?想炫你很白的牙齿吗?"

许三多:"侦察兵?"

这样专业的问题只能是向他的领队袁朗问的,但是袁朗像以往一样,习惯于让人扫兴。

袁朗:"不知道。"

许三多有点失望,又看了看成才,成才看着头上震动的水管。于是许三多小心翼翼地将手放在地上,让那只蚂蚁安全着陆。

兵蚁发送着震惊和不安的气味信号,它已经无暇辨认被完全破坏的蚁路,向着一个未知的方向跑开。它的气味信号翻译如下:

危险!危险!……不安……迷惘……

许三多用一个远超出蚂蚁视野极限的微笑目送着蚂蚁爬开,然后他的视线回到了成才看着的水管。

水管和它依附的永固型穹顶在又一轮爆炸中不安地颤抖。

许三多看着穹顶,下意识地握紧他的九五标准型突击步枪。

不安……迷惘。

他们用来照明的一点微光也在爆炸中撼动,人影随光影起舞,灰石随爆炸下落。

吴哲拿起水袋微啜了一口,他不比许三多轻松,却试图排解全体的紧张。

吴哲说:"长时间潜伏,水得省着喝。"

老天爱捉弄多嘴的,一发近弹把穹顶上的水管震裂了,水喷溅而出,吴哲还没放下水袋就和许三多、成才几个一道成了落汤鸡。

袁朗没被水喷着,淡淡瞧他一眼,眼神里透着揶揄。吴哲坐在水坑里,放下水袋:"我们现在不缺水了。"

重炮火力精准地再一次落在工厂的废墟上,这已经是最后一次了,战车的履带已经碾过铁轨和砖砾,远程火力已经让它们前进的道路没有看得见的障碍。

但是从看不见的地方,一发火箭弹拖着长长的烟迹飞来,爆炸,断裂的履带从车体后拖出。

潜伏在楼顶的齐桓扔下刚用毕的火箭发射器,他的攻击招来了轻重火器的集射,身边的队友在狙击从战车上跳下的敌军。更多的敌军从围墙外的缺口蜂拥而来,齐桓知道己方一个小分队的火力在这样的阵势下必将显得寒碜。

齐桓喊:"撤退!我断后!"

楼梯已经被自下而上的火力截断,但攀缘的索道事先已架好,队友拍打一下他的头盔,那表示齐桓将掩护他们撤离。

齐桓掏出了一个小型引爆装置,看了废墟一眼,那里有个看不见的出口,是地下那四个人的出口,齐桓的目的是希望他们更隐蔽一点。

他摁下钮。

一次精心计算过的爆炸,炸塌的断壁让那里彻底成为一片瓦砾。

齐桓开始撤退,但他被追射的火力击倒。

敌军的军靴踏过已成瓦砾的工厂。

敌军的战车在其上辗转轰鸣。

被炸开的围墙缺口,一辆八一标志的战车曾在那里进行最后的狙击,现在它已经歪在一边,烟与火在它旁边燃烧,它歪斜的炮口仍指着围墙外的某个方向,那边是被它击毁的一辆敌军战车。

工事里的四个人仍然蹲踞着,姿势未曾变过,而他们藏身的地方已经成了水坑,水坑里的蚂蚁在挣扎和搬家。

战争在一个阴晦的早晨忽然来临了,我方第一防线在傍晚被撕开。鲜血和生命换来时间,敌军紧接着便撞上了各主力军集结构筑的第二防线。

碾轧,撕咬,试探,攻击,就像洪水撞上了堤坝。

伤亡惨重,高强度战争吞噬着双方的人力和资源,胶着,精疲力竭。

复杂的战争忽然变得简单,谁能先行发动第二波有效攻势就是胜者。

头顶上已经安静下来。在一天后,战势便已经推进到离他们很远的地方,这里已经成了后方,许三多看着已经无水可流的水管。

代号沉默。

自战争伊始就保持绝对沉默,在敌军攻击的战略要点潜伏,然后出现在敌军后方。

唯一目标,摧毁敌军指挥中枢,彻底遏制敌军的第二波攻势。

袁朗在用仪器搜索地面的动静,他终于向吴哲做了个手势,吴哲开始发报。

薄雾之下的废墟,袁朗正在帮吴哲拿出装备,除了调频电台外,一具大功率的激光指示器占了相当的体积,那是为给远程精确打击提供定位的。

许三多和成才已经开始警戒,他们尽可能像猫一样轻捷。

他们现在已经出现在敌军阵地的后方,因为处在远程打击范围,地表几乎看不见什么大规模的部队集结,远处仍传来沉闷的炮击声。

雾气袅袅下,瞄准镜里的敌指挥阵地,伪装良好,绝不是我们常见的千军万马抖雄风,说白了它几乎与这个厂区浑然一体,得很仔细才能从一些地表迹象中发现地下的规模。

袁朗和吴哲在架设仪器。

吴哲:"手动引导容易暴露。"

袁朗:"要精确到点,最好不过手动引导。"

连袁朗在内都做着战前准备,吴哲开始操作他的仪器。

普通一兵的许三多仍然没事干,也就是说他在警戒,他从隐蔽点观望着那庞大的厂区。固然是一个一触即发的警戒状态,可许三多的神情多少有些不安,他茫然地看着那庞大的、一半成了废墟的厂区。

许三多是个农村兵,袁朗是队长,这世界上帮他最多的人。带一堆仪器的家伙是吴哲,如果不是这时候他一定开很多玩笑。成才是他的老朋友,唯一还在身边的老朋友。别的老朋友……不抱幻想地说,在这场战争中,他们已经牺牲了。

云层里一架超音速战斗轰炸机呼啸而来,这个投射工具看不出任何的不安和迷惘,实际上它像一个箭头,向目标点投射出另一个箭头。

仅仅在云层外露了几秒钟,而后机首上仰又没入了云层,一个小迎角投弹。

第二个箭头——一个流线型的抛射体顺着飞行惯性仍在推进,它滑近了一段距离,制导头开始检索,然后弹翼弹开,它现在已经确认了方向,开始靠自身的一级动力推进。

苍茫的大地从弹头下一掠而过。

吴哲早已经用激光指示仪精确到厘米地对准了目标,可为避免提前暴露,他不敢开机。

袁朗:"距离二十五公里,二点七个马赫。"

吴哲用一只发抖的手凑上了开关,但是袁朗伸着的手做了个否决的动作。

袁朗:"十七公里。"

吴哲:"进入引导范围了!"

袁朗没动作,吴哲擦擦汗,紧张地看着袁朗伸着的那只手不疾不缓地依次把五个指头全部屈下,那种节奏让吴哲快要窒息。

袁朗："开！"

吴哲开机，肉眼不可见的指示光束照射在他校订的目标上。但他们是在一个光电仪器成林的地方，这样干实在跟明火执仗差不多，一具光电侦测仪立刻向他们的方向转了过来，一队武装的小小人影从隐蔽的地下出口里现身，向这边冲来。

三支枪口向冲过来的敌军瞄准，吴哲仍保持着光束定位，看来把他头剁了也会让引导束一直保持在那个方向。

第一发子弹贴着他的头顶划过。

"砰"的枪声一响，远处那个卧射的敌军扔枪翻倒，成才还击了第一枪。

那边的机枪开始轰鸣，袁朗和许三多仍不开枪，只有成才仗着狙击步枪的远程和精确做弹无虚发的还击。

枪声忽然稀疏下来，因为所有人都听到一个不祥的声音，一个冲在前沿的士兵回望，被成才毫不客气地一枪撂倒。

然后安静下来，打了第一枪的成才似乎也打了最后一枪。

空中高速弹体撕裂空气的声音笼罩了敌军伪装良好的指挥阵地。

那发钻地弹用近千米的秒速飞临了目标上空。弹体炽热，但是弹体里的仪器在做着冰冷的计算。

发现引导束，锁定，一级推进器脱离，二级推进器加速。

尖锥形的弹头在瞬间又加速了一倍，以致周围的景观都成了模糊的影像，它呈一个垂直角照着目标点扎了下去。

击中了，厂房一掠而过，水泥地面瞬间便被穿透，像是纸糊的，影像忽然一片漆黑。

它钻入了地底，但仍在继续，它必须达到事先标定的十五米定深。

一片死寂，近处的人看着地上新开出的一个洞，并不大，还不到一米直径的一个黑黢黢洞口，深不见底，硬点攻击并不会造成太大的进口。

静候的几秒钟格外漫长，连成才也停止了射击而屏息静气地等待着一个结果，毕竟他们花了那么多精力才发出这一弹。

攻击他们的守军也在回望，当沉寂的时间已经远超过常规弹的引爆时间时，侥幸心理就暗示他们这是一发臭弹，攻击他们的人从地上爬起来回归攻击位置，几个人走向那处洞孔试图往里打量。

然后猛然的沉闷爆炸，大块的钢筋水泥从那个孔洞里喷溅出来，大地被摇撼，厂房上还残存的玻璃成了碎裂的晶体哗然掉落，然后钢筋水泥的碎块下雨般砸落在整个厂区范围内。

这只是被波及的地表，真正爆心的地下发生了什么没人看见。

吴哲在震动中扶住快要塌架的激光指示仪，同时开始检索信号。那三个人稳稳地盯着爆炸中奔跑闪避和摔倒的敌军。监视着那一片混乱。

吴哲终于从自己的光电世界里还神,语气激动得有些失常。

"信号源中断!"

袁朗一跃而起:"撤退!"

敌军的反应不比他慢多少,枪声又开始响起,几发近弹铲下了断墙上的砖屑,对手是那类被砍掉了脑袋仍有战斗力的精锐。

"许三多,掩护!"

这个毫不迟疑的命令来自袁朗,并且被许三多毫不迟疑地回应。

"是!"

正在收拾装备的吴哲愕然了一下,但许三多开始还击。

成才纹丝未动,他仍在搜索着威胁最大的目标然后予以击倒。

袁朗:"成才!"

成才:"我掩护!"

袁朗:"你还有用!记得战前你跟我说过什么!"

成才终于从卧姿改成了跪姿,他在跪姿中击中一名敌军,看了一眼许三多,许三多聚精会神在打点射,往下的场合多少子弹也不够用,他得省子弹。

成才:"许三多,我等着你。"

许三多从刚完成的一次射击中转过头来:"啊?"

成才看起来很想揍他,但只是在枪声中跟他比了一个手语,然后追随在袁朗和吴哲身后,前两人已经撤出隐蔽阵地。

许三多露出看那蚂蚁时的笑容,他明白那手语的意思。然后他开始独自一人对付无穷无尽的敌军。

视野中的整个厂区都是在隐蔽推进的敌军。那根本不是一个人能应付得来的兵力,自然,四个人也应付不来。

弹壳从抛壳窗里向外迸射,很快射光了一个弹匣,他装上一个新弹匣,然后往舍弃的仪器里放了一块炸药,他开始转移,被封在这里死磕只有死路一条。

他是转移而不是逃跑,尽力把追击者引离队友撤离的方向。

一辆装甲车在厂区里驶动,许三多在厂区里跃进,装甲车上的大口径机枪将他身边的砖石打得粉碎。

敌军迅速漫向他们方才的隐蔽阵地,爆炸,S1小组什么也没给敌军留下来。

许三多已经逃进这处废弃工厂的无人区,他竭力奔向狭窄之处,以避开那辆穷追不舍的战车。战车终于被卡在某处前进不得,许三多的身影在车间里一闪而没。车上的敌军下车追击,那也是一批极其老练的军人,一个极其默契的包抄队形。

许三多在巨大到空旷的车间奔跑,在车间上空的传输栈桥间隐蔽着攀爬,身下和身后,敌军同样沉默和有序,隐蔽和搜索。几个敌军从大门处包抄进来,几个敌军攀上了直梯,就要上到传输轨道,他已经进退无路了。

许三多决定由连接各车间的栈桥转移往相邻的车间,他快速前进了一小段,怔住,这段栈桥中断了,一段废弃的栈桥,中间间隔了一个人力很难逾越的距离。

人声和人影越来越近。许三多回头看了看。

活捉?

这两个字让他觉得想笑。

许三多站起来,连解下身上负荷的工夫都没有,他持枪在手,全力纵跳。跟找好的落点只差了一线之隔,他下落,消失在这处断裂的轨道之间。

许三多消失了,从栈桥往地面下望是一个让人目眩的高度。

袁朗三个人仍在奔跑,工厂已经成了身后的远景。

"停!"

当头站住的袁朗警戒着前方,吴哲和成才警戒着后方,许三多的努力起了作用,并没人追上来。

袁朗:"核实。"

吴哲开始检索他从包围中抢出的必要仪器。

吴哲:"目标毁灭。我军炮火四分钟后将覆盖敌表面阵地。"

操作仪器的手指忽然停顿了一下,吴哲露出愕然的神色。

"不。"

他用一种发狂的速度操作着仪器,看起来有些失措。

一个敌军在从车间里延伸的栈桥出口出现,他往外看了看,空无一人。

他还试图往前搜索的时候,警报凄厉地响起,搜索的敌军收队回师,他做了最后一个。

许三多僵硬地挂在栈桥之下,两手各握着步枪的一端,步枪的背带挂在断桥一端延伸出来的铁条上,那是他没直接摔下去的唯一原因。

摇摇欲坠的平衡。而且那根铁条已经被陡增的重量压得一点点下弯,枪背带也在一点点下滑,当它滑到尽头时也就是许三多摔下去的时候。

许三多一筹莫展地看着。一颗汗珠先他掉了下去。

我又干傻事了,最好别被战友们看见,他们会笑掉大牙。

又下滑了一小段,许三多在下滑中拼力保持住平衡。

他看着一米多开外的断桥支架,他也许能用腿够上它,一旦够上它他就可以找到一个新支点,把自己解脱出这个窘境。

希望不大。

许三多无声地咧了咧嘴。

但是总得试试。

他试图用脚去够它,那看起来有点像耍杂技,他几乎做到了。几乎,就是主角必然的幸运并没作用在我们的主角身上,在脚刚触到支架时,枪背带也彻底脱离了它的挂点。

许三多平伸着躯体下落,两只手紧紧抓着他的步枪。

结结实实地落地,背部着地,钢盔和背包起了一定的缓冲,但那样的冲击远超出人体极限,许三多在冲击中瞳孔放大,他仍呈摔落时的姿势,也仍抓着他的枪,但眼神立刻就黯淡下来。

我又干傻事了。

在晕眩前,许三多心里如是说。

袁朗和成才蹲踞着警戒,两者目光交会,成才的眼神冷漠甚至带着点仇恨,袁朗知道那是为了什么,但他的目光移向吴哲。

吴哲已经得出他的结果,颓然坐在地上。

袁朗:"情况?"

吴哲:"敌军……敌军指挥能力仍然存在。"

袁朗:"说清楚。"

吴哲:"他们的备用系统开始启动……总部通报,是在 G4 军港。妈的!他们的备用系统在某艘军舰上!"

袁朗淡淡地道:"真行。"

他在想。成才忧伤地看着地面,吴哲绝望地看着天空,像个瞎眼的先知。

吴哲:"敌军将先于我方发起二次攻击。"

水流在水稻田埂间喷涌,泥鳅在一个农民设下的笆箩牢笼里欢快地跳动,那是许三多的幻觉。

一个重伤的士兵躺在工厂间的废垣间动弹不得,身周是二次集群轰炸的炮弹呼啸,世界被撕裂,这才是许三多的现实。

那双没有焦点的眼睛在震动与撕裂中无动于衷,他望着被炸裂的水管,水管里喷涌出的水花在身下聚成了一个小小的水塘。

在他的心里有人在嚷嚷。

全连都等着你呢!班长又挨训了,都是因为你不争气!

许三多用了很大的力气挣扎出一个苦笑。

"我没有……我努力了。我只是累了,休息一下。"

挣扎,在水坑里竭力想抬起自己的半个身体,然后又摔在里边。

他倒下,在他的眼里能看到的是一双农民的赤脚从稻田的水流里提起,跑开。

再挣起,再倒下,身下的水花溅起,那双农民的赤脚也在溅起水花。有人在他心里嚷嚷,许三多熟悉这个声音却不熟悉这句话,那来自他的父亲许百顺——我们心里也许还有点遗传记忆的残渣。

"我又有儿子啦!三个!三个都是儿子!"

许三多再次倒下,这回用尽了全部剩余的力气,他半个涣散的脸孔埋在水坑里。

"爸爸,大哥,二哥,你们好好活。"

那双农民的赤脚从水洼里跑开,那还是二十多年前的事情。

水花四溅中许三多的父亲许百顺跑开,只是一个很难看到张狂的背影。身后是郁郁葱葱的南方水稻田,身前是郁郁葱葱山林掩映下的山村。

水沟里许百顺刚用竹篱拦住了一笼泥鳅,泥鳅和鱼在水花里蹦跳。

田边的大喇叭正在嚷嚷:"许百顺,许百顺,还不回来?你的闺女要生啦!"

许百顺对着喇叭还击:"是儿子!"

许百顺跑开。一个人,一双泥腿子急匆匆从街面上划过。许百顺跑动的时候很像老鸭划水。

那年我出生,爸爸扔了水稻田里的活往家赶,刚捞的一塘泥鳅让人摸了个精光,以后一到我的生日,爸爸就说:"可惜了那塘泥鳅。"

村主任抱着一岁的成才在村中空地上,那样子很招摇,有种天赋人权的自信。

"百顺,回家生儿子呢?"

"谁知道是骡子是马?又不是我生,老母鸡天天抱窝,女人家就得生儿子,我不急!"

知道百顺不急的村主任很悠闲:"我儿子名起好了,叫个成才,以后准定成才。"

许百顺心不在焉地哼哈。

村主任爱抚他七斤四两指定成才的儿子,可抬头时许百顺已一摇一摆晃地去远了。

"不说不急吗?!"

"不急!小娘养的急!"于是小娘养的许百顺跑没了。

第 二 章

　　许三多的家乡无疑是个小村子,小到一根香烟跑到头的村子,一家喜事就是大家喜事,死头牛马便是全村人的重大议题。

　　大家伙儿齐拥在许百顺家门口,直教个水泄不通,屋里终于传出一声婴儿哭声,人群便齐齐轰出个"好"字。许百顺后来者居上,连钻带拱地往里冲锋,肘扒脚踹。绰号"老地主"的老头吃了痛,恨恨回头。

　　"后生仔,少看路边的是非,心思要用在田里。"

　　许百顺正准备恭谨地回答,却忽然想到了比辈分更重要的成分:"是我生儿子呢!——你啥成分?你逃亡富农来教育我贫下中农?"

　　老地主立刻恭顺下来:"是,是……"

　　他忽然想到成分现在未必重要过辈分:"你叨叨啥呢?四人帮都打倒啦!你以为你准就生儿子呢?!"

　　这事上许百顺是不大自信,横瞪一眼便进了屋门,没一会儿屋里传来一声变调的欢呼。

　　"是个儿子!"

　　再出现时许百顺变得趾高气扬,他没忘了尽可能蔑视地看看老地主。

　　"又是个儿子!名字想好啦!叫个许三多!——我许百顺生了三个!三个都是儿子!——这么多儿子!毛主席万岁!!"

　　大家稀稀落落加条件反射地跟着嚷两句,许百顺在得意,后头一阵大乱,一乐和二和抱着个大放哀声的包袱出来献宝,被许百顺连踢带踹轰了回去。

　　从今后的村中央空地上经常会有两个成年男人,一个是村主任,一个是许百顺,每人手里还抱着一个小男人,许百顺身边又站着一乐和二和两个小男人。

　　那表情属于男人间的抗争,写足了谁也不服谁。

　　爸叫许百顺,那意思是百事都顺,可爸三十多岁的时候发现他百事不顺,从此后爸凡事都跟人一争高下,争得自己更加是万事不顺。

　　这种对抗对十来岁的一乐和六岁的二和无疑有些枯燥,两人交换着眼色想去开辟个活跃些的战场。一乐的耳朵被许百顺揪住,二和屁股上也着了一脚。

　　于是就待着,许家的四号男丁终于对成家的两号男丁取得了数量上的优胜。村主任和他注定成才的儿子开始作战略转移,许百顺脸上的惬意只能称之为胜利。

　　几年以后了。

11

村口的喇叭正广播中国人民解放军对越进行自卫反击战的社论。许百顺拖着他的三个小子走过,我们不妨把这四人行称之为展览。

目标是村主任家,本村最堂皇的一栋建筑,但再过些年会成为最没有市场经济特点的一栋建筑。这是它的命运。

但是现在村主任坐门口,吧嗒着烟锅子。小成才在摇篮里,有人照顾着。

许百顺站门口,左牵一乐,右擎二和,背驮三多,尘土飞扬,坐没得坐水没得喝,较量的时段已经过去,现在许百顺对村主任恰似求地主的长工。

"村主任,给句实话,这战打多久?能不能打出个八年十年来?"

村主任这时就有些官威:"干吗要八年十年?"

许百顺盘算,他已经盘算过一万遍,这是在人前的第一万零一遍。

"一乐十三岁,还几年够兵龄,我想他参军。"

村主任一翻眼:"打完咧,小半个月就打完咧!"

许百顺的脸上写足了震惊和失望,那几乎不是一个中国国民该有的表情。

村主任接着说:"我跟你说啊,以后呢,该种地的种地,搞生产的就搞生产,咱们就搞建设了。再过些年就二〇〇〇年啦,二〇〇〇年就啥都实现啦!"

许百顺仍执着着:"我就不信,我家里三个总得有一个能当上兵。"

他心不甘情不愿,拖家带口地回去。此时的中国有很多地方等着男子汉们去流血流汗。

——男子,年轻力壮抢得动锹也拿得起枪的男子,在中国似乎永远是一个光宗耀祖的话题。

又几年以后了,改革开放,但对老许家来说并不是一个快乐的年份,母亲的遗照在桌上,墙上褪色的毛主席像和桌前的香烛配得有点不伦不类。

许家哥仨一条线站在桌前,过于严肃,除了一乐之外那两位并不懂得亲人逝世的悲伤。许百顺是懂的,许百顺坐在桌前,一个强压着哀恸的中年男人,他离垮掉也就差一步了。

但是许家哥仨的注意力全在许百顺从口袋里掏出的钱上,一张一块上又加上一块,稍犹豫一会儿,又是一块。连一乐的悲伤都快被这笔巨款惊没了。

"你们的妈去得早。她说,咱儿子要当兵,那个有出息。"

许百顺断了一会儿,然后把那笔巨款交给一乐。

"一乐去当兵,去了县城,先吃点好的,查身体别刷下来。这两崽子带着,给他们先长长见识。"

一乐兴奋得几乎提前来个军礼,许百顺一声叹息肝肠寸断,叫他的军礼只敬出一半。

"要长出息啊!"

又几年以后了。

许家没大变,死样活气地仍活着,仍是那个景,但家具已经换了些,母亲的遗像也已撤去,父亲的脸上已没了伤悲,但多了些苍老。

许家哥仨仍是一字横列。一乐干脆是没有穿鞋,一双与泥壳子无差的鞋扔在一米开外,一双泥泞的左脚搓着泥泞的右脚,显然,他没当成兵。

二和叫人觉得无望,花过头的衬衣所有扣子不用,只在下端松松地打了个结,绝对过气的喇叭裤腿,虽是九十年代,他似乎是在学着七十年代港台马仔的过气装束,那源于随经济而开放的文化。

三多十二岁,基本是个傻子,一直紧张地盯着他的父亲,下意识地用衣袖擦着鼻端,那份紧张绝大多数是父亲手上的毛竹板子吓的,板子光滑且宽厚,从一乐到三多身上都有相对的印痕。

幸而许百顺放下了板子,而掏起了口袋。

这回出来的是一张十块,当不上巨款了,许百顺自己也是有点漫不经心,死马当作活马医。

"二和不学好,就该上部队练练。一乐押着去,三崽子好狗运,一块儿跟着去。"

二和很不屑地去接,许百顺一板子对那爪就扣了下去。

又是几年了。嗯,如果看书的家伙二十多岁,跟您的几年前贴近了。

许三多终于长大成人,今年十九岁,少了些傻气,多了些憨气,衣服明显是捡前两位的,但还洁净。他的眼神相对清澈,这可能是与一乐、二和最大的不同。

许家哥仨再凑不齐,一乐蹲踞在屋角,那完全是一个小许百顺,二和干脆缺席,只有一条磨成渔网一般、缀满贴花的牛仔裤扔在椅子上,显示着二和仍然存在,并且肯定与军队无缘。

但许百顺仍坐在原来的位置,许三多也仍站在原来的位置,这像是这个家族旧有关系的最后一丝维系。

许百顺这回拿出的是一张五十块以及相对的长篇大论。

"家里穷,也不知道生你们仨干吗?你龟儿子最笨,笨得庄稼活都不会干,还得防你跟老二学坏。你去当兵,当兵省钱,没准复员时还能闹个工作。拿去。"

许三多摇头,说一句话会要了他很大的勇气:"我不要钱。爸,当不上兵我还念高中行不?"

许百顺二话没说,钱放在桌上而去拿一边的毛竹板子。

于是许三多撅了起来,撅起了屁股。

二○○○年还没到,他们什么都没有实现,而许百顺的理想已经串味。

于是为了响应父亲,许三多开始卖力地惨叫。

许三多从医院的屏风后出来,一边揉着屁股一边系着裤子,他身边的年轻人都是同一般难堪而又痛苦的表情。从他们劈了胯似的步伐自知被检查了哪个部位。我们的人生通常都要迎接几次这样的检查,不管镇医院、县医院、市医院或者某某总院,总是在一间并不干净而且狭窄的房里,一群不知前途的年轻人衣不遮体——遮了也马上就要脱掉——交换着难堪的神色。

许三多是在县医院做征兵前的体检。

他从医院出来时仍是茫然,若不是一乐拉了一把就要走错方向。

士官史今和另一名士官从外边进来,很自然向门前的尉官指导员洪兴国敬礼。

"太……太神气了。"

许三多看傻了眼,下意识摸摸额际。许一乐一脚踢了过来,伴之压低的嗓门。

"表现一下留个印象!"许三多捂着屁股转身!

洪兴国、史今几个扫了这俩乡下人一眼,进门。

许一乐气不过:"我说你想不想当兵?"

"不想。"

"那你来?!"

许三多下意识瞧瞧那几个军装的背影,那对他是另一个世界,完全的新世界。

"刚有点想。"

"滚!"

那就滚,滚没几步许一乐就瞧见路边小摊有裸体画片,立刻便神情古怪走不动道。

"那五十呢?"许一乐做了一个斩钉截铁的表情,"你去买。"

许三多明白要买什么时就吓了一跳:"你去!"

"我三十几的人了,怎么好意思?!"

"我才十九!"

十九,外加十九岁还没跟人打过架的懦弱,许三多活该被推上前,头颈骨折断了一般,对着大致方向伸出了手。

"买……买……买……"许三多抬头看一下摊主,看一下那物事的大致方位,迅速又垂低了头,"那个。"

噼啪地痛打着,许百顺显得很快意。

地上散着那些画片,许三多横着趴在长凳上。

许一乐被推过来,许家自小奉行棍子即教育的方针,早已成年的许一乐也只敢形式大于内容地挣扎两下。

许一乐:"我都三十好几啦!"

"三十好几!你给我带房儿媳回来!这玩意会生儿子吗?——脱!"

板子在许一乐屁股上重响了一记。许一乐咬牙瞟着许三多:"他怎么知道的?"

许三多:"我还他四十块钱,他问那十块是怎么花的。"

许一乐愤怒地瞪许三多一眼,转开:"你怎么不打他?!"

得了提醒的许百顺开始左右开弓。

许三多在一片熙熙攘攘中揉揉屁股,在爸身边的砖块上坐下。今天赶集,他们在卖茄子,却显然不如旁边老地主那一拖拉机西红柿的生意好。

永远不顺的许百顺便只好对许三多发着狠:"回头咱也种西红柿!"

老地主:"你今生就是个不赶趟。怎么着?老三这回也招不上兵吧?"

这可是许百顺的大忌:"谁说的?这两天就有消息。"

"你今生就是个面子大过里子。想要的人早通知了,然后军队来人家访……"

几个买西红柿的一下让扒拉开了,许百顺跳到了拖拉机上。

许百顺:"谁通知的?怎么没通知我?"

老地主:"村主任呀。"

许百顺立刻成了好斗的公鸡,脸红得如脚下踩烂的西红柿。

县人武部的212在山路边停下,指导员洪兴国拧开军用水壶的盖喝了口,又浇了点水在头上,他把水壶递给史今,史今也是一样照办。

浇上身的水立刻蒸腾成了热气,都已经很累了。

层层叠叠压在头上的山让史今看得有些茫然,他是平原上来的人,但想起某些生于斯长于斯的战友,茫然也成了茫然的笑意。

史今:"这里出的兵越野和山地都拔头筹,因为是个望山跑死马的地方。"

洪兴国只是皱着眉算计:"下榕树两个,大湖乡二十个……"

人武部派的司机也是退伍兵,说话极求精确:"下榕树十一华里山路,大湖乡三十九华里公路,那是大镇。"

洪兴国:"绝对看不完。三班长分头吧,下榕树你去。"

史今:"指导员,我只是个班长。"

洪兴国:"实用主义地说,你看兵的眼神比连长都毒。"

史今不会表现得雷厉风行,但也绝不磨叽,一骗腿儿就下了车。

洪兴国:"六点半在这会合。"

史今敬了个礼就往山上开步了,大概用了两秒钟辨别方向。

司机刚反应过来:"那可是十一华里山路!"

史今也没停,只是淡淡一乐:"我是步兵。"

司机只好回头跟洪兴国牢骚:"他不认识路!"

洪兴国也是淡淡一乐:"他是侦察连的步兵。老陈?"

他拍了拍司机的肩,那是开路的意思。

这里也有辆车在紧赶慢赶,驾驶座上的老地主让开足马力的拖拉机引擎震得牙关直打战,一辆拖拉机居然也上了超车道,如同一支随时要折掉的离弦之箭。

车斗里的许百顺猛拍着老地主头上的车篷大吼:"加速加速!"而许三多默然地看父亲吼着,追赶他这不肖之子的命运。

老地主也大吼,那倒不是因为焦急或愤怒,纯为了那要老命的劣质引擎。

"再加成两截啦!你家着火啦?"

"你不懂!那村主任有个儿子叫成才,成才这小子今年也要参军!"

屋里满当地挤了人,大部分是村主任家的亲戚,史今汗流浃背坐在中间,应对世故似乎比应对冲锋更为费劲。

"我必须向大家解释,家访并不意味入伍,它也是整套招兵甄别程序的一部分……"

可似乎大部分人关心的不是这个。

"那你这士官到底算是兵还是官啊?"

"坦克跟拖拉机是不是一个开法?"

"你一月挣多少?"

史今发现他如果把这些问题都回答完就不再像军人,而像一个姑婆,所以只好艰难地正襟危坐,那并不合他宽厚的本性。

村主任有点发急:"喂,你们!人解放军同志是来家访我家成才的,不是让你们问的!"史今连忙点头。村主任接着对史今说,"你问你问。成才你说你为啥想当兵?"

史今:"你父亲说你是考得上大学的,可是选择了入伍。你为什么……"

成才没给他机会问完,干净利落地站了起来,挺精神的小伙子,从眼睛到身板都透着伶俐。他是个人精,但这种人精的气质也许太外露了一些。

"从小我就有一个伟大的理想,那就是参加光荣的中国人民解放军!遥想当年,长征、抗战、三大战役,南昌城头燎起的星星之火烧遍了整个中国!今天,穿上神圣的军装,接过前辈的钢枪,我热血沸腾,难以自已,保卫祖国,保卫人民,成为百万雄师中的一员,如融入大海中的一个小水滴……"

那有点文不对题,确切说是在过于流利地背诵,史今莫名其妙地看着他,不知犯了什么错引发出这样的一番感慨。成才恭敬谦和,诚实加无辜,史今看不出任何结果,只听见周围一片不绝的赞声。

史今只好点了点头表示听到,于是赞声也就越发地清晰了。

"成才这小伙子就是行,跟他爹一样是做大事的。"

"就是,打小就透着灵气。"

村主任脸上荣光绽放,情难自控下开始鼓掌,这一下就带起一片掌声,掌声渐歇时村主任觉得有些不对。

许百顺跟人多大仇似的在一边瞪着。村主任跟人多友好似的贴近。

许百顺从牙缝里迸出一个"日"字来,很没外交风度地走开,许三多蔫头耷脑地跟着,跟成才比真是云泥之别。

史今很奇怪:"他是?"

村主任:"村民。"

史今只好不问:"我还得家访您这村的许三多,您能给说个路吗?"

村主任脸上堆足的笑立时二去其一。

许百顺拉着许三多一股脑扎进院子,便开始嚷嚷:"一乐去买酒!办菜,要好点的!"

一乐要死不活的,没什么动静,二和倒正好从屋里出来。

"死剁了头的还知道回来?在家待着,待会解放军来了大棍子打晕也得留住!"

二和挠着屁股:"什么解放军?"

"就是龟儿子的前程!"

许百顺打许三多,那形同招呼:"龟儿子跟我走!成才小子一惊一乍的,蛮有名堂,这玩意得找你老师学会了!"

他冲出门,许三多本能地跟在后边。

史今从村主任家被一班人簇拥着出来,一边忙不迭地谢客。

"不吃饭,绝对不能吃请,这是明文规定。村主任,您指个道就行了。"

村主任:"嗯,下山这边近。我送您。"

史今温和地坚持着:"我是说许三多他家。"

村主任:"……村西口那家,这都能看见。"

他想的是什么恐怕连史今也都知道,这让他有些恼火:"都回啦!跟着干啥?"

被殃及的亲朋好友们终于在门外却步了。史今只好公式化地微笑。

"再见。谢谢。一有消息会马上通知你的,成才同志。"

成才在最后时刻仍一直抖弄着乖巧:"我会一直等着!"

史今因此又仔细看看成才,成才并不回避,他目光里有热切的东西,但未必是史今希望看到的那种热切。

史今点点头开步。

村主任看看成才,又有点郁郁寡欢看看史今,终于不放心地跟上。

一个乡村老师清寒的住处,窄小,有几件家居必需品、书和教具,画好了化学元素周期表的小黑板斜靠在墙上,桌上却堆满了待改的语文作业,这地方的老师必须学会凑合和身兼数职。

老师是个瘦削的中年人,正被许百顺逼着伏在桌上疾书,许百顺急切地等着那东西完工。许三多正敬畏地看着架上的旧书,书并不多,但足以让他这样出身的人因向往而生敬畏。

老师的笔忽然停了下来,与文思无关,有些话他不吐不快。

许三多恭敬得过了头:"马老师。"

"你想当兵吗?"

许三多嗫嚅。

"你没学完该学的课程,可我想说,换个地方……"

马老师看看旁边的许百顺,也许该说换个父亲,可读过几天书让他只能无力地苦笑。"换个老师,你不比大城市的孩子差,这不怪你……不,不,我只是想问,你真想当兵吗? 你合适当兵吗?"

许三多慌乱地张望了一眼,然后又看回自己的脚面,绝不可能从他身上看出任何军人的气质,而且那一点点蠢蠢欲动还被许百顺一巴掌拍了回去。

"这么大件事哪等他来想? 老师写得了没?"

马老师画上了最后一个句号,把笔帽盖好,他并不太想跟许百顺面对,站起身出去:"你们就这样……抢走我一个又一个学生。"

许百顺不会在乎他低沉苦涩的声音,所以那完全是马老师说给自己听的。许三多倒像被刺到了,一下子抬起了头。

"老师,我想上学。"

马老师却已经出去了,没出去也未必听得到他蚊子似的声音,许三多现在面对的只是一个正拿张纸左看右看的父亲。

许百顺伸手把那张纸递过来:"快背!"

虚掩的门被史今敲响两声,然后村主任老不客气地一下子推开了。院子里空空荡荡。

史今:"请问许三多在吗?"

村主任:"不在。我跟你说,这家人见天就在外边忙活小买卖,哪有我家成才对部队的热情。"

许二和趿拉着鞋出来,上身衣服极瘦,下身裤子极花,似足港台片中街头马仔,对服装一向拘谨的中国军人来说如同洪水猛兽。

许二和:"干吗干吗?"

村主任:"部队上的同志来家访你们家老三。"

许二和恍然大悟:"原来吵吵半天就为个当兵呀?"

掉脸就回了屋,把个史今噎在那儿。

村主任高兴地道:"你瞧你瞧! 就这觉悟! 你就先回去,这家访我来就成了! 都是代表国家嘛!"

史今看看表:"我等。"

许一乐拎了酒肉冲进来。

史今:"您好……"

可是许一乐的怯场比许三多好也有限:"你坐啊?"

掉头便进了乡下人叫柴火房的厨房。史今只好继续呈立正姿势戳着。

锅碗瓢盆开始热闹,本地人嗜辣,史今也被那股铺天盖地的辣味呛到眼泪汪

18

汪仰望苍天。

村主任:"解放军同志不吃辣呀？哪儿人？"

"河北。"史今在一个大喷嚏下喷出下边的话,"——定县!"

村主任同情其实更得意地拍拍他说:"可委屈你啦,要不上我家等……"

许百顺和许三多爷儿俩终于从外进来,乡下人走路从没有抬头的习惯,仍在那说自个的。

"都背会了？"

"我想上学。"

许百顺一巴掌甩过去:"那是虚的！你现在实实在在谋个前程！"

好吧好吧,他总算看见史今和村主任,愣住。

"这……这……来啦？"然后忽然冲着屋里惊乍,"加红的,要大红,让解放军同志尝尝咱这就叫个地道!"史今吓一大跳。

村主任:"人家不能吃请,是规定。"

许百顺:"屋里的,关炉子灭火！大家先一块儿饿着!"

史今又吓一跳:"这可别。"

许百顺:"那怎么办？这哪是吃请？现在是吃饭的时候啊！我家里吃饭,你就手坐会儿？行不行？"

史今无奈,许百顺百忙中给村主任递过去一个得意的眼色:"屋里坐。"

史今实在怕辣:"就这,这空气好。"

他只想快做完该做的事情,向许三多伸过手去:"许三多同志吧？"

许三多立刻开始紧张,一紧张就狠狠地干吸鼻子,拿袖子狠狠蹭了两下,转过半拉身子,拿屁股正对了史今。许百顺一个巴掌又把他打了过来。

村主任笑得得意:"百顺,这孩子都让你打傻了。"

"没傻。"许百顺为证明没傻,所以又来了一下,"把桌子搬出来。解放军同志来家访你,解放军同志想在外边吃,你龟儿子还不勤快着点？"

许三多已经进了屋,只好让史今报之以望尘莫及的眼色:"我想跟他谈谈。"

许百顺:"跟我谈。我也是当过兵的,那突刺也是学过的。"

村主任:"你那叫民兵。"

许百顺:"我那叫全民皆兵!"

他开始张牙舞爪,手里拿的虚拟物是一把镐头。

"预备！用枪！防左,刺！防右,刺！"

许百顺卖力之极,他期待一个赞扬,这连史今都看得出来。

"老前辈的功底真是一点没扔。"

许百顺乐了,现在他找上了史今:"防左,刺！防右,刺！"

穿着军装的人尤其不喜欢跟百姓动手动脚,史今生硬地挨了好几下,终于忍不住闪开,许百顺看着村主任得意的笑脸,忽然发现自己做错了事。

村主任:"百顺的功底可真是一点没扔。"

许百顺脸涨得通红,想回嘴,又想给史今道歉,但此时此地他不好回嘴,他也没有说对不起的习惯。

一阵令人牙酸的摩擦声,许三多拖着一张大桌,顶着几张凳从屋里出来,这是史今的期盼,也是许百顺的救星。

几乎在这同时,许百顺一脚踹了过去:"叫你搬!拖呢?桌子腿要不要了?"

牵一发动全身,许三多披挂的什物落了一地。

史今在叮当二五的撞击声中苦笑,他发现他的家访真是进行不下去了。

桌上的一片红辣椒色中,许三多筷下如雨,许百顺频频举杯,史今的苦笑已经频繁得让脸上出现了两条笑纹。

村主任不吃,也不喝,他旁观,并意识到事情正朝他希望的方向发展。

许百顺:"吃呀!当兵还有怕辣的?"

史今:"我不怕辣,我……敬您一杯。"

许百顺美滋滋地接受了:"我家老三不错吧?"

史今看看至今未跟他交流过一字的许三多,后者坐得低,只能看见一个晃动的天灵盖,同时精确地挑选着菜中的辣椒。

史今:"挺好。可是老前辈,有句话还得先跟您说。这么说您千万别介意,我团正在加速机械化进程,冲击速度每小时几十公里,空地协同,要掌握的可不只是开枪……对兵员的素质和反应能力要求很高。"

他看看许三多又看看许百顺:"我这么说您明白吗?"

村主任:"他明白。他不明白我回头跟他说明白。"

许百顺闷头吃喝。

史今:"我们连就打算在近年实现全高中连,许三多同志可惜是初中毕业……"

许百顺闷头吃喝。

"我这么说您明白吗?"

村主任:"明白明白。"

许百顺终于抬头,拿了杯子跟史今要碰,史今只好接住。

"知道为啥非得跟你喝酒?"

村主任:"为你儿子当兵呗。"

史今只好摇头:"那不是,老前辈自有前辈的情谊。"

许百顺瞪着眼,祭出了他的厚颜和心计:"怎么不是?就是嘛!就是想把龟儿子交给你嘛!他没出息,不会种地不会发财,胆小,连杀猪也不敢看,可他听话!听话就好使唤对不对?"

史今不好说是也不好说不是,只好低着头发呆,这就势必和许三多对眼,他忽然发现这个人的眼神并不像他以为的那样混浊,慌乱下隐藏着一股热切,他吃,也不是因为馋嘴而因为窘迫。

许三多发现被人注意时就立刻又埋头在菜碗上,对着它们他不犯紧张。

许百顺:"你带他个三两年,他就出息了。你就把这龟儿子给成全了——这话实在不?"

史今:"实在。"

许百顺:"当兵讲个实在,这么实在的人你们当然得要。你看看他,看看他……"

这一看就看得怒从心头起,恶向胆边生,只能看见许三多忙碌的筷子,听见咀嚼的声音。

许百顺:"龟儿子!"

许三多被喝得跳了起来,拼命想咽下嘴里的食物。

许百顺:"今天争的是你将来的活路呀!还在这吃吃吃!"

"你看这龟儿子,他没出息,我想盖房,他一口就吃掉一块上好红砖!为啥叫许三多?因为打出娘胎,我就看他没出息!生一个是儿子,生两个还是儿子,生三个就只能是龟儿子!——瞧这缩手缩脚的样!"

紧张之下,许三多被生噎出个干嗝,这如同信号,许百顺暴怒之下一个巴掌摔了过去。

史今终于站了起来,看着那位父亲和儿子撕扯,他后悔这趟家访,又对那个弱者充满同情,他想分开他们。他看看村主任,村主任隐约地微笑着,一副司空见惯的表情。

史今:"老前辈,听我说!"

许百顺终于停下了手,看着他。

"我……能不能单独跟他谈谈?"

许百顺犹豫,儿子的那张拙嘴大家有数。

这是件事,它有原则。你我说了都不算。

许百顺看看儿子,目光里饱含着来自一个父亲的忧心与威慑:"说你想当兵。"

也许一生中许三多也难得看见父亲这样认真的表情,他刚被打成欲哭不哭的状态,怔怔地看着父亲出去,而史今看看站在一边的村主任:"我想单独谈。"

现在院子里只剩下史今和许三多两个人,前者严肃地看着后者,并不打算掩饰同情,后者手足无措,也不知在擦眼泪还是鼻涕,刚才那顿揍给他带来的羞辱远大于痛苦。

史今倒了些水递给许三多,许三多犹豫一下接过,然后史今听着水流在对方喉咙里发出的声音,他想着措辞。

许三多带着哭腔:"是他自己要生的!儿子越多越好,他一生就是三个!生我那会儿他恨不得在大喇叭里广播,瞧我,三个!三个都是儿子!"

史今在苦笑:"我知道,小兄弟。"

许三多仍低着头,也不知在脸上胡噜什么,他对称谓的改变并没什么反应,

21

就如对儿子和龟儿子的差值并不在意。

"想当兵吗,小兄弟?"

许三多终于有点反应,偏着头看着院门外,父亲和村主任都站得很远,但是都保持在可视范围。许三多看着父亲的背影发呆,"想。"

"为什么?"

"当了兵,爸不会再叫我龟儿子了,他踢不到我打不到我,叫我什么,我也听不见了。"

史今安静地看着他。

许百顺和村主任各看着一向层层叠叠的远山,因为两个人愤愤不平地尽量保持着背向。

看来已经沉默了好一气。

村主任:"你干吗跟我争?出了这山,做人是要聪明的,我家成才是人精,当过兵,回来好接我的班。你家那个呢?出去干吗?回来又干吗?饿了吃,饱了睡,用得着这趟累?"

"有病!你儿子不想饿了吃,饱了睡,我儿子就活该饿了吃,饱了睡?"即使面对着没边的山野,许百顺仍是一脸的不服。

就许三多来说,现在他话比较多,因为史今的样子温和而诚恳,最重要的,会被他列入不具威胁的行列,"我初中毕业,可老师说我学得扎实,是真学。成才他高中毕业,可他不好好温课,初中他尽打我小抄。"

史今脸上若有若无地有些微笑。

"我胆可不小,成才他们尽在坟地里吓我,可没吓着,有时像被吓着了,是装的,要不他们老没完。我不是不敢看杀猪,我是……那是……就是……"

史今帮他找了个词:"就是不忍心看。你是好孩子,心善,看不得人受苦……不是人也一样。"

许三多有些惊喜:"嗯哪嗯哪。"他迅速地看看史今,史今若有所思,并不紧逼他,那真让他放松。"其实我更想上学……书里好多有意思的东西,真的。可爸说它们今生跟我没相干……"

史今在苦笑:"是的。几年兵役,复员回来弄好了能找个工作,是在县城里,可不是这山里,那就叫走出去了。"

"你也这么想?"他惊喜的同时又怀疑着,"我不知道这对不对。"

史今不敢再苦笑了:"我没这么想。我们那没人这么想……几乎。"

他仍被许三多怀疑地看着,史今挠了挠头。

"好吧好吧,我知道你爸他们怎么想,因为我跟你是半斤对八两。我在家排四,吃饭时候家里人就碗上插两筷子,说,给你个猪食槽,给你个搅料棍。我能念完初中是靠扛揍扛出来的,每买个作业本是靠一顿笤帚把子换来的……"

许三多没心没肺地傻笑,史今正怀念加温馨地在说,只好打住。

许三多:"我家那个叫老竹笋炒肉。"

史今:"对。你们这南方,趁竹子。"

许三多:"后来呢?"

"后来?当兵了。"史今几近沮丧地叹口气,他甚至在怀念着,"我爸再不打我了,还说老四是史家最出息的。"

那对许三多来说真是天堂一样的前景。

许三多:"真的?"

史今忽然意识到许三多在转什么脑筋:"许三多,我不是说……"但是来不及了。

许三多:"我能像你这样吗?"

史今赶忙道:"你不能像我这样。"

往下说话就很费劲,因为史今是这样一个人,即使在一个语气词上,他也想到要照顾对方情绪,而许三多又是那么易被打击到的一个人。

"我不是说我多好,我可不算什么好兵……不是说你差,你绝不是你爸说那样的……唉,许三多你以后会有条好路的,可不是这么走……为这么个原因当兵……嗯,也算个客观啰。可是……许三多你知道吗?你是个好人,可不是好兵……我跟你说这些征兵时绝不带说的,因为家访已经结束了,你不合适当兵,是个人就能看出来……哎呀许三多,我跟你啰唆这么多就是想说你有很多路可以走的呀!"

许三多从一个低谷掉进另一个低谷,他又开始在脸上胡噜,让史今很担心他立刻坐地大哭。

许百顺和村主任一路撕巴着进来。

许百顺:"这事不公平。家访时候你在你儿子旁边的!"

村主任:"人解放军说了要单谈呀!"

许百顺:"龟儿子,跑!跑给解放军看看!"

从许百顺进院许三多就变回了无措而茫然的样子,沮丧还写在脸上,他茫然看着自己的老爸。

史今也很莫名其妙:"跑?跑什么?"

许百顺:"龟儿子属兔子的跑得快!当了兵肯定也跑得快!"

他捞张凳子冲许三多砸了过去:"跑呀!龟儿子!"

许三多惊跳,就那反应速度看来许百顺要砸到他需要专业练习,还没落地就已经开始起跑,他的目标是院门。

史今:"不不!不用了!"

可许三多已经冲出门,一双鞋从院门外扔了回来,显然他觉得哥哥们传下来的鞋并不适合奔跑。

许三多冲出院门,如同受惊,如同搏命,留下一个激愤的老爸、恼火的村主任和不知怎么摆脱这干人的史今。他的光脚踏过泥泞跳过水坑,踏过飞扬的尘土。

鸡瘸着跑开,狗被惊跑得几乎肚皮贴了地,许三多的奔跑难看到与鸡犬有得一拼,可他跑得是真叫一个快,一条狗被他赶得只好跑了斜刺,几乎一头栽进池塘。

许三多停下了喘了口气,他已经跑通了整条村子,眼前是层叠的群山。

没有目标,群山中没有目标。

从许百顺家的院墙往上看去,许三多的身影在山路上晃动,如猿如猱,蹦跳时如同山羊。

许百顺兴奋之极:"快不快? 快不快?"

史今都有些脾气上脸了,看看表找地方坐下:"快是快,可那真不是最重要的。"

村主任可有些嫉妒:"嗯。当了兵肯定跑得快,逃起命来加倍的快。"

许百顺发现那是他的原话,脸上就有些挂不住:"我是说打冲锋的时候会很快!"

史今苦笑着擦了擦汗,那是被父子俩此起彼伏折腾出来的:"我们现在是机械化冲击。"

许百顺的强项是从不听人说话:"龟儿子弹弓打得准,打枪准定准! 记性好,棺材板记性! 上树快,一上树成家小子就打不着!"

他拼命想着优点,他的老三到底还有什么优点呢?"扛揍! 要不叫龟儿子? 壳硬!"

许三多从院门外冲了回来,还没刹住脚就被许百顺一把抓住。

"上树上树!"许百顺向史今推荐,"龟儿子属猴子的!"

"您让他上树我就走!"可史今又觉得这话太重,"我们看重素质教育。"

许百顺立刻换战术:"教育有啊!"

他又给许三多一下,似乎那能打出许三多的教育:"教育拿出来给人看看!"

"军队叫 ARMY,中国人民解放军是 China People's Liberation Army,日本人1941 年 12 月 7 日袭击美国珍珠港,一年半后香港回归祖国,这个协议是 1984 年 9 月 30 日签订的……"

史今苦笑:"中国人民解放军这七个字能让你有什么特殊的想法?"

许三多着急,挠头,胡噜脸:"China People's Liberation Army!"

史今:"我是说能让你有什么特殊想法?"

许百顺急不行:"快背呀! 不是刚都背下来了吗?"

许三多:"跑忘了……"

村主任大笑,许百顺抬手就打,史今拦住,"前辈,村主任,我到时间得走了。许三多……"他拍拍他什么也说不出来。

许三多机械地道:"万有引力是牛顿说的,人爱因斯坦那叫相对论。"

史今苦恼地道:"你不错,真的不错,真的,可有些事不对……"

许三多:"我作文能写一千多字!我会写童年往事!"他绝望地看看要爆发的父亲,"你问我们老师。"

史今:"你爸怎么说你不要紧,最要紧的是你觉得自己是什么……不当兵一样可以……可以做很多有意义的事情啊,许三多。"

许三多终于大哭了:"我一定一定做很多很多有意义的事情。"

史今怕看这个,掉了头就走,脸上神情写足了逃避。

身后没有送别也没有客套,村主任如释重负地赶上来,而许百顺已经捡了个就手家伙开始揍人,看来以前的揍都是玩闹,这回许百顺才是真打算把许三多收拾一顿。

许百顺:"你就连当兵都当不上!"

许三多只是哭,没有逃跑也没有闪躲,于是已近院门的史今听着一下又一下沉重的殴击声,第三下时他转回了身,而第四下打在史今胳臂上。

许百顺狂怒而愕然地看着,史今看着他,脸上见不出喜怒:"前辈您过来。"

许百顺犹豫地跟着。桌上有酒菜,史今倒酒,许家拿碗当杯,所以史今倒的是两大碗。

一碗酒被推给了许百顺,另一碗被史今沉默地喝下。许百顺端起那碗酒却没打算就喝,因为儿子既进不了军队,这酒喝得就没了目的。

史今似乎并不是海量的人,酒劲和酒意立刻就上了脸,说话也开始咬字。

"前辈,您这儿子,我很想要他,您别以为我穿了这身军装,就不知道什么叫前途。"他对着这个词苦笑,"一个人的前途。可不是我家开的店,是军队需要,还是为这身……军装,没有时间……"

村主任着急地插话:"走吧走吧,解放军同志到时间了。"

史今:"不是我的时间,是军队没时间,没时间给他适应和学习,他不差,能成好兵,可得玩命,如果能那样玩命,他做什么都成,没必要非得当兵。"

他像是想坐下又像是想走,许三多认为他是想走,好意地把碍事的凳子挪开。

史今:"他绝不是什么龟儿子……"

结果他言犹未尽地选择坐下,一声闷响,人们目瞪口呆地看着一个摔在地上的史今。

许百顺大笑:"来跟我讲经,是儿子是龟儿子我是头三年就看出来了!"

史今挣开了村主任的手:"别扶!谁敢扶!"他看起来有点可怕,村主任退了一步,史今一个鲤鱼打挺从地上跃了起来,"我……你儿子——老前辈,你们家许三多交给我了是不是?"

许百顺:"你不要啊!"

史今："要啦！要了他,他就是我的兵。你骂你儿子打你儿子,我管不着,你管我的兵叫龟儿子,一百八十个不行！"

几人愣住。村主任的表情可以说是僵住。

村主任："醉话,酒后食言做不得数……"

史今："醉了我就睡！这是我想说不敢说的话！许三多,这不见得是个好事,要了你,我陪你玩命,你就得跟着玩命！老前辈,我跟你说,一年时间,我把你龟儿子……不,你儿子练成一个堂堂正正的兵！"

许百顺忽然狠狠撸了许三多一拳,这回不是打,而是惊喜。

对着史今指着自己的指头,许三多不可避免地又开始紧张,他开始胡噜脸,那样子让史今伸出的手一点点变得无力,低垂。

史今走到村口的时候,满脸通红得像天边的火烧云。等到送行的三人离开,他才狠狠晃晃自己的脑袋,脸上掩不住的后悔之意。他抬起腕子看了看表,开始用一种军事化的标准越野步伐奔跑。

走回村里的许百顺又转过脸,回头看着山道上的那个军人的背影,脸上写着得意,许三多仍在木然之中,他僵硬地伸出一只手招摇,那意思是告别。身边的村主任狠狠看了两人一眼。

急奔十一华里的山路对史今来说并不算什么,他一出山路就碰上了刚刚停稳的军车。他有些怏怏地上车。

洪兴国："喝酒了？"

史今的脸红得发烫："被灌了一口。"

洪兴国笑："我们也是。可有几个底子还行。你那边呢？"

史今："有一个跟我以前好像。"

洪兴国："那好啊。要啦。"

车开动,史今看着暮色出神："指导员,您是不知道以前我什么熊样。"

洪兴国只是微微笑了笑。

送走史今后,那个暮色忽然让许三多觉得茫然,因为有人在路上不住地问他："三多,要当兵啦？"许三多不知如何回答,那神情实在说不上是喜还是忧。

远处是青山葱茏,近处炊烟缭绕,许三多的家乡其实是很美丽也很灵秀的一个地方,今儿他觉得,就连前面的同村女孩的腰肢,也让他感到有一分撩人之意。

正走着,身后又有人喊他："三呆子,要当兵啦？"

"嗯哪。"许三多答应着,回过头便勃然变色,成才和几个狗党正恨恨地瞧着他。

他喊了一声成才哥,下边就不知道怎么说了。

成才抬起了下巴,许三多见势不对,在心里做了连连后退："我爸说,这叫公平竞争,咱谁也怨不着谁。"说完,掉头就跑开了。成才几个吆吆喝喝地追在后边。

许三多确是跑得贼快,但慌不择路一脚踩进了水稻田,立刻让人围了起来。这小子连一点反抗的意思也没有,他头一抱,往地上一缩,将屁股出卖给了成才他们。成才几个一拥上来就连掐带打,打得许三多哇哇大叫。

许一乐从边上经过,却不帮他,嘴里还嘟囔着:"使劲打!打死才好呢!"

许二和出来了,他趿拉着鞋,在田垄头晃荡着。许三多大叫着:"二哥,我被人打啦!"

二和一声呐喊,捞起把锄头,踢飞两拖鞋,便杀了过来,吓得成才一帮转头就跑,二和紧紧追着,直到被赶来的村主任拦住。村主任大喝道:"许二和,你个死剁了头的!要伤了人我叫警察过来!"

许二和不怕村主任,"谁要再打我许家,我叫百十号人过来,咱有人!"

村主任看来也奈何不了许二和这个刺儿头,只好悻悻离开。

一顿揍对许三多来说无伤大雅,他爬起来拍拍屁股上的泥,好像就没事了。

二和找着了鞋,一只只往脚上套,斜着他,一脸轻蔑地看着弟弟:"你当兵?爸怎么把你塞进去的?"

许三多得意着,二和也是很少几个能让他放松的人:"那你们都没当上,我就当上了。"

许二和一个绊子把许三多摔倒,在田垄头坐着。许三多若无其事地凑过来。两兄弟安静地坐着,看着眼前的暮色在慢慢地落下。绯色的山村在他们的眼里,就像是世外的仙境。

"二哥。"许三多叫了一声。

二和:"干啥?"

许三多笑了笑:"没事。"

许二和回头看看弟弟那张憨憨的脸,忽然有些舍不得:"到了军队,有人跟你来硬的,你不能软。那可就没人帮你了。"

许三多不懂:"怎么硬啊?"

许二和给许三多比画他的拳头,"这么着……嗨,跟你说个屁,什么时候你敢跟人动手?"

许三多:"那,那我不敢。"

暮色越来越浓,许二和都看不清弟弟的脸了。他突然想通了一件事儿:"你走了,二哥回头也要走了,二哥不想在这待了。这么大个地方,点支烟就把全村逛完了,二哥待不住。"

许三多一时惊讶之极:"二哥要去哪儿?"

"不知道。反正弄好了就让你们也去,可是你当兵去了。"说到这里,二和朝三多撇了撇嘴,"干吗要当兵?"

许三多犹豫了一下:"毛主席有句话,说我们都来自五湖四海,是为了同一目的走到一起来的。这个目的就是保卫我们的国家和我们的疆土,这是我们这个民族自诞生以来贯穿了五千年历史的神圣使命,保卫我们的国家也就是保卫我们自己,保卫我们的生活和传统……"

"得得,谁告诉你的?"二和不想听这些东西。

"是今天老师让背的,刚才一紧张全忘,现在又想起来了。"

"你挺得意啊?"

许三多憨憨地给哥笑着,二和搓搓弟弟的头:"得意啥?看看吧,要离开家了。"

许三多愣住了,眼光慢慢地也显得有些愁闷起来。

第二天,村主任领了几个人在挨家挨户地往墙上刷着植树造林的标语,用语介乎粗劣和豪放之间。许三多过来畏畏缩缩地道:"村主任,让成才去吧。"

村主任一愣,停下了手里的活:"你说什么?"

许三多:"我说当兵,让成才去吧,我不去了。"

村主任把手上的刷子给别人,歪着脖子看着许三多:"你说让谁去就让谁去啊?你以为是你许家的事情呢?告诉你,打人家说要你,你就跟国家挂上钩了,那叫个……叫个国家公有财产!瞧见那没有?"

许三多看着刚刚写到墙上的那些标语:砍树是要坐牢的!他发现每个字都张牙舞爪的。

"砍树是要坐牢的!不去也是要坐牢的!"村主任一字一字地掷地有声。

许三多的嘴巴眨眼就扁了,像是要哭。

村主任:"别哭!哭也是要坐牢的!"

许三多忙转身走开,走得泪汪汪的。悲悲切切地逃开,总算是没哭。

几天之后,许一乐从地里回来,发现自己枕头上放着那套害自己挨揍的裸体画片。许三多住的角落空落整洁。

一乐从画片里翻出一张纸条:"哥,我走啦。再看见还给你买。"一乐坐下了,静静翻看着他的画片,这回可没什么色情之意。

一年一次的军歌本来是很嘹亮的,可车站的人群过于喧闹,于是添了几分杂乱。送行的家长们算是最热闹了,而且有人开始哭了起来。终于新兵蛋子们大声唱着刚学的歌过来了,由几个人武部官员带领着,一张张年轻的脸,像胸前的大红花一样兴奋。

家长们又是抹泪,又是鼓掌,然后冲入了人群中将好好的一支新兵队伍给肢解了,然后开始唠叨,开始叮嘱。史今不停地提醒着:"保持队形!保持队形!"但怎样努力都是白费的,他只好屈服了,苦笑着退到了一边。

看着儿子身上的军装,许百顺兴致勃勃的:"了不起个龟儿子?转一圈让老子看看!"

许三多不甘不愿地转了一圈。

"反着再来一圈,龟儿子。"

许三多不干了。

"啊呀喝?不听你老子的了?"

"爸说话不算话,爸那天跟班长赌咒发誓,说不叫龟儿子了!"

许百顺确是做贼心虚,瞧着史今往这边瞧一眼,声音马上低了下去。

"我生的你,我叫你龟儿子怎么了?不过我跟你说,你们这班长人还不赖,到了部队上贴着他走,打起仗来,他能帮你挡枪子儿。"

许三多:"我帮班长挡枪子儿!"

许百顺:"我打!"许三多躲开了,许百顺接着念叨,"说过叫你别太勇!三天不打上房揭瓦,中华人民共和国没你就不成个国啦!"

又是一下,许三多纯熟地躲开了,而且开始唱歌,许三多唱得也很跑调,唱的是南疆保卫战时很流行的《再见吧妈妈》,歌词里有很多牺牲、牵挂一类的字眼。

许百顺:"你妈早死啦!别唱你妈!别说牺牲!……找死呢?你找死!"

他在身上摸趁手的揍人家伙,这样的日子毛竹板子当然不适随身携带,于是许百顺忽然开始抹眼泪,越抹越多,抹得自己蹲在地上。

许三多怯怯去摸父亲的肩膀,他被吓住了:"爸?"

许百顺甩开:"你去死吧!"

许三多看看车上,有些新兵已经上车,史今正站在车门边清点人数,"爸,那我走啦?"

许百顺:"快去死吧!"

许三多忽然发现爸原来和家乡一样是要走时才觉得依恋的,但他像父亲一样拙于表达想法,只好又狠看了父亲一眼打算赶去车厢。

两个外观上与许二和类似的混子在一边晃,他们没事,同样也被告别的人群刺激着,于是就竭力想表现自己的玩世不恭和高出侪辈,蹲地抹泪的许百顺成为他们的对象:"瞧!哈!又漏了一个!"

许百顺凶狠地瞪过去:"找死!"

一个未老先衰的半老头子也这样横,那两位真是乐不可支:"是啊是啊!快来打死我们!你行行好!"

许百顺光恶一张嘴,就有些技穷,退了小半步,看看许三多。

许三多只好硬着头皮蹭过去:"知、知道许二和吗?那我哥。"

两混混扫视着他:"不知道。"

如果他们对许三多那身没衔没章的军装还有一星半点的忌惮,这一看也全泡了汤,因为许三多两条裤腿都玩命地筛着糠。于是大笑,伴有些小小的动手动脚:"别怕!别尿裤子!解放军叔叔!打死我们就不用怕了。"

一只手伸了过来,挡开一只拍打许三多的手,也没见使多大劲,但一个混混退出了三两步,另一个摔在地上。

29

那是史今,在不需要顾全人面子时他是很果敢的。"你们有什么事没搞明白吗?"

站着的那位强打哈哈:"没有,没有。"

于是史今去扶倒地的那位,那位反应强烈地缩了一下。

史今:"别怕。别尿裤子。"他指了下站台远处,"现在上那边待着,车没开别让我看见两位在站台上搞乱。"

服是绝对不服,但也绝对是能屈能伸,那两位于是一步三回头地去向史今指的方向。史今并不关心他们,转头看看许三多,后者脸色惨白,小小的冲突竟让他如历生关死劫。

史今:"上车,许三多。"

许三多顺从地走一步,又看看许百顺。许百顺是一副失望加不屑的痛苦表情,"滚吧滚吧。看你当了兵也没强似什么。"

许三多咬了咬牙,他又转头去看退到站台之外的两位,目光竟有些近似于仇恨,看起来他打算去拼个死活,但又看史今,希望在史今那里看到个明确的意见。

史今瞧着车厢顶上的天空,竟然是完全不看他。

许百顺一把把那许三多抱住了,"当了兵不兴打架,你打架,班长不要你了!"

在许三多的记忆里父亲没这样抱过自己,像是要把他抱成两截。

许三多又看史今,史今还是不看他。

"爸,等我回来帮你打架。"许三多上车,背影委屈得像个小老头。

史今收回了目光,很正式地向许百顺敬礼:"走了,老前辈。"

许百顺:"由你打由你骂,可是对他好一点。"

史今看着眼前的半老头,许百顺披了半生的硬壳终于去尽,现在的许百顺忧伤哀怜、沮丧而茫然,史今下意识地想扶他一把,但终于没那么做。

史今:"我会的。"

他跃步上车,他是最后上车的一个。

列车发出第一声长鸣。

许三多茫然站在车厢过道里,每个人都是和他一样的新兵,每个人都不认识,这让他紧张得不敢挪动一步,紧张得喘不过气来。

父亲忽然间变得很重要,几乎就是他在这陌生世界中的唯一屏障,许三多在整个车厢想找到一个可以把头探出车窗的位置,那真的很难,每个窗口都塞满了三四个脑袋和肩膀。背后忽然被人捅了一下,就力度来看很不友善,许三多回头,成才绷了脸站着,是和他一样的装束。

"我还是来了,我爸有人。"成才说。有点示威的味道。

许三多没心思理他,一脑袋扎进了空出的位置把脑袋伸出去找爸,而成才冷静而不屑地站在一群情绪激动的新兵中间,别人如被夺去奶嘴的婴孩,唯他鹤立鸡群,如他在车窗下高瞻远瞩的老爸。

许三多看见车窗下哭倒了架子的爸爸,几乎是靠在村主任身上的。

车此时就开动了,两条人影从许百顺身边飞蹿而过,一记巴掌横扣在许百顺后脑上,打得他弯下了腰。那两人往空落处奔逃,是那两位闲坏了脑子的混混,瞧着那个狠兵也上了车,选择这时候来做个无聊的报复。

许三多第一个反应过来:"我杀了你!"

他往车窗外挣,被史今一把抱了回来,许三多狂怒地挣扎,打飞了史今的军帽,史今一言不发地死死抱住。车下的许百顺发一声吼,照着那俩浑人猛追,也许更让他愤怒的是居然有人打扰他与龟儿子的惜别。村主任也紧追在后边咋呼。

追赶的方向与车行的方向是并头的,在史今怀里挣扎的许三多终于看见车下簇拥的人群,父亲和两个年轻力壮的人在人群中撕巴,但村主任也立刻加入了战团。

许百顺揪着一个的衣领,被另一个一掌打在脸上,可没断了他对车上的嚷嚷:"儿子,好好活啊!"

许三多哽咽着:"爸!"

喊完这一声车就驶出车站了,车站的墙把什么都隔在后边。许三多终于停止了茫然的挣扎,但一样茫然。史今放开他,捡起帽子戴回头上。

许三多:"班长,我想回家。"

史今看看他,又看看那些望着他们发愣的新兵蛋子。轻轻拍了拍他的脸颊,本意是抚慰,却一下拍出许三多郁积的哀伤。

许三多:"你听见了吗?我爸第一次叫我儿子呀!"

史今把眼前这大孩子搂了过来,头还没靠到史今肩上,许三多就开始哭啦。

越过史今的肩膀,车窗外飞掠的晴空都泛着泪光,许三多轻声地嘟囔:"爸。"

许百顺和村主任是互相携扶着出来的,许百顺脸上见点青肿,村主任比他好点,但也是跟人动过手的样子。两混混被人一手一个叉着揪出来,叉人的是给洪兴国他们开车那位。

混混仍是一脸不忿:"你又不是雷子。"

那位哈哈一乐:"要找事来人武部找我老陈。老山下来那个。炮弹皮当锅盖,地雷当球踢。"他甩手把那两位交给了赶来的县警。

许百顺和村主任怏怏地走往回家的方向,那路不近,公交、拖拉机加步行。

村主任:"刚才那是人武部长。"

许百顺惊喜了一小下:"说出去都不信。县领导今儿帮咱们打架。"

村主任只是叹口气,看不出任何荣幸:"都走啦。百顺上我家喝一盅吧?"

许百顺说:"我家吧,我家没老婆烦。"

村主任也无精打采:"嗯哪。"

许百顺忽然叹了口长气:"都走啦。"

两半老头子互相抚慰携扶着往家走去。

史今一脸晦气地进另一个车厢,在一堆兵中间终于找着了他要找的卫生员,"给我点眼药。"

卫生员:"你眼睛怎么了?"

史今说:"不是我,是新兵,还哭呢?"

卫生员想笑:"这都出了省啦!怎么还哭?"

史今无可奈何地摇着头:"我正后悔哪,千不该万不该,不该招了这个兵。有他一个哭,这全车谁都停不下来,我就担心等到了营里,得哭出几个瞎子。"

卫生员又是一笑说:"我留两瓶,这包你就先拿去吧。"

史今:"前边停站吃饭,还得跟运装备的军列并车,折腾完了但愿就能好些吧。"

列车终于在傍晚时分缓缓停在一个小站里。史今在过道走动着拍打着每一个新兵:"收拾好了,吃了晚饭换车!"

满车厢红得兔子似的眼睛都显得惊疑不定,一群头次出门的人在生地碰上个意外行动都有这种反应。

史今只好解释:"又不是要把你们卖了。正好有个送装备的车同路,就两车并一,节省资源。"

终于开始动作,拖拉并且推推搡搡,谁都不愿意走在头里,于是许三多被推到头一个。

史今拉开车门,接站的早在等着了,看起来也是此地人武部地方小领导似的人物,门一开就自来熟地打个哈哈:"向军人们问好!欢迎来我这平原县刘关张打天下的地方!就是穷了点,粗茶淡饭,大家多担待!"说罢,向车门边的许三多做了个鬼脸,许三多冲着他莫名地笑了笑,一看车外满眼陌生的黄土,顿时就愣住了。

史今过来还礼,手还没有放下,就被那地方领导的话给吓住了。

那领导说:"你这车兵挺好啊!没看到一个哭的?"史今刚想说您别提这个醒儿!可还是晚了,站在边上的许三多,鸣地就又哭了起来,转眼间,简直百花齐放,整个车厢又泛滥成了一片。吓得那地方领导只有暗暗地恨自个,我说啥不好,我怎么说这个呢?

许三多已经哭得淋漓,一边哭一边抱住一旁的人,又是拍又是打,拍了好久,才忽然发现,一直被他搂着的那人竟是成才。

许三多突然把成才放开了。

成才却狠狠捶了他一拳,随后把他紧紧地拥抱在一起。

许三多哭着说:"成才,我对不起你,我跟班长说你打我小抄!"

成才哭得更响："许三多,我也对不起你,我跟班长说你不敢看杀猪!"

两人捶着拍着,眨眼便成了莫逆的知交。

此时站台上暮色西沉,两列列车在并车,新来的那列是平板加闷罐,笼在装备上的罩布在暮风中飘舞,这景本来会让任何行伍出身的人觉得来劲。但是对史今却绝不这样,他正站在车厢门边,恼火地与里边的哭声交涉。

"别哭了,错了这顿就得到军营吃下顿啦!到底要哭还是要吃?我报三个数,还哭就饿着上路吧。一、二、三……得了,你们连哭带吃吧,我服啦!"

以许三多为首,新兵们一个个悲悲切切下来,山地来的家伙们可能没一个人想到他们这是第一次踩上黄土平原的土地。

平原上月色如镜,军列在月色下飞驶着。车里的新兵们或偎或坐,成堆成团,史今坐在铺盖卷上,周围仍有间歇的抽噎,但大浪头已经过去了。史今的神态也已经放松,和新兵们聊着天："跟你们说说你们要去的部队吧,是支顶好的部队,团史战史擤起来能有这么高,团部统计过,咱们团歼灭的敌人,一共有六个国籍,加起来有十个师……"

新兵一下子好奇起来,有人问："十个师得有多少人哪?"

史今回答："十二三万人。"

"咱们团有多少人哪?"

"三千多人。"

新兵们惊叫起来："我的妈呀,这一个人就干掉了四十几个?班长你干掉几个?"

史今顿时笑了："哪有这么算的?咱们准备打仗不是说要打仗,我一个也没干掉过。我是要告诉你们,咱们团战史老鼻子辉煌,刺刀见红的仗,打过得有大小几千次,现在呢,现在也是咱中国全机械全装甲化的王牌部队,所以谁也不兴再哭啦,别让老兵看笑话,老兵可就爱看新兵哭,想想我入伍那时候也是哭个黄河决裂,让老连长一直笑话到现在……不,老连长现在可走啦,他走的时候我可又哭啦……"

史今是个极感性的人,说得自己又有些眼眶湿润,这时新兵里有人暗暗发出了一声笑。

"又笑?"史今也乐了,"好,好,笑总比哭好。谁这么乐观,大家跟他学学。"

他朝笑声的来处走去,揭开毯子一看,是许三多正枕在成才的身上,也不知做的什么美梦,笑得了无心事。史今在众人的轻笑声中将许三多盖上。

史今轻轻地说了一声王八蛋,然后吼着："大家睡了吧,明儿一早就到了家啦,以后咱们团就是咱们家,以后你们见过的兵啊将啊,能成千上万,可你们得记住,第一个跟你们说这话的是我史今史班长——欢迎来三五三装甲步兵团!"

说完,他关掉了车厢里的蓄电池灯。

车厢间隙里几缕天光透入,外边天色已亮。

许三多在成才身上醒来，确切地说，他被一种从未听到过的声音惊醒，那与其说是声音不如说是震动，无休无止，似乎从地底下渐渐接近。许三多惊恐地找着声音的来处，看起来他觉得会从地底下钻出一条恶龙，周围的新战友一个没醒，但史今不知何时已经起床。

许三多不安地问道："班长，那是……"

话没说完，就听到史今严厉的声音："到站了！大家起床！列队！整理军容！风纪扣！军帽！裤线！背好背包！一定要给你们的军营第一个良好印象！"

车摇晃着在减速，明显是已经驶进了站里。周围的人都跟着史今依样画葫芦地做着，只有许三多仍在注意着外边的轰鸣声，他想，那绝不是靠站时该有的声。史今的口令又接着响了起来："列队！集合！成密集队形！照高矮列队！手放背包绳上！立正站好！"史今喊完长长吐了口气，心里说妈的，可算回到家啦！

外边也传来口令声和跑步声，还有就是那碾动与轰鸣声，这声音让史今觉得亲切，让新兵惊惶不已。

几个脚步声近在咫尺，车门轰的一下被从外边拉开，外面袒露给这个小队列的是广阔到能投射白云阴影的一片草原，近处的连长高城正在和指导员洪兴国互相致礼，这都是以后将领导这队新兵的人，更近处是站台上一辆正在原地转向的主战坦克，它离得并不是那么近，可近六米长的一〇五炮管转动着，看上去几乎要从车门外杵进来。

整个站台上都似乎被这些杀气腾腾的家伙占据。

新兵震惊，车门边正对着炮筒子的许三多反应最快，他举手过顶，下意识地对着这钢铁巨物做出了一个不折不扣的投降姿势。

第 三 章

　　这一刻的时间因许三多而静止,车上车下,新兵老兵,战斗部队后勤人员都因车门前这菜鸟做出的举动而停滞了自己手上的动作,它成了一个不是定格的定格。

　　许三多的手仍高举着。

　　几个月以后我就会明白,这支部队最不屑的就是我现在做出的这个动作,即使开玩笑也没人会做。这支部队曾经协助拍戏,导演快气疯了,因为所有的士兵可以演尸体,却绝不演举着双手的投降兵。

　　连长高城终于从极度的震惊中惊醒过来:"你招的?"

　　被他问的洪兴国看起来像他一样惊愕,而高城几乎要给洪兴国一下,因为后者是参与这次招兵的。史今把许三多的手打了下来,就史今来说,这个动作几近凶狠。高城大步向车门前走过来吼道:"那个兵干什么?扮中央军吗?你以为你很幽默?"

　　高城觉得不大对,因为他根本是在对着许三多的膝盖训话。他朝许三多命令道:"你,给我下来!"许三多慌慌张张跳下来,险些砸在高城的身上。

　　高城更火了:"慌什么?还没上战场呢!"然后对着身后的坦克,没好气地吼道:"还不把破坦克开走!你们坦克连别在这碍我们的事!"坦克手将坦克驶开,高城很不乐意地看着车长那带笑的嘴角,气更大了,"都下车!列好了队!几辆马上就要换掉的淘汰坦克有什么好怕的?"洪兴国捅了捅他,高城才想了起来,"对了,欢迎大家来三五三装甲步兵团!"

　　他悻悻地又看了许三多一眼。

　　新兵们从坦克与战车之间走过的时候,一个个让那八九百匹马力的引擎,震得神经麻木。老兵们在忙碌着,不成队形但透着专业,眼里对这帮新媳妇似的新兵蛋子视若无物。这个机械化步兵团在换装。如果拿一份换装计划列表,那上边打算在本年内在装备上做到火力增强六倍,火力覆盖面积扩大二十倍,三年内完全掌握和熟悉以上装备,可你这会从那帮老兵脸上看不出那些金戈铁马和爆炸的火光,很多老兵神情严肃地在忙一件事情,拿一块抹布,细细地擦车,然后把抹布传给下一个人,像仪式而不像正常作业。

　　史今跟在高城身边。他们很近,甚至比高城与洪兴国还近,因为高城这连长最愿意与战争直接相关的人亲近。

　　史今问:"连长,有咱们的吗?"

高城的话语里透着得意："咱是最好的,有好的也先让咱使。"

史今说："我想去送送207。"

高城指了指平板车的方向："去吧,已经装车了。"

史今的班副伍六一,正在一辆装甲输送车上朝他招手。

史今刚想走,却被高城叫住了："这班兵怎么回事?一个个眼睛跟烂桃似的?"

"哭的。"史今只好站住,他思忖了一下说。

高城的眼睛顿时就窝火了,他扫了新兵们一眼,突然停在许三多的脸上。

"你,叫什么名字?"

"许三多。"许三多吓了一跳。

"你刚才是什么意思?觉得很可笑吗?"

史今随即替许三多解围："报告连长,他不是不严肃,他是……没见过。"

"你是什么意思?他……害怕?"

史今只好又苦笑,这一路上他的苦笑多到快让脸上起了褶子。

高城："你招的他?"

史今点点头。

高城："去送你的车。完事来见我。"

史今如蒙大赦地走开。他身后的高城正转向新兵们,新人加新装备,本来是让高城兴奋的事情,现在却让一个叫许三多的弄得极为扫兴。

高城冲着新兵们喊："我叫高城,是本团钢七连连长。"他有意地看着许三多,"此次担任你们这个新兵连的连长……"

不远处的伍六一已经将史今拉到了车上,随手将一块抹布递给他："全班都擦过了,就差你了。"那车已擦得新的一般,史今仍认真地在上边擦拭着。

"要送走了?"他问。

伍六一说："换了,换正经的步战车,连长算过笔账,说咱们现在等于一个炮连加一个反坦克导弹连,再加一个重火力连,连长劲头冲得走路像蹦高,说话学狼叫。"

史今留恋地拍了拍手下的车："可是老伙计啊。你舍得?"

伍六一乐了："我才不在乎呢。旧的不去,新的不来。"史今不置可否地笑了。伍六一接着说,"咱们钢七连这回抽调三名骨干训新兵连,连长还是连长,我这班副提了半级,新兵班班长,你最了不得,新兵排排长。"

史今笑："那你可以臭美了,这拨兵里边好多是你老乡。你上榕树的吧?那俩,正挨训的那个,还有挺白净那个,他俩下榕树的,都快同村了。"

伍六一看着正挨训的许三多皱眉："就那投降兵?到新兵连我训也训死了他!"

远处的许三多正在高城的训斥下缩着脖子,我们不知道他犯了什么错,因为他永远在犯错。

　　装好车的军列,很快就又驶走了,带走了一个营的旧装备,以及部分随车调动的战友。

　　新兵们正在空地上等候来车将他们接到部队,慢慢地就不怎么害怕了,他们开始交头接耳了起来,因为他们发现那些老兵也哭,那些老兵追在车的后边,也一个个的哭得泪流满面,一点都没有了老兵的威风。一个泪人的老兵被战友架着从新兵前走过时,新兵队们悄悄地发出了笑声。

　　"笑什么笑?你们上过车吗?你们哪儿懂那门心思?"高城皱着眉头吼道。

　　这时伍六一走过来,给高城行了一个军礼,有些哽咽地说:"报告连长,伍六一归队。"

　　高城回身看了看眼眶发红的伍六一,看了看伍六一身边的史今,有点哭笑不得:"你小子老是虎头蛇尾,吹破了天说绝不会哭了,到了还这样……行了行了,上车吧。"

　　史今跑到队列前:"新兵连列队,成基准队形!向左转!齐步走!一二一!一二一!"

　　于是新兵们参差不齐迈着步,许三多犹犹豫豫地走在队头,老是踩到领队史今的脚。押后的伍六一又在抹泪,高城四顾无人注意,抬手轻轻拍打。

　　远处几辆绑着迷彩网的军车行驶在草原的公路上,这并不是草原中心,因为旁边不断掠过乡镇的影子。

　　新兵连是个除了健身器材、军装和标准化住房就看不出太多军事氛围的地方,门口"欢迎新同志"的横幅和花圃还没有撤去,新兵们已经在里边站着队列。高城冰山似的站在黑板前,黑板上写的不是党章不是军纪,而是高城式教育的几个剑拔弩张之字:"是骡子是马拉出来遛遛。"新兵们哑然肃然,甚至有一点骇然。

　　新兵连的生活开始了。

　　在新兵连我们第一个学会的是句话,确切说是两种动物:骡子和马。合起来是这么说:是骡子是马?拉出来遛遛!

　　许三多在新兵连最大的乐趣是翻字典,那是他的一大法宝,《现代汉语词典》——我们也许不会觉得从这种初中生拿来垫桌脚的东西中可能找到人生感悟。

　　封皮上用红笔写的有话:"奖给初三班优秀的学生许三多——马老师。"

　　许三多很顺利地找到了关于骡子的定义,那是自然,该词典都已经被他翻卷了边。

　　在下榕树不会有人注意到骡子和马的区别,但是连长很认真地跟我们说:"骡子?走人。马?跟我上。"于是我更认真地翻了字典。

　　骡子——家畜,马驴交配而生。鬃短尾略扁,生命力强,一般无生育能力。

37

可驮东西或拉车。

我重点研究了骡子,因为知道自己不太像马。得出的答案不太叫人满意,可它板上钉钉,那叫定义。我问现在是排长的班长,他说,命令就是定义,命令不容怀疑。

好,虽然答非所问,可我又学会一条。

但是骡子是马的困惑后来一直困惑了我们许久,据说,连说这句话的连长也被困惑了许久。

一个方队的新兵固定在一个东倒西歪的正步抬腿姿势上,东倒西歪者有之,相比旁边几个老兵范例来说,简直是风中残柳。

队尾的成才站得很像样,高城刚对他有点兴趣时,队首的许三多摔在地上。更要命的是他张望一下自觉无人发现,慌慌张张地爬起来又站好。那副贼头贼脑绝无半点军人的风范,让高城直皱眉。

新兵们正列着队在食堂外唱歌,显然是中国军队习惯的等饭方式。当音已落的时候,一个难听而发颤的声音不识时务地又拖了两秒钟。

来自许三多,高城摇摇头,他都已经不用回头看了。

吃完饭出来,本着一种卖水果的心理,许三多被放在队尾,而成才被放在队前。

又在拉歌,这回是齐刷刷的。但是队尾的伍六一侧耳倾听了一下,他发现一个滥竽充数者,许三多光张嘴不出声——他怕再犯错。

夜里,成才趴在许三多的窗户上小声招呼:"你到底出来不出来?"

许三多在屋里犹豫着:"我怕查铺。"

成才:"说了晚上陪我坐坐,说话不算数是个什么?"

许三多没有说话不算话的灵活度,犹豫一下,轻手轻脚爬过窗户。

远远的口令声。许三多和成才在宿舍背面找个自觉安全的所在坐下,自我感觉非常惊险。

成才掏出盒烟,让许三多先点上,许三多却拒绝不抽。

"不抽也得学着抽,不是要你抽,是给班长排长抽。懂不懂?"

许三多不可理解,"咱们排长可不抽烟。"

成才:"那你就给连长抽嘛,三呆子,你想做骡子想做马?马是天马,骡子是土骡子。马是好,骡子是孬,知道不?"

许三多说:"我大概做不来马,你知道的。"

成才发着狠,或者说发着愤:"我不知道你怎么想?想回下榕树?跟你说吧,打车到站,看那满站台轰轰隆隆,我就拿定主意,再也不回下榕树,发财也好,小土皇帝也罢,我不怄记,我就明白,男人该在这轰轰隆隆中干他妈一辈子。"

这样的成才让许三多感到新鲜:"你说粗口?新兵连不让说粗口。"

粗口在某程度上是成才的炫耀,摆脱新兵感觉的炫耀:"老兵还他妈说呢!

连长还他妈说呢！一天吃进二两土,练脱三层皮,说句粗口算什么？我就问你想不想干下去？"

许三多想着,答得比认真更认真:"想……刚刚开始想……越来越想。"

成才皱着眉:"痛快点好吗？想什么？"

许三多忧心忡忡地道:"不想走人。"

成才急于通向他的结果:"那就长点心眼,咱们回头分兵得给分到最给劲的连队。"

许三多分辩道:"我长啊！我觉得以前在村里那点小肚鸡肠可没意思啦。你打我呀,你抢我粘的知了呀,没意思。我爸说跟我二哥断绝关系了,因为二哥不在家待着要去南边,我现在明白二哥了,他想……轰轰隆隆嘛。"

成才急切地挥着手,他不太有听别人说话的习惯,尤其没有听许三多说话的习惯。"谁教你长这几千公里外的心眼啊？我多会儿打过你？那是……友谊。你要学实际,马上能用的！没看电视里说,人生就是长跑,长跑谁他妈让谁？再征一次兵,你看我会让你？"

许三多很实事求是:"你没让我。"

成才又要做恼火状而未遂,因为远处有人声,新学的匍匐立刻用上了,而且许三多也将就完成得不错。

史今和伍六一不是冲他们来的。伍六一突然一个扑地,他们知道,那做的是卧射的动作。史今看了看伍六一的样子,纠正说:"肩下沉得太过了,你上那边沙坑体会体会。这么再摔两次,我看你胳膊肘子也差不离了。"一向骄傲的伍六一在史今面前温顺如羊:"是啦是啦。要让七连那帮小子落下了,我自费买豆腐撞死！"

说着,二人向远处走去。他俩一走开就冒出两个贼头贼脑,许三多一脸崇敬而成才一脸大悟,"以前还觉得班长牛皮呢,原来他这么刻苦啊？"成才也频频点头,"说明白了吧？我看他也明白,他也想轰轰隆隆过一辈子,他知道这个机会不易,所以他用心着呢。"

"机会？"许三多好像不懂成才说的机会。

"我都白白地跟你说什么呢？有个词叫作生存懂不？"

"生存？"

这两个词儿令许三多怦然心动,他确实是不了解。

成才猛地站起来高瞻远瞩,以致一脚还踏着匍匐的许三多:"许三多,生存不易,机会很少,所以你一定要多存点心眼子。我恨不得劈开你脑袋把这句话给塞进去,许三呆子！"

一个月以后,成才也许真的抓住了他所说的机会。

"新兵连五班,以班副为基准,靠拢！"班长伍六一发出口令。

成才成班副这时就昂首挺胸的,甚至有些扬扬得意,因为别人在向他靠拢。

许三多是最后一个,又迈多了一步,使队尾产生骚动。

伍六一呵斥道:"许三多想什么呢?打枪跑靶,走队出列,这么个简单的队列你都要错?"许三多试图辩解:"我在看、看基准……成才成班副。"

伍六一说:"解散后留下来。也不说别的了,我总不能就让你这么一路顺拐地去了新连队吧?"

其实谁是骡子谁是马显而易见。我是新兵连最早现形的骡子,而成才是新兵连最出色的马。

烈日炎炎,伍六一正拼命在推许三多的腿弯,熊归熊,伍六一相当用心。

但他终于绝望地站起来。看着许三多腿间的那条缝,伍六一突然一脚踢在许三多的腿弯上,"我当兵三年,我就不信治不了你两腿间这条缝!许三多,你到底怎么搞的?你也不罗圈啊,你怎么就是要并出条缝来呢?"

伍六一执着地训练着许三多,许三多一次次不成形的动作,换来的是班长一次次的失望。

伍六一的努力并没有得到回报,他绝望地瘫到地上:"许三多,我没见过你这号的,有时我都怀疑你存心跟我逗着玩。"

许三多很羞涩:"我是不是很笨?"

伍六一怀疑地看着他:"不知道。见过笨的,没见过你这号的。"

许三多诚实地说:"那就是我笨。"

伍六一忽然狠拍了一下自己的额头,那是忍无可忍的绝望,那一脸痛苦表情立刻被许三多真诚地关心:"班长怎么啦?"

伍六一叹口气:"没事。我宁可……我希望你是在跟我逗着玩。"

许三多挺无辜地说:"没有。"

伍六一只好瞪着他,被瞪着的许三多忽然神情很怪地笑笑。

"笑,我很好笑,你笑什么?"伍六一问。

许三多说:"班长……班长上榕树乡的吧?"

伍六一只好点头,一脸自认倒霉的表情。

许三多极做作地惊喜起来:"我、我下榕树乡的!咱们是老乡嗳!"

伍六一看了他一眼:"全连都知道我有你这么号老乡!你真的刚知道啊?"

许三多有点脸红,只好赶鸭子上架继续他的演戏:"老乡见老乡,两眼汪汪……是泪汪汪,班长抽烟吗?我这有烟。班长吃辣的也很厉害吧?班长想家不想家?"

伍六一干脆用了吼的:"想个屁!谁教你扯这个淡?"

许三多不敢再往下说了,"成……没人……"

伍六一还在吼:"成班副是不是?军队是适者生存的地方,因为打仗也是适者生存的战场!认老乡就能活下来?我看老乡分上就跟你说一句——我五公里越野,跑了五千公里才跑出个全师第二,靠这才转的志愿兵!你想就这么混?门都没有——笨人就别学人耍小聪明！"

不管对方说的是什么吧，许三多昂首挺胸，熟练地接受不知第多少次的训斥。

自认为是骡子的许三多也偶尔会有被大家认为是马的时候，骡子和马的区别从外形上本来就不是很好分辨。

史今正在主持这个排新兵的会议。他跟前坐的兵也都已经能让人第一眼就看出是个兵。连长高城偷偷摸了进来，但那是瞒不过人的，因为兵的目光自然会看过去。连长到了自然会被邀请发言。当新兵们粗着嗓门大声喊出连长好的时候，高城怪可亲地掏了掏耳朵，他今天心情好，瞎子都看得出来。

高城："嗯，问好都带炸子儿音。你们算有个兵样子了，走烦了吧？"

新兵们："没烦！"

高城乐了："没烦有鬼了，我都烦。不过走不好，当一辈子兵军队里也不当你是兵。不过别跟家写信说当兵就是走队列，过两天分到作战部队眼花死你们。别的不说，我那装甲侦察连吧，九辆车九门炮，冲锋陷阵的，九辆车里装的都是尖子兵啊！史排长，那回反坦克演练你单兵收拾掉多少坦克？"

史今看来并不喜欢这样炫："五辆。"

一片惊诧赞叹声也许有点破坏纪律，但那是高连长想要的效果，他对着新兵们打了个哈哈："就这毁伤力！画饼充饥，我给大家讲讲侦察连这个训练科目吧？各型号枪械射击，当然是各种地形包括夜战环境的，枪械原理、保养和维修，战车驾驶，车载火器掌握，战车保养及简单维修，单兵反坦克和反战车训练，单兵反坦克导弹和单兵防空导弹的掌握……"正说着，突然发现许三多的嘴里在嘀咕着什么，便停了下来。

"许三多，你在说什么呢？"高城喊道。

"报告连长，我在背连长说的！"我们的许三多永远是那么的沮丧。

高城倒有些愣："我说那么快……你倒背我听听。"

许三多张嘴就来，就是有些许多学校死记硬背造成的平板腔调："各型号枪械射击，当然是各种地形包括夜战环境的，枪械原理、保养和维修，战车驾驶，车载火器掌握，战车保养……"

高城乐了："可以啊，许三多。"

许三多憨憨地笑道："好多词我不知道是啥意思。"

"现在不知道意思以后就知道了。许三多，你背它干什么？"高城说着第一次冲许三多笑了。难得你说话时有人一字不差地记着。

许三多喜滋滋地道："报告连长，背下来好写信给我爸！连长有什么话要跟我爸说吗？"

高城的笑容僵在了脸上："没话说！你们全排临睡前把《保密手册》抄写三遍！——不该说的不要说！不该问的不要问！"

抄《保密手册》自然是抄得大家怨声载道。你许三多要真记性好就攒着,真想泄密就闷在被子里说给枕头听。咱们的许三呆子对这些抱怨的话已经听得太多了,他熟视无睹地拼命地抄着。成才奇怪地看着许三多:"许三多,你到底是怎么想的!"

许三多所答非所问:"我多抄几遍,多抄几遍好匀给大家。"

成才一听就气了,他索性把他的笔给抢了:"这样不行,这样下去你不被退兵也得分去喂猪,如果退兵的话你就惨了,就算喂猪你也没啥表现机会了,役期一满,你就得走人了。来部队一趟你连个枪都没有摸着。"

许三多立刻被他吓着了:"那怎么办?"

成才跟许三多低声说:"找人。"

许三多很沮丧:"班长不喜欢我,连长也……"

成才:"找排长。"

排长是史今,许三多也燃起点希望。

成才很快地想着主意:"你跟他哭。总之……总之让他觉得你喜欢这,你不走。"

许三多:"我是喜欢呀!"

成才很容易地又恼了:"我是说你让他觉得你喜欢!"

许三多算不大清这账:"我喜欢?让他觉得我喜欢?"

成才:"就是表现!表演!——去死吧,许三多!"他恼火地看着周围被惊动的全班。

夜里,史今拿着个蒙了布的电筒进来查铺,他翻看了一下桌上那摞手抄的保密手册,摇摇头又放回去。

走时尤其看了看许三多,后者睡得正香的一副样子就放心地走了。

许三多看史今一转身就立刻睁开眼下决心,直到腿上被成才狠掐了一把。他蹑手蹑脚起床,跟出去。

不只是成才,每一个被窝里都探出一个装睡的脑袋,所有人都在观望。

史今走到房门不远,忽然觉得身后边好像情况不对,灭了手电,就闪躲了起来,一片黑暗中许三多冒冒失失地走了过去。史今低声喊道:"许三多,你干什么?"

许三多吓得要叫,史今一手掩住了他的嘴:"是我,你怎么不好好睡觉?"

许三多惊魂未定:"刚才让你给吓着了,这会儿我哭不出来。"

史今一愣:"干什么要哭?想家了?"

许三多摇头不迭:"我不想家,真的,一点也不想。"一提到家,许三多的眼圈就暗暗地红了,他终于成功地哭了出来,哽咽着说:"排长,我想家,可我不要回去!"

史今连忙堵着他的嘴:"你哭什么?不要打扰别人休息!"

许三多就拿拳头堵了嘴啜泣,这叫一发不可收拾,半真半假哭成了十足真金。

史今苦笑,他对新兵菜鸟的糊涂心思实在太过明白:"谁说要让你回去?你犯了什么大错?喏,绝没人说让你回去,你其实也不赖,虽说……那个了点,那也没事,这一连兵,个顶个都是有用的,你是这连人吧?那就有你。"

许三多有些像小孩撒泼,那也仅限于史今面前:"我也不会养猪。"

史今一愣:"养什么猪?三五三是装甲步兵团,又不是生产基地。你想想,军队里养兵是为国防,干吗养些兵再来养猪啊?自己算,养猪教你们这些干什么?放心吧,没那些猪给你们养,就你们吃的猪肉还是市场上拉回来的。"

许三多终于说出了自己的担忧,他问:"那分兵会把我分到哪?我能摸着枪吗?当兵总得摸着枪啊。"

史今松了口气,因为这个标尺实在太低:"你能摸着枪,我保证你能摸着枪。"

许三多:"排长,给我和成才一个连吧,跟你也一个连,我一定努力的,跟伍班长也一个连,我知道他训我为我好,也是快同了村的老乡嘛……"

史今听着他唠叨,忽然有些蹿火,也有些烦躁:"回去睡觉!这事不由我定,更不由你定!"

许三多乖乖地掉头回去,轻易得让史今都愣住。史今在黑暗里呆呆地站着,他看着电筒里透出的微光发呆。

许三多蹑手蹑脚回屋,正往铺上爬。成才就探头问道:"怎么样?"

许三多话没头脑但是很放心:"排长说没猪给咱们喂,排长说养着咱们是为国防……"另一个铺上的士兵急得嚷嚷:"大声点,许三多!"

许三多忽然发现一个屋的人都探头在等着他,这辈子说话也没被人这样注意过,声音也高了八度。"排长说,养着咱们是打仗的,不能养些人再来养猪,这笔账不划算。"

成才嘟囔着:"那每天吃的肉从哪来的?在家都没吃这么多肉。"

许三多俨然新闻发布官的样子:"排长说,从市场上拉回来的。"

一瞬间就听到很多吐长气的声音和脑袋落在枕头上的声音。

"还有什么,还有什么许三多?"

许三多得意了:"排长还说,保证我能摸着枪!"

成才加倍地吐了口长气:"你这骡子都能摸着枪,我就更不用说了。"

许三多:"是啊是啊。"他忽然觉得不太舒坦,"成才,你是不是有点拿我那个……投石问路?"

成才瞪他一眼,神情坦诚得让许三多羞惭:"怎么可能,你跟我有哪一点像吗?就算你想帮我问个什么又问得出来吗?我纯是为你着想。"

许三多立刻信服了:"是的。你对,我错了。"

成才舒服地把脑袋放回枕头上:"睡吧。做个好梦,许三多。我暂时不用替你操心了。"

靶场上,一队兵都在那儿紧张着,不是因为枪声,而是怕打不出个好成绩。班长们的口令声,跟着枪声此起彼伏。成才笔挺挺地站着,因为知道连长就在身后。伍六一麻利检查一支八一自动步枪,上弹。"许三多,射击就位!"

许三多出列接枪,伍六一发现备用弹匣没了,转头到旁边弹药箱拿子弹,就这么会儿工夫,许三多无所适从,他端着枪转过身来。

许三多:"班长我这没子弹呀。"

枪口扫过的轴线把整队兵包括在里边,大家闪避,两个人没动窝,一个成才,一个高城。

监督的史今一步跨过来,抢住了扳机,迅速把枪给下了。他从弹膛里退出一发待击弹。

许三多脸色立刻变得煞白,汗水瞬间便湿透了衣服。

高城一步踏过来:"许三多,你心思在天上呢?"

许三多连嗫嚅的劲头都没了,他现在只剩下发呆和后怕。

史今小声地对他说:"先别想这些,好好打,这次是入总分评估的。"许三多幽幽怨怨地趴下。一旁的史今小声地鼓励了一句:"你的姿势很好,手别抖……别去管自个的心跳,现在只有枪和靶,放松……放松……"

许三多几个点射过去,全打在了靶子旁的石头上,石屑飞溅。他期待地看着史今。

史今有点失望:"跟上回一样。"

伍六一绷着脸,他已经忍了很久,许三多委委屈屈地归队,走过高城身边时下意识地绕了个弯。高城则根本不看他,反而看了一眼成才,成才仍戳着,虽然有些做作但是绝对挺拔。

一天的训练后史今都显得有些疲惫,他走向连部,高城正和红三连连长在屋边掐架,死活把一盒中华塞回人家袋里。

跟高城比三连长是个拙言的人:"老七拿着,拿着成不?"

高城乐了:"中华不能这么派啊,老三你没这么大家底。改天你塞一条我照伸手,今天可不行,就是不行。"

三连长有点生气,甩甩手走了,实话说有点灰头土脸。高城没心没肺地乐,扫见史今就大喝一声:"三班长过来!"

三班长是史今在钢七连的号,史今忙很正式地过去,近边就被高城亲热地搂住了,说话声也成了附耳。

"瞧着没?红三连来找后门了,要兵,当然是要好兵。这烟谁抽得起?你说咱辛苦三月图啥?不就图知根知底弄班尖子,毙得他们满地找牙吗?"

新兵连指导员何红涛是三连抽调的,从屋里出来挺疑惑地看着他们。

高城立刻很正式地拍打史今肩膀:"你这个情况反映得好。来我屋,细谈。"

伍六一正在屋里对了名册苦思。史今和高城进来,看见伍六一犯难,高城就问:"伍班副有什么想不明白?"

伍六一皱着眉头:"成才,新兵连最出色的,可我老觉得这人假。"

史今听他这么说,不大乐意了:"不要轻言真假。"

高城倒不说话了,乐着等伍六一跟人争,可伍六一跟他都争,就跟史今不争。

伍六一说:"这么说吧,我看他的时候,就知道他一定知道我看着他。他表现很好,可好像一切都是做给人看的,行了吧?"

史今摇摇头,可他也说不上来。伍六一把问询的目光投向高城。

高城看来对成才早就想过很多:"成才?简单复杂化。以为没人知道他想法,可屋里这三位恐怕没个不知道他想什么要什么。他是望月猴,攀枝上瞪着月亮琢磨,我要上,有多高我爬多高,可他不懂他得先着了地,做成了人,造了火箭飞上去。我等着他着地的那天。"

伍六一就着急一件事:"那要不要?"

高城乐了:"那小子对谁都客气,可好斗得很,凡事争抢。咱七连最怕什么?"

"最怕你不争。"伍六一瓮声瓮气地说。

高城点点头:"对了,我就怕到七连他会跟你伍班副开争。"

高城知道这话会引起什么后果,后果是伍六一狠拍脑门,在本上记下个名字。

史今看着这两人若有所思:"连长,你们都开始内定了?"

高城拿过伍六一的小本看着:"我喜欢未雨而绸缪,谋定而后动。"他看来对伍六一的初选很满意,把本子又递给了史今,"三班长过目,你俩互补一下我就不用发言了。"

史今边看本,边心不在焉地想心事。伍六一找高城开侃:"连长你看兵眼毒。说说我吧。"

高城喜欢这样高谈阔论,他嘘口气:"你宁折不弯,我喜欢。谁刚来军队都是别样世界,一无所有,所以每个人自尊心倒变得很强,你可太强,你总要求每件事都成功,这搞不好要叫作失败。"伍六一不是一下能琢磨明白这种东西的人,皱了眉琢磨。

高城笑着拍打他:"慢慢想!这是我爸送我的临别赠言,我不明白也做不来,送给你啦!"

伍六一指着史今:"那他呢?说说他。"

高城看了史今一眼,史今仿佛没听到,还在看着本想事,短短几个名字不知道怎么要看那么久。高城回头对着伍六一说:"我怕他。"伍六一瞪大了眼睛。

高城正色道:"我怕对不住他!他看多想多做多,可啥事不说,现在年年精简裁军,我就怕对他不住,所以就算耍点小花招,也得把我家史今史班长留住了。"

史今听见人提自己名才如梦方醒:"啊?叫我?"

高城也不重复刚才说的,拍拍他手上那本:"嗯,有啥意见?"

史今犹犹豫豫地说:"没有意见。都是好坏……可是……"

高城痛快之极:"说,说。你说我办。"

史今终于下了决心:"但是……许三多……这个兵……我想要他。"

那两位的笑脸顿时就都没了,史今也不自信之极,因为他提的那个人让他没一分自信。

高城干脆地道:"门都没有。"他很认真地看着史今说,"不管什么样的兵,我会去发现他的长处,可这个兵,我没发现任何长处。"

史今嗫嚅着:"也不能说没有。"他知道自己也不信,但还是咬着嘴唇往下说,"分我那班吧,我保证能把他带出样来,说真的,新兵连训得最认真是许三多……"

伍六一情绪很激烈:"坚决反对!犯错最多也是许三多!"

高城瞧着窗外的暮色,操场上到处都是活动的士兵。史今也不吭气,等着他往下说。

"我不喜欢会举手投降的兵,你对他不好他不在乎,你对他好了他成天黏着你,我不喜欢这种没有自尊的人。"他仿佛看出史今想说什么,抢过话头又说,"对对,我不该以自己喜好为大,可你知道我在乎的是什么!"

高城正色道:"连部以什么评定一个班长的业绩?甚至决定他的去留?史今同志。"

史今叹了口气,他明白高城意谓何指,这几乎足以打消他一切想法,史今叹了口气。

高城把那本从史今手上拿了过去:"这是我最大的顾忌。"

伍六一已经平静下来,因为高城已经说出他想要说的,他简单地为这件事做了一个总结:"他会拖死你的。"

史今看着高城合上那本,他知道许三多的命运已经就此注定。

许三多趴在桌子上写信,嘴里念叨着自己写的内容:"爸爸、一乐,不知道能不能看到信的二和:我挺好,睡得好,吃得也好,练得也好,我觉得不好,成才说挺好……"

史今和伍六一走了进来:"放松一下。新兵连发纪念品了——你们的靶纸。"

大家一拥而上,抢着那些写着自己名字被弹孔洞穿的靶纸。许三多找不到自己的。

史今从背后拿出张完好无损的,他把那份单拿是为了避免许三多被人取笑。

许三多挠挠头,连他自己都有些脸红。

史今看着他,想不出能说点什么,只能安慰道:"没事,以后好好打。"

许三多感激地点点头,回到铺边继续写他的家书,嘴里继续念叨着:"明天分兵,成才说我准能分到一个很好的连队。我说什么是很好的连队,成才说排长不保证了吗?你准能摸着枪……"

哨声吹响,士兵们拿起早打好的背包冲出宿舍,他们现在的行动和速度确实对得起那身军装。

新兵连操场上,新兵们列队站好,这时才发现晨光下有些不太一样,操场上停了几辆车,几辆军卡,一辆空调大巴。连长高城拿着花名册站在军卡和巴士之间朝他们喊:

"路远,二号车;黄一飞,二号车;贾洪林,一号车;吕宁,三号车……"

新兵开始接耳:"班副,干吗弄两种车?"

成才不假思索:"还用问?去好单位的上空调车,去坏单位的上卡车呗。"

大家恍然大悟,而被分上卡车的已经快哭了出来。

"成才,二号车。"

居然是那辆披着迷彩篷布的军卡,成才屹立的军姿顿时有点发萎。

"许三多,三号车。"

三号是那辆空调车,许三多乐了,后发而先至,还赶在成才之前上了车。

高城瞪了他一眼:"抢什么?还要加塞?"

许三多不好意思了,他一边上车,一边回头看了一眼,成才正垂头丧气地爬上卡车。

满操场的士兵已经上车,成才从军卡篷布里露出双眼睛,死死看着旁边那辆空调车。许三多之流正在空调车上对着卡车上的兵挤眉弄眼,年少轻狂,得意得几欲飞天。

高城在车下和指导员何红涛握手:"您就再辛苦一趟送送他们。"

来自三连的指导员何红涛笑了:"老七这次是满载而归,自然也就归心似箭了。"

高城半点不让:"红三连挑的兵可也不差。"

何红涛:"比钢七连可差远了。说着竖大拇指,高连长的眼力见数这个。"

没等着高城说话,他上了那辆空调,很有亲和力地一笑。

空调车驶动,许三多忙对着成才做了一个足尺加八的鬼脸,成才眼圈一红,抹泪,许三多愣住,眼圈顿时也红了。

高城已经跳进了军卡驾驶室,卡车也轰鸣起来,烟尘中成才呆呆地望着远去的大巴,许三多几乎贴上了车窗,还在玩命地对他招手。

这支小小的车队穿行在战备公路上。

几个好事兵仍在瞧着远远那几辆卡车的影子,其中许三多几是望眼欲穿。

47

何红涛是个很能活跃气氛的人,拍了拍司机说:"走机场,绕个圈,给他们长长见识。"

又转身面对着一车兵:"大伙别说小话,从今起就是老兵了,更不能没人看就放松自己。我先给大家介绍咱们服役这个师的情况,咱师是T装甲师,全国挂号的装甲部队,咱团是T师主力装甲步兵团。大伙瞧那边——"

兵们争先恐后地瞧过去,远远的黄绿色土地上,军事禁区的标志,一辆老式T34坦克在花坛中炮管直指蓝天。

何红涛接着说:"那是我师主力坦克团,北上朝鲜南下越南,那家伙威风吧?"

新兵鼓足了劲:"威——风!!"

何红涛摇头不迭:"那是抗美援朝时候的,现在都换了四代了——大家看那边!"

赶紧地看,士兵们脖子像方向盘似的转动,也不管看没看着啥。

何红涛:"那是我师炮团,装备了自行化和计算机化的野战火炮。——那边,装甲侦察营驻地,那边,师部!那边,大家快看!"说着说着,他自己都激动了。

大家忙转头,两架武装直升机正从一个树梢高度后升起。绝大部分兵还是第一次看见武装直升机的实物,仰了脖不算,半个身子恨不得探出车窗。

何红涛声音明显高了几度:"那可是直升机大队!装备了多种型号的先进直升机,担负着重要的对地支援、反坦克和突击运输任务。"

兵们目瞪口呆:"咱陆军还有飞机啊?咱们坐直升机去连队多快呀!"

何红涛已经吹上劲了:"这个没有安排……主要是调度问题——许三多,坐回来!"

许三多探出窗外的大半截身子缩回来,正好外面一辆车擦过。车里笑声打闹声响成一片,已经让何红涛用事实鼓舞得士气如虹。

何红涛擦擦汗,是吹的也是吓的:"看看多危险。大伙,觉得怎么样?"

不用多说了,兵们你捅捅我,我捅捅你,兴奋到要爆炸。

另一辆车上,篷布低放着,一车厢的兵都沉闷地面面相觑。

成才一直盯着对面的一个兵,那个兵被他盯得想哭又不好意思,只好同样盯着他。

篷布外低沉的声音掠过,那是刚升空飞过的两架直升机。新兵嘀咕:"这啥动静?"

没人接茬,大家都有些责怪地看着他,那个兵压低帽子,不再说话。

跟那车的士气直叫云泥之别。

那两架直升机也甚是凑趣,超低空掠过,引得车厢里的兵们又一阵兴奋。

何红涛看看外边绿荫掩映的一处军营:"大家静一静,看见那处营门吗?那就是咱们所属团队,光荣的三五三装甲步兵团！我们都属于中间的一分子。同志们,骄傲不骄傲？"

兵们:"骄——傲！！"

"自豪不自豪？"

兵们嗓子都要吼破了:"自——豪！！"

整车都笑,何红涛也笑了:"同志们唱个歌吧？《装甲兵进行曲》怎么样？"

这就是个唱歌的时候,一个兵自告奋勇地起了个音,一首歌吼得地动山摇,士气之高至不可再高,路人皆为之侧目。歌没唱完,车离团大门越来越近时却忽然拐了个弯,上了小道。

大家仍在唱着,有几个敏感家伙眼睛稍有些发直。后边的卡车直接开进团大门。

成才仍在坐着出神,旁边的兵听着声音不对,撩开了车篷。成才惊讶地瞪大了眼睛。

几辆步战车从侧道拐了出来,被卡车压住,车上的步兵不愿意再等,从后舱门下来,列队集合。

成才惊讶地看着那群全副武装的士兵,他们的服装,他们的步枪、机枪、火箭发射器、野战电台,还有些新兵们根本叫不出名来的玩意。

更让他们慑服的,那帮兵身上有股常在硝烟来去者的气势,和他们这帮刚打过几次靶的人绝不相同。

一个车的人也都在看着。成才忽然老气横秋:"瞧见没有？这就叫装甲步兵。"

兵们萎着的腰杆忽然挺得像杆一样直。

许三多这一车里的人仍在唱,但唱得已有些跑神。此地本就只是个因军队驻扎而兴旺的小镇,拐上小道,车外的景物立刻现出了荒凉。

兵们渐渐觉出不对:"咱们上哪？"

何红涛鼓劲着:"唱哪！同志们怎么不唱了？"

很机械地又是一首,兵们是直着眼在唱的,外边已经是一望无际的草原。地平线,地平线,除了地平线还是地平线,半沙化的土地看得让人茫然。

许三多麻木地跟唱,他身后的新兵有了点哭腔:"咱们要上哪？"

草原上广阔到能投射白云的影子,一辆车在这里实在跟蝼蚁无异。除了一条简易公路,周围大概是几十公里内连个人影也没有。歌声已经渐渐地小了下来。新兵们早已经唱得唇干舌燥,再也唱不下去了。何红涛还想指挥,可没人开口了。

车终于在一处小营门前停下,营里是绿油油一片菜地,几个土坷垃似的兵在门前等着,有一个手里甚至拿着锄头。

何红涛开始分配工作了:"吕宁,刘红兵,你们是这,生产基地。"

两个兵木呆呆地下车,何红涛鼓劲:"全团摄取的多种维生素就仰仗你们了。"

跟着,车停在另一处小营门,几个油炸麻花似的兵在营门口等着。何红涛继续分配:"油料仓库——马荣,林东志。"

两个兵一步步挪下车。何红涛机械地鼓劲:"广阔天地,大有作为。"

歌是早不唱了,车上人少了许多,车晃着继续前进,无休无止,不知要晃到啥时候。

无精打采的兵一个个从车上淡去。渐渐地,何红涛都已经昏昏欲睡,车终于停下,而且是不打算再开。何红涛醒来,擦擦眼睛,回头瞧一眼车后,就剩许三多了,许三多也瞪着他。

跟前边几个地方相比,这里能算是荒凉到绝境了,车外是荒原上兀立的四座简易房,连个迎接的人也没有。

"许三多,你就是这了。红三连二排五班,看守输油管道。"

许三多看着这地方发呆,那几间小屋总算让这一路地平线的旅程有了个目光焦点。何红涛看看他,即使是他也对这一片荒凉有些过意不去,所以又找补了一句:"一个光荣而艰巨的任务。"

许三多愣了,像被敲了一记闷棍,半天活不过来。

第 四 章

　　许三多拎了家什铺盖站在宿舍里,没命令就绝不敢放下,于是越发显得傻气逼人。因为住在这里的主绝对说不上遵守内务的范例,三张高低铺只用了两张,剩一张卸了下铺作为堆放杂物的空间,四张铺上倒有半数的被子根本没叠,桌上散着几副扑克牌。这要是在新兵连,是被视为洪水猛兽的东西。
　　许三多一脸新奇,这是一个新兵第一次进入一群所谓老兵的生活空间。
　　老兵们一言不发在自己造就的残局边站着,李梦、老魏、薛林三个。李梦更加关注桌上的套牌,因为牌型太好还照抓在手上的样子扣着,这就越发让何红涛觉得不满意:"你们班长呢?昨天就说了要来新兵,怎么连个欢迎也没有?瞧瞧这多打击新同志情绪?你们内务怎么能搞成这副贼性样子?许三多,东西放下。你们,说话。"
　　三个人戳弄推诿了几秒钟,终于出来个老魏,一脸倒霉蛋神情。
　　"报告指导员,班长输了牌,伙房里正煮面条呢。"
　　何红涛再好的性子也就要爆发,班长老马一股风似的冲了进来,系了个制式炊事班围裙,脸上非制式的纸条还没扯尽,倒是一股子平易近人。
　　一说话纸条被鼻孔里的气流喷得乱飞:"哎哟嗬!报告指导员,您咋这就到了?我寻思着得黑天才到呢。"
　　如果他那敬礼还算标准,前边那语气词和脸上纸条可让何红涛泄气,万般无奈,一声叹息,何红涛伸手把他脸上纸条撕了下来"我怎么说你?你在三连待的时间比我还长。你看这内务……"
　　老马掉转了头:"李梦、老魏、薛林,你们让我咋说?"
　　那几个把被子团巴了团巴,扑克收拢了扔进抽屉,这就算是个交代。
　　李梦反应得快:"欢迎新同志!"他鼓掌,带起那几位干巴的掌声,何红涛越发皱了皱眉。
　　老马凑上来:"新同志叫啥?"
　　许三多怯得没地钻:"许三多。"
　　老马加倍热烈地鼓掌:"欢迎许三多来咱红三连二排五班!许三多同志真对不住,早说要给你列队欢迎,就是没码个准点!我这班长先给你赔不是,赔……"
　　许三多脸红了:"谢谢。这里真好。"
　　老马不由得犯了愣怔,再一瞧那小子一脸崇敬向往之色,又愣了愣然后变

51

脸,因为要对那三位说话:"知道咋对新同志吗?"

于是给何红涛和许三多各上了一杯水,许三多喝一口后神情有点古怪,给何红涛上那杯水可就有点不怀好意。

李梦贼兮兮地说:"指导员,你慢着喝,这水含铜量高,也算矿泉水,就是不知道对身体是好是坏。"

何红涛一仰脖,咚咚咚几声,一杯水灌了个干净:"我传达个消息,水管子下半年就接到这,你们可以喝干净水了——为四个人接根水管子,别说三五三团心里没你们。"

老魏接茬:"就手再接个俱乐部来就好了。"

薛林也不甘落后:"就手把三五三团也接过来就好了。"

李梦看了一眼许三多:"是为五个人接根水管子。指导员您心里有没新同志呀?"

何红涛也有点语塞,而且发现李梦这坏小子又给他续上了满满一杯水。

他不想再喝了,对李梦说:"带新同志去熟悉一下战备环境,别再鸡一嘴鸭一嘴的。"

许三多机械地跟在李梦后面走了出去。

何红涛又转过身对老马说:"老马,我得跟你谈谈。"

老马忽然惊乍地挥了下锅铲:"面条,面条糊啦!"转身跑了出去。

李梦一言不发地领着许三多在草原上晃悠,他有点存心地让气氛沉闷:"刚才在车上往外瞅了没有?"

"一直有瞅。"许三多恭敬地回答。

"那你就已经熟悉战备环境了。从新兵连来这跑了几个钟头?"

"四小时五十四分钟。"许三多很精确,许三多似的精确。

"那你也熟悉地理位置了。嗯,这就完了,咱们回去。"

许三多:"我好像还没熟悉呢。我笨,学得慢。"

李梦瞟了他一眼:"不是笨,是死认真。有什么好熟悉的?四间东倒西歪屋,五个……不,你不够格……四个千锤百炼人。本班说远不远,说近不近,离团部五小时车程,补给车三天一趟,卸下给养、信件及其他。地下四通八达,各路自动化管道及油泵齐备,我班主要任务就是看守这些东西,保证野战部队训练时燃油供给……"

许三多东张西望:"哪呢?咱们看啥?"

李梦扳回他寻找方向的脑袋:"脚下五米,深挖。我跟这待了一年半也没见过,自动化操作,不用咱管。咱们就像田里的稻草人,戳这,立正!站好!起个吓唬人的作用……累死了,三天也没说过这么多话,烟有吗?你立正干吗?"

许三多赶忙放松一些:"没有……有。"

他拿烟给李梦,李梦点烟,并没忘了给许三多,许三多摇头。

"自己不抽？这烟给老兵预备的？"李梦乐了，"很上道嘛。这么跟你说吧，我们这无惊无险，此地民风淳朴，敌特破坏？连偷油的念头都没有走过脑子，风暴冰雹等自然灾害百年罕见，地下管道也是工兵专业维护。这块说苦不苦，说累也绝对不累，就是两个字——枯燥……有什么爱好？"

许三多想了想："爱好？没有。"

李梦大手一挥："赶紧找一爱好，要不人生苦短长夜漫漫，你五分钟就闲得两眼飞星星。跟你说吧，班上那几个瞧见没？薛林，热爱迷路羔羊，见头走失畜生如见大姑娘，他绝不图表扬，就图跟五班外的人说个话。老魏，一天给人起十个外号。老马，咱班长，现在不迷下棋了，正研究桥牌……这帮傻蛋。"

许三多怔了许久："你……您爱好什么？"

"见外啦，我叫李梦。"李梦忽然变得很庄严起来，"我的爱好，说实话，不来这草原我没法实现它，来了这我就一定能实现了它。"

许三多看了看暮色下的草原，草原让他茫然，现在面前的人类让他更加茫然。

"我写小说，平心静气踏踏实实开始写小说。关于人生，我已经二十一了，我会写一部两百万字关于人生的小说。如果在繁华闹市，我一定完成不了，可命运……"李梦看了看许三多，"有一位伟大的作家，因为坐牢写出了传世之作，你知不知道他叫什么名字？"

许三多已经无法避免地开始崇敬起来："我不知道。"

李梦又点点头："我原来是知道的，现在忘了。我会像他那样。"

许三多："你会的。"

李梦忽然警惕起来："这事别让你以外的人知道。"

"杀了我也不说。"

李梦满意地笑了："指导员有没有跟你说这是个光荣而艰巨的任务？"许三多点头。

李梦接过许三多的烟盒，"再给支烟。我先拿着吧，你也不抽——指导员在打官腔，他不明白这话的意义，光荣在于平淡，艰巨因为漫长，无论如何，我们可以把有限的生命用在无限的事业上，这一切，指导员他明白个蛋。"

李梦对着荒原做如上感慨。许三多的崇敬无止境，但我们千万别相信他很明白。

何红涛狠狠地打了个喷嚏，几乎把一碗面条扣在自己脸上。

老马面无表情，递过一块疑似抹布的东西，何红涛盛情难却地擦擦嘴。

何红涛："老马，你好好干，这是个……光荣而艰巨的任务。"

老马像个见过一万次海市蜃楼的人，他早已经不冲动了："光荣个蛋，艰巨个屁。"

何红涛气得把碗重重一放："五班长！我说你……立正！看着我！别把眼

睛转来转去的！"

老马立刻便戳成了一根人桩，只是眼神闪烁，回避着何红涛愤怒的表情。

何红涛恨铁不成钢："你以前多好。现在呢？现在就像那屋那几个兵。"

对一个曾经是三连模范班长的人，这话很重，何红涛以为老马会被刺痛，老马却只是念天地悠悠地叹了口气。

"一年半。"何红涛叹气，"从红三连最好的班长掉成现在这样，只用了一年半。为什么？"

老马不说话，眼神直直地看着窗外的地平线。何红涛也看了看，在这里此窗的地平线和彼窗的地平线绝没有任何区别，那片荒漠把他的怒气也消弭无形。

何红涛发现了他的眼神变化："又要说赖这地方？"

"不知道，兴许赖我自己。"

何红涛拍拍他："好吧。苦处我知道，你好处连里也记得。连里正给你力争三等功，说白了能在这地方待下来就该无条件三等功。退伍找工作管用，不让你在这干耗。"

老马低下头："别别！指导员我没说要走。"

何红涛又诧异又生气："那怎么办？一世英名非晚节不保吗？你没带好那几个，倒让他们把你带坏！不趁早光荣退伍……你到底在想什么？"

老马嘘了口气："不知道。……指导员知道吗？这方圆几十公里就这几个人，想好好待下来，就得明白多数人是好，少数人是坏。"

如此丧失原则的话几乎让何红涛又一次发怒，但他只是瞪着老马狠狠甩了甩手，看来也预料到必将得回一个死样活气的反应。

老马所说的多数人，也就是李梦、老魏、薛林几个正在路边望呆，实在是闲得烧心了，连随车司机在对车进行例行维护也被他们目不转睛地看着。

司机也不知道是被他们看得发毛还是不屑，连头也不回。

何红涛终于青着脸出来，老马聊尽人事地跟着送。许三多跟得居然比老马更紧，那源于惊慌，何红涛一走他就跟以前的世界彻底断去了联系。

可何红涛一直走到车门前才发现自己已有两条尾巴，而且坦白说，五班的状况比许三多的心情更让他操心。

何红涛拍着许三多的肩膀："都回吧，你……你们好自为之。"

老马瞪一眼那几个望呆的，尽力提高了嗓门："敬礼！"

总算把那几个喊回了魂，拖泥带水的军礼敬出来时，何红涛已经关上了车门，他实在是不忍心看。那辆空调车空空荡荡地去远，老马和许三多目送，两人的表情充满被抛弃感。

李梦几个早已经万事大吉地回屋。

老马看看许三多，两人一般的茫然，他仔细地琢磨着许三多，就像人琢磨镜里的影子。

"你叫许三多……不爱说话？"

许三多点头。老马笑了："指导员说你是锤子都砸不出个响。你别在意，我新兵那会儿也这样，不爱说话也不敢说话。"

"我是不会说话。"

"那你境界比我高。"老马跷起来二郎腿，"许三多，就当这是个岛，你到岛上了，印象怎么样？"

许三多很真诚："挺好。"

老马就没当实话听："真的吗？"

许三多居然迅速就有了个期待："班长，咱们班发枪吗？"

发枪？老马伸了个懒腰："发。荷枪不实弹。这里用不上子弹。"

"发枪就好啦！"

老马苦笑："你挺会说话嘛。这话我爱听。"

许三多没看出老马的意思，接着说："是很好啊。指导员说这任务又光荣又艰巨。李梦说光荣因为平淡，艰巨因为漫长。"

老马有些不屑："他有没有说他在写两百万字的小说呀，他的人生什么的。"

许三多瞪大了眼睛："他说……他说不让告诉别人。"

老马："连草原上的耗子都知道，撕了写写了撕，折腾小一年了还是两百字序言。不过许三多，你初来乍到，我这就一个要求，要团结，日夜就这几张脸，不团结不行；一个建议，给自己找个想头，要不在这会生闷出病来。"

许三多不明白："想头是什么？"

"就是能让你不数着分分秒秒挨时间的东西。自己体会。"

许三多还是不明白："那班长你的想头是什么？"老马被问得有点生气，但又乐了。

"下次别刨根了。"老马谈到了他喜欢的话题，"李梦肯定说我臭棋篓子，臭牌篓子什么，那是个虚，我真正的想头是你们这几个兵，我带过很多兵，现在这兵跟以前不一样，有人管都这样，没人管要翻天啦，我就带好你们。奉献这两字我是不爱说，但有时候……人生就是这样吧。"老马又盯着荒原如是感慨，许三多再次更加地佩服无止境。

夜里，李梦在宿舍里翻他桌上那摞稿纸，撕下第一张，团巴团巴扔进个人专用纸篓，下边的稿纸全白净。而这是个信号，薛林对老魏使个眼色。

老魏带头喊起来："托尔斯泰收工啦！阎锡山、沈万山，哥几个支桌子啊！"

几个人又开始支牌局，边吵吵嚷嚷，薛林不乐意了："老魏，我啥时候又改叫阎锡山呀？"

老魏说："你沈万山，他才阎锡山。我打算给咱全班凑出五座大山，这才想出俩。"

三个老兵正在逗着嘴，老马和许三多走了进来，"又支上了？先停，跟你们说个正经。"

老魏摔牌："有听呢,伟大的伏龙芝同志。"

老马清了清嗓子,说真的他早已不习惯这样正式地说话了："指导员再次对五班状况表示了看法,我寻思咱也该正正风气,不说查内务也图个自己舒服,怎么说也穿的军装……"

李梦眼皮都没抬："一天一查我一天叠三次被子,可他一月也不来一趟啊！"

老马有点生气了："起立！内务是给人查看的吗？"

薛林小声找补："是给自个舒服的,所以我们做得还不赖。"

老马彻底光火："全体起立！牌扔了！全班列队！这还反了你们啦？像个兵吗？今儿个不许打牌！按作息时间,现在……现在看电视！"

可是这恼火也是日常休闲,几个兵嘀嘀咕咕地拿了马扎列队,许三多诧异地排到队尾,他搞不懂的是班长发火而士兵们居然很惊喜,像是终于发生了一些常例之外的事情。

老魏小声说："发火了发火了！"

"上次两星期前了。"这是薛林。

李梦总结："我就说指导员得常来,要不班长哪来这精神头。"

老马使劲调整着电视："去你们的幽默感！放！坐！"

于是把马扎放下,然后坐下,这一切被老马搞得很喜剧,四个人整齐划一地坐在电视机边,瞪着班长与满屏雪花做生死搏。

老马用上了举世闻名的修理方法,狠砸电视,电视出声了,还是没画。

李梦听着听着乐了："中央人民广播电台怎么上电视了？这是侵权……"

老马打断他："别说话,听！"电视里影影绰绰的大概是军事节目,说着某边防哨所的兵。

老魏居然很认真地道："我羡慕他们。"

老马满意到了惊喜的地步："看！看！嗯,大家可以谈谈想法。"

薛林挺起了胸口："羡慕他们,因为他们离城市上千公里,怎么都有个伟岸身影美好回忆。咱们离着就三四小时车程。敢说苦？想想红军两万五,敢说累？洗洗回屋上床睡。"

李梦也接上了话茬："班长,我很想舍身抢救落水儿童,两个必要条件是得有水和儿童对吧？昨天终于听着呼救声,你猜怎么着,偷粮的耗子落咱水缸里啦！"

老马再也撑不下去了："解散！"他好像终于也找准机会幽了一默,"想发牢骚？不给你们说,捂也捂死了你们！"

大家一声欢叫,牌局又开始了。老马观望,他很清楚自己是又失败了,但他脾气好,而且也这样失败过很多次了。想了想又凑上去问："玩桥牌吗？"

薛林半点不给面子："那是你们有身份的人玩的。小的们就爱拉耗子斗地主。"

李梦看也没看老马:"班长心情好就给新兵训训话。许三多,听班长话,他可是好人哪!"

许三多嗯了一声就跟上了老马。老马抓耳挠腮,刚掏出几副扑克,摆出个桥牌的格局。

许三多:"班长,你要跟我说啥吗?"

老马想起自己是班长来的,有些难堪地看看手上那牌:"说啥?要说啥?"他又念天地之悠悠地叹口气,"你小子算是赶上啦。要说在咱们中国,像咱们这样的班还真没几个……"他顿了顿,又顿出了很久以前军人的骄傲——确定地说,"可以说独此一个……你吃了没?"

许三多摇摇头,他也发现自己真是很饿了,肚子里咕噜一响。

老马拍着脑袋站了起来:"对不起对不起!赶紧去吃饭!我是真羡慕你有事干,我们可都吃过了,我陪你去吧?"

在这荒原之上,五班的几栋小屋是几栋突兀的建筑,透着不合时宜,早晚要被岁月和这过于广漠的空间吞噬。日升日落,五班似乎永不会有半分改变。

这里的阳光永远很好,晨曦照耀中一人从高低铺上爬了起来,那是许三多,他开始轻手轻脚整理被褥。薛林蒙蒙眬眬地看看他:"搞什么?"

许三多想了想自己在搞什么,早起是习惯,并不要搞什么,但薛林又睡了。

许三多蹑着脚地出去。

草原的山丘上裸露着铜矿石,远处的广漠和半沙化土地上的生机苍茫而壮美。

许三多跑步过来,跑得已经气喘吁吁,通常到了这种地方,看着远处的日出,任谁都会站住了感叹一回。

许三多焚琴煮鹤地开始踢正步,他开始练习一个姿势,这个姿势让人想起不久前伍六一对他说过的一句话:"我总不能让你这么一路踢着顺拐去新连队吧。"

说实话,他比以前踢得好多了。

李梦坐在铺上,抽着烟,盯着许三多那张整整齐齐的床,犯着睡起之后的愣怔。

老马从上铺翻下来,班长住上铺是这支军队一个不成文的规矩,而且通常都是睡在新兵的上铺,为的是排遣新来者难免的寂寞,老马仍下意识地延续着。

老马看着李梦:"发什么呆?"

"没发呆。"李梦不满地回了他一句,"你们以为我发呆的时候我在思考。"

老马横他一眼,问都懒得问了,他知道李梦一定会说他在思考什么的。

李梦果然没有停:"我在思考,人的惯性和惰性能延续多长时间,这新兵蛋子能保持他的内务到什么时候?"

老马因此又看看这屋,发现有点改变,除了几个人睡的地方一片凌乱,屋里被收拾过,里倒外斜的桌椅被收拾过,乱糟糟的纸牌被摞好,只会是一个人干的,只有许三多的被褥被叠过。

老马:"这叫惯性和惰性吗?你瞧瞧你那张床像什么?"

像狗啃的,而且有四五条狗在上边咬过架,另两张床上,老魏和薛林还拿枕头扣着脑袋,要坚持到最后一刻才睁眼。李梦一脸深邃地继续猛抽烟。

老马忽然闻了出来:"你小子抽的什么烟?玉溪啊?给我一根……不对,这哪来的?"

"我买的。"

"扯你个犊子!最近的烟摊离这十二公里。你拿许三多的!吐出来!"

许三多正好汗水淋淋地进来,李梦不情不愿地掏出来。

老马抢过烟,回头看许三多:"你干吗去了?"

许三多兴致勃勃:"你们还没起,我又跑了一圈。"

老马举着手里的烟盒:"许三多,李梦忘了把烟还你了。"

"我不抽,李梦抽吧。"

李梦忙把烟抢回去,又点上一根,然后他愣住,许三多正在叠他的被子。

"我的被子你别动。"

许三多手没停,嘴里回答他:"班长说,内务问题上要互相帮助。"

李梦就回头瞪老马:"你说的?"

许三多:"新兵连。新兵连的伍班长说的。"

李梦愣了两秒钟以后,和许三多争抢着叠自己的被子,那是个面子问题。

跟李梦一起望着被子发呆的人又多了几个,连薛林和老魏都在。

每个人铺上的被子都被叠得一丝不苟,对这几位以散漫为己任的家伙来说,那有一种被蹂躏和践踏的感觉。老魏小声嘀咕:"这都一个星期啦,怎么还这样?"

许三多在屋里,薛林就捅老魏:"小声点,人也是好心。"

老魏只好无奈地摇头:"继续拖拉机吧。"

刚起身,许三多就冲过来,拍掉床上几人刚坐出的屁股印,拉好床单。

然后几人就坐在桌边,看着那几副扑克牌不知道该怎么伸手,也不知道许三多怎么干的,把几副毛了边的扑克叠得如刚出厂一样,这和把被子叠成豆腐块一样是门水磨功夫。

"这哪行?我没心情玩了。"

"还玩?我屁股都不知道放哪好了。"

李梦掉头找老马麻烦:"班长,你说说他吧?"

老马一摊手:"他做得对,我不说你们就不错了。"

李梦急了:"那我们只好天天坐马扎啦?"

老马得意非凡:"坐床躺床本来就是不对的!现在也没什么不能坐的,你只要咬咬牙,狠狠心,往下一坐!"于是薛林横眉立目,就要过去坐。

老马斜着眼睛看着他:"如果你觉得对得起你们那身军装的话!"

如果说那几位和老百姓还有一点区别的话,就是那身军装,于是薛林只好又老实坐在马扎上。

许三多在扫地,现在他决定把几个屋之间的沙化土地也打扫了。

李梦几个人在嘀嘀咕咕,准备了一下,从伙房里溜出来。

一个端着一面"优秀内务"的小纸旗,墨迹淋漓,显然刚刚造就,一个拿着盆,一个专管鼓掌,三人叮当二五地从许三多身边经过,许三多愣住,跟着。

三人将那面小纸旗放在许三多的被子上,拼命敲盆鼓掌。

李梦模拟大会发言喇叭里的声音:"向荣获五班有史以来第一届优秀内务奖的许三多同志致敬,希望他见好就收,不要再……"

老马让这动静吵了进来:"你们干什么?全收起来!薛林你把个和面的盆也抄出来了,你咋不用自个的脸盆呢?"

薛林委屈:"我是可忍孰不可忍……"

老马咆哮:"闭嘴!"于是都闭嘴,那几个知道一个极限,别让这老好人真发火。

老马瞪着三个人:"马扎抽出来,都给我坐下!现在开班务会!"

继续老实照办,因为老马额头上青筋未退。

"班务会现在召开,许三多同志,这是小事,你别往心里去……"

许三多:"我知道。我会继续努力的。"

老马愣住,许三多有些腼腆有些欢喜,对从未尝过赞扬滋味的许三多来说,这点不怀好意的小荣誉居然让他挺高兴。

老马嘘了口气,没忘了再瞪那几个一眼:"这就好这就好……说实话,许三多,我是打心眼里喜欢你保持这种良好的军人作风,内务军容加口令,好兵孬兵一眼就能看出来……"

许三多马上立正:"报告班长,我觉得做得很不够,我会继续努力。"

老马:"可是说实话,更重要的是大家和气团结,不闹矛盾。你明白我的意思吗?"

"大家都对我很好。我也一定跟大家搞好关系。"

老马只好欲言又止,他从来就不是个把话说到死处的人。

李梦失望之极:"班长这弯子绕大了,我看他明白才怪呢。"

薛林看着许三多:"谢谢你,许三多,可是别再叠我们的被子啦。"

许三多有点疑惑:"咱们不是应该互相帮助吗?"

李梦接过话头:"这个事情上,我们不需要你的帮助,明白啦?"

许三多终于明白了:"嗯——班长,班务会还有什么要说的?"

"会？哦，散会散会。"

许三多出去。几个兵一时都有点内疚，看着。

许三多又开始了折磨步枪，一支拆开的八一杠步枪，许三多很快将零件还原成待击状态。

他瞄准草原上遥远的一个点。

老魏从外边进来，回到牌桌前说："他没事，在玩枪呢。"

老马跳起来就要往外冲："枪？枪都扛出来了还说没事！"还没起来就被薛林和李梦拉住。

"班长你知道的，这儿搜罗遍了也没一发子弹，要整事不如他扛根呢。"

老马急了："整事，你们是怕他整事？你们给我摸着良心说，那是个整事的人？"

老马是在发火，那几个虽不至摸着良心，也都有些垂头丧气。

薛林："那倒不是。其实这人挺好的。"

老魏："主要是和咱们不大一样。"

李梦："主要是少根筋。"

老马又瞪过去："我看你多了几根不该多的筋！"

在老马的人生尺度中这绝对叫作骂人，李梦也知道，悻悻挠头不语。

薛林打圆场："不整事就没担心了。班长你消消火。"

老马："我呸你！你们不管他的心情吗？他实在，离家又远，到这地方，什么委屈都结结实实自己吞了！你们这几个，你们就好意思？要我才懒得管你们那狗窝呢，人家天天给你们操心费力的。"

老魏立刻就悟了："是啊是啊。"转身又跑了出去看。

李梦接茬说着："可他一个人搅得咱们鸡犬不宁呀。就说班长你吧，跟我们红过脸吗？为了他你这几天跟我们发多少火了？"

老马犯了会儿犹豫，他一直以为自己是身在局外的，到了也是深受影响的一位。

老马盯着李梦："忽然想起你大作家常说的话来：多数人掌握的不一定是真理。"

李梦居然点了点头："很可能他掌握的是真理，可也说不定是虚荣。"

"在你手上是真理，到人那就成了虚荣？"老马不高兴了，"你那小说就打算这么写啊？也行吧，可你啥时候写出来啊？你撕掉的稿纸也得有十几摞了吧？题目到底有没有啊？薛林你别乐，你最近又搜罗到几只羊啊？靠着这羊你又跟牧民小姑娘搭了几句话呀？你没把人家群里的羊给拉过去请功吧？……"这会儿老魏又转回来："没事，他是在练瞄准。"

许三多仍在草原上练瞄准，这回是换到了那处山丘上，对着地平线在练卧式射击。

老马没精打采地上来。

他闷闷地看了会儿,看许三多也看他的目标,这地方荒得让他的目光没有焦点。

"你在干什么?"老马问道。

"报告班长,我练习射击姿势。"

"姿势很对,比我标准。"

"可我就是跑靶。"

老马苦笑:"那是打得太少。枪法是拿子弹喂出来的,你要换个像样点的连队,一匣匣子弹喂着,你早成神枪手了。"

许三多一脸憨笑:"那不会。"他继续瞄。

如果许三多现在不瞄准的话,他会注意到老马现在的神情不同平常,有点像伍六一,像史今,像个常年在战斗部队锤打着的军人。

老马没看许三多,而是看着远方:"你是对的,我很想维护原则,可我先得维护团结,有时候这是个痛苦。……许三多,你别瞄了,我实话跟你说,咱们五班配了枪,可不发子弹,这枪到报废也许放不上一枪,跟别人比起来,咱们这个班就是空心的,你得明白。"

许三多卸下弹匣看了看里边的空空洞洞,又装上。

"连长说,当兵的别想手上的枪会不会用,只要想到用的时候能不能用好它。"

老马有些狼狈地看着许三多:"哪个连长?"

"新兵连。"

老马苦笑:"七连长高城?他当然能这么说。他可是三五三营连一级最有前途的军官……我这么说也许不大对?"

"哦。"许三多的"哦"不表示态度,表示没听懂。

老马继续苦笑:"跟你讲个故事。狗栏里关了五条狗,四条狗沿着顺时针方向跑圈,一条狗沿着逆时针方向跑圈。后来顺着跑的四条都有了人家,逆着跑的那条被宰了吃肉,因为逆着跑那条不合群养不熟,四条狗……甭管怎么说,它们的价值也是一条狗乘以四——你听明白了吗?"

"哦?"许三多这回的"哦"表示疑惑。

老马耐着性子:"我给你分析,有时候你也许觉得自己做得对,别人都是错的,但不要太相信自己对,要想大多数人做的才是对的,明白?"

许三多不明白:"可是……我不觉得顺着逆着就是对错呀。"

老马气得直挥手:"就这么个众人皆醉得过且过的理,还要我磨破嘴皮子吗?"

"哦。"这回的"哦"表示听见,但继续疑惑,而且还要深思。

老马接着启发:"也许对也许错,可我是为你好。你想想总没错。"

61

他决定走,并且带着一种"我终于把所有事说通了"的表情。

许三多突然站起来了:"班长我明白了!"

老马满脸期许地回过头,许三多站在岗顶上,逆着阳光也能看见一脸恍然大悟的神情。

许三多:"我就是那条逆着跑的狗吧?"

也许是气的,也许是背的,老马一脚踢到块石头,险没滚下山去。

许三多现在黏上了老马,而且甭管什么时候,这已经是老马胡扯出那个故事后三两天的事。"班长,我又想明白了!"

老马闷闷地清理着地上的小石子,那纯属无聊,在这半沙化地带挖去三层地皮也照样满地石子。

"哦。"老马的这个"哦"表示郁闷,因为他显然已经为这事被许三多纠缠了很久。

许三多不理他,接着说他的"明白"——那条狗要是一会儿顺着跑,一会儿逆着跑就好了。

老马明显是噎了一下:"为……什么?"

"因为……反正在圈里,反正得跑圈,这样有意思一点……"许三多被老马瞪得有些发毛,顺时针逆时针地划着手指,"这样跑不容易晕……跑圈嘛,很容易晕的。"

老马小声地嘀咕:"我服啦。"起身进了一间简陋的仓库。老马脸上乌云密布。

许三多:"而且……"

老马忍无可忍地回头:"什么呀?!"

他看起来想K人,而且如果换成李梦之流的厚皮的兵,恐怕早已K了下去。

许三多怯生生地说:"这样这条狗可以向那几条狗学习,学他们的好……"

老马指着五班的宿舍:"那几条狗有什么好能让你学吗?"

他进屋,狠狠摔上门。许三多往宿舍看了一眼,椅在桌边,牌在桌上,但李梦几个都不在。看许三多的表情,他似乎刚意识到那四条狗是指他同一个锅里扒饭的战友。

许三多看着桌上那摊凌乱,往常他的第一反应是立刻过去收拾了它们。

老马关在屋里扒拉着几件简陋的工具,许三多怯怯把门开了条缝。

"好了好了。我道歉,这两天邪火大,跟你们都没关系。"老马有些发火。

"李梦捡到一只羊,他们三个给老乡送羊去了。"

"我知道,我准的假。"老马竭力让自己回到平时那样,无所谓有无所谓无,心事很重但老好人一个。

"我、我又明白了。"许三多很快听到老马重重吞下一口空气的声音,似乎呼吸被空气噎到。于是他就越发胆怯,"我知道我总是把事情搞错,而且我笨,每次就能明白那么一点点。"

五班最怕软话的人就老马。老马就立刻把那口气吐出来,赶紧往回收:"没有啦。你认真思考是很好的,只是有点……想得太多了。"

"可我刚才还是想明白了。"

老马只好没精打采地鼓励:"哦。想明白了什么?"

许三多很认真,认真到说话都有点一字一顿:"打扑克牌是不对的。"

老马做好了再被噎一下的准备,可这回他结结实实被吓了一跳:"打扑克牌有什么不对?价廉物美,又能动脑又能打发时间。许三多我必须跟你说清楚,现实地讲,扑克牌是五班的根本,因为它需要四个人齐心协力,尤其在这种环境下,有助于维护集体的团结。"

许三多眼直直地看着他,老马被看得有些赧然,现实的道理很多时候听起来就是歪理。

"哦。"许三多哦得茫然,因为不信服。

老马叹了口气,他不大自信:"我在找一种五个人的玩牌方法,你好和大家打成一片。"

这事让许三多坚定得不像许三多:"我不玩,玩扑克牌没意义。"

老马又叹了口气,这些天他快把山也叹倒了:"什么有意义?"

许三多很有主见地道:"我二哥就是玩牌玩得就不大回家了,虽说我倒不觉得像爸说的那样,他变坏了。"

"可是什么有意义呢,许三多?人这辈子绝大多数时候都在做没意义的事情。"

"有意义就是好好活。"

老马又有点噎:"那什么是好好活呢?"

"好好活就是做有意义的事情。"许三多看一眼老马后强调,"做很多很多有意义的事情。"

老马听到这里几乎想冷笑,幸亏这个人并不擅长做出那种偏激的表情,他对生活中常见的碌碌无为甚至不会愤怒,只是有一天就发现,自己已经消磨成现在这样。

老马站起来:"你跟我来。"

所到的地方并不远,就在仓库门外。老马对这块小小营地划了一下手,把几间东倒西歪屋全包括在里边。许三多就看这块杂草与砂石间生的营地,这永远是片被岁月侵蚀的土地,朔风和时间永远在消磨这几间房和这里的人。

"你看。"老马指着营地说,"是不是很宽敞——对五个人来说。这里最多的时候驻过一个排,三五三团最好的一个排,排长是现在三五三团的团长。"

许三多哦了一声,对这种事他不大有感觉,因为他甚至连本营营长都不曾见过。

"他们被这地方荒的,也被日子给耗的,那时候的排长,也就是现在的团长就想修条路,做有意义的事情。"老马从脚下直指到了远处。

许三多瞪眼看,可即使是调来世界一流的侦察器材也绝看不出这里曾有过路的痕迹。

"最后没修成,一个满员排,三十多人,也半途而废。意义是经不起耗的,今天明天你说有意义,今年明年呢?过一个十年呢?还是这地方,还是这荒土,你看得出意义来吗?"

许三多抓了把土,砂质从指缝里漏下,剩下是什么都派不上用的小石子儿。

"明白我说的么?"老马看着许三多,希望他明白,这地方抱太多希望不好,会失望。

许三多好像没听懂:"修路很有意义。"

老马傻了一下,凑得更近地看许三多,他确定一件事,不管是聪明人碰上笨蛋,还是有经验碰上零经验,刚才的话全白说,根本不在一个思维频率。

老马一番苦口婆心全成了白扯,生气了:"那你修条路吧,许三多,有这么一步宽就行。"

"那太窄了。"许三多看了老马一眼,老家叫它田埂道。

"那就五步。"老马把自己气乐了,"坦克车体的宽度,标准吧?咱们是装甲步兵团嘛。"

许三多很认真地想着:"是命令吧,班长?"

老马苦笑着走开:"如果我会命令你们做做不到的事,嗯,那就是命令。"

他打算回宿舍,今天就算到此为止了。

许三多脸上抑制不住地兴奋:"班长,这是我到五班接到的第一个命令!"

老马回头看看他,许三多兴奋上脸的表情让他再走两步又回头看看,这次回头老马忽然有一个感觉:他也许是惹了祸。

草原的夜里风很大,声音能在黑暗里传出很远:高高的山上一呀一头牛,尖尖的角来歪着一个头。李梦几个谈笑风生地自黑漆漆的草原里归来,忽然愣住。

几间屋之间用石灰画上了整齐的白道,这也没什么大不了的,但就此地的一成不变,那算一个改变。几人犹豫了一下进屋。

老马独坐桌前在摆桥牌,那三人进来:"许三多呢?"

老马瞟他们一眼:"捡石头去啦。"似乎有点心虚,"他……想修条路。"

三个人都傻了。

老马接着说:"一条路,从这到哨位那,他觉得那很有意义。"

老马挠挠头,他越发心虚得没边:"也许我说错了话……好像下了那么道命令……"

李梦他们的似笑非笑终于爆成了大笑,那三个家伙你拍我打,李梦和薛林甚至互相三击掌,再撞了一下屁股。

老马正为那道命令不安，于是瞪他们："搞什么？这没有妨碍你们打牌。"

薛林乐了："何止啊？班座！这意味着，许三多终于入乡随俗，不再骚扰我们的生活！你想啊，一个人，修条路，在这，从这到哨位……班座，你不会插手吧？"

老马摇头不迭："我？干点什么不好？根本不可能的事情。"

"对呀！就是根本不可能的事情，根本是不打算完成的事情嘛！就是一个打发时间嘛！……你们看着我干什么？你们笑什么？我说错什么了吗？"

他们四个人在打牌，心烦意乱地一声不响，绝对没了平时的咋呼。

外边多了一种漫长的敲击石块之声，简直是无休无止。

薛林忍不住了："这他妈的……"

老魏挠挠头，几乎没心看自己的牌："什么时候是个头啊？"

老马瞪着自己的牌："他干扰你们了吗？"

老魏："他干扰你了吗，班座？"

"当然没有。"可老马瞪着牌的眼睛完全没有焦点，所以老魏绝不相信地看着他。

老马干咳一声："你们在打发时间，他一样，在这谁都有权打发自己的时间。"

薛林竭力让自己的语气热情一点，对着窗外："许三多，我教你打升级好吗？"

许三多的声音在窗外，敲击的声音也未停："我不爱打牌。"

"你爱干啥呢？棋？象棋，军棋？卡拉OK？你要不唱卡拉OK？"

仍在敲着："我不会，什么都不会。"

李梦对着薛林挤眉弄眼："忍一会儿，再忍一会儿，再忍个三五天他就歇啦。"

薛林不信："这话你三五天前就说过啦！我恨不得就……"

"恨不得什么？"老马把牌放下了，"我跟你们几个说，他没有做错，你们也不准胡来。如果再有这类有损本班安定团结的言行，我就——"他一巴掌拍在牌桌上。

这天几个人从营地里走过时，走得都极不自在，因为驻地间忽然有了条路。

车体宽度、长度还没跨出驻地，只能说初具其形。路一边堆着许三多从各处捡来的石头，都比荒原上常见的为大，而且因为此地富含矿脉，有着各种色彩。另一边是已经被砸碎的石头，砸成同等的大小再分门别类，考虑到这是一个人干的，又是一个小奇迹。他们都存心避开那条刚初具雏形的路，老马亦然。

傍晚的时候，李梦在窗口瞧着，外边在敲击。窗外的暮色金黄而辉煌，外边的人应该是不折不扣的沐日而作。李梦对着屋里的人说："他根本就是块木头，对着那么好的景色不会抬头去看，这样的人干巴、枯涩，全无情趣。"

屋里无人回应，但李梦说话的习惯向来是只要有人听见。

"这哪是在修路？是在……在磨路。以为他拿石头砌出个路沿来就算了，结果他号称要把这条路用石头铺上。这是半沙化地，草原，你们说那些石头他从哪块翻出来的？你们说？"

无人回应。于是李梦问窗外："许三多，你把石头一个色放一堆干什么？"

"我想砌……砌……图案"许三多自己也不知道砌什么图案。

李梦向着屋里摊手："听见没？还图案。他以为他在搞艺术，我看他要被艺术搞……你们看着我乐什么？"李梦匆匆从窗前走开，"我要把他写进我的小说，我一定要把他写进我的小说。"于是宿舍里的纸篓里又扔进了两个刚揉就的纸团。

许三多捡石头去了。

李梦、薛林和老魏过来，三人你捅捅我，我捅捅你，然后三人不约而同开始做同一件事情：跳上石堆，连踢带刨，把这些石头撒得遍地都是，一泄心中怨气和怒气。

薛林一跤摔倒，三个做贼心虚的家伙连滚带爬，一窝蜂逃回宿舍。

许三多进来，那几人破天荒地第一次没有打牌，薛林在翻书，李梦在写和撕，老魏在发愣，三人都有些心虚。

许三多兴高采烈，精神头十足，这可能是那几位不喜欢他的主要原因，他真有事情干，尽管是那几个绝对不打算去做的事情。

许三多："草原上的风好大呀！我捡的石头都给吹跑啦！"

老马瞧那几位一眼："什么歪风能吹得跑石头？"

许三多："也没吹多远，我捡回来就是啦。班长，你看见我工具了吗？"

老马又看看那几个："李梦、薛林、老魏，你们知道吗？"

"啊？哦？灶眼堵了，我们拿去捅火了。"

"你家捅火用锤子？一分钟之内放回原处。"

薛林和老魏飞跑着出去。老马神情郁郁，他并不太清楚自己的立场，只是在就事论事地解决问题。

今儿是个大风天，阴着，满场飞沙。窗外的路已经延伸得很远，尽头处有个小小的人影，那是许三多。李梦又在窗前施展他的口才，事情已经在往极端上发展，每个人都在失去原来一直恪守的分寸。李梦则是干脆地在对着那个远影大叫。

"你这傻子！给个棒槌当针使的凯子！不分香臭的驴子！"

他嚷由他嚷，那条路现在已经是这么个长度，风沙下，路那头的许三多绝听不见他的喊声。倒是老马抬头瞄了李梦一眼："嗳嗳，适可而止吧。"

可李梦绝没要止住的意思："我说哥几个，大家伙心照不宣吧。班长，你要不要把你算在我们里头,是你自己的事。"

老马停了在摆的桥牌,有点惊讶地又瞄了一眼:"不知道你在说什么。"

"咱们为什么能心安理得?一只走失的羊都能让咱们高兴半天,咱们怎么就能在这么个地方待下来?"

谁都看看他又低头,似乎没人在听,但每个人都在等他的答案,他把五班最敏感的问题提上了桌面。

李梦很自信地翻出答案,可以说有些过度自信:"因为我们不抱希望。"他看看那几个人阴沉的脸色,决定稍微收敛一些,"或者说,我们只有希望,我们抱定一个在这里无法完成的希望,我们在做的事情都不可能完成,也不打算完成。"

风沙很大,远处的许三多也就小而模糊,他正逆着风在把新铺就的路面夯平。

李梦说的话也有些风沙的凛冽:"现在来了个傻子,他真的打算,一门心思地把他的事情做完。我不讨厌他,说真的我们都不讨厌他,可我烦,你们别不吭气,你们也烦。现在砸石头的声音听不到啦,可外边有个人在干活,干他不知所谓的活,我们很烦,以前做得很高兴的事突然没了意义,我们突然觉得也该干点什么?"说到这里,他很惨淡地笑——"可是干什么?我们能在这干什么?你们知道吗?我那次去团里办事,抱着一棵树哭,我一边哭一边想,哭什么?这只是一棵树,一棵树,一棵树……"

他狂态毕露,那几个人的脸色也越发阴沉。生存在一片绝对看不到树梢的风沙星辰之中,每个人都有同样的苦楚。

薛林忽然将手里快洗烂了的牌重重拍在桌上。

老魏:"闭嘴!"

李梦毫不示弱:"别冲我吼!你们真想吼的人不是我!你们不要吼两句吗?我刚试过了,他听不见。"

薛林到窗前,声嘶力竭:"白痴!!"

老魏索性打开因风沙而紧闭的窗:"二百五!"

老马终于愤然而起:"你们有够没够?"

李梦回头拉老马:"班长也要吼一下吗?你真的很需要吼一下。"

老马是那种容易疑惑的人,而且一疑惑就忘了原本的怒气:"我为什么要吼?"

李梦很认真地看着老马:"打他来这最早过不安稳的是谁?"

老马看着他:"我为什么要过不安稳?"

薛林、老魏两个刚喊掉了火气,一边捂着嘴偷乐,老马狠狠瞪了他们一眼。

老马忽然叹了口气:"你们就是想我下个命令,让他把那路停下来,对不对?"

几个人不说话,不说是也不说不是,但确有一种期待。

老马摇摇头:"我不会下这命令,知道为什么吗?"他单对着李梦说,"许三多不聪明,可不是个混蛋,你聪明,总能让多数跟你站一边,总能让大家的矛头指着你想对准的人,可是多少……有点混蛋。"

这就是总结,李梦再笑不出来,脸上青一阵白一阵,老马嘘口气想走开。

李梦在他身后冷冷地说:"好了,他已经成功地让咱们咬起来了。"他语气冰冷,这是从来没有过的事情。

老马站住了,他能忍受一切但不能习惯这种冰寒彻骨,他几乎要打个寒噤。老马看着窗外,那个小小的人影还在忙碌,这屋里的世界似乎伤不到他,这屋里的世界似乎就根本与他无关。老马看起来很疲劳也很悲伤。

几个兵稀里哗啦地在伙房里吃饭,前天蒸的馒头,像粥一样的面条,伙食并不差,但因为这地方不大有军纪约束,五班吃饭看起来十足是单身汉们的凑合。

许三多对老马说:"报告班长,我明天请一天假,路先停一天,好吗?"

一时所有的吸溜声和咀嚼声都停了下来,这份安静把许三多也吓了一跳:"嗯,那就算了。"老马忙着擦嘴:"别算了,为什么算了?"

许三多:"我想在路边种点花。我想去店里买点花籽,我来这快半年了,还没去团部看过,我想上团部看看,我还想看看我老乡……"

老马:"应该应该!太应该了!合理要求!一天假够不?要不我给你两天?这路可远,你自个会走吗?"

"我记路特厉害。"他很疑惑,他不知道老马何以这么热情,而李梦们又何以那样关心。

老马就着许三多眼神看去,李梦几个正捅咕着无声地大笑。

李梦开心地说:"我们觉得许三多同志这种愚公移山的精神是可敬的,但确实应该看看山那边是啥样再做这份苦力。"

老马没理李梦,他转向许三多:"你一定要上团部看看,看看真正的部队是什么样的,你得开开眼。"

李梦做出很纳闷的样子:"这不和我说的一回事吗?"于是他语重心长地揉着许三多的肩膀,"许三多同志,你就好好地去吧。"

当许三多仰望路边一队静止但未熄火的坦克炮塔上的军人们时,他正坐在一个牧民拉羊的拖拉机上。

那些兵倨傲的眼神从他头上扫过,他们不愿意看见一个穿着军装的人和拖拉机斗里的几只羊待在一起,如此的灰头土脸,全无军威。

许三多看看坦克,又看看身边簇拥的几只羊。自卑从他离开五班封闭的小天地开始,就又找上了他。

许三多下车,拖拉机开走,他看看门上的八一军徽和几个雕塑般的士兵,威严得让他发毛,第一感觉是这地方绝不会姑息他的渺小,于是很没底气地往里挪。

一只手理所当然地将他拦住。

哨兵仍然是目视着前方,但手却伸在许三多身前:"证件。"

许三多越发没了底气:"我是这个、这个三五三团的。"

哨兵的手指向另一个方向:"登记。"

于是打算去登记,一队步战车打靶归来正进营门,引擎声和口令声顿时响彻了营门,许三多回头看着,这些战车、车上的士兵,跟五班那份半死不活比起来绝对是两回事。车上忽然一个大喊大叫的声音:"许三多!是不是许三多?"

许三多惊讶到张了嘴,一个让油彩抹得看不清脸的人从车顶上探出半个全副武装的身子,跃了下来,真个是龙精虎猛。许三多吓得连退了三步,他想逃跑。

那位一把抓住了他,狠砸一拳:"是我呀!我是成才呀!"

车上的一个排长已经开始不满意:"成才归队!"

成才兴高采烈地回头嚷嚷:"我老乡!是我老乡!"他拍拍许三多,"我先归队,你等我,你就在旗杆下等我!"

他又跃上了车,车驶进去了。许三多忘了登记这码子事,怔怔跟在后边,于是哨兵的手又伸在身前:"登记。"

还得登记。

旗杆下,许三多老老实实地在那站着。如果说以前一直没有见过一个像样的军营,那他现在见到了,一队士兵全副披挂着在跑步,一队士兵在练习拆卸车载大口径重机枪,几个坦克手在比画挺举105炮弹。武器与人很和谐地交融一处,那就和新兵连、五班都是两码子事,这里只有一个目的:战斗力。

这三字与许三多完全无关,落落寡合地站在旗杆下甚至不敢挪动一下脚步,似乎只有踩着两只脚的那点地盘才属于他。

有人在他背后说话,全没人情的声音:"请把您的衣领翻进去。"

许三多回头,真是怕什么来什么,两个警侦连的执勤正站在跟前。许三多忙把被风吹乱的衬衣领子翻到军装里边。

执勤:"请出示证件。"

于是又出示证件,本团的人在本团被查证件,连许三多都觉得有些屈辱。

执勤诧异地看着随证件掏出的登记条:"三五三的人为什么还开进门条?"

许三多狼狈得快把舌头吞了:"因为、因为让我开。"

成才已经擦去了满脸的油彩,气喘吁吁地跑过来:"他是我的朋友!他红三连五班的,驻扎在作训场!远了点!"

那就是说明了原因,形同说此人来自蛮荒地带。执勤理解地把证件还回,有些淡淡的不屑:"以后注意军容。"立正敬礼,然后走开,许三多的还礼甚至都没被人看见。

成才像以前一样,他从不在意他人的情绪:"怎么样?这里怎么样?"

许三多没说话,转头看一辆正在练习原地转向的坦克,那引擎声也让人根本无法说话。成才可早习惯了："走！我带你看看！看我现在怎么活！"

通过了车场的两名警卫，许三多和成才就穿行在整队和整库以营为基准单位停放的战车之间。一个装甲步兵团的标准配备是近二十种型号近三百辆中重型装甲履带车辆，这一切足以让许三多目不暇接。

成才看来打见面就没停过嘴："我现在在钢七连，就是原来新兵连高连长的那个连！钢七连很拽，全团第一拽！我和史班长伍班副他们也在一个连，不过我是七班他们是三班，钢七连是尖刀连，知道啥叫尖刀吗？好好琢磨这两字！我们是装甲侦察连。我现在是班里的机枪副射手，见过机枪吗？"

许三多听得喘不过来气，也看得喘不过来气。

车那边有人叫："成才？"

成才立刻变得谦卑而讨喜："排长好！我带我老乡看咱们战车！他也三五三的，可分到作训场去了！"

排长："哦，那是该好好看看。今天打靶成绩不错，明儿再加劲。"

成才一直目送他的排长远去，然后回头："我和排长关系可好啦！到了，就这，我的704号车！"

且不管他把装一个班的步战车说成他一人的合不合适，总之这么近看着那辆被三百六十度火力武装起来的钢铁家伙，许三多被压得出不来声。

成才亲热地抚摸着冰冷的车体，这是真诚的，对物他往往超过对人，一个来自乡下，多疑而又聪明的孩子，但成才可能永远也意识不到这点。

"它很漂亮吧。"

根本不是问的语气，许三多也没回答，成才抓住他的手摁在车体上："感觉一下！"

第一感觉像是触电，然后就摸瓷实了，许三多确定这东西不会咬他后就让手顺着装甲的边线滑下去。而成才又开始吹嘘："我们今天打靶！我是副射手，今儿一天打了两百发子弹！轻机枪射击带劲呀。许三多，你用的什么枪？"

许三多想从射击孔里看车里有什么，可看不见，"步枪"。

"你一天打多少发子弹？"

是人都要个面子，许三多也不例外："班长说，等实弹射击。我们一年就有两次实弹射击。"

成才做了个哭笑不得的表情："搞笑了，你是什么兵呀？我告诉你，兵有飞在天上往下跳的，那叫空降兵；有坐着直升机垂直打击的，那叫空中骑兵；我们是一线平推决胜千里的，那叫装甲步兵。我们是最能打能扛的。你说你那是什么？"

是什么许三多也不知道，可他还是想了想："我觉得……我们那也挺有意思。"

成才不屑到了极点："有个屁意思！——你想进去看看吗？"

许三多让这想法吓了一跳："我可以进去吗？"

成才有点拿腔："按说是不让看……可是……"

他有些卖弄地开了后舱门，许三多惊奇地打量着紧凑而有序的车内空间。

"酷吧？车载炮，重机枪和反坦克导弹发射器，还有航向机枪、同步机枪，专业名词你听不懂，听听就行了。这个射击孔是我的，要不要看看？"

许三多就从那个射击孔潜望镜往外瞧着，正好看见史今在外边，在检查另一辆车，三班的207号车。

成才用种能知天下事的语气："别让他瞧见啦，这人臭讲原则，死硬死硬的。"

于是许三多默默地瞧着史今在那里检查车辆，然后低了头。

成才："你怎么一直不说话？怎么啦？想家啦？"

许三多默默地摸着身下那个座位，眼圈有点发红："我……不知道。"

成才立刻就明白了，他甚至很高兴许三多这样，有人羡慕感觉是很好的。

于是成才长长嘘了一口气："谁让你在新兵连不好好表现呢？我早就说过啦。"

这中国军队特有的景观，吃饭点到了，整连整连的兵排着队唱着歌夫食堂。两个相邻的连队在食堂前拉歌，那是每天必有的一种较量，都习惯了，谁也不会被对方的歌声带跑。成才带着许三多悄悄溜过："快走快走！我跟班长说了陪你，可不能让连长瞧见。"于是许三多越发显得像贼一样。

团大院内的一个餐厅，团队家属们的小小副业，相对简陋无华，但讲究个价廉份大，足以解决一部分官兵偶尔兴起的口腹需要。

成才已经要了几个菜，又拿了几瓶啤酒回到桌前。许三多看着那几瓶酒。

许三多很惊讶："你会喝酒？"因为离家之前他们还都是父亲监视下的孩子。

"当然会！"成才笑了，"节假日要会餐的，会餐就要喝酒！你们不会餐吗？"

"我们就五个人。"

成才多少有点好奇："你们那到底什么鬼地方？好在下季度就要去那儿演习了，那时候我就知道了。"

许三多拼命想五班有什么可吹嘘的东西："我们人少，可地方大，老马好像个大哥一样，可别人老在背后取笑他，李梦天天嚷着要写小说，可我看他那样又不像要写什么……"

成才不屑道："那有什么意思？跟你说我吧，我们班配属里有一个狙击手，我的理想是年底做到狙击手，我们机枪手希望我接他的班，可那机枪加上弹箱加上枪架可就太沉啦。我还是想干狙击手，因为狙击手每次比赛演习都有露脸的机会。知道啥叫狙击步枪吗？"

许三多老实地回答："不知道。"

"知道你不知道。所以现在我很忙，但是很充实……"

71

许三多不甘示弱,但是却极度缺乏自信:"我也很忙,也很……充实。"

成才瞪大了眼:"你怎么会也很忙很充实?世界上还有比射击更有意思更充实的事情吗?我跟你说啊,今天一个射击日我就打掉四百发子弹……"

许三多偏偏记性太好:"不是两百发吗?"

成才只好瞪眼:"我说了吗?我说是四百发……你忙什么呀?也能很充实?"

许三多老老实实地道:"我修路……"

可那位根本没听:"知道四百发子弹是多少吗?"

不知道,而且没下文,许三多忽然恭敬地站了起来,恭敬得有点过分,因为看见史今拎着两个饭盒从身边走过。而且这样的距离不可能不看见他们。

史今的表情立刻变得很复杂,内疚、审度、宽慰、高兴和伤感都有一点。

许三多:"排、排长。"

"我是班长。"史今纠正他,"在新兵连临时调的排长。……你还好吗?许三多。"

不知道为什么,史今这种迟迟疑疑边说边想的说话方式就是比成才的果断自信让许三多听着舒服,从心里听出一种。"我好……挺好。"

成才打断了他:"嘿,你该说班长你好吗才是……"

史今点点头:"知道你在三连五班,那里……很重要,没你们看守和维护,我们的车就要在草原上抛锚。"

"我知道。这工作特别特别有意义。"

史今说不出话来,因为这话是他说的,而且是他不打算要这个人时说的。

"挺苦吧,委屈你了。"

"不苦。大家对我特别好,还给我评了优秀内务。"

成才拉史今坐下:"三班长,一块跟咱们吃饭。"

"不吃了。我们班战士病了,我还得赶紧给他把病号饭送过去。"

成才拽许三多:"那你也得跟班长喝杯酒。"

许三多忙拿起酒杯,没喝过酒,可这酒他想喝,也不会说话,光瞪着。

史今只好也拿起酒杯:"许三多,我一直相信你是个好样的,是班长没做好。"

许三多:"我不是个好样的……我知道班长对我好……"

不谙人事也可以百感交集,一天的所得所见全郁在心里,许三多说不下去。史今看不下去,只好看看手里的酒杯:"许三多,其实……我没你以为的那么好。"

他一口把酒喝了,外加在许三多肩上重重的一下拍拍,头也不回地出去。

成才有点反应不过来:"我就说这人有点怪怪的……"

他回头看到许三多正对着门口史今消失的背影把酒喝了。

成才的表情似乎说,又有一个人怪怪的。

72

第 五 章

　　许三多已经在路上走了很久,路漫长而草原没有边际,只有车轮的印,没有过往的车。看起来有车他可能也不会伸手。今天的心情失去了平常。

　　终于有引擎声,可那是辆装甲车,许三多知趣地让出了整个路面。

　　车驶过几米却又停下了。从车里边钻出个军官来,向这边招着手:"小伙子!"

　　不是敬礼也不是喝问,许三多惊讶地看左看右,除了几只惊飞的蚂蚱并没别的,是向他招手。许三多忙挺直了:"报告!"

　　军官问道:"上哪呀?"

　　许三多下意识地就去摸放着证件的衣袋:"我是三连五班的,任务是看守维护站。我叫许三多。"

　　军官轻轻拍拍车体,但许三多并没领会。

　　军官略有些不耐烦了:"怎么还不上车?你想走回去呀?"

　　许三多迟疑了一下,他本来真是这么想的:"报告,我认路。"

　　军官就好笑:"你认路?我这官给你当好了。我还正拿着 GPS 找标定点呢。"

　　他又拍拍车体,许三多犹豫一下,笨手笨脚爬上车,然后就不知道把自己搁什么位置,军官笑了笑:"看看风景吧。这时候在车上看草原是很美的。"

　　地平线随着车速而移动,在夕阳下流光溢彩,很容易就把许三多给感染了。军官没看他注目的地方,反倒更注意眼前那张充满了好奇、惊艳与憧憬的脸。

　　军官:"我真服了你,居然想用两条腿子走回去。我也服了你们,能在这个地方待下来,还服了你们,能让这辆车跑到全没人烟的地方也不成废铁——能加上油。于公于私,在情在理,我都服了。"

　　然后他就不再说话了,点上一根烟,看着另一边的地平线,想自己的心事。

　　许三多看看那背影,转过头来看自己的一边,他也有太多的心事。

　　此时五班的宿舍里李梦念念有词,比以往更加云山雾罩,手里拿一副扑克牌在算什么。薛林咋咋呼呼地叫唤:"你完啦你完啦,解放军战士,你居然开始算命啦。"

　　李梦闭着眼睛慢慢地说:"李梦永远是个坚定的无神论者,他算的不是命,是许三多这乡下小子看了正规军的八面威风后,是不是还能一门心思铺他那鬼路。"

老马不乐意了："李梦你说话要清楚一点,我们不是正规军吗?"

李梦眼皮都没抬："是,当然是,我部属于正规军中有了不多没了不少的那一部分。我们的主要出路在于认清这一现状,不要做不该做的事情,想都不要想,这就是一个无神论者现实主义的生活方式。"

"照你这么说,你以后别嚷嚷你那巨型小说了。"老马忍不住刺一下李梦,"也省点稿纸费,别老找我们蹭烟。"

李梦连忙岔话："是长篇小说。天灵灵,地灵灵,这副扑克牌告诉我们,许三多的固执是因为目光短浅就看见前边一条道,他没见过世面,现在他见过了一点点,那心,就要乱红飞过秋千去,一拍两散鸡蛋黄……"

老马正有些厌烦,一扭头发现许三多出现在了门口,脑袋有点耷拉："我看了战友,买了花子,就回来了。"

"怎么没多玩一会儿?这么晚回来,万一没顺风车怎么办?"

许三多怏怏地答非所问："我都看过了,就回来了。"

他有些郁郁地找个马扎坐下,与今天所见比较,周围显得很是寒酸。

老马怔怔地看着他,老魏、薛林也看着,一种东西在心里死掉,那味道并不好受。李梦兴高采烈地捅薛林,薛林瞪他一眼："别烦了。"

于是李梦去找许三多："都看见什么了,许三多?"

许三多好像还在梦里："坦克装甲车,大炮导弹……都看见了,真好。"

"比咱们呢?"

"不能比,我想过了,都很有意义。"

他也似乎是刚想通,过于果断地站起来："班长,我去看看咱们那路。"

那几个人一时有些目瞪口呆。李梦的扑克牌一张张掉到地上："你……还修路?"

许三多："今天修不了了,我趁天没黑先看看花种哪儿。"

老马着急地叫道："等等,许三多你等等。"

许三多就乖乖地站着。早就该说的话,越不说就变得越难说。

老马吞吞吐吐地说："是这样子,许三多……关于那路嘛,你那条路,不,咱们那条路,你能不能先……"

许三多突然想起了什么："对了,班长,我差点忘给你了。"

于是老马被打断,许三多在他桌上放上一个方方正正的纸包："书,讲桥牌的书。"

老马又惊又喜："啊哟嗬!怎么还给我买东西?多不好意思!多少钱我给你。"

许三多老实得让人下不来台："这书打一折,我想给钱老板还没要,他说当兵的拿走,这谁要啊?这地方打桥牌的多半是神经病。"

"啊?哦?那就好,那就好。"老马有点发呆,"你忙吧。"

74

许三多出去,老马拿出那本神经病看的书翻几页,那是假装,他知道那几位都神情古怪地在看他,老马忽然一股无名火蹿了上来:"你们心里跟明镜似的,我可不是冲他买了东西……你得让我说得出口啊!……别以为你们人多你们就有理!"

李梦无声地做了个鬼脸。

那条路仍在不知趣地延伸,五班集合的时候已经得在极目处才能看到路头。五班今天跟以往不一样,就是说他们集合的时候居然有了个队列的样子。

老马今天对着他辖下的四个人,居然有点打官腔:"今天例行,五公里越野。"

四个人有三个人愁了眉、苦了脸,如对一件纯属多余的事情。

老马发狠地说:"我觉得咱们五班是越来越不像话了!"那几个给他活活吓立正了。

"体能训练也落下了!李梦、薛林,你们几个起立坐行跟老百姓也没啥两样了。我今天要加大一下训练强度,就说你们几个,这蔫乎乎的,有个武装越野的样吗?"

那几个确实没有,除了抓杆空枪,包敞着,武装带挂着,一律全空载。

许三多一身紧绷板正,那架势就像要去经历一个真正的二十四小时战斗日一样。

老马倒有些诧异:"许三多,你那背包永远鼓囊囊的装的什么?"

许三多高兴地道:"报告班长,是砖头!这是个诀窍,跑越野时在包里塞四块砖头,跟真正的战斗负荷差不多……"

李梦撇着嘴:"包里塞砖加大训练强度,这算哪门子诀窍了?"

老马瞪他一眼:"听见没有!是砖头!看看你们背包,要能翻腾出一张手纸来我都服了你们的!"薛林看老马,有点不敢相信:"班长你没事吧?"

老马大吼:"作为军人,应该随时培养自己的专业素质,这还用哪份文件告诉你吗?去!塞砖头!每人四块!"

老马把自己的背包扔给了薛林:"看谁敢偷工减料,我也是四块。"

从那几位的表情来看,这就是末日。

已经围着那座丘陵跑了大半圈,队形也散了,李梦三个自然而然又搀又扶地聚了一堆,老马居然落在最后。许三多领先了一大截,跑得轻松自在,无比愉快。

老马终于赶上那几个互相搀扶的:"还……跑……跑……跑不跑得动?要……要不……把枪……枪给我。"

"班……班长,这早……早过了五公里啦。"

老马看看前边的许三多:"还……还得跑,枪……枪给我。"

那几个再没心没肺也不至于让他扛枪,死活不给。

李梦喘不上气了:"班长,我……我能不能撤……撤掉两块砖?"

老马也差不多:"那……那可不行。"

"我说班班……长,你……到底要干啥?自个都跑……跑不动了。"

老马拼命调整着呼吸:"谁……谁说的?往回找找,我跑着跟玩似的,现……现在,跟你们散兵游勇带坏了。"

李梦实在不愿意动了:"班……班长,你一定别有所图。啥事说出来大家听听。"

老马恶狠狠地说:"跑,狠狠地跑一跑,他就没力气修路啦。"

这底一揭,那三个人全瘫了似的坐倒在地上。

李梦差点哭出来:"我的班长爷爷,你看那位可有跑不动的意思吗?你看你看,他还蹦呢!"

老魏:"早知道这样,孙子才跟你跑呢!还塞砖头!"

老马看着许三多的背影发愣:"也是。这小子身上到底有没有体力这回事啊?"

许三多远远地站住了,回头看了看又跑回来。

薛林恶狠狠地道:"这回我说。我知道你不好意思说,我好意思说。"

老马万念俱灰:"你说就说吧。"

许三多回来:"班长,咱们跑几公里啦?"

薛林正要搭话,手上忽然一轻,一看枪已经让许三多拿过去背着,而且四个人的枪都已经被许三多背到肩上,"我还能行,我拿着。"

薛林不好意思开口了,推诿着想让别人说,老魏左看右看:"那我就说,许三多……我说班长,咱们还是回去吧?"

老马忽然间得了很大的理:"回去可以!谁也别在这事上跟我抱怨啦!"

他们喘着气,点着头。五班拉回来,那四个除班长还生挺一下外,其余都如劈了胯的山羊。许三多在门外就站住了:"班长,我去看看咱们那路!"

几个人沉默一会儿,互相看看。

一条新铺的路,三双脚小心翼翼地在路面外行走,忽然有一双脚横过来狠狠一脚踢得石屑飞溅。

李梦和薛林都神情古怪地看着站在路面上的老魏。老魏又得意又慌张,他做了一件明知不该但很想做的事情。

李梦:"你踢一脚管什么用啊?路修出来就是让人踩的,它巴不得你踩它。"

老魏又狠踩,在五班要排智力他大概倒数第二,许三多倒数第一。"我踩它?我恨不得……挖了它!"老魏被自己的话吓了一跳,看看那两个,那两个也看着他。

黑漆漆的宿舍里忽然亮起一个手电灯光,照到李梦阴笑着的脸上。那是李梦自己照自己,他尽量让自己看上去很坏,那俩也没睡,一骨碌起来。

三个人走在自己的驻地却像三个贼,手电用布蒙着,然后发现这纯属多余,因为这天晚上月光实在太好了,路面上的黑石头泛着月光,白石头泛着月光,铜矿石放着金属的光。

忽然间很平静,平静一向与这几个浮躁家伙无缘,但今天晚上忽然降临到他们头上,他们愣了很久。

最愚钝的老魏说出最直接的感觉:"好看。"

李梦硬着头皮:"咱们这片荒原一向好看。"

薛林冲他们大大地嘘了一声,不是表示轻蔑,是希望他们安静。

于是安静,于是又呆呆看着。美好不一定是藏在心里的,等把它掏出来时谁也不知道捂成了什么样子,但眼前这小小的奇迹却与那两个字沾了点边。

薛林突然看到了啥:"他娘的活见鬼了,这地方我种盆花都种不活,他把花栽在土里倒冒芽了。"确实是,几个花苗已经在路边冒了头。

李梦静静地看着:"他种花是傻种,铺路也是傻铺。"

薛林:"嗯,我们都很聪明。"他不是反驳,更多的是伤感。

最愚钝的老魏又说几个人最不想说的话:"还挖吗?"

"挖?别挖到花了。"李梦很想说句刻薄话,但忽然觉得气氛很温柔,他说不出来。

于是李梦看看薛林,薛林看看李梦,他们又看看手上的镐。

老魏相对专心一点,他打算一镐挖下去,于是那两个人就都看着他,有点紧张有点期待,更多的是怕他就一镐挖了下去,那往下可就不知道怎么收拾,面子问题。

老魏忽然把举了半截的镐一下扔了:"说心里话,三呆子铺他的路,跟我们有什么相干?要能找到条河,许木木就算要造座桥又干我们屁事呀?他名字里本来就有嘛,他叫许三多嘛,就是做些多余事嘛。"

薛林嘘口气:"对呀,我们就是吃饱了撑的。"

他看看李梦,等他反驳。李梦忽然觉得很轻松了:"是啊,跟傻瓜认什么真呀?"

薛林接口:"我们又不是傻瓜。"

他看看李梦,等他配合。李梦:"挖一身臭汗出来,我有病呀?"

他很亲热地看看薛林,看来大家都找到了台阶,一时间三个家伙几乎想为这种聪明人所见略同欢呼一下。一道手电光射了过来,伴随着许三多认真到稚气的声音:"谁?口令?!"

李梦:"今天什么口令?"

薛林已经拔腿开跑:"不知道!"

一溃如山,那几个也开跑,跑两步又回头,抢回镐头手电等作案工具。

黑暗里已经响起拉栓的声音:"口令?站住!不许动!"

管不了那许多了,那三位管头不顾腚地扎进宿舍,李梦一头摔倒,让那俩人给拖了回去。

许三多冲过来,他有他的心眼,喊两遍后就把手电关了,转眼间便把驻地搜索了两圈,也没忘了用手电往屋里照照,宿舍里只有三个蒙头大睡的人,那不是他指望看到的东西。

于是许三多有点气馁,站在驻地中央跺着脚给自己壮胆:"站住别动!看见你啦!"

手电终于射到一个人身上,那个人是一直郁郁在房边坐着的,也不知道已经坐了多久。许三多把光束对着人脸晃了两下,然后傻了。

那是老马,一张脸心事重重,似怀古思悠,似茫然失措。

老马:"嗯,我看看你警惕性。"

许三多:"哦,我以为有敌特。"

老马:"如果有敌特倒好了。"这是惯常的五班论调,但他忽然觉得不大对,"不不,没敌特当然更好。你表现不错,尤其后来把手电灭了,明哨变暗哨,像个老兵。"

许三多被赞得不知如何是好:"就是老兵教的,在新兵连。"

这傻子因为被赞了一下,几乎是踢着正步走到哨位。老马落寞地看着他走开,又用手电扫了扫屋里,他有意让光柱在屋角扔的镐把上停留了一会儿,好让那三个装睡的收到某种信息。

"睡吧,快睡着吧。好在亏心事没有做出来,想睡着就能睡着。"

他语气很温柔,而那三个就是打算咬紧了牙关装睡,貌似什么都没发生过。

老马点点头,他希望这样。

回过头来的夜空美得发蓝,那条备受指责的路幽幽泛光,空空旷旷,老马立刻就被突然袭来的无力感吞噬了,事情似乎暂告段落,可他们到底该怎么办?

老马带上了房门,作为一个并不刚强的人,他在带上的门外无力地坐倒:"真不怪你们。我都不知道怎么在这里待下来的。"他声音压得很低,几乎有些哽咽。

哨位是丘陵中截的一个半制高点,许三多戳在那里,他的视野里有一个人在散步,步子迈得僵硬而整齐划一,走在那条分野明显的路上,如踩着无形的一根直线。

那是老马,一个今天晚上注定睡不着的人,他这已经不知道在走第几趟。

许三多不关心,因为那不是他的警戒对象。理论上说,哨兵就是警戒多半一辈子不会出现的敌人,许三多是不大分得清理论和实践的人。

老马已经把那条路笔直地又过了一遍,他已经不大清楚这是走第几遍了。

步伐是两步一米,他在步测这条路的长度。

"二百一十五,二百一十六,二百二十六……他妈的什么来着?"老马气恼地给自己一下,"你毁了,连专心都不会了!"

但这一下把正确的数字给打了出来:"二百一十七!二百一十七,二百一十七。"

数字精确了,就如在无依无靠中找到了一个保证,就可以驱除方才的无力和茫然。

"二百一十九。"他用这种机械的步子走开,他几乎爱上了这个工作。

老马走来,刚好走到自己坐地抱头的地方,也就是路的起点,或者说路的终端。

他喃喃着那个数字:"七百四十四。七百四十四。七百四十四。"

念诵三遍以保证再不会搞砸后,他就回头瞄一眼哨位上的那个小小人影:"七百四十四,两步一米,除二,得三百,三百五,三百七十二……三百七十二米。"

他捡了块石头,在门前的壁上把这个数字刻上,这是他一夜折腾的结果。

三百七十二米。你这个傻瓜。

不茫然了,茫然已经被忘却了,老马只是呆呆地看着那个数字。

尖厉的哨声在这个早上忽然响起,但床上酣睡的大多数人早没了这个意识,纯当他秋风过耳,站了半夜岗的许三多却一骨碌下床,穿衣打背包。

许三多喊着:"紧急集合!紧急集合!"

李梦闭着眼:"别闹。"

然后老马的声音在外边喊得发了炸:"紧急集合!全副武装,紧急集合!"

李梦一下子跳了起来,他根本是裸睡的,光着身子跑到窗口眺望:"怎么啦班座,打起来了?"

老马在窗外立刻开吼,吼得就不像老马:"紧急集合!不是叫你看日出!"

李梦吓回了头,满世界找着裤子:"他怎么啦?烧起来了?"

薛林无暇他顾,他正和老魏抢着一条不知道属于谁的裤子。"还说什么?昨晚差点被抓个现行!"

老魏吓一跳:"是事发了吗?"

他这下吓松了劲,裤子立刻落到薛林手上,薛林边穿着裤子边蹦着追在李梦身后。

屋里已经就老魏一个人了,他只好继续搜寻一条肯定存在但就是找不着的裤子。

老魏终于冲出来时,外边的小队已经站好。老马早早就换上了迷彩,绑扎周正,居然很像个军人。"老魏,为什么军便混穿?"

老魏悻悻看着薛林的裤子,恨不得用眼神给他扒下来:"我的作训裤让薛林抢了。"

薛林:"报告,有一条裤子洗了没干,可不知道是我的还是老魏的,也许是李梦的。"

李梦很聪明地做出一副与我无关的样子:"班长,咋这么隆重?打起来了?"

老马没理他茬,而按以往经验只要一接茬准会成军不军民不民的打诨。

"立正。——五班全体,十一点钟方向,全速冲击!进发!——冲啊!"

老马已经冲了出去,这是那种不要队形的全速冲刺,许三多紧跟,李梦三个本以为还能屁两句,结果远远落在后面。

这时根本连月光还未退去,五个人的声音在草原上远远散开。

五个人的队形倒拉了有半公里长。

老马终于满头大汗地在山顶上停下了步子,拼命让自己的呼吸平和下来。

许三多几乎是立刻跟着他赶到。李梦几个跌跌撞撞赶了过来,立刻在草地上连滚带爬地瘫了一地。

远处的天际终于透出些旭光,老马看看表,看看天,又看看他的这班孬兵,"集合!"

这根本是不成形的一支队伍,老魏扶着腰,薛林往李梦身上靠,李梦跑散了背包,牵肠挂肚地拖着几根背带,随手把薛林推得靠在许三多身上。

"你们互相看一看。"老马说,"不用笑,你们都是彼此的镜子。上天下地,中间就我们几个人,看见我就好像看见你自己。许三多,你往旁边站站,你是个例外。"

不是在开玩笑,那几个精怪家伙立刻明白了这点,下意识中还互相站得靠拢点,如企鹅要抵御即将来临的风暴。

"刚才有人问我是不是要打起来了?嗯,我现在回答,打起来了,请几位立刻解甲归田保住小命,以后以老百姓的身份来给我收尸。欢迎在我的坟前臭屁几句,因为这好像就是你们穿了这身军装能尽的义务。"

对还穿着军装的人来说,这话实在太狠了点,李梦和薛林眼里已经有些愠怒。

他们没敢发作,因为老马的表情是不折不扣的愤怒。

老马接着说:"我只想知道,当兵的不干兵事,你们来这里穷混什么?做一天人,尽一天人事,好吗?"

他挥了挥手,倒也尽力想让自己冷静,然后看看仍悬挂的月牙,嘘了口长气:"今天拉到这里来,有事。昨天我接过团里一个电话,今儿五点半,防空团导弹打靶机,通知咱们别听到爆炸声误当了敌情。我就想让你们几个看看,看看知道自己在干什么的同行。我平时怕伤你们面子,今天不顾了,我想我以后连我自己的面子都不会顾了。"

他看那几个,那几个有愤怒、有诧异、有委屈,但也有些老马一直不敢奢望的东西,也许叫理解吧。

于是老马的语气也松弛了一些:"别怨我,我看你们着急,就像看我自己着急。我不想你们几年兵下来,口才见了长,牢骚飞了天,异想天开是一绝,愤世嫉俗是特点……"说到这里,他很不甘心地看看自己,"他妈的我自己都嘴皮见长,跟你们待的。今天要好好观摩学习,导弹打靶机是很牛气的事情!是先进科技!是知道自己在做什么的人做的事情!人家为什么……"

老马话还没说完,远远的一个黑影飞过,远远的一道白烟掠起,而后是轻微的爆炸声。

老马回头张望了一眼:"瞧见没?首发命中!准确不够形容,叫精确!精确这两个字在你们的人生里想过吗?我真希望有,可是一锅粥。我就恶心你们一下,就像闭着眼睛往墙上摔鼻涕,边念念有词,去他的吧,就这样了……"

他说得专心加投入,可所有人都眼睁睁瞧着那道黑影仍在老马脑后飞。

许三多:"报告班长,还在飞呢。"

老马就有点噎,回头一看确实还在飞,好在又有一道白烟掠起。

老马吐口气:"两发命中!两发命中也行啊!那靶机多大点你们知道吗?比马扎大不了多点,隔了十几公里开火,不容易!总之还是精确!有目标感!想想这事的教育意义……"

"报告班长,还在飞!"又是许三多。是还在飞,可看班长气急败坏的样子,谁都不忍心说了。

"我只是想跟你们说,别废了你们在这的日子,做人做出点目标感……"老马还在说,托许三多的一再打击,他几乎像在呻吟。

队形仍保持着,但已经有点散了黄。老马背对着大家,没精打采地坐在地上。远处那架靶机仍在嗡啊啊呀地绕来绕去,丢着老马的脸,终于飞起一道白烟,这回是真真切切把那靶机干了下来。

许三多:"报告班长,打下来了打下来了!好厉害,三发就打下来了!"

老马怒喝:"你给我住嘴!"

很意外的是,老马并没在那三个脸上看见幸灾乐祸的表情。

可老马再也没了情绪:"就这样吧,我要说的大家都明白了没?"

大家的声音出奇地整齐:"明白!"

老马苦笑:"要明白了就有鬼了。全班都有,向后转,回营。"

于是大家踢踢踏踏地甩着正步下山。

大量的体力消耗之后通常是一个人困马乏意志松懈的时候,队形很散板。老马上半截体力透支,这会已经是强撑着在走。李梦几个回头看看,又回头看了看。

老魏凑过来:"班长我扶你。"

老马一甩手:"用不着。"

但薛林还是伸了把手:"班长,下星期咱们再来次武装越野吧?"

老马有些恼怒:"一边去,对牛弹琴!……你们幸灾乐祸是不是?我告诉你,回找两年,我一只脚都跑过了你!"

李梦接过话:"倒也不是。班长,我们都觉得……你看,早上的空气这么好,是不该天天闷在屋里……不是,我们就是觉得跑一趟得劲。"

老马还是不信:"你们又串好了损我。"

薛林摇头:"我们损人早损腻了。说真的,现在一磨嘴皮子我就觉得恶心想吐。李梦,你说呢?"

李梦也知道为什么单问他,可他的强项就是能从精神到肉体地置身事外:"总之跑一跑,可以神清气爽,换个方式,正好一排浊气。我是早就一摸牌就恶心想吐了,只是牌乡路稳宜频到,除此不堪行……"

薛林:"得得得。你也可以去铺路呀。"

李梦打了个仰天哈哈:"是啊,我们都可以铺路呀。"

老魏:"我们为什么不可以铺路?"他问得太认真,那两个本是互相讥讽,倒让他问得愣住。

薛林乐了,和老魏一拍巴掌,两人都看李梦,口角归口角,三个人也确实在很久以前就扎上了捆。李梦犹豫一下,把巴掌拍了过去。

老马一脸狐疑:"你们仨绝对是又串好了的,你看你们那一脸假。"

李梦傻笑着,笑没了又照常地给所有人支着:"咱们吼一嗓子吧。把什么心事都给吼掉。"

他看看那几个就吼,声荡山丘,然后薛林,然后老魏,然后静下来,大家都看老马——老马接近面无表情地待着,就像平时看他们胡闹一样。

李梦:"你这样矜持,整得我们好像傻蛋。"

老马想想也是,吸口气,一声长吼,直吼得回肠荡气,穿山裂石,其持久和当量都是那三个的总和。李梦几个一时有些发傻。

薛林:"班长的心事看来是咱们几个里最重的。"

老马看来很不愿意这样暴露,一时无话,瞄一眼许三多:"许三多,你来你来。"

许三多照常往后缩着:"我?我不会。"

老马:"这有啥会不会的?谁没心事?说不定你心事比我还重。"

许三多提肛运气,酝酿少许:"呀。"

他那根本不叫吼,几个等待一声暴喝的人险被他闪了腰。

许三多又开始担心自己做错了什么事情:"要怎么样吼?"

李梦:"人都是有心事有遗憾的,没这个你就叫不完整。你这个……"

几个人又开始了斗嘴。

老马:"嘴歇了。这里没个完整的,只有几个缺这少那,不该多的又多出一块的。走吧,回了。"

他掉头就走,让那几个家伙只好打住了话头跟在后边。

桌上经久不收的扑克牌终于被收了起来,一沓沓摞好。老魏居然在叠被子。

薛林在扫地,许三多抢不到扫帚,只好拿了簸箕在后边紧跟着。

李梦在扑克牌下边垫底的纸中发现自己写了几百遍的开头,他拿起来看看那几百字,偷偷撕了。他那意思是别让人瞧见,偏不济老魏就看见了:"大文豪,不写了?"

"写,不过还是先写两千字的实在着点。"

老魏愣了会:"那我以后只好叫你李梦了。"

老马一下蹦了进来:"我有事要告诉大家……"

他看着屋里这通忙活顿时愣住,脸上挤出个似笑非笑的表情,一步又跨了出去。

急促的哨声又在外边响起,配合的是老马高亢的声音:"紧急集合!紧急集合!"

"妈啊,他不要上了瘾。"

"一天三遍!他上瘾了,他肯定上瘾了!"

一帮人冲出去,牢骚归牢骚,这回没那些拖拖沓沓的。

老马看着自己面前立正笔挺的四个兵。

他在队伍前踱了两步,不像个班长而至少像个营长,他的兵给他底气,他又气壮如牛:"我有很重要的消息要告诉大家,我刚跟团里通过电话,你们猜怎么着?团里告诉我,今天是打了导弹,但要试的可不是导弹,是那新型靶机的机动规避能力!这对,越难打才会打得越好嘛,而且咱们防空团还手下留了情了,一发就给它揍下来了还试个什么劲哪?所以牛气仍然是牛气的,咱们还得向人家学习,你们说是不是?嗯……"

几个人除了许三多,那几个一脸笑意,笑得老马有些发毛。

老马:"你们别不信,这理由我编不出来。是真的,要假了你们往后叫我老狗。"

那几个终于哄堂大笑。

现在是老魏在找石头,李梦在砸石头,薛林和老马在铺石头。

许三多反而不知道干什么好了,只好一边观摩。

后来我们开了班会。为了跟以往的小班会分开,老马叫它大班会。大班会决定,修路。路只有一条,已经修好了,我们刚开始不知道修什么。于是大家决定沿着原来的路修出一个五角星来,于是从这头到那头,比没路的时候要走更远的距离。我不懂这是为什么。李梦说:"你以为我们真在修路吗?"

不同于五班的以往,那个劳民而不伤财的修路计划已经完成了,现在因为各色石子铺出的图案,因为道边点缀的植物,因为那个作为路来说过于复杂的造型,五班的路看上去不再像路,而多了些园艺色彩,它像花坛道。

老马站在五角星的这端,看着五角星的那端,心有旁骛的人永远做不到需要这样耗心费神的成就,于是老马因为这种事倍功半而觉得满足。

那几个人甚至更加满足,许三多仍在疑惑。

老马:"还缺点东西。"

薛林:"缺什么?"

老马:"旗杆。哪个军事单位都会有根旗杆。"

李梦:"嗯。"

老魏:"找旗杆。"

工作让这帮屁王的语言都简洁了很多,而老马的眼里隐现着满意,这是第一次他有信心把这里叫作军事单位,而那几位都没有提出异议。

旗杆相对于铺路来说是过于简单的工程,一根旗杆已经在空地上竖了起来。

为了以示庄严,旗杆被设在五角星的中心,于是看起来五班的疆域忽然扩张了不知多少倍。几个小小的人影走向这疆域的中心。

老马捧着一面旗,站定了,先对旗杆行注目礼。老马存心让这个仪式持久一些。

老马:"立正!升旗!"

然后大家面面相觑,因为事先没定谁来升旗。

薛林:"班座,这么伟大的事当然是你来。"

老马:"不是我。许三多,过来。"

许三多被惊了一下:"我不会……我紧张。"

老马:"是中国人不是?升自家的旗你紧张?"

这么严重的口气也就仅次于命令了,于是许三多过去,旗一点一点往上升,李梦吹着口琴伴奏,在这一切中日常的温馨多于国家的庄严。

升旗毕,老马瞧着他的部下,意犹未尽,总觉得还该说点什么:"这就是胜利。嗯,一个小小的胜利。我们现在……"

现在并不太清楚该干什么,老马小小地犹豫了一下。

李梦又出主意:"先庆祝一下,庆祝一下啦。"

老马瞧着那小子眼里的不怀好意,立刻警惕起来:"庆祝可以,不许庆我的祝。"

薛林爽快地道:"那就庆三呆子的祝。许三多,来来。"

很少有人对许三多微笑,所以几个人那一脸堆笑立刻让许三多警惕起来,这份警醒功夫他倒是从小就做得十足了。

许三多开始拔步跑路,躲闪:"班长!班长!班长?"

他几乎绝望,老马也在为虎作伥地围追堵截。一个从小被人追大的家伙不那么好抓,他连跑带躲,那几个连他的边也沾不着。

老马:"许三多,立正!"

于是就立正,立刻被那几个掐手掐脚抬了起来。

李梦:"打牌是四个人的事情,你可以不参加,这可是五个人的活,你一定得与民同乐。"

"废话废话,飞起来飞起来!"老马实在比谁都上劲,于是许三多就飞起来,如是再三,最后砰地落地,砸了个沙土飞溅。

薛林:"换下一个!"

老马正得意忘形,立刻被逮个正着,然后他也飞了起来,这回是三抛一,一个把持不稳,老马的第一趟飞行便尘埃落定,他在地上翻了半个滚,然后不动了。

顿时哑然。老魏的声音有些发颤:"班长?"

寂然了一会儿,老马终于从身子下抽出一只手,捂住自己的腰。

电视里的图形仍不清楚,李梦狠狠砸巴了两拳,正好证明了很多家电都欠揍的原理,它拧出几个至少看得出是什么的图形。

几个人看看屋角的老马,他正在桌边写什么,一只手还捂着腰眼。

李梦看见老马问:"班长,你写小说呀?"

"狗蛋小说。退伍报告。"

那几个一下都愣了,玩笑再开不下去,甚至没人知道怎么把这个茬接下去。

老马也知道身后人的反应,他仍在写,让人知道他很认真,这绝对不是玩笑。

许三多第一个说话:"班长别写了。"

老马回头看许三多,笑一笑,有些无奈有些苍凉,但他回过头仍在继续写。

于是老魏说话几乎已经有点愤怒:"你想走啊?你舍得走呀?"

薛林:"我知道我们很讨厌。"

老马:"你们不讨厌,等回了家我会想你们的。"

李梦:"你自己说的呀,我们这些兵有人管都这样,没人管成什么人形鬼状了?你就不管了?"

老马:"会有更合适的人来管你们的,或者,你们自己就会管好自己。"

薛林:"当然,你铁了心要走,就会准备好一箩筐说辞。"

老马终于苦笑着放下了笔,他已经到了必须把一些话说清楚的时候:"你们几个,给我说良心话,我也许是本团任职期间最长的班长,可我算是个好班长吗?"

明白人如薛林、李梦就犹豫了一下,糊涂人像老魏和许三多则斩钉截铁同时说了一个字:"算。"

老马:"许三多你没有发言权,你根本没见过几个人。老魏你见过也不会有比较的心思,你难得糊涂。这样的班长,或者说这样的孬兵,全无原则,得过且过,没教你们好,反倒被你们教了坏,就算最近有些上进,也是实在看自己不过眼。这样算是好吗?李梦、薛林,你们两个心眼活络的说。"

薛林硬着头皮:"我们几个觉得好就行了。不是吗?"

老马:"我当兵是为了你们几个吗?"

薛林给生噎在那,只好瞟着李梦示意求助。李梦有些发虚,舔舔嘴唇:"为你自己。为你自己好行不行?"

老马苦笑:"行,为我自己,可是好在哪里?许三多,你教我明白的,我们混日子,可你逼着我们去想事,我们因此有些恨你,可我们终于开始想事。"

许三多因此而有些瞠目结舌,需要很久以后,他才能明白这些天发生过什么。

"我已经不是一个好兵了,时间、年龄、体力、脑筋……"老马他苦笑着摸摸心口,"还有这里都不行了,这里有点老。做兵要做好,不容易,要求好多,我以前做好过,现在就不该骗自己。许三多,要是骗自己,会连人也做不好的,是吧?"

许三多再次吓了一跳:"啊?我不知道。"

也许认为许三多装傻,也许认为许三多真傻,老马只是笑了笑,他全部的决心和勇气都用来说下一句话了:"是的,我骗自己,也骗你们了。我说我留在这里,是奉献,为了你们,不是真的。我不知道怎么回去,不知道脱了军装怎么过,人习惯了这里就很难再习惯别的,真的。"

他看大家,那几个并不显得惊讶。老马只好又对自己苦笑,真是自己的心事只有自己知道:"你们早就明白对吧?所以我在你们面前永远没有威信。谁会信一个把部下当由头混事的班长呢?"

薛林:"可是……"

"就是明白。"老马打断了薛林,"明白就不要再说了。我在这做不了什么了,临走前就一句话送给你们,不要再混日子,小心被日子把你们给混了。"

谁都没说话,谁都看得出此事已成定局。

几条路,必要的主干和画蛇添足的支干都已经完工,但现在这条路对五班来说已经成了一件吹毛求疵的工作,就是说它永无休止,只要有一个人去稍作平整,另几个人就都会拿起镐和铲子。

李梦忽然捂住了胸膛,大叫一声,悲壮气十足地倒在地上。

别的人不大理会,许三多跳起来下意识地摸枪,他能摸到的只有一把镐,并且像端枪一样端着,然后在这一览无余的荒原上寻找着终于出现的敌特。

许三多看护着李梦,李梦捂着胸口吟哦歌唱:"一只蚂蚱撞在我的身上。一颗子弹打在我心上。哦,最后一枪!"

许三多只好讪讪地收手:"你可真……"

李梦坐了起来:"你是想说幽默。"

许三多羡慕地道:"真有想法。"

许三多仍羡慕,其他人仍不理,老马索性看也不看地走开了,李梦很无趣地闪开许三多,拍打着身上的灰,他更注意的是老马走开的方向。

薛林看着李梦:"这套小把戏就能把班长留下吗?"

李梦:"你以为人说他想明白了就真想明白了吗?我早想明白啦!"

他并不管这话又把自己绕到一个怪圈里,追着老马去,追上了便涎着脸笑笑,拿出贴麝香虎骨膏:"班长,这给你。"

老马:"谢谢你,我腰早好了。"

李梦:"拿着拿着,伤筋动骨一百天嘛。……班长,咱们对你怎么样?"

老马叹了口气:"挺好……我回家会想的。"

李梦:"可能以后都没人对你这么好了。你想我们,又看不着我们,怎么办?"

老马瞟着他:"你说怎么办?"

李梦又觍着脸笑:"别走了,班长。"

老马:"看不着就看不着。什么叫有得必有失?你们几个小猴崽子终于会成了人,班长在这里算老,出去了可叫年轻,机会还有,搞不好是前程似锦。走着看吧,现在说那么多干什么?"——他回身对那几个嚷嚷:"收工啦!回家整饭!"

几个人列着队拉着歌走向那几间简陋的小房,五班最近确实改变很大,即使在这无人地带也尽量做得像在团营地一样。

远处忽然传来嗡嗡的声音,那声音许三多听过,"直升机!"

薛林:"两天一趟,例行巡逻。别咋呼啦。"

许三多仍瞪着远处的那个小黑点。

老马:"不会飞过来的,咱们这又不是什么要紧的路段,离巡逻线老远了。"

这话对一个很少见过飞机的人来说没用,许三多仍看着,而似乎存心跟老马过不去,那架飞机已经掠了过来,已经近到能看清旋翼。

老马只好挠头:"今儿这是怎么啦?"

李梦已经跳了起来:"天上的!这边!这边来!"

似乎是听见他说话似的,直升机照直往五班驻地飞了过来。

对五班来说这是破天荒的大事,挥舞着帽子、衣服、镐头,追着直升机跑。

机徽和正往下俯瞰的驾驶员都已经看得一清二楚,它绕着五班的驻地转了好几个圈子。于是李梦几个跳着,打着滚,做着鬼脸,指望能被注意到。

老马终于想起一个班长的职责:"列队!列队!"

五个人终于成横队站好,老马一声令下,五人齐刷刷一个军礼,那份正式让只要穿军装的就不得不正视。那架直升机终于悬停下来,机头轻轻地往下沉了沉,看上去就像敬礼,它还以陆航的礼节。

飞机终于掉头飞远,归入原定的巡逻航道。

薛林呆望着:"我怎么忽然觉得咱们变得重要起来啦。"

老马:"一向就很重要!"

他掉头碰上了李梦打量他的眼神,立刻将头转开。李梦也许是不知道怎么对待自己的人,但他想做的事情让他喜欢琢磨人。

在直升机旋翼之下,五班驻地被道路分划成一个五角星形,中心是他们新竖的旗杆。这就是那架直升机改变航向的原因。

无线电静噪轻微地响着,直升机上的人在处理着例行之外的一个小小意外:"仓颉基地。我是瞭望五号。"

于是团部办公室的电话开始响;

一营营部的电话开始响;

一营三连连部的电话开始响;

三连二排五班的电话开始响。

李梦几个在黑地里看着屋里的老马,老马立正着,恭恭敬敬在接电话,显得甚是狼狈不堪。

薛林:"这回是营部越级来电话啦,问咱们到底在搞什么,怎么能惊动了师部来电话询问。"

老魏:"刚才是连长来电话,他说军部直接电话干到了团里。"

李梦:"我瞧咱们是乐极生悲啦。"

老魏:"咱们什么也没干啊?"

李梦:"是啊,咱们什么也没干,就干了这么一件事情。"

许三多傻呵呵地道:"什么事情?"

李梦看着他轻轻叹了口气,又看着眼前新修的路。

几个人看着老马,老马已经放下了电话,正在看着天花板发呆。他终于感觉到注视他的几道目光,便转过了头来,有点无奈地和他的兵们对视。

四个兵蔫头耷脑地站在屋里,捎带得老马更加没精打采。

老马:"我瞧咱们有点乐极生悲……"

许三多:"班长,李梦刚才也这么说。"

"他说我就不能说了!"老马忽然觉得尤其这时不能发火,"对不起,有些事我没琢磨明白,可说真的,我们就是乐极生悲了。我想这路不该修,可能犯了哪条纪律,比如说暴露目标,比如说破坏绿化什么的。两年前为了保护牧民一块草地,整个装甲纵队整整多绕了八公里。"

薛林:"可这哪有牧场?"

老马也吃不太准:"那就是暴露目标了,这条路正好是导弹袭击的目标。"

李梦:"这几间屋值一发导弹吗?"

老马索性也不想了:"总之就是错,指导员说明天他过来瞅瞅……这是我的错,我不该下命令修这条路。"

许三多:"报告班长,路是我先修的。"

薛林:"屁话!你是说我们没动过镐头吗?"

许三多:"可就是我先……"

薛林:"许三多你记住,这路是五班修的,是我们一起修的。你和我们是一块儿的,说话就要统一口径——对不对,班长?"

老马是难得地赞同,甚至有些赞许:"不该说一块儿的,该说是一个战壕里的。"

薛林:"嗯,就是一个战壕里的。"

老魏:"有事要一起担着。"

薛林绝没忘了他们中间那个心眼最多的:"李梦你呢?"

李梦:"我?我正在想。我想我们是建设军营扎根边防来着。"

老马没他那么活络的脑筋:"啥?什么意思?"

李梦:"建设军营,以营为家,明天指导员来了咱也这么说!指导员还是护犊子的,最多咱们摊一出以好的目的做了坏的事情,如此而已。"

老马显得有些茫然:"如此而已?"

一辆三轮摩托行驶在草原上,上边坐着一身迷彩的指导员。

几个人坐在屋里,听着外边的引擎声越来越近,终于停下,几人面面相觑。老马脸上是如临末日的表情。许三多欲言又止,而且就这点动静,薛林已经瞪了过去:"不准认错。不准把事揽在一个人头上。"

许三多:"我只是……"

老马:"要揽也是我揽。班长是干什么的?班长就是认错的。"

许三多:"我只是觉得错了就是错了……"

李梦:"就算你有正义感吧,有时候得学会打打折扣。"

这话对许三多过于深奥,正愣怔间,外边的摩托已经熄火,一惊一乍地发出一个屁驴子应有的动静。

何红涛在外边嚷嚷:"五班有喘气的吗?"

老马怔怔地望着天花板:"反正是要走,只是走得光荣或不大光荣的问题……"

又"反正"又"只是",他的语气里可充满了痛惜。

何红涛嚷得已有点上火:"五班,有活人来看你们啦!"

许三多按捺不住地站了起来,他没抢到第一个,薛林几个还抢在他头里,但老马胳臂一划拉,后来者居上,他第一个冲出去。

何红涛正站在车边,打量着这大为改观的小小营盘,几个一拥而出的人吓了他一跳。如果一间屋里的人千呼万唤不出来,而后以这种冲锋姿态出现,着实是有点吓人。

但人行渐近,老马仍怔怔着,身后几个却把一脸视死如归换成了笑脸。

李梦迅速地掏出烟来:"指导员,抽烟!"

薛林麻利地打着了火:"指导员,屋里坐。"

"指导员,指导员……"老魏他发现自己的节目都被抢光了,"今儿怎么想起来看咱们了?"

这似乎正好提起了何红涛的心病,狠瞪了几个一眼:"怎么想起来?你们几个能整呀。是整得不想起你们来不行了。"

老马长叹,叹得无奈叹得苍凉,何红涛不由得惊疑不定地看了他一眼。

老马:"我不知道我犯的哪门子糊涂心思……上次指导员您也说总得带大家干点什么,我这就是带大家干点什么……唉,得了,我不习惯把错事往人身上推。我压根不知道该带大家干什么,终于干了还就是个错!"

许三多立刻响应:"报告指导员,是我错!我不知道那是个错!"

何红涛着实愣了会:"错?什么错?"

老马:"指导员,路我下令修的,没动公款,犯什么纪律我不知道,这个不知道并不是说不知错……"

许三多:"报告指导员,路我修的,要处分处分我。"

薛林:"都闭嘴。路五班修的,出自建设军营的良好愿望。"

李梦:"扎根边防,以营为家……"

老魏:"前人栽树,后人乘凉……"

何红涛被这帮家伙吵得连退几步,挥手不迭:"歇歇!歇着!你们抢什么呢?又不是多大的功劳,一条路嘛!"

老马:"不止一条,指导员。"

李梦却听出了一激灵:"功劳?"

何红涛:"几条也都给你按一条算。只能说你们精神可嘉,又不是军事科目上拿了冒尖,最多也就是一团部嘉奖!"这回连薛林都听了出来。

何红涛对这几个很有些悻悻:"你还要什么?一等功吗?先看自己做过什么!"

李梦忽然不再急切了,很严肃,也很诚恳:"这路是班长一手抓起来的,事先我们开过动员大会,班长说,我们来军营一趟不易,总得给后来的人留下点什么。那种庄严的感觉渗入了我们每一个人的内心。为了表现五班扎根边防的决心,您看见的每条路都用战士的名字命名,您现正踩着老马路,那是薛林路,老魏路,许三多路,李梦路……"

老马:"别吹爆了!李梦路?你还梦露……"

何红涛却扬着手把他话头止了,一边微笑着思忖:这倒很有意思,可以让团里抓点先进材料。

李梦绝对是给鼻子上脸的人:"先进吗?用来形容我们班长可就太简单啦!他真的是以营为家呀,为了我们几个从来没想过退伍的事,他想家想到哭呀,可他抛头颅洒热血,为了培养大家对驻地的感情,他发动大家修这条路。对不对,薛林?"

薛林:"对!对!"

老马:"对毛!你们……"

何红涛立刻很严肃地瞪他:"老马,其实你哪儿都够先进的条件,就是那嘴……"

薛林:"他平常跟我们说话都很文明的,他现在是谦虚急了。"

老马:"什么叫谦虚急了?"

老魏:"班长手上磨出了血泡,腰也闪了,我们眼里含着热泪……"

老马诧异得喘不过气来:"说人话好吗,各位?"

许三多:"班长他还带我们看导弹打靶机,其实是靶机躲导弹,他搞错了……"

老马:"许三多,你怎么也这样了?"

李梦:"许三多,你缺乏语言组织能力就别说了。班长带我们武装越野,搞现场教育,号召我们向先进部队看齐,赶超国际水平,力争质量一流,豪言壮语绕梁三日,三日犹不绝啊……"

老马:"我没说!我是说我们做人有问题!"

何红涛笑着拍拍老马:"你没说,可你做了。五班长跟我来,有话跟你说。"

五班没会议室,所以要谈话的时候只好众人在外边回避。

老马被指导员大力拍着肩,仍在云里梦中,心里很不落忍地看着外边东张西望的那几个。

何红涛:"老马,什么叫做得对?这就叫做得对。像连长和我一直期待的那样,不,像人们一直期待的那样,老马,全团任期最长的班长,放在哪都不会让人失望!"

老马急得直叹气:"我说指导员,那几个浑小子不明白,难道您也不明白?"

何红涛:"你觉得我不明白?"

老马只好干瞪眼,确实,眼前的何红涛绝看不出半分不明白,倒是看多了他,你会觉得自己不够明白。

何红涛:"于公也于私,对三连也甚至是对全团,你功不可没,你带出的班长在各连都是骨干了。三连不想把你留下?错。三连一直在给你找留下的由头!现在你给了我个线头,弄好了,咱争取三等功,再弄好了……不用我往下说了吧?"

老马很困难地干咽着:"其实,这事跟我真的没多大干系……"

何红涛忽然叹了口气:"我也知道,你的想头已经在外头了。我们实在把你冷落了太久。"

老马愣了,傻了会,类似的话他在不久前是说过的,可那或是咬牙说的,或是无奈的选择。"不是。这事不怪连里。"

何红涛摇摇头:"得了。不怪战士有情绪,只怪我让战士有了情绪。我是指导员,这道理我知道。"

老马急了:"真的!我没想走!说一千道一万,我哪儿想走?您瞧我,瞧瞧我这样?我脱了军装是什么样?您想得出来吗?我想不出来!我……"

他没能说下去,何红涛一只手很柔和地拍上了他后脑,老马在那几个跟前也许老气横秋,但对了一连的指导员,老马低了头,像个终于找回家的迷路孩子。

"别说了……我知道。"何红涛怔忡着,又在老马肩上拍了两下,"大家都知道。大家都努力……我会努力的。"

老马低着头,他不知道会发生好或坏,他甚至不知道会发生什么,最后他从眼角瞟见在窗外窥探的许三多。

老马心情很沉重地看着指导员远去的一溜烟尘。几个人簇拥在他身边。

回过头来,茫然若失,看着那几个。

李梦笑着,现在他以功臣自居:"指导员说什么啦?"

薛林:"知道是好事,说出来听听。"

"我去整整咱们那路。"老马顾自拿了工具就走,那几个茫然互瞪了一眼,跟着。在这荒漠中芝麻大的事也要变了西瓜,何况是这样一件绝对大过西瓜的事。

今天五班的群益活动搞得很没趣,因为没一个人的心思在那条路上,老马心事重重,那几个则有一种窥私者的恶趣。许三多是个例外,他一般情况下都是例外。

老马又给路边的花苗松了松土,终于罢手扔镐。

老马:"许三多,你留下……其他人去整饭。"

每个人走的时候都很惊讶,每个人看许三多的眼神都带了几分猜疑之意,而那种眼神是他们在和许三多最对立的时候也没有过的。

老马有点不知道如何开口,于是许三多的心思仍游移在那条路上,对他来说这路是永不完整的,永远有可以修缮之处。

老马:"三多你别弄了,过来坐下……陪我坐会儿。"

许三多一时有些哑然,因为他还很少被人用这两字称呼过,但这种又亲切又尊重的感觉是很好的,许三多不再倒腾他的路面,在老马身边坐下。

老马:"一个你以为属于你自己的东西,忽然变成了公有的……不,我是说忽然成了晋升之阶,忽然那一下子……味道全变了。"

许三多很茫然,他看说话的人,说话的人比他更茫然。"班长,你想告诉我什么?"

老马:"如果……如果人们以后说这条路是班长抓起来的,你会不会有意见?"

许三多:"是你抓起来的呀!"

老马:"其实我在这个事里边是受教育的对象,你知道吗?"

许三多甩出了他这辈子说得最利落的三个字:"不知道。"

老马:"其实路是你修出来的,一条路,不光是走的路,也是大家伙心里的一条出路,许三多。"

许三多深为疑惑也深为怀疑:"不是吧?"

老马:"但是,为了树典型,集体的荣誉得找出一个人来代表……说白了,就是大家干的事情归功于一个人,你明白吗?"

许三多:"不明白。班长我不明白,你再给我说说。"

老马只好又叹了口气"班长也不明白……叫班长,不是说他什么都明白。班长……班长只是不喜欢这样……味道变了。"

老马呆呆看着天,已经垂暮了。

李梦几个正在交头接耳,看许三多进来,那种住嘴和防备是不约而同的事情。

薛林:"三多子回来啦?"

又是个少见的称谓,让许三多觉得陌生,他点点头,去整老魏有点乱的被褥。

老魏忙抢过来:"我来,我来就行啦!"

许三多忽然欢喜地嚷嚷起来:"现在是电视时间啦!"

他开了电视,放下几张马扎,而后期待地回头看了看。

那几个正悄悄地出去,当许三多的失望之色刚浮上脸,李梦又蹑着手脚跑回来。

李梦:"路是班长修的,知道吗?"

"知道。"他垂了头,也没看那雪花满天的屏幕,他有很多疑惑。

薛林又晃了回来,这回先拍了拍他的肩:"李梦跟你说什么?"

许三多:"路是班长修的。"

"这家伙不替别人考虑,路其实是你修的。"薛林叹了口气,"但对外要说路是班长修的,这委屈了你,可是三多子,咱们不是朋友吗?"

许三多呆呆看着再次拍在自己肩上的那只手。

如果有人说我们是朋友,我一定会很高兴。原来我这样的人还可以有朋友。但是那天高兴不起来,因为薛林好像在说,这会儿咱们同谋,这会儿咱们是朋友。这会儿……

后来我觉得老马真幸福,有那么多人为他着想,他有那么多朋友。我没有。老马说上天下地,中间有个你自己,大部分时间我都对着我自己。

上天下地,中间有个许三多。许三多对着他自己。他是躺着的,躺在山丘顶一块还算平坦的石头上,老马上来,他是找上来的。一时不知道说啥,两个人都有心事。

许三多有些不爽,老马也看得出来。

"怎么啦……"老马有点老实人的心虚,"是他们?还是我?"

许三多摇头:"我想家。我在想给家里写信。"

老马明显松了口气:"那就写吧。"

许三多:"我还没写完。我跟爸爸、哥哥说,放心,五班挺好,班长对我挺好,李梦他们也不对我怪里怪气地说话了,我们天天都训练。有一条路用了我的名字,叫许三多路。"

老马:"好。发了吧。"

许三多:"李梦他们不怪声怪气跟我说话了,因为他们不跟我说话了。我原来以为人人都会那样跟我说话,可他们不那样了,我觉得不那样真好。可现在他们干脆不跟我说话了,我觉得就算那样……也没什么不好。"

如果有一个人天天对着世界笑到牙酸,却换不回来一个笑脸,那他的神情可能就与许三多有点像。许三多迷惘、无奈、辛酸、不满,他难得会表现出自己的不满,这种不满聚焦成了泫然欲泣,但他甚至没感觉到自己在哭。

老马怔忡地坐下:"怪我,许三多。不怪他们,怪班长。"

许三多显然没想该去怪谁,他只是流他的眼泪:"我想我真的很招人讨厌。我想家了,班长。"老马怔怔望着山下的五班驻地,那个小小的世界,他们唯一的世界。

晨光初现,何红涛的三轮摩托在车道上飞驶,屁驴子的轰鸣声响彻原野。边斗里载着一个没见过的军人。

这个军人戴着眼镜,野战部队难得有人会戴这么一副金丝边的眼镜。

第 六 章

何红涛把车停在五班驻地外,大张旗鼓地摁着喇叭,直到班里的人出来。何红涛向众人隆重介绍道:"这是咱团宣传科头号笔杆子张干事!大手笔!人专管团报的!今儿过来打算给咱们好好宣传一下!"

何红涛今天有点不同往常的咋呼劲,与他当时送新丁入荒原时有些恍似。

众人不大明白,只好敬礼:"首长好!"

戴着金丝眼镜的张干事还礼:"大家好!你们别见带衔的就往大里喊,首长我担不起,叫干事又不乐意,痛痛快快老张行吗?"

老马和他的兵们照样端着军队的份儿:"老张好!"

张干事扬起脸,看着五班的全体说:"今儿来没别的,为我自己考虑呢,采访采访大家,给团报上增添点光彩;为大家考虑呢,给大家拍点照。附带说明,我这相机是刚添的数码,不费卷不费相纸,印刷费团部出,拍好了是一定要寄给大家的!"

大家顿时眼神里冒了光,互相捅咕着。

正在站岗的李梦也拖着枪匆匆地跑了回来,混在中间。大家都在忙着换衣服,李梦将他们一头揪了过去:"薛林,我跟你换岗,你替我一班我给你站两班岗……老魏,我给你买烟。"

薛林和老魏白了一眼李梦没有接茬。没办法,他只好找许三多了。

李梦死皮赖脸地缠着许三多,声音格外的温柔:"三多子,我谈对象了,我得寄照片给人家!求求你了!"

许三多又迷茫了:"我是夜班啊!很辛苦的。我也想照相,好寄回家。"

李梦继续缠着许三多:"我不怕辛苦……"许三多终于接过了李梦的枪一声不吭地就出去了。

薛林猛地给了李梦一脚:"你好意思啊?你对了个屁象啊?"

李梦笑笑,不回话,他看到指导员和老马正在里边的角落里默默地坐着,指导员是有话要说,却又一直犹豫着。

良久老马终于开口,语气是那么无奈:"指导员,你不用为难了,我知道了。三等功肯定没戏了。"

何红涛已经被老马的沉默压得喘不过气:"也不是全没戏,可团里的精神今年是这样的,有限的荣誉得留给那些一线训练的,后勤保障方面的尖子今年只好暂不冒尖。"

何红涛一直没有抬头对着他的说话对象："老马呀,我今天有了张干事这个由头才敢过来,就是觉得对不住你……今天死说歹说把张干事弄了过来,我就是想把这事再掀一掀……"

老马叹息道："不掀啦,指导员。老马从来没想跟军队要求什么,这是实话,也是个自尊。现在知道有这么些人对我好,老马知足。"说着话,老马笑了笑,笑得惨然,笑得释然,也笑得让何红涛感然。

"我谢谢啦,指导员,谢谢这件事最后成了这个样子,这事成全了我,让我当几年兵,没对不住人……虽然到最后险些干了出来。幸亏没干成呀,要不老马带了这么多兵,最后要对不住自己的兵,那可不是……成了坏人吗?"

"你在叨叨什么呀,老马?"

"叨叨自个心事,是总算想明白的心事,不是情绪。别再费心了,指导员。"老马忽然笑了笑,这回笑得真有些开朗,"去照相了,能留一辈子呢,指导员不照吗?"

何红涛琢磨了一会儿那个去得决然而又沧桑的背影,忽然之间苦笑,苦笑之后是种颇带酸楚的感动。他没有去照相,只是静静在旁边看着。

五班在照相,带着他们各人各种的情绪,征用了一切可能用上的道具,征用了天空、大地、山丘,新修的路、老旧的屋、何红涛的摩托车甚至是何红涛的尉官服。何红涛今天没有半分连指挥官的架子,军装和军帽甚至是他主动送过去的,他也感觉到今天这次对他们中间的某个人可能是最后一次。

张干事则越来越不耐烦,他本意并不是要来陪兵豆子们玩,尽管对他们中的某个人来说,这绝不是玩。

当李梦觍着脸凑在他旁边又蹭了一张时。

老马他立刻反应过来："你不是有岗吗?许三多呢?你换给许三多啦?"

李梦讪笑："嘿嘿,嘀嘀……"

薛林插嘴说："他告诉许三多他有对象啦。得给对象上照片。"

老马急了："你忍心害理啊?去把人换回来!"

李梦也不好意思了正要跑开,张干事查着相机摇着头："不能照了。"

老马急得要跳,此时张干事已快没了刚来时的热情,从他的位置,没耐心陪这帮小兵豆子一拍几十张："没地方了。"

"怎么没地方了,不是数码吗,数码不是照多少都没数吗?"

张干事不耐烦了："储存空间。人在世上活着要个空间,就算给你压成数码也要个储存空间吧,卡满了,没有储存空间了。"

老马基本不懂那套,倒是干着急之余想起说话的人来自团部,畏惧之余仍在争取："能删的不是吗?删一些用不上的行吗?"

张干事摁给他看："你看哪张能删?这团长,团政委,参谋长……咱政治处主任……这各营连军官在靶场……这,我家里的……删哪个你说。"

老马急作没话,这里边哪一张都是换了何红涛也不敢轻携的:"行了五班长。张干事今儿也给你们照不少,论卷得有三卷了。"

"指导员你不知道,许三多没来,许三多这个兵……"

何红涛递着眼神让他别再说,老马总算会意。

张干事带点例行公事的厌倦:"现在开始工作吧。马班长,今天来主要是采访你的,咱们这就言归正传了,这路我也看见了,真是不易。让我有种莫名的感触。说说,我相信在你真人实事的叙述中,会有升华。"

老马苦想,这种苦想简直有些负气:"升什么华?"

张干事有些迂气,继续解释说:"升华即是说……"

老马打断了他:"我知道啥叫升华,首长。我在这天天都在等,等这个……升华,可它没升起来,也不怎么华。"

"老马!""班长!"

几个声音是一齐蹦出来的,老马看一眼,他并没打算打住:"李梦、薛林你们别吵吵。"说着他看回张干事,"今天我想说实话,首长。"

何红涛想阻止:"有情绪跟我说,五班长。"

老马没理会:"不是情绪,是想开了的心事,叫啥……"

"感悟。"张干事提醒他说,这时他显得比刚才有兴趣得多的样子,所有例常中终于有了例外。

老马没理他们:"那我现在能说啦?等不来升华,等不来凝华,等来的是日子叠日子,大眼瞪小眼……"

张干事忙不迭掏了本记下这生动的语言。老马因此而愣怔了好一会儿,才接着说:"等来个新兵蛋子,来了这把我们几个老兵油子给教育了!这路怎么修起来的知道吗?一个这辈子还没打够一匣子弹的新兵蛋子修起来的!怎么修起来的?一个人修墙四个人拆墙修起来的!怎么修起来的?拿心拿汗拿时间修起来的!什么叫专心?没见过他砌这路面你不知道什么叫专心?我们爱自己做的事吗?我们看看他我们再问自己……"

李梦忍不住插嘴了:"班长,人家首长不是要听这个……"

老马冲他挥挥手:"李梦,我们不是你要写的小说,不是你的人物,不由得你安排的!"

张干事很有兴趣地看着李梦:"你也要写小说?"

李梦:"是啊,是一本关于……"

话没说完给薛林抢断了:"是光嚷开花却永不结果的故事,跟我瞎忙的事一样,所以没啥好说。倒是那个新兵蛋子许三多,我们一直巨烦他,他来这还带股新兵连的劲头,我们为活舒服点都快把自个变成老兵油子。老兵油子不那么紧张,能放松了。今天放弃一点,明天放弃一点,直到最后。"

张干事听得兴致勃勃,在一边连声说战士们的谈论多有思辨色彩,何红涛只是苦笑擦汗搓手心,伴之以一定的若有所思。

突然,张干事想起来什么事,扫了一遍眼前的草原上,却没有看到许三多:"这个新兵蛋子……许什么在哪呢?"

老马嘟囔了一句,顺手把李梦揪了过来:"替他!替他戳在本该他戳的岗位上!"

远远的空地上,老马推搡着李梦过来,一行人或左或右地跟着。地平线上终于能看见交会在两条路尽头的岗亭和红旗,许三多小小的身影在五角星形的端口上站着。

张干事突然喊了一声:"别吵!"吓得大家都静了下来。张干事看着眼前的景象,好像发了半天愣,然后猛地一个激灵喃喃地说:"有一阵灵感袭上心头咧,他妈的暴殄天物啊!没带尼康!这样的景致用傻瓜数码相机是拍不来的!等等,等等!"

说着猛砸了一下脑瓜,从腰包里掏出了一个大本子。那是一个速写簿,但他的笔却找不着。"我带没带笔?我到底带没带笔?他妈的我居然带了支圆珠笔!"

众人也学了乖,发现只要不喘气便不会挨这才子的骂。何红涛犹豫了一下,才掏出支钢笔,张干事就手抢过来,捡块石头就把笔尖给拗弯了。

何红涛心里不乐意,张干事却抽风似的在那笔走龙蛇。李梦想去把许三多替下来,给张干事头也不抬地喝住了。

于是大家全都不敢动,是那种泥雕木塑般的不敢动。张干事终于画完了最后一笔,然后基本上瘫了下来:"这种感觉,已经很久没有过了。"

张干事刚刚画完,老魏几个就跑过去,把许三多搂着挟着,拖到了张干事的面前,说是要让张干事好好采访。

张干事却摇着头说:"我才情有限呀。我今天兴致已尽,采访也出不了好文章啦。"几个热情正炽的立刻如被霜打了一样。谁都清楚,团部第一笔杆子说的下次,很可能是永远没有的事。何红涛看着自己的笔,心里挺不是个滋味。

团部的靶场,一辆主战坦克正在原地射击,四下里震得尘土飞扬。坦克转入行进射击,穿行于靶场障碍之中,坦克里的驾驶员简直像在耍特技。

101号车,乘员:王庆瑞,萧励,刘寰,段苍松。得分,一百〇八分。一辆主战坦克发动机全开,原地射击,四下里震得尘土飞扬,王庆瑞就是团长,他一从坦克上下来,就发现张干事在边上站着。

团长一把抓住张干事:"老张,恭喜你啊,在《解放军报》上看到你画的画在全军美术比赛上得了三等奖,画得挺来神,可哪有那么大个五角星能让兵站在上边啊?你瞧人家评论你,这是结合了象征主义与写实精神的作品。你跟咱当兵的玩什么象征?要实在!"

"报告团长,评论咱就不说了,可那画,是完全写实的。我画的地方就是咱团的地盘,画的兵也是咱团的兵。"

"有鬼了。我这团里还有什么地方我不清楚的?"

"团报上红三连五班那几个修路的兵,您也看见了?"张干事提醒团长,"咱们八十年代曾经想在那儿修路……"

"你这是对着和尚骂秃子。修路那会儿我就是那排的排长,动了全排力量,可最后还是泡汤了,没钱嘛。"

"可他们用五条路构成了我画的那个五角星,这已经是创作的雏形。您猜他们修这路花了多少钱?五块钱的人民币!也就是说他们仅仅用了买花籽的五块钱!"

王庆瑞陷入了思考:"我是听说五班在那修了条路,那是我当年一个加强排也没干成的事。"

张干事能咋呼的时候绝不放过:"不是一个班,是一个人。修这路的人就是画上那个兵,那天我是特意画他去的!要的就是有感而发!据我深入了解调查,他修这路还顶住了来自他人的非议和冷嘲热讽。他还一直自觉自律,坚持严格的军事技能训练。"王庆瑞仔细看看张干事信心满满的脸,终于信了个三四成,这三四成已经能让他有些许的感慨。

他越听越有兴趣了:"如果真有这么个兵,我是说如果真有的话,放在五班是浪费他,应该放在这战车里打冲锋。"他是一团之长,他说话的时候,总会有人在旁边注意地听。

回到屋里,团长就让人把电话打到了红三连连部,接电话的是指导员何红涛。接完电话,他骑上摩托车,就到许三多他们的草原上来了。

那一周,是五班历史上见到指导员次数最多的一周。

何红涛是来要人的,点名让许三多跟他马上回团部。许三多一听倔劲就又上来了,死活不走,他舍不得他的五班,舍不得他的路,也舍不得他的老马班长。

老马用班长的口吻跟许三多吼道:"许三多,你要服从命令。"

可许三多好像什么也没有听见一样自己嘟囔着:"我要留在五班,我要留在五班。"

"你闭嘴。"老马又朝旁边几个喊道,"李梦、薛林,你们帮许三多收拾一下行李。"

临走前,五班给何红涛和许三多做了一桌饭菜,算是给许三多饯行。可准备开饭的时候,却不见了许三多。

慢慢地,天已经断黑了,桌上的菜也早就凉了。

找人的几个兵很快就回来了,都蔫头耷脑的。远远地,李梦就朝何红涛摊着手,意思是没人。何红涛气得差点要跳起来:"我就搞不懂团里看上他哪点了?就这么个无组织无纪律的兵!"

老马琢磨着:"这孩子就是脑子有点转不过弯来,转了这弯,就好了。要不,咱们先吃饭吧。吃完饭指导员先回,我们明儿保证把人交到您手里。"

何红涛一个人走了。摩托车声渐渐远去。

许三多从不远处的草窝里探出头来,他看见营房里灯还亮着,就又缩了回去,接着睡他的。草原上的风很大,可许三多却睡得没心没肺的。

第二天早上,五班的内务可以说差到极点了,昨天的饭菜根本没心收拾,几个人和衣而卧,几张凳子还摊在窗前。

许三多蹑手蹑脚摸了进来,昨天一晚可说冻得够呛,仍缩着,擦着鼻涕。

老马睡得很警惕,听到许三多进来霍然跳起,命令道:"抓住他!抓牢啦!别再跑了王八日的!"

李梦几个早就猛虎一般从床上扑下来,扑到许三多的身上。冻了一夜的许三多也跑不动了,只好让他们给牢牢地抓住。

"你以为你耗走了指导员就过了这关啦?累得我们这一晚上没睡!"老马吼道。

他们把许三多扔到了床上,鞋也扒掉衣服也撩了起来,所有的手都伸到他的身上,玩命地挠他痒痒,挠得许三多大笑着:"被子乱了……被子乱了!我不去我不去我不去!不去啊!班长救命呀!……不去就是不去……真的不去……"到了最后,笑声没了,大伙儿听到的竟是呜呜的哭声,几个人在许三多的呜咽声中默默住手。

"你干吗不去?啥叫命令你知道吗?你为啥不听命令?"老马问道。

"我离开过家了……我不愿意再离开家。"许三多的声音让每个人都心酸。

老马自己也说不下去了。李梦只好拉开老马,对许三多说:"从五班去团部,这是个机会。许三多,机会你知道吗?这个机会有多难,你知道吗?许三多。"

许三多愣着,这个话题太过严肃了,机会这个词,许三多可能还要过很久才能明白,但现在足以把他吓住了。慢慢地,老马已经稳定了情绪,他命令许三多马上吃早饭。吃完早饭,就送许三多去连部。许三多委委屈屈起来穿上刚被扒掉的鞋。

许三多和薛林拎着行李,看着老马给连部打电话,刚拿起电话说一声:"我是五班……"

电话便传来何红涛的咆哮声:"找着没有!?"

"回来了,一大早就回来了,他在野地里睡了一夜。"

"没出事吧?"

"没事,没事。"老马差点擦汗。

"立马带过来!我倒要知道这兵是怎么想的?"

"没啥事,真没啥事。"老马背过身去,"这孩子心眼实在,他还真把五班当成自个家了。"老马的话已经带上了哭音。

那边电话挂了,许三多和李梦呆呆看着老马背着身子不敢回头,回头的时候已经换成了一张凶神恶煞的脸:"现在就跟我走!别再磨磨叽叽了!你看这点事让你整的!"

老马张望着远处的来车,薛林死死拽着许三多的背包绳,后者仍不死心地在往来路上张望。终于来了辆拖拉机,趁着上车的当头许三多掉头又跑,让老马和薛林逮住,连踢带踹地拖上车。

连部门前,值日兵很奇怪地看着那三个人进来,薛林和李梦一左一右地挟着许三多,值日兵拿不定主意是否要敬礼。

何红涛的手指嗒嗒地在桌上弹动,许三多紧张地站在指导员面前,已经没有回五班的希望了,他现在也老实下来。

老马只好提醒道:"许三多,知道你该跟指导员说什么吗?"

许三多这才慢慢地说道:"对不起,指导员。"

何红涛摆摆手:"说错了就是错了,军队里没有'对不起'这三个字。"

许三多于是说:"我错了,指导员。"

何红涛:"带了上千号的兵了,我最信一种有情有义的兵,你小子有情义,不枉你班长对你好。"

何红涛的态度令人有点错愕。

何红涛笑笑地接着说:"虽然……你这样在部队里是不行的,可我现在忽然有点看好你了。许三多,可能的话还是在红三连吧,红三连军事训练排第三,文娱可是排第一的,我保你在连部不比在五班差,再说你这不是还和五班一个连吗?通信员,带他去收拾收拾。团长要跟他叙叙怀。"

团长!老马一听,眼睛都大了。何红涛苦笑着点点头,他也有些无奈。

陪许三多进去的,当然是何红涛。他几乎是一路地揪着许三多,一直揪到了团长的办公室里。团长王庆瑞只留下了许三多。

看着何红涛走去的背影,许三多如同困在笼里的耗子,他看看门,想夺路而出,却没有那勇气。许三多又回头看看团长,王庆瑞在看刚才未完的公文。于是许三多生戳着,如在站岗,站了很久。

"你知道吗?"王庆瑞说话时甚至还在看文件,以致许三多并不觉得在跟他说话,但屋里没有别人,"我军装穿了这么些年,看到的标准立正真没几个。"

许三多下意识地纠正了一下自己的立正。

"不该纠正的,你本来姿势很对。我正想说,你是我看到能标准立正的人之一。对的话就不要再去拘泥小节。"

于是许三多本来标准的立正越发站得一无是处,他甚至不知道怎么站了。

王庆瑞终于放下手中的文件,正眼地看他,这家伙不在人前时少了很多武夫气概,其实他是个经常想事的人。"很多人刚从新兵连出来的时候都会立正,可不久后都会忘了真正的立正是什么样子。我现在相信了,是你一个人做成了当年我一个排没做成的事。"

王庆瑞好像要结束这场让许三多不知所措的谈话："好了。我见到一个比我当年要强的人,我希望能给你调换一个岗位。你擅长什么?"

许三多看起来更加沮丧,以致王庆瑞很诧异地看看他:"擅长什么都可以说,哪怕是捏泥人呢,宣传科的小张当年就因为捏泥人来的团部。"

"擅长……踢正步。"

王庆瑞愕然到正要吸进嘴的一口烟都没有吸,看着他。许三多忸怩而沮丧,说真的他已经鼓足了勇气,也绞尽了脑汁。

许三多："别的……别的我做不来。在新兵连最差的就是踢正步……五班有枪没子弹,我就踢正步……天天踢。"

王庆瑞："那我该让你干什么呢?政委一直建议我在楼道放一个兵,踢着标准的正步来回走着,像门神一样。你愿意吗?或者替团部的卫生勤务传递文件,很细碎的事,我相信你一定能做好。"

许三多忽然想起件至关重要的事情："发枪吗?"

王庆瑞："好像给我送文件的人都不用背着八一杠。"

许三多："我……服从组织安排。"

王庆瑞显得略有些不耐烦,又拿起文件："你好好想一下吧,我把这个看完。"

于是又是枯燥的等待。在等待中许三多的眼珠子比刚才活络了一点,就是说他有勇气四下看看了。

王庆瑞看完了最后几行,发现许三多目光的焦点在他身后窗台的一辆战车模型上,那模型是完全按成才班上装备的步战车做的。许三多看得很专注,那东西对他几乎意味着当兵的一切理想,浓缩的,炽热的,高硬度装甲包裹的一个小小天堂。

王庆瑞："喜欢这个?"

许三多惊了一下："嗯……啊!"

王庆瑞自豪地笑了笑："不能送给你。那是我亲手做的。用105和122的弹壳焊接了整整一年,几乎就像你修路。想要和得到中间还有两个字,叫作做到。如果你做出让我觉得值得的事,我会把它送给你。"

许三多："我……我没有想要。"

王庆瑞笑着摇摇头,他整理桌上的文件,但他也发现许三多的目光几乎没有离开那个模型,"我知道安排你去哪了,钢七连。"

许三多："我……服从组织安排。"

王庆瑞："这回我不问你愿不愿意了。"

许三多："服从组织安排。"

王庆瑞似乎对这句话有些厌恶了,他拿起桌上的电话叫白干事过来一趟。

然后他等待,在等待的间隙中又仔细看看许三多,许三多已经恢复一开始那个自然的立正姿势,也就是王庆瑞军事生涯中没见过几个的标准姿势。王庆瑞看得似乎漫不经心又若有所思:"许三多,很多复杂的事情其实是简单的,只要你有心,新兵连学会的立正就是最标准的立正。很多简单的事情又是复杂的,就像我一说,你立刻不知道什么叫作立正。"

许三多又立刻不知道怎么立正了。王庆瑞看他的眼神像是微笑,又像淡淡的厌倦。

何红涛一直在团部门口等着,看见白干事领着许三多出来,忙迎上去,一听说许三多去的是钢七连!顿时傻在了那,然后愣愣地看着许三多跟人走开。

老马和李梦遮遮掩掩过来,看见有团干事陪着,也不敢上去搭讪。老马只是急心急肺地问何红涛许三多到底去哪儿了。

何红涛没好气地说:"咱们三五三团的一把刀,对敌人是尖刀,对训练是剃刀,对自己是剔骨刀,你说他去哪儿?"

"钢七连?"李梦目瞪口呆地喊了一句,"他能在那待得了三天吗?"

老马有些担心,有些焦虑,他看着许三多的背影都带着些许哀悼。

钢七连就是钢七连,连值日兵都和别处不一样,离老远便站起来,一个干脆有声的敬礼弄得白干事不得不老远便把手举到了眉际,嘴里问道:"七连长在吗?"

值勤兵回答说:"连长去车场保养,指导员去食堂检查卫生,请问首长是否需要立刻通知?"

白干事让这兵的一丝不苟弄得有点没脾气:"算了算了,我在这等着。"

许三多不住地打量着钢七连的外围,那个整洁,简直不近人情,连操场上晾的鞋都全朝着一个方向。进连部的第一道墙上,交叉插着两面钢七连的旗帜,一面是"浴血先锋钢七连",一面是"装甲之虎钢七连"。一个连队的旗帜做得如此精致,似乎正说明了这个连队的一种殊荣。墙上,是几个笔走剑锋的大字:"训练,训练,继续训练。"

最独特的一点,在空地边缘上竖了一块板壁,每个兵都背诵过的入伍誓言方方正正一字不差地刻在上边。

过了一会儿,钢七连连长高城和三班长史今,按照双人成列,三人成行的规定,从外边进来。白干事伸着手迎向高城,高城的回应是敬礼,白干事只好把手缩了回去,如果野战部队丝毫不让的话,机关人员确实有些无所适从。

白干事讪笑着说:"团长给钢七连推荐了个兵,好兵!团长特喜欢这兵……"白干事的语气里很有些吹嘘和推销的热情。话没说完,高城的眼睛早已毫不打弯地直落到许三多身上,史今的目光也扫了过来,前者毫不掩饰地错愕和恼火,后者有些亲切和久别重逢的感情,当然,也有许多诧异。

"呵呵!许三多,你是个好兵吗?"高城的口气有些轻蔑。

"我不是。"许三多顿时就蔫了下去。唯一能让他还没掉头就跑的,是史今温和的目光。

许三多和他的行李委委屈屈地蜷在过道里,过往的士兵,基本上把他当成透明的。

连部的会议室里,高城正大着嗓门吼着:"不要!没考虑就不要,考虑过了更加不要!转了个大半年,他胡汉三倒又杀回来了!我不管他跟团长是什么关系,总而言之,钢七连的门对这个兵,永远是关着的!战斗力不是凭个人好恶决定的,我现在就出去跟那个兵说,我让他哪来的回哪儿去,钢七连容不下举手投降的兵!"

史今竭力地拦着,但是对高城没有一点作用,他还是一个人怒气冲冲地喊着:"团长那边没发言权!他能比我更了解我的连队。我的兵都是我一个一个选的,我这连的勇气是一个一个激出来的!你知道什么叫一颗老鼠屎坏了一锅汤吗?一颗老鼠屎……"

连指导员洪兴国从楼道里进来,很奇怪地问道:"你为什么这么反感这个兵?"

高城说:"因为我记忆犹新,你是没福看见,他被自家的坦克吓得都举起了双手,他是投降,你知道吗?你也不用说服我,你指导员同志还是去跟兵多做做说服工作。"

史今终于忍不住说:"这个兵,给我吧。"

高城冷淡地看着他:"理由。"一个永远热情的家伙冷淡起来有点吓人。

"没有理由。我就是想要这个兵,我不能不要这个兵。我保证把他带好。"

高城还是冷冷地道:"这不是理由。"

史今长吸了一口气:"我欠他。一个承诺。是在心里说的!连长!就像七连的人在心里对您说:连长,让七连更像样!跟这一样!连长!"

高城的目光犹豫了。

史今接着说:"您有在心里答应要完成一件事的时候吗?不管是对别人,还是对自己,连长?"

高城眯缝了眼看着他,不吭声,但有一件事是明白的,他答应过的。我们都在自己答应了自己的事情中生活。

就这样,许三多和史今两人,在命运中又连在了一起。许三多拿着行李跟了史今,从过道上走过,宿舍里各班的兵都在忙各班的事情。许三多对史今极为亲热。史今目不斜视,钢七连的兵几乎全是这样,已经不仅是军纪森严,而是生活上的森严。

许三多:"班长,看到你好高兴,我觉得好像在做梦一样。"史今只是难以觉察地点了点头。当躲开高城那样过于迫人的压力后,许三多现在就几乎是沉浸在幸福中了,幸福的实质是什么,正忙着幸福的家伙一般不会想到。

许三多话明显地多了："我上一个班长是老马，现在的班长就是你。"

史今皱皱眉："别说什么上一个。他就是你的班长，我也是你的班长，老马跟我是同年兵。许三多……现在不要说这个。"

突然，许三多听到后面有人用极低的声音在喊他，回头一看，原来是成才在七班宿舍里瞠目结舌地坐着，正跟几个兵在开班务会。看到成才，许三多顿时乐了。

到底，成才是他的老乡呀！

史今和许三多一走进三班，一屋或坐或立的兵都有些愕然，班副伍六一一脸冰寒地在门边站着，他已经知道了这桩祸事。

"咱班来新人了，"史今说，"这是许三多。白铁军，把你的铺挪一挪。许三多，你住我下铺，回头再给你介绍战友。班副我还要去和连长谈话，你先照顾一下他。"

说完他径直出去，一向与人无争的史今今天显得有些疲倦。

伍六一有些恼火地看看许三多，许三多连忙地对他一笑，那种友好信号似的傻笑。许三多想说伍班副，看到你好高兴……事实上是一点也不高兴，许三多也扯不出这个淡来，伍六一也不想听他扯这个淡。

伍六一在他开口之前已经开始说话："许三多，整洁的素质和战斗力是分不开的，作为最讲协同的装甲兵尤其如此。内务方面的问题在新兵连就已经说过……"

许三多接口机械地背着："不准坐床躺床，应该在统一的休息时间休息，被褥要求，整整齐齐，平四方，侧八角，苍蝇飞上去劈叉，蚊子踩上去打滑……"

伍六一打断了他的话："不要拿这种编来解乏的顺口溜来卖弄嘴皮子，尤其是在我们接受你作为七连一员的时候。"伍六一苦恼地摇摇头，"你也算进了七连三班，三班就有你的位置，你用十二号储物柜，一号书桌，十二号挂钩，允许挂军帽、军装和武装带……"

许三多迅速恢复到新兵连的姿态，就是一个永恒地挺着脖子挨训的姿态。这时成才悄悄走进来，他的表情忽然放松了很多，伍六一跟着许三多的目光转过头去。伍六一的冷淡使成才的满脸笑容冰冻在了脸上，给伍六一递烟的手也停留在了空中，烟的牌子是红河。

成才讪笑着："伍班副，咱三个是老乡。"

伍六一半点面子也没给。依旧冷得吓人："我知道。"

成才很无奈地正要转身出去。史今进来了："成才，怎么不跟你老乡多聊会儿？伍班副，出来帮我搬点东西。——你们俩聊。"

伍六一横了成才一眼，跟史今走了出去。

操场上伍六一把军帽摘下，瞧史今一眼，坐下使劲抹后脑，透着一股怨气。史今的兴致也并不高昂，因为心事重重。

伍六一闷沉沉地看史今:"挨连长骂了吧?"

史今说不出是笑还是没笑:"连长不会为既成事实发火。"

"你是怎么说服他的?能让吃下这种让人消化不良的家伙?"

史今大概并不想多说这个,敷衍道:"出自尊重吧。"

"我认为他不尊重你。"伍六一他苦笑了一下,"挑了这个时候来。"

"这是什么特殊的时候?"史今他看看天,"要月黑风高才来吗?"

"别把我当傻子。"伍六一只能狠揌本来就很短的头发。史今没说话,过会儿摸出根烟捅到那只正揌头发的手心里。伍六一下意识接住,乐了,"你怎么知道我没烟了?"

"听见你口袋里钢镚响了。你小子只要还有钱会在身上放钢镚?"接着又递过去一盒,"当兵的没几个钱,省着花,抽烟也不是好事。"

"烦死了。在家被妈念,来这被你念。"伍六一嘴里这么说,却是一种温柔,点着了烟,尽情地体会被人关心的幸福,而且他希望这个人关心他。

史今是不抽烟的,伍六一拿过烟就揌了,根本没有要给他的意思。

两人静静待了一会儿,听着远处操场上传来的口令声。

伍六一突然说:"我们怎么办?"

这一年多是史今能不能留下的甄别期。史今要交两张成绩单,一个自己的科目,一个全班的课目。伍六一的担心不无道理,许三多一个人的成绩会把全班的成绩拖下来。

史今不想说话,隔了一会儿,才说:"帮我个忙。帮我练好他,让他和别人一样。"

伍六一的表情像吃下只苍蝇。史今苦笑:"干吗这表情,他总算是你老乡。"

伍六一继续维持着自己的表情:"我不信这俩字。我这俩老乡,一个精似鬼,一个笨得像个死人,他俩只要一提老乡,就是让你放弃原则,顺了他们的意思走。"

三班的宿舍里。成才刚一坐下,就让许三多猜猜他现在用的什么枪。

一旁的甘小宁马上揭他的老底,说:"成才,你又开始吹了?"

成才没理他,继续和许三多炫耀着:"我现在用的是八五式狙击步枪!我用的子弹都跟他们不一样,那是专用的狙击弹……"

三班的白铁军凑过来找成才要烟。成才没说什么就扔了他一根,白铁军一看生气了:"你小子,刚我看到是红河嘛,怎么换成建设了?"

成才还是和许三多热聊:"我打的靶都是专用靶,比他们的小一半,距离还远一倍。"然后压低了声音说,"记得上次我跟你说的吗?我的目标是什么?从机枪副射手做到狙击手,现在我的目标已经完成啦。许三多你也做得不错,从舅舅不疼姥姥不爱的五班来了钢七连,往下咱们就得好好干啦。"

正当成才享受着许三多羡慕的眼光时,他的排长不合时宜地在门口叫他,成才连个招呼都没打,便急忙溜了出去。

　　白铁军看看许三多,说:"你老乡不地道,揣了三盒烟,十块的红塔山是给排长连长的,五块的红河是给班长班副的,一块的建设,专门给我们这些战友。哪个连没几个这样的兵,可七连,就这么一个。"

　　许三多替成才分辩着:"他是我好朋友,他人挺好的。"

　　甘小宁有些生气:"我们是你同室,同班的战友。"

　　许三多并不懂得这些尖兵单位极强的荣誉感,各单位和各人之间极强的抱团感和激烈的竞争。屋里几个士兵互相看一眼再没说什么,目光里已经透出些生分。

　　晚上,宽敞的三班宿舍里,所有人的神情都很肃然,看得出这不是一次一般的集合。班长史今在主持仪式,是为新来的许三多举行欢迎仪式。

　　史今的声音饱含着情绪:"希望新同志能从这个已经延续了四十年的古老仪式中,明白七连的精神,对于老兵,这个仪式已经经历过很多次,我希望老兵仍然能从中感到七连的自豪。"

　　许三多在队列之中,脸上一如往常的温顺、欢喜,他在想着自我介绍的说辞,暗暗地有些忐忑不安。

　　"列兵许三多,出列!"这是伍六一的喊声。

　　许三多随声站了出来:"大家好。我叫许三多,我是去年才入伍的新兵,我是从红三连五班调来的,我们五班在草原上。"说着拿出了一大堆东西,一样一样地摆出来,"这是我在草原上给大家捡的矿石,这是铜矿,这是石英矿,这是云母石……"

　　伍六一一把把许三多的东西抢了过去:"列兵许三多,严肃一点!你当你在转校插班呢?从今天起,你正式成为钢七连的一员!列兵许三多,立正!手上的石头扔了!列兵许三多,钢七连有多少人?"

　　许三多昏昏然执行着伍六一机关枪似的命令,忘了回答。

　　三班的士兵们,脸上都出现了许多不屑。

　　史今的声音倒有些柔和,问:"列兵许三多,钢七连有多少人?"

　　许三多不知道。他茫然地环顾了一下周围:"一百……一百来人吧?"

　　"错!是四千九百五十六人!其中一千一百零四人为国捐躯!许三多,钢七连建连至今五十一年,番号几经改变,一共有四千九百五十六人成为钢七连的一员!"伍六一一字一句地喊道。

　　"列兵许三多,你必须记住,你是第四千九百五十六名钢七连的士兵!列兵许三多,你必须记住,你是第四千九百五十六名钢七连的士兵!"史今接着喊道。

　　"列兵许三多,有的连因为某位战斗英雄而骄傲,有的连因为出了将军而骄傲,钢七连的骄傲是军人中最神圣的一种!钢七连因为上百次战役中战死沙场的英烈而骄傲!"

"列兵许三多,钢七连的士兵必须记住那些在五十一年连史中牺牲的前辈,你也应该用最有力的方式,要求钢七连的任何一员记住我们的先辈!"

"列兵许三多,抗美援朝时钢七连几乎全连阵亡被取消番号,被全连人掩护的三名列兵却九死一生地归来。他们带回一百零七名烈士的遗愿在这三个平均年龄十七岁的年轻人身上重建钢七连!从此后钢七连就永远和他们的烈士活在一起了!"

"列兵许三多,从这个意义上来说,我们是活在烈士的希望与荣誉之间的!"

"列兵许三多,我们是记载着前辈功绩的年轻部队,我们也是战斗的部队!"

如果说每一声都是当头一棒,那许三多早已经昏昏然不知所措了,他茫然地看着史今和伍六一,身子早蜷了下来。

"列兵许三多,下面跟我们一起朗诵钢七连的连歌。最早会唱这首歌的人已经在一次阵地战中全部阵亡,我们从血与火中间只找到歌词的手抄本,但是我们希望,你能够听到四千九百五十六个兵吼出的歌声!"

伍六一继续着迎接的仪式。

史今忽然瞧见连长高城的身影出现在门口外,知道他有话说,就出去了。

高城在看着七连那两面交叉的旗帜发愣,幽暗的月光下那两面旗微微飘舞,似乎有了生命一样。看看史今走近,他说话了:"我的经验是,好兵孬兵通常从这个仪式上就看出来了。"

史今:"他还不明白,你得给他时间。"

高城:"可有血的人,他的血是能被喊出来的。"高城有些咬牙切齿,"他干吗要来当兵?他干吗要来钢七连?"高城又从牙缝中挤出一句,"我对这个兵不抱希望。"

史今哑然。

三班的士兵正在朗诵他们的连歌,朴实无华的歌词竟然喊出一种尸山血海的感觉:

一声霹雳一把剑,一群猛虎钢七连;

钢铁的意志钢铁汉,铁血卫国保家园。

杀声吓破敌人胆,百战百胜美名传。

攻必克,守必坚,踏敌尸骨唱凯旋。

许三多混迹其中,嘴一张一合,明显是在滥竽充数。

第 七 章

晚上熄灯后,上铺的史今,听到下铺许三多在不住地翻来覆去。

史今探头看了看,吩咐道:"早点休息。明儿早上五点半起床,连里得为春季演习做加强训练。"许三多呆在床上,不翻了,他借窗外的月光,怔怔看着史今。

"我今天表现不好,是不是,班长?"许三多突然轻声问道。

"现在不说这个,别打扰大家,别人还得睡。"

过了一会儿,许三多又说:"班长,我想家,还想五班,想我爸爸和大哥、二哥,还有老马。"

史今生气了:"许三多,我命令你,睡!这是你自己要来的,很多人想来这来不了,你在这折腾的时候最好想想,你对不对得住那些想来来不了的人。"

"班长我知道,这叫机会。"许三多慢慢地闭上了眼睛,没一会儿,他真的睡着了。

然而,史今却怎么也睡不着了,轮到他在床上不停地翻动了。

早上,天色微蒙,一阵哨声忽然炸响,黑暗中,兵们扑通扑通地跳落地上。等到灯被拉亮时,兵们已经在叠被子了,十几个人的被子,转眼成了一块块的豆腐块,实在壮观。

昏暗的走廊里,着装好的士兵,紧张而有条不紊地出去了。

大部分士兵已经在操场上列队,小声而清晰地报数。

铺了半个操场的士兵已经集结进几辆发动机早预热好的军用卡车,转眼拖起烟尘,往外开走了。这其实也只是三两分钟内发生的事情。七连这两个月都在练机械化人车协同,许三多算是赶上了。

拥挤的卡车里,士兵们都沉默着。风,在往疾驰的车厢里灌,刚从被子里爬出来的兵们,下意识地挤在一起取暖,有人利用这宝贵的时间抽上起床后的第一支烟。

透过车厢的缝隙,许三多看着外边的蒙蒙星光。

一支烟递了过来,是成才,许三多亲热地笑了笑:"你知道我不抽烟。"

"装甲兵不抽烟是不可能的。"成才凑了过来,"挤挤,想多穿件毛衣又怕妨碍冲锋。咱们训练烟尘大,叫作每天二两土,上午吃不够,下午还得补。你不抽根烟熏熏,肺里边见天一股土味。点上?"

许三多犹豫再三,还是不要。旁边的白铁军乘机把烟抢了过去。

车子去的是靶场。所谓靶场,就是一片宽阔的装甲车辆射击场,交错的车辙印,尽头是灰蒙蒙的山峦。一排三辆步战车正在空地上驰骋预热,射击场上早碾出了近尺深的浮土,顿时满天如起了茫然大雾。

对装甲兵来说,这早算正常了,但许三多却不停地打着喷嚏。

高城一步一个坑,从灰土里拔出脚来站到队伍跟前。

"立正稍息!今天的主要课目是步兵火力与战车火力的协同,你们一车连驾驶员十二个人,我眼里你们可是一杆枪一门炮,总之你们是一个而不是十二个单位,我希望你们能把协同观念给烙进脑子里……"

起了阵风,一阵子伸手不见五指后,满连的士兵顿时都落了层土。

灰雾蒙蒙中,现出几个人影,当头的是王庆瑞团长,他们比士兵也干净不到哪去。

高城一个敬礼,大声道:"报告团长,钢七连正进行人车协同训练,请团长指示!"

王庆瑞回了个礼:"继续训练。"

高城接着对部队喊话:"今天风沙大,显然会给咱们的射击增加难度。不过我希望大家伙儿知道为什么要选择这样一个天气,战场上能见度多半要比这差得多,咱们又是刀尖子上的侦察连,必须学会不光靠肉眼也靠感觉射击!那个兵,你捂什么眼?我还开口说话呢!你以为我吃的土比你少吗?"

那个兵当然就是许三多了。他忙将灰迷了的眼睛睁开,使劲地眯着。

高城瞪了许三多一眼,继续下命令:"解散。上五号车领弹药,一排射击准备。"

士兵们散开后,高城转向王庆瑞:"报告团长,讲话完毕,请团长指示。"

团长拍拍高城的肩:"一嘴土吧?我的水你喝不喝?"

高城果然吐了一嘴的土,笑了笑:"这满地土让车碾多了,到嘴里都有股柴油味了。"

团长把茶缸子递过去,高城毫不客气地喝了口。

"您怎么还喝花茶?得换绿茶,在车里还不够上火的?"高城说。

"你小子什么都要挑三拣四,听说对我推荐过去的兵也不满意?"

"您也瞧见了,来把土他得捂眼睛,来颗子弹他不得尿裤子?"

团长乐了:"你父亲跟我说,你幼儿园那会儿就抱着漂亮女老师不撒手,他那会儿就怕你长成花心大萝卜。"

高城连忙往周围看看,确定没人,然后就有些赧然:"说那干吗?那事没意思。"

团长语重心长:"现在呢?就是说人都会变,而且这个变没有极限。"

一辆步战车突然驶过来停在许三多的面前,许三多看着宽阔的车体刚刚发愣。史今在忙碌,训练展开前班长是最忙碌的,百忙中跟许三多交代一句:"记住207！这咱们班的战车。"

许三多呆呆地看着："这就是我的战车？"

史今不由得皱眉瞧他一眼，不过实在太忙，也没工夫去纠正单数式和复数式的区别。许三多就原地看着那车打心里叹出来，并且很想伸手去触摸一下。这时就听到了成才的声音，成才骄傲地让许三多去看他的枪！灰蒙蒙他举着一支纤长的狙击步枪。许三多正想过去。被伍六一叫住了，然后被伍六一带进了一辆步战车的后舱门。"你新来的，这段时间会对你从宽要求。可你也得注意学习，比如说车停在这，你就可以练练登车，你不练没人盯你，可最后做了后进的就是你。"

许三多连连点头。伍六一拉开舱门："练吧。"说完让到了一旁。可许三多刚一上车，又被伍六一叫了下来说："你这么上车就上你一个得了，全车都堵在外边。你以为战场上跟今天一样就刮个风？飞的可全是子弹弹片。下来，注意观察。"

伍六一把身体蜷成一团，嗖的一声跃进宽高不过一米二的舱门，顺手将舱门带上，这一切只是一秒内的时间。

许三多学着伍六一的样子，一收一跃，咚的一声，脑袋撞在了舱门上，虽是戴了钢盔，也有些晕晕的感觉。伍六一一看就生气了："登车的要诀是，一个目标，三个注意。一个目标就是车里你的那个座位，三个注意是注意你的头注意你的脚还有注意你关门的手。几十公斤重的钢门一关是多大的力量？我亲眼见过一个兵，被关掉了俩手指头。"

许三多一听就有些害怕，但他还是蹿上了车，而后轻手轻脚将门关上。

伍六一还是说不行，他吼了一声："重来！车里有人睡觉你怕吵了人是不是？这是打仗！"

指导员洪兴国这时跑过来，让伍六一在班里派两个报靶兵。伍六一没有多想："白铁军，今儿轮到你了。"

白铁军有点不乐意："干什么又是我的坑主？不都来新兵了吗？"

伍六一犹豫一下："许三多，你也去。"

许三多："去干啥？"

"跟我来就是啦。"白铁军抱怨着，"班副你知道坑主的苦，也不派个能聊天的。"

伍六一装没听见。许三多听话地跟着去。

甘小宁见许三多走远了，才说："这么简单个动作都做不会，咱三班算是拖上个油瓶了。"

伍六一看他一眼，班副不便像士兵这样公开牢骚，他开始了射击准备活动。

这是埋在地底近十米深的一道钢筋水泥工事。

白铁军在地上找着一根粉笔头，在墙上乱写着。墙上早被人写了好些字了，其中有一行写着:"绝情坑主白铁军呜呼于此。"白铁军之下,又添了"又呜呼于此"几个字,然后在下面的几个"正"字上,又加了一杠。

"咱们来这干啥?"许三多有点茫然地问道。

白铁军在"绝情坑主"四个字的下边,加了一横,说:"做坑主呗。"

"坑主?什么叫绝情坑主?"许三多没明白。

"坑,就是这靶坑,它不能叫战壕,战壕是打仗的,这玩意它是躲自己家子弹猫在里边用的,它只能叫个坑;坑主,你蹲了这坑就是坑主了;绝情就是没了想头,你蹲了这坑,听着脑袋顶上单发、连射、三发点射、急速射打个稀里哗啦,车来车往轰轰隆隆,跟你啥关系没有。你只好数数枪声炮声,完事了上去报靶,你只好万念俱灰,这就叫个绝情。"

许三多说:"我还是不懂。"

"不懂没关系,你好好体会。坐坐,许三多,今儿就是我的坑主,你的副坑主啦。"

"那以后我就是副坑主啦?"许三多以为自己已经明白。

白铁军说:"不不,你很快就能转正。"白铁军心里在暗暗地算计着,"许三多,别人不喜欢你,我可喜欢你,因为咱们连一般是老末当坑主,你来了我就不是老末了,我这坑主很快就要撤了。"

"啥叫老末呀?"许三多不明白的太多了。

白铁军说:"老末就是……嘿嘿!你慢慢体会吧。"

靶场中的战车,轰鸣起来了。车后成班的步兵,在一个响亮的口令之后,如压进弹匣的成梭子弹,压了进去。眨眼间,战车的射击孔,冒出了一串串火舌,弹道将战车和它们的目标连成了一线。成才将一辆战车的瞄准镜套准了一个目标,周围震耳欲聋的枪声里响起狙击枪清脆而尖厉的一声,那个活动靶被洞穿。

成才很满意地退弹。周围的战友们凑在可四下俯仰的射击孔跟前打发掉一个一个冒出来的目标,两挺车载重机枪的急速射听得人透不过气来。

车体猛的震颤了一下,主炮射出的一发破甲弹飞了出去,一个车辆靶轰然爆开。

靶坑里的白铁军,盘腿坐着,如老僧入定,听着那些炮弹不停地飞来。

许三多则显得有些坐立不安,枪炮声和从工事口飘进来的火药烟雾,让他感到热血沸腾。他激动得不时地站起来,但一次次地被白铁军喊了下去。做坑主就得坐得住,因为子弹绝不会长了眼睛。

在战车们的轰击下,那些活动靶转眼就被完全地收拾掉了,剩下的只是一些半埋入式的地下掩体。

"下车冲击!下车冲击!"车上又传出了新的口令。

战车的舱门随声打开了,里面一身火药味的士兵被放了出来,匍匐着向那些目标接近,战车上的伪装烟幕发射了出去,烟幕中火焰喷射器的火光撩开了一个地堡,一发火箭弹飞出撩开了另一个地堡。

先锋车在山腰上把一个个简易工事,统统地碾为了平地。

突然,许三多从工事的缝隙里,看见成才匍匐着从工事前潜伏过去。

许三多激动得大声喊着成才。

前边的成才当然听不见,他跳起来跃入壕沟,又没影了。

"别喊了,听不见。"白铁军玩着手中的粉笔头,"现在知道啥叫绝情了吧?这就是个被人遗忘的角落。"

许三多茫然坐了下来,终算是体会到了。

两人就这么待着,直到偃旗息鼓,战车载着步兵轰轰地回驶。弹着点未尽的硝烟仍在冒着。

靶坑里的兵冒出来,查着靶用旗语报分,周围一片狼藉,挥着小旗的士兵看上去也像极了被打得丢盔弃甲的投降兵。

有人远远地朝这边喊着:"靶坑里的,出来吃饭啦!"

许三多茫然地从阵地上下来,在弹坑与车辙印中走着。

打饭的时候,史今问道:"许三多,有什么体会?"

许三多说:"我啥也没看见,就听见响了。我耳朵里现在还嗡嗡地响。"

史今苦笑:"明儿跟指导员说说,让你上车体会体会。可下午你还得去。"

正说着,忽然听到高城大声地吼着:

"起风啦!起风啦!赶紧隐蔽!找车后边蹲着去!把饭盒揣怀里!"

许三多一看,果然一阵风卷着烟尘,如同一座有形的山脉向他们压来。许三多端着刚刚打好的饭盒,在灰雾中一下傻了。

高城看见了,忙喊道:"你蹲着去!有心没肺啊?你这饭还能吃吗?"

大风过后,高城一看竟是许三多,顿时就来气了:"怎么又是你呢?"

看了看许三多的饭盒,却没有训他的心思,只说了句:"拨掉上面这层,赶紧吃了去!"然后走开了。

好在许三多能吃,他扒了扒,就大口大口地吃着那盒土黄色的米饭。

我入伍的第一个梦想是成才给我的,战车、硝烟、火炮、机枪、狙击步枪、大功率的发动机,在爸爸身边永远感受不到的一切。连长简而括之地把这些称之为战斗精神,他说我没那么些玄虚跟你们说,你们起床就进入了战斗,你们如果喜欢这种生活,就是战斗精神。我很想跟他说,我喜欢,可这种生活它不喜欢我。有个梦我做了很久,可它成了现实的时候,第一脚就把你踢得远远的。我知道我永远不敢跟他说,因为他说这种话的时候,目光就像跨越障碍一样直接从我身上跳过。

其实,这只是个开张,在后来的日子里,白铁军离开了那个绝情的靶坑,许三多成了唯一的坑主。他还经常在登车的时候把一个班的兵都堵在了身后;登了车,他又时常坐错了位置。轮到他在车内射击时,别人总是打在靶上,他却老是打在活动靶的周围,打得烟尘滚滚的,打得伍六一一脸的愠怒。许三多还晕车,晕得大口大口地吐,吐得旁边的兵不得不鄙视地看着他,没有人表示同情。

高城也已经熟视无睹,在对待许三多之事上,这位年轻的连长已经找出一个最简单的解决方法:不看,或者称之为漠视。这种态度会传染的,七连的其他士兵也很快学会了高城式的目光,他们心里下意识的自尊已经被损伤了,最悍勇的装甲侦察连居然存在着一个晕战车的士兵。

不到一星期,钢七连看我的眼神都像在跨越障碍,而且是那种毫无难度纯属多余的障碍。

钢七连的越障练习,障碍设得着实有些夸张,比旁边连队高出一米的垂直障碍就至少有四五道,而兄弟连队那个是标准高度。

这是七连尖子兵大显身手的时候,伍六一轻松得有些卖弄,并且看来他会远远抢在同僚之前到达终点。钢七连人的生存方式是给自己树一道不可企及的目标,然后"嗖"的一下把自己扔过去。能把自己扔过去的人就是连长眼里的红人。

在终点等待的高城显然很喜欢这种卖弄,在伍六一到达他身边时,他颇为得意地给自己嘴里塞上一根烟,给伍六一递过一根烟。伍六一很自然地接了,然后高城给他点火,小小地使了一个坏,从火机上一下喷出的火苗几乎烧掉伍六一的眉毛。高城大笑,并且伴之以逃跑和闪身,伍六一一脚飞起,不偏不倚,正中高城的屁股。这与军威军容无关,正好证明钢七连的一种独特:高城喜欢这样。

然后高城站定了看着障碍那边的人,这时他又是那个军仪十足的连长。然后他就会冰寒彻骨地问障碍那边的人——怎么还不过来?

许三多,他躲在一个角落,并且希望尽可能地不被人注意到。但史今一直注意到他,并且伸手拍了拍他,于是许三多鼓足勇气打算去再出一次洋相。

史今指了指旁边空荡如也的一些障碍——上那练。那是一片全团公有的障碍,就这个团的训练水平来说,是给全团人胜似闲庭信步解闷用的。于是许三多无比艰难战战兢兢去克服那片多少年前就被人征服的障碍。

七连的训练强度远高于兄弟连队,以致整个操场上只剩他这厉兵秣马的一小块。高城训话的声音显得很突出:"今天大部分人都征服了我以为不能征服的障碍。嗯哼,绝大部分人。"他有些促狭地笑了笑,目光从许三多身上不经意地扫过,绝大部分人绝对是不能包括他的。

"我这跟大家说句私话,先锋二连名不副实,哪战不是七连打的先锋?常胜四连是瞎吹,咱们可以跟老四比比谁打的胜仗多;大功六连那是寒碜自己,记了一次集体二等功就敢叫大功连。指导员,咱们七连记过几次集体一等功?三次!"

洪兴国有些难堪,他并不是太喜欢这么剑拔弩张地吹嘘,尽管高城所说的全是事实,尽管这是高城的风格,也可以说是钢七连的风格。

高城微笑着,让全连人在沉默中回味着那个惊人的数字。这个连队就是他的世界,所以他经常能对着一百多号人嚷嚷他的私话,说这种私话时他笑得又神秘又谦虚,让大家觉得,我们之所以没叫常胜、大功什么的,就为留着让兄弟连队寒碜自己。

高城的训话在继续:"三次集体一等功,表示在三次血战中阵亡超过三分之一,表示在三次血战中歼敌逾倍甚至二十倍,表示在三次血战中发挥了超越连建制的战役性作用。重要的,最重要的,我连到今天还没倒,还将永远这样继续下去,所以,我们叫钢——钢七连。"

他再次神秘而谦虚地微笑,再次扫视全场。看表情可以肯定,这个连绝大部分人有与他相同的骄傲,与他相同的自豪。

这就是钢七连,在人之后,你连呼吸都不顺畅,在人之前,你尽可以踢连长的屁股。

团中央的大操场边,成才正使劲翻着左眼的上下眼皮,以便许三多吹去他眼里落下的灰尘。他和许三多都是一身戎装,都是刚从靶场归来。成才像是灰堆里钻出来的,那是每次战车射击后的必然,许三多很干净,靶坑生活的唯一一个好处就是没靶场上那么多的烟尘。

成才狠狠地把他摔开:"出来了啦!你那么使劲干什么?对个狙击手来说最要紧的是什么?"

许三多仿佛知道自己又做错了,蔫蔫地站着。

"你正在损害我的视力。"成才眨着眼睛好让眼里的泪水流干净,然后拿出一瓶眼药水,让许三多帮他清洁自己的眼睛,成才确实很注意保护自己的这些资本:钢七连眼里揉不得沙子,许三多好像是他眼里的那颗沙子。

许三多感到莫名的沮丧:"我要是还在三连五班就好了,老马他们至少还把我当自己人。这儿……他们都不当我是自己人。"

"我最不爱听就是你说这种话,你得争取当骨干,做了骨干,像我吧,那就什么都好办了。"成才教育着许三多。

"我……我怎么可能是骨干?我上车都会吐,昨天给满车人吐了一身。我永远比不上你。"

成才挠了挠头,显然很愿意听到这话。"嗨,那也不能这么说,就算笨吧……你也不能由人叫你笨蛋,谁要这么叫我我就会打回去!"

许三多简直有点心灰意冷:"那怎么办?我除了内务还合格,啥都做不好。"

许三多的处境的确很不如意,班里的战友们都不愿意搭理他,当他涎着脸帮大家扫地、打水时换来的却是刺耳的话:"三班不需要扫地的兵。"

当成才正在准备继续做许三多的人生导师的时候,甘小宁从远处跑了过来让许三多马上回宿舍,班长找。

许三多没半个不字,跳起来便跑。

成才手插裤袋里,蹦了两下,开始倍轻松地在操场边活动。

许三多拿着忘还他的眼药水又跑了回来,他站住了——他的朋友绝没把他的烦恼放在眼里,他的朋友现在有一种终于摆脱他的快乐。

许三多看起来很孤独。

宿舍里许三多铺上的被子被翻开了,伍六一和史今正在屋里等着,许三多一溜跑进来。刚一进门,伍六一就拎起他的被子。

"你往被子上洒了多少水?我说你的内务怎么整得比老兵还平整,今儿一摸你被子,都湿的,背面都发霉了。你老实说,洒了多少?"

"一杯。"他吞吞吐吐地说,并指了指柜上的那一个大茶缸。

"那你每天晚上怎么睡的?"伍六一恨不得狠狠地给他一个巴掌。

"就……就这么睡了。"许三多好像没事一样。

一旁的史今终于说话了:"许三多,要求你搞好内务,并不是要你拿自己的身体扛,整齐划一是很重要,可你自己的身体重不重要?这笔账你算不算得过来?"

伍六一也在一旁嚷嚷:"你是钢七连的兵!为个优秀内务就啥也不顾了,钢七连需要的可不光是优秀内务!"说完,气得掉头就走。

许三多终于嗫嚅出那句话来:"我怕……我怕拖班里的后腿。"

史今为此有些感慨,目光都不由得温润了下来:"走吧,跟我去擦车。"

一桶水泼在那车体上顿时成了泥汤,哗哗地淌下来。许三多卖力地擦着。史今擦着车,扭头找许三多:"今晚上用我的被子。"

许三多摇头。

"别跟我犟。我知道你那心思,可很多事急不来。"

许三多使劲擦着车,一声不吭。

"也许起点低了点。可今天比昨天好,这就是有希望。"史今看起来也并不太信自己说的,尤其在对这事上,显得有些自我解嘲。

许三多使劲擦着车,终于开了口:"我知道就班长一个人对我好。"

史今只好苦笑:"许三多,这种话少说,你该跟全班每一个人搞好关系。"

许三多的眼圈有点发红:"七连眼里揉不得沙子,我就是七连眼里的一颗沙子。"

史今:"这话谁说的?不像你说的,谁跟你说的?"

许三多:"谁说的不要紧了。班长,你像我哥,我大哥陪我说话,我二哥帮我打架,你像我两个哥合在一块儿。"

史今气得挥了挥手:"我绝不会帮你打架,我陪你说话也不是我想陪你说话!我陪你说话,是想你明白得多一些……许三多,你是不是从小就这么过的?你大哥陪你说话,你二哥帮你打架,你自己什么事都不解决?"

许三多机械地擦着车:"我很努力了。"

史今苦笑着好像在自言自语:"后天就上演习场了,你这个样子怎么去啊?"

许三多毫无想法地瞧着他,一个人心事太重就没了想法。

演习终于开始了。

装甲部队,驶出了团部的大门,驶上公路旁的专用坦克车通道。小镇上车队驶过,两层楼的小酒馆竟与车顶上荷枪实弹的士兵齐平,酒馆二层的食客们与外面的钢铁巨物形成强烈的反差。

路边的一棵断树被火柴梗似的碾成两截,然后一辆辆车从上边碾过。这支不见首尾的装甲部队向草原挺进。

草原上却一如往昔,只是路边突然多了一处简易的小屋,屋边还扔了堆干了的羊粪,还有几头系在桩上的山羊。坐在里边的,却是团长和参谋长他们。一个牧民骑摩托车从路边经过,以为是新来的牧民,停下车,就推门进去。

嘴里还嘟哝着:"啥时候盖的?咋没人告诉我呢?"话刚说完,两名全副武装的士兵站在了他的面前。

"快走!"士兵轻声地吩咐道。

牧民不由得一愣,正要说什么,突然看见空屋中间掀起一块木板,王庆瑞等团部军官和几个参谋从下面的地洞里钻出来,木板下边是一个地洞。地洞下,全都是发报声、人声和发电机的声音,根本搞不清下边有多大的空间,藏了多少人。

王庆瑞笑着对那牧民说:"老乡,我们打扰几天,回头就走。"

牧民一时摸不着头脑,转身就跟跟跄跄地骑车走了。

他刚驶过的草皮被揭起一块,下边隐蔽的士兵监视着车后的烟尘远去。

王庆瑞得意地笑了:"成!能把本地人都瞒过了,我对这次伪装演习就有点信心了。"

参谋长在旁边警告他:"这不叫瞒过,该叫暴露。"

王庆瑞想了想:"对对对。这就是个破绽,咱这民房伪装外边没个活人也不合理!找两个会说本地话的兵,给我扒了迷彩放羊去!"

草地上有块与周围环境一体的山丘,贴近了看,草皮下居然有一个黑洞洞的炮口。这是钢七连的战车和人员掩体。史今带了几个人正在做最后加固。许三多一直凑在史今旁边,许三多喜欢跟史今待在一起。

伍六一却看不顺许三多呵斥道:"要真表现就别在这儿烦了!都进入倒计时了,知不知道?"

许三多噢了一声,低头走了。看着许三多的背影,伍六一觉得不可理解,问史今:"这小子怎么回事?现在就贴上你了?"

史今还没回答,前边的许三多又回头嚷嚷开了:"班长,早饭来了,快吃饭吧!"

果然是指导员洪兴国押着送早餐的炊事车来了。

117

伍六一几近恼火："他嚷什么？不知道现在是伪装演习啊！"

史今苦笑："如果你天天被全连当透明的,是不是也会出点动静让人注意到你？你们先去吃吧,我再垫巴垫巴这伪装坑。"

许三多这时又跑了回来："班长,你先吃,吃完你再……"

伍六一终于听烦了,伸手捂了许三多的嘴往炊事车拖去。许三多那一套他听烦了,听出了仇恨来。史今擦擦汗,又往伪装网上披着别处挖来的草皮。

士兵簇拥在炊事车边吃着今天的早饭,通信兵背着电台跑来和指导员洪兴国没说几句,洪兴国的脸色就变了。回头大声地命令："立刻疏散。侦察直升机提前出来了,它是存心突袭。"

这块丘地上一个排正在吃饭的士兵,顿时炸了窝。

洪兴国有条不紊地发布着命令："非武装车辆马上开出演习区域！特别是炊事车,它的热源太大。"

史今也跑了过来："吃不完的东西都随车带走,别让假想敌看出痕迹。"

士兵从来都是无条件服从的,二话不说,手上啃了一半的馒头也放了回去。许三多也得意地笑着,跟着大家一起跑开。

炊事车驶下山坡,士兵们已经散入了半地下的伪装掩体,这山丘看上去顿时与周围的草原无异。

一架侦察直升机超低空掠过,它的任务是用机上五花八门的电子和红外仪器对方圆十几公里的伪装阵地进行扫描侦察,发现目标并对这次演习的成绩直接做出评估。

那俩士兵扮的牧民抽着烟,对着天上指点笑骂,一位脸皮厚的干脆旁若无人地解开裤子对草丛尿了一泡。直升机毫无觉察地飞过团部伪装所在地。

三班的士兵蛰伏在工事里看着那架直升机飞过,刚松口气,飞行员又很不死心地绕了回来,毕竟方圆几公里这唯一的小丘让人不得不注意。

直升机似乎发现了什么,从十五米降至十米,降至五米,几乎就悬停在三班的头顶上,史今、许三多和几个兵在一个伪装良好的工事里,咬牙死撑着。许三多一时有点慌了阵脚,但被一旁的史今给死死地盯住了,让他不要乱动。

直升机的机轮眼看就要触地的一瞬间,终于往上抬起了机头,毫不犹豫地飞过了山丘,飞到前边去了。史今几个终于睁开了眼。

他小声地传达着："没吹哨就别动,兴许这小子能杀个回马枪。"

回马枪倒是没有,但一辆越野车轰鸣着突然停在了他们的身边。

连长高城的声音,在他们的头上横扫而过："三班的,都给我出来！还藏什么？让人给发现啦！"

工事里的几个人一愣,呼地从高城的脚下钻了出来,吓得高城不由得退了一步。但他火气依旧："忙了足足一个星期,你们怎么几分钟就让人抄出来了？"

"抄出来了？没有！"史今极力地争辩着。

"你以为人还下来逮你呢?他直接把可疑点标电子地图上,指挥部一看实时传输,经纬度都对,那就是咱们的事了!"

可伍六一向来自信:"别不是碰巧了吧?"

高城说:"碰什么巧?指挥部电话里说了,红外成像上明显的一个热源!你们的防红外作业怎么做的?什么叫热辐射知不知道?是不是哪位公子哥儿还揣了壶热水呢?很会保养啊?"

"三班没这号糊涂蛋。别不是师部的红外成像又换代了?"伍六一懊恼地问。

没换!高城也搞不懂原因,他看看周围的兵,有些沮丧:"大家坐下吧。"

三班早已一脸的屈辱,只有许三多,却显得宠辱不惊,他悄悄凑到史今身边说:"班长刚才没吃饭吧,我刚在炊事车上拿两个鸡蛋还烫手呢,快趁热吃了吧。"

许三多悄悄地给史今递了过去。史今伸手去接,鸡蛋真的很烫。

史今猛地站了起来,全班被他惊乍而起,史今对高城立正着,脸上表情又愤怒又沮丧,愤怒是对掩于他身后的许三多,沮丧是对自己。

"报告连长,热源找着了。"然后从怀里掏出许三多给的两个鸡蛋说,"早上没吃饭,我揣了两鸡蛋,回营我写检查。"

高城接过鸡蛋,眼睛狠狠地盯着史今。

"你把我当傻子呀?"高城咆哮道,"你当了五年兵,不踢正步快不会走路了,上回防红外作业你连热水都不敢喝!三班的,全体都有,真觉得你们班长对你好就别靠他挡事,谁干的?"

伍六一看了一眼史今,挺身而出:"报告连长,是……我。"

"鬼扯!行,行,我看你们协同观念挺强的,我再追究也没意思,你们全班检查吧。"高城囔囔完打算上车,许三多却拦住他,说:"连长,鸡蛋您别拿走了,我给我们班长带的,他没吃早饭呢。"

高城瞧他半天,终于明白这位仁兄并非在坦白认错,而是在惦记着他班长的早饭。他一步冲到许三多的面前,说:"我也没吃早饭。如果咱们这趟能不让人发现,我不吃明天的饭,不吃后天的饭,我三天不吃饭!"

许三多好像没有听懂,他说:"要不您吃一个,给班长留一个?"

"全连三个星期的作业全部泡汤,我吃不下,你说咋办?"高城的两只眼睛简直在燃烧。

许三多不管,他说:"那也得吃饭,那不行,那饭得吃……"

高城的怒火突然按捺不住了,他猛地吼道:"拖出去毙了!"

这当然只是一句气话,可所有的人都吓呆了。高城自己也愣了,他将鸡蛋突然往许三多的手上一拍,就掉头走了。大家看到,他的身子在气得微微地发颤。许三多捧着鸡蛋回头,愣住——连他都能感觉到来自全班的强烈敌意。

演习就这样结束了。

步战车在眼前轰鸣着,后舱门开着,士兵们上了车。几辆车上的士兵轻松地在说笑,701车前的三班没有这份心情,一个个沉默着尽早地钻进了车里。

准备回营的时候,成才悄悄地摸到三班,对甘小宁打听道:"听说你们班让人揪出来了?"甘小宁没有回答,只是两眼没好气地瞪着他。

成才只好转过话题,问:"许三多呢?"

"连长把他毙啦!"甘小宁说着钻进了车里。

成才一愣,但他随即笑了,他往车舱里瞧了瞧,看到一车都是苦大仇深的眼睛,成才知道是真的出事了,赶忙走开。

701车里那个空着的座位,是属于灾星许三多的。他现在正蹲在车边的地上,揪着草根,羞耻、沮丧,夹着轻微的恼火,那源于委屈,他真是只想史今吃上饭。

步战车驶动,从许三多身边驶过,后舱门从刚才就没关,史今探头,愠怒又有些怜悯地命令着:"上车。"

许三多顾头不顾腚地连忙上车,心不在焉,脑袋又在门檐上碰了个响,大家如没瞧见一样。

许三多想坐下,白铁军和另一位士兵不约而同往旁边挤了一挤,空出的地方顿时足够坐下两人。坐得宽敞,却绝不舒服,谁被躲瘟疫一样躲着都不会舒服。许三多回避着全班人的眼神,全班人也在回避着他,唯一一个与他直面的只有对面伍六一喷火的眼睛。

演习结束正是放松的时候,很多车上的士兵都打开舱盖,将大半个身子探在舱外吹风,有的车上传来整齐的拉歌声。701号车的舱盖紧紧合着,除了引擎声外没有人声。

一辆野战油泵车正停在输油管道边将燃油输给战车,老马和李梦几个如穿着军装的土包子一样在旁边张望问话:"是七连的吗?"被问到的兵都摇着头。

"认识许三多吗?上过团报的那个?"

回答还是不认识。最后,老魏干脆猛然一声大叫:"谁是七连的?!"

成才的车正好停在不远处,车上的士兵随即应道:"我们是钢七连的!"

听到这话儿,老马几个连忙兴高采烈地跑过去。

"认识许三多吗?"薛林问,"就是刚去你们连的那个许三多!"

一听到许三多的名字,那个士兵的神情,便古怪地笑了笑。

他转身看看成才说:"成才,许三多不是你老乡吗?"

成才显然是不太想搭茬:"也算是吧。"

老马顿时高兴起来,缠住成才不断地问:"许三多来了吗?他在哪辆车上?"

成才看了看身后的701号车,车如个缩了头的铁乌龟样毫无生气,车长的脸灰青,头焉奄着。

"你找他有什么事?"成才决定不去惹那辆车。

老马说:"我们是一个班的,我是他班长,不,我是说,我是他原来的班长……"

701一车人都铁青着脸,从许三多这面的射击孔,可以看见和听到外边那几个人的谈话。五班的那四个人仍在那个需要费劲仰着头的位置说话。

看他们挺热情的样子,成才犹豫了:"他……留守,他没有来。"

老魏说:"我就说嘛,他刚来,这演习没准不带他,早听我的,去团里一趟好了。"老马却说:"这孩子有出息,我寻思他能进步挺快。大哥,你给我带个信好吗?"薛林说:"什么哥不哥的,他比你还小!"

老马说:"我都要走的人了,你们还跟我戗!兄弟,你给我带个信,我这就要退伍了,这一走,这辈子许就见不着了……"

成才的心有点软了:"你到底要说什么?"

"你让他得空回来看看,唉,战斗部队,也不能有空……"老马犹豫了。

薛林说:"没空也得有空!你告诉他要走的是谁!不是烂人李梦!不是鸟人薛林!是老马!大好人老马!"他几乎是愤怒,那种愤怒绝大部分源于分离在即,倒并非因为七连的兵对他们不大客气,"要走的是老马!他不能回来也得去送送!哪天走直接上红三连问指导员!"

成才的车,慢慢地往前开去了。

"你告诉他,千万得告诉他!最后瞧一眼!也许就是瞧这辈子最后一眼!"老马一边追着成才的车,一边喊道。

那几个孬兵终于被淹没在腾空而起的烟尘中。许三多早已经抱着头蜷成了一团,他抬头时已经泪眼婆娑。一车兵仍是那个样子,谁也不看谁。只有史今一直贴在射击孔里看那几个已经被灰尘淹没的身影,贴得那么近,让人觉得他简直可以从那个枪眼大的孔里探头出去。

然后他看看许三多,叹一口气,那口气的长度绝对长过叹气专家老马,长得让人觉着诧异。许三多有一种误会,他以为这口气是为他而发的,于是他被车从眼眶里摇晃出第一滴泪水,然后拄着枪不知羞耻地哭泣。

一车兵都绷紧了一言不发,他们的脸上写得明明白白——这里不同情这样的眼泪。

钢七连讨厌弱者!

车场寂静了。

车库的门一拉上,这一季度的训练,就暂时告一段落了。

伍六一打回宿舍之后,神色就一直不对,时不时地看着墙上那面"先进班集体"小旗发愣。他忽然听到有人进来,回头一看,是七班的成才,以为是找许三多的,开口就说:"许三多不在!"

成才却说:"我不找许三多。我们班长让我来的。"

121

"干什么?"伍六一看到成才的眼睛一进就盯住了墙上的那面小旗。他知道了。他说,"他火上梁似的干什么?待会儿我送过去!"

成才压着高兴说:"我们班长说,还是悄没声拿走就算了。"

"你这叫悄没声吗?……用得上悄没声吗?这玩意本来就是轮流挂的。"

成才摘了旗,看看伍六一,伍六一白了他一眼。成才有点尴尬了,只好掏出烟来递给伍六一。

伍六一没理这茬:"他没告你说吗?这旗不能单手拿,它大小是个荣誉。"

成才不敢再招惹他,笑笑就走了。伍六一在后边自己嘀咕着:"见这小子就有气,他心里幸灾乐祸着呢。"

被拿走的那旗,在三班实在是挂得太久了一些了,连墙上都有清晰的印痕。

"你们这帮懒家伙,还有军人的样子吗?把墙皮擦一擦,看着像什么样子!"伍六一朝着班里的战士们发着疯。

高城和指导员是全连唯一有权利住单间的人,十几平方米的一间房,因为连带家具都只放了简单的几件制式,反而显得空空荡荡。高城和史今如拔军姿,两个人私下时还站得如许挺拔,只能说一种自我惩罚。高城冷冷地看着,他也并不打算叫史今放松一点。

"我不会坚持要他走,他还是钢七连的人,但是炊事班……或者生产基地,基地一直要人,我说七连没人,但是……有时也该应付一下……"就这份吞吞吐吐来说,高城简直已经觉得自己有些委屈了。

史今:"不行,连长。"

高城他又要暴跳起来:"谁去都可以!他去就不行?"

史今:"谁去都可以。他去,尤其这个时候去,我们就是彻底否定他作为战斗人员的价值。"

高城在屋里足转了一圈,转回来时已经有些狐疑,史今是不是看到了什么他没看到的东西:"哈!战斗人员!他有你说的那个价值吗?我看兵的眼神不如你。说真的,他有你说的那个价值吗?"

高城的这份好奇实在比他的愤怒更让史今为难。

史今:"我……暂时还没有看出来。"

"我靠!"如此有失身份地大喊一句后,高城的恼怒也超过了临界点,"我已经让步了!我容许他在七连待着!只要他的成绩不记入本连——尤其是你们班的作训成绩!我不想被这么一个……这么一个心理上的侏儒废掉我最好的班长!"

史今吞吐到了结巴的程度,因为他维护的那个人实在没给他任何希望:"我……我想我们都是心理上的侏儒……我是说,曾经是。所以,所以应该给他个机会,让他能……至少能……长高一点。"

高城已经冷静下来,更确切地说,冷淡下来,没人愿意总重复一个话题:"你还要维护他吗?"

史今:"连长,就像您维护我们一样啊。"

高城不为所动,他对许三多实在已经深恶痛绝。

高城:"你坚持?"

"我……"史今长嘘了口气才把后两字说完,"坚持。"

高城:"那你走吧。"

史今犹豫了一下,规范地敬了一个礼后打算出去。高城不再看他,只是在史今将出门时嘘了口气:"以后我不会再跟你私下谈这件事情了。"

史今轻轻带上了门,看着营房外的空地发呆,在他的印象中,他的连长对他从来没有这样冷淡过。

成才在七班宿舍将那面先进红旗挂在墙上,刚看了看,发现许三多贴了墙根从外边过道经过。成才叫住了他。成才走出去,在他身边并没停顿,径直越过,那架势就像对墙上懒得掸去的灰尘。"你跟我来。"成才的声音很冷淡。许三多跟在他后边,只有三尺远,但像在两个世界。两人再没有原来的亲热。越好的部队里后进越没有容身之地,于是许三多对成才也只敢老实地跟在后边。

两人走到操场上,成才坐下拿出支烟点上,很有派地看看许三多,点点头。他像个领导,至少是带"长"的什么,尽管成才只在新兵连做过副班长。许三多于是坐下。

成才盯着许三多的眼睛:"我这两天一直在想你怎么办,我想出来了。"

许三多于是眼里放光,看着他,那几近感激,原来有人为他在想。

"你走。"成才很武断地说道。

许三多的脸色迅速黯淡下来:"我去哪?"

"你已经把印象搞成了这样了,那就很难再拧过来了。你在红三连不是干得挺像样吗?那块地盘是你的,你跟红三连领导说,你想回红三连,七连这边肯定放。听我的错不了,我是为你考虑的。"

"可我,我不想去。"

成才觉得奇怪了:"这是你想去不想去的问题吗?许三多,人这辈子能干什么不能干什么,是不能勉强的,这叫定数。"

"你这是迷信。"许三多说,"我爸说的。"

"我当然知道这是什么!我是为你想的,你以为你在钢七连还能有什么出息吗?我也替钢七连说一句,你就根本不该在这个连队,连里天天在说的荣誉感你知道是什么吧?你能为它做什么吗?你……"

他恼火回头瞧一眼,其实不瞧也知道许三多在干什么,许三多在抹眼泪。

成才压了压自己的声音:"行了,这里烦这个。我也烦这个。"

冰寒彻骨,寒得许三多不再抹泪,只好任由眼泪往下淌,他现在甚至没有擦掉眼泪的权利。

"别流了。还流？你靠这个在七连混吗？……你知道什么叫荣誉吗？什么叫钢七连？叫什么不好干吗叫钢？……你浑身上下哪根毛当得起这个字？说这话是为你好，这哪是你来的地方？……哭什么？我真不想跟你说什么了……我跟你说，你现在就去找红三连的人说……你还哭？我不想跟你说了，跟你是老乡有什么好的？全连都笑话我！——我走了！"连那种居高临下的耐性也失去了，成才扔了烟头走开了。

许三多看着地上那个烟头发呆，远处的兵在打篮球，欢声喧哗，他很孤独。

许三多捡起烟头放进垃圾箱里。

许三多想想，觉得成才说得也对，于是红三连的指导员何红涛在前边走，许三多就在后边跟着，他不知道如何开口。

何红涛的心情很愉快，愉快到根本没有觉察后边的那位。许三多咽着唾沫，瞪着眼看着那个后脑勺，下着决心。转个弯何红涛倒不见了，许三多看着空空的路发呆。何红涛从他身后的小卖部里出来，手里拿着个奶瓶子。

何红涛看到许三多一愣，忙说："可巧了，我正要去找你呢。我跟你说件大喜事啊，我他妈有儿子啦！不……"何红涛忽然发现自己说错了，忙改口说，"我要跟你说的不是这事，我是跟你说，你那老班长老马，就要走了，后天下午的火车，跟我说了好几次了，临走前得看见你，你得去送送人家。"

可许三多想对何红涛说自己的心事，连连说了几个我，就是怎么也说不出来。

"怕请不下来假是吧？知道你们七连忙，请不下假我去帮你请。"

许三多还是我我我的，怎么也说不出口。

何红涛："我一直纳闷你干吗要去七连，现在我觉得你是挑对了。许三多，你是个会想事的人，当兵是得去七连这样的地方啊。你看你现在，结实啦我该说坚实啦，硝烟熏出来的坚实。你们连是耗弹大户嘛。什么事？"

许三多："没……事。"

何红涛自顾自地说着，完全不顾及许三多的表情："这话你可能不爱听吧，你刚来时那眼神吧，空空洞洞的，现在就有东西啦，在想事。有心事吧？是好事，你自个担当事了嘛。担当啥事？说我听听，不定还能帮你担当点。"

许三多："我……没……指导员再见。"然后愣头青一般掉个方向就走了。

何红涛愣在那，过了会儿总算想起句话茬："那你到底去不去送你班长哪？许三多，年年兵来兵往，人能惦记住人不容易！"

许三多茫然而愣冲冲地走，他在逃避。

第 八 章

　　今天是自由活动,三班宿舍几个兵在屋里打牌。许三多呆呆地看着。在三班,他已经成了影子而已了。
　　白铁军正在擦墙,忽然对许三多喊道:"许三多,你看我在干什么?"
　　许三多没长那么多心眼,老老实实地回答说:"擦墙。"
　　白铁军问:"为什么擦墙?"
　　许三多说:"为了内务。"
　　白铁军说:"不对,别人擦墙是为了让墙干净,我擦墙是为了让它脏,好把这块白的擦得和别处一个色,好让人看不出这块挂过旗来。你知道咱们旗为什么丢的,是吧?"
　　许三多当然知道这不是好话,他看看屋里,转身出去了。看着许三多的背影,甘小宁说:"我保准他立马就烦班长去了。"
　　白铁军却长长地叹了一口气,说:"我忽然间想做一件舍己为人的事情。虽然作为三班的原后进,有一个人垫底是很好的,但现在,我愿意放弃这个垫底的。"
　　他认为自己说了个笑话,打了个哈哈,却发现那几个很认真地看着他。
　　车库里史今和伍六一正在保养车辆,史今情绪不高,伍六一情绪也高不到哪里去,以致很长一段时间他们的作业中只有钢铁的撞击声,而无交谈。
　　伍六一忽然就手把钢钎扔了,那是毫无先兆的,史今全仗了经验和反应才没让下一锤落在他的肩上:"搞什么?玩命吗?"
　　伍六一看着史今:"求求你好吗?我求求你。"
　　史今怔忡了一会儿,索性把锤子扔了,靠在车体上抹把脸,又叹了口气。
　　伍六一继续说:"不为三班,不为七连,甚至不为成绩。哪怕他是全军第一的牛人咱也不要,就为你跟我们一块儿待了这么几年!寝食同步,有难同当,当兵的最受不了一个事,人来了,人又得走……你越来越快了,你别让自己走。"
　　"所以……你们就要他走。"史今扭过脸去。
　　"我们跟他没有情分!——我们跟他还没有情分!"
　　"我跟他……已经有了情分。"史今温和而坚决,像是不可阻拦的潮水。
　　伍六一愣住了:"我……我,靠!!"
　　史今笑得简直有些凄凉,同一天,两个军人跟他说了这个军人极少说的字,高城刚跟他说过这个字。

125

史今:"有件事。"

伍六一冷冷地说:"如果跟我说的事有关系,你就说。"

史今:"这个月先进班个人……选他好吗?"

伍六一的回答是照着战车狠踢了一脚,那并不咋痛,于是他拿脑袋对着车体又狠撞了一下。史今太了解这个人,并不拉,只是有些遗憾地看着。

许三多拎了个水桶往车场里走去,刚刚走进车场的大门就听到门口的两个哨兵在肆无忌惮地评论着自己。他知道自己现在很有名,他也知道这个有名并不是好事!

车库里史今正看着伍六一,后者正在车库里拳打脚踢,力道十足但没有章法,风声虎虎可全是虚击,所有的动作就一个目的:泄愤。

史今:"你咋不拿脑袋磕步战车了呢?刚才那下挺痛是不是?"

伍六一的回答是就手又给了步战车一下,好痛——痛的绝不是步战车。

史今笑了笑,坐到了车旁边,在口袋里掏出盒烟扔了过去。伍六一不接,任那盒烟落在脚下。伍六一:"别贿赂我!"

史今笑眯眯地看着他:"跟当年在新兵连带你一个样,就一个词,幼稚。"

伍六一:"你管得着?"

是管不着,史今看起来也不打算管,可伍六一把地上的烟捡了起来,悻悻地开着封,那当然是个气渐渐消了的表现。他背对史今坐下,闷闷地吸。史今淡淡地看着这个莽人,或者不该叫莽人,只是个感情过于丰富的人。

"伍六一啊伍六一,你是钢七连的第几个兵?"

伍六一:"第四千九百个。我知道你想说什么,那傻子是四千九百五十六个,你往下就要问记住这个的意义是什么。我就会说是为了记住每一个,为了不抛弃每一个。你想得美。这是生存,就是打仗,全连人都在不要命地冲锋,他抱着你腿不放。这是害人,还是害死人,我为什么不能一枪崩了他呢?我真想。"

史今:"他没掉头就跑,也想跟我们一起冲上去。你凭什么崩了他?"

伍六一:"借你的鬼话,就凭我们跟他已经很有情分!"

这时车库外边一个怯怯的声音:"班长?"

伍六一怒道:"说他他就到——滚!"

外面传来了叮当二五的声音,史今和伍六一跳了起来,车体那边的许三多正摔在地上,和一堆刚卸下来的部件纠缠不清。

伍六一气极反笑了:"你看你看,说滚他真就用滚的,就这气节……"

史今看着许三多磨磨叽叽把水桶抹布之类从那堆钢铁部件下找回来,然后归心似箭地黏到自己身边,说真的,他也头痛。

史今仔细看着许三多做梦一样的笑容,从那笑容之下,他能看出伤心来。许三多现在是在逃避,逃避一种他无力担当的现实。"怎么啦?许三多。"

许三多:"没什么。"

史今:"有人跟你说什么了吗?"

许三多:"没什么。"

史今:"他们说什么,你别信,把手上事做好……"

许三多:"我来帮班长擦车。"

史今愣了愣,他揉了揉许三多的后脑勺,没能揉去那虚幻的笑容。

史今:"欢迎。大家一起干。进度已经滞后了。"

许三多连忙点了点头。而伍六一轻轻哼了一声。

大家又拿起各自的工具,许三多仍然像在做梦,史今心事重重,伍六一已经决定让自己做一个哑巴。

灯已经亮了,而活干得难以形容的别扭,史今和伍六一用各种沉重的家伙卸下各种更沉重的零件,而许三多总挤在一堆,用他的水桶和抹布进行完全无目的的拭擦。你回身会挤着他撞着他倒也罢了,你总担心手上的钢铁家伙会落在他的肉头上才是要命的。对许三多来说就一个目的,离唯一拿他当人的人更近一点。而进度仍是滞后。

伍六一终于放下手上的大锤,他做哑巴已经做到了极限:"这没法干。啥感觉?你手上机枪打红了管,前后左右炮火横飞,你旁边人在干吗?扫地!哈哈,战场上的清洁模范!"

史今也苦笑着挠挠头:"是不行。许三多,步战车不是窗玻璃,可不是这样维护的。"

伍六一:"许三多,去跟班里人玩好吗?我还想去呢。一副履带现在还没卸下来,往常多会的事呀!他们正在打扑克牌呢。"

许三多:"打扑克牌没意义。"

伍六一:"啊哈,意义!你会害这两个字消化不良的!求你告诉我,什么是你的意义?"

许三多:"我爸说,有意义就是好好活,好好活有意义。"

伍六一:"啥叫好好活,许爷?"

许三多:"好好活,就是做有意义的事情,做很多很多有意义的事情。"

伍六一目瞪口呆一会儿,气得只好对着车库门外嚷嚷:"真理啊!同志们,我今儿不小心撞上真理啦!"

史今把他拽回来:"你歇歇、歇歇!……许三多,进度得加快,你跟我们学习保养。"

许三多兴奋地提着他的水桶抹布。

史今:"那个放下……要用那个就不用学了。这是技术活,也是重活,就说这副履带,小一吨,得一节节砸出来清洗。装甲兵人人必学,你旁边看着学。"

许三多于是就瞪大了眼睛看,主要是脉脉地看着史今。没了许三多的干扰真是轻快许多,两个人进程明显加快。许三多忽然在旁边干笑,笑得两人干不下去,只好瞪着那个傻笑的人。许三多于是不笑了。

伍六一纳闷地问:"啥意思?我们很好笑?"

许三多继续傻笑:"不好笑。这活有意义。"

伍六一已经快被折磨疯了:"啊哈!有意义,但是,你干不来。"

许三多:"我能干,我来干。"

史今:"好,许三多你来替我,你来掌钎。试着来。"

许三多:"掌钎没意义,抡锤才有意义。"

史今:"行,你抡锤,我来掌钎。"

伍六一的笑声如被一刀切了,他常干这种活,知道这意味什么。

史今已经把大锤塞到了许三多手里,自己抓紧了钢钎:"许三多来吧!试试看,这活班里能干的人不多,你能干好了这个,有些人会对你刮目相看的。"

伍六一慌张到语无伦次,因为史今一句话就把许三多怂恿得跃跃欲试:"我已经……已经刮目相看了!我掌钎,我来掌钎!要不许三多我求你,你接茬擦车吧!这车你才擦了半边呢!"

史今夺过被伍六一抢过去半拉的钢钎:"谁都有第一次,想想你第一次抡锤时的样子。"

伍六一看起来很想骂人,或者死活由你,我不管了,可他做不到,当许三多费了点劲才把那锤拿起来时,伍六一看上去想给他打晕了把锤抢过来。许三多比画,你说不准他在比画钢钎还是史今的脑袋,他自己也吃不大准。锤子将落未落之时被许三多放下,他的手抖得厉害。

史今柔声地说:"许三多,我这等你呢。等着有这么一次你没跟自己说,我不行,然后你就知道,其实你很行。听说你在三连一个人修了条路,那不是谁都能行的。"

许三多愣了愣神,仅仅是史今眼里的责备让他有动力把锤举了起来,然后他试图相信自己行。

史今教着许三多要领:"只有一个点,你要砸的这个点。试试,除了这个别想别的。"

许三多紧张地点了点头,然后飘飘忽忽地一锤下来,第一锤便擦着钢钎的边落在史今手上,那种痛是从骨骼里暴发出来的,史今一下跪倒了,将手夹在两腿之间。

伍六一一声不吭扑了过去,许三多被他冲撞得弹在墙上又倒在地上,伍六一揪起他半拉身子,半点犹豫没有,打算把一只捏得死死的拳头迎接过去。

史今及时叫道:"过来扶我!"

伍六一且住了,看着史今痛得惨白的脸。他松开许三多,小心地扶史今起来,他看起来很沮丧,比史今还要沮丧。

史今痛得有些怅然,愣了愣神,向许三多走一步。后者还保持要被伍六一揍时的那个姿势,双手捂了眼,瘫在地上。

史今有点迷惑:"许三多,起来。没什么大不了的,你起来。"

可是许三多一动不动,给人的感觉是他在梦呓,完全在他个人狭隘的一个小世界里。许三多自言自语:"是做梦……睡一觉起来,啥都好了。"

史今看看伍六一,伍六一张了张嘴,想骂而没骂,他甚至已经懒得蔑视。

史今:"是我让你干的,是我的错,是我太着急。你先起来。"

许三多还在催眠着自己:"睡着,快睡着。"

于是史今的神情也渐渐变得和伍六一一样了,一样的蔑视,还要加上深重的失望,如果你见到一个人真的像鸵鸟一样,把头扎到地里逃避现实,你又能怎么样呢?

史今:"我失望了。我没见过人像你现在这样……自欺欺人,逃避现实。没多大事,用得着吗?……许三多,我非常失望。"

许三多没有动。史今苦笑,一个人发现自己把全部精力用在一件不值得的事情上,就会那样苦笑。

史今:"我已经很难做了,从来没有这样难做……我想我是在自作自受。"

史今这回顺从地被伍六一拉着,两人去了医务室。

再也没有人看许三多一眼,容忍终于过了它的极限。许三多又一动不动地待了会,终于拿开捂在眼上的手,看看周围的空间,他真的像在做梦一样。而后拖拖拉拉地挪进步战车里,里边没亮灯,是漆黑的一团。许三多蜷在中间的钢制底板上。把后舱门关上并上了锁。对一个只会想自己心事的人来说,可防炮弹的全封闭装甲车体实在是再好不过的地方。

现代车场的路面干净得能反射路灯的映光,也映着一小队没入库的战车剪影。一个愤怒的班副和一个情绪复杂的班长从那中间走过,史今把伤到的那只手塞在裤袋里,竭力让自己显得又轻松又自在。

出了门伍六一才发现,史今痛得脸都变了颜色了,伍六一抓住史今的胳膊要看看伤势,史今反而甩开了他走开了两步,看着那条路想自己的事情。

他看看路灯初上的开阔车场,还未落黑的深蓝天穹,竭力让自己觉得轻松,长叹一口气:"早该轻松了。"

伍六一:"可算轻松了。"

史今急于确定地点了点头,却发现自己一直下意识地走在夜影里,路灯把车场哨兵的影子投得很长,他根本不敢走进那片开阔地。

史今坐下来。伍六一立刻站住,小心地看着:"很痛吗?"

史今:"给我……给我支烟。"

伍六一很诧异地拿出烟,当发现史今是用左手来接时,干脆点上了塞进史今嘴里,史今吸了第一口,立刻剧烈地咳嗽起来,在咳嗽中他的话全被崩成全无伦次的碎语:"人哪……兵哪……六一,我有得选择吗?"

伍六一忽然明白了什么,他深吸了口气,然后对他的班长和挚友吼了起来:"你魔怔了! 你疯啦?"

　　车舱里本该黑得伸手不见五指,但一只被许三多一并关进车舱的流萤给这里带来一线微光。许三多仍然蜷着,看着那一线微光。远远的军令和军号声,远得像在另一个世界,远得似乎与他完全无关。

　　那天我发现战车的另外一个用处,你可以把自己关在里边,假装世界上除了你没有别人,假装你已经死了。我不再想爸爸、哥哥、班长、老马。像我这样的人,就算想想他们,也会造成他们的负担。

　　我后来常想起那个失败的晚上,我想,如果我不出来,我的人生会是另一个样。

　　那只流萤终于坠下死了,它早该死了,只不知这之前飞了多远的路程。许三多沉浸在彻底的黑暗中。然后战车咣的一声大响,是被人在外边踢的,然后又是狠狠的一脚。史今的声音在车外,是从没有过的震怒:"出来! 滚出来! 钢七连的车不是给你干这个用的!"

　　许三多没动,也没打算动。史今似乎在外边拉舱门,但舱门已经被许三多从里边锁死了。但他没锁顶舱盖,外边的史今跳上了车顶,在上边重重地走了两步,重重地跳了下来。空间太小,他干脆就踩在许三多身上,然后打开了后舱门,冲着许三多大喊:"出去! 把家伙拿起来! 我让你干什么你就干什么!"

　　许三多还是蜷着不动,史今跳出去,然后伸过来一只左手,他用左手把许三多整个人拖了出去。

　　许三多被灯光晃得睁不开眼,史今猛推了他一把,许三多险些摔倒,脑袋在车体上撞出一声大响。然后那把大锤塞了过来,是史今塞过来的,许三多茫然接住。

　　"许三多,你给我听着!"

　　许三多好像没听过班长的声音这么重,吓得站住了。

　　"你那一锤子伤得我不轻! 我不想白挨这一锤! 招兵的时候我王八蛋想要你,是你死乞白赖地要来! 来干吗? 来吸他妈的鼻涕流他妈的眼泪? 我跟你说白了,我这个班带得不错! 我还指着它提干! 我不想回家种地! 你就真打算一门心思拖死我吗?"

　　这一吼,把许三多吓愣了,他看着史今,最后摇摇头。

　　这头摇得让史今高兴了一些了。他说:"别再吸鼻子了,也别抹眼泪! 跟我抹眼泪的人太多了,我跟谁抹去? 我不是你爸,不惯你的毛病。你容易紧张,紧张是好事,能让你绷紧了认认真真去做事情。可一紧张就跑,这兵是逃兵,你吸鼻子和做逃兵同义。你给我记着,从现在开始,每吸一次鼻子,你就放弃了一次,放弃十次以上的人不能好好做人,放弃三次以上的士兵根本做不了士兵!"

　　"你放弃吗?"

许三多摇摇头。

"那就把锤拿过来。"

许三多拿过锤,看着掌着钎的史今。

"别让你爸叫你龟儿子。"史今盯着许三多说道。

这一句,果然让许三多为之一震,他抡起了锤。这一次,他竟砸准了,他心里一下就来了信心了,但每一锤下去,都像是砸在伍六一的心头上,也像是砸在史今的心上,慢慢地,几锤过后,许三多自己都激动地流下了泪来。

夜里,熄灯号吹响之后,连队的灯光便齐齐地灭去。

月色从窗户外照进来,许三多呆呆看着自己的上铺,听到有些轻微的声响。史今明显又是没有睡着。许三多于是轻声喊道:"班长?……班长?"

过了一会儿,史今才吱了一声,说:"我睡着了。"

许三多说:"你没睡着。班长,还痛吗?"

"不痛了许三多,别让人听见。睡吧。"

"班长,我一定好好干。"

"别说这个!睡吧。"

可许三多歇了一会儿,又说话了,他说:"我睡不着。"

史今说:"那你闭上眼,数山羊。"

许三多说:"我老家没那么些山羊,我数坦克车。一辆两辆三辆……"

许三多问:"班长,你也数什么呢?"

史今说:"我数兵,一个兵,两个兵……"

许三多说:"班长,你认识好多兵,里边有我吗?"

"当然有你。"

黑暗中,许三多满意地微笑着。

许三多:"我会好好干,不落在别人后边。明年你不会走人。"

史今无声地苦笑:"好。你会为别人着想了。"

许三多:"你不是别人。"

史今呆呆地看着很近的天花板,这真是份很沉重的友情。

"明天你请个假吧……去送老马……你是他带出的最后一个兵,跟别人不一样。"

许三多:"我有脸见他吗?"

史今:"现在有脸了,你现在是能为别人着想的人。现在快睡。"

许三多点点头,他合上眼睛,从轻轻动着的嘴唇能看出他在数着坦克让自己入睡。

那天忽然为我的人生找到一个目标,我的成绩决定班长的去留,班长的前途由我决定,这让我觉得……荣幸。这是我到七连找到的第一个意义。

有意义就是好好活,好好活就有意义。

早上,七连的兵正在水房里洗脸刷牙,伍六一就把许三多叫走了。俩人往过道去,走过那两面旗,直走到过道尽头,那是个没人的所在。伍六一立定,就看看窗外,然后猛地回过身来,许三多下意识地闪躲。

伍六一恶声恶气地说:"许三多,你以后不要在大晚上跟班长说那些事好不好?"

"吵着你睡觉啦?"

"你在害他。"

"我知道,你是为我好,要是他们知道了非揍我不行。"

伍六一瞪着许三多,后者拙劣地表示着友谊,但前者实在不屑于接受这种友谊。"不是为你好。我讨厌你。"

史今拿着什么从水房出来,看见两人,过来。"你们在干吗?"

伍六一:"跟他我能干吗?"

史今笑了笑,并且经过昨晚的事,他不大打算近期能看到伍六一的好脸。

史今把手上东西伸过来,是把电动剃须刀。"去送你班长,注意军容。刮刮你嘴上的小毛毛,许三多长胡子啦。"

许三多新奇地接过来,这东西对个没刮过胡子的人来说很有些人生历程的意味。

伍六一:"他妈的,叫个毛都没长齐的家伙害得……"

许三多:"怎么用啊?"

史今:"我教你。"

伍六一一句话没完,叫两人置若罔闻地晾在那,脸色也越来越难看,他看了看史今头并头在教许三多剃须刀的使用,哼了声走开。

史今在军容镜里整理着自己的军容,他今天穿着常服,对长期在训练场上的七连来说,那是难得一穿的衣服。他的表情有些伤感。

一辆泥泞的战车停在修理场上,用高压水龙头冲洗,喷得也是霓光万道。许三多匆匆走过,他已经换下了迷彩,穿上了常服,这就是史今所说的衣衫光鲜。史今在操场的另一边,不止他一个,多了许多从没出现过的士官,不说话,但很有默契,在某个连队宿舍稍等一下,就又会出来一个加入他们。当人数接近一个加强班时他们就走向团大门,这是一个奇怪的队列,这么多各连队的士官们走在一起,那个随意拉出来的队列绝不同于平时的作训队列。

每个人都沉默,伤感,庄严。

团长王庆瑞从自己的窗户里看着这个队列。

三连指导员何红涛掐掉手上的烟,看着这个队列。

一辆拖拉机停在路边,几个兵下来,那是荒原上的五班倾巢而出了,老马、老魏、李梦、薛林全部都有。老马的行李是别人帮着拿的,他下车就看着远远的团部大院发呆。

薛林说:"进去看。"

老马打算转身走开:"不了,在草原上待久了,不习惯了。"

李梦眼睛尖:"那队兵走得怪怪的。"

老马回过身,看见史今他们的那个队列走过来,并不出大门,自觉地在团大门内站成了横队。老马的神情变得很怪,又感伤又嗟怀的,忽然大声吸了吸鼻子。

"敬礼!"队列里都是各先锋连队里的佼佼者,那个齐刷刷如一人的军礼绝不是五班的拖泥带水可以比的,老马身子都震了一下,拖拖沓沓地还礼。

薛林问:"搞什么?"

"都是我带出来的……我带出来的兵。"老马又仔细看了看那些脸,他实在不是个多优秀的军人,这时候都看不出什么庄严来,倒是很透着家常。然后意兴阑珊地叹了一口气,"走吧。"

他嘴里轻轻吐出两字,那是对那队人的再见。

然后转身,走,那三个又张望了一眼,蔫蔫地跟着。

史今等笔挺地峙立,他们这样送走了一个班长。

老马知说不看了不看了。最后掉头真的走了,另外三个,只好蔫蔫地跟在后边。走到车站才看到了许三多,老马也不吱声,激动得老远就跑过去,紧紧地抱住,许三多不太习惯,挣开老马,笔挺地给了一个敬礼。

老马一愣,感慨道:"好、好,许三多,还是你像样。"

一旁的李梦上去就替老马捶背:"放轻松,放轻松,别激动!"

"别烦!他们几个都还像个人样。"老马说着给了李梦一下,"就你老跟我捣乱!"

"我不是搞活气氛吗?我不是就怕你……那个吗?"

"我怎么会那个呢?连长指导员要来,我说别来,忙你们的,你们谁来我跟谁急,我老马顶天立地的不婆婆妈妈……"老马说着,禁不住自己都有点那个起来,眼圈也忽一下就红了。

见了许三多,老马满意了。他想了想,突然对他们喊起了口令来:

"立正! 稍息! 全班都有! 向后转! 不许回头!"

大家先是一愣,莫名其妙地行动着,再回头时,看见老马已经躲到墙根边抹眼泪去了。

大家的眼圈就都红了。最先抹泪的就是李梦。

只有许三多一直地立正着,像是还不知道啥叫分离。

"许三多,班长要走了你知道不?"老魏说。

"我知道,我来送班长。"

"那你咋不哭?"李梦抹泪说,"我们老兵都哭,就你不哭。你他妈以为自己长出息了? 这么感动的时候你不哭,你小子把我们都当娘儿们呢?"

许三多说:"我答应过班长不哭的。"

"我啥时候说过?"老马问道。一边问还一边悄悄地抹着眼泪。

"我是说现在的班长,七连三班的班长。"

薛林抹着眼泪:"许三多,你不能这么喜新厌旧啊!"

"放屁!你们都给我瞧瞧!"老马指着许三多,"你们都给我瞧瞧这许三多!瞧瞧人家,这才叫出息呢!这才叫当兵呢!尤其我说的是你,李梦,你瞧见没?"老马好像是真的激动了。

许三多不知就里,他说:"班长,我可以解散了吗?"老马一拍大腿说:"大伙儿瞧瞧,说了立正有啥事都不带松劲的,带兵要做不到这样,干脆打背包回家!我跟你们说我是这么带的兵,你们还不信!现在看见啦?早跟你们说过,不是哪个部队都像咱们班那样的!"

李梦说:"这小子现在给练得不像人样,我就乐意纵情悲欢,长歌当哭,怎么着啊?"

老马不理他了,只管使劲地捏着许三多,似乎想在走时从他身上带走点什么。他说:"三多子呀,你这条路走对了呢,你们那连是全团最牛气的,你现在身上也有股牛劲了。"

许三多说:"我没有啊?"

李梦的样子真有点要那个了,他说:"他不伤心他来送啥?他以后要后悔的。"

老马劈头就给了李梦一下,说:"口令里有向后退这一条吗?我就乐意他来送!老子当了五年兵,临走时就是想有个真当兵的来送我!"说完,老马正了正衣领,向大家敬了个标准的军礼,"许三多,解散!几年时间你们没一个给我像个兵,到我临走这会儿,你们一个个的给我像个兵!挺直了!别一根根拉面似的!"

站台上,李梦顺便就想往地上坐,屁股上却着了薛林一脚,回头看看老马和许三多那对,说着闲话,身形却跟拔军姿一般,似乎是拿定主意把军人作风进行到底。李梦只好挺直了站着,使送行更像一个欢迎仪仗什么的。

老马的语调也随着身体明朗起来:"车快来了,老马也要走人了,临走前想了半天,送你们什么。后来想自个一穷二白,只好送你们一人一句话,你们几个愿听就给我听着。"

老马一直挺拔着腰杆,他看自己的兵,他的神情又严肃又伤感:"第一个就是你,许三多,带了这么些兵你是最让我惊讶的,你傻得像猿人进了城市似的,大公无私跟个孩子似的,踏实起来跟个没知觉的石头似的。我羡慕你这份不懂事,无忧无虑,我想你懂点事,又怕你懂了事就没这踏实劲。你不知道你那份踏实有多好,要有这份踏实劲,李梦那两百万字的小说就该写出来了……"

"许三多,你是一定要在军队干下去的,你这种人军队里需要,你绝对能当好兵,可你还得当出头的兵,就是千里挑一的兵,万里挑一的兵,那就叫个兵王。"

李梦点头,说:"对,往下你就能提干,当官。"

可老马说:"许三多要照这条道走,就不是许三多了,许三多,班长给你想得最多,班长想你不光要当好兵,还要做好人。咱们都是平平常常的人,我的意思是你不光听命令把事做好,你也要想个明白。"

许三多像往常一样点点头,他说:"班长,我记着呢。"

老马回头看看老魏说:"老魏呀,我就不说你什么了。咱们俩差不多,除了心善人直,没别的好处,该好好过日子的人就得好好过日子。军队对有的人会是一辈子,对有的人只是几年,咱们都是后边那个。薛林呀,我觉得你做生意是块好料,你太会跟人交际了,老乡连汉话都听不懂,你竟能跟人扯一晚上"。

薛林笑笑,挠着头,他说:"我那是闲的。"

老马说:"别小看这个,军队里练出来这些东西往往能用一辈子。还有谁?就剩你了,李梦。"

李梦眨巴着眼听着,列车却驶进了站,时间还有一些,可老马想了想,没说话然后拿起背包就走,头也不回。

"喂,说了他们你不说我,是什么意思?"李梦忽然追了上去。

大家突然觉得不能就这样分离了吧,就又追上去,抢过老马的东西,争先恐后地往行李架上放,然后跑到车窗下,继续与老马话别。

列车一声震响,开始走了。

老马朝车窗外的战友们挥挥手,声音哽咽着:"那我走啦。"

只有李梦还眼巴巴地盯着老马说:"你欠我句话呢,班长。"

老马:"我还是不说好。你们谁再走时可得写信告我。"

李梦急了,他说:"班长,你要再不说,我咒你生了孩子没屁眼。"

老马却满不在乎,他说:"我都还没对上象呢,怕你那个?你就那么想听啊?"

李梦说:"废话,同班两年,我怎么不想知道你对我是个啥说法呀?"

列车慢慢地快起来了。

老马终于说了:"我就跟你说了吧,你就别写了,你那小说我偷着看了,我不知道啥叫破,不过我觉得那可叫个真破。别看你高中毕业又是大城市人,我看你没搞明白当兵的咋活,知道你编的那叫什么玩意吗?我跟牧羊姑娘搞对象?这草原上的羊都是野生放养,它不会吃草了还找个人看着?我跟羊姑娘搞对象算是差不多吧?你以为抓只猴子包片布就成了个人呢?"

李梦愣了一下,说:"我那叫升华,对美好生活的一种向往。"

老马说:"驴的升华。我就知道中国兵没女人那回事,你非得扯个女人进去也就算了,干吗非得把我扯进去?"

李梦一下急了,他说:"你这就是对号入座啦,我写的老马就是你老马啊?再说了人生的内容不还就是男女这回事吗?我得考虑读者啊!"

老马说:"你这就是灯泡底下晃花眼啦!谁说人生就男女间这点事啊?你出娘胎就一天二十四小时惦记女人呢?你是你妈拉扯大的吧?你妈听你这话要气死了。你这辈子跟女的说话那女的就必须跟你搞对象啦?那你不就是个公害啦?叫你不要看烂电视剧,看现在不是把个人都看完了吗?"

李梦跟车走了一段,最后停了下来,他说:"你这个孬班长!"

老马毫不服软,把头探到窗外,也对李梦说:"你这个孬兵!"

老马骂完似乎还不尽兴,冲着另几个也大声地吼道:"你们几个,都是孬兵!"

大家的嘴里一时孬成了一团。

大家追到站台的尽头,停下了。

李梦对着远去的火车,声嘶力竭地喊着:"我就写就写就写!我气也气死了你!"说完,转身忽然伏在许三多的身上,哭泣了起来。

四个兵凄凄落落往车站外走,除了许三多,那三个的眼睛都肿得不行。他们一直慢慢走着,一直走到通向草原的路口。李梦没精打采地看着许三多,说:"许三多,咱们这就该分手了。"老魏也看着那条路说:"我们还得好远好远呢,四个小时呢,到时天该黑了。"

然后,他们三个走了。

许三多看着远处的路,看看那三个东倒西歪的孬兵,慢慢走远。

这时的我,第一次知道感觉到什么是分别了。我很茫然,我觉得好像失去了什么东西,可不知道失去的是什么。送走了老马,似乎也同时送走很多别的东西,我朦朦胧胧地知道,我跟李梦他们以后不会有太大关系了。

许三多再次回到团部门口的时候,还要敬礼,出示证件。哨兵明显知道他是这里的兵,并无意去看那证件,挥挥手让他进门。此时的待遇和以前在五班时明显是不一样了。许三多送走老马的时候没觉得多伤心。老马说他想得少,对,少得有点自私,替自己幸运时就不会替别人伤心。

车辆临时停放场地离门口不远,史今和伍六一几个拉出了水龙头,正在冲洗一辆战车。许三多在旁边看着,他重点看史今。

史今回头看见他,挤了挤眼睛。许三多笑。

史今说:"许三多,干点你能干的!快过来,车子该洗澡了!你把一会儿!"

许三多从伍六一手上接过水龙,伍六一并不打算把水龙好好给他,而是扔了过来:"这回可把稳了。"

许三多没说话,死劲地把住,冲洗。

车场上的水淌成了河,史今几个正把篷布盖上焕然一新的车体。史今和伍六一去澡堂子洗澡,却没有让许三多跟着,因为他不想让许三多看到自己受伤的手。

傍晚,史今和伍六一洗完澡回来,许三多正趴在桌上写东西。见到史今许三多说:"班长,今儿送老马我眼圈都没红,他们都抱着哭。"

史今一愣很奇怪。

许三多接着说:"我要好好当兵。"他语气坚定,仿佛那是世界上最最重要的事情。

史今不由得摇摇头:"你真是没有长大。对了,你那信明天再寄吧。马上开班务会。"

今天的班务会要选先进个人。

在乱糟糟的发言后,史今敲槌定音:"咱们班这月的先进个人选许三多,大家有什么意见?"

好像大家想都没有想到过,一个个神情错愕异常。

史今说:"我知道,他多半不能算咱们这班里最突出的,可他是咱们中间进步最快的。"

话音刚落伍六一就带头鼓起掌来。集体生活的人,掌声是很容易认同的,于是都马马虎虎地鼓起掌来。

许三多有点不知所措,忙站起来给大家敬礼。

"用不着这样。"伍六一掌握着奖励的尺度,"这不过是说,十二个人中间有十一个同意给你鼓励,这都是同班战友好说话,希望你在别人那也让我们说得过去。"

第 九 章

　　一辆步战车在靶场里刚停下,许三多就顾头不顾脸地往外冲,然后在车边吐了一地。史今随后下车,站到许三多身边,给他不停地捶背。
　　"班长,我又丢人了。"许三多说。看史今只是笑,许三多觉得有点怪,"班长,你怎么老说我不错呀?"史今看许三多快委屈死了,劝他说:"你今天训练快结束了才有反应,而且车上射击,你也打得不错。"
　　史今对许三多的安慰,让伍六一有些受不了,他挽起袖子,也过来了,边走边说:"我来给你整两下,管你不会有反应了。"说着就是狠狠的两拳,捶得许三多一下就没声了。
　　伍六一的手是狠了点,但许三多还真的不吐了。
　　他轻轻地揉了揉,对史今说:"真是奇怪呀,副班长整完以后我就不吐了。"
　　史今说:"有个病人去看头痛病,医生说头痛是吧,当,给他屁股上来了一锥子,病人说妈呀,怎么扎我,医生说头还痛吗?不痛了,屁股痛!那头痛病就治好啦!给钱吧!"
　　许三多听得哈哈直乐。
　　前面,成才和几个兵也大声说笑着,从他们旁边走了过去。
　　像是害怕那成才,许三多突然不笑了。
　　史今没有注意到这些,他只是接着说自己的:"伍班副就是这法子,算是个土造的心理疗法,你痛了就不会再想吐了。"史今忽然郑重地说,"其实许三多,你很多毛病都是心理落下来的,本来你今天完全可以顶住的。"
　　许三多说:"我在图书室借了讲心理的书看,上边说什么俄狄浦斯情结、里比多效应的,我还是搞不懂。"史今说:"我也不懂,那是人专家说的话,可你班长和副班长一样,也是个土造医生,就管给你把头痛病治好了就成了。"
　　许三多吓得马上盯住了史今,说:"你不会也扎我吧?"
　　史今说:"我是打个比方,乡下来的孩子有几个长时间坐车的?还是这种全封闭着能把肠胃颠出来的。我晕车那会就是练那个。"史今指指旁边单双杠,"单杠大回环,在上边晕过了,上车怎么也不晕了。"
　　许三多打量着乌黑锃亮的单双杠,问:"怎么练?"
　　史今二话没说,上手就给许三多悠了几个,看得许三多连连地咂舌不已,连说怎么能这样的?史今说,"练练就会了许三多,你体能相当不错,技巧上再抓一抓就好了。"然后给许三多强调说,"这玩意可治晕车了。人都是这样,晕过一次就不会再晕了。"

远远地看见伍六一，史今马上喊他过来："六一，你是在这上边晕过的，后来还晕车吗？"

伍六一说："啥叫晕车呀？"

"改改你那臭牛皮的说话，"史今把伍六一拖到单杠前，很有点自豪地说，"伍班副上次悠了一百二十一个。"

"一百二十一个呀？"许三多的眼里全都是崇拜的眼神。

伍六一爱吃这一套，他说："那是瞎玩闹。跟兄弟部队置气。"

"那你带他瞎玩闹二三十个吧？"史今深知伍六一为人，坏笑着走开。

剩下单杠边的两人，都有些拉不下来。许三多畏缩，伍六一凶得也到了尽头，对着个完全不反击的人，总归也是无趣。

伍六一无奈地看看许三多，吩咐道："注意动作要领，上了单杠你就不是自己了，你就剩自己找的那个重心，别使蛮劲，由得它转。"他说着自己呼地转了好几个，随后很利索地收身下来，"你自己体会体会吧。"

许三多没有上过，笨手笨脚地，就往单杠上爬，被伍六一一把拉了下来："是上单杠，不是爬单杠。你把自己担在上边就会有个重心，那两条腿是有用的，不要离开地了就把它当个累赘。二三十个？我看你没戏。七连的平均纪录可是四十五个，好在不比这个。"

许三多只好熊猫一般，一个接一个地上去，结果是一次又一次地从单杠上摔了下来。

伍六一终于失去耐心，对许三多不住地摇着头。

白铁军正很仔细地在擦自己的鞋，周围几个兵在午休，忽然外边砰地响了一声。

白铁军愣住，踱到窗口看，愣住："嗳，你们来看，你们来看。"

一个兵说："我们起来的话你就躺下了。"

白铁军啧啧赞叹说："真不错，好看。再来一个，唉，没让我失望。"

甘小宁："闭嘴！"

白铁军老实地跑到床前躺下，可声音还在继续，甘小宁终于忍不住到窗前看一眼，目瞪口呆，一声不吭地回来，一会儿几个兵都耐不住好奇，轮流到窗前看一下。

白铁军躺在床上，冒了一句："真是笨得可以了。"

许三多一瘸一拐地进来，伍六一面无表情地在后边跟着。伍六一一声不吭地解下武装带上床休息，几个兵在他身后做鬼脸笑。

许三多换了双鞋，悄没声地又出去，几个装睡的兵再笑不出来了。

外面又是砰的一声。

伍六一闭着眼睛，眼皮微微地动着，也是在装睡。

139

许三多又进来,这回大概是把脖子也蹾了,揉着,偷偷在磨狠了的手上套上副护腕。突然听有人骂了一声笨猪。

他愣住了,这是甘小宁的声音。因为甘小宁是闭着眼睛说的,他只好把眼光找往别处。甘小宁的眼睛突然就睁开了,他说:"你看什么?我说的就是你。你套上那么个玩意摔得更狠。"

"那我该怎么办?"许三多轻声问道。

甘小宁说:"你的重心要放在肚脐往下一寸的地方,这你还找不着吗?你摔下来的熊样,真是给钢七连丢人。"

白铁军也睁开了眼睛:"咱们是装甲侦察连,先就得学会摔。"

许三多怕把所有的人都闹醒了,紧张地示意着:"小声点,他们都在睡觉。"

白铁军一个鲤鱼打挺,反倒坐了起来:"还装什么蛋?都给我起来!"

全班的战士果然呼地一下,全都起来了。大家显然都没有睡着。

大家七嘴八舌地就说了起来。这个说:"行家一伸手,就知有没有。你一出手就不对。"那个说:"能做四五十个的人身子准定是直的,你倒好,弯得折刀似的。"许三多觉得不可理解,揉着脖子看着他们:"你们都不睡啦?"

甘小宁说:"睡啥?吵都让你吵死啦。走走!"

几个人不由分说把许三多拥了出去。偌大的屋里只剩下伍六一一个,他豁然睁开眼睛。

外边"一二三、起,一二三、落"的声音,把正在午休的高城吵得睡不了觉。高城烦躁地走到窗前伸手把窗打开。

操场上,几个兵正把手里的大笤帚伸到一起,形成一个保护垫的意思,许三多就躺在上边。甘小宁告诉许三多,注意着地姿势,用手就而不是用手垫,这练的就是反应能力。

"一二三,起!"许三多被扔了起来。

甘小宁冲着白铁军发牢骚:"怎么又抢我口令?"

白铁军没看他:"三二一,落!"

几个人有点半开玩笑,有点想帮许三多却又有点想整治他。

许三多:"再来一次好吗?我还没体会。"

白铁军说:"猪都被你气死了。再来一次吧。说着对几个兵使使眼色。"

甘小宁抢先喊了口令:"一二三,起!"

许三多对着那几个笤帚就扑下去,几个兵却早有默契地把笤帚撤开了,许三多摔了个结实,还没爬起来就赶快在脸上绽放个讨好的笑脸。

白铁军正色道:"不许笑,要记住这一摔的教育意义。作为侦察兵,永远要有偷袭和防备偷袭的意识。你应该下意识地就防止摔成现在这副德行。什么叫下意识呢?比如说吧,阿甘哪。"甘小宁伸手就给白铁军脑后一拳,白铁军灵巧地闪开,结果被甘小宁下边一脚踢得跳了起来。白铁军丢了面子,冲着甘小宁嚷嚷,"不是说好演示的时候光打上三路吗?"

甘小宁对许三多说:"看见没有?如果我用家伙他就挂了,没有形成下意识的下场。"许三多半懂不懂,只是木木地问:"再来一次好不好?"

甘小宁对那几个兵使使眼色:"可以。"

白铁军:"一二三,落!"许三多正欲扑,几个兵又撤笞帚,许三多却没扑下去。

白铁军愣住了:"小子反应挺快嘛。"说着话就是一脚,许三多闪开了。几个人都愣住。许三多反而不好意思了:"从小被我爸踢,都习惯了。"

甘小宁乐了:"原来是家传的功夫,不一样嘛。"

伸手就一拳,许三多又躲开,甘小宁再打,许三多掉头就跑。

甘小宁追了出去:"喂,你那是逃跑,咱们练的可是躲闪!"

高城一直在窗口看着,隔壁洪兴国的窗也一下打开,终于有人被吵到忍无可忍了:"午休时间为什么不好好休息?"

高城回他:"他们练摔呢。"

洪兴国挺纳闷:"那个兵……许三多不是最不合群吗?"

许三多被三班兵围追堵截,年轻人的用功到后来总是带点玩闹。

五连宿舍隔壁就是六连宿舍,每个连队旁边都有一副健身器材。

天黑时,史今把许三多悄悄地带了过来。史今说:"我知道你,人多的时候你不敢练,只好睡觉时间练。这是六连的地方,没人看着,给我环三十个。"

许三多看史今一眼,看单杠一眼,再看史今一眼。

史今的声音很冷:"'不行'这两字以后少说。"

于是许三多只有环,许三多环了两个,挂上边不动了。

许三多:"不行……嗯,我是说没力气了。"

史今:"没力气的人说话有这份神清气爽吗?是人就不止这个数。"

于是许三多只有继续,这回环到了十个,五连有人出来,许三多一松气掉了下来。

史今叹口气:"下来干吗?做好让人笑话的准备?"

许三多:"我环十个了。"

史今:"别去数。你要搞定的是自己,不是那些数字。本集团军有个兵俯卧撑能做两千个,其实他已经是想做多少就多少了,他突破了极限。"

许三多又一次瞠目结舌,那也确实是个非人的数字。

史今:"说不行的时候绝不会有奇迹发生。就算是你,也能创造奇迹。"

技术考核这天,观察室旁边支了张桌子,旁边写着"技术考核"几个大字,团部几个参谋坐在后边。射击完毕的战车上,士兵们下车直接跑到桌边列队。

参谋:"八三式一二二榴弹共有几个装药号?"

士兵:"七个。"

参谋:"六号装药弹丸初速?"

士兵答不上来了,参谋记下个六十分。

在连队扎堆的地方,各连队的兵也在哗哗地翻着书互相提问,算是个临阵磨枪不亮也光。

士兵们互相考:

"八一杠枪管寿命?"

"班用轻机枪最大射程?有效射程?有效杀伤距离?"

"红缨导弹斜射距离?"

成才一脸得意,他现在是一个人在对付三个人的提问:"300000,3400,800,1500,4500。"

对面几个伸出来大拇哥。

一辆主战坦克在前沿打出一个抵近射击,炮声掩盖了人声。这是一辆战车正在模拟阵地里迂回射击,车号上写着207。那是七连三班的战车。

终于到三班了。史今的班列队从靶场旁边跑过,高城在旁边挥挥手让他们停下,他找的是史今,并且神情绝没有从前的融洽,他盯着史今:"希望今天考核后,许三多还能让你乐起来!去吧!"

史今直刷刷地站在参谋们的面前:"报告,七连三班射击完毕,等候下步指示!"

那参谋竟头也没抬,只是哗哗地翻着书,一边找题,一边找回答的士兵名字。

第一个被点出来的,就是许三多,因为他的名字排在最末尾。

参谋还是望都不望,只顾看着题目,机械地提问道:"一○五坦克主炮膛压?"

许三多他们是装甲侦察连的,没想到参谋却把题看到坦克连那里去了。

但对许三多来说,没事。他开口道:"最大五百零九点五兆帕斯卡,正常四百四十一点三兆帕斯卡。"

参谋没有在意,点点头,接着问了下去:"脱壳穿甲弹1000米距离下降量?"

许三多依然对答如流:"四十七米每秒,一千米立靶密集度为零点三米乘零点三米。"

史今他们一下都愣了,都暗暗地有点觉得怪异。

但旁边的干事却发现题目不对了,忙说错了错了,他们是装甲侦察连的,不是坦克连的。那位参谋这才抬起头来,一脸错愕地看着许三多,竟有点纳闷,说:"可是他答得很对啊!"说到这里,不由得问道,"你把整本书都背啦?"

许三多说:"报告,是的!"

参谋好像来劲了,说了一声别太牛了,便急急地翻书。

许三多的回答是:"不牛,我就是个死记硬背。"

参谋笑了:"别吹掉了底,就算是纸,它也六百多页呢。就说你们那车吧,七十三毫米滑膛炮药室容积,后坐长度,最大后坐阻力?"

"零点六八三立方升,一百四十八毫米,九八点零六千牛顿。"

王庆瑞团长从观察室出来,正笑嘻嘻地在旁边看着。

参谋不由得喊了一声:"要得。"笑笑就接着问,"技术和结构特点?"

未等回答,干事却阻止了,他说:"喂喂,这又不是数据,你大发了吧?"

没想,那许三多却只管给他背:"该炮系低膛压滑膛炮,身管和炮闩由螺纹连接,采用立楔式炮闩,闩体内装有电击发装置,反后坐装置采用同心式制退复进机……"

"行了,行了。"参谋终于叫停了,他发现许三多真的一字没差。

他提笔打算给一个高分,却被一只手拦住,半路杀出个王庆瑞——团长笑了,他看着许三多对张干事说:"张干事,把你们那野战宣传车拉过来!"

那宣传车一来,许三多又开始害怕了。因为周围的人已经越来越多了,周围的队形也乱了,三班也散了摊了,各连的连长和指导员,还有团部的人,都往这边拥。

这一次,是团长亲自上阵主考了。

他盯着许三多说:"我问你,咱们八二迫击炮的尾管材料是啥?"

王庆瑞的声音通过麦克风,从车上的几个重型音箱传出去,响遍了整个靶场。也把许三多吓慌了,他迟疑着,嘴里说:"八……八……八……"整个靶场上,顿时回响着一个"八"字。

史今意识到了什么,赶忙往前挤去,说:"让我过去。"

团参谋长看见了,指着他:"前边那位回头,你挤什么?"

"报告参谋长,我是他班长。"史今说。

参谋长明白了:"给个道,让他过去!"

史今挤到前围,挤到了许三多的身边。许三多看见来了班长,腰就挺得直一些了。

许三多的嘴也顺了,他说:"八二炮用的是铝合金尾管。"

王庆瑞刁难道:"八二炮上用了一项中国首创的技术,是什么?"

许三多拿不定主意了:"全保险引信?旋入式药管?自锁式高低机?套筒式缓冲机?……咱那书上没写。"

"就是套筒式缓冲机,"王庆瑞接着问,"豹2坦克的一百二十毫米滑膛炮还用在哪种坦克上?"

"报告……书上没写!"

"不能光看教材,"王庆瑞对许三多不满意了,"那就问你教材上有的吧,自

143

行双三七高炮的火控系统?"

许三多紧张得早都忘了自己是谁了,但团长问的,只要是教材上有的,他都能回答。靶场上空的音箱,几乎都成了许三多的录音机了。

团长看看没有什么可以再问的了,便说道:"很好。可你不能光看你那本教材,教材之外的也得看。"许三多给团长不住地点着头。

团长突然问:"你叫什么名来着?是许三多吧?是许三多!"

这时,连长高城正在往这边狂奔,突然一愣:"哪个许三多?"

成才听着广播里那傻子在背书,听了一气,把手上书往屁股下一垫,嘴里嘟囔着:"这个三呆子,还真有傻福!"

靶场的训练和考核算是告一段落。

士兵们都上车,许三多也被洪兴国和几个参谋拍着打着送上后车厢,史今都挤不上去,而高城犹自在人群外纳闷。

许三多还昏着,进了车也忽然发现大家对他都有些敬而远之。

甘小宁头一次对许三多另眼看待了,他凑过来问:"许三多,啥时候背的?"许三多说:"我们一起背的呗!"甘小宁说:"得了吧,那就两星期工夫,能背成这样?你又不是神童。"这时史今上来了,他说:"先想想你们是不是用心吧!别的不说,你们光背自己手上这点装备,谁又把整本书都看啦?"

车开动的时候,许三多才忽然发现,成才就坐在自己对面,正跟几个兵高谈阔论什么。许三多喊了他一声讨好地说:"成才!我买了烟。"可成才像没听见一样,自己掏出烟,分别地派给大家,嘴里还说:"我觉得这东西关键还是在于个理解,比如说射程30公里吧,你对30公里外打一炮有个概念吗?比如说这枪里的枪机,你没见过打破脑袋也想不出枪机是这个样子的。所以我从来不死记硬背。"

许三多拿着烟的手僵在那块。伍六一瞟成才一眼,拿了一根。

"我抽一支行吗?"伍六一说。

许三多连连点头:"当然行,我本来就是想谢谢你们帮我训练才买的。"白铁军挤上前来,说那我也得拿一支。甘小宁说我也要一支。

大家都为许三多今天的出色,多多少少感到有些开心。

七连车在操场边停下,七连兵是擂着鼓下来的,反正鼓舞士气鼓都带着,年轻人也巴不得事情再闹大点。

路过的兵们为之侧目。高城有些不屑,但那表情显然是由得他们闹会吧,到宿舍边终于一举手:"大家都歇了吧!没多大事,本连荣辱不惊。我再说句,早点休息,还没考的那几个班再接再厉!"

但谁也不会急着先进宿舍,都在操场上自由活动着。考核不是体能训练,兵们不急着休息。

高城看见散去的兵里史今在对着他微笑,便走了上去。

"笑什么?"高城板着面孔。

"连长,我那兵今儿露脸吧?"史今是得了机会便大着嗓门。

高城看看又被甘小宁几个追着要练拳的许三多,有些难堪地笑笑:"他记性是够泄密标准的。那又怎样?有背书把敌军背趴下的吗?那不如架电脑对敌军狂练五笔字型呢。"

史今希望许三多得到高城的认可:"他现在挺合群了,今天射击也接近平均成绩。"

高城:"好吧,我输,你有一个小小的胜利。是想听这话吗?我给你。我不想对你绷着脸子。我承认你的努力,三班长,有些话这两天一直想对你说,我……"

史今很冒失地打断了他的话:"我是想你能承认这个兵,连长。"

高城终于有些挂不住了:"又怎么样?他在三班仍是垫底的,有他之后,三班也至今仍是全连的垫底班。他仍然晕车,你看他下车那个迷瞪样,车载步兵晕车……没见着我真还不信……"

"快不晕了。他现在大回环能环三十个。"史今肯定地伸出手指。

高城不信:"就这上车晕下车倒?他要是能悠三十个,这月的先进班集体我还你们班。"

史今掉头就喊:"许三多!"

高城抱着臂,在史今身后摇摇头。

"报告连长!报告班长!"一眨眼,许三多就过来了。

史今问许三多:"你单杠现在能悠多少个?"

"二十七个,"说完自己的声音先小了,"班长你知道的,得在没人的时候。"

高城也禁不住笑了。史今在许三多肩上拍了拍:"去,悠五十个。"

许三多吓了一跳:"五十个?班长,这满操场人都看着呢!"

"所以就得趁现在练哪!今儿考核不也是人看着吗?你怎么就背啦?"

许三多说:"那是有你站我对面呢。"

史今说:"现在我也站你旁边呀。"

许三多说:"那我是肚子里有啊,这个……我不行。"

史今看了看连长,对许三多说:"许三多,连长说了,你要是能悠五十个,这月先进班集体还咱们班。"

许三多眼睛一亮:"真的?"

高城只好点点头,说真的。

许三多暗暗下了一把劲,说:"那你们别笑我。"掉头就往单双杠那边跑去。他跑到单杠边,抬头看着那副单杠,单杠之上还有一个蓝色的天空,那真是个遥不可及的目标,连周围的人声都要远了。许三多狠狠地点点头。

高城苦笑着摇摇头:"区区回环而已,这架势刀山火海一般。"

史今没看他也没听见,史今看着许三多,对他也对许三多来说,就是刀山火海一般。

许三多还站在单杠下,做着刀山火海的准备。高城有些无聊地看了看表,要了旁边兵的茶缸子给自己灌水。旁边的兵早聚了拢来,几个三班的兵给他打着气。

三班全体啦啦队也冲了过来。

于是许三多起跳,三班全体哑然,他挂在单杠上挺了一下,干脆连第一个都没环起来。于是高城活活地被一口茶水呛了一下。几乎全连的兵都在看着,许三多风鸡般挂在单杠上,即使是他也没脸下来。

许三多对史今说:"班长!我重来好吗?"

"不好,你记住一个,动真格的时候,没有人给你重来。"

于是许三多委委屈屈提了上去,做了第一个,然后第二个,第三个。

高城已经不想看了,他干脆地要回宿舍,"月黑风高时能做二十七个我信,这时间地点,七个不到。心理啊,问题啊。"

史今一把把他扯住了,并替许三多数着:"别走……七、八、九、十……"

高城无奈:"这么番准备,十个?别死心眼了,这月先进集体本来是要给三班的,嗯,鼓励奖吧。三班大概是第一趟拿鼓励奖,有三班以来。他就算环到五十又怎么样?伍班副,你纪录多少?"

伍六一正呆呆看着单杠上环动的许三多,听人跟他说话,立刻做出副不介意的样子:"小儿学步的玩意,我不记那个数。"

史今实事求是地插话:"两百。"

高城看看在单杠上环动的许三多:"两百,超了极限。虽说是小孩学步,可到这样也能叫个神。他?我洗洗睡了。"

高城转身走了,史今不好再拦。许三多仍在单杠上一个个悠着,如同一架专为此发明的机器。

一群兵簇拥着单杠上的许三多,那个人尽力地在做,看得出他已经找着了重心,让这种圆周运动成了一件并不太耗体力的事情,只是在一百多次天翻地覆的回环后,人眼中的世界会成为什么样子呢。

世界在跃动、倾转、模糊。单杠下的兵安静地看着,默默记着数。

史今已经离单杠很远,并且尽量轻声数着数:"一百八十九……一百九……"

他远得已经靠近洪兴国窗前,索性再靠近隔壁的高城,史今知道在这里大声许三多也听不见,索性对了高城的窗户大声喊:"……一百九十一!"

高城的窗户一下打开了,几乎没撞着史今,高城瞧史今一眼,目光的焦点立刻转向单杠。

单杠上的人仍在回环,动作已经慢下来,无知无觉,无欢喜无失落,只有荡起和落下,倾转,回环。伍六一巡场一样在周围走动着,看不出在记数,原来专注地看已经成了偶尔焦躁地看一眼。

悠到一百九十六时,高城叫道:"伍班副,差点就把纪录给破了。"

伍六一:"我现在能环两百五,应该。"

高城:"嗯……那我信。"

两个人都有些愣神。

"一百九十八!"

操场上爆发出一片遗憾的叹气声,许三多一个没环上去,于是又挂在单杠上如一只风鸡,谁都看得出他体力已经到了极限。他紧闭着双眼,问道:"班长,我悠了多少了?有没有五十个呀?"

高城讶然到微微张了张嘴,伍六一抱起的胳臂又放了下来,操场上鸦雀无声,所有人如看一只挂在杠上的怪物。

"没有!"史今和他的士兵都一齐喊道,"还早着呢!"

许三多试图看清眼前晃荡的土地和人群,可早看不清了,汗水早进了眼睛,实际上他甚至听不大清别人说话。

然后他大吼,全无意义但极其悠长"啊"的一声,在草原上他没有心事喊不出来,现在他有了心事,喊得直是声震寰宇。喊完了又荡了上去,世界又开始倾转,天地又开始盘旋。军营已经不再是规则的圆周运动了,而是在飘飞,飘飞回了家,飘飞到了草原,飘飞过修不完的路,飘飞过一辆驶去的火车。一个灵魂像风样掠过,审视着烙在这灵魂上的一切。

没有人声,只有飞翔的风声。

安静,好安静。寂寞,只有风。你知道很多东西就要离你而去了。那个世界。

史今呆呆地看着天穹下的许三多,他的世界也是无声的,只有风。

"三百二十,"史今他忽然伸手擦了擦眼睛,"三百二十一。"

高城的烟烧到了手,一痛扔开,他看上去有些恍惚。

伍六一也差不多。两人一直和史今看着一个方向,并且怀疑自己在做梦。

高城说:"破你纪录啦。"

洪兴国在隔壁伸出脑袋:"早破啦。"

伍六一:"打仗……用不上。"

高城:"也是……那也是个神。"

隔壁的洪兴国忽然越窗而出,重重落地,重重拍打着自己的额头:"录下来!早该他妈的录下来!让他坚持,坚持坚持再坚持!"

指导员大人连奔带蹿而去,自然是要借机器。操场上一片寂静,史今也已经不再数数,他背了身子看着墙根。单杠上的人已经像具行尸走肉,缓慢地提起来,缓慢地放下去,挂上良久,汗水滴在地上,再提起来,下一个。

世界成了模糊的红色,因为头部过度充血。单杠下的人兴奋劲早过了,过了,就剩下不忍心,一场全体对一个的欺骗。史今转过身,正了正衣服,走过操场,挤过人群,来到许三多身边,这么长时间,许三多刚完成一次放下。

史今:"许三多。"

许三多不动了,挂在单杠上微微地晃动,如睡着,如做梦,如在刑架上被严刑拷打了几天的人,他的声音低得像是个濒死的人:"班……班长……有五十……五十个了吗?"

"有了。你过了……过了平均水平线。"

甘小宁:"早就有了!"

一声沉重的大响,许三多掉落在沙坑里,立刻被下边的一帮士兵架住。

史今:"抬!回宿舍!水!葡萄糖!急救箱!医务兵!"一群人把一个人搬回宿舍,同班的甘小宁和白铁军根本挤不上去,只好看着单杠发愣。

单杠上磨破的手掌留下了血迹。

白铁军:"三百三十三……我的天。"

甘小宁:"老天。"

白铁军狠狠地要把他压下去:"苍天!"

七连宿舍内彻底乱套,急救箱、热水、凉水、输液瓶、医务兵在楼道上川流不息,好在现在没人在意内务。史今大步冲连长寝室走过来,高城正站在自己门前发愣,史今过去站住,也不说话。

高城:"人还好?"

史今:"在抢救……连长,帅吗?"

高城看着史今的表情,后者有些悲伤,也有些愤怒。

高城喃喃道:"帅?……什么帅?"

"露脸吗?"

高城叹口气,摘了帽子挠头,这动作对他来说很没军人风度:"你想说什么?"

史今:"七连很张扬,可别看不起那些没什么能拿出来张扬的人。"

高城回避开他的目光:"我去弄点……弄点药。"可甭管他想去哪,总之走错了方向,换了个方向走回,正好碰上拿着台数码摄像机跑回来的洪兴国:"完啦?"他很遗憾,"怎么就完啦?多少个?"高城机械地答道:"三三三。"

洪兴国变得更加遗憾:"再多做二十就正好是咱团番号啦!怎么不坚持一下呢?"

"他不是为这个做的。"高城出去了。

洪兴国在楼道上已经开始拍摄了,看来打算一直拍到三班宿舍里的许三多,并且很专业地伴之以即兴解说:"现在我们来看看创造了一个小小奇迹的士兵许三多,三百三十三,不说在全国吧,在全军也是可以让我们惊讶一下的。他来自三五三团三营七连三班……"

三班宿舍忽然炸出几个兵,闪避不迭,然后是冲出来的许三多,后者的动能像炮弹,动势像醉汉,抓挠着空气和墙根,东摇西晃地寻找着忽然丢失的支点。

一群兵追在后边。甘小宁:"许三多,你要去哪?"

许三多:"吐。"

他抓住了一个支点,抓牢了一看,是成才。成才用一种厌倦加犹豫的神情看他,但终于扶住。

许三多:"成才。"

成才:"疯了,值吗?"

洪兴国不满意了:"成才瞎说什么?这话删掉!许三多,你说句有闪光点的。"

许三多:"要吐。"

成才把他推向旁边的水房,许三多一头扎进,几乎同时听到一个人摔倒的声音。一帮兵扑进去,然后是一个家伙呕吐的声音。

洪兴国遗憾地关掉机器,在过道上守株待兔,并向士兵解释:"这块没有美感,先卡。"说着,他的机器又打开了,由黑转亮之时,许三多被架在史今和几个兵臂弯里,如死狗一般拖过楼道。

洪兴国的解说在画外继续:"许三多同志现在已经是第四次吐了。我希望他能尽快恢复过来,谈谈他的心得和体会。"

但是看来洪兴国的愿望不能实现了,许三多是连脖子都耷拉着。半路杀出个伍六一,叉腿在过道上,拦着所有人:"你们老这么扶着他,下星期也还是一根面条!"

史今:"你说怎么办?"

"别扶!自己走!爬也是自己爬!许三多,站直!"

许三多没动静。

"士兵许三多!立正!"

许三多开始动,从几个人臂弯里挣出来,但他不可能站直,于是去抓旁边人,被伍六一瞪着,所有人都躲着他,有人在笑,有人笑不出来。

许三多:"班长,我难受……你帮帮我。"

"许三多……立正!"

许三多像面条一样立正。史今探询地看着伍六一的眼神,伍六一不为所动。

史今:"咱们再挺挺,挺过去就好啦。啊?"

"班长……班长,先进集体……先进班集体……咱们有了吗?"

史今:"有了。"

于是许三多一头砸倒下来。史今只好又扶:"现在怎么办?"

伍六一挠挠头:"架回床上吧。毕竟……我也没做过三百三十三个。"

于是那具躯体又被抬向三班宿舍。

洪兴国苦恼地关上机器:"还是境界不高呀。"

许三多又一次被从七连过道上架过。

都说成功的时候人会觉得眩晕,那我晕得无人可比。指导员没能拍到我在单杠上的胜利,只拍到我在单杠下的狼狈。结果让我这样觉得,人前的眩晕和说不出来的苦楚,是我成功的味道。

"砰"的一声,一个人体落在地上的声音。几张床上的人都往起爬。灯也亮了。

白铁军:"又摔下来了!他摔上瘾了!"

甘小宁:"我就奇怪,他怎么躺着也能掉下来?"

他们把地上的许三多再一次抬上床,史今看来不打算睡了,拉开桌边的椅子坐下。

伍六一跳下了床:"今晚我来。"

史今:"你来白天。"

伍六一沉默地点点头,爬上他的上铺。

史今在桌边趴伏着睡。

许三多睡了两天,吐了十四次,掉下床四十七次,摔倒次数无法计算。两天里的感觉好像一颗要被踢出地球的皮球,一个星期以后觉得自己还在单杠上边,旋转、回环。

史今给许三多磨破的手上换药的时候说:"我对不住你,知道吗?"

许三多很虚弱:"没有。"

"你做了三百三十三,我说没有五十个。"

"没有。"

"值吗?"

"真值。"

一瓶药水扔在床头,伍六一阴着脸一边看着:"这趟爬起床,就别再指望人照顾了,该怎么着怎么着。"

许三多愕然,他并不知道这是什么意思。

史今说:"六一说得对,你不比任何人差。不会再有人小看你了,也就是说,不会有人再照顾你了。"

他们要说的更多,从那天起,我是所有人的对手了。

许三多又开始训练了。他刚看清眼前那堆枪械组件,甘小宁就用布将他眼睛蒙上,伸手将那堆组件搅和乱。白铁军坏笑着将一个零件拿走。许三多装了一会儿,在桌上摸了一下,伸出一只手来。白铁军摇头不迭,直到被伍六一踢了一脚,从他手上抢走那个零件。伍六一把零件交回许三多手上。

许三多在操场上跑步。肩上扛着一支从车上卸下的重机枪,打着沙绑腿,穿着沙背心。伍六一从他身后超过去,那位是一挺机枪,两箱子弹,背上再一个三脚架。整个三班都在身后,现在已经有一个很明显的高下,伍六一和许三多在争抢,甘小宁第三,史今第四,白铁军是老末。

谁都知道,伍六一和许三多在争抢。他不能让许三多战胜他,他不能让许三多成为第一。别人都在他们的身后。

三班几个兵在练近身搏击,甘小宁被打飞了出来,于是只剩下两个人在斗。伍六一招狠力猛,许三多则简直是个躲的天才。许三多终于试着还击,最后两人扭成了一团——互相的手脚都被对方制住,史今笑着吹响哨子。

这是一个月黑风高的夜晚,七连在演练夜间的潜伏与捉舌头。

三班几个全副武装加伪装的士兵从小河边走过去,而后伪装得更彻底的高城从河水里爬上来,除了得意扬扬还是得意扬扬。一双手从身后的泥土里伸了上来,抓住腿就一拽,高城刚摔倒裤裆里就被狠踢了一脚,高城痛得吐口大气,嘴里已经被塞上一个软木塞,高城仍想还击,但身上的武装带已经被往下一退做了绑人的绳索,顺便是连脖子也一块儿勒上。

许三多欢天喜地背着这俘虏就跑。一边跑一边大声叫喊着:"抓住舌头啦!我抓住舌头啦!"高城说不出话,挣扎着喘气,然后,高城被重重地扔在林间的空地上。

一听到许三多的呐喊,侦察兵们顿时从四面八方聚拢过来。

今儿谁演舌头啊?甘小宁心想怎么一下就落进了许三多的手里了。

白铁军也觉得好奇,说:"连长说他派人,保密。"

史今说:"连长就爱搞这套!"说着拍了拍那舌头,"舌头,别不吱声。"

伍六一推了推舌头,突然惊叫起来:"我靠!这不是连长吗?……背过气去啦?"

众人盯住一看,果然是连长高城。连长横在地上,半天没有动静。

白铁军当胸就是力压,然后不管三七二十一地就是人工呼吸。高城动弹起来,一脚先把白铁军踹了翻倒:"不要动不动就人工呼吸!……谁抓的我?伍班副还是三班长?甘小宁?"

"报告,是许三多!"伍六一回答。

高城神情怪异地看看许三多:"阴沟里翻船……许三多,以后抓舌头不要勒脖子,舌头也是人,舌头……也需要喘气的。"

高城悻悻地在三班作业簿上打了个钩——这时,每个人都开始意识到了,许三多正在成为每一个人的对手。

他伏在战车上的半露式射击也越来越出色了,子弹只要出去,几乎看不到打偏的了。他打的全部是点射,行进间打点射,极好的心理素质,从一个目标转向下一个目标动作幅度极小,射击时完全没有犹豫,他已经是个很老练的士兵。在点射声中身边的扫射声格外刺耳,那居然是来自史今,没恢复好的右手很难吃住枪身的震动,他几乎要用半匣子弹才能打掉一个目标。

白铁军坐在靶坑里,愁苦地听着上边的枪声,同时又在那绝情坑主下面的"正"字上添上一横。旁边是许三多的大号及正字,从那褪色来看已经是很久以前的事了。

一年多的士兵生活,让许三多的脸上已经退去了憨气,二十岁的年龄在他的脸上还带着一些稚气,可射击的训练,却让他的眼光变得锐利了。

一句话,如果说许三多曾经蒙昧的话,那么现在,他已经启蒙了。

大家在以后的日子里不得不逐渐接受许三多在很多方面是优秀的这个现实。

史今拿着面锦旗笑嘻嘻地走进连队的活动室看着正看书的高城,"集团军侦察兵技能第二,许三多挣的。"

"搁那吧!"高城指了指正墙当中的一块,几乎就在集体一等功旁边,嘴上没好气,但他给了个最醒目的位置。

对史今高城问:"三班长,你个人射击成绩排在三班第八,我有点不相信自己眼睛了。"

史今有点不好意思:"那是因为全班都上去了。"

"可你本季度个人成绩低于上季度,这怎么说?"

"可是三班总体成绩高于上季度呀。"

"我说你个人哪。你最近怎么喜欢装傻?"

史今垂下了头:"我……会努力的。"

高城也不好再说下去了,另起了个话头:"下月,国庆,山地演习,突发性质的,很重要。机会不多了,别告诉别人。"

"是。信不过我也该信得着三班。"

高城对史今仍是相当信任的,于是不再严肃,从身边一堆书里掏出一张刚刻好的光碟,就着桌面推过去:"这应该是你们班的东西。"

"什么?"

"某家伙晕到不人不鬼的片断。你们净说些上不得台面的话,团里也没法当光荣事迹。我说删前给我刻张盘。"

"谢谢,"史今几乎是很郑重,"谢谢连长。"

高城把书抬得很高,做出一副我在看书的样子,好像对许三多满不在乎。

当史今和许三多在操场上散步,史今已经乐开了花,他举着那张光碟有些许的激动:"这就是地位。连长能想着你,有东西给你留一份,就是你在这里有了生存空间。别泄劲,许三多,好好干。"

许三多很冷静:"班长,是不是你现在准走不了了?"

史今开心地笑了:"当然!全师最棒的八个兵有两个在三班,这个班长还走得了吗?"

许三多无限满足地咧开了嘴。当笑容还没有发展到最灿烂的时候,却冻结了,许三多看见成才和七班的几个人在沙坑里摔跤。

　　许三多和班长再见后走向沙坑,而成才看见许三多过来,站了起来就要走开。许三多叫住他:"成才,我爸来信,说你爸在地里摔了一跤。"

　　成才绝对是不给半分脸地走开,只听到他转身后的声音:"我爸来信,说他已经爬起来了。"

　　许三多站住了,脸上强烈的落寞,然后他看史今远去的背影。他知道他的班长是他的朋友,但他不知道班长也是他现在唯一的朋友。

第 十 章

许三多赶上了入伍以来第一次大演习,那不是在眼前这草原上,他们得拉到几百公里外的另一个演习场。一路上,士兵们的心几乎都一个劲地跟着摇摇晃晃的车厢晃着,中国兵哪有空像美国兵那样逛呀,大部分人没离过营的时间都是按年头算了。所以,这种全副武装的演习,总是从骨子里感到新鲜激动。也许小兵并没有意识到这次演习的意义——万吨的装备拉进山,国庆战备,温带森林、山地,海拔2100米,气温平均二十一点五摄氏度。对许三多他们团重装部队来说,大象追野兔。钢七连就是这次演习的先锋连。

在运兵车厢的震颤声中,伍六一这些习惯长途旅行的人已经开始找地方睡觉打牌,许三多仍在对车外打量着,这车外流逝而过的一切仍让他觉得新奇。

"看什么,许三多?"史今拍拍他。

"外面,好大,都没去过。"

"会去的。我们都会去的。"

"这是第二次出门,上次是和班长一起来咱们团。上次光顾哭,什么都没看见。"

"一路上都是平原。跟我家一个样,阔得没边。"

"跟我家不一样。我得好好看看这个平原。"

史今笑笑,他甚至不愿意去打扰许三多看着车外憧憬的目光。然后他看看旁边,成才也在往车厢外看着,那份憧憬与专注和许三多是一样的。

夜幕淹没了军列的一声汽笛长鸣。车厢里的人都已经睡了,只剩下几点昏暗的灯光。许三多大睁着眼睛,不常旅行的人在这种噪声中怕是很难睡得着的,他就着灯光看书,那是本英汉对照的《快乐王子》,许三多看得极艰难,他的看法是遮住下边的汉字,蒙一段再对照下边的汉字。他也看得很专心,一边看一边擦眼眶,很善感地哭着。

史今笑他:"别看了。如果你不注意视力,学了英语也当不好兵。"

许三多吸吸鼻子:"我不是在学。这本书很好,它让人很伤心,真的,很伤心很伤心,有一尊快乐的雕像,忽然有一天他懂得了伤心。他看见……"

"别看了。"史今翻个身又睡着。

于是许三多只好看车外边,什么也看不见,偶尔有几点灯光一掠而过。许三多仍沉浸在他的故事中,看着外边擦着眼泪。他忽然发现成才在车厢一角,仍和他一样在看外边,有些伤感也有些茫然,许三多知道成才是不会和他说话的,他掉过了头,一支烟却扔了过来。

许三多捡起那支烟,发现那是来自成才,成才对他示意,许三多轻手轻脚过去,说车厢里不让抽烟。

"你不是不抽烟吗?"成才看着他。

许三多笑,把烟还给成才,他当然知道那只是打个招呼。

"都算了吧,毕竟咱俩是老乡。"

许三多简直感激涕零:"嗯。"

"你在想什么?"

"什么也没想。"

"我记着数呢,你看了五个钟头了,我看了四个钟头。这说明你想得比我还多。"

许三多不好意思了:"我什么也没想。"

"你还在哭。"

"那是我看书看难受了。"

"童话呀,"成才颇为不屑,"快乐王子呀。你想点实用的好吗?"

"好……你说人会伤心死吗?"

"你死个给我看?想点有用的行吗?"

"嗯,想了。"

成才看了许三多一眼,好像对方还没明白,他继续说:"我就总在想。我怎么能做得更好一点。狙击手比赛,我只拿到第三,我在七连出不来头。"

许三多瞪大了眼睛:"我们讲协同的啊。"

"协同。连里让你协同做后进,你愿意吗?"

许三多愣一会儿,摇摇头。

"你现在可太不像听天由命的人了。"成才看看周围,确定所有人都睡着又说,"有件事,我想了很久,总得有人说。我想跟你说,如果这次演习没有突出表现,我想去三连。"

许三多愣了,看一下周围睡着的人,他说:"你疯了?"

成才摇摇头:"我没疯。"

许三多迅速压低声音说:"你疯了!钢七连只有淘汰的兵,没有跳槽的兵。"

"那我就做第一个。七连好兵太多了,在这里要被埋掉的。三连要尖子兵,到三连我能拔头筹。"

"你可以……你可以好好做啊!"

"我不是你啊,许三多。你是个聪明人,别瞪着我,我前不久才发现原来你是聪明人,你又比傻子还认真。在七连谁能抢得过你?你不知道连你们班的人都被你压得喘不过气吗?"

许三多快把两个眉毛拧到一起了:"别说我聪明,从来没人说我聪明。"

成才轻轻地问许三多："聪明在这里是什么意思,你知道吗?"

"我知道,就是说我很会找机会。"

成才点头："你看,你心里也有这个词,你知道找机会。"

"是你跟我说的,你说生存不易,机会有限。"

"你记住了。"

"谁跟我说话我都会记住的,谁说话我都会记住啊。"他有些发急,声音也大了。

成才指着车窗外的群山："看见外边的山了吗?知道是什么山?"

许三多："不知道。"

成才："对,你那会光顾哭了。我告诉你,是咱们来时经过的山。"

许三多默默地看着成才,成才接着说："来时我很傻,现在也不够聪明。我只是想,再经过这座山的时候,我不能再像现在这样。再经过这座山时,不能是人家要我走,是我自己要走,有一个更好的地方等着我,一种比现在还精彩的生活。"

许三多问："走?干吗走?走到哪?"

"走回没穿这身军装的日子。许三多,两年役期很快就满了,现在有限的不光是机会,还有时间。"

许三多看看外边的山,又看看成才,因为成才传染给他共同的忧虑,那座山现在也有了特殊的意味。

列车一到站,士兵们就迅速地在山峦前安营扎寨起来,可是,野战炊事车刚刚开始准备做饭,一个参谋打团部营房里火急火燎跑了出来,说："团长命令,遭遇敌军空袭,我方野战炊事车全部炸毁!"

士兵看看天,什么也没有："什么空袭呀?"

"一句话就把我们炸啦?"有人问道。

"假设敌情,懂吗?各炊事班,应急作业预备!"参谋说。炊事兵只好在营房不远的空地上,刨起了土来,刨得土屑纷飞。

野战营房,墙上悬挂着大幅的团首长作战决心图,团长正和参谋长还有几个连长,一块打量着眼前的沙盘,团长王庆瑞有些担心说："基本上哪个坡都超过了咱们的火炮最大仰角,山林密布,对所有重型火炮射界也是极大障碍。"

"我车上是人,人没有最大仰角。"高城说。

王庆瑞叹口气："也只有这个办法了,冲击坦克暂时用作火力支援,几个装甲步兵连变阵为刀锋,咱们对手这支是专业蓝军部队。"

"专业蓝军?"有人费解地问。

参谋长解释道："每军区仅有一支,主要业务就是研究友军弱点,针对其弱点进行训练,在演习中予以致命打击。说白了,就是专业找碴部队。"

王庆瑞思索了一会儿,强调说："这次演习的蓝军也搞得格外诡秘,咱们到现在没发现过蓝军部队的影子。他们战法缺德,已经有四支重装部队折在他们手上。"

于是都轻松不起来了,沉默地看着沙盘,似乎打算把那套沙盘装入心里。

史今正在野战的车场上调整车上的高射机枪,同时安装激光发射器。许三多悄悄地摸到他身边:"这就是激光发射器吗?"

史今点头:"别乱动,这玩意射到眼睛上也能伤人眼的。"

许三多心不在焉地把手拿开。

史今一眼看出他的心事:"心事很重吗?"

许三多犹豫着:"我跟你说件事,你不能告诉别人。"

史今笑:"可以。"

"成才要走。"许三多说。

史今果然一愣:"他告诉你的?"

许三多点点头:"他想跳槽,去红三连……你不会告诉连长吧?"

史今说:"答应你了,我就不会说的,我想他要走,有他的理由。"

"他说在七连会被埋掉,他说我把七连人都压没了。班长,我现在知道成才为什么不理我了。"

史今说:"他只是习惯了你比他差,不习惯你比他好。等他习惯了你比他好,他会理你的。"

"我不想,"许三多说,"可我不想比别人好啊……我只是想不拖后腿。我就是想干得好一点,让你提干,让你留下来!"

史今苦笑着道:"如果我真能提干,怎么还做班长?我得去军校学习,或者没提了,复员,一样的,对你来说一样的,就是走了。就是说人终归是要分手的,一起过了一关又一关,但总是要分手。成才要走,你只有希望他好,但别的做不了什么。"

许三多愤怒、无奈、沮丧:"这算什么?他要走,你也走,这算什么?"

"不算什么。你入伍时没宣过誓吗?如果不记得,咱连队门口就有。回去看看,你就知道咱们已经选择了这种生活。"

"那里边没说这个。"

"它说了你要放弃的东西,我、成才,都在里边,还有很多你很看重的人,很多事。"

"它没说明白!"

许三多执拗得让史今苦笑,史今伸了只手敲打他的头盔:"它说得很明白,而且总有一天你会明白。或者我就不该跟你说?你继续那么糊里糊涂地高兴着?"

史今叹了口气,回头继续忙着自己的激光发射器:"你这样出色的士兵不该是糊里糊涂的。"

"我是后进！"他重重地跳下车强调着，"后进！"

史今再没看他，仔细地完成最后的安装手续。许三多靠着车坐下，两手夹在两腿间，两手抱着自己的枪，发愣。

远处的信号弹和照明弹忽然被打上天空，伴随着零碎的枪响，那完全是即兴的，不代表任何军事信号。

第一发绿色信号弹在清晨的森林间悠悠升起。

这片林地刚才还是空寂无人的，低沉的引擎声忽然响彻云霄，七连伪装良好的步战车迅速抢占了林地间的主要通道，它们刚看起来还像灌木丛。

现在车上所有的枪炮全部对准了林地外那片未知的空地。

连长指挥车里，高城正在几个武装的士兵中用车内通话系统呼叫着："各班注意，各连于三分钟后向453方向发起冲击，我们的任务是以最大机动速度抢占蓝军防区的034高地建立阵地，如果可能，对敌纵深进行火力侦察。各车准备，看红色信号弹行事……"

蓝军阵地一直是静悄悄的！洪兴国猜测着："兴许准备打阵地仗吧？"高城摇头否定："不会这么蠢。咱们的三五三团擅长攻坚。"一发红色信号弹终于升上了天空，高城立刻兴奋地呐喊着，"冲击！"钢七连的两杆连旗，八面威风地打了起来，十辆步战车以五十公里的时速射了出去。然而，那发红色弹还没落地，从七连侧面的山峦间，几架直升机已经贴地爬升，后发而先至地冲向钢七连冲击的山头。

"发现蓝军！发现蓝军！"

高机动单兵防空导弹迅速向那里瞄准，但对方实在飞得太低，第一发导弹刚飞出去，目标已经下沉至山峦以下。更多的飞机远远地掠过树梢高度，又沉下树梢高度，在看不见的地方响起爆炸和火箭的呼啸——看不见的地方是部队的后方。洪兴国大喊："那是指挥部！"高城不理他："加速冲击。""指挥部被袭击！"洪兴国急了。

"原计划不变，"高城看着在冲击中颠簸的地平线，声音很小，是说给自己听的，"回头它也比我们快了六倍。"

指挥部方向也开始响起地面火炮和防空导弹发射的声音，一架直升机被浓烟笼罩了，消失于人们的视线。

洪兴国："打下来一架！"

高城甚至没回头看，他现在只有一个目标，已经被蓝军占领的冲击目标。车里的电台乱成一片。

"山峦，又有两架武直飞向你方。高度20，速度300。"

"我是山狮。3、4、7号补给点遭遇袭击。4、7号瘫痪。"

"我是山峦。山獾继续冲击。山獾继续冲击。"

高城拿起通话器："明白。山獾继续冲击。"他的神情已经越发沉重起来。

领头车刚接近山地,从林地里传来一声轰响,车体上的激光装置感应到激光光束,冒出了白烟,那杆"装甲之虎"的旗顿时被白烟淹没了。

"下车!下车!各连协同进攻!"高城指挥着。

一辆车的舱门还没打开,又一股白烟冒出。士兵们骂骂咧咧地从车里钻了出来,一个一个地都翻出了白牌。他们都"阵亡"了。

散开!五十米间隔推进!

高城看那两辆车上的兵,气不打一处来:"平常说什么呢?上车要猛,下车要快!没下车折损五分之一!躺下,你们现在都是尸体!"

话音未落,一声怪异的枪声传来,高城下意识地闪在车后。又是一枪,那明显是冲着他来的。高城顾不得叫喊,使劲把身子伏低了。

车上的重火器开始轰鸣,反应过来的七连三班向那里扑去。成才在瞄准镜里搜索,只能看见摇晃的草丛。几名士兵从不同方位扑进目标区域,一通扫射,但是空地上只有两个用过的火箭发射器犹在滚动。

七连很快就学乖了,他们的步兵随时在前沿警戒着。

这时的高城,正看着两个一次性使用的火箭发射器发愣。指导员洪兴国很惊讶:"打完就扔的,一次性使用。这是明年咱们团才换装的!他们现在就用上了!"

高城翻了翻手上的弹壳:"枪声也不是八一杠,是九五枪族。那东西咱们也是明年才换装。对手的装备比咱们领先一代。刚才两个点射企图明显,先打车,把人逼下车再打指战员,这需要极好的观察力和心理素质。"

洪兴国说:"要等坦克连上来一起推进吗?"

高城死死盯着前方,对洪兴国说:"我推进,你在这里接应。"

沉寂的战场忽然又响起了爆炸和枪声,那是来自七连的后方。七连的士兵以班为单位,在林地间推进着。他们现在已经弃车就步了。丛林间山峦间不时冒出些零零星星的枪焰,弄得七连想还击的时候都晚了。

甘小宁的头盔上忽然冒出白烟,他只好摘下头盔,躺倒在了地上,"我没听见枪响啊?"他倒在地上大声抗议道。

"无声的!各班化整为零,发挥个人优势!"史今用手势指挥道。

大部队终于到来了。洪兴国望穿秋水,终于望出了满脸的喜色。然后他愣住,因为打头车冒着白烟,坦克连连长乖乖地从车上跳下,很守规矩地翻出了自己的白牌:"让人家摸啦!又是地雷又是炮,炊事车、补给车都让人给炸了!指导员,要不先让炊事班埋锅造饭吧?他们活着的不让吃,咱牺牲的可还会肚子饿呀?"

洪兴国气得一挥手,道:"我还没牺牲呢!"

说完向着等候的步战车跑去。

成才的瞄准镜里,终于找到一个淹没在树丛后的人影。

枪声清脆一响,成才将树丛后的人影打出了一股白烟。

"击毙一个!"成才高兴得猛地跳了起来。

"去看看!到底是哪支部队!"高城命令道。

伍六一带着几个人,早就冲了出去。其他人成散兵线在后边跟着。

可他们挑开树丛一看,后边空空如也。

白铁军不满地喊了起来:"他们违规了!被打中了还跑!"

"没有违规。肯定是两个人,活的把死的背走了。"伍六一仔细查看着地面。

伍六一看见地上扔着的一支九五突击步枪,对一直在用八一枪族的他来说,实在是个抵挡不住的诱惑:"至少缴获敌械一支。"说着他伸手去拿,他倒要看看这九五有什么特别……

史今说:"别动!"话稍晚了点,砰地炸响,伍六一被白烟淹没了。

白烟飘散,露出伍六一的身形,提着那支九五,神情看上去有点悲哀。

"我这就算是死了,"伍六一苦笑着说,"你们要小心饵雷呀。"

高城在查看着地图,远处的枪炮声响得比这里更为热烈,近处的电台紧张地响个不停。除了几个通信员以外,他周围坐的大部分是已经战死的人。高城尽量不去看他们,那部分人也尽量让自己做最安静的人群。

甘小宁小声对着伍六一抱怨:"你怎么也会挂呢?"

伍六一咳了一声:"你看见支据说明年就要换装的枪,忍得住不碰吗?"

甘小宁想了想,哑然:"蓝军可真他妈缺德。"

高城回头看他们一眼,几个人闭嘴,败兵也许还可言勇,死人却实在没什么好张扬的。

几个士兵气急败坏地跑过来:"报告连长!"一边喊,一边给他看手上一个牌子,上边写着"水源已投毒"。

高城说:"我明白了,大家嚼压缩干粮吧!"回头看了一眼伍六一说,"你们可以去喝水。"

伍六一几个却不去,而是带头拿出野战口粮艰难地嚼着。

高城嘀咕着说:"愚蠢的义气。"

甘小宁只管做着鬼脸,一口一口艰难地咽着。

这时洪兴国从步战车跳下,往这边走来,他告诉高城:"刚跟指挥部联络过。主力攻击部队改变计划移师回防,坦克连和补给基地都被切断,蓝军已经三次袭击指挥部了,不过没吃下来。"他擦擦汗,转头问高城怎么不推进了?

"山峦命令原地候命。"高城看看近在咫尺的山峰,以往那个距离对步战车来说是一蹴而就,现在却遥不可及。通信兵从指挥车上探出头来:"连长,指挥部。"

高城过去的时候显得有些急躁。洪兴国看看周围已经意识到,七连从来没有受过这么大的挫折。

一会儿,高城大踏步回来了,神情甚至比去时更加难看:"加固阵地,原地防守。"他看着洪兴国,叹气说,"放弃进攻了,主战场现在在指挥部位置。我们现在的任务是消耗敌军,随时准备移师回防。"

洪兴国愣住了:"我没打过这样的仗。"

高城说:"嗯,没有单纯的守方,单纯的攻方。"

又一个波次的直升机从树梢的视线下高度掠过,听得见声音看不见队形,然后是爆炸。七连人的神情也又一次紧缩了。对抗开始第三个小时……这是蓝军对指挥部第四次袭击。

战地上的夜,连车影都看不清楚了。成才伏在最密的枝叶之下,连枪管都在不妨碍射击的前提下捆缠了树叶。如果他平时有些浮躁,那么一枪在手时就躁气去尽,只剩下沉着。他的眼睛像与瞄准镜长在一起了,枪管的指向在难以觉察地调整,并且看起来已经这样待了几个小时。他旁边还有其他几个射手,许三多就在旁边,为了不妨碍射击,他连许三多递给他的压缩干粮和水都没要。

许三多有点跑神,注意力在成才身上实在更多于注意警戒区。成才终于慢慢伸手,调整了一下瞄准镜。他一直在观察的一处树丛终于现形了,枝丛中有一处枝叶动得不太自然,对方像他一样伪装得很彻底,也一样沉得住气。

击发,枪声中那处枝丛冒出了白烟。他连忙翻滚开,蓝军的枪声立刻响了,那是冲他来的。

"九点方位毙敌一名。还有狙击手存在!"七连接到成才的报告,还击的火力已经打成了一片,高城蹲在成才身边用望远镜观察。

洪兴国也在边上看:"拖尸体吗?至少能知道哪路的。"

高城摇头:"不了。这距离去也白搭,搞不好还被消耗几个。"他拍拍成才的钢盔,"回去后你给大家讲讲狙击要领。"

成才眼里闪过一丝兴奋,然后匍匐着爬向另一处早看好的狙击位置,顺便拍了下许三多的肩:"掩护我。"

许三多跟着他爬向那处位置,并且把最好的隐蔽地点留给成才。

幽暗的森林里,一个警戒的哨兵忽然被身后的一束红光套住了,随着一声轻微的枪声,哨兵也死去了。几乎与此同时,车灯唰地全打开了,枪炮声顿时响成一片。

照明弹中,有人影在树林中飞蹿着撤退,但所有的枪炮都追随了过去。随后,又沉寂了下来。三班向假想敌撤退的方向搜索而去。

"肯定收拾了四五个!这回可把他们狠狠地搞了一下子。"洪兴国有些暗暗地兴奋。

搜索的士兵又是空手而回,没有尸体。

高城有些无奈地笑了:"不抛弃,不放弃,这作风倒是挺像咱们。没得说,活的背个死的,一下废两个,咱们就多给蓝军制造尸体。"

161

远处的枪声忽然一下换了节奏,那是因为八一枪族的射击忽然换成了九五枪族的大发言,伴随着杀伤武器的爆炸。高城的脸色忽然变得不太好看了:"撤回追击部队。"

在战车火力支援范围之外,也在照明弹范围之外,追击的几个步兵排遭遇了伏击。枪声、爆炸、夜光弹道、看不见人的对手,让这一切比白昼时更像一场真实的战争。

三班中线上,另两个班侧翼,在随机的阵地上抵抗着丛林里对手的袭击。史今对着手下的兵喊:"顶住!等战车上来!"在他戴着的夜视镜里,绿色的丛林里交织着白色的弹道,忽然枝叶中显出一个人影,那是史今第一次看见自己的对手之一,他清楚地看见那个人摘下夜视镜。

摘掉夜视镜!史今喊的时候已经知道来不及了,对方甩手,投掷体飞出,然后强光在丛林间爆开,那和照明弹是两回事,太强的光线让七连戴着夜视镜的人视力暂时报废,而七连的夜视镜本来就不够分配到人,整支追击分队等于被一下打瞎了。

史今最后能做的事情是闭上眼睛,在强光之后猛烈地开火,想尽可能阻挠对手多一点时间。但蓝军现在已经全无顾忌了,能对抗的已经剩不下几人,史今一个人在枝丛中冲杀,人影在枝丛中蹿动,弹雨倾泻,史今身上冒出白烟。

许三多向着枪焰闪处猛扫了一气,看着史今在身前坐倒,然后躺倒,那像极了一个在战场上流尽了鲜血的牺牲者,许三多惊惧得忘了开枪:"班长?!"

惊慌的许三多连枪都扔了,滚爬到史今身边,并且深信会看到一个已死或者将死的史今。

史今安静地躺着,然后翻出自己身上的白牌:"就是这个结果。我预见到了。"

"你没事!"许三多他开始笑,"看我傻的,这是假的,是演习嘛。"

但史今说话的语气像是死了一样:"把枪捡起来。以后真没人照顾你了,你再也不能做错事情。"

许三多机械地拿起枪,他看周围,影子一样的对手已经消失,追击分队的大部分人已经躺倒,他们身上冒出的烟与射击时的硝烟在林中交织出厚重的雾气。

许三多沉静下来,他坐在史今身边,像一个真正的幸存者。而在他周围,三班仅有的两名幸存者:许三多和白铁军迎来了第一丝隐约的晨曦。

不是假的,对骄傲的七连来说,这样的失败就像死了一半。后来我才知道,远远不止一半。

许三多在晨光熹微之下的脸被人瞄准了,十字准星套在他那张心事重重的脸上移动。他坐在三班的战车旁边,舱门敞开着,里边躺着个本事不大命却大的白铁军。

洪兴国看见了:"成才,你拿枪乱瞄什么?"

成才把瞄准镜移开了,他心情好得出奇,绝不以指导员的呵斥为意。这是在七连层层加固的防御阵地,在战车和木土工事搭构的环形火力保护下,人人都可以轻松一点。

成才把枪立起来了:"许三多,你过来!"他恐怕是全阵地上最高兴的人了。其他人都阴着脸在想事。

许三多看看他,又看看阵地一角那些翻白牌的人,史今、伍六一都在其列,并且在某种程度上真把自己当成死人。

成才继续喊:"你来,有要紧事跟你说。"

许三多就过来,怏怏站住,并且没忘了拉他一把,在一个隐蔽位置卧倒。

"你干掉几个?"成才问他。

"不知道。他们开枪,你们开枪,我也开枪,就这样。"

"我知道。我干掉四个!我在瞄准镜里清清楚楚看见我干掉了他们!我一个人比一个班歼敌数量还多!你不觉得这种生活很有意思吗?太有意思了!你不知道我的枪套住目标时的感觉,整个世界就剩下我和他两个人了,而且这个世界由我来控制,只要我手指头一动……"

成才的话没说完,许三多告诉他:"我不懂。"他是对成才的生活理论不明白。

成才说:"你不懂,是因为你不好斗。许三多,我不想走了。"

这是许三多真正感兴趣的问题,他眼睛忽然一亮,说:"真的?"

"去了红三连就没有参加这种对抗演习的机会了,红三连甚至都没有狙击手。可到三连转士官是稳稳当当的,在七连就悬。"

许三多认真地想了想说:"最好你又做狙击手又转士官。"

成才笑了,说:"哪有这样的好事呢?许三多,我从小就知道做什么事都要付出代价,所以一定要找准目标,因为这个代价……都会很贵,比你想得到的还贵,现在我在选择我的目标。"

说到目标,忍不住又拿枪口对着许三多晃晃,许三多对着那个枪口温和地微笑:"七连吧。咱们一块儿来的呀。"

许三多竭力想着词:"你这次表现又这么好,连长还说要你回去教狙击课呢。这是一个……"

成才打断了他:"机会。又转士官又拿狙击枪的机会。"

"嗯,我现在快明白机会这个词了。"

"我想留下来。"成才最后说,不光对他,对许三多这都是一个足以让阳光变得明媚的决定,两人学着看过的电影,将两只拳头轻轻地顶了一下。

白铁军也很高兴,他对着挂了白牌的人,将身上几根破烟摇出来,插在土堆里点上,合了十也不知念的哪门子经。

伍六一有点看不过去:"白铁皮你搞什么?"

163

"我在伤逝,怀念我逝去的战友。"

甘小宁插嘴了:"逝归逝,K你可一点不含糊啊。怎么就把他给活下来了?"

"那是啊,找个原子弹都打不到的阴沟乱放枪,他会死?祸害千年。"伍六一也加入了鄙视白铁军的行列。

白铁军诚恳地对着大家说:"我的信条是好死不如赖活,活下来才能战斗。我会为你们报仇的,战友们……"话没说完,伍六一一块石头砸了过去,甘小宁索性大飞脚踢了过来。白铁军连滚带爬地跑,边跑边喊:"战争啊!连死人都让人没安全感!"

那些人还真没心情追他,白铁军到了安全距离就左一个翻滚,右一个侧步,十足一铁血战士的表情:"烈士们,我这个POSE怎么样?"

一声枪响,白铁军的POSE让滚滚白烟遮住。

白铁军死了!全体吓得马上卧倒。成才却一翻身上了树杈,他刚才拿枪乱指时枪是没上弹的,翻滚间已经装上了弹匣。成才现在打出了十足的自信,再翻身已经蹲踞,他迅速找着了对面山坡上的目标。那是一个披着全套伪装器材的人,像是一棵会运动的枯树,看上去如异世界闯入的来客,他正在向另一个方向瞄准。

成才放松,用准星套准那人的头部,力求一枪中的。但那家伙的直觉简直像动物一样灵敏,转身,根本看不出他瞄准,成才只来得及看见对方瞄准镜闪烁的微光,那表示枪口已经正对了自己。

成才的瞳孔顿时缩小了,然后在砰的一声枪响中,他被白烟笼罩了。

一切都晚了,只听一声枪响,所有的人,都看到了树上的成才,冒着白烟翻了下来,心灰意冷地躺在了树下。许三多惊慌地喊道:"成才!成才……"

成才说:"我没死,可是我完了。"

方才的飞扬和希望都不见了,许三多在成才那里看到了一种深不见底的失望。

"一枪就给我踢出演习。我还有什么机会?"成才找了个尽量舒服的姿势躺下,去得洒脱,倒未必释然,说真的是失落至极。

许三多从掩体后抬身,看着对面空荡荡的山峦,管他真敌人假敌人吧,一个昼夜间把对他很要紧的两个人判了死刑,许三多脸上充满愤怒。

"许三多注意隐蔽!"史今恼火地吼道。

看着远方的树林,许三多的脸上出现一种很少有的情绪,他也恼火了。

洪兴国:"去几个人搜索,别过战车支援范围。"

许三多从掩体后一跃而出,他做了第一个,而且是远远领先的第一个。

许三多在山林里玩命地飞奔着。

又是一声枪响,但没有打到他的身上,他往前一跃,闪进了树丛中,终于,他看见了对方的一个身影。

那就是袁朗,特种兵队长。

许三多从侧道绕了上去,树枝抽得他一脸的血痕,他不在乎。他冲到袁朗刚才站着的地方,那里没有人。许三多忽然听着身后一声轻响,回身一看,不远处有人正从树上跃下,落地未稳便用微声枪向他瞄准。

许三多怔住了,他是七连第一个直面敌人的人。

袁朗被油彩抹得根本看不清脸,穿着他从没见过的丛林迷彩,背上挎着一只他从没见过怪模怪样的无托狙击步枪,腋下还挎着一支超短型冲锋枪。

袁朗手里的枪响了。

许三多下意识间,也向对方冲去,看起来他像是滑倒的,滑倒的时候也把对方绞倒在了地上。两人立刻绞作了一团。许三多用步枪拼命绞住对方想向他射击的那支手枪,一使劲,两支枪都飞了出去。

许三多的枪没有了。

袁朗也没有时间再掏枪。

两人索性跳起来,噼噼啪啪地玩起了拳来。都是军队中无声而致命的毫无花哨的招式。随后赶来的史今,离这已经不远了。袁朗好不容易摆脱开了许三多的缠斗,刚刚掏出枪来,许三多已经连落叶带土撒了过去,而且几乎同时,他整个人也撞了过去,把袁朗的枪口撞歪了,袁朗只好就手把许三多扔了出去。

大概是没想过会碰上这么个不要命的对手,袁朗掉头就跑。许三多从山坡上一路滚下,爬起来就追。

一路追赶,前边已经是一道陡峭的绝壁。袁朗回头看看许三多,许三多因这地形而大生振奋,加快步子。袁朗开始徒手往山壁上攀缘,许三多不顾三七二十一地跟上。

前方再没有可以当抓手的石头,两人都进入一条绝路,袁朗终于无可奈何地回头,看起来很不情愿地用冲锋枪向许三多瞄准。

许三多一下扑过去,居然在这间不盈寸的峭壁上想把对方扭住。袁朗是绝没想到碰上这么个愣主,枪脱了手,顺着山壁一掉到底。许三多也往下滑了好几米。

袁朗实在是不想跟这个奇怪家伙缠战了,他打算爬上壁顶。许三多手足并用地紧追,他动作没有袁朗的娴熟,但那份顾前不顾后让他紧追不舍。

袁朗停住,抬起一只脚,如果一脚踢过去许三多只有一滚到底的份儿,袁朗看着那张鲜血长流的脸有些犹豫,甚至有些感动。

"这么玩命,值吗?"袁朗终于被逼出了第一句话。

值不值许三多都已经一把扣住了他的脚,并且不打算放开,并且继续在往上爬还打算扣住他更多的要害。袁朗没反抗,但是抱怨。

袁朗:"你居然还要抓我舌头?"

洪兴国和紧追而来的七连士兵莫名其妙看着那俩在几十米空中僵持不下的

人,洪兴国忽然拍了一下脑门:"快回去拿绳子!"

士兵问:"用得着绑人吗?"

"救人!"

高城匆匆赶来时。许三多和袁朗已经被从山壁上缒了下来,几个士兵正在做收尾工作,更多的兵们在交头接耳。

洪兴国有点哭笑不得地对高城说:"许三多抓了个活的,比咱们官大得多。"

那已经是副团职了,但高城看不出任何喜色,他走过去看着坐在地上的袁朗,后者正由医务兵包扎着在刚才格斗中造成的轻伤,高城看他的军衔,他的军装,也看他的武器。

袁朗也看看他,正打算翻出身上的白牌。被高城阻住了:"不用翻牌,你没阵亡,只是被我们抓了活的。"

袁朗还真就不翻了:"我好像有点冤。"

对方的口气硬,高城也不软:"折在战场上的人谁都可以说这个字,你现在是七连的俘虏。"

"嗯,坦白讲,不冤,"袁朗看看表,"还有一个小时对抗结束,跟您的连队打战损比高达一比九,这种战我们打不起。"

"您拿一个换我们九个?"高城惊了。

"本来是想一个换二十五个,最好零伤亡。"

高城默然,看看他的部队,坦白讲,他的部队已经剩不下多少人了:"还是不知道您的来路。"

"我叫袁朗。"

"我说来路。"

"不该问的别问嘛。"

"您明知道一小时后所有人都会知道,"高城有些激动了,"很多人被踢出这场演习,完全没有机会。"

袁朗笑笑,凑近高城耳边:"老A。"

高城淡然点点头:"谢谢。"说完他走向他的阵地下令,"收队,回防。"

他离开袁朗后,神情可看不出半点轻松,那份沉重连洪兴国都看了出来。

洪兴国问:"怎么?"

"老A。"

"什么A?"

"特种作战大队……我们还能拿枪的人剩不到三成了。"高城迅速把洪兴国传染上了怏怏的情绪,知道内情的现场指战员情绪都低落下来。

袁朗轻松地整理着自己的装备,一个士兵把他的枪械放在他的身边,钢七连有些不好办,他们不好意思真缴一个中校的械。袁朗显然是打算作为俘虏跟回七连的阵地。他看着刚包扎完毕从身边经过的许三多,后者半个脑袋都被绷带包了,那归功于刚才亡命的追赶。

袁朗笑了:"士兵,我是你的俘虏。"

许三多不知道这是什么意思,只是机械地敬了个礼,沉默着。

"我的武器该由你保管,"袁朗笑笑,"如果真打仗的话,它们是你的战利品。"

许三多捡起地上那个小小的武器库,狙击枪、冲锋枪、手枪,抱着走开,显得很疲倦。袁朗用种倍觉有趣的眼神看着他。

王庆瑞和他的军官们皱着眉看着眼前的沙盘,代表红蓝方兵力的标示已经完全交错在一起,乱了,这场对抗从一开始就被蓝军的主动搞乱了。三五三团已经被对手逼得枕戈待旦了,几辆战车随时对着外围空地,防空武器随时搜索着天际。

周围的丛林里仍自冒着硝烟,这里曾有过的战斗不亚于七连在前沿的激烈。

三发绿色信号在暮气霭霭的山林间升起了。集结在山脚下的士兵们,纷纷地钻进了步战车里。演习,结束了。

裁定是平局收场。在这次演习中攻不成攻,守不成守。号称攻方的三五三团全过程中就无隙发动像样的攻势,守的蓝军打一开始倒以劣势兵力四面出击,三五三团重装部队的数量优势和火力优势完全无法发挥,至今连蓝军指挥部位置都没能确定……全线战损比高达十五比一……攻方被迫防守,这也算是输了。王庆瑞固执地将"输了"二字放大调门。

几乎同时一架直升机从山峦后转出来,时间间隔之短,以致防空组的某位士兵下意识地把手上的导弹发射器抬了一抬。那架直升机径直在指挥部空地上降下,几个被迷彩包裹得几乎不亚于一线作战部队的家伙跳下来,他们对红军指挥部熟到这种程度,看都不看就径直走向伪装良好的指挥部帐篷。三五三重装团戒备地看着——这些折磨了他们整整一个昼夜的人。

几个特种作战大队的军官进来,为首那个叫铁路的家伙很清楚自己的位置,无人引导便走向团长王庆瑞对面的座位坐下。王庆瑞看着他,他看着王庆瑞。王庆瑞从手边的烟盒里拿出根烟叼上,并且看来明显不打算给对方一支,铁路自己伸手拿了一支,并且用王庆瑞的火机点上,而且看样子绝对是不打算给对方点火。

王庆瑞抓住对方的手,把还燃着的火拖到自己烟上,点上。

不仅三五三的军官,两个特种作战大队的军官也看得有些发愣。

铁路首先打破了沉默:"你有意拿你的指挥部做诱饵?"

"嗯。"

铁路懊恼道:"我上当了。"

"是上当了。"

"吃掉你的指挥部是彻底的胜利。可一旦开战,有几个彻底的胜利?应该全力摧毁你的后勤补给线。"

王庆瑞点点头:"我也有个问题,我也一直在找你的指挥部,它绝对没有我这里的防御森严。"

铁路笑了:"那是,远远不如。"

"找到就能摧毁,可是它在哪?"王庆瑞看了看那庞大的沙盘,那真是一直让他困惑的问题。

铁路又笑了:"在你面前,还有外边那架直升机。"

"一直在天上,没有固定地点?"

"一直在飞。"

"只是一架直升机?"

铁路点点头:"我能跟我的任何战斗人员即时联络,袭击你的任何一个节点。"

"几个人,你的指挥部?"

"九个。"

王庆瑞看看他庞大的指挥部,近百个专职人员串接从指挥部到前沿的十几个环节,仅仅这帐篷里的各个分部门就不止九个,巨大的沙盘,名目繁多的各种设备,数十吨的伪装器材,以及必需的,整个工兵连抢工出来的庞大防御工事。

"这是我的指挥部,我拿它当诱饵是迫不得已,"王庆瑞苦笑,"你错在战术上,你犯了就不会再犯。我错在战斗机制和编成上,那要纠正是三年、五年,更多。平局,可我是输家。"

铁路:"总部会告诉你,这就是这次对抗的目的。"

王庆瑞再没说话,他吸烟,这回扔给了铁路一支。

一屋子的军官都僵着,不知该摆着架子还是共同检讨。

步战车轰轰地回驶,车上的兵都显得有点疲惫,因为这明显不是一场大捷。对抗中被击毁的战车候在路边,当大队驶过时,便怏怏跟在后边。

车里的三班士兵都沉默着,并且在步战车里坐出如仪仗队一般的严肃,许三多抱着四支枪,他自己的和袁朗的,放在以往那是大家传观的热点,但现在袁朗坐在他们中间——一个搭顺风车的俘虏。袁朗瞄瞄这个,瞄瞄那个,倒似自己做了主人一般。

"你们这八一杠用得还行吗?"

甘小宁说:"报告,还行!"

"其实八一杠不错,我们这枪的问题在于瞄准基线太高了,昨天我方一名狙击手就因为这个被干掉了。你们的射手用的什么武器?"

甘小宁:"报告首长,是八五狙!"

许三多:"射手叫成才……报告首长。"

袁朗又眯起眼睛盯着许三多:"尊姓大名,小兄弟?"

"我叫……这个……我又犯错了……"许三多恐怕还很少碰上袁朗这样放松的军人,那他就不适应,求援地看史今。

史今拄了枪直直地坐着,心思远不可知处。

伍六一替他说了:"他叫许三多,首长。"他没忘了瞪许三多一眼,因为在面对一个中校时,许三多恐怕是全车最没有军仪的一个人。

袁朗笑笑:"绰号拼命三郎吗?"

"我犯浑。"许三多小声支吾。

袁朗笑着看看全车人:"他为什么这么勇于认错?或者说急于认错?"

许三多再度用目光向史今求援,而史今好像看不见他,他只好又转回来:"我总是做错……没有事情不做错。"

袁朗:"什么事情错了,这次是?"

恐怕除了他所有人都知道许三多是什么事情错了,都是常练格斗技术的人,短暂而毫无保留的厮拼中,许三多伤得更重,而袁朗嘴角淌着血,右脸有些乌青,一个义务兵把团职军官打成了这样。

"我这个……出手太重。"

袁朗拿手指揩揩嘴角:"这个?就算这是个错吧——为什么犯这个错呢?"

许三多第三次看史今,他几乎绝望了,史今从在对抗中翻出白牌后就几乎没再说过话。

许三多:"因为……我朋友想在对抗中好好表现……他被您击毙了……没有机会……"

伍六一忍不住了:"许三多!"说着转向袁朗,替许三多解释,"他表达不清。不是这种原因。是钢七连的荣誉感,战斗……"

袁朗:"明白了,我很抱歉。"他有些过于郑重地向全车人欠了欠身子,"对不起。"

一车人都有些难堪,对这样的歉意是否应该接受。

一直僵坐的史今却忽然向袁朗点了点头,说出他被击毙后的第一句话:"没关系,首长。"

号称被击毁的野战炊事车又开动起来,司务长得意扬扬对着路边驶回的战车队嚷嚷:"馋不馋嘴的都给我听好啦!今儿晚上各连大会餐!"情绪忽然高昂起来,士兵们尽力地吸着鼻子,已经整整一个昼夜靠压缩饼干生活的士兵们吸着鼻子,早已经饿坏了。

战车队在林间的空地上环行,在倾轧出的漫天烟尘中停入自己的位置。袁朗第一个从车上跳下来,他并没走开,看着那些沉默而心事重重的士兵一个个从战车上跳下。许三多是最后一个,他跟在史今身后下来,抱着一堆武器。

袁朗叫住了他:"许三多?"

许三多机械地又想敬礼,然后想起妨碍自己敬礼的这些枪械是谁的,他忙送回袁朗手上。

"喜欢这枪吗?"

许三多看一眼,点点头,一个摸枪的人对没摸过的枪械总有永恒的好奇。

"想要吗?"

许三多这回点头不是,摇头也不是了。人家当然不可能拿这种东西送他:"这是……军队财产。"

袁朗笑着摇头:"我是说,有兴趣上我们那吗?"

三班的兵几乎就近在咫尺,气氛忽然变得沉闷之极,袁朗在大庭广众之下忽然提了一个极其敏感的问题。

许三多的回答让他们松了一口气:"我是钢七连的第四千九百五十六个兵。"

"是回答我吗?"

"嗯。"

三班仍然像原来一样面无表情,但气氛忽然轻松多了。

袁朗笑了笑,迎向正走过来的高城和他握手,从这会起许三多对他像再不存在一样。

高城:"我们晚上聚餐。"

袁朗:"我们不聚。"

高城彬彬有礼但并不热情:"要来吗?"

袁朗指了指一辆刚驶进空地的高机动越野车,那东西对习惯重装履带车的钢七连来说又是个新奇货。驾驶员齐桓径直把车开到两人身边:"报告,来接您回营地。"

袁朗看看表:"几点出发?"

"八点十五。"

"要的东西带来没有?"

"还有四箱,全搬来了。"齐桓一举一动都有武夫的利落,两次就从后厢搬下四箱啤酒。袁朗冲高城示意:"连长,我就先告辞了,这是对七连兄弟表示的一点意思,以后还有见面的机会。"

高城似笑非笑:"老A水准是比老步高,啤酒还全是青岛规格?"

"都是兄弟们嘴里省下来的。不成意思,再见。"

高城还礼:"后会有期。"

野战部队少客套,高城看着那车消失在暮色中,扭头找人:"司务长,咱们的苹果捡四箱好的给人送过去。"

司务长:"就开饭了。"

"那吃完饭送过去。"高城转身走了。

三班仍站在原地没动过窝,看着袁朗的车驶走,所有人轻松了些,又觉得少了些什么。

　　史今:"解散。"

　　许三多:"班长?"

　　史今拍拍他的肩走开,甘小宁拍拍他另一边肩,白铁军则比出个傻蛋的手势。伍六一回头看看他:"你做对一件事情,总算。"

　　许三多站在步战车边发呆。

　　营地现在最活跃的是炊事班,他们在炊事车边忙的那劲头,嚷嚷的声音之大好像他们就是上帝。参加对抗的兵现在是一副松懈的神情,有些营房里传来口琴声和吉他声。居然有一天能够无所事事地等饭,这对七连来说真是天堂了。

　　许三多却在一个帐篷一个帐篷地寻找着成才。成才正坐在战车后擦拭着他的狙击步枪。找到成才后,许三多却发现自己不知道说什么才好。成才让他看他的枪:"看,它漂亮吗?"他爱不释手地摆弄着那支纤长的步枪,并且擦掉一丝除他没人能感觉到的纤尘。许三多由衷地夸奖着这支枪:"真漂亮!"

　　听着暮色下的那些吉他和歌声,成才眼神迷迷离离的,有些想哭。

　　"多好听,"成才说,"我一直很想学,有时做梦还梦见自己在学,可醒来我知道我没时间,我是个狙击手,要做狙击手就做最好的狙击手。"成才抚摸着手上的枪说,"我把时间都花在它上边了。每次我想弹吉他的时候,我就想,我是所有人里边最会用枪的,我还是最好的。现在我看见那个中校用枪……看他用枪……"成才有些茫然地模仿了一下袁朗用枪的姿势,对一个自命不凡的射手来说,那实在是个噩梦,另一个射手在几百米外的狙击居然如在十米内用手枪射击一样自如和迅速,成才已经就觉得没有任何指望了。

　　许三多呆呆看着他的朋友,他完全不知道如何是好。

第十一章

营房的群落里亮起灯光,七连的会餐开始了。

这次会餐是在露天下的车场边进行的,几个车灯被拧往这边作为照明,这使会餐平添了几分金戈铁马之气。司务长张罗着炊事兵用一个个钢食盒把菜端了上来,没什么好的,就是肉管够,酒管喝,十足的野战部队习气。

高城对着他的一连兵,举起了盛酒的饭盒,看着,暮色下的兵显得有些低沉,因为七连还没吃过这样的败仗,高城也不知道说啥好。

"七连的兄弟们!"高城猛发一声吼道。

"到!"全连的兵都齐声响应着。

"我本来寻思就不会餐了,打了败仗还会什么餐?"高城说,"可指导员说,打了败仗尤其得会餐,鼓舞士气嘛。"

一旁的洪兴国觉得这样说不好,便暗暗地捅了他一下。

"那就会吧!可是钢七连的士气绷了五十多年啦,钢七连的士气还用鼓舞吗?"

"不用!"全连的兵像炸了窝似的。

洪兴国高兴了,对高城点了点头。高城端起饭盒,继续道:"所以我提议,这第一杯酒,咱们为败仗喝一杯!这杯酒会喝不会喝都得喝,因为败仗是咱们不愿打,可是已经打了!"

洪兴国又拉了一下他的袖子,可高城已经仰脖子灌了个汁水淋漓,洪兴国只好也喝了。

刹那间,全连响起了喝酒声。

"第二杯酒,为胜仗喝一杯,这一杯,有信心打胜仗的才喝,没信心的,歇吧!"

他又喝了,全连哪还有个不喝的,又是一阵牛饮。说是两杯,实则是两饭盒,一饭盒就是一瓶子又三分之一,两口喝了两瓶多,很多人已经开始打晃了。洪兴国就是最先晃的。高城当然也晃了。高城在他耳边问:"指导员,我没说什么不该说的吧?"洪兴国摇头说:"……没……没。"高城说:"那你也说两句吧。"洪兴国毫不犹豫地端起了饭盒:"这第三杯……第三杯,大家清清肚子,胃里填点东西,能喝的接着喝!"

几百只手伸向早在旁边列队的餐盘,本就压抑着的部队顿时闹腾开了。

高城端着饭盒,眼睛已经有点发直。他面前是史今。

高城:"三班长……"

史今:"嗯?"

高城:"你是我最好的兵。王八羔子……你是我最好的兵……可你说话不算数……你说过会好好照顾自己的前途……我一向是相信你的……"

史今:"别说了。这么多年,我敬你一个吧,连长。"

高城是来者不拒,一饭盒倒下去说话也更无忌惮了:"为什么不是你抓了那个俘虏呢?许三多,跟你班长比你算个什么呢?"

许三多不愿喝酒也不愿跟人比拳脚,他守着几箱啤酒发呆,有时心不在焉地给没酒的人倒上酒,完全没听清高城在说什么,听见高城说他的名字,就跑来:"报告连长,什么事?"

史今扭头冲许三多挥手:"没事……连长,他很帅吧,今天?"

高城似笑非笑:"他很帅……可你怎么办?"他是自说自话,史今也由得他,转向许三多:"许三多,干得不错,有意义。"这个词对许三多和他有些特别的意思,他挤挤眼睛。

许三多追问:"什么是意义?"

史今愣了愣,许三多沮丧,又有些愤怒,像是自以为长大了却发现仍被人当作孩子,如果以往他坚信,那么现在他怀疑。

史今:"我说作不得准,这种事要你自己解释。"

许三多:"我不要作准,只要个解释。"

"我回答不了你。"

背后突然传来伍六一的叫喊:"许三多!"许三多还没来得及回头就被人狠狠推了个趔趄。

"因为你把所有事情都扔给别人!你什么都不管!好像他就该为了你一个人!我讨厌你,知道吗?他照顾你,全都在照顾你!你怎么不问他现在想什么?有问吗?问他现在有什么事情!"伍六一一下接一下地推搡,许三多没有反抗也想不起反抗,眼里只有伍六一被醉意和怒火烧得炽热的眼睛,然后换上了史今,他把自己插在两人间做一个缓冲垫子:"别这样,六一……别这样!"

高城还坐着,喝了一口酒,并不打算去阻止这小小的纠纷。

洪兴国有些着急:"老七,你不管呀?"

高城并不理会:"合理冲撞……是合理的。"

"连长!"背后有人叫他。

高城回了头,成才端着一饭盒酒在那站着,而且肯定酝酿了很久。

成才:"我敬您一个酒。"

说着,成才已经一饭盒喝下去了。

"连长,我要转连。"成才把心里话给端出来了。

高城跟着也喝了一碗,跟着毫无理由地笑着,笑完了坐下,想了好久才问道:

"你要什么?"成才借着酒劲,再一次告诉连长:"我要转连,转到别的连队。"成才的声音很大,周围的人都听到了。高城放下了饭盒,站了起来。安静是可以传染的,从那一角传染到了那一群,传染了整个刚才还喧哗的酒圈子,整个圈子都安静下来,伍六一惯性地推了许三多最后一下,然后整个人群静止。

高城站到成才面前,在一个很近的距离上看着他:"再说一次。"

成才:"我会去别的连队。已经联系好了,是背着您干的。我向您告别,连长。"他和高城,和所有的人都像是凝固了,许三多难过地将头转向一边。

"还有哪个连?哪个连比钢七连更好?"高城疑惑地问道。

成才打着晃,站了起来,好像什么也没说过一样。

我担心的事情已经发生了,我以为这是最坏的一切,并为之迷惘。

只有许三多没醉,看看他们都差不多了,他就悄悄地离开了他们,离开了那样的喧闹,在外边的树下,随意地遛着。看见司务长正一箱箱地往车上搬苹果,便走了过去。

"我来帮你。"许三多说。

司务长说:"再搬一箱就够了。"

许三多说:"您要去哪儿?我想跟您走走。"

司务长一听有人作陪,便乐了,说:"不爱热闹啊?"许三多说:"主要是不爱喝酒。"司务长点点头说:"我跟你一样,爱看热闹,不爱凑热闹。我要去看老A。"许三多愣了愣,就上车去了。

特种兵的营房已经拆得就剩个尾声了,几架直升机正在空地上转动着旋翼。司务长终于看到了要找的袁朗,便喂喂喂地走了上去,袁朗一看叫他的人后边还有一个许三多,便笑着问道:"你也来了?"

司务长说:"我是七连司务长,连长让我给你们送苹果来。"

袁朗指着快要消失的营房说:"我们这就要走了,还是心领了吧?"司务长不干,说:"心领就是不要,你不要,我们连长非一个个塞我嘴里不行。"

袁朗只好答应收下了。

袁朗的笑声总是朗朗的让许三多感到亲切,他真的有点留恋。

"你们就走啊?"他对袁朗问道。

袁朗肯定地点点头说:"从来就是天南地北的,我都不知道下一顿吃的是担担面还是牛肉拉面。"

"好走。"许三多说道。

袁朗忽地一愣,不是每个人都能很快接受许三多的这种说话风格的。袁朗有些期望地问:"你来找我有事吗?"

"我没有来找你。如果知道是来这……就不来了。"

袁朗苦笑:"我是自作多情了。怎么啦?你们不是在聚餐吗?"

许三多愣了一下:"我不合群。"

"可不孤僻。看得出,你很努力要和大家走到一起。突然跑到一个没有战友的地方,这不是你干的事情。"

许三多有点想哭:"我的朋友要离开七连了,好朋友。被你击毙的那个!"

袁朗默然了一会儿,让内疚慢慢过去,但他不打算表现出来了,他已经说过对不起了。"离开你的人和事还会更多的。而且……如果你能意识到他们离开了,他们对你都很重要。"

"不会的!我已经很努力地不让他们离开我!"

"这和你的努力有关系吗?"

"有关系。"那脸上写着十足的信心和决心,那让袁朗觉得再多说一句都是残忍。他只好拍拍许三多的肩。"祝你心想事成。"特种兵实在动作太快,这时已经基本登机完毕,这让袁朗说话也带上了匆忙,"本来想问你最后一次,想不想来我们这,现在不用问了。许三多我走了,你记住,对你这样的人生命是有意义的,你的梦想总会在前边的什么地方等着你。"

他走向敞开的直升机后舱门,那里现在在等着他一个人。许三多看着那个人和那机舱里一舱全副武装的兵,他充满了失落。他不知道他的梦想是什么!

那个小小的机群爬升升空了,在旋舞的落叶中消失,似乎从来没来过一样。

军列在铁路回驶,现在它载满的那些装甲车终于又回到自己熟悉的平原。

成才一个人完全占据了车厢一角,那是因为没人愿意跟他待在一个地方。连他所在的七班也尽量忘却他的存在。成才那天晚上用一饭盒青岛啤酒创造了七连的一个历史,他做了七连连史上第一个跳槽的兵。连长跟他干了那盒酒,他不可能挽留一个跳槽的兵。像来时一样,他孤独地看着车厢外,车厢外是他指点给许三多看过的那座山。

回连队不久,成才就办完了手续,准备调去红三连任班副去了,并且很快会转成士官。他和连长的那盒酒干得图穷匕首见,也干净了成才和七连的情谊,让他在七连再无容身之处。

他真的成了钢七连第一个跳槽的兵。临走时,成才打开背包,里边有三条烟,分别是塔山、红河和建设,成才将那条塔山扔在了桌上。

"给大家抽的。"他说。

但谁都没有反应。成才也不期待什么反应,许三多帮他拿了行李就出门去了。到门口时成才回身敬礼,所有人中,只有班长面无表情地给他还礼。

许三多跟在成才身后穿过操场,外边在下雨,操场上没有一个兵,但几乎所有的兵都在班宿舍里看着,那眼神就像在看一个叛徒。成才咬着牙默默地走着。

这很简单,拎起日常用品去另一个宿舍即可,可这完全改变了他的生活,前狙击手成才到了三连后会发挥他在文体方面的才能,成才告诉我他舍不得狙击步枪,可他也说,做什么都要付出代价,而且这个代价肯定比你想到的……要贵。

他们终于走出了钢七连的视线,成才转身看着许三多:"你回去吧,你没必要陪我受这个……惩罚"。

"我送你。"

"你没必要同情我。"

"我佩服你！你知道自己要什么,你也敢要！"

成才暴怒转身,一脚把水洼里的水踢得许三多一身都是。许三多没闪没避。骄傲的成才蹲在地上开始哭泣:"我知道自己要什么吗?"

红三连这边,倒是十分的活跃。指导员亲自把成才迎进宿舍里:"这个连现在正是大换血的时候,以后你就是骨干了！就你在七连的表现我们是绝对信得过的,过俩月师里田径赛还指着你露一手呢！还有许三多,你也回来吧,你原来就是咱们连的,你跟成才不是老乡吗?你们俩要联手,成才的短跑,你的长跑,咱们连就把全师给震啦！"

成才马上拦住了指导员的话,他说:"他是钢七连最好的兵,他不会来这的。"何红涛沉默了,那等同说红三连只收次货。许三多也在一旁沉默着,看着成才一件一件地摆着自己的东西,看看摆得差不多,便扯了扯成才,说:"成才,我先回去啦。"

成才默默地点点头,说:"许三多,你以后要常来看我。"许三多忽然发现成才的眼里尽是寂寞,他知道,成才其实不想离开七连。

成才说:"许三多,我只有你这一个朋友,我在连里交了那么些人,最后只有你一个人来送我。"许三多不知道怎么安慰他,就说:"他们不像你想的那样的。"

我忽然明白班长跟我说话时为什么经常叹气。

许三多落寞地冒着小雨往回走的时候,正碰上史今出来找他。团里命令,让他一个人明天去师部做夜间射击示范。许三多想也不想,问道:"那咱们什么时候走?"

史今说:"我不去,就你一个。"

许三多的眼睛马上就大了,他说:"为什么你不去?我的夜间射击是你教的呀！"

史今有些怔忡,甚至说,有点痛苦,说:"我不去……自然有不让我去的理由。"

许三多有点着急:"为什么?"

史今苦笑,他快被许三多逼得走投无路了:"许三多,你的为什么可越来越多了。"

许三多很认真地问道:"你在想什么?有什么事吗?伍班副说我什么都不管,从来不管别人。可你不一样啊,有事你要跟我说,像对伍班副一样。我能担当事了,我很努力的,我们是朋友。你当我小孩,我当你朋友。"

史今抬头看看天,让脸上被浇洒了更多的雨水,然后看看许三多,笑笑:"你今天真是有点……怪怪的。成才走了,很伤心?"其实正像伍六一说的,许三多的世界很小,小得只够顾到自己的情绪,小得史今一句话就能把他引回自己的情绪。许三多迅速地沮丧起来,刚才机枪似的发问与其说因为关心,不如说因为愤怒。

史今安慰他:"跟你说件事吧,小学三年级我有个好朋友,我们同桌,一直同桌,后来她走了,我很伤心,我觉得心都碎了,真的,很痛,两天睡不着觉。"

许三多专心而大有同感地听着,几乎要揉揉眼睛:"后来呢?"

"后来?后来没了。哦,后来我们又在一起了。"

许三多松了口气,"那就好。"

史今忽然有些调皮的神色:"想知道她去了哪儿,又从哪儿回来吗?"

许三多仍沉重着:"想。"

"我们调座位,一周一调,她给调开了。一个月以后,她又调回来了,我们又同桌了。"

许三多:"啊?"他笑,笑了一声就打住,他知道班长在说他。

史今含着笑:"三连到七连,是个天涯海角的距离吗?明天就算你想不见成才吧,我是说就算啊——办得到吗?不定哪天你们就又共一张桌子。人总是要分嘛,分得还会越来越远,可你也在长啊,腿会越长越长,有一天,你觉得从天南到地北,也就是一抬腿的距离。"

"是啊是啊,"许三多迅速地开怀了,"我真傻。"

"是有点傻,你都是老兵了。"

许三多轻声地笑,揉揉眼睛。

"老兵,可以回七连了吗?该打背包了。"

他跟着史今迈开步子,双人成列。史今今天使劲开着玩笑,简直是竭力开着玩笑:"顺便说一声,那个跟我生离死别足足一月的同桌,是个女孩。"

许三多终于开始大笑,因为在队列中,无声地大笑。

许三多并没打算违抗命令,尤其是被史今传达的命令。他坐上一辆军用越野车,就报到去了。越野车的前边,是师部参谋,正翻看着许三多的材料。但他有点不可理解,他问许三多:"你的成绩骄人!怎么还没升士官?"

许三多:"我初中毕业。"

"那不是唯一标尺。"

"七连的好兵很多。"

参谋显然并不相信:"还有比你好的?"他是自言自语,许三多也不做回答的企图,反倒他转脸间看见车后的一个人影,他目不转睛地看着,但车已经实在离得太远。

许三多极目看着。

参谋也扭头看问:"谁呀?"

"像是我班长,"许三多对自己摇着头,"不会的,他回宿舍了。"

这是不需要一个师参谋操心的琐事,参谋点点头,合上了许三多的资料:"转士官吧,你绝对够格。"
　　许三多看到的那个人正是史今。他最后看了一眼驶远的越野车,横穿过马路。他仍没穿雨衣,雨虽然不大也快把他浇透了。他去车场,也许是这条路太长太直的原因,背影看上去有些佝偻。路过车场的时候,伍六一和几个兵正冒着雨给露天下的战车盖上篷布,史今本是从旁边路过,机械地上去帮手。
　　伍六一觉出他不对:"怎么不穿雨衣?"
　　史今摇了摇头,走开。他现在已经无法掩饰了,沮丧和绝望袭了上来,在风雨中走得都有些飘摇。
　　伍六一立刻明白他们最担心的事情已经发生,拿着自己的雨衣追了上来:"命令下来了?"
　　史今喃喃道:"快了……快了。"
　　伍六一用雨衣裹上史今,紧紧地把他抱住。
　　高城在寝室里大口地烧着烟,看着窗户上纵横的雨水,他甚至不愿意直对着说话的洪兴国。洪兴国叹道:"夜间从来是三班长的强项,惯例是他去。这回临阵换人只说明一个问题,命令已经到了,就在团部。"
　　高城嗯了一声,意思是知道。
　　洪兴国轻声地说:"他是老兵……肯定他也知道。"
　　高城:"嗯。"
　　"得做准备。"
　　"怎么准备?怎么准备?!"
　　洪兴国面对高城的逼问,有点无奈:"情绪,他的情绪。他辛苦了这么多年,得让人笑着走……"
　　"怎么笑?你给我笑一个!笑啊!"
　　"老七!"洪兴国起身把虚掩的房门关紧了。
　　高城的气来得快泄得也快,因为很清楚眼前的人不是发作对象:"不公平。我可以拿全连的任何人换他留下,比如那个最出头露脸的许三多……"
　　洪兴国:"我会留许三多,任何团部的军官也都会选择许三多。"
　　高城瞪着他:"你摆出那副他妈的……"
　　洪兴国没等他说完:"得了得了。我只是说,像个连长那样想问题,好吗?"
　　于是高城改成了瞪着窗户外边。窗外的雨还在不停地下。
　　夜雨浇淋着远处微闪的灯光,枪声间隙而有节奏地在响,观看的人都是内行,解说词也简短之极。许三多在射击,对他来说,简单得像是呼吸,只是偶尔停下换个弹匣或者更换一种武器。
　　微光射击。
　　灯全灭了,许三多戴上一副微光镜,绿色视野中的靶子甚至很难找出来,许三多射击,换弹,射击,换武器,射击,频率和白昼射击几乎是一码事。他的射击位置上有了越来越多的观望者,那都是军阶远高过他的军官。

军官:"谈谈经验,许三多。"

"就是瞄准,射击。"他很清楚没人会对这样的回答满意,又补充说,"我班长打得比我好,我们连有个狙击手也比我打得好……原来是我们连的。"

王庆瑞在人群里插话,他一直是观望者之一:"这个兵谦虚。低着头吃草的牛,吃得最多。他思考也像牛反刍。说真的,他是我见过不多几个会思考的兵。"军官们轻笑。许三多面无表情地站着,像任何士兵会做的那样。

我很想说不对,士兵很会思考,服从命令的同时都在思考。可我是个士兵,士兵不该当众说出自己的思考。

军官们走向下一个射手。一名军官拍拍许三多的肩,是接他来的那名师参谋:"许三多,能教别人吗?"

许三多:"能。"

参谋:"留下教吧。一个月。"

许三多:"服从命令。"

服从命令之后是深深的失落,那种失落看得仍未走开的王庆瑞叹了口气。一个月很快的……他忽然毫无来由地有点情绪,走的时候又没来由地叹了口气。

师部,团长王庆瑞正在参加一个由更多高层举行的会议,师长正在谈着一个沉重的议题:"我们一直在改,一直在触及筋骨。从摩托化到半机械,从半机械到机械,现在是从机械到信息,短短两个年代,在座的大部分都经历过这个进程,坦白讲不轻松,最不轻松的是人走人留,送走了很多光荣的老部队,本以为他们会一直跟我们一起。"

师长说得斩钉截铁,他说的是实在话,实在到每个人都若有所思,勾起一段或这或那相关的回忆。

师长:"王团长!我们希望把三五三作为试点单位。"

王庆瑞:"责无……旁贷。"他稍为停顿了一下,谁都知道那一下停顿代表什么。

师长:"有什么困难?"

王庆瑞:"最大的困难您已经说过——人。"

一个师长和一个团长对视着,想的完全是同一件事情,同一种心情。

师长:"能克服吗?"

王庆瑞:"能克服。"

师部会已经开了很久,很多的空茶杯又续上了水,很多的烟蒂被摁灭在烟缸,满了的烟缸又换上空的烟缸,这样的会议实在是个痛苦的进程。

师长:"照顾好他们。"

王庆瑞:"只怕他们不要求照顾。"他看着会议桌,眼神像看着具体的某个人。

师长需要三五三团尽快拿出重编部队的初步方案。王庆瑞叹气:"不是一个人,不是一群人。是整支部队,需要时间。"

师长:"我希望我的军官有这样的概念,我们最缺的就是时间。"

王庆瑞闭上眼睛想了想,这小小一瞬,一丝痛苦之色从眉间掠过:"一个月。"

"一个月,要具体到人。"

"当然要具体……"王庆瑞停顿了至少五秒钟,像是怕惊扰到往下要说出的两个字——"到人。"

就在师部召开这次会议的同时,史今走上了他当兵生涯的最后一段路。高城最后一次问他还有什么要求。

史今像在做梦:"要求?"

"说具体的,工作落实,户口……不穿军装了,要考虑现实。"

"可不是。"

"说呀。"

"有要求。"史今想了很久。

高城:"说。"

史今:"总是说我们在保卫首都,可我……从来没见过天安门。"

高城脸上的肌肉难看地抽搐了一下,像是想哭,又像是要笑。过了一会儿,才静静地出了门,一句话也没有多说。

高城僵直地坐在吉普车驾驶座上,他等着史今上车。

史今上车时,整个宿舍空地外的活动都停滞了,那是完全公开的秘密。

高城开着车。这辆漆着迷彩,裹着伪装网的吉普车挤在城市的车流里像个异类,并且它已经迷路,还轧过了停车带。高城正在路口跟交警交涉,频繁地说,间杂着敬礼。史今在车里看着城市的华灯初上,他有孩童一样兴奋的目光。高城终于搞定,火气冲天地回来:"我在这里长大的,可我永远搞不懂这里的交规!"

史今:"好漂亮。"那些人们早就习惯甚至厌烦的一切,在他眼里近似天堂。

高城:"每次回家我都恨不得呼叫空投!直升机大队,呼叫支援!二环又堵啦!"

史今:"真该叫三多和六一都来看看。"

同一片天空下的许三多正在纠正一个射手的姿势。他似乎能听见有人叫他一样,看看湛蓝的天穹。今晚无雨,有星。

高城和史今已经接近他们这趟旅途的终点,高城将车并入慢车道,让史今能看清周围的一切。

史今看了一会儿就不仅是在看了,在哭,由着眼泪从睁大的眼睛往外流,但他仍在看，车再慢也有个限度，他只有车驶过的这段时间可以满足自己的心愿。

一包纸巾递过来，高城尽量不看他。

史今："我班长说，有眼泪时别擦，由它自己干就谁也看不出来。"他微笑，"这叫自然干。"

一个月的时间过得很快，真的过得很快！

王庆瑞的车在师部办公楼前停下，他仍坐在车上没动，把手上的一份文件又翻了翻。司机并不想打扰他，轻轻地把车熄了火。王庆瑞意识到什么，把材料合上，塞回厚厚的牛皮纸卷宗袋。那是份三五三团的整编方案，师部会议上议定本月必须呈交的东西。王庆瑞下车，进师部，缓慢而沉重，忽然有点像个老人。

等他再次从师部出来时，手上已没了那份文件，心情仍然不爽利。他在上车时发现了许三多，后者正拎着自己简单的行装在等待。王庆瑞将一只手伸到方向盘上摁喇叭。

对忽然看见一个本团人的许三多来说，实在是惊喜，即使是个团长。他跑过来。

许三多："团长好。"

王庆瑞似笑非笑："幸亏你只教一个月，表扬你的电话我都接烦了。"

许三多："对不起。"

王庆瑞当然不是要为这事兴师问罪："在干吗？"

"这边没事了，我在等车回去。"

"明天才有车去三五三。"

"那我碰碰运气。"

王庆瑞苦笑，因为有个人会蠢到等一辆明天才会走的车："你运气不错，有辆车走了。"

许三多立刻四顾："哪辆？"

王庆瑞："这辆。"

许三多不吭气了，和本团团长同车，不用想他就沉重起来。

王庆瑞："你宁可多耗一天吗？……我一路也想有个说话的伴呢。"他发现这个对这个人不大有用，所以很快换了一种语气，"上车，这是命令。"

许三多上车，和他的行李缩在车后座的一角。

车在驶，轮在转，车里人各种的心事也在转。说是要找个人说话，却弄上个正襟危坐一言不发的家伙，王庆瑞也只好找话说。

"许三多，还在背技术资料吗？"

"不背了。那很傻……而且，很多更有用的事情……要做。"

他不太敢确定是对是错，也许该囫囵吞枣背了回去。

"那做什么？"

"看书……咱们图书馆目录从 A 到 Z，我才看到 D……没时间。"

181

司机咬着牙乐，王庆瑞则看不出赞同与反对："你是这样看书的？从 A 到 Z？"

"我不知道怎么看……我没文化。"

他是准备迎接批评，但王庆瑞不再说话，一只手指轻轻叩着车窗，好一会儿："钢七连怎么样，许三多？"

"我在努力。"

"不是查你的表现，是问你的感觉。"

"好。"

"怎么个好？"

"好就是好，就是……很好。"

王庆瑞看着车窗外有点茫然，他是理解那个简单的字的，尤其从一个兵嘴里说出来："如果没了呢？"

"怎会没了呢？"

"我是打个比方。"

"为什么没了呢？"

王庆瑞："假如……"他从车内的倒镜里看见许三多，那位是真真切切地已经开始发愁，他笑，"就是开个玩笑。"

许三多点点头，机械地笑笑。王庆瑞暗暗地叹着气："你知道吗？以前我就盼换装新型主战坦克，现在真要换了，我又害怕。因为老坦克是四人乘员组的，新坦克自动装弹，只要三个人。你明白吗？"

许三多："明白。因为三个就要走一个。"他近乎庆幸——幸好七连是使步战车。

王庆瑞："跟你的战友分离过吗，许三多？"

"有啊。"

"挺得住吗？"

"挺得住。"

听许三多这么说，王庆瑞心情多少好受了些。可许三多跟着又说了："就现在。我跟他们分开一个月了。还好，挺过去了，我这就回去了。"

王庆瑞的心情无法抑制地被他又送入一个低谷。显然，他怀着十分沉重的心事，但他一时不能告诉许三多。那就是他刚才拿着的"机密"。

到了团部大院许三多下车后，站在路边，看着那辆载他回来的车驶开。车上的王庆瑞直直地看着前边，像在想事又不像在想事。

我好像又把人给郁闷了。我经常一无所知地让人郁闷。

回家比团长大人的心情更重要，目送的程式完毕，许三多拎了东西径去他的连队，步履几近轻快。

七连的一切让人欣慰地没有改变，宿舍外的活动场地上只有一个执勤的兵。

许三多张望着走过,微笑,敬礼,回家。执勤兵犹豫地看着那个走进楼道里的背影。

宿舍里没人,这很正常,训练嘛。许三多让行李中的一切回到它们该在的位置,正看的书放桌上,要看的书放柜里,水杯在柜上,背包入墙上的列,卧具回墙上,一切都熟悉得让他愉悦。

然后抬头,上铺是一张空铺板,史今是上铺。许三多把手伸了上去,似乎想证明自己视觉上出现了问题。铺板是木质,粗糙,空得狰狞。然后他转身,刚才有样东西被他从视觉里忽略过了:一个打好的,将要被人背走的迷彩包。

七连那执勤兵仍在空地上戳着,他有些心不在焉地瞟着三班宿舍的窗户。窗户忽然一下打开了,说打开不合适,就力度来说更像撞开。许三多气急败坏地冲他嚷嚷:"人呢?!"

执勤兵想说点什么,但像是一下哽住了。

许三多用一种疯狂的速度穿越着团部大院,军容和军仪早扔到九霄云外了,他冲散了一个队列,跳过了一个花坛,一路违反着森严的规定。两名警卫连的兵追在他的身后,却终于对他的速度望洋兴叹,只好站住记下他的单位番号。

目标是车场。

冲进车场时几乎与一辆正驶出的装甲车撞上,许三多从门与车的间隙中蹿了过去,在一片"不要命了"的呵斥声中消失。

史今正在车场擦车,动作与往常大不一样,平时的维护保养极重效率,现在却缓慢而轻柔,那样的速度完全没有实用价值。

整个连队列队在看着他,说看着不合适,更像行一个漫长的注目礼。

高城戳着,情绪很不高,没心情说话。又是一个仪式,像进入七连有个仪式一样,离开七连也有它的仪式。

高城:"今天,钢七连的第四千八百一十一个兵将会离开我们,光荣地复员。四千八百一十一是他记在心里的一个数字,记在我们心里的是一个名字,史今,一排三班班长……"他有点说不下去,噎住,索性走到队伍一侧,给自己点上支烟,全连列队时抽烟已经完全不合他平时给自己定的规矩。洪兴国看住了他,眼神里充满责备。

高城只狠狠抽烟,看着孤零零一个人擦车的史今,一群人看着一个人生挺,对双方都像是刑罚。高城很讨厌今天的仪式,即使这个仪式是他自己定的。

高城扔了刚点上的烟,继续面对自己定下的规则:"我无权评价三班长什么,他一向做得比我要好,而且我相信他的人生刚刚开始……在复员后……"

他又停了,看洪兴国,表情像很想抽自己一个耳光。洪兴国鼓励地笑笑,笑得很难看。

"像每一次一样,由熟悉三班长的人对他做出评价吧。由七连的人对七连的第四千八百一十一位成员做出评价。"他如此地收场,语气上有些虎头蛇尾,然后草草站回洪兴国身边。

七连沉默着,高城的心慌意乱一样传染了他们,他们当然知道一向口若悬河的连长为什么慌乱。

史今仍然擦着车,已经擦到车的背面,擦出了众人的视线。似乎整个连对他不存在,似乎那辆战车是他唯一能抓住的东西。

沉默!很久的沉默。

"好!"是伍六一的声音,这个"好"他不是说出来,甚至不是喊出来,像是从心里什么地方血淋淋地抠出来,再带着痛号出来,号得车场上声音回响,号得每个人都心里一紧,好像能听见血滴在地上的声音。

"好!"是全连的一起的声音,这个"好"不是评价,是一种共有的心情,只是借用了那个字音。

"不好!"这回是一个人,带着哭腔的声音从全连人身后穿透进来。许三多站在队列之后,军人总是习惯绷直了全身每个关节,而他现在塌掉了每个关节,第一眼看见他的人便知道这个人已经全垮掉了。

"不好,一点也不好!"他往前走了两步,蹲下,哭泣。

洪兴国没说话。高城一直紧咬的牙关忽然松开,用手狠搓了两下。史今从车后站了起来,被车体挡住了脸,他僵立了一会儿,然后从车后走出来,直愣愣地看着许三多,如果他刚才和大家一样在坚挺,那么现在许三多已经点燃了这根导火索,他濒临崩溃。

沉默地站立着,沉默地回到宿舍,三班的宿舍却瞬间乱成了一锅粥。比许三多做了三百三十三个大回环时有过之而无不及,搞事的家伙仍是许三多,他正死死压着身下的史今的迷彩包,甘小宁、白铁军几个三班的几乎是压在他身上抢夺。

大家七嘴八舌地劝着他,许三多低着头攒着劲,给的是从牙缝里蹦的俩字:"滚蛋!"

高城阴着脸在看,洪兴国苦着脸在看,史今扭了头对着墙根看,伍六一大马金刀地坐着,对着窗外看。

"再上几个。"高城冰寒彻骨,被他看到的兵不得不上,再上几个,已经拖得许三多在屋里转了小半个圈,许三多见势不妙,把背带在手上狠缠了几圈,看来要拿回包得把他手剁了。

"我的兵今天这么废物?"几个三心二意的兵被高城说得寒了一下,手上加劲,许三多被架了起来,绕在手上的背包带一点点解开。

"滚蛋!"许三多终于动了手,第一次为了私人目的动手,成功之际,一头伴之一脚,白铁军摔过半间屋子,嚷嚷着从地上爬起来:"伍班副,你上啊!"伍六一看着窗外的天空,如在另一个世界。甘小宁给了白铁军一脚,白铁军意识到问题之所在,红着眼圈又照许三多扑。三班开上了全武行,许三多挣脱了人群,抢住了屋角,发挥着他一向强项的近身格斗。三班的兵擦着汗擦着眼泪,心猿意马地光打雷不下雨,那架势看来是一下午也抢不进去。

高城的脸色越来越难看:"通知保卫科!我无法用军纪要求他了。他现在不是兵。"

洪兴国吓了一跳:"影响不好吧。他一向是个好兵,他……"

高城有了些许的落寞:"七连的心就要散了……"

洪兴国犹豫一下,走向门口,他知道那是实情。他被史今的一只手拦住了。

史今过去,看着许三多,后者涨红着脸,除了愤怒和一个誓死捍卫的莫名之物什么也意识不到,只是摆个攻守兼备的架子,如头护窝的豪猪。两个人对视,许三多喘着大气,眼睛被揉得又红又肿,史今看起来很平静,平静得有些冷淡,这也许归功于他的自然干练:"还给我。三多……看看你成了什么样子。"

许三多真的已经不是一个兵了,他冲着史今——自己的班长喊道:"滚蛋!"

"是啊,你班长本来就是要滚蛋。"

许三多被他一句话就搞得眼泪又要出来,大敌当前随便擦了把就呆呆地看着,甘小宁瞧出了空子,想趁机动手,被一眼瞪了回去。

史今苦笑:"你是都学会了。好吧,你要死守个什么谁也拿不下来,这我信,哪怕拿反坦克炮轰你,你也能守住……守住那个破包。看着你现在的样子,总想起你在下榕树的样子。"

许三多有些狐疑,此时不太像个叙旧的时候,但史今总是让他觉得放松。

"我都记得。像只被骂晕的小狗,总找不着昨天埋的骨头,还总在找。"史今忧伤地笑笑,许三多满足地笑笑,恨不得摇摇并不存在的尾巴。

"未经许可,把你练成今天这样……也不知能不能让你更幸福。"

"是好事。"放松的许三多竟然忘了大敌当前。

"希望是好事。……三多?从下榕树到今天这样,因为必须得这样。现在要走,因为必须得走。三多,穿这身军装的人,选择了这种生活,既然到了要走的时候,爬都能爬回家乡。你说,一个破包挡得住吗?"

许三多怔着,刚燃起的希望一点点灭掉,而且比原来在一个更低点,被打击得失去了所有的斗志。史今硬着心肠瞪进他的眼睛里,看着他眼里出现与其年龄极不相称的哀伤。

"骗我!总拿我当笨蛋!骗我好好活,骗我有意义!有什么意义?我又做错了!把你都挤走了,就这个意义……我不想做尖子,做尖子好累……人都走光了,夸你的人越来越多,想跟你说话的人越来越少……我想做傻子……大家都跟傻子说话……傻子不怕人走……他不伤心……"前半截许三多在站着嚷嚷,后半截许三多坐倒了嘟囔,几个兵轻手轻脚地从他手上拿开了包,那没有必要,许三多无知无觉。

史今蹲下来看着那双空洞的眼睛,空洞但似乎有流不完的泪水。"三多,别再把想头放在别人身上。你这样的人,自己心里就开着花。班长走了,帮你割了心里头最后一把草。该长大了,许三多。"他站了起来,看着屋里的人,忧伤得有点茫然。

高城扶着史今的肩,大步从楼道上走着,身边有洪兴国、伍六一、甘小宁和三班的几个人,没许三多。

高城冷冷的但很平静,他竭力表现这样的气质——他瞧不起儿女情长。

高城:"来个干脆。我开车送……还有伍班副,你们都回。"

洪兴国:"连长,我去告诉许三多班长要走了,让他……"

高城:"不用!为什么让那个惊天动地的多情种子去送?我要他长个记性。至于长什么记性,我希望在全连的公开检讨上听他给我一个答案。"他转向史今,立刻缓和许多,"对不起,三班长。"

史今:"该不该说都说尽了。长远考虑也该这样,连长。"

高城点点头,生硬地向其他人说:"都回吧。"就他和史今、伍六一出了过道,洪兴国茫然地看着,甘小宁张了张嘴,没有出声。

然后他们茫然看着三班的门,那是他们不忍进去的一个地方。

门外已经响起汽车的发动声。

三个人沉闷地坐在车里,眼都和驾车的高城望着一个方向——路的前方。高城也许是觉得过于沉闷,也许是过于忧伤,拿出盘磁带塞进汽车音响里,是他偏爱的老苏联军歌,顿时有些雄壮,雄壮了十多秒钟,然后……老爷车上的卡式录音机卡带了,好好一盘带卡得像哭。高城一拳把那盘带给砸了出来,然后竭力像什么也没发生过一样,开他的车。

史今拿过那盘带子,细细地把卷得不成样的磁带复位,卷好,放回磁带盒。

火车拥挤的硬座车厢内,史今窝在脏污的洗手间里大声地啜泣,自然干终于也有个限度。他再一次擦干了眼泪,但看着窗外,又再一次大声地啜泣。

他忽然停了。看着窗外,大片的田野、原野和山峦被夕阳铺成个辉煌的世界,农人在归家,道工在望闲,护栏外的车毫无目的地对火车摁着喇叭,中年男人试图看见前边骑车女孩的裙下,菜老板追着黄脸婆试图从她篮子里拿回一个地瓜。

史今看着,似乎第一次看见这一切。他脸上渐带了点笑意,忽然看见一个穿军装时未曾见过的世界。

三班的士兵正在宿舍里沉默地收拾方才的战场。

屋角还站着那个人,或者说戳着那根人桩子,沮丧的、哀伤的、麻木的,但站得笔直,直得不近人情。

洪兴国再次地进来看了看:"还没动过吗?"

甘小宁摇摇头。

"也没说过话?"

白铁军耸耸肩。

洪兴国叹口气想走,转过身子又转了回来,走到许三多身边看着他。如果没有刚才的全武行,现在的许三多也许会让人误会成坚毅地、不屈地、纹丝不动地守卫着那个……放痰盂的角落。

"出去走走吧?透透气,别老想着。"

许三多直直地看着前方:"是,指导员。"

白铁军陪着许三多站在空地的一个角落,放垃圾桶的角落,仿佛是纹丝不动地被人从那个角落搬到这个角落。

士兵们在周围出入,绕着他出入,士兵们在周围活动,绕着他活动。

白铁军绕着圈,呻着吟,叹着气,给自己打着拍子,跑腔拉调地唱是个兵就会唱的《我的老班长》,边唱边注意着许三多的表情。

许三多没表情,连真正的奚落都不在乎,此时此地,他怎会在意一个同班战友并非恶意的人来疯,或者说,表示自己很放得下的一种伤心。

车回来了,高城和伍六一两个人下了车,当然只有两个人,少了一个。

许三多的眼睛终于动了动,看着高城。高城完全能感受到那道目光,他把那当作虚无,径直进门,许三多看着他。

白铁军努力地想让许三多正常:"想K他吗?我也想K他。我数一二三,我们扑上去……一二三。"

许三多没扑,他自然更没扑。

白铁军:"你没扑?你这么笨的人都没扑?没扑就对啦。知道为什么吗?因为他还不赖,真的很不赖,虽说是不大待见我,这是他全部的问题之所在。"

许三多仍看着,一直看到高城和伍六一的身影在过道口消失。

没想K他,是想杀了他。后来他从操场走进宿舍,我想了十七八个比死更狠的办法。最狠的是让他失去他的钢七连,让他像我这样站在操场上,尽管周围都是人,但他是孤零零的,一个人。

熟悉的夜又一次无声无息地来到七连,只是熟悉的夜中少了一个熟悉的人,高城正在主持着一个会议,全连的班排干部都在这了,伍六一没有列席,因为他只是一个班副。可是许三多却出现在这个会议上,只不过他被人从操场的角落又原封不动地移到了这个房间的屋角。

许三多执着地无声,使这个有关他的检讨会无法进行下去,洪兴国看着许三多仍然哀恸的眼睛,只好把他拉了出去。

就着过道里有些昏暗的灯光,可以看到许三多笔直地戳着,好像他从来没有移动过,仅仅只是周围景色的改变。洪兴国思索着,尽量找一些不刺激许三多的词语:"许三多,进了这家门,做了这家人。我们不如你班长,我们势利,等你转了三百多个圈才认同你,可是……你现在这样,连长只会认为你还是半个兵……"

许三多的无言使这场对话无法继续,洪兴国只有苦笑:"算了你先回去吧,顺便你搬到上铺,过几天要来新兵。"

对士兵来说,这是个明确的信号,许三多惊讶地看了一眼。

"对,你是代理班长。伍班副已经通知了。"

于是许三多回寝室的步子越发沉重。

伍六一站在窗边,看着外边的夜色,这已经成了他最近的一个习惯。许三多进来,他便看着许三多。许三多将目光转开,毫不避讳地看着他的上铺,这也就带得别人也毫无避讳地看着那张上铺。

空的铺板,空得只能让人想起上边睡过的那个人。

三班的人沉默了很久。

许三多走开,随便地拿起一本书。

伍六一转开头,看着似乎独属于他的夜色。

许三多仍睡在他的下铺,月光照着,他望着他上边的那块铺板。

这样就能造成一种假象,上边睡着一个人。这样就能睡得着。这样,三班就集体违抗了命令。

以后的两天里,三班的士兵们都会不经意地呆呆地注视着那张空空的铺板。

洪兴国的到来破坏了这种习惯,大家的目光集中在了他带来的年轻士兵身上。

"我给大家介绍一下,"洪兴国指着这个年轻的士兵,"这是从电子战营调来的马小帅,学员兵,当然也是高才生。三班长!"

许三多下意识地在屋里寻找着三班长,伍六一捅了他一下,他才意识过来自己就是三班长。

三班长?我被称为三班长?也许三班长将是我最不愿意听到的称呼了,比龟儿子还不愿意。

马小帅马上给许三多敬礼。

许三多直愣愣地看着这个新兵,那么年轻,年轻得让人忧伤。曾经他茫然,史今走了他忧伤,忧伤了很久后,眼里的忧伤已经成了苍凉。

"这是你专用的储物柜,"伍六一对新来的马小帅交代着有关的内务情况,"只允许放军装内衣和漱洗用具,和一些相关专业的书籍,十一号挂钩是你的,军装军帽和武装带可以挂在上边,我们要求不管型号大小,必须挂得一般齐,我们相信良好的内务是能够锻炼军人的素质……你的铺是……"他犹豫了一下。

许三多抱起了自己的整套卧具,最后看了一眼那张空铺板。"马小帅,你睡这张床,我的下铺。方便互相照顾。"然后把自己的卧具放在史今曾经的铺上。

于是班长在这个班的最后一点痕迹消失了。我想今晚会睡不着。

这对三班来说是一个时代的终结,于是史今在这个班的最后一点痕迹,也消失了。

许三多整理着那张铺位,宿舍里的其他人都僵硬地站着。这对三班来说是一个时代的终结。

夜里,三班都在睡。马小帅听着上铺传来的轻微声音。

马小帅:"班长你睡不着?"

许三多:"没。"

马小帅:"我倒睡不着。"

许三多:"想来七连的人很多,来了七连又会很累。想想想来来不了的人,珍惜你自己的累。"

他忽然有些茫然,自己的话如此耳熟。

马小帅:"你一定经历过很多事。"

许三多:"没有,睡吧。"他瞪眼看着头上的天花板。

忽然发现睡着其实很简单,只要对自己说——我命令你睡。

早晨的操场上许三多在跑步,背着全套的负荷,作为三班的领队。

有节奏的口令声和军号声在操场上响着。

我命令你起床。

于是他终于成为一个独立而忧伤的,有思念却离理想很远的人类。

第十二章

团长在团部办公室里已经解开手上那封"机密"的卷宗,将里边的文件递给参谋长。参谋长看着那份题为"钢七连改编事宜"的文件,两个人的神情都绝对的沉重。

参谋长:"为什么是他们?"

王庆瑞:"因为他们最好。"

参谋长:"非得把最好的拆散?"

王庆瑞:"最好的,拆不散。"

虽然消息还没有公开,但一些人事上的调整已经在进行了。团长挺无奈地叹口气,倒似乎委屈的不是自己而是别人。

这对许三多来说,他那班长只是钢七连走的第一个人,往下,严格的筛选将开始进行,七连的每个人都面临着这次改编的生存危机。

几天后的靶场上,七连正在打活动靶,与以往不同的是,这次有几个团部参谋拿着本在各人身后记录。人人都格外地抖擞精神,经常出现几支步枪同时打得一个活动靶四分五裂的情况。

枪声渐渐稀落下来,只剩下伍六一和许三多两个人在射击了,众人都看着,因为看这两人的射击,简直是一种享受,似乎他们和子弹有一种默契。

许三多忽然打脱了一枪,紧接着又是一枪。他留下伍六一一个人,在那里在进行步枪独奏。许三多从停放的步战车中间走过,发现白铁军和新来的学员兵马小帅在说着什么,问道:"这是聊天的地方吗?"

马小帅嚷了声是就连忙跑开,他知道许三多是个不太注重这类小节的人,而白铁军则更是过分:"哎哟,许班代,俺们这厢有礼啦!"

许三多不吃他这套,说:"代理班长就代理班长,什么叫班代啊?"

"俺们看着你长大的,这班代是老兵专用词组。"

"好好,老兵大哥,你有话请说。"

"班代大人请过来,我这有绝密内参。"

"什么内参?"

白铁军看着远处那几个参谋在交换着意见,说:"知道为什么他们天天跟着咱们吗?"

"评估。"

"为什么要评估呢?而且出动团干部评估?"

"做坑主时候有很多想入非非的机会?"

白铁军的故作神秘,早就是惯常表情了。他说:"是透过表象看本质的机会,本质就是,钢七连即将改编!"

许三多说:"听到了,听过了,过了气的谣言。"

白铁军目不转睛地看着他说:"班代,也许我该认真叫你班长,因为你班长做得很认真,马上就知道维护军心第一重要。你知道这回是真的,要不你打靶时候为什么让着伍班副?"

许三多叹了口气,他瞒这件事已经瞒得很吃力了。

评估结束,战车回程晃动着车里的兵。伍六一在整理装备,许三多在出神,两人都似乎漠视对方的存在。

伍六一:"今天怎么回事?最后几枪打得比小白还飘。"

许三多:"没发挥好。"

白铁军笑了笑,一副"你瞧"的表情。

许三多:"他进步快。"

伍六一:"你现在说话越来越像班长了。"

许三多很肯定地点点头:"我是班长。"

伍六一:"今天不算,单挑吧。"

许三多不说话,车里的气氛开始紧张起来。

伍六一回去就上三连食堂去揭锅。

他揭的是灶上的大铁锅,然后叫人把锅抬到门口,对着许三多说:"这个是单兵携行具中最难背的家伙。"司务长一看吓坏了:"背这个跑呀?你干吗不背步战车跑?"

一顶军帽握在甘小宁手上,他一声发令,军帽落地。许三多和伍六一两人,一人背一口锅,手上两箱机枪弹,就射了出去。

很想说清那样跑起来有多别扭,背上一口直径一米多的锅,手还没法扶。

每一步,铁锅沿都在两人腰上重重打磨着。

许三多皱着眉,伍六一像块木头,他那接近自虐。

从背上的剧痛中,许三多忽然明白一件事情,其实班长走了,最难受的并不仅仅是他。所以,最后先到达终点的,还是伍六一。

"不算。"伍六一强撑的,跌跌撞撞冲了过来。

许三多:"别自虐。"

伍六一:"这话轮不到你说。"

许三多想走:"我输了。"

伍六一:"七连没有认输的班长。比出来算!"

伍六一和许三多又在宿舍门前此起彼伏地做着俯卧撑,一群士兵在旁边呐喊助威:"274、275、276……"

我始终没能做好这个代理的班长,三班也始终没回到从前的融洽。连长说我只算半个兵,时间长了,我都为缺了的那半拉觉得遗憾。

许三多终于先瘫在了地上。

伍六一又撑着多做了一个,终于在战士的叹息声中整个人砸了下来。

两个人就这样躺到了床上去了。

一个在床上趴着,一个在床上侧着。

外边操场上的高城突然集合连队,床上的两人,你瞪我,我瞪你,谁也动不了。

"列队进宿舍,一排先进行参观。"高城命令道。

门开了,一个排的士兵,神情古怪地列队进来,默默的,像是追悼会。

高城说话了:"成纵列队形,向右转,立正,稍息。现在看好了,就是这两位,今儿下午超负荷跑了五千米,两人又比着做了两百多个俯卧撑,现在算是消停了,趴窝了。两位,别不好意思,把衣服撩起来。"

两人不情不愿地撩衣服,两张磨破的背上全打着绷带。

"同志们有什么感想啊?"

伍六一嘴里却还哼哼地说:"爬了起来就又是一条好汉。"

高城愤怒了:"你爬得起来的时候再做检讨吧。白铁军,你们同班,又是帮凶,你发个言吧?"

白铁军的嘴里刚刚说了一句班代,后边就没词了。

"说话呀!"高城命令道。

"班长和班副这种敢练敢比敢拼的精神是值得我们学习的!"白铁军大声回答道。

高城哼了一声:"学习是吧?好,你现在就学,两百个俯卧撑。"

白铁军顿时慌了,说:"报告连长,我不是尖子,撑死五十个。"

"一百个!"

白铁军二话不说,就在地上做起了俯卧撑。

高城转身把眼光落在甘小宁的身上:"你的态度呢?"

甘小宁挠挠头:"我能做一百个,我做一百五十吧。"

"两百个!"

甘小宁没说什么,趴在白铁军身边也做了起来。

洪兴国有点担心,悄悄地提醒高城。

高城看着指导员的眼睛一字一句地说:"不刹住这歪风邪气,我怕他们至死方休。"

这天的许三多如劈了胯的山羊,扶着腰从操场上蹒跚走过,士兵们年轻的脸从眼前一张张晃过,许三多二十一岁的眼神已经带上了些许苍凉。

成才站到了他的面前。他发现成才的眼神比自己更加落寞。

成才："我请你吃饭好吗？"

许三多："我正上食堂。"

成才："跟我一起吧。我很久没跟朋友吃饭。"

军地的餐厅，说是吃饭，实则是喝酒。已经打晃的成才又一口气拎来四瓶啤酒。许三多拦住了他："成才，我们都不是能喝酒的人。"

成才说："天下有能喝的人吗？没有，只有能扛的人，当兵的都是能扛的人。"

"三连不开心吗？"许三多很关心地问。

成才似哭又似笑："三连？三连？我真想回钢七连。"

许三多疑惑地看着他，忽然发现一件早该发现的事情，成才的军衔和他不一样了："你是士官了？已经是士官了！哈哈，看你高兴的！"

"高兴吗？我是高兴的？"

许三多脸上仍带着笑纹，不过是高兴，而绝非取笑："你看看，你什么都走在我前边。得庆祝一下。我喝酒？我不喝酒的。我给你敬个礼吧，士兵给士官敬个礼！"

他真的给成才敬了一个礼。

成才："许三多，连你也取笑我了？"

许三多仍然很开心地笑着："取笑？没有啊。"

成才："还在笑还在笑。好吧，许三多，我笑，我知道我要去的班就冲着自己傻笑，你知道我去哪个班吗？"

"哪个班？"

"你来的地方。"

"我来的地方？"

"你从哪来的你不知道啊？"

"下榕树乡？不可能哪，咱那也没部队呀。"

成才愤怒了："你是从五班来的你知道吗？荒漠里，油管边，舅舅不疼，姥姥不爱……"

"红三连五班？"许三多忽然笑了，笑得很开心的样子。

成才又气了："你看看！你又笑你又笑！"

"我是觉得真巧……"他想了想，"我想他们。"

成才说："对你来说是巧吧，可对我来说它是落后兵的疗养院，是所有班长的坟墓！"

许三多想了想，说："五班不像你想的那样。"

成才话语里透着哀伤："好大的一个圈啊，醒不来的梦。七连的人得罪光了，三连也没朋友……"

许三多回味着："五班真挺好的，老魏、薛林、李梦，他们都是不错的人。"

193

成才阴着脸说:"还说李梦,就是这个李梦,好好的班长不干了,非得去团部做公务员!我就是去顶他的缺!"

李梦去团部的消息对于许三多来说真是一个惊喜。

"听说管团报的张干事特赏识他,说他文章写得好,杂志发表的有……"

"李梦的小说写出来了?"对于许三多来说又是一个惊喜。

成才越发地阴郁:"他能在一里外打一个烟盒吗?我能。他能在臭沟里一趴一天等一个目标吗?我等。他拿老鼠肉做过节日大菜吗?我吃。他……"

成才看着许三多苦笑的脸,忽然间很沮丧。他说:"我这几天就一直在想,我要是跟你一样踏实就好了,我就还在七连,除了我的狙击步枪什么都不想……三多,天天想那些真的好累。"

许三多的心忽然就紧了,呆呆地看着成才。

如果还在七连,改编就是悬在他头上的一把刀。这些天,全连的人都在等着那把刀落下。

当许三多从团报编辑室走出来的时候他更加郁闷了,老魏也退伍了,李梦依然追求着他的文学梦,只不过是寄托在了那个什么张干事身上,并且多了一些市侩。三连五班已经不再是他许三多牵挂的那个三连五班了。

暮色下参谋长和几个团部军官正向七连走来,操场上几个活动的士兵齐齐愣住,因为从表情和阵势看,来的是七连兵一直哽在喉头的一桩心事。

甘小宁发着愣,手上的排球落地,一直滚到参谋长脚下。参谋长摇摇头,捡起那个球递到甘小宁手上。甘小宁有些茫然地接过来,和参谋长短暂的对视中,他的脸上忽然现出一丝悲怆。

高城和洪兴国在连部窗口看着,两人的面色一般的沉重。

洪兴国转身,戴上军帽:"走吧,该来的总是要来的。"

高城没有说话的勇气,跟在洪兴国身后出去。

会议室里,参谋长和几名军官面色沉重地在偌大的一间会议室或坐或立,都在等着高城和洪兴国两人的到来。参谋长手指间的一支烟已经烧出很长的一截烟灰。

高城和洪兴国终于进来,是极正式的装束,极隆重的表情。

高城:"钢七连连长高城报到!"

洪兴国:"钢七连指导员洪兴国报到!"

一名军官被他们喊得身子微微震了一下,挪挪身子将桌上的一本册子挡住。但高城的目光已经从那上边扫过。

高城的说话和眼神都像带着刀子,参谋长暗暗叹了口气,说:"没有什么指示,命令已经下达了,就在桌上。"

高城径直地迈向桌边,翻开了那本薄薄的名册,上边写着:

《三五三团第七装甲侦察连编制改革计划:首期人员分配名单》。

第一个跃入眼帘的名字便是指导员洪兴国,改任C团九连指导员。

下一个是三班的老兵白铁军,役期将满,提前复员。

高城一张一张地翻着,感觉着自己的心在一点点地凉透。

微风拂动,钢七连那两幅招摇的连旗显得有些无力了。

高城和洪兴国目送着带来坏消息的参谋长离开,洪兴国有些茫然地伸出一只手,高城会意地给了他一支烟,点火的时候却连打了四五次,都没有点上,洪兴国的嘴和手一直在抖,抖得很厉害。

两名抖得不成话的军官终于放弃,洪兴国将手上的烟揉成了一团。

外边活动的士兵传来一阵阵的笑闹声,那显得极遥远。

"明儿开个联欢会,我来操办。军纪和人心都得顾到。"洪兴国说。高城只是嗯了一声。洪兴国说,"三十多个人都得悄悄走,不能送。不能搞以前那种仪式了。一次送走了三分之一,非得乱了军心不可。"

高城不由得委屈地喊了一声"老洪!"

洪兴国说:"我是指导员,指导员不就是干这个的吗?"

高城说:"我对不住你,我老压你。"

洪兴国说:"我是指导员,指导员是协助你工作的,你怎么压我了?"

高城说:"我打球犯规,下棋使损招,打牌我跟对家使眼神。他们都知道惹了指导员没事,惹了连长就得出事,都帮我捣鬼。"

洪兴国说:"你是连长嘛,钢七连的头一号,你不能输的。"

高城便狠狠地给了洪兴国一拳:"别恶心我了。"

几个兵拍着球走了进来,洪兴国反踹了高城一脚,转过头对士兵和蔼地笑着。

高城转过身去看着连旗,一个背影恍似老成持重。

七连炊事班的兵从车上拿下许多丰盛的鱼肉蔬菜,鸡蛋水果。司务长一声不吭地在一边指挥。路过的兵看得很羡慕,都说七连是真不赖,伙食也是盖全团第一。

这时的司务长,早就没有心思吹点什么了,他只挥挥手,叫他们滚!然后提着两串香蕉走进食堂。有几个兵正在食堂里郁郁寡欢地在布置联欢会场。司务长一看就气愤了:"死人啦?又不是殡仪馆!录音机打开!"

一边的录音机于是响了起来。

会场上的横幅写着:"欢送战友 怀念战友 祝福战友"。

开饭了,操场上训练的各部队已经拉着吃饭的号子往食堂里去。

两人成列,白铁军唠唠叨叨地跟许三多走向食堂。

一个连的人都在食堂里静静坐着,只有刚进来那几名兵轻轻的啜泣声。

白铁军一进门,洪兴国和高城都给他站了起来,接着是一阵热烈的鼓掌,这是个信号,全连的鼓掌顿时热闹起来。

掌声中,白铁军终于看清了横幅上的字。然而,他却像文盲一样,好像一个字都不认识。慢慢地,掌声落了下来。"就……就这么快呀?"白铁军装了一下,极力地笑了笑,但身子却突然地蹲了下去。

所有的人,好像都在看着他。突然,白铁军咧开了嘴,肆无忌惮地号啕大哭。

酒愁加离情,七连的欢送会最后发展成不分官阶,不分班排地胡乱拥抱。一名士兵拿着麦克风跳到了桌子上,号叫着我会想你们的!我保证我会想你们!没有等他喊完,人们就把他掀了下来了。

在拥抱的人群中,哭声、笑声和骂声,乱成了一片,有的说:"那一百块钱不要你还了!"有的说:"你要来看我,我给你管路费!"有的说:"咱们俩和啦,千错万错都是我错呀!"另一个便给他回答说:"你要是不给我写信,我咒你八辈子!"

洪兴国被很多人拥抱,高城积威犹在,散着双手靠边站,显得很是难堪。

白铁军出现在了他的身后,"连长!"白铁军亲热地叫了一声。

高城一转身,便朝他张开双臂,可白铁军却不跟他拥抱,而是啪的一声,给他来了个三年军事生涯中最为像模像样的军礼。然后,跟别人拥抱去了。高城失望地看着白铁军跟别人拥抱,好在他的屁股终于被人没大没小地踢了一脚。那只能是洪兴国。洪兴国张着双臂:"老七,你非得这会装吗?"

没等洪兴国说完高城已经投入了他的拥抱里。

许三多和伍六一坐在一起,因为按班排列坐,这对冤家不得不坐在一起。许三多静静地看着眼前,从他的神情能看出他把每一个人看进了心里。伍六一一根根填鸭子似的往嘴里塞着香蕉,那种不辨滋味的吃法简直充满了愤怒。

第二天凌晨,天还未亮,白铁军就悄悄起床了,他悄悄地从床下够出收拾好的背包,悄悄地就往外摸去。一个屋的人似乎都在睡着。摸到门口时,白铁军郑重其事地往这间住了三年的宿舍又看了一眼,他突然发现,全班的人,都在目不转睛地看着他。

白铁军无声地向他们挥挥手,就出门了。

各班要走的兵都在各宿舍门前的走廊上等待着,直到洪兴国和高城从指导员宿舍里轻手轻脚地出来,他们看了他们一眼,悄悄地向外边走去。

七连的兵已经很默契了,一个个地跟在后边。

洪兴国从连旗下经过时,将背包倒手给高城,珍而重之地对那旗敬礼。

随后,所有的人都在连旗下停住,然后,一个一个地敬礼。

这一切都是无声的。

一辆车停在不远处的空地上,洪兴国带着他的兵,无声地爬上车后厢,车子慢慢地就开走了。

一切都很程式,与以往任何一次走人都不同,这次像是例行——因为这趟走得实在太多。

高城一直低头站着,而其他人,包括洪兴国,直到走的时候也没再回过头。

高城孤寂地站着。

屋里的人躺在床上大眼瞪小眼地看着,你看着我,我看着他,他看着你。

一片死寂。

许三多躺在上铺,他的位置可以看见空地上站着的高城,孤零零的,一个人,站在许三多当日想念史今的角落——放垃圾桶的角落。

那天走了三十六个。他在我站过的地方站到天亮,连姿势都一样。我一直看着他,后来我看见……自己站在那里,被迫在挫折中成长,愤怒、沮丧,甚至带点仇恨。

马小帅的声音嗡嗡地从下铺传来,带着哭音:"班长,我们得一直这么躺着吗?不能送?"

许三多:"不能送,是死命令。"

马小帅:"躺到什么时候?"

许三多:"躺到我们站起来,别人不觉得我们少了三分之一。躺到那时候。"

窗玻璃上飘飞过第一滴雨点,许三多看着高城还站在窗外。

高城是伴随着起床号一起进来的,步子在空空落落的走廊里显得很重,一步一个湿淋淋的脚印,愤怒而无奈。

安静,在吹响起床号的时候七连从来没有过这样的安静。

高城出奇的愤怒:"耳朵聋掉了吗?起床!"

尽管少去了三分之一,但三分之二的人跳落在地上的声音像是地震。

他们已经等了很久。

雨水淅沥下,雨衣泛着乌亮的闪光,高城和他短了一大截的部队站在雨地上。军靴践踏着雨水,雨水在雨地里溅起湿蒙蒙的雾气,枪械装备在雨幕里泛着光。没人发口令,七连在沉寂与靴声的轰鸣中完成着变队。

高城沉默地看着,七连给人的第一印象不是少了三分之一,而是翻了个倍。天天与连队食寝与共的高城也感觉出一种威压。队列静了下来,只有雨水淋浇的轻声。

"你们列位……"几十双看着他的眼睛,连目光都似乎凝固,动的只有雨水。这让高城几乎有点说不下去,"都很对得起七连的祖宗……老洪,你来说……"

他下意识地转了半个身子,然后想起那个人已经走了。这让高城又哑然了几秒。

哑然。哑然之后是爆炸。

"目标靶场!全速!冲击!"

钢七连炸了出去,成了貌似无序但杀气腾腾的冲锋阵形,高城冲在队侧挥着并不该他这连长拿的自动步枪大吼:"杀——"

士兵们都愣了一下,这样的口令并不是拿来随便喊的,尤其是在团大院里。

伍六一跟着大喊:"杀!"

有第一个人就有了第二个,第三个直到第十三个是一起喊的,往下呼应的是一个排,半个连,整个连,全速冲击的七连把那一个字喊得山呼海啸此起彼伏,带着全部压抑的愤怒——因全连命运而生的愤怒。许三多跑在队伍的另一侧,他是全连里没有呐喊的唯一一个,但他没有落下一步。

团大院里,王庆瑞和参谋长顶着雨看着那支漫过操场的队伍,自然,那是所有晨练队伍中的最引人注目的一支。

参谋长皱皱眉:"七连长搞什么?要起义吗?"

王庆瑞:"他在鼓舞士气。"

参谋长看着那些愤怒的、压抑的士兵从他身边冲过,那样的旁若无人和充满了力度,从他们身上弹走的雨花甚至溅得他脸上生疼。

一个戎马数十年的老军人渐渐被一群毛头小伙子感染、震慑。

钢七连的最后一个人也已经消失于雨幕,但犹存的势头仍让操场上所有的队列哑然。

参谋长:"也许真不该动这个连。"

王庆瑞:"你看见一个连吗?"

参谋长看着他。

王庆瑞:"我看见枪林弹雨,刚射出去的子弹……他们够种,能找到他们要的答案。"

三连宿舍,许三多和成才面对面地坐着,仅仅是坐着而已,成才明天就要去荒漠的五班了,这样坐着是为了给成才送别?还是为了缓解许三多的伤心?也许目的并不重要,沉默被甘小宁打破:"班长,连长要上团部打架!"

果然,钢七连的兵们一个个的都扎上了武装带,都撸着袖子,连那两杆连旗也扛了出来了。看见许三多跑来,高城二话没说就把大旗递了过去:"许三多,你把这杆浴血先锋扛上!伍六一,你扛装甲之虎!"

这一小队兵踏着雨水向团部而去。

第十三章

三个人,两杆旗,如此奇怪的组合从团部走廊上走过,不得不让人注意。

值星官从屋里冲出来,问高城:"七连长,你干什么?"

高城头也没回,径直往前,推开了团报编辑室的房门。

张干事和李梦,看着高城几个进来,一时感到惊讶。谁也没见过这样的架势。

"有,有什么事吗?"张干事打量着高城。高城很沉得住气,先拿出一张团报抹平了放在桌上,再敬了个军礼,再接过许三多手里那杆"浴血先锋钢七连",放在桌上,接着,便一字一句地问道:"张干事,您这报上写着大功六连打的孟良崮首战?"

张干事默然承认,高城说:"那一仗钢七连打没了五十七个,五十七条命,换回这杆旗,旗上有这七个字。"

张干事有点哑然,"浴血先锋",那自然是给首战连队的。

"就算你们打的首战好了?"张干事知道了他的来意了。

高城的火气突然大了起来:"就算?好了?"

张干事说:"你要我怎么办?报纸都发出去了!"张干事想要赖皮了。

周围的人越聚越多,两个人的火也越来越大。一个是拉不下面子,一个是听不得对方轻描淡写的口气。

"我要求您在这期团报上公开道歉!"

李梦接口道:"搞笑了,你没事吧?"语气太损,许三多还好,高城和伍六一立刻看得李梦打了个战。

"您也可以不道歉。我这里有两个兵,想比什么,擒拿格斗、登山越野、徒手攀缘,哪怕是机枪对着突突,我们这一律奉陪。您要觉得玩粗的有失身份,咱们团局域网上文着辩,陆海空三军、装甲步兵战术,只要不是风花雪月的娘娘腔,我陪着你辩。"

张干事哪里受过这个,嚷嚷着:"你这不是借题发挥吗?你们连解散又不是我的主意,找管事的吵吵去!"

高城却寸步不让:"第一,七连还没散;第二,散了番号也在,那叫改编不叫解散;第三,这事跟七连散不散没关系。"

张干事躲避高城目光,东张西望地寻找救援,终于看到了一位,便喊了过去:"黄参谋,你说他们这是不是借题发挥?"那黄参谋没好气,说:"我瞧是你太不懂野战连队的那本经。"李梦看看这样下去不是个道理,只好硬着头皮说:"行了行了,你们回吧,我们会商量的。"

李梦说说也就罢了,错就错在他动手推人,而且推的是高城。高城根本没动,伍六一手晃了晃,李梦一只手被捏住了,痛得身子都佝偻了下来。

张干事一看急了,呵斥道:"你们这是什么意思,动手吗?"

高城垂下眼一看说:"七连从来不爱磨嘴皮子。"

张干事终于发现,这根本就不是用团机关的威严就可以解决得了的,脸就有点发白了。高城也没有动手的意思,可他手上却乱抓了个东西,像是要自卫的样子,抓起的竟是一块印章石。

围观的人忽然分开了,是团长王庆瑞走了进来,他皱着眉看了一会儿高城问:"这里在干什么呢?"

高城还未说话,后边的黄参谋先说了:"报告团长,咱们团报出了笔误,连队找上门来啦!团报说是大功六连打的孟良崮首战……"

张干事以为来了救星了,忙说:"是校稿时没看见,团长您说这不是无事生非吗?"

团长点着头,看看这个,又看看那个。伍六一已经放开了李梦,团长没瞧见一般,在几个人中间踱了两步,忽然狠狠一掌拍在桌上。

"无事生非?"团长怒吼着,"你告我这是无事生非,我倒想问问啥事值得你惹是生非?"

团长突然拿了一块刻好的印看着:"这个吗?"

张干事提心吊胆地望着。

团长明显是想砸的,看了看又放下来了,说:"刻得倒是真好。不过你这样的人才……没了我不会可惜的……黄参谋。"

黄参谋答应着:"有!"

"给张干事安排,去四连生活一个月。"

张干事脸顿时苦成了一团。

团长踱到高城跟前,看着,高城半分不让地对视。团长微微地叹了口气,嘴里刚刚说出钢七连三个字,旁边的高城马上无声地敬了个礼。团长望着高城笔直的手势,他的奖章,他的帽檐,他的黑发……不由得轻声问道:"你们的荣誉感在血液里吗?"

"在骨髓里。"高城平淡地回答道。

团长的眼眶一时有些湿润,他很想伸手碰碰这名不驯的部下。

"钢七连对团部还有什么要求吗?"团长问。

"在团报上声明刊印错误,别的没有了。"高城说。

"走了的兵,要走的兵,他们有什么要求吗?"团长问。

"没有。"高城说。

"有的话要跟我说。"

过了很久,高城才点了点头。对他来说,那是他这连长的最后一次反抗,从此七连的命运就算是定了,一批批的名单下来,一批批的人走掉,他的连像是被一支无形的枪瞄上了,一枪一个,绝不落空,他却不知道向哪里还击。高连长忽然体会到什么叫内疚。

七连的人在众目睽睽下走过走廊,他们是胜利者。

两杆连旗无力地耷拉在许三多和伍六一肩上,他们又是败兵。

几名校官在这尉官和几名士兵身前让开,眼里写着惋惜又写着尊敬。

无论如何,我们是败者。最后的时刻,可以显示最后的骨气,表现最后的悲壮,可最后,就是最后,连长知道,连我都知道,已经到了最后。

操场上的七连,已经缩短到不到一半的队列了,但仍然矗立着。

高城如同一头困兽,人太少了,他在亲自指导学员兵马小帅的队列姿势。

"挺胸!昂头!就算迎面射来的是子弹,也得这么挺胸昂头地挨着!"说着他朝马小帅的眼眶狠狠砸过去两拳,每每在贴近马小帅眉毛时才收住。马小帅没有让他失望,马小帅的眼眨都没眨。高城满意地退开,示意许三多和伍六一持旗出列。

钢七连那个古老的新兵仪式,今天将为新来的学员兵马小帅举行。

钢七连的人可以越来越少,但钢七连的精神不能丢。

"马小帅,钢七连有多少人?"做班长的许三多问。

"钢七连有五十三年的历史!在五十三年的连史中,一共有五千人成为钢七连的一员!"

"马小帅,你是钢七连的多少名士兵?"

"我是钢七连的第五千名士兵!我为我自己骄傲!为我之前的四千九百九十九人骄傲!"

"马小帅,你是否还记得钢七连那些为国捐躯的前辈?"

"我记得钢七连为国捐躯的一千一百零四名前辈!"

一辆三轮摩托的马达声暂时冲断了这个进行中的仪式。红三连的指导员驾驶着摩托车,飞奔而来。上边坐着的是成才,边上还有一堆行李。这是另一个要走的人,他将被送往荒漠中的五班看守输油管道,走前,他又想起了他的钢七连,上路了,他要过来再看一看,看一看他的钢七连……

马达声一停,许三多和马小帅的问答又继续了:"马小帅,当战斗到最后一人,你是否有勇气扛起这杆连旗?"

"我是钢七连的第五千名士兵!我有扛起这杆旗的勇气!但我更有第一个战死的勇气!"

"马小帅,你是否有勇气为你的战友而牺牲?"

"他们是我的兄弟。我为我的兄弟而死。"

忽然，成才从车斗上站了起来，他在哭，向着这个被他抛弃的连队喊叫，但他现在有脸喊出的只有一个人的名字："许三多！我走了！许三多！你好好混！许三多，你记得我！"

红三连指导员好像知道闯了祸了，加快车速，瞬间带着成才和他的话尾飞出了视野。

高城的队伍却纹丝不动。旗声猎猎。许三多继续着他们的仪式。

"马小帅，不论是谁，不论是将军、列兵，只要他曾是钢七连的一员，你就有权利要求他记住钢七连的先辈！"

"我会要求他记住钢七连的前辈，我也会记住我今天说的每一句话。"

"马小帅，现在跟我们一起背诵这首无曲的连歌，会唱这首歌的前辈已经全部牺牲了，只剩下钢七连的士兵在这里背诵歌词，但是我希望……"

许三多话没说完，高城在他的脸上看到了什么，他悄悄地靠近许三多，轻声地说："把眼泪擦了。"那是许三多眼角的两条泪痕，那是成才刚才喊出来的。但是许三多一动不动，他接着他的话："但是我希望，你能听见五千个喉咙里吼出的歌声！"

钢七连的士兵一起开始吼出他们那首无曲的歌词：

一声霹雳一把剑，一群猛虎钢七连；

钢铁的意志钢铁汉，铁血卫国保家园。

杀声吓破敌人胆，百战百胜美名传。

攻必克，守必坚，踏敌尸骨唱凯旋。

许三多一边吼着这才一边擦去了眼角的眼泪。

第一年当兵，我会不管不顾地回应。第二年当兵，我会生气成才破坏了纪律。可现在好像已经当了一辈子兵，当了一辈子兵的人只能在大声吼出口令后擦去眼泪。

暮色降临了。战车停泊在库里已经有一阵子没开出去了，可那也还得保养。许三多一个人在车库里忙着。他试图卸下战车上的某个部件，那又是个需要钢钎和铁锤的活，一个人做起来就很难。

这时一个人走了进来，帮他抓住了钢钎。

是伍六一。许三多抬头看看伍六一，伍六一没有表情，即使这样，许三多仍受宠若惊。这点活因为有伍六一的帮忙很快就干完了。

许三多提了半桶水过来给他洗手，伍六一没领那份情，只是将手上的油污使劲搓了搓。许三多卑躬屈膝地等着，那个词很合适，因为他那姿势几乎像跪在伍六一面前。

"第三批名单也下来了，二十七个。"坐下来的时候伍六一沉着嗓门说道。

许三多身子微微震了一下，那只是震动而不是吃惊，七连人已经不会为这种事吃惊了："全连就剩二十九个了，走完这批就剩两个了。"

他深吸了口烟,许三多瞧着他将头靠在履带上,将那口烟深咽了下去,嘴角浮着一丝苦笑:"以前怕说走,现在,留下来的自然最惨。"伍六一一向心思重,但从来没像这样重过。

"是你吗,六一？……不会的,你很棒呀！"

"比你还棒吗？"伍六一回过身,眼睛里是满满当当的不屑。

"我只是尽力不被人笑话。你知道,我拍马赶不上你的,你们的那种荣誉感,我从来也没有。我努力,刚开始为了班长留下,你知道,一件蠢事,后来,生挺,坚持,不知道为了什么坚持。"许三多下意识地回答。

"那我为了什么坚持？"

"你们,你和班长,都是真明白士兵荣誉的人。"

伍六一咧了咧嘴,可以当那是感动,也可以当作仍然是表示不屑:"如果我这个明白荣誉的人就得留下呢？"

许三多信了他的如果,并且深切地感到悲哀:"我们和了吧,六一。"他伸出了手。

"别误会,我和你没仇。三个字,瞧不上。瞧不上你的浑浑噩噩,天上一半地下一半。握下手就瞧得上了吗？这人也做得太轻松了。"而许三多的手仍固执地伸着,伍六一一把把它打开了。

"我知道你不当我是朋友……可是,如果我们不是朋友又还能是什么呢？"

"从班长走后我就没朋友了。"

许三多点点头,开始清洗卸下的零件。伍六一看着,他心事重重,看起来甚至有些歇斯。

"他说谢谢你！"伍六一很平静地看着许三多。

"谁？"

"他说你那么伤心,害他也伤心得要死了一样。死过去又活过来,忽然一看,世界好大,可以很有意思地活下去。他说谢谢你,有些事要受了伤才能明白。"

"谁？"

"他说我们到了那时候,想想这话……"伍六一忽然开始狠揉自己的脸,然后把许三多打那半桶水拖过来,整个头塞进去,洗脸。

当他把头从水桶里抬起来时,发现许三多已经不干活了,许三多在他身前静静坐着,屏息静气地看着他:"谁？"

"照顾我的人,让我照顾你的人,被我们挤走的人,让我成了现在这样的人,让你成了现在这样的人,还能有谁？"

许三多没说话,但那一瞬间,他看上去心已经碎掉。

"知道我为什么讨厌你？"

许三多沉默,他现在根本无力答话。

203

"因为第一眼看见你,我就知道他会把所有心思花在你的身上。因为你更可怜巴巴,比我刚来时更像一团扶不起来的泥巴。没办法,他就要把我们这些泥巴捏成了人形,让泥巴也会自爱和自尊。我多想像你那样……那样臭不要脸地跟在他屁股后边,占掉他所有的时间和友情……可我唯一的朋友也被你抢走了。"伍六一站起来,他要走,这里的气氛已经被他搞得太悲伤,以至他自己都待不下去了,"我走了。不想提他的,可是看见你就要想起他……这可能是我讨厌你的原因。"

许三多张张嘴想说什么,但甚至没有发声的力气。

"要跟你说的正事,我分到机步一连,还是三班,三班班长……留下看守的是你,你和连长……不知道为什么这样,可我现在又知道什么?……别记着我的坏处,就像你说的,记得一个人的好处强似记得他的坏处。"他走了,许三多怔怔在战车边坐着。

许三多拉开了战车车门,钻了进去,将门关上,拧死。他在一个座位上抱着头坐下,有时他看看旁边那个空座,旁边是一班之长固定的座位。

对一个想找地方伤心的人来说,这实在是个够隐僻的环境。

零落的三班,仅有的几个士兵正在收拾自己的行装,几乎所有人都要走光了。

许三多的进来使所有人停止了手上的事情,马小帅第一个把脚下的包偷偷往床下踢了踢,然后除伍六一外,所有人都做了这个动作。

因为,谁都知道只有许三多一个人,是没有去处的。

许三多很温和地笑了笑:"你们先接着忙,忙完了咱们开班务会。可能是咱们最后一次班务会。"

没有人动弹。

许三多摊摊手,说:"抓紧时间,给你们五分钟。我在这等你们。"

这等于是命令,几个兵又开始收拾。

"又得选先进个人了。往常三班没做过一件出格的事情,这回我想做一件。这回的先进个人不用你们提名,我自己来提,我想选你们所有人。对,我就这么往连里送,因为本班代觉得每一个人都很好。好样的……"许三多今天是有些反常了,他从来不是一个这么多话的人。

伍六一狠狠将最后一件东西塞进包里,将包塞进储物柜,将柜门狠狠关上。

烈日炎炎,一减再减的七连仍站成了一个散列的方队,站在操场上。

分属各团各连的几辆车停在远处操场的空地上,那是来接兵的。

高城站在七连的门口,大声地念出手上最后一份名单:"王雷,A团机步七连;陈浩,C团榴二连;彭小东,B团机步七连;伍六一,B团机步一连;马小帅,C团机步三连;刘建,C团坦五连;李烨,炮团工兵连……"

在一个士兵的眼界里,这是最后一刀。七连是一个人,每个兵是七连被砍倒后溅出的一滴血。

每个兵的脚下都放着一个包,每个被念到名字的兵,都有微微的轻松,然后是浓浓的伤感。

高城终于合上了手上的名册:"这批名单就是这些了。"

他抬起了手,也抬高了声音:"我想说……"

他看着眼前那些强挺着的年轻士兵,从第一行看到最后一行,他突然说不出话来。

"解散!"他干脆喊道。

这支队列就无声无息地散了,一直在旁边等待的各连连长和指导员插进了队列中,带走属于自己的兵。没有什么言语,只是轻轻一拍那个兵的肩膀,那个兵便跟在他们身后走开。

高城看着被瓜分的这支军队,一动不动地站着。

机步一连的连长和红三连的指导员,于心不忍地凑了上来,一个掏出烟,另一个也掏出烟,红三连指导员紧张得掏烟的时候,把半盒烟撒在了地上。

高城强带着笑意,他想开个什么玩笑,但嘴上的烟却抖得不成个话,他只好狠狠地咬着烟嘴,不让它落到地上。

高城说:"对老子的兵要好一些,否则格杀……勿论……滚吧!挖墙脚的家伙。"

红三连指导员和机步一连连长只好苦笑,他们能说什么?只能十万个过意不去地拍拍他肩,走开。

高城的那支烟在手上被夹成两截,终于忍不住想去看看他的兵怎么样了。他茫茫然地跟在那些各奔东西的人身后。

曾经的七连在车辆引擎声中烟消云散,车载的人、人引的人,在军车驶动的烟尘中散向整个师范围内的各个角落。

高城在车与车之间,人与人之间孤魂野鬼般地游荡,有时迎上伍六一绷得铁一般的面孔,有时迎上马小帅发潮的眼眶。士兵望着士兵,士兵望着从前的班长,连长在其中跌跌撞撞。

当最后一辆车也在操场拐弯处消失时,七连的最后痕迹就只剩下一个忽然显得佝偻起来的高城了。

伍六一最后看了眼七连的宿舍,头也不回地跟着机步一连连长迈开步子。

周围顿时安静下来,只有掠过钻天杨之间的风声。

高城茫然地看着,他大概没有想过显赫一时的钢七连解散时竟会如此寂静吧。

一个人站在七连的空地上,乱哄哄的时候他被淹没了,但人都去尽时他显眼得就像沙漠上的一根树桩。我们看不见这个人,只能从这个人的视线里看见他的影子,被日光拉得很长很长,呈一个最严格的立正姿势。

在他的视线里高城晃了回来,"晃"这个字很少能用在高城身上,但挺过了最后的时刻,七连长终于开始晃。手进了裤袋,鞋磨着地皮,背见了佝偻,肩膀在摇摆,一向龙行虎步的军人今天走得像个闲了小半生的人,一扇扇打开七连的窗,毫无意义地查看七连空荡荡的房,再毫无意义地关上。在他的东张西望中,终于看见水泥地上拉得长长的影子,然后再追本溯源,看到这个立正的人身上。

高城的表情像哭又像笑,像是梦游。

高城甚至有点惊喜:"还有个没走?……许三多?"他晃了过来,一边晃一边也就想了起来。

"对了,是你我看守营房来着。可我怎么就觉得是我一个人呢?因为你不说话,几乎不管别人……有你,跟没有一个样。"

他自己挺不像样,可是很挑剔地看着许三多,这种挑剔渐渐越来越多挑衅的意思。

"你猜怎么着?我想起个笑话来了。每次走人时,我都想,不该走的走了。你留下来了,我又想,不该留的留下来了……不理我?"

许三多没表情,高城晃到他前边时就看着高城的眼,高城晃到他侧后时便当没这人,严格的队列姿势。

"我知道,你期待已久,报复的时刻,终于到来。你恨我,你看得比命还重的班长,没让你去送。早看出来了,你想宰了我,师格斗冠军的致命招全往我身上招呼,想象中。"

他觉得不太满意,因为就许三多的表情而言,他像在提一件与许三多无关的事情。

"每走一个人,你都看着我在想,你也有今天。是啊,我也有今天。"他甚至将手在许三多眼前晃了晃,七连的人拳头砸过来都不会眨眼,自然这也不会眨眼,"不理我?嗯,你的报复,真像你的方式。士兵,对吗?"

许三多一如平常:"报告连长,我仍在队列之中!"

"一个人的队列?"高城的语气里充满了嘲弄,"好了,解散!"

许三多放松了一些,那也就是说他换了个稍息姿势而已。

高城看看这个人,又看了看地上两个短短的影子。他转过神儿来,开始狂躁、愤怒和咆哮:"你现在可以开始了。"

"开始什么?"许三多问。

高城狠狠地盯着他,目光似乎能把人射穿了。

"哭、笑、撒泼、打滚、骂人……或者一拳对我 K 过来。随便。七连不存在了,随便做你想做的事情。我不责备你,甚至……和你一起。"

他简直有些期待,心里郁压的东西太需要暴烈一点的行为。

可是许三多却捡起地上的半支烟,那是高城夹断后掉地上的,许三多把它放进垃圾桶。

高城瞪着,直到确定许三多没有下步行动,"你……这是干什么?"

"报告,七连手册第二十二条,环境卫生从不是自扫门前雪,要靠全体自觉。"

"我……靠。全连烟消云散了,这会你想的就是……清洁工?你懂七连吗?你知道七连多少次从尸山血海里爬起来,抱着战友残缺的躯体,看着支离破碎的连旗。千军万马在喊胜利,在喊万岁,七连没声音,打前锋的七连只是埋好战友,包上伤口,跟自己说又活下来了,还得打下去……你懂做兵的这份尊严吗?"

"我不懂!"这是许三多说得最多的一句话。

"七连是个人,就站在这,比这房子高,比那树还高。伤痕累累,可从来就没倒,所以它叫钢,钢铁的意志钢铁汉。现在,倒了,钢熔了,铁化了,今天——五十七年连史的最后一天……而你,在想他妈的清洁。"话音落尾是一脚,一脚踢翻了垃圾桶,是挑衅也是郁愤,高城现在就想干点出格的事情。

卫生角常备了种种用具。许三多拿了扫帚,打扫。

这真是让高城抓狂。

"我瞧不上你。你有兵的表,没有兵的里,你做什么事全是为了别人的评价,没有血性的人不会理解七连的荣誉。像你混过的所有地方一样,七连不过是你混过的一个地方!"

许三多仍在打扫,而高城在狂怒中忽然恍然大悟:"我懂了。这就是你的报复,蓄谋已久的!——在全连就剩两个人的时候,让我看尽你的死样活气——你就是我的地狱!"

他大恨回身,气冲冲回屋。即使在这都能听见他重重摔上房门的声音。

许三多打扫,将扫出来的垃圾再送回垃圾桶,直到七连外的空地又像方才那样纤尘不染。他直起身来擦汗,看见门洞深处交错的那两杆连旗,眼中是种比任何哭泣都更深切的悲恸。

一个十二人的房间,只剩下了十一张空空的铺板是个什么样子呢?就像欢流了几百年的河流忽然裸出了河床。许三多默默地清理着储物柜,清理士兵们遗留下来的一些东西。

每个储物柜里都有张明信片,上边写满一个士兵能想起的对班长的祝福。

许三多默默地把它们叠拢了,归入自己柜中的一大摞家信中。

伍六一的那一张是这样写的:顶不住了,给班长写信。下边是史今的地址。

晚饭号吹响的时候,许三多站在高城门外,轻轻敲门:"连长,吃饭了。"

"炊事班都没了,吃锅盖呀!"

"通知写了,咱们跟六连搭伙。"

"不去!"许三多等了会儿,屋里没动静,他走开了。

许三多吃完饭把一个饭盒轻轻放在高城门外,冲里面喊:"连长,饭我放你门外了。"

一个重物飞过来轰然砸在门上,许三多在门外被这声音吓了一跳。

空地上已经停了三辆卡车。各连各营的兵川流不息地将各种想得到想不到的家什搬上卡车,这一幕看上去多少有些凄惶。他们都是来分七连的家当的,整个过程中高城从没有出现过,只有许三多在和他们解释着:"我做错事了,连长跟我生气。"

忙完了这些,许三多回到宿舍已经很晚了,他呆呆地对着面前空白的信纸。伍六一的明信片放在信纸旁边。这信很难下手。

"班长,六一说顶不住就给你写信,我早顶不住了……"

怔了一会儿,又换了张信纸:"六一说顶不住就给你写信,不知道该不该写,因为我不知道还能不能顶住……"

突然被楼道里猛然袭来的声浪给惊得身子都弹了一下。

苏联军歌的节奏轰击着整个七连的宿舍,在军营里从没人把音乐放这么大声,何况在这么晚的时候。许三多跳了起来,因为刚刚想到,已经是快吹熄灯号的时候。

因为只剩两个人,理应省电,七连过道的灯全关着。黑黑的楼道里袭来轰鸣的声浪,刚从灯下出来的许三多在其中摸索。

许三多:"连长!连长!"

无人回应,黑暗里的军歌雄壮得让人有些害怕。许三多有些无措,外边漆黑的操场上两束电筒光已经晃了过来。

两个执夜勤的兵。

执勤兵:"都快吹熄灯号了!没听见吗?"

许三多只好苦笑着戳在那里。

另一个兵冲着第一个挤眉弄眼:"这是七连。今天刚……"

第一个兵犹豫了一下,看看传来音乐的房间,高城的房间。然后转了身。

执勤兵:"小声点。这样……我们也说不过去。"

许三多看着那俩兵离开,试探着去敲高城的房门。

高城房间黑着灯,只有月光,整间屋子在被声浪轰炸。

高城蜷在窗下,这样颓丧的姿势与许三多最失意时如出一辙。

门被敲着,但这样的情况下根本不可能被听见。

然后,那盘被史今修过的磁带再度卡了,又卡在同一个地方,同样,在本该雄壮的时候变成了呜咽和哭泣。

高城:"见你的鬼!!"他挥拳砸了过去,把桌上连带录音机的一切全挥了出去,机器被拽脱了插线,声音戛然而止。

许三多在门前犹豫了一会儿,他听着屋里的怪声不断,然后一下静了下来,屋里改作了一种微弱的声响,像是一个溺死者从喉间挤出来的声音。许三多试探着喊了一声连长。

屋里砰的一声,像是什么被碰倒了。许三多退了小半步,对了锁头一拳砸过去。许三多随着开了的房门撞了进去。

屋里黑乎乎的,把灯拉亮之后,许三多看到连长的房间里,是一地的烟头,脱下的军装,摔在桌上的帽子,乱得已经不像个军营的宿舍了。

高城躺在床上哭着,他的哭是从枕头里传出来的,他的头死死地挤在枕头里。

许三多愣了一下,然后静静地看着。高城终于意识到屋里又进了一个人,一骨碌爬起来,胡乱抹了把脸:"我就是……胃不舒服。"

许三多又是一愣,他呢喃了一句:"我背您去医务室!"他已经揪着高城的手往背上拖,高城手足并用,一脚把他踢开。

高城说:"不用不用!没有胃不舒服。"

许三多终于明白过来,立刻就哑然了。高城又抹了把脸,手上紫红的一块,那是刚才发作时在黑暗中弄伤的。

许三多愣了一下:"连长,你的手……"

高城看看自己的手,又看看许三多的手:"你那又怎么回事?"

许三多同样在砸门时弄破了手。

高城看看脱了榫的撞锁:"你砸门?"

"我又做错了……"许三多有些沮丧。

许三多在给高城包扎完毕后,起身回宿舍,高城笔直地坐着,绝对的没有半分感谢之意。他放心不下地看着高城,高城狠狠瞪着他。他只好灰溜溜出去,并把门从外边轻轻地带上。

高城一个人怔怔看着他自己的房间。

回到宿舍,许三多对着那封写不完的信瞪了半晌,终于把它收了起来。

说是顶不住就给班长写信,这信却一直没有写完。那天晚上明白一件事,顶得住和顶不住是个选择题,我们没有选择顶不住的权利,这个答案在入伍第一天就已经定下了。

就在许三多又开始在自己的宿舍里扫地的时候,一个人影惴惴地站在门口黑暗里。

是高城,他像个初来乍到的陌生人,站得离门有点距离,看着屋里。刻意回避着许三多的目光。

就在高城正要进门的时候,熄灯号同时吹响,两人怔了一下,许三多伸手拉灭了灯绳,一片漆黑中立刻听见一个人撞在门框上,然后是高城恼火的声音:"你搞什么!"

"报告,是熄灯号。"

"我想给你包扎一下你的手,这乌漆麻黑的我怎么包啊!"

"熄灯号吹过了……明天吧。"

"开灯哪!"

"执勤会来查的……已经来过一次了……违反纪律了……"

"我跟他们说!我是连长!"

两个人在黑暗里小声地争辩着,高城恨得咬牙切齿,终于放弃。转身回自己的房间,他再次不知撞在什么东西上边,愤怒地低声嘶吼:"干吗把过道灯都关了?!"

"一直说节约用电……我们就两个人……要开灯吗?"

"不用了!"高城恨得压低只有自己能听到的声音,"你最好破伤风死掉。"

许三多听着那个脚步声磕绊了两下,去远,他正打算关上三班宿舍的门。

高城的声音又传了过来:"许三多!"黑漆漆的什么也看不见,高城的声音去尽了恼火和怨愤,只剩下失落和软弱。

"今晚上……我能睡在你们宿舍吗?我保证,这没有违反三班伟大的内务条令。"

这次,许三多没有反对。

所有连一级单位的宿舍灯都已熄去,仍亮着的灯基本都属于连以上军官的办公间和住处。七连是最黑的一处,在星星点点的灯光中它黑得像能吸收光线。

三班唯一的光源是外边的月光,许三多在屋中站着,直到高城抱着被褥磕磕绊绊地进来。他想上去帮手。

高城把被褥胡乱扔在一张下铺上:"别管。你上床,睡觉,这是命令。我就是在自己屋待烦了。我也有很久没睡过士兵宿舍了……"

他回头,发现许三多已经上床睡了,实际是从他说出"命令"两字后几秒内就翻到上铺了,并且是极标准的睡觉姿势。

高城:"怎么不脱衣服?对身体不好。"

许三多于是把衣服脱了。高城愤愤地看着他,然后和衣摔在刚铺的被褥上,砸得连着的几张铺一起颤抖。

沉默中下铺打火机的火苗冒了一下,然后烟头闪亮,月光下烟雾袅袅飘起。许三多吸了口气。

高城:"别说。我知道你想说宿舍里不能抽烟。"

许三多:"是的。"

高城:"我想抽。连队已经没了,再撑着就可笑了。我想找个能说话的人,可全连除你都剩不下第三张嘴。跟我聊天,许三多。"

许三多:"我不会说话。"

高城:"也许是我不知道怎么跟你说话。许三多,瞧咱俩多可笑,你是某个不存在的连队里最死心眼的兵,我就拼命想摆脱连长大人说话的口气……哈哈惯性,咱们多像两只想挣脱粘蝇纸的苍蝇。"

许三多:"这么说不大合适,连长……"

高城:"我没有保住七连的本事,还没有耍嘴皮子的自由?"

许三多:"有。"

"今晚上什么烂糟事我都做过了,现在我不是连长。什么都是,就不是连长。"

高城咬着烟头跟自己生气,一时有种破罐子破摔的宽慰。

高城拼命想让许三多把那现在来说可笑的内务条例抛开,拼命地想让许三多能很轻松地和他聊天……可是许三多却平静如常,甚至回答他的话都没有超过三个字!

他气呼呼爬起来,给自己倒了杯水,大口地吹着,边瞪着那个平静的人。"真就聊不起来吗?你那么讨厌我?"

"不是!"

"那你给我超过三个字!"

"这不像连长和代理班长谈心……"

"谁在跟你谈心?聊天!打屁!胡侃!……我说了我不是连长!你见过这号光杆倒霉蛋连长?"高城气得把杯子往桌上重重一顿,至少半杯到了自己身上,就穿着背心短裤,给高城烫得要跳。

"见鬼……就今天这日子你还没忘了打开水!"

许三多:"万一谁要喝……去兄弟团的路远得灌水……我不是故意的。"

"算了算了!"高城把自己又扔回了铺上,"我不信我们聊不起来。"

"跟你说个事吧,跟别人都没说过。"高城缓和着气氛,并存心吊着胃口,"我是别人叫作将门虎子的那号人,先声明我从来没靠过我爸,全团没几个知道他是谁……其实我爸是……"

"咱们军的军长。"许三多接话。

"你怎么知道?"高城愣住了。

"全团都知道。这种事情怎么可能全团不知道?也就是连长您自己以为别人都不知道……"

高城大声呼气和吸气的声音让他意识到不该再回味下去了:"这么说我像只猴子?对着朝阳活蹦乱跳地觉得自己天天向上,其实别人看我不过是发人来疯,跟自个摽劲?"

"不说了!挺尸!"高城用被子捂住了头呻吟着,"你是我的地狱。"

他们终于决定睡觉,或者说,他们决定不再交谈。高城的努力以彻底失败告终。

清晨,晨练的士兵出现在操场上。几张在七连熟悉的面孔混迹各连队中,有伍六一,有甘小宁,有马小帅。这些年轻的面孔上有陌生也有忧伤。

睡在三班宿舍的高城眼没睁开,就听到许三多正在床边扫去他昨天扔下的烟头。昨天高城扔得天上一半地下一半的衣服已经整齐地叠好。

"这就是你的报复吗？许三多。用我以前要求你们的东西来羞辱我？让我每一秒钟都觉得自己现在就是一坨稀泥！"

"没有。"许三多开始打绑腿，穿沙背心，都是那些负重长跑的玩意，"对我要求严，因为怕班长走了后我掉下去，代理班长……我知道是指导员建议的……代理也教人负责任，我明白班长以前为什么那样对我……"

高城："但是你恨我就一件事，没让你送你的班长。什么都抹不掉。"

许三多："是的。"

高城拍了下手，表示果然。

"班长走了，我伤心，七连改编，您伤心，这是咱们唯一像的地方。突然什么都没了，什么都要自己再找回来，我知道那味儿。我不会在这事上报复谁。"高城哑然，许三多站起来，他已经装束停当，"而且不让送班长，因为人得为做错事担当后果。连长，没事我出去了。"

高城仍哑然，许三多把那当默许，出去。高城忽然爆发起来："又去干什么？怎么连队散了你比以前还要忙？"

"跑步。今天一万米还没跑呢。"

高城有些心不在焉地挥了挥手，许三多出去。

高城呆呆看着这阳光明媚的宿舍，以及自己一晚胡作非为留下的痕迹。

许三多已跑得满头的大汗，但他一直没有停下，他还在不停地跑着。

突然，他发现有一个人从他的身前超了过去，那人和他一样，穿着沙背心，打着沙绑腿。许三多知道那是他的连长高城。他加了一把劲，就追上去了。

高城说："许三多，我跟你摽上了。"

许三多没有听懂。

"管你是报复，是坚持，是固执，是惯性，我跟你摽上了。两个人，你要照旧就照旧。你也别客气，不用当我是连长。"

高城边跑边说。但许三多一声不吭。

"你不信？"高城没听到任何回音，忍不住又追问了一句。

许三多说话了，他说："跑步的时候不应该说话。"

"你很正确！可你说说你自己的想法好不好？"

"如果我说我不是兵了您怎么办？没有上下级观念的军队是秋后蚂蚱，您说的。"

高城明显是又被哽了一下子："好。双人成列，三人成行，衣食住行一切照旧！给你爽！"

高城带着口火气跑开。许三多不疾也不缓，跟在他身边保持一个双人成列的队形。

这两个人与伍六一所在的机步一连交错而过，伍六一一看着，忽然爆出几个极响亮而简单的口令来，全连人喊出的口令炸遍了整个操场。

第二天早上,许三多从宿舍里出来,有意在等待,高城终于出来,许三多跟在他身边,间距一尺,保持平行。高城很有些难堪,说实话双人成列三人成行是为士兵定的规矩,军官们不守那个,何况这是一个上尉和一个三年兵双人成行。

路边几个兵别过脸去忍住了讪笑。

高城尴尬地回避着:"喂,许三多……这双人成列是我说错了。"

"报告连长,您说得对!"

高城只好别了脸,想不经意间错过这个队形,偏偏许三多几年来已把队列适应得极好,稍赶一步两人就又成了同出左脚,同出右脚。

连队食堂里,歌声和口令声此起彼伏地一路响过来,过六连时却一下断了,由不得大家目光不往这边扫。这当然是七连的位子。高城和许三多一官一兵孤零零在旁边立正,那叫蹭饭也得蹭出个志气,可这也集中了各连近百分之百的回头率。

六连长瞧得难受,轻声劝道:"七连长,要不你俩先进去?"

高城梗着脖子:"没那事。七连番号没撤,那就得排在六连后边。"

他不由得看了许三多一眼,不想,许三多以为是唱歌的暗示,一挥手竟唱起来:"我有一个连队我有一杆枪,预备唱!"

然后就自己唱开了。在众多的合唱中一个独声显得孤单而独特,高城想阻止早就来不及了,只好张着嘴干跟着。

六连长顿时就笑,他说:"老七,快停吧,您就别自虐了。"

高城一下子冒了火,声音吼得比许三多的还响。

六连长只好不再说话,讪笑着和他的兵尽量把头别往一边。

众多的合唱中,两个人的歌声格外孤苦伶仃,最要命的是七连的歌起得比别人晚了至少半曲,几个连队都停了歌声,他两人还在唱着。

六连唱完歌就进去了。看着高城,六连长再也笑不出来了,他回到高城身边:"兄弟,别唱了,我求你进去。"

高城没理那茬,直着脖子吼得更凶,许三多的歌是种平和的力量,高城却郁愤而苍凉。

一直到把歌唱完。然后:"立正!稍息!齐步走!"两人正步地迈进食堂。

六连的人几乎都在等着,等着这两个为面子耽误吃饭的人。

高城和许三多几乎没勇气去看旁人的目光,仍认为旁的目光是讪笑和责难。两人径直走到专为他们预备的小桌坐下。六连指导员大声喊道:"通信员,把七连长他们的餐具拿过来!"

高城忙说:"不行,你们那桌是连排长专用的。"

六连指导员的声音大,整个食堂都在回应,他说:"该着的!我抓十次军人风纪还比不上你这一首歌唱得透!"

高城这才注意到旁边那士兵的目光,那摆明是种尊敬,因为两人刚做的是别人都做不到的事情。

六连长亲自动手,把高城和许三多的餐具都拿了过去。

他对高城说:"兄弟,真服了你了,两个人就把我们一个连比下去了!"

两个人只好老老实实地和他们坐在一起。

这一餐,他们聊了很久,一直聊到兵们都吃好了饭,走了。不过今天大家极其齐整,三人成行,双人成列,虽零散也走出了一种风范。

最后两个兵走出食堂之后,指导员回过头来,他说:"瞧见没有?今儿立刻就规范了。我们斗不过七连,可也不能太输给七连。"

高城苦笑着,打扫完最后一口菜,摇摇头:"与天斗,与人斗,其实不过与自己斗。"

"老七,你别犯愁。换别人留守我就说没戏了,可你们俩,一个军校优等生,两届优秀连长;一个全能尖兵,奖旗拿了半张墙,团里肯定是另有深意。"

高城说:"我不要什么深意,我的兵能回来吗?"他有点要火了。

六连长捅了高城一下:"先不说你。好吧,许三多,就说你。"

许三多在一群干部中坐着很不适应。

六连长自顾分析着:"许三多,你可是我们几个连打破脑袋想要过来的兵,可最后团里来了个不了了之,你说这正常吗?老七,你也依此类推,一个连不是白撤的,必须要有大变动……"

有了一个公务兵,在门口问话:"请问钢七连连长高城在吗?"

高城回答说:"我是。"

公务兵说:"团部紧急通知,叫你马上去团长办公室!师部的人已经带着命令来了。"

六连长兴高采烈一拳砸到了高城胸膛上。高城疼得咧咧嘴,忽然矜持起来,扣上了风纪扣,然后他看见呆坐在众人之中的许三多,顿时……

一种淡淡的酸楚,他像是立刻传染了那个兵的孤寂。

第十四章

上边命令,高城升调担任师属装甲侦察营副营长。

高城在团长的办公室里看不出喜色,也看不出别的什么。王庆瑞盯着,没听到高城异议,他就算是满意了。两人默默地打量一会儿,王庆瑞最先开口了,他说:"你有什么话要说?"高城果然很平静地回答说:"我服从命令。"

王庆瑞笑了笑:"好像还是有些情绪,因为钢七连?"

高城说:"这两天我刚明白了一个道理,不以物喜,不以已悲,刚才我又明白一个道理,无业即业,无图即图。"团长没听明白,高城解释着,"最重要的是先做好手上的事情,我这两天刚接触一个人,错误之皇,每做对一件小事就被他像救命稻草一样抓着,有一天我一看,好,他抱着的已经是让我仰望的参天大树。他教会了我这些。"

"是许三多?"

"嗯。一直他做出什么来我都瞧不上。执拗是傻子的活力。可现在看来,信念这玩意儿真不是喊出来的,是做出来的,我们也太聪明了点……您还记得他吗?"

"尤其记得他去七连你跟我嚷嚷。"

"那是过去的事了,我有一个要求,我想带几个骨干去装甲侦察营。"

团长随即笑了:"说说你的人选。"

"第一个,许三多。"

王庆瑞又是笑笑:"门都没有。七连还有物资,许三多归团部管理,看守物资。"

高城愣了一下:"那么,我要伍六一。"

"那也是个狠角,"王庆瑞想了想,"也是门都没有。走了你我已经很可惜了,尤其是这通聊了之后更觉可惜,没什么事就去吧。三年军校,一年排长,三年连长,我希望你对得住这七年。"

高城只好走了,到门口又忍不住回过头来。王庆瑞正看着桌上的战车模型出神。高城最后说出自己的担心,如果他再走了,钢七连就剩下许三多一个人了。团长点点头说知道。高城便什么都不能再说了,他只有悄声地把房门带上。

高城独对着七连空地外立着的士兵入伍宣言,那本来只是为了显示七连特色而搞的独树一帜,现在,说过那么多的豪言壮语,这些朴实无华的话反倒让他有更深切的感触,高城像在看着一种全然陌生的东西。

许三多在打扫整个七连的卫生,这活可轻可重,如果要马虎,活很轻,如果要较真,很重。许三多把这活搞得非常重。

许三多看外边,高城还站在那块宣言跟前。

抠边挖角地打扫了一会儿过道,再看,高城拿了扫帚在扫外边的空地,这是大事,除非集体活动连长一级的军官才会拿个扫帚意思一下。高城是踏踏实实地扫地。

许三多急忙跑过去:"连长,我来!"

高城:"你里边,我外边。两地方,摽着干。"

许三多一时因高城的神情有些愣神,但高城认真得让他没有反驳的余地,只好点点头,继续对付自己过道。

每一片落叶,每一点尘埃,足够里外的两个人打扫到日暮。

当天晚上,没有再住在许三多的宿舍,但是高城把自己的CD和卡式合一的便携音响,一些音乐碟和卡带,还有一摞子书都一股脑地送到了许三多的宿舍,这些高城送出的私人财产已经堆了许三多的半张桌子。

那天晚上,连长很怪,说了很多奇怪的话,比上个晚上更加奇怪。他没有明确地告诉我要走,大概我们都明白,对方的伤口正在慢慢恢复,不该再给一下撕开。

起床后,没有高城的捣乱也就不需要那么多收拾,许三多径直在做着长跑前的准备工作。

许三多活动着关节从高城门外过去,并且想起曾经约好一起跑步的话。他敲着连长的门,没动静。他只好放弃。在今天也像在昨天一样,跳跃,高抬,单杠动作是用来活血,然后跑上团大院的操场。

许三多在跑步,在众多早操的队列中是一个孤独的士兵。

在今天也像昨天一样,一万两千米,四百米的操场,三十圈。有个目标又没有目标,多跑一步似乎就离它近了一步。今天我不会再蠢到问班长什么是意义,那真是句傻话。

那个大汗淋漓的许三多从外边回来,并且再次轻叩了高城的房门。还是没动静,许三多只好回到自己宿舍,刚刚脱掉奔跑时给自己加上的负重,外边就有人敲门。许三多自然地以为外边是晚起了的连长大人,但开了门,是阴沉如昔的伍六一,这位现在是机步一连的三班长。任何原七连的人出现在这里都是惊喜,许三多笑容绽放,然后被伍六一给看得收了回去。

伍六一:"我替连长带个信来。"

许三多下意识地看看高城的房门。

"不在,走了,已经到师部了,在你跑步的时候。"他仔细看着许三多的表情,"师属装甲侦察营副营长。确切说是升了。你不高兴?嗯,你也明白了,七连就剩你一个人了。"

许三多仍在错愕着,但高城留下的那堆什物让他不再错愕了,当错愕消失时就觉得无力,他找了张椅子坐下。

伍六一:"跟我打一架吧,许三多。"

许三多讶然地看着他。

"我一直就想跟你说这话,跟我打一架。找个没人干扰的地方,忘掉格斗技能,就是你一拳我一脚,吃了痛,会忘掉很多难受的事情。跟我打一架,会好受很多。跟你打一架,就是我对你的安慰你的照顾。跟我打吗,许三多?"

许三多已经不讶然了,但仍看着伍六一。

我们对视。沉默看着愤怒,愤怒看着沉默,沉默和愤怒都伤心得像是受了内伤。

"不。"许三多摇摇头,"谢谢。"

伍六一转开了头,他有些不屑又有些怜悯:"那你只好自理了。"

连部活动室里,一张刻录碟放进了机器。电视屏幕上开始的是那个在三百三十三个大回环后晕得不成人样的许三多,哭泣着、呻吟着、坚持着,摔倒又爬起来。

前指导员洪兴国的失败之作上充斥着人群,七连曾经有那么多的人。屏幕上晃动着许三多血肉模糊的双手。许三多面无表情地看着。

许三多从过道上走过,为了打扫卫生每一间宿舍门都是洞开的,每一间宿舍都是空空洞洞。在洪兴国的摄录镜头上充斥着人群,年轻士兵的活跃几乎挤炸了这栋建筑物。

前代理班长许三多坐在一张马扎上,身边像开会一样,马扎排成了方队队形。许三多抓着高低铺在做着引体向上,他抓着床杠翻到了上铺,呆呆地躺在空铺板上。然后将脸贴上粗糙的铺板。许三多一个个打开空空的储物柜。

许三多在走廊里翻着筋斗,许三多在桌上拿着大顶。

一个过习惯群居生活的人离群索居会做什么他就在做什么。

月光下的单杠吱吱呀呀地在响,许三多正在上边一个个做着单杠大回环。

许三多重重摔了下来,躺在地上。

月夜的军营万籁俱寂。

许三多看自己的手掌,手掌完好无损。

那天做了不知道多少个回环。手不会再伤着了,手上的茧子厚得图钉扎不透。班长说这茧是枪、战车、军营里所有一切磨出来的,叫作兵茧。有这茧的叫作老兵。

他的幻觉中的欢呼声忽然响起,那来自许三多两年前的某个时候。

没人的时候忽然明白我以前是什么,被连队宠坏的孩子。现在才真的没人宠了,老兵没人宠。

许三多站在院里的车道边,微笑。微笑的对象是从车道上驶过的战车部队,

217

那支纵队显然是去靶场或者演习场,车上的人荷枪实弹,伍六一、甘小宁,许多原七连的兵都在其中。

伍六一看见许三多便别过了头,甘小宁傻乐。

许三多也傻乐。

当战车驶走时,许三多脸上的笑容也退了下来,那纯粹是机械的反应,许三多真实的表情是没有表情,作为一个主要是看守空房的人来说也不需要什么表情。

一天又一天。白天很好过,学了东西就总会用得上。

许三多现在已经成为杂务兵,简称杂兵。看守房屋、打扫、维护设备、官面的借用、私下里的帮个忙,一切可能用上的地方。江山世代有人出,一个季度不到,三五三的人很快忘了杂兵以前曾经是个尖子。他抽屉里已经有一摞这样不明情况的兄弟单位写给他连长的感谢信。

晚上。难受的是晚上。不管你有无作为,不管你学了多少,到了该休息的时候,全都一样。

每天晚上的许三多都在疯狂地洗着衣服,每天!还能要求一个没人管的小单身汉怎么做?

现在许三多被借用干的事情是一帮学生的军训。

乱七八糟一通枪响,基本全飞,靶子周围的石头块没少遭罪。铁面班长铁了脸看着,不生气也不失望,倒像是理所应当:"下一组准备。"

他身后是许三多,接了枪,翻过来,半分解,查弹膛,动作利落之极。

这短暂的瞬间刚才的射击者们已经围了过来,一帮子军训学生,打出刚才那样的成绩确实理所当然。

学生:"班长,你真会耍酷。"

许三多:"我不是班长。代理的,撤了。"

学生嘿嘿地笑:"见了士兵叫班长,见了班长叫连长。懂不?"

许三多也只好机械地笑笑。显然,他比那位铁面更受欢迎,休息间隙便是七嘴八舌。

学生:"干吗不是你教我们?"

许三多:"我来帮忙的,尽量不耽误他们正常训练。"

学生:"你不训练吗?"

许三多:"也练。"

学生:"你比他强吧?"

许三多:"我不行。"

学生:"我跟他打赌你是新兵。"

许三多:"是来不久。"

学生从身边捡起一本书,冲许三多挥挥:"这是你的?"那是一本笛福的《鲁滨孙漂流记》。

许三多:"嗯。"

"你是在看还是拿它垫屁股?"

"看,"许三多有点心痛,把书接过来,"小心点,图书馆借的。"

学生有点奇怪:"你看什么?"

许三多把书抹平,一边抹一边由衷地说:"他真行,他一个人活。"

那次许三多几乎交了几个朋友——军训的学生。他们说一个月的军训太过漫长,让许三多帮忙找点书看。三五三团的团书馆也许不能叫"馆",也就那么不过三十来架的书,但对许三多来说,这确实是个图书馆。

一天军训结束,几个鬼祟家伙在一个背人的角落里站下,许三多非常宝贝地从包里掏出一摞书,都是旧得不像话的陈书。

许三多:"小心点。不让借这么多,我说好话才……"

学生们看起来很失望:"就这么些?好旧啊。版本不行,这什么字体呀?看得我犯眼病。你看这纸张,嘿嘿。"

许三多诧然:"不会吧?"

学生:"你们图书馆多少存书呀?怎么连《悲惨世界》也借出来了?"

许三多:"两万多册。"

学生:"那哪儿是图书馆呀?我们学校六十多万册都不敢叫馆。难怪你从 A 看到 Z 呢,吓着我了。"

许三多很自惭形秽:"原来你们都看过?"

学生:"哪有那时间浪费?看看序完了。雨果太啰唆,托尔斯泰更话,有 MARGARETWERS、TRACYHICHMAN 吗? VERNOSVINGE? J.K 也行。"

许三多张口结舌,佩服到五体投地:"没有……我书看得少……"

于是被学生们拍了拍肩膀,像对一个跟班小弟:"等着吧,等回去我寄给你。让你知道什么叫书!把旧货收起来吧。给你能叫书的书。"

于是许三多诚惶诚恐地把书收将起来,他甚至忘了羞愧,只觉得高兴:"那可太好了——真是太好了。"

用不了多久,学生们就要走了,大巴车停着,车上的学生和车下的兵你拍我打,一片哭声。

铁面班长在哭,许三多在哭,跟许三多熟络的学生也在哭。许三多被学生们拍打和搓揉。

学生:"我一定一定把书寄给你!等着啊!我们会来看你!"

许三多哭,哭得不知羞耻。

哭的时候车驶开了,载走哭声一片。

许三多抹掉了眼泪,发现铁面班长红着眼圈看着他。

铁面班长:"走了。"

许三多:"嗯。"

铁面班长:"你哭什么?许三多。"

许三多诧然:"他们……在哭。"

铁面班长:"他们哭什么?不是一星期都嫌漫长吗?"

许三多:"你哭什么?"

铁面班长:"不知道。"

他们往回走时多少有些意兴索然。

半年过去了,学生的书没有寄来。明信片也没有一张。

团部大院里依然各连列队,吼歌等饭。许三多仍单人代表七连。歌声此起而彼伏,到了许三多时改成独唱,甚至没一个人多瞧他一眼,半年下来大家对他已经看成了习惯。杂兵,七连的鬼魂,像他看守的空屋一样是不知道为了什么的存在。

许三多总是在军容镜前慢腾腾地整理军容,他喜欢专注地看着自己。他甚至有时候会伸出一只手试图触摸镜子里的自己。

总照镜子,总担心有一天在镜子里再也看不到自己。我被人忘了。

许三多依然是穿着沙背心,打着沙绑腿,天刚蒙蒙亮就跑起来了。

脸上,却是一片空寂。

一群晨练的兵惊诧地看着许三多超过他们,而且身上是负了重的,这几乎是犯了众怒,于是操场上开始了一场无形的争夺。许三多并没意识到身后的追赶,他一边跑,一边在嘴里喃喃地自语着:"你是钢七连的什么人?……我是钢七连的第四千九百五十六个兵。……钢七连是装甲侦察连……我是三五三团三营七连一排三班的兵……嗯,那你懂七连吗?"

追赶他的兵已经渐渐放弃了,因为追不上。

许三多奔跑,念叨,这种念叨既不雄壮也不豪迈,最多算一种存在的提示。许三多自己还在不停地跑着,嘴里也一直不停地喃喃自语:"……我懂七连……七连有一千一百零四名烈士……嗯,我还活着……嗯,光荣而庄严地活着……"

终于有人从他身边超过,而且也是负重的。那是伍六一。伍六一仍是那样,永远地对他不满意,对那种心不在焉的不满意。

他说:"许三多,你在干什么?"

许三多看了看说:"你是伍六一?"

伍六一说:"光荣地犯迷糊!"

许三多似乎又回到了刚进钢七连反应呆滞的时候,茫然地看看伍六一。

伍六一给了他一脚说:"跑你娘的!许三多!"说着自己加速起来。许三多好像被人喊醒了似的,开始拿出了劲头追赶。

总算有了个目标,两人在跑道上亡命地追逐。

许三多终于先伍六一一步,跑完了最后一圈,他从冲刺中猛然停了下来,在操场边坐下。伍六一没有坐下,他在旁边跳跃着,继续活动着筋骨。

"起来起来!腿抽筋我可不会背你回去!"

许三多无动于衷,汗水湿透了军装,他无精打采地低垂着头。伍六一突然觉得不对,他蹲下来,揭开许三多的军帽,他发现帽檐下许三多,眼神极其茫然。

"你怎么啦?许三多?"

"我在看七连。"

"你把自个儿魂看丢了!"

"这个月我跟人说不到十句话。其他时间我都在跟自己说话。"

伍六一:"傻瓜!"

许三多说:"顶不住了。真顶不住了。团部跟我说转士官,我说转。我爸来信说复员回家,我说回。"

许三多突然脸色惨白地捂着脚。果然抽筋了,而且抽得极其厉害,伍六一一言不发地把他揪了起来,在操场边走动着,边走边骂着:"你这个蠢货!你抽风哪!这两事完全背着的,转士官是延长服役,你又说复员?"

"我知道,我没办法。团部跟我说转士官,没说换地方。我一个人。闭上眼以为你们就在周围,屋里都是你们。一睁眼,我一个人。"

"瞧你,就这点出息劲。"伍六一猛地把他推开。

"我爸就要来……已经上路了。"

伍六一抱着胳臂,瞪着许三多一瘸一拐地活动着抽筋的腿脚。

"没跟我爸说七连没了。我爸说复员。我说好。我又没想复员,我就是不知道怎么办。我又跟我爸说我不知道复员不复员。我爸说滚蛋,他来给我拿主意。"

伍六一没有回答,他走开,走两步又停下来问:"什么时候来?"

许三多茫然地看着他。

三天很快就过去,许三多站在团门口看着空空的路面发愣,他又看看哨兵,哨兵永远严肃的脸上也忍不住露出来笑意。伍六一抱着胳臂在许三多身边站着,他表情也很古怪。

一切归于许百顺所赐,包扔在一边,刚跟儿子见了面的许百顺叉了腰,以许三多为轴心,把伍六一也包在里边,如市场买肉猪一样上下打量挑肥拣瘦。

许三多闪过了背后踢向屁股的狠狠一脚,闪了个空的许百顺一头撞到许三多怀里。

许百顺有点不服:"你就这么孝顺啊?没见面先闪我一下子?"

许三多一边扶,一边满嘴地叫爸!他很想哭。

许百顺没理他,说:"躲得很熟嘛,这里常有人踢你啊?"一边说一边扫了伍六一一眼,伍六一确实长得像常踢他儿子的人。

许三多直接把父亲接到了酒馆里。然而,让许百顺感到稀奇的,却是那些从

221

门前隆隆经过的炮车们,他不时地从椅子提起屁股:"那些家伙就是你们的战车?"

许三多说那是炮营的,自行榴弹炮。许百顺没听懂。

伍六一说:"顶百十台拖拉机吧。"

许百顺看了一眼伍六一,对许三多问道:"你说做了啥代理班长,这是你的兵吗?"许三多说:"他是伍六一,是咱们上榕树的老乡。"

伍六一说:"我是机步一连三班的班长。"

许百顺挠挠头,他搞不懂这关系也不想搞懂,只好转移话题,说:"咋不吃菜,怎么着,怕你老子我付不起钱啊?"

他把服务员刚拿过来的一瓶酒抢过来,却怎么也拧不开。伍六一接了过去,两只手指一搓就搓开了,他给许百顺满满地倒上了一杯。

许百顺要给儿子倒酒时,许三多回绝,部队上不让喝白酒,许百顺不听这些说:"你马上就复员了。"

伍六一拍拍许三多,给他使了个眼色,意思是让许三多用不着这么死心眼。

给许三多倒完酒,许百顺就开始摸许三多的肥瘦,他想在部队里有的是吃的,他觉得许三多应该是一身的肥肉,可他发现没肥多少嘛。但许三多告诉他,自己结实了。

许百顺还是瞅着他的许三多没有什么变化:"别人都长出息,你可还是大锤子砸不出个屁,也是,当兵能长啥出息? 对不对,你们?"

许三多告诉他:"见得比以前多了。"

许百顺就瞪起眼睛来,他说:"能有我多吗? 我去过广州深圳,进过世界公园,那都照了相。我还坐了摩天轮,喝了四十块一杯的洋酒! 回来时是机票不打折,要不我空中公共车都坐过了!"

伍六一使劲绷住了笑脸。

是没您多。许三多愿意顺从他。于是老头的话就来了,他说:"所以啊,儿子,你这跟我一说想家,我那边主意立马就定了! 役期也满了是不是?"

"满了,可是……"

"我知道,差个手续。你啥事不要老子操办? 办了,复员了。先不回家,你二哥掏钱,咱爷俩上首都长趟见识!"

"我不要。"

许百顺是标准不听人说话的人:"你大哥出息也不大,跟你说你二哥,人模狗样,可倒发了,他跟我说,钱是省出来? 是挣出来! 是啊,他往南边折腾一趟老家的山货就挣几万,说信得过还是自家人,一起干。现在你看看咱家去,五间,红砖青瓦! 回去给你谈媳妇,也是红砖青瓦,再来五间!"

"老大娶媳妇晚,男根耗没了,无子啊! 你二哥干脆不娶,摆明了要绝许家后。就指你,精壮童男,就剩阳气啦,两崽子都有戏!"

"……"

这次招待宴会终于在伍六一和许百顺的频繁干杯中结束。

许百顺出了酒馆就照旁边公厕扎。许三多和伍六一在路边候着。

许三多很苦恼地看伍六一,后者是一副要笑又懒得笑的表情,许三多终于忍不住抱怨:"说是来帮我,又不帮我说话。"

伍六一:"你都不知道自己要什么。谁帮得了你?你如果想留下,等老爷子出来你跟他这么喊就行了。"

许三多:"他怎么对我你也看见了,多说两句上手就打。他真是我的克星。我以为现在能好点了,可刚才他一瞪眼我浑身都不过血了……六一你不知道,我打小挨的耳光比我走的路还多……"

伍六一:"没入伍时我信,可入了伍光数你每早上一万二吧,就算两万四千步,跑两年多,你今年二十二吧,平摊了每天几千个耳光,真打成猪头了。"

许三多:"你从来不跟我开玩笑,怎么今天就开玩笑?"

伍六一:"因为觉得你好笑。"

许三多失望地看看伍六一,伍六一表情冰冷,许三多将头转开,决定像以前一样忍受这样的侮辱。

伍六一:"也因为我想告诉你,你这两年多攒的东西根本不是你爸拦得住的,我看见他就可怜他,因为他注定带不走他儿子。可现在我可怜你,居然会被拴条链子就拖走。"

许三多发着呆。

伍六一看不下去了转身要走。而且说走是真走,大步流星就给了他个背影,而且方向是径直回团。

许三多给噎得连叫的勇气都欠缺,回了头许百顺正好出来。

许百顺:"那一个呢?"

许三多:"有事先回了。"

许百顺:"回就回。现在带我去跟你们领导合计合计,看怎么能带你走。"

许三多被父亲揪了一只衣袖,苦着脸,像被当场抓住的小偷。

进了连队营地,袖子总算被放开,许三多拼命想从空荡荡的脑子里挤出点东西,好吸引开父亲正看着宿舍的眼神。

许三多:"爸,这是单杠……"

许百顺:"单杠旁边是双杠。"许百顺板了脸,许三多只好挠挠头。

许百顺:"我还不认识这是单杠?你们领导在哪?"

许三多:"我是说……我耍个单杠你看。"

许百顺:"不看。这块咋连个人动静也没有?"

许三多:"那是空地……我是说,是我们连活动场地……"

许百顺:"我要找人!找地皮回家圈去!"

223

许三多:"爸,我们连现在状况是不太好,可它有五十七年光荣的历史……"

许百顺:"好啊。老子我打出娘胎也有五十八年光荣的历史,比它还多一年呢!凭啥役期都满了还不放人?说!哪个门?"

许三多只好指指七连空空落落的门道,许百顺半个磕巴没有,抬腿就进。许三多紧跟,进门前万般无奈地回望下刚走过的空地,眼里写的已经是诀别。

许百顺进了七连宿舍,这里的安静让他心生疑惑,仿似怕踩上地雷的鬼子。

许三多紧跟在后边:"爸,不是不放,是我不想走……"

许百顺瞪眼:"找打……"巴掌已经举起一半,整齐的掌声轰然而响,许百顺吓得浑身一颤。许三多也被吓着了,吓得简直瞠目结舌。但凡还在这个团的原钢七连的士兵,全都在过道两侧站着,他们一个个军装笔挺,好像已经站了多久了。已经空寂了几个月的钢七连宿舍,顿然又聚起了至少两个班的人。

毫无疑问,这是伍六一安排的。伍六一猛喊一声口令:"立正!稍息!敬礼!"

众人齐刷刷地给了许百顺一个军礼。

"热烈欢迎许三多的父亲来我连参观指导!"众人吼道。

许三多虽然一直愣着,可许百顺却乐了,他推开许三多,充满兴致地打量着眼前这几十号人,嘴里说:"啥叫许三多的父亲呀?老子还跟着儿子走了不成?"

伍六一马上纠正道:"热烈欢迎许老伯来我连探亲!"

许百顺得意扬扬地点头:"不是探亲,是来接人。——你们领导呢?"

伍六一:"报告许伯伯,这就是我们领导。不过我们这不叫领导,叫首长。"伍六一指的是许三多。许三多愣住了。

"嗯,首长好听。"许百顺转头看看儿子,生平第一次有些赞赏之色,"你管这么多人?"

伍六一:"对啊,转了士官就管这么多人!"

许百顺:"他不还没转吗?"

甘小宁:"他能干,就先让他管着。转了管更多!"

许百顺:"这么回事。"他显得很满意,而伍六一冲着甘小宁一瞪眼,再扯下去非得穿帮。

伍六一:"快带首长他爸看看环境去!"马小帅立刻把许百顺架上了:"许老伯,这是我们士兵宿舍。许老伯您瞧见我们连旗没有?这旗还是打一九四八年传下来的。"

许百顺能有不相信的吗?他只剩了不住地点头!伍六一看见许三多还在发愣,猛地就给了一脚,踢在他的屁股上:"还不赶紧开门去?全连的钥匙都在你一人手里!"

"你们……"许三多傻了。"我们串通好了,怎么着吧?"许三多急忙开门去了。他的眼眶里感觉有种热乎乎的东西在流。

几十号兵前前后后地簇拥着,这对许百顺来说,大概是一辈子都没有过的事。他得意得不知如何是好。

马小帅拿着一个傻瓜相机,一边走,一边替老头子照相:"老伯,回头,笑一笑。"他不惜胶卷地照着。

一辆步战车在空地上转弯倒退,虽场地不大可也威风凛凛。这是伍六一冒着犯错误的危险从车库开出来的。

许百顺戴着伍六一的帽子,披着甘小宁的衣服,山大王似的冒在炮塔上扶着机枪。威风凛凛地跟着步战车,前进着、旋转着。

"老爷子,看这边。"马小帅拿着照相机前后地张罗着。

车下的兵们便都默契之极地鼓掌着,大声地称赞着。

"许老伯真威风啊!天生的装甲兵!"

"您坐过摩天轮,差点坐了空中客车,可这坐过步战车的人还真不多呀!"

许百顺说:"对对,我坐过摩天轮,也坐过步战车,还摸过重机枪,回家我跟他们说去!"

"这可都是托您老三的福啊!"伍六一说。

许百顺这才回头瞅了一眼一直在舱里给自己托屁股的许三多。

"首长,出来跟老伯合一张吧!"伍六一看见机会成熟了,朝许三多喊道。

许三多把许百顺的平衡交给另一个兵,自己从舱口钻出来。许百顺却灵机一动,拼命想把机枪口调过来,却纹丝不动。

甘小宁只好打开插销,许百顺立刻把机枪掉过来,对住了刚钻到身边的许三多喊道:"投降!投降!缴枪不杀!"

许三多愣着,众人都有些愕然。大家都看着许三多。

许三多僵在车顶上,手动了动,又捏了捏拳头:"爸,这动作我们这从来不兴做的。"

老人自己举起了双手:"是这个?为什么?"

许三多说:"穿军装的不投降!"

"对自个老爸都不行?你就这么孝顺啊?"

父子两个僵住了。

甘小宁扯了扯马小帅,对许百顺喊道:"老伯,看这边,快!一、二、三……"

许百顺配合地转了过来,马小帅胡乱地又给他照了一张。

这一天的伍六一,真是少有的活跃,他让许三多快钻进驾驶舱里,让他父亲享受享受他儿子开的车!许三多二话不说就钻进了舱里,然后在那块几十米的空地上,前进转弯,驶过旁边林立的炮车和战车,看起来许三多的驾驶技术着实不错。最乐的当然是许百顺了,他简直是乐不可支了,他说:"小王八羔子真会开车?"

伍六一替许三多应着:"会开!开得好着呢!"

甘小宁忙跟着说:"都是在部队里学的,老伯。"

伍六一说:"他还会开这炮,打这重机枪……他还会修车,车内射击是最难打的,可他车内能打点射。"

甘小宁说:"他是夜间射击集团军第一,打机枪,两百发弹链一百一十七发上靶,都说他上辈子就是摸枪的……"

许百顺乐得直点头。

伍六一和甘小宁,两人的嘴巴一直没停,他们告诉老人,许三多是武装越野集团军第一,四百米越障集团军第一,侦察兵技能集团军第二,海了去啦!甘小宁说:"最好的步兵!我们班长说话我们都服……"他被马小帅踢了一脚,可许百顺在这种事上反应贼快。

许百顺眼睛瞪大了:"班长,不是首长?……你们现在把班长也叫首长?"

伍六一忙接口:"他说我。我才是班长,我说许三多不错,这话他们都服。可我服许三多。许三多转了士官就是首长,首长管班长。"

许三多在驾驶舱里开着车,听着上边的驴唇不对马嘴,表情古怪。

"伯伯,您让我们……首长跟我们在一块吧,这么长时间都是共患难过来的。"

"是啊,您不知道我们连多不容易,真不容易。您也不知道许三多有多不容易……"

许百顺一直神情不定,忽然猛力地敲打着车盖:"停车!停车!龟儿子你有种别停!不停我直接跳!"

许百顺挣开了人就要往下跳。许三多把车停住,从神情来看,他早料到如此,这里没人比他更了解他的父亲。

许百顺刚一下车,士兵们又寸步不离地围了上去,许百顺看来不屑于理他们了,冲许三多一指,大声地吼道:"你,跟我走!带我找能主事也能说理的人去!"

许三多默然地看看他们,只好跟在父亲身后……

眼见已经要出车场,伍六一气急了,顾不得礼貌,大声地喊道:"你把他毁了!"

许百顺:"我就要他成个人,我不瞎,看出他也成了人,够了,混生活够了。"

伍六一:"在这里出来的人没人想混!"

许百顺打了个干哈哈。

许三多:"算了,六一……我谢谢你们。"

"这种屁别对着我放!"他又对着那帮兵,"还有辙把老伯留住没?"

马小帅苦笑着:"捕俘,把老伯拿下。"

伍六一冲着许三多就是一拳,嘴里嚷着:"还手啊!让你爸知道,你在这里长的不是混的出息!"许三多心不在焉地挨个正着。

许三多木然开始躲,伍六一拳打脚踢,风声呼呼落点奇差。

这招还真是有用,许百顺回头,站住了:"冲我招呼呀!干吗打他?"

"伯伯您哪知道,许三多在我们这学得可厉害了,伍六一很厉害吧,一星期被他打七次,收拾得服服帖帖……"

"骗鬼!我儿子我不知道?"

伍六一又是力道十足准头奇差的一拳轰过去,许三多下意识搪开,"让我看看你要什么!"

许三多看他一眼,开始还手,一拳击在伍六一下巴上,伍六一站住了,擦掉嘴角流出的一缕血丝。

周围一片寂静,被众人围着的两个人看起来忽然变得很玩命。伍六一一脚旋踢了过去,这回是全然动真格了,许三多抱住,一脚踢在他膝弯上,伍六一被甩出去几米远,重重撞在一辆战车上。

许三多木然地站着。许百顺很仔细地看着他,与其说看儿子的能耐,不如说看儿子神情里浓郁的悲哀。伍六一这才费劲地从战车边爬了起来。

许百顺:"有毛用,你们串好了的。"掉头又走,但表情中已没了刚才的轻狂,儿子的悲哀像是传染到他脸上了。许三多呆呆站着,没跟上,但神情中充满了绝望。

伍六一突然对旁边的士兵说:"找砖头!快找砖头!"旁边就有车库在修,砖是现成的,七手八脚便摞了高高一摞。伍六一提起嗓门大声喊道:"许三多,劈了它!让你爸瞧瞧你的能耐!伯伯,您看许三多。"

许百顺站住,回头,尽可能地表示出不屑:"街头卖把式呢?"

"什么都不卖,爸。只是想说……我知道自己要什么。"

"你要的东西什么都换不来。"许百顺的话好像充满了哲理。

"可我已经没它不行了——爸,你看这个!"他最后四个字是吼出来的,一掌下去,砖屑纷飞,一摞砖分两半垮了下去。还剩最底下的一块,是烧得起了黑泡的,这种砖比死树疙瘩还结实。许三多看看父亲,许百顺仍是那样,尽可能一个嘲笑的表情。

许三多看着手里的那块砖,脸上的无奈突然就成了愤怒了。他说:"爸!你看我!"他把那块砖拍在自己额头上,在许百顺的惊呼声中半块砖飞了出去,另半块砖抓在许三多的手上。脑袋没事,许三多伸手抹去额头上的砖屑。

许百顺:"你……跟我耍横?"

许三多死死看着自己的父亲,眼睛里单调到只剩下执拗:"不是。侦察兵都练过头,可我不是要说这个。爸,我从小就不知道怎么跟您说话,现在有句话真想说的时候,只好这么说。"

许百顺也死死盯着儿子,眼睛里是与许三多同一血源的执拗。一时间似乎只剩下父子两人了。

"你是怎么着也不跟我回去了?"许百顺问。

许三多点了点头,他看看周围所有的战友,那些人寂然:"我离不开他们。"

"你爸你哥,加一块还不如他们?"

"不止这个。我好容易明白点人生,知道它特别该去珍惜。我今年二十二岁,我想不起别的地方可以让我好好过这几年。"

许百顺从许三多的脸看到许三多的脚,从许三多的脚边看见一小摊血,再看回许三多的手上,许三多脑袋没破,手可破了,血从指尖上往下滴滴答答。

再看看伍六一,看看甘小宁,看看马小帅,看看周围的兵,终于叹了口气:"你们对他这么好,干吗不给他把手包上?"

马小帅先欢叫了一声,几个兵同时拥上,手绢纸巾齐上,把许三多一只右手给包了起来。而这时,许百顺已经走开了。许三多看着父亲,忽然喊道:"爸,您上哪?"

许百顺回答说:"我,回家去!"

许三多吓了一跳,挣开了身边的士兵,朝父亲苍凉的背影追去。许百顺说:"你二哥给我看他的钱,说他用不着儿子;你给我看你的兵,说你不要儿子,我不回去干啥?"许三多央求着:"爸,您别走。"

"住这让你们哄着,我心烦。"

"爸,我送您。"

"老子不用人送。你再跟我身边,我就揪你回去。"

许三多犹豫着停下了,看着父亲大步流星地走远。

许三多几个兵从门口追出来,许百顺已经在登记室取了自己的包走远。许三多在后边跟着,甘小宁捧着他那只伤了的手。伍六一神情很沉郁。

许百顺上了路边的一辆公共,走得可称义无反顾。

在和爸爸的无数次交战中,我生平的第一次胜利更像一场惨败。

他们看看天色,黑了,七连的人已经很少能聚在一起,但也到了各忙各的时候。大家纷纷回了各自的连队。伍六一又恢复了以往专为许三多准备的冷面。伍六一横他一眼,径直走,许三多跟上做了双人成行。

六一因为私自动用装备被记过一次,他军事生涯上的唯一一次。他笑着跟甘小宁说,判轻了。六一不说话,但总想扛起一座山。

一个月后,他终于转成了士官。

许三多知道,他会继续这段军事生涯,直到军队有一天像对史今那样,说:"你走吧,我们需要更好的。这地方有无数人在走同样的路。"

许三多戴了三年之久的列兵衔,终于换成了一级士官。宣誓那天,是在团部礼堂。看着许三多士兵衔换成了一级士官,一边的团长王庆瑞若有所思地揉着下巴。

王庆瑞:"这兵看物资多久了?"

干事:"整半年。"

王庆瑞:"有什么突出表现吗?"

干事:"没有,平平常常。"

王庆瑞看着台上那个平静如水的士兵感慨。平平常常,那还真不是件容易事啊。

许三多仍然在七连扫地,转成士官对他来说并没太大区别,一样是看守、维护、打扫,和以前一样。扫帚从地上划过,轨迹没有重复,也没有错漏,许三多安静地做着这烦琐的事情。

费尽力气才争来继续在七连扫地的权利,以前最难忍受的孤独也就变成了平静。它不再是落在头上的命,而是我争来的,值得珍惜。

许三多仍然是独自一人在跑步,但不再呆滞,眼睛很活跃地观察着其他队列的情况。甘小宁活跃地向他挤眼,伍六一仍形同陌路,面无表情。

转了这么大弯后得到的东西叫平常,什么都没有变,只是不再心烦意乱。不怕失去,不怕得到。

他超过那几个老战友的队列,跑开。一辆有着奇怪标志的越野车与他擦肩而过。

那辆越野车成了操场上两名执勤目光的焦点。车自己停了下来,摇下的车窗里露出戴着墨镜的特种兵指挥官铁路,他自己开车。

执勤肯定会先看到铁路肩上的上校军衔,但敬礼的时候他仍对着那两套见所未见的军装有些疑惑。

"团部在哪?"

"右拐,到头东行一百米。"

"谢谢。"

铁路的车开走了,那两名执勤竟然弄不清楚他的军种了。

王庆瑞正在看着面前的一摞士兵简历,手上拿的正是许三多的简历,铁路进来了。

许三多简历上的最后一款,仍是钢七连驻守。

铁路敲门进来了。

"坐。"王庆瑞说着扔盒烟过去,"烟,等我这看完。"

铁路:"少来了。"

王庆瑞:"什么?"

铁路:"你我,或者互损,或者玩笑。可你现在一副公事公办的脸,是想看看我的反应好下药吧?我可不信该看的资料你现在还没看完。"

被戳穿的王庆瑞绝无难堪,资料往桌上一放,先用个镇纸压上。

王庆瑞:"好吧。师部通知是接到了,可我准备讨价还价。"

铁路:"好吧,我也是一路算盘打过来的。"

王庆瑞:"嗯,话说前边,有几个兵我是绝对不给的。"

铁路:"嗯,那我也先说,有几个兵,我就是冲他们来的。"

王庆瑞:"好极了。你是要拿师部的命令压我吗?"

铁路冲王庆瑞那个好斗的表情微笑,并且把他的茶缸子拖过来喝了一口。

"先别生气,"铁路敲敲镇纸下压的简历,"你当宝贝护着的那几个在我眼里还未必合格呢。"

王庆瑞:"对对,适合装甲兵的未必就适合特种兵。"

铁路:"别忙转移。不分兵种,好兵就是好兵。我只想告诉你不是带着绳子来抢人……怎么样?我只希望你我公平一点,下星期在贵团西面的草原演习场上能见到他们。"

他又一次敲敲那摞简历。王庆瑞也看了看那摞简历,心情有些沉郁:"你会看见他们。你我的公平小事一桩,对他们一定得公平。"

第十五章

军部赛场上的军事十项全能,正比画得如火如荼。许三多没有参赛,这几个月来,他已经习惯赛外照应了。

赛场上,全副武装的伍六一高高跃起,却没有把住手边那根晃动的绳索,重重摔在地上。这一下实在摔得不轻,伍六一晃了晃脑袋才清醒过来,近在咫尺的加油声也变得很遥远了。

他看了看场外叫着跳着的许三多,那个人嘴里几乎是无声的。前边几个参赛的士兵已经利索地攀过了障碍墙。伍六一站了起来,有些摇晃,他开始加速奔跑,翻上障碍墙,然后是又一次重重地摔在地上。伍六一冲向终点的射击位置,在那里开枪射击。

场外的许三多有点替他担心。

宣传车公布成绩了:"集团军军事十项全能比赛,四百米越障,第一名,K师A团,黄耀辉;第二名,T师D团,刘洪海……"许三多听到,伍六一没有拿到第一名。

许三多忧心忡忡地走过仍在欢叫加油的士兵,走向赛场边几副帐篷搭就的休息场地。这时他听到有人在叫他,回头一看,竟是连长高城。

"连长,"许三多敬礼,但看见高城戴的两杠一星,又改了口,"对不起,副营长。"

高城:"行了,你我自在点行不?"他情绪复杂地敲敲许三多的军衔,"士官同志。"

"是,连长。"

"我总是在师局域网上找你们的名字,六一、小宁都出现过很多次,可你就像隐了形一样,就出现过一次。"

"我什么也没干。"

"就一次,卫生连队标兵。我真服了你,侦察兵尖子改卫生标兵……一人清一个连居然还抢个标兵。"

"一人清心里有数,他们人多了手倒杂。"

高城叹气,他现在心是稳了,但伤感依旧。

高城:"你也没参赛。"

许三多:"七连就我一个没法赛,我是来帮六一、小宁他们的啦啦队。"

高城:"说到六一,六一干吗那么玩命?"

许三多："他今天状态不好。"

高城："不好先退一步,你告诉他,这只是军体文娱,犯不着拿命拼。"

许三多讪讪地笑："我说了,他说呸。"

高城苦笑,正看见伍六一落落寡合地过来,步子仍微瘸,他心不在焉的根本没看见高城："许三多,咱们拿几项第一啦?"

高城忍不住了："伍六一!这样就拿命玩,打仗你玩什么?"

"连长!"伍六一讪笑,"新鲜出炉的少校,您想死我们啦!"

"别打岔。你技巧本来是弱势,全凭体力拿名次,可这么拼能拼几次?"

伍六一："连长,拿几个名次给机一连做见面礼。"

高城还是不满："见面礼而已,不是卖命!"

伍六一犹豫了一下,小声地说出了心里话："连长,七连兄弟在各连都是尖子,做尖子都活得不易。"

高城一时有些哑然,从袋里掏出瓶红花油塞给许三多："找地方给他揉揉去!本想给自个营的兵用,没承想还是被你们祸祸了!"

伍六一的背上,青一块紫一块,几乎都是伤痕。许三多看得愣了一会儿,就默默地给他按摩。片刻间,帐篷里充满了红花油的味道。

伍六一自嘲地说："许三多,二十四岁的人就觉得自己有点老,是不是有点可笑?"许三多："不可笑,我也觉得自己有点老。"

伍六一忽然看了看他,这回没有玩笑也没有不屑,是认真的："你已经是老兵了。"

不等许三多说什么,他又嘟囔着："老家伙了。再不拼,待不住了。"然后撩开帐篷,吸口外边的空气,出去了。

许三多站在帐篷里发呆。帐篷一撩,伍六一又探了头进来："走吧!七连的家伙一咬牙,什么事办不成?"

许三多提起了精神："我帮你!"说着起身,追着伍六一出去了。

两人转身来到了赛场上,耀眼的阳光下,一个兵撂倒了另一个,在场中戳着。伍六一在旁边穿戴着散打装束,许三多在帮忙。

伍六一盯着场上那兵,朝许三多说："帮我,来两拳。"

许三多愣住了："啥?"

伍六一瞪大眼睛看着他："给我两拳!"

许三多轻轻地碰了他一拳,伍六一不满意："你扫地吗?"

一拳重击,伍六一来了精神："再来!"

许三多接连几拳,伍六一一把把他推开,冲进场中。伍六一在场上和那兵格斗,几个回合下来,对方一脚踹在伍六一的腰部。伍六一晃了晃,凌空格住了对手的腿,用身子砸了下去。短暂的僵持,那名对手终于拍击着地面认输。伍六一摇摇晃晃地起身,等待着下一名对手。许三多不愿意再看,从人群中走开。

他发现还有另一个人走开,那是高城。

高城在赛场边坐下,拔了片草叶放在嘴里嚼着,许三多在他身边轻声坐下。高城说:"真想你们。"许三多点点头。

"别拼命,别跟那小子似的。"

许三多又点点头。

高城突然感慨:"真是怀念,跟你们一起,年少轻狂,幸福时光。"

许三多没点头,他茫然。

七连散时,大家一直有一个心理安慰,这是团体利益,是为了军队的需要。可那天,六一在场上搏命,连长在身边感伤,我突然明白,被要求承担磨难的是每一个人。

伍六一走过来了,看着他满面的笑容,就知道他一定拿了总分第一。恭喜的话还没有说出来。宣传车里先传来了广播:"各位首长,各位战友,军部决定临时增加一个表演项目,请几位来自××××部队的战友将刚才参赛的项目再做一次。"

"××××是什么呀?"许三多问。

"××××就是不让你知道的意思呗!"伍六一说。

赛场上的官兵们齐刷刷将头转向了赛场。

一辆越野车从坎坷不平的赛道上冲了出来,车门微晃了一下,几个人影已经从背着观众的那侧跃入了草丛,车子随后停下。伍六一看得莫名其妙:"驾驶员在哪?"高城却盯得仔细:"已经下车了。车刚冲出来的时候他们已经完成了潜伏。"

他的话音未落,草丛中已经响起了几个点射,离枪响处至少600米的几个靶子爆掉了。四条人影从草丛里腾了出来,并不见得紧迫,但速度和姿势上都有种压人的感觉,和伍六一他们大不相同。

奔跑中,又有人开枪,远在另一端的靶子爆掉了。伍六一不解:"怎么在起跑线上就开枪?这不算违规吗?""当然违规!可这个距离有几个人能打中?还是行进间射击!"高城惊叫着。

周围的士兵都看得目瞪口呆,许三多却看得心旷神怡。伍六一看着一个人在跨越他摔倒的地方,居然凌空射击,打掉一个靶子。"他们根本不是在比赛!"伍六一无比的感慨。

"他们是在打仗。"许三多说。

"对,他们根本没把这里当一个赛场,在他们眼里这里根本是战火纷飞,危机四伏。你看他们的枪,随时保持在待击姿势,连跳跃的时候都准备开枪;动作,随时保留力气准备应付突发事件;队形,四面兼顾。咱们跑的时候枪拿在手上当接力棒,谁冒个头都把你们给干掉了,跟他们比咱们简直是体工队。"高城越说越来劲了。眼瞅着那四人翻越障碍墙,两人先托上去两人,那两人在墙上警戒,干掉几个靶子,后两人再翻越,落地同时又有几个靶子被打爆,这时墙上两人才落地。

许三多一直紧盯着其中的一个身影,当那个身影在翻越障碍网时,居然倒挂金钟一枪中的,周围的掌声顿时沸腾了。甘小宁喃喃道:"就这个,说他杀过人我都信。"

那几个人仍在冲刺,匍匐,枪口不断冒出火光,动作幅度很小而精确度却很大,还没到终点,已经没剩下几个可打的靶子。当那几个人正要冲破终点稍有松弛时,一排流动靶从四面八方冒了起来,四个人纵起,两个滚翻,周围的靶子已经全部被打掉。

掌声已经快掀翻了赛场。

伍六一突然有一点丧气:"我忽然觉得咱们两天的比画一点意思没有了。"

甘小宁心里赞同,嘴上却不服输:"速度、准头、耐力,他们未必比得过你伍六一。"可伍六一并不领情:"对。可这架势跑没半截咱们全被毙了!人家根本是在打仗,是不是,连长?"

高城有点恍惚,他光顾着看远处的那四个人,那四个人似乎并没有向掌声表示一下谢意的打算,站在终点等着什么。

许三多也看着,但他光看着其中的一个。然后一辆车驶过来,那四个上车,径直走了。

许三多:"那个人好像……"

高城立刻醒过神来:"你认识?是谁?得跟他取取经。"

可许三多马上又否认了:"肯定不是。"

高城只好横他一眼,继续想事。赛场上的人们在散去,这几个人有点失落,但人各一头,终归得散。

伍六一:"连长要不要找地方聊会儿?"

高城有点尴尬:"啊?……不了。我去找人要刚才的录像,我那边用得上。"说着就走。那几个愣在那。

甘小宁笑:"嘿嘿,要想再被连长正眼看,只好进他的侦察营了。"这时,走了十来米的高城又想起他的老部下来,远远挥了挥手。

然后小跑着去了,几个人彼此看了看。

甘小宁说:"回咱们的一连、四连,"他拍拍许三多,"和光荣的钢七连吧。"

参赛的兵被军车送回来了,机一连的连长早在大院门口等得望穿秋水,一把手先把伍六一拽了下来:"第几?"

伍六一没说,只是一脸的失望。连长赶紧说,没事没事,全集团军能人多着呢。这时,车上的许三多笑了。他告诉连长:"第一。"

连长一把手扣着伍六一,气得就往连队里揪:"收拾!"

伍六一被抬了起来,往一连拥。许三多挥了挥手,回他一个人的七连,神情很平和,但是很羡慕。伍六一一边乐着,一边对许三多挥手再见。许三多微笑着,走回自己的连队,那一个人的连队。

许三多掏出钥匙刚要开门,突然,脖子被人从后勒住,许三多用脚钩住身后人的一只脚,猛坐了下去。那人急忙闪开,许三多也在暗淡的暮色下拉开了灯绳。

一个服色和他完全不一样的军人,三十往上,军衔中校,是老A的袁朗。

许三多简直惊喜万分。袁朗身上有着和史今类似的气质,让他容易放松,而且在准备好寂寞时遇见一个熟识,他很惊喜:"我在赛场上看见你了!我还想不可能是的!……您怎么到这来了?"

袁朗:"来三五三看个朋友,等半小时还没回。穿这身又老被人瞄,只好在你们连过道里猫着。"

许三多:"是谁?我帮你找。"

袁朗指了指他。

许三多愣住,然后很长时间说不出话。"嘿,什么表情啊?"袁朗看着他笑。

许三多有点不自在:"不是,很少有人来看我。"

袁朗不再玩笑,拍拍他的肩:"开门,请我喝口茶。"

许三多正开门又愣住:"啊?……我去买茶叶。"

袁朗哭笑不得:"开门,请我喝开水。"

许三多把一杯开水给袁朗端了过来。袁朗正很有趣地看着这间四面光板的宿舍,倒好像这有多少内容:"我知道你们改编的事,咱们认识的时候就知道。"

许三多默然了一会儿:"嗯,您说很多人和事会离开我。都离开了,现在。"

袁朗:"这样待着好吗?"

许三多:"还好。"

袁朗:"你总给人这种模棱两可的回答?"

许三多笑笑:"刚刚适应。以前……特别不好。现在就是……不高不低,不好不坏……我也说不清,就是该干什么干什么吧。"

袁朗:"我这次来是……怎么说?形同你们招兵。你们的兵从地方上招,我们的兵从兵里招。看了你简历,又听人说你的事,就很想看看你,上次看见的是个不认现实的大孩子,这回看见的是……借你的话,不高不低,不好不坏的一个兵。"袁朗看着许三多,语气很平和。

"至少是个兵了。"许三多并不太有兴趣。

"很安心的一个兵,不焦虑,我们很多人无时无刻不在焦虑,怕没得到,唯恐丢失。我喜欢不焦虑的人。"袁朗似乎并不意外。

许三多:"我还是不明白您说的招兵。"

袁朗:"过几天你就明白了,现在……就当是家访吧,招兵除了家访还要干什么?"他存心在那慢条斯理地想,弄得许三多有点着急:"体检。检查服役者在硬件上是否合格。"

袁朗："嗯,过几天会有命令让你们体检,我是检查的人。"他笑得实在不怀好意,那让许三多更加茫然："体检?当然不会是真的检查身体。"

袁朗："不是,只能告诉你难度很高,再多说就要违规了。"

许三多只好不说话了。

袁朗："我问你,如果通过了,你愿意离开这,去一个完全陌生的地方吗?别发呆,士兵,我们不会强令要人,我的部下也都是真爱这个行业的人。"

许三多："我不知道。"他看看周围,他守了半年的空屋。

袁朗也看了看："这里有些东西,进了你的心里。你怕到了别的环境,它们也就没了?"

许三多过了一会儿才点头。袁朗："贵庚啊?"

许三多："二十二。"

袁朗："不是守候一生的年岁嘛。二十二应该是跑着跳着,论追求就两字:新鲜。"

许三多："我……其实是怕……骨子里是笨人,每次换个环境像死一次一样……真的。"

"明白了,"袁朗又看看周围,"你一个住这,是不是怕……鬼?"

许三多乐了,袁朗甚至张牙舞爪了一下。许三多正色："世界上没那个东西的。"袁朗："奇了怪了。这个鬼和你怕的东西,不都是想出来自己吓自己的东西吗?"许三多傻在那,而袁朗找到自己的帽子,扣在头上："我走了,许三多。"

许三多："啊?……再见。"

袁朗："后天师部的命令会发到每个人手上,其实是邀请不是命令,所以可以拒绝参加。但换成我,一定要去试试的。我才三十岁,我还盼着海阔天空阅历人生呢。"

许三多陪送到门口就没再送下去,他看着那人的背影。

一连的连旗和奖旗挂在连部的墙上,连长看看连旗,很伤神地转过头来。

伍六一笔挺地坐着,指导员又看看手上那份文件,那是袁朗所说的师部命令。他们已经谈了很久,谈到无话可谈。

一连长说："一连的池子小了?容不下你这条大鱼?期限一到你就二级士官,非得去什么特种兵?"

伍六一："指导员,当兵很辛苦。"

指导员愣了一下。

伍六一继续说："如果就为混个士官,就用不着这么辛苦。"

指导员说："我明白了,不是情绪问题,是志向。"

一连长："好,你有大志。我就看你没被选上,该怎么回来。"

伍六一："就这么回来,以前干什么,以后还干什么。连长,当兵的没多少选择,如果有个兵想在这条路上走得再多一点,请尊重他的选择。"

一连长瞪了他半天,终于挥了挥手出去,他放弃了。

好像所有的士兵都在谈论老 A 的事。甘小宁和马小帅两人窝在车里,也在谈。甘小宁看看外边没人,把战车门带上,看着马小帅:"你去吗?"马小帅说:"我还在犯嘀咕。"

这两人比较着同一份师部命令,是分别收到的,他们仔细地比较着每一个字,似乎这样就能揣测出未知的将来。

甘小宁说:"上次跟特种兵对抗你还没来,前几天军事十项你也没去……看见他们就想起打仗,我形容老 A 就这几个字。"

马小帅不解:"什么意思?"

甘小宁看着他乐:"小帅,天天战车天天搂火,你就没想过真打仗的时候我们是什么样子吗?炮火铺天盖地,导弹从天边划过,我们冲击……我拿你当朋友——想去吗?"

马小帅有点不好意思:"我很逊。你们叫我高才生,其实就是说在短兵相接的军事技能上我很逊。"

甘小宁说:"我更逊。上次对抗我武装到牙齿,被老 A 拿无声手枪就给押了。所以我更想去那里。他们纯粹,你去吗?"马小帅郑重而心事重重地点头。

荒原上的五班,荒凉和空寂一如往常。几个兵在门外的空地上站着,直到一辆拖拉机过来,拦下。五班除了薛林已经没有熟脸了。薛林在门口抽烟,抽了最后一口,把烟头踩进了半沙化的地里,他进屋。成才捆紧了自己的背包,然后愣愣地看着身边的这间宿舍。然后,他叼上烟盒里的最后一根烟,把烟盒揉了,准确地扔进屋子另一边的纸篓里。纸篓里已经有了好几个同样的烟盒了。

薛林看了一眼窗外,说:"班长,车来了。"

成才闷闷地说:"我收拾好了。"

薛林帮他拿起行李:"那走吧。"双方都有些例行公事的冷淡。

成才说:"这几天班里靠你盯了。抽屉里给兄弟们留了点意思,回头给大家分了。"薛林并不太热情:"是。"

出了门,成才爬上拖拉机,放下包,心旷神怡地对着草原舒口长气。士兵们在车下站着,虽无形却也成个队形:"班长再见! 班长好走。"

车驶动,五班的几个人影被抛落,这是一场例行公事的送别。

成才的目光里充满了憧憬,但看着五班那破地时就没有了表情。他手里捏着张纸,来自师部的命令。那没有必要,但捏着它成才就像捏住了前途的保证。

几乎是在成才离开的同时,许三多打扫完宿舍,将扫帚放回原处。安静地躺下,第一百次地看着那张今天刚拿到的命令,安静的时候总是想得最多。

袁朗的说服工作白做了。拿到命令我只在想两件事,老七连会有人去吗?如果去了,我们能在一起吗?一直想到熄灯号吹起。

寂寞不可怕,寂寞只让人强烈地渴望人群。

天色未明。几个老 A 纹丝不动地把守着他们临时的驻地,周围没有标杆,没有标语,只有覆着伪装网的军用车辆和帐篷,朴实而冷调。

铁路开着车,带着团长王庆瑞驶来。来自各个方向的军车也一辆一辆驶来。车上,是一个个参赛的士兵。只有风声,天地显得很寂静。未尽的月色下,集合的士兵们,谁都看不清谁。

篷布打开,各单位的士兵一个个跳下。铁路和王庆瑞是在场军衔最高者,但他们特意离了很远,以免形成任何干扰。

袁朗从一顶帐篷里出来,草草地给空地上的那排步兵敬了个礼,一个装甲团军官下意识的口令:"立正!敬礼!"导致所有士兵极正式地回应。袁朗笑了:"放松,往下会很耗体力。大家是客人,客人要好好招待,所以往下为各位准备的是直径一百公里范围内的两天行程,标准负重,武器在提供范围内任选,食品任选……嗯,再选也只是一个早餐式的野战口粮。"

他注意到士兵们明显地松了一口气,乐了:"真轻松,是吧?就是个野外生存,野菜炖野兔,本地的炖野兔我也吃过,一绝,自己打来的恐怕更香。"

士兵们就笑,笑得正高兴时,袁朗的笑容没了:"我还没说完呢。——最终要求深入敌主阵地完成地图作业,那是你们到达目的地后必须交给我的东西。建议小组行动,因为会有一个加强营的兵力在途中对你们围追堵截。听说你们很强,我也想看看你们有多强。现在六时,截至后天下午六时,我会在目的地等你们。事先声明,我开着车,车上有三个空位,我会带走前三个到达的人——现在请牢记目的地参照物。"

下面的人早就连笑纹都没了,稍微有点概念的人都知道这比他们经验中的任何一次都难。几个老到的人甚至掏出了纸笔,以便记下经纬度。

袁朗看见了:"纸笔收起来。从现在起六十个小时内,我是你们的敌人。敌人绝不会告诉你们经纬度,记住参照物,东南方向,草原边缘有个海泡子,旁边有座山,翻过山有片桦树林,我在林边等你们,不明白的可以问了。"

马小帅:"报告,配发定位设备吗?"

袁朗:"GPS 是没有的,指南针人手一个。"大家的脸色变得更加难看了,但再也没人提问了。

袁朗接着说:"领发装备后会送你们去战区。警惕,进入战区等于进入战场——解散。"

士兵们悄然地走向几辆装备载车。袁朗则走向铁路和王庆瑞:"报告,我先去战区了。"

王庆瑞看着袁朗走开,而颇为怨愤地看着铁路:"这样做不够苛刻呀。你大可以把他们绑上,再用机枪扫射,最后把没打死的带走算完。"

铁路将他一军:"我高估了你的兵?"

王庆瑞:"没有。"

铁路:"那你干吗低估他们?"王庆瑞有劲没处使地瞪着铁路走开。

一份野战口粮扣到列队经过的士兵手上,跟着还有一支信号枪扣在另一只手上。所谓的野战口粮是真空包装里少得可怜的一点东西:一块巧克力、一块压缩饼干、咸菜、葡萄干、一小袋葡萄糖水,它只满足一个早上热量、盐糖和水分的需求。

军官重复而淡漠地叮嘱:"撑不住打信号弹,记住,等于弃权。"

伍六一接过来,甘小宁接过来,许三多接过来。一件件带发烟装置的装具背心被穿上,一个个沉重的野战背包背到了士兵的肩上。伍六一几个在将一身装束紧当,甘小宁看着手上那袋口粮抱怨:"我现在就饿了,我们都是空腹来的呀。"

伍六一:"那就吃吧,如果你够想得开。"甘小宁的架势是真要吃,许三多抢过来塞回他的背包里,甘小宁只好苦笑。

马小帅挤进三个人的圈里,看着他们乐:"老七连的家伙们,联合行动?"

伍六一:"还用说?"甘小宁:"不抛弃,不放弃。"

许三多很认真地点点头,然后看见人圈外的一个人:"成才!"

成才站住,瘦削而深沉,看着他也没什么表情,但是伸出一只手。许三多冲动地和他拥抱,成才有些被动地回应,他看起来比许三多更少与人交流。

许三多:"我们联合行动,行吗?"成才看那几个,那几个反应可称冷淡。于是成才不说是不说否,走向武器载车。士兵们正在这里选择自己擅用的武器,成才第一眼盯上一支狙击步枪,他伸出手触摸。

发枪的兵忍不住了:"长行军带那个可不方便。"成才没听见一样,亲昵地将脸颊在枪面上贴了一贴。

车在不平的路面上摇晃,车帘拉得很紧,到了外边看不见里边,里边也看不见外边的程度。一辆车里有认识的,有不认识的,但老七连的几个总算都在一辆车上。扶着枪,坐着,也不说话。许三多、甘小宁、马小帅都是突击步枪,伍六一机枪,成才狙击步枪。成才一直默不作声地在调校瞄具,其他人不理他,而许三多的注意力几乎全在他身上。

成才看着许三多眼里难以形容的愉悦:"看七连的日子很难过吧,这点小事你这么高兴。"

许三多说:"不难过,可这也不是小事啊。"

甘小宁:"可不,这么快乐的事情我愿意拿十份口粮来换!你呢,六一?"

伍六一:"我只想提醒你不要再偷嘴了。"

甘小宁忙把一块巧克力放进嘴里,然后很得意地笑。他们快乐,但完全把成才排除在外。七连没了,他们对亏欠了七连的人反而更加难以释怀——虽然那并不叫亏欠。

许三多只好一个人照应着成才:"跟我们一起行动吧,成才,上次对抗你是干掉老A最多的。"

成才不说话,看看那几个,那几个并不表态。许三多只好岔话:"在五班还好吧?""垃圾中转站,你明知故问。"成才并不喜欢五班。

"别这么说。"

"我不想为那地方多费口舌,你们什么意思?"

"什么什么意思?"

"说话爽快点。"

"一起吧。"

"好,我跟你们联合行动,"他终于校好了他的枪,"我对你们会有用的。"

老七连的人沉默下来,他们并不习惯这种权衡利益得失的说话。伍六一打破了沉闷:"谢谢你好心加入我们。"

车已经驶入旷野,领队车驾驶室里,一个军官用定位仪查找着方位。他向后车挥了挥手。此时,车里的人在车辆的晃动中已经有点麻木。一个从驾驶室传来的声音让麻木的神经立刻绷紧了。

"即将进入战区,做好战斗准备。被击中激光信标者即为阵亡,立刻退出比赛……"

士兵们纷纷地拉栓上弹。一张张年轻而紧张的脸,因为看不见外面的事物而显得茫然。

"已经进入战区,准备下车。"

车停了下来。

"倒计时,十、九、八、七、六……"

士兵们紧张地互相望着,什么演习也没有过这样压人的气氛。许三多拍了拍马小帅的头盔。马小帅笑笑。伍六一示意大家让一让,他端着机枪站到最前方。

那个令人紧张的声音还在继续:"……五、四、三、二、一!下车!"

车帘哗地一下拉开,刺眼的阳光射进,当头的几个人顿时被晃花了眼睛。外面是空阔的草原和小山丘。

伍六一第一个跳下车,就地打了个滚,就着车体掩护打开了枪架。老七连的人自然而然地跟在他后边跳下,警戒。成才在瞄准镜里搜索着四面的山丘。

风从草原上吹过,四周静得出奇。几个人狐疑地互相看了看。一个个士兵从几辆卡车上跳下,当跳到一半时,忽然一声尖厉的枪声,一名士兵还没落到地上就冒了烟。枪声顿时炸开了,来自四面八方,低沉而震撼,把士兵们还击的枪声都压了下去。车边立足未稳的几个士兵纷纷冒烟,就地躺倒。

成才紧张地报着:"三点……五点、八点……六点方向也有!"

甘小宁大喊:"没有反应时间!无法组织反击!"

伍六一:"全是重火器!组织起来也拼不过!"

甘小宁:"全是重火器,咱们根本干不过!"

许三多指指远处一条干河沟:"先撤!"他们向那条干河沟冲去,瞄准他们的射手训练有素,一路追射又放倒几个,自马小帅起的几个兵被堵得只能躲进半道上的一个小丘后。

许三多这一小组人重重地摔进干河沟里,就在许三多身边的一个兵在还没跳进沟里的当头就被打得冒了烟,气得摔了头盔大骂:"哪个部队配合的?一个师兄弟打这么狠?"

成才在瞄准镜里观察,远在步枪射程外的袭击者终于肉眼可辨,那是一队轻型装甲车和高机动越野车承载的步兵,一边使用着车载武器,一边全速向这边包抄过来,这并不难辨认:"师装甲侦察营!刚换装完的部队!全师的步兵尖子一多半在他们那!"

甘小宁情绪上有点无法接受:"连长的人?"伍六一叹气:"跑吧。"

这么一队溃兵根本没有抗衡的可能,沿着河沟逃开。只剩下那个没能进沟的兵躺在河沿边冒烟。

草原上那几辆卡车顾自驶开,露出车后几个失去掩护的士兵,他们只能在旷野上奔跑,被一个个射中和追歼。周围渐渐地寂静下来。侦察营在旷野上搜索,其中间杂着和他们服色不一致的老A。

一辆高机动越野车驶来,高城阴着脸在副驾座上,车后的机枪由老A里的齐桓把持着。高城扫视着这没悬念可言的战场,他颇有些愤愤不平。

高城拿起通话器:"猎手一号……A10点的伏击已经结束,淘汰二十六人,接近半数。"

通话器里传出袁朗的声音:"组织追击。"

那几辆卡车还没有开走,可以将刚下车就被淘汰的那些兵带走,远远的有几个人不甘心这样就被拉走,争吵推搡:"有这么打的吗?没下车就开打!等于拉进了包围圈再打!"

侦察营士兵不理他们:"又不是对抗!这是考单兵综合能力!没挺下来叫能力不行!"兵急了:"你行你来呀!"

高城不忍心:"好好请人上车!动什么手?"

侦察营的兵后退,沉默地看着。那几名士兵终于泄了气,默默地爬上车。高城发动了自己的车,他是往追击方向,草原深处,被扔在原地的齐桓冲他挥手。

高城没有停车的意思,齐桓苦笑着走向另一辆车。

许三多几个在干河沟里狂奔,上午的阳光已经很毒,加上身上的重负,已经汗流浃背。忽然,许三多站住了。甘小宁这时也发觉了:"马小帅呢?"

成才说:"跑散了,他去的东北方向。"

"早怎么不说?"

"有工夫说吗?"沮丧加上疲劳和焦急,两人互相瞪着。

伍六一喝道:"行了,要吵被抓回指挥部再吵。"

几个人随后安静了下来。许三多看看自己这一行人,一共七人,成才、伍六一、甘小宁、自己和三名不认识的士兵。伍六一也在看:"七个人,从现在开始我们不能再丢掉一个人。"

那是不可能的事情,因为袁朗说得很清楚,他只要三个人。

草原上是没有路可言的,只有一尺多高的野草,高城似乎想在颠簸中一泄心绪。他忽然发现了什么,一个转向,急刹车,车子差点翻进了草地里。高城从车上跳了下来,大步向刚才的草丛走去:"有你这么藏的吗?看见车轧过来都不吱一声!"

一个用草叶伪装得极为良好的士兵,从草丛中站起来。竟是马小帅。他刚才就伏在高城将碾过的草丛中。

"连长,您说过,伪装潜伏第一要点,没被敌方发现时绝对不能暴露!"

"我是装甲侦察营副营长!"

"老七连的兵都叫您连长!"

高城愣一下,打量着那张被迷彩覆得看不出来的脸:"马小帅?"

马小帅笑了:"还以为连长不会记得我。"

"每个我都会记得的。你是钢七连第五千名士兵……也是最后一名。"高城犹豫了一下,看看四周,说,"听我的命令,继续隐蔽。"

马小帅下意识地又伏在了草丛中。高城若无其事地向自己的车走去,刚走到车边,马小帅在后边突然叫道:"连长?……连长!您干什么不把我带走?"

高城不理他,烦躁地挥挥手!可马小帅已经站了起来说:"您已经发现我了!"

高城:"那是碰巧,瞎猫撞上死耗子,懂吗?"

马小帅说:"这违规了!连长!"

"有什么规则?整个装甲侦察营加整队老 A 扫你们一小股溃兵,没有规则。"高城说,"老七连的兵生存不易,别因为碰巧卡掉你这次机会。"说完上车去了。

马小帅在后边又喊了一声连长,但高城已经发动了汽车,往前开走了。

"连长?!七连的人不做这种事!别以为我来连里没几天,就长不出七连的骨头!"马小帅说着摘下自己的头盔,在激光信标上弄了几下,一股烟从上边冒了出来。

高城猛然把车刹住了。马小帅将钢盔戴回了自己的头上,笔挺地站着。高城只好把车倒了回来。马小帅终于忍不住哭了,终究是太年轻。高城在他肩上拍了拍,说跟我回去吧,以后还做我的兵。

袁朗正在基地里量地图上标出的距离,看着齐桓从车上下来,不由得愣了一下:"你不是跟高副营长一起吗,怎么就回了?"

齐桓笑笑:"被甩了。那家伙很傲气的,受不了我看着他。"

"那正好去 H7 位置设点打伏,是通往目的地的必经之路。"袁朗也乐了。

齐桓刚出门张干事和李梦就走了进来。"您是这次比赛的负责人吧?"

袁朗扫了一眼张干事,笑了,他说:"哪里有比赛? 一小队人要从困境中挣扎出来而已。我是战地指挥,就是给他们制造困境的人。您什么事?"

"我姓张,三五三团报记者,也是军报特约通讯员。这是我助手小李,想请您谈一下关于这次比赛。"

袁朗:"说了没有比赛。嗯,就叫体检吧,来的都是步兵的佼佼者,靠数据评定是小瞧他们了,体力、智力、意志、经验,单瞧一项也是以偏概全,真正优秀的兵会找到那个平衡点,我们也在找那个平衡点。"

"嗯,您这话就透着思想。您造就这支必胜之师的观念、意义、高科技?"

袁朗笑了:"必胜? 扯了。未打之战都是未知之事,对未知谈必胜的不是军人。我们的士兵很可爱的,也很坚忍,现在的努力是为了在战时能让他们少一些牺牲。"

张干事看看李梦,李梦看看张干事,两人没能记下什么。

外边忽然传来一阵喧嚣和车声,袁朗笑着站了起来:"俘虏回来,我得去挨骂了。你们自便。"他走了,把张干事和李梦扔在那发呆。

草原深处,一辆高机动车在追赶着跑开的两个小人影。那是两个士兵,可他们是分开跑的,机车在最接近其中一个的时候,放下了两个人,车转向另外一个追去了。车轮碾过一堆刚刚冒头的火堆,一只刚宰的野兔扔在旁边。一个兵正要翻过山丘时,被打冒烟了,一个兵被车子给活活圈了回来。

车上的兵坏笑着说:"还烧烤? 十几里地外就看见冒烟啦。"那兵恨恨地一屁股坐在地上。

一把刺刀深扎进土里,挖出草下的根茎。这是在一个山丘后边,许三多七个人在这里躲藏着。许三多把手上那几根寒碜的草根交给与自己同行的士兵:"这是七星草,有土腥味可还甜,这是野蕨菜,也可以吃。"

甘小宁翻腾着自己的口粮袋,已经空了:"死老 A! 死侦察营!"他尝试着咬了一口野菜,一脚把地上的空罐头盒踢开。

伍六一提醒他:"埋起来。暴露目标。"甘小宁只好又狠狠地掘地埋口粮袋:"我就权当我在埋设计这个恶作剧的混蛋。连火都生不了啊! 我本来想有点野菜,一生火,烤野兔、煮沙鸡、烤蚂蚱……"

许三多说:"绝不能生火,这地形生火就跟明火执仗没区别。"

甘小宁埋怨:"背六十斤连奔带藏,被人追剿,给的那点吃的够一小时热量吗?"他看看手上的草根,"这是食物吗? 它是微生物啊!"

伍六一说:"我相信老 A 就是这样过来的,看眼神就知道。"

成才看看手上的几条草根,也有点泄气:"别挖了,这点草根确实还补不上挖的劲。"许三多说:"我给你们挖。"

成才问他:"你的口粮呢？我们刚才吃了,你没吃。"

许三多犹豫一下:"我吃了。"

成才微有些不屑:"你撒谎都上脸的。"

伍六一替他不平:"那是他那份。你不忿什么？"

成才:"我没不忿。我只是说在这个忍字上,他把我毙得服服帖帖。"

车声驶过,几人伏低,成才从瞄准镜里看着那辆车上神气活现的几个士兵。

成才羡慕地说:"到饭点了,他们准是回营吃饭。"

甘小宁说:"我想去突袭他们大营,大喝一声,缴饭盒不杀！"

伍六一冷笑:"你还是放信号枪弃权比较直接。"

许三多有点不安:"我觉得该趁现在赶紧走。"

甘小宁说:"走,拿什么走？你的腿还没软啊？兵哪,那是得有粮的！"

"那也得走。"许三多说。

伍六一拄着枪站了起来,他说得对。成才也同意:"就这点空当,我们能赶在别人前边一大截了。要知道,只要三个,我们是有很多竞争对手的。"

其他人敏感地看他一眼。大家看了看指南针,辨别了一下方位,憋着一肚子心事,然后就走开了。

前面的草原,漫无边际。夜色渐渐地降了下来。

第十六章

太阳升起来了,草原上多了一抹艳丽。

一只肥硕而蠢笨的绵羊,嚼着草走过。伍六一悄悄地接近了去,然后猛地一扑,那绵羊却惊慌地跑开了。伍六一追逐着一只往另一个方向跑开的沙鼠,他一块土坷垃飞了出去,终于把那家伙砸得五迷三道。

经过一夜的奔跑,几个筋疲力尽的人睡在一块洼下的草地里,甘小宁睡梦中犹在舔着嘴唇。伍六一过来,静静地在他们身边坐下。成才是睡得最为警醒的,他睁开眼看着伍六一的背影,他看见伍六一的咬肌在嚼动着,不由得问道:"你在吃什么?"

伍六一说早饭。

"早饭?"甘小宁的眼睛忽然就迷迷糊糊地睁开了。

伍六一说你们也可以吃呀。

甘小宁的神志顿时就清醒了,睁眼一看,却跳了起来:"我的天哪!这个家伙在吃老鼠!"伍六一脚边放着几只沙鼠,虽然已经洗剥干净,但鼠就是鼠,永远让人看了不舒服。伍六一说:"这不是老鼠,是沙鼠,也叫草原鼠。"

几个人全吓了起来,目瞪口呆地看着伍六一在那儿嚼着,强忍着一股要吐的感觉。甘小宁不敢相信自己的眼睛:"你是猫呀?我是说,这好吃吗?"

绝不好吃,伍六一的脸甚至都扭曲了,但仍然在嚼:"你们很走运了,睡醒来就有得吃,我是一边嚼一边想起它们活着时候的样子。"终于,伍六一皱了皱眉,说,"我不能再吃了,再吃一只我就要吐了,这些全是你们的。"

许三多忍着头皮的发麻,用刺刀挑了一下,不敢动。伍六一却又割了一块,扔进了嘴里。甘小宁还在拼命地摇着头:"犯得着吃这个吗?又不是八年抗战抗美援朝自卫反击……围我们的是自己人啊。"

伍六一眯起眼睛,望着一点一点升高的太阳说:"我不知道犯不犯得上,我就知道再不吃今天就没人撑得下去了。"

成才几乎和甘小宁一样的表情:"你就那么想赢?"

伍六一看看他:"不想赢你来干什么?这不是演习,这是淘汰。记住,要三个,我们是七个。你不吃,你在三个之外,我在三个之内。"

许三多终于壮着胆子,割下了一条肉,打量着。伍六一鼓励地看着他。许三多也看着他,两个人的目光似乎都在较量。"还要我说,为了爸爸吃一口?"伍六一揶揄地笑了笑。许三多终于把肉扔进了嘴里,闭着眼,直着脖子,咽了下去。

"你得嚼,让嘴里习惯了这种味道。"伍六一说。

"这一口我就开始嚼,"许三多又放了一块进嘴里,他说,"下次打沙鼠我去,免得你想起来恶心。"看见许三多吃了下去,成才几个也拿起了刀,动手吃了起来,只有甘小宁还在犹豫。

一个士兵刚把第一口肉放进嘴里,就忍耐不住捂着嘴,跑开到一边呕吐去了。

伍六一却用力嚼着:"你们撑不到底了,我们能。"

几辆高机动车在草原上风驰电掣,高城的装甲侦察营又开始了他们的工作,这场淘汰已经过去二十四小时了。

许三多几人,以几乎不亚于车辆的速度,冲过了一片毫无屏障的平地,扑进一条水沟旁。一辆车从他们几十米开外的地方开了过去,几人死死地把身子压低。许三多就伏在甘小宁身边,甘小宁流着虚汗,看着草叶上的一只蚂蚱发愣,心说如果你生下来就是油炸的该多好?自备椒盐,蹦到我的嘴里来。

许三多低声地警戒说:"小心,别闹。"

甘小宁叹气说:"我饿呀!我眼前乱冒金星。"

许三多犹豫了一下,说:"你等一下,我这里有吃的。"

这一句话让周围几个都不由自主地竖起了耳朵。甘小宁很得意地笑了:"我的好班长,我就知道你那早餐口粮没吃。"

伍六一说:"对,你吃了他那份,吃了他的机会。"

甘小宁说:"谁吃他的?一份早餐口粮管什么用?我饭量大,那回跟白铁军打赌,大肉包子我消灭九个。唉,老白光荣退伍,现在准在吃香喝辣的了。"

伍六一有点气了,甘小宁絮絮叨叨:"说咱们图什么呢?都快 21 世纪了还在这里挨饿,魂萦梦绕地想着一个馍。"

大家多少有点感慨,也有点悲哀,一动不动地在土窝里趴着,趴了足足两分钟。因为饥饿因为疲劳,两分钟,然后狂奔了三个小时。

几个人好不容易找到一条小水沟,趴下,不分清浊地狂喝水,也灌满了自己的水壶。许三多推一下甘小宁,使个眼色,甘小宁却不过来。

甘小宁直摇头:"不要,真不要。"

许三多:"你吃不下去那东西,没什么丢脸,我也吃不下。"

"班长,你能留住是你的能耐,我要吃了是我的无能。"甘小宁忽然一个闪身,把许三多猛地推开了,枪声到这时才传来。那是齐桓和几名老 A 在这里设的暗哨,许三多侥幸躲过了他的一枪。

伍六一就地翻身,机枪扫得暴雨一般。成才的狙击枪紧张地搜索着,间或的一枪,打得对方不敢露头。许三多大喊:"撤退!侦察营就在附近!"

甘小宁抱着枪在后面掩护,一帮人冲上河沟,往洼地里逃跑。刚开过去的机动车已经闻声而来,甘小宁站在车道上开枪,打得机枪手冒了烟,副驾驶接替了他的位置。许三多目瞪口呆地看着甘小宁毫不隐蔽地与那台高机动车对射,最后被斜刺里冲出来的齐桓瞄准。

许三多:"小宁!跑啊!"

晚了,齐桓瞄准甘小宁扣动了扳机。伍六一踹了许三多一脚,几个人狂奔逃开。齐桓、老A和机动车缓缓向甘小宁围了上来,甘小宁站在原地在白烟里咳嗽,看着他们乐了,他笑得有点无奈,有点苦涩,又有点无赖:"有吃的吗?"

不知又跑过了多少的沟沟坎坎,许三多他们终于得以在岩石的缝隙中藏身了。大家都流着汗,喘着气,却又时刻地用枪瞄准着来路警戒。

"甘小宁丢啦!"许三多对伍六一说。

伍六一有些恼火:"我知道!"

许三多感到心痛,他不明白为什么,甘小宁可以跑掉的。

伍六一说:"他是存心的!"

许三多还是不懂。一旁的成才语气却很冷静:"他饿不起!他不想挨饿啦!他放弃啦!他根本就不知道人是凭啥活的!"

许三多却瞪了他一眼:"我不信!小宁不是这种人!"

几个人都有点气急败坏了,都没命地嚷嚷着。来路上终于看不到有人,伍六一放下了自己的机枪,喘了口气说:"他饿不起了,他吃不下老鼠,意志薄弱,没错。可他也知道顶不住了,不抛弃,不放弃,我们不会放弃他,他又不想拖咱们后腿,就这样。"

成才还是刚才的冷静和不屑。许三多又看了他一眼,合上了枪栓,沮丧之极:"他笨。咱们几个一起冲到最后,那是多好的事情。"

伍六一:"他怕他忍不住吃掉你那份口粮,他知道那是你留到最后冲刺用的。"

成才听得有些哑然,就他而言是从不去想这些事的。

成才:"哪有那么些!我告诉你们吧,放弃就是下意识一转念的事情,想得及吗?"

伍六一:"做好做坏,也是下意识一转念的事情。"

许三多:"他很想和我们一起走到最后,记住这个。"

成才不再说话了。这支沉默而沮丧的小队继续前进。

草原那边,坐在车上的甘小宁,头也不抬,在毫不客气地吃着给他的那几份野战口粮,那份饿劲简直是要连包装袋也一起吃了下去。他吃着吃着,对他们喊道:"水。"一位头上余烟未尽的士兵,将水壶递给他,嘴里称赞道:"兄弟,你打得可真准,怎么练的?"

甘小宁说:"还有面包吗?"

齐桓又拿了个面包给他,附加着在里面夹上根香肠:"慢点吃,营地里备了烤羊。"甘小宁一口撕下半个面包:"真期待。我简直不恨你们了。"

247

齐桓苦笑着拿起通话器:"猎手五号,有六人向你方向逃逸。"

甘小宁吃的同时还憧憬着:"你要真是敌人就好了,我打晕你,再破坏通信器材。"

齐桓放下通话器,又好气又好笑地看着他。

甘小宁心不在焉地看着车后越离越远的战友们逃走的方向,这时他终于有些恻然之色。

暮色西沉,剩下六个人仍在草原上艰难跋涉。队形已经有所改变,现在是两个挟着一个,剩下三人在前后警戒。被挟着的那个兵,是早晨吃下去又吐出来的那个兵,挟着他的人是许三多和伍六一。那个兵几近虚脱,一双腿无力地从草叶上拖过。四面仍是无穷无尽的原野,几个人似乎是被原野包围了。

一个兵察看着指南针问:"走了得有大半了吧?"

成才望了望遥远的地平线说:"如果方向没错,差不多。"

许三多一直在关照着那个不省人事的士兵,他看了伍六一一眼,伍六一无奈地点点头,两人终于把士兵放下。

许三多忧虑地说:"不能这样下去了。"

伍六一仔细观察了一下:"他已经不行了,再拖下去就是严重脱水,那就救都救不回来了。"那个兵在地上挣扎着,使劲地摇着头。

许三多忽然解下野战背包,在背包里掏摸着什么。成才一把拉住许三多的手:"你那点吃的救不了他,你还是留给你自己吧。"

许三多还是不忍:"我们不能替他做决定。"

"你们明知道他撑不住了!"成才恼火地嚷了起来,"许三多,现在连你也把我划在圈外!好,你们善良,无私,有情有义,可你们不做决定!他必须弃权,他要清醒就会弃权!可你们就没勇气做个必须的决定!"

几个人看着他,那眼神并不是反感,相反,成才说中了他们的要害,他们外边太硬,而里边又太软。"你们不敢,不好意思是吗?我来!反正在你们眼里我也不是啥好人!自私自利的,想啥都只想自己。行,我担当得起,我来!你们用不着惭愧,我帮自己解决问题。"成才看了看那士兵,沉静地说道,"帮他解决问题,也帮你们解决问题!"

伍六一拉了许三多一把,掉头走开。士兵拍拍成才的肩,无声地跟在后边。成才掏出自己身上的信号枪,看看远去的那几个人,又看看草原上苍茫的暮色。然后,他扣动了扳机,一发黄色的信号弹呼啸着升上天空。成才又看了那士兵一眼,将信号枪放在他的身边,掉头跑开。

那发信号弹在天空放射光芒,缓缓落下。

很快,一辆车驶了过来,车上的人迅速发现地上的那名士兵。野战救生器材都是随身携带的,救护人员开始就地抢救。那名士兵被医务兵用担架抬上了汽车。

只剩下五个兵了,他们伏在草丛中,监视着那辆远去的车辆。伍六一对伏在身边的成才说:"你用的是自己的信号枪?"

成才点头:"我用不上。"

"那么肯定?"

成才:"如果要三个人,我是三个里的一个。如果只要一个,肯定就是我。"

伍六一:"成才,七连在的时候,你和三多是我最不喜欢的两个人,七连没了,你俩是我印象最深的两个人。你要的很实际,这不是罪过。你用不着内疚,你跟我们一起只是因为用得上。"

成才愣了一会儿,打了个干哈哈。

伍六一:"尤其是这个时候,更不该这样。"

成才犹豫了一会儿:"我会试试,谢谢提醒。"

他们监视着那辆救护车,一直到它驶出视野。

周围的地形是草原上那种连绵起伏的低矮丘陵,几个人正竭力想在指南针上找出一个方位。然而,一点星光都没有,这根本就是一个迷路的晚上。

"我觉得应该是四点钟方向。"许三多说。他很坚定。

另一个士兵也很坚定,他觉得七点钟方向对。

成才一下就急了:"你们看准点,这地方差一点就是几十公里,走错了没时间回头。"士兵反驳说:"一点参照物也没有!谁不凭自己的直觉说话呀?"

意见分歧的结果使本来就少得可怜队伍又分成了两队。

许三多、伍六一、成才看着另外两个兵顷刻间便没入了草原的黑暗之中。

成才最后看了看许三多,又看看黑暗中已经看不见的那两个人影,说:"许三多,你错了,你肯定错了。"

许三多没说话。成才也没等他说话,掉头追那两人去了。

伍六一端起了机枪对许三多说:"我们也走吧。"许三多一直看到成才的身影一点都看不见了,才跟着伍六一走开。

两个人,深一脚浅一脚地在草地上跋涉着,周围显得寂静无比。伍六一突然问道:"许三多你知道我认为是哪个方向吗?七点——和他们一样。"

许三多哦了一声:"可你没说。"

"说了你准还照着四点的方向走下去,一个人走,是不是?"伍六一苦笑。

"我会的……六一,如果我是错的怎么办?"

"不是败了就是成了呗。都走到这一步了,成和败其实也没太大区别。"

许三多摇摇头:"你是觉得在七连我就是一个人,到这不该再让我一个人了。"

伍六一笑了,笑得有些不好意思,他说:"哈哈,我有那么不切实际吗?两条腿长自己身上,我爱往哪走往哪走好不好?而且你方向感一向在全连最好。"

"经过这么多事,想跟你说的就两词,对不起和谢谢。"许三多说。

249

伍六一于是打起哈哈:"无聊。"

许三多说:"我现在比什么时候都希望我们能成,成了就还能在一起。在一起不要再较劲了好吗?咱们可以是朋友的。"

伍六一斜眼看了他一会儿,把嘴里嚼的一片草叶吐了:"真有够钝,你早说了,如果不是朋友还能是什么呢?所以别再磨叽了,再说我掉头就是七点方向……"

他忽然扑过来把许三多扑倒,一小队夜巡的机动车驶过,两人扑倒在草丛里,这时身后却有人蹑手蹑脚过来。许三多的枪口也飞速地抵在了他的头盔上。竟然是成才!他小声地叫着:"是我!我……"

许三多伸手便掩住了他的嘴,一直到前边的车很快地走远。

伍六一警觉地张望着:"你怎么又回来了?"

成才很有些难堪地笑了笑:"想想还是咱们一起比较好,三个七连兵,三个老乡。"许三多伸手将他拉了起来。

三个人,成才在前他显得兴致很高,有点像在强给自己打气,许三多在中间扫视着周围的黑暗,伍六一断后。

无声地走着走着,成才想起了什么,禁不住就开口了,他说:"现在可以说了,咱们三个准定!咱们三个一块儿坐上老 A 的那辆鬼车!一起进 A 大队……"

成才回来后话变得很多,我明白,他回来是出自于信任,他说这么多话是因为不信任。他必须说服自己继续信任我们。成才一向只信自己,现在他的天平在倾斜,可惜挑了个不该说话的时候。

没等他说完,伍六一给他打断了:"喂,如果你是这么个警戒前方,还是我替你吧?"

可成才的嘴巴,还是兴奋不止,他说不说了不说了,咱们三个应该找个地方休息,我放哨你们休息,你们大可放心!养足了精神,明儿再最后一趟冲刺……

伍六一二话没说,端着机枪就赶到了他的前面,让成才断后,开始警戒前方。

成才稍微压了压自己的兴奋:"这条路我越走越有信心了,我觉得你没错,四点钟就对了,其实我一开始就有点犯嘀咕,七点方向……"

突然,许三多指着前方说道:"那座山好熟。"

成才说:"我也觉得眼熟,草原上的山都是馒头样,你知道为什么吗?许三多,因为……"

许三多却琢磨着,转过那山弯,应该就是一条路……成才也忽然觉得不对了,他往前加紧走了几步一看,果然是一条路。

他站住了。

许三多和伍六一赶上来时,看见成才一脸古怪的表情,一下就明白了。许三多开心地笑了,他们已经走到了红三连五班的驻地。

一杆红旗和一个岗亭子在路口屹立着。三个人猫着腰,摸往五班驻地的那几间小屋。

　　又回到这了,无穷无尽的地平线在身边无穷无尽地潜行,身边嗖嗖飞过的蚂蚱被李梦叫作流弹,他们总看着大腮帮子的沙鼠说那真他妈像许三多。连长说,年少轻狂,幸福时光。

　　走在许三多铺出的那条小路上时,成才禁不住说道:"许三多,你的路。"

　　许三多:"不是我的。"

　　黑暗里,成才的眼睛里全是光芒,他说:"这半年,我看见这条路,就想你能靠它出去,我也能走出去。"

　　走在前边的伍六一,忽然往回做了一个手势,三人迅速卧倒在地。

　　一个士兵从屋里出来,喷了一口嘴里的水,转身回去了。

　　作为五班刚卸任的班长,成才当然知道这里外松内松,一切班务接近散板,凭他们身手在这猫一周也没人知道,最妙的就这怎么也叫军营,侦察营和老A掘地三尺也不会来折腾友军营地。

　　成才看看他们两人,说:"听我的没错,我保证你们可以在天花板下面美美地睡上一觉。"

　　许三多看看伍六一,伍六一点头同意。

　　五班的宿舍里透着灯光,里边的士兵还在看电视,还在说笑。一名士兵起身关窗户时,押后的许三多纵身翻进了伙房。看着这间几年来没有过什么改变的房间,许三多眼光里有点茫然。筋疲力尽的伍六一和成才随后摸了进来,他们往堆放的米面包上一躲,就躺下了。一旦能歇下来,身子快散架一样。

　　伍六一顺势提醒了一句许三多:"你也抓紧休息吧。"许三多望着屋里的灯光,轻声回答了一句:"我先看看。"

　　"他从新兵连出来,就来了这。"成才的嘴里是有点漫不经心,还有点不屑。

　　伍六一又问成才:"你是怎么来的这儿?"

　　成才自然很难堪:"为了转士官,算是个跳板,反正是糗事……不过柳暗花明,咱们可又走到一起了,是不是,嗯?"他说着下意识地抽了抽鼻子,似乎嗅出了什么,一骨碌坐了起来。

　　伍六一笑了:"你坐着吧,我就是随便一问。"

　　成才紧张地摇摇头,他说:"不不,侦察兵同志,你们没有侦察到什么内容吗?"许三多和伍六一莫名其妙地看了看那虚掩的门,看了看屋里,摇了摇头。

　　成才一挺站了起来,他走到墙边堆放的蔬菜前,拍拍钩上挂着的风干的羊腿:"这一切都是很好的,不过我相信还有更好的!"他终于找准了自己的目标,哼着小曲,揭开了灶上的锅盖。锅里的内容使他兴奋得说话都带上了唱腔,他说,"亲爱的五班,你第一次没让我失望!同志们,世界上最可爱的东西!给我个姑娘都不带换的!整整十个馒头!这帮小子的习惯已经被我骂好几次了,一天做出几天的饭,现在我发现,这真是个太好太好太好的习惯了!"

成才从锅里抓出一个馒头,看上去不是想吃一口而想亲吻一口,他看了一眼许三多和伍六一,转念把整盆的馒头端了出来:"老兵吃第一个,谢谢你今儿给咱们准备的早餐。"

伍六一的喉头抽搐了一下,却显得有些发愣。成才说:"十个呢!够吃啦,你还客气什么?许三多!"

许三多看着那馒头,也是一种犯愣的神情,明显地抵挡着诱惑:"不该吃吧。"

成才瞪大了眼:"不该吃?"

许三多恪守着原则:"假设敌情我们是在一片没有人烟的荒野之上,不会有这个……所以不能吃,吃这个就算是作弊了。"

成才看看馒头又看看他们:"你们俩有病……谁会知道?"

伍六一示意他快放回去,成才哪里肯听!

"放回去吧,成才。"许三多推了他一下,"宁可吃耗子肉。"

伍六一接着说:"那也就恶心一两小时,吃这个得恶心一辈子。"

成才气往上撞,只好把馒头都放了回去:"好,我不怕恶心,我吃!我吃不完还揣着!等你们饿趴下的时候我来背你们!看到那时候你们还吃不吃!"

伍六一淡淡地看着他,有点蔑视又带点冷笑,一副不再交流的样子。成才发了性子,瞪着他将一个馒头拿在手里。然而,说实话,他一时也咬不下去。

许三多对成才摇着头:"你吃这个。"许三多说着已经拿出他那袋未曾动过的早餐口粮。成才狠狠瞪着许三多,想看出他哪怕一丁点嘲讽的意思,可许三多没有,许三多仍是一如往昔的平静。

"都他妈的有病呀!"成才终于将那个馒头扔了回去,狠狠地将锅盖盖上,然后抱头坐了回去。许三多坐到他的身边,轻轻碰碰他,想把那份野战口粮给他。

成才说:"我没哭!我就是不知道干吗跟你们做一队!我也不是饿不起,我一样在吃那些东西,过几年想起来还要反胃的东西!我不知道图什么!这不是馒头,这是机会!回头能顶下去扛下去,赶成前三个的机会!"他看了看眼前的那份野战口粮,一时怒火中烧,他一把抢了过来,将它塞回了许三多的背包里。

"既然这样,赶紧躺好了休息。"伍六一用钢盔遮上了面部,开始睡觉。

成才在躺下后还没忘记发泄着:"七连的人最讨厌就是你!……伍六一你他妈的怎么这么冷酷!"

一天以后,如果说出去的话能收回,成才会把这句话连灰带土地捡起来,就着石头一起吞下去。

五班的宿舍里,忽然传来一阵大笑。从窗户外看去,几个士兵在看一个正火爆的连续剧。此外,一切静悄悄的。

风从草叶间吹过,草原真是一个舒心安逸的地方。

伙房里的三个人或者说三个老乡三个战友,就像三条平行线,继续地躺在米袋上,躺得都似乎成一个队形。成才的火气已经下去,他们听着电视声和笑声被风吹了进来。伍六一的肚子清晰可闻地呻吟了一声,而后是成才的一声苦笑:"几天前我还跟他们坐一块儿看电视呢。"

似乎是回应,许三多的肚子也响了两声。伍六一笑了,许三多也笑。成才苦笑着用头盔将自己的脸盖上了,似乎这样就可以把一切诱惑遮在外边:"做一个好兵……真是不易啊,有时候我真想回家。"许三多他们听着,但不再作声。

清晨,一只羊蹿上了山头,怡然自得地看着远处五班几间小屋和星形的道路。

五班晨起的第一个兵,打着呵欠走向伙房。然而许三多他们早已经走了,这屋里看不出有人待过的痕迹,锅里的十个馒头也安然无恙。

许三多几个正走在山坡上边走边摘食些可食的植物。

他们必须得吃些东西。许三多将一把野蕨菜递给前边的成才,成才头也不回地接了过去,另一只手伸了过来,手心里是几个看上去就又酸又涩的野果。许三多接过来,大口大口地嚼食着。

打头的成才刚走上山顶,立刻一头扑倒了。后边那两人以为出了什么事情,赶紧卧倒翻身,握枪准备射击。成才身子一翻,无声地大笑着,最后,他怕笑出声来,只好用手狠狠地掩着嘴,掩得后边的两个看得莫名其妙的。

成才还在笑着,他说:"许三多,你小子真是有狗运,不,不,是咱们三个都走了狗运……"

伍六一和许三多爬过去一看,前边不远处,是一汪清出了蓝天来的海泡子,海泡子边是沟堑分明的阵地,至少有一个排的兵力在守卫和巡逻。

成才说:"东南方向,小山包旁边有个海泡子,翻过山有一片槲树林,有一辆车在槲树林旁边等着我们。这句话我都念叨四五百遍了,越念就越觉得走得不对,想不到你小子啥都不想,偏就走对了,还犯什么愣?许三多,这就是咱们要测绘的那块阵地呀!"

三人的脸上,顿时容光焕发。

成才狙击枪上的瞄准镜,眨眼间扫过阵地,扫过草原,扫过山丘,他把它调到最大的倍率,一丝一毫地察看那块阵地。他一边看,一边将情况告诉身后的许三多:"一共三十五人……五个老A……妈的,老A真神气,枪跟我们都不一样,有个用九五狙步的,抢过来使使……四个机枪哨位……两个热成像仪哨位……没有机动车,太好了……找不到指挥所……中央是洼地……不对,肯定不对……"

许三多紧张绘图的手停了,地图上的阵地中央,仍是一片空白。

"怎么啦?"许三多问道。

成才回头说:"他们阵地选得鬼,中央是洼地,不潜入看不到指挥所。三十五人一个加强排了,一个排也绝不止明面上这点重武器。"

"那就潜入。"伍六一很干脆。

成才撇嘴:"你来看一下怎么潜……除非挖地道。"

伍六一就着瞄准镜看,越看眉头也皱得越紧,那个阵地背着海泡子而建,自然便于将火力和视野都集中于正面:"没处下嘴,正面强攻都得动连以上部队。"

成才苦笑:"筑阵地的就是侦察兵同行嘛。"

两个人仰天躺倒了喟然长叹,许三多接过枪在那里观察,倒也没人跟他抢:"从海泡子里游过去行不行?"

伍六一摇头:"你知道这季节海泡子里的水温吗?"

许三多:"正午时零度左右。"

伍六一说:"现在可天还没亮呢,又饿两天了,体温流失严重。"

成才也没信心:"会死在水里的。"

许三多坚持:"那我去试试,补上空白咱们就可以去终点了。"

伍六一说:"你一个人应付不来的,我也去。成才你在这掩护我们。"

成才却急了,说:"我潜入! 你们掩护!"

伍六一拍拍成才:"不是冲动的时候,你的优势拉开距离才好发挥。万一有个闪失,我们需要你这支枪。"

成才垂下了眼皮,不再坚持。

海泡子和那阵地都已经浸入了黎明前深沉的黑暗。成才用防水材料包好未完的地图,交给许三多。许三多则撕开口粮包装,放到那两人面前。

成才拒绝了,他知道他们更需要热量。

伍六一仔仔细细将那份少得可怜的口粮均分:"吃吧,许三多。"

许三多说:"你也吃。"

"我的那份自己吃了,再吃了这,我就吃了一份半的食物。许三多,这几天我比你多吃了整整三倍。"伍六一调笑地看着手里的那半份食物,就他巴掌的容积那几乎是可以一口吞的分量,他也真的一口吞了下去,把什么都和在一起干嚼着。

三倍,也就是说他比我整整多吃了两百克可称之为食物的东西,两天之内。

许三多拿起一块牛肉干轻轻地咬了一口,几天来第一口可以称得上食物的东西下肚,他整个胃都要烧了起来。

许三多闭上眼睛,默默地体会着那点热量流入体内。

成才嚼着一根野菜,在狙击枪里监视着阵地上闪动的人影和电筒光芒。

黎明前的那一会儿黑得如同深夜,伪装之后的许三多和伍六一,从山坡上缓缓地爬下去。他们的动作匀速而沉稳,几乎是完全无声的。两双炯炯发光的眼神,从抹黑的脸上紧紧盯着眼里的海泡子。

成才从狙击镜里看着这两位战友浸入黑暗。他们无声地爬入水中,让水浸没自己的身体,一直浸到只剩下露在水上的口鼻和眼睛。尽可能不激起波纹,向阵地后方游去。

"顶不住了就吱一声。"伍六一用最小的声音提醒了一句。

许三多说:"没事。"

两个人的声音都是发颤的,身边的水也抖出了微微的波纹。

伍六一又说:"别咬牙,越咬牙越发抖。"

许三多说:"知道了,不咬啦。"

伍六一说:"想事情,一定要想事情,千万别放松。"

许三多问:"想什么?"

"想……想水里的一点点火……火永远不灭。"

许三多有点神志模糊地笑了笑:"水里,水里边怎么会有火呢?"

伍六一说:"咱们着火了,好热啊,三多。"

这个看起来不大的海泡子现在真是漫长得让他们难以忍受。两人就这样忍耐着,让水温一点点把身体凉透:"是有火,六一,我觉得浑身发烫。"

"那就好,那就好。"

"真舒服,应该让成才也来试试。"

伍六一担心地看着许三多,发现他已经有些神志模糊,只能伸出一只手,把他的背带牢牢抓住。他已经感觉到许三多的身子在往深水里坠,而许三多的眼睛正在要闭不闭之间。

"不准睡,不要睡!许三多!"

许三多迷糊着:"真的很困……吹熄灯号了吧?"

"是起床号!许三多,全连都等着你呢!班长又挨训了,都是因为你不争气!!"

许三多惊得身子都弹了一下,猛地睁开了眼。

伍六一终于舒口气:"你算是醒了。"许三多不再说话,他忽然将头慢慢地埋进水里。也许,那是他在悄悄地哭。

伍六一终于踩到了水底,他将许三多拖上近岸的泥汀,那几乎费尽了他最后的力气,最后两人一起滚倒在泥土里。

他开始搓揉许三多的腿脚关节,自己也像筛子一样抖着。

成才从狙击镜里看着水边的那两个人,他们与阵地仅几米之隔,互相拥抱和搓揉着,以给予对方维系生存的可怜体温。

成才擦了擦眼睛,然后将眼睛又贴回狙击镜面上。

那两个人终于向阵地蠕动。

许三多和伍六一在战壕边沿轻轻一落,滚入了壕沟的拐角里。他们的动作太快,快得到壕沟后埋伏的几个暗哨都没有看见他们。

钻过几条纵横相连的沟堑,千寻万觅的半埋入式的指挥中心终于出现在他们的眼前。许三多掏出了未完的地图,打开防水材料,伍六一警戒,开始画图。

终于绘制完地图,折叠好放进怀里,回身的时候与一名从战壕拐出来的老A撞个正着。太近,伍六一和老A几乎是同时扑上,撞在一起,倒地,两人在壕沟里摸掐滚打,许三多也扑了上去,三个人扭成一团,然后,烟雾把三个人都笼罩了。

老A翻出白牌:"我死了。"

可就在同一瞬间,警报响了起来,探照灯和电筒的光束也纷纷向这边扫来。

没响枪! 可这烟一里外都看得见!

伍六一没心思多说了,端起了机枪就四周打量了起来。那个已经挂掉的老A,笑嘻嘻地招呼着:"两位好走。"

许三多很礼貌地回了句:"再见。"伍六一气得拖了许三多就走:"废什么话?"

外围的几名机枪手正将机枪掉了过来,许三多从壕沟里冒头,一阵扫射,那几人都冒了烟。伍六一用机枪封锁着从指挥所里冲出来的士兵。这时,有两名老A看见了伍六一,冒头就朝这边打着点射,伍六一连连滚在地上,才躲了过去。许三多发现后,一阵猛扫,才将那两人压了下去。

"这几个家伙比一个排都麻烦!"伍六一嘀咕着。

那两个老A在伍六一的机枪轰鸣下一时无法抬头。

许三多撤到了阵地外围,回头掩护。那是平常就练熟的战术,伍六一回身再撤。他们撤向这处阵地的最高点,跳下一段土坡就是海泡子的低洼,那总算是有个屏护。

一个东西滴溜溜地从壕沟后甩了出来,许三多莫名其妙地看着。

那东西轰地一下在空中炸开,如同平地上打了个闪,炸出白炽的强光。

许三多顿时捂住了眼睛,他等于已经暂时被晃成了瞎子。

伍六一幸而没有回头,他跑到许三多身边将许三多拖了起来。

"是闪光弹! 妈的死老A,尽用这缺德玩意! 往下跳。"许三多闭着眼跳了下去,伍六一回身还击,脚下却踩中整块松动的土壤,他头重脚轻从两人多高的断坡上摔了下来,腿撞在一块兀出的岩石上。许三多茫然地站在断坡下,他仍看不见。伍六一大声地喊道:"许三多你快跑! 正前方。"

"你在哪? 我看不见!"

"跑啊,朝前跑就是了!"

许三多却依旧在找,嘴里喊着:"六一你在哪?!"指挥所里的士兵已经冲出来了,那几名老A,现在显然也不再把这两人当对手了,一名老A纯粹为了结束战局举起枪向站在断坡之下的许三多瞄准。然而,一声枪响,他的头盔上却先冒烟了。第二名老A被子弹追逐着跃进壕沟,那是来自于成才的狙击。

老A顿时反应过来,喊道:"狙击手! 十一点山坡!"

后面的山坡上也开始冒起了枪焰,"六点方向是主力!密集射击!"

老A端枪撂倒了一个从山坡上冲下的参赛选手,但又有几个兵从山坡上冲下,看来是等待已久了。

许三多的眼睛终于能看见些了,他跳下壕沟,将地上的伍六一扶了起来。

阵地那边的枪声,愈响愈烈,伍六一挂着枪站了起来,他一只脚已经无法着地,他拄着枪强走着。

许三多抢过去背他,被他一肘打开。

许三多只好搀着一瘸一拐的伍六一跑开。

黎明时的黑昼终于过去,天色几乎在一瞬间开始放亮了。

后来的那几个兵趁乱已经冲进了壕沟,一场阵地战顿时打得如火如荼的。能到达这里的兵,大概已经全在这儿了,他们这也算是最后一搏了。

成才拖着几个包,从山坡上兴高采烈地冲了下来,扶住了许三多和伍六一。

"地图到手了吗?"

许三多点点头:"到手了。"

成才也发现不对:"六一怎么啦?"

"崴了一下,没什么大不了。"伍六一说。

"咱们得赶紧走!可别让那帮捡便宜的家伙把啥都抢走啦!"

许三多背好自己的包,想去背上伍六一的,被伍六一抢了过去。

他说:"我自个来。"

成才早已乐不可支,他说:"这回好啦!往下就是个强行军!再没那些明岗暗哨啦!咱们咬咬牙就到啦!"

"小意思。"伍六一说小意思,他跑不到百米已经被那两人拉下十多米,许三多和成才抢上去扶他,伍六一挣开,自己小跑了几步。

"不只是崴了脚吧?"许三多关心地问。

"武装越野我可从来是冠军!"伍六一一咬牙倒冲到了三个人之前。

成才:"你没事的!我早说过的,咱们三个!咱们三个一起坐上那辆鬼车!三个死老A!关系永远的铁!"

他和许三多跟在伍六一身后跑开。

那几个被成才称为占便宜的家伙,正在阵地上做最后的拼搏,他们一边开火,一边也在紧张地绘制着该绘的地图。

第十七章

东方已经晨光熹微。

又一个兵头上冒出了白烟。

这支小部队实在已经是强弩之末了。他们看起来和许三多他们一样,一样脏,一样累,一样饿,一样狼狈也一样的默契。地图上终于标出了最后一个火力点,这时候他们已经只剩下三个人。一个人跳起来进行火力掩护,两个人撤离。轰鸣的枪声终于哑了,那个掩护的兵也被射中了。

那两个兵最后看了一眼,开始了他们精疲力竭的奔跑。

许三多三个也在狂奔,一开始在最前边的伍六一已经落到了最后,因为前面两人看不见他,他已经是仅仅用一只脚在发力了。

许三多再一次停住,然后向伍六一跑去,成才也停了下来,但是停在原地。

许三多跑到了伍六一面前:"你的脚到底怎么啦?"

"我没事,你们先跑。"

成才看着,看看前边,又看看后方,一脸焦急。

"让你们先跑啊!我没事!"伍六一简直是要炫耀一下地开始冲刺,第一步便重重摔在地上,然后,他开始挣扎,竭力避开要来扶他的许三多和成才。

伍六一摇着头,说:"我没事啊!我知道我没事的!"

许三多几乎是在跟这个人搏斗,然后撕开他的裤腿。

他傻了,伍六一的脚踝已经扭得不成形状,整条小腿都是肿胀的。

许三多的嘴唇有些发抖:"你就拿这条腿跑啊!"

"它还是条腿!不是吗?它长我身上我自己知道!"

声嘶力竭,两个人都沮丧而又愤怒。

成才面色忽然沉了下来,他看见了地平线上赶过来的那两名士兵。

"他们赶上来了!"他朝他们吼道。

伍六一拼命地推开了许三多,他说:"快给我走啊!"

许三多示意成才,一个拉住伍六一的一只手,拖着他往前狂奔。

伍六一愤怒了:"干什么?这样跑得过吗?你们放开啊!"

成才:"三个人,三个位,三个位都是我们的。"

许三多平静地对他说:"用力跑,别用力嚷嚷。"

伍六一不嚷了,他竭力地跟上他们的步子,伤腿的每一着地,都让他痛得一脸的扭曲,但伤了就是伤了,他把那两个人的速度都拖下来了。

后面那两个士兵也在摇摇欲坠地狂奔着,但他们没有负担,他们一点点拉短了与许三多他们的距离。

天已经完全亮了,很难说那奔跑在山丘上的五个人,现在已经成了什么样子。浑身的泥水和汗水,一张张脸上的神情已经接近虚脱,两天三夜没吃没喝地打拼,加上最后这场疯狂的冲刺,所有的人都已经濒临了极限。

他们有一段是平行的,这平行维持了很长一段时间,因为谁也没有能力把自己的步子再快一点点,但后来者在漫长的僵持中终于超前了半个身子,然后是一个身子,一米,两米……

伍六一又愤怒了,他声嘶力竭地吼道:"你们放开我!我自己跑!"

这一声等于是没有效果。

"我不行啦!你们放开我!"

成才开始吼叫,在吼叫声中喊出了最后的力气,五个人又渐渐在拉短距离。

"我自己跑,我自己能跑到的!许三多,成才,我求你们了!"

"槲树林!那是槲树林!"

成才说得没错,前边是槲树林,林边停着一辆越野车和一辆救护车,袁朗和几个卫生兵正等在那里。

成才咬着牙,喊着:"再加把劲就到啦!我们三个!我们三个人!"

三个人多少是振奋了一下,他们超过了那两名已经油尽灯枯的士兵,一口气把人拉下了几十米。

那个终点已经只是八百来米的事情了,槲树林中忽然跑出一个跌跌撞撞的士兵,摔倒在了袁朗的脚下,那是第一个到达的士兵,医护人员立刻上前救护。

三个人的步子一下慢了下来,三个人对望了一眼。伍六一又开始挣扎,这回他的挣扎接近于厮打,一下狠狠地甩开了两人。

"就剩两个名额了!你们还拖着我干什么?三个人!只要三个人!"

两个人呆呆地看着伍六一,身后两名士兵正缓慢但固执地赶了上来。

成才忽然掉头就跑,往终点奔跑。

许三多却看也不看跑去的成才,他将背包背在了身子前边,抢上来抓住伍六一,他不想丢下他,他要背着他走。伍六一强挣着就是不让,但那条腿已经吃不上劲了,大半拉沉重的身子被许三多架在肩上。

许三多拖着伍六一,向终点做拼命的冲刺。

一个三十公斤的背包,加上一个成年男子的大部分体重,即使精力充沛的壮汉,也会被压倒。许三多慢得出奇,但他没有丢下,他一步一步地往前冲着。

伍六一不敢再挣了,他一只腿竭力地往前蹦着,因为现在的速度很重要,他得为许三多想点什么。

后边的那两名士兵,慢慢地超过了他们。

伍六一受不了了,他又开始愤怒地吼了起来:"他们超过你了!放开呀!你又要搞什么?还想在那空屋里做看守吗?我们热闹你就看着!晚上捂了被子哭?你这个天生的杂兵!"

伍六一的声音里都有了哭声了。

前边的那两名士兵,已经离他们越来越远了。

成才已经到达了榆树林终点,那股子猛冲的劲头让他几乎撞在了袁朗的身上。

袁朗一把揪住了他的背包带,成才站住了。

精疲力竭的成才没有倒下,他立刻转过身看着自己那两名战友:"许三多快跑!许三多,你加油啊!"

袁朗意味深长地看看他,又看看远处的许三多和伍六一,他的眼神里充满了一种钦佩。

对于那还在争夺中奔跑的四个人来说,这剩下的几百米简直遥不可及,几个人的速度都慢得出奇,几个人都瞪着对手,但要超出哪怕再多一米已经很难。

"成才已经到了!只剩下一个名额了!你看见没有?!"伍六一望着绿意葱葱的榆树林对许三多说。

许三多根本就没抬头看,他的力气依然用在对伍六一的拖拉上。

"只剩一个名额!你把我拖到也不算!脑子进水啦!"

"加把劲……再加劲。"

伍六一盯着那张汗水淋漓的虚脱的脸,忽然间恍然大悟:"我知道你要干什么了,你想拖着我跑到头,你自己装蛋趴窝是不是?"

许三多还是没吱声,他只管在脚下使劲。

伍六一想突然挣开他,却发现那小子手上劲大得出奇,横担在他肩上的一只手臂简直已经被许三多的手掐到了肉里。

"蠢货……你不是笨是蠢了……我用得着你施舍吗?……我会去告你的!……你放开……求你放开……到嘴的馒头我们都不吃,现在为什么干这种事?"伍六一已经哭了。

"跑了好远……从家跑到这……前边都是你们推着扛着……最后这一下……我帮一下,又算什么?"

伍六一已经完全没力气可用了,他只能看着许三多往前一步步挣扎。

伍六一本来是狂怒加无奈的眼神也慢慢平和下来,他说:"许三多,咱们是朋友。"

近在咫尺的砰的枪响,把许三多吓了一跳。

是伍六一手中的信号枪,枪口还在冒着烟。

信号弹正缓缓地升上天空。

伍六一一瘸一拐地高举着双臂,向着终点挥舞着,他说:"我跑不动了!我弃权！"

他真的是跑不动了,刚走出两步,便轰然倒地。

救护车是随时准备的,几名卫生兵已经发动汽车过来。

许三多呆呆地看着伍六一。

伍六一瞪着他,挥着拳头喊着："跑啊！许三多！"

许三多掉头开始他的最后一段狂奔。那领先的两个兵意识到了身后的威胁,也使出了最后的力气狂奔了起来。

许三多喊叫了,他在喊叫中开始了不可能的加速,第一次加速就超过了那两人。

一个被超过的士兵终于丧失了信心,在许三多超过他的同时摔在了地上。然而,他那位战友却不管不顾地回身拉起了他。

许三多仍在喊叫着,喊叫声中救护车与他交错而过,喊叫声中许三多的声音将所有人的声音淹没,喊叫声中许三多刚流出的眼泪被风吹干,他在喊叫声中跨越了终点。

喊叫声中,许三多的双手砰地撑在那辆越野车的保险杠上。

成才欢天喜地地跑过来,他想与许三多拥抱,许三多抬起头,那双眼睛里的冷淡让成才愣住了。

许三多回头看着刚刚跑过的路,他看到那两名士兵正互相地搀扶着走向终点。

远处的伍六一,已经被卫生兵用担架抬上救护车。伍六一笑得像个大男孩一样,向这边不停地挥挥手。

没有可以分享的快乐,只有独自承担的磨难。现在的软弱正好证明,你一直是那么坚强。

许三多慢慢坐倒在地上。

救护车已经驶过山脊,消失。袁朗一直站在车边等着几个到达终点者恢复,然后如同敲门般轻轻敲了敲车。

"三位请上车吧,到车上交出你们的测绘作业。如果你们还扛得住往下的考验,你们很可能是我的部下。"说着,他为他们拉开了车门。

袁朗的车开了,就在这时,那两名相互搀扶的士兵,终于到达了终点。

他们在倒下的时候失声痛哭了起来。

几个老 A 静静地等着这几个兵,远处又有几个筋疲力尽的兵向这边跑来。

卫生兵剪开了伍六一的裤腿,露出肿胀乌青的肌肉。他很快便明白了这个士兵的伤势说："右脚踝的脱臼还好办,可你的右腿韧带完全拉断了,你实在把这双腿用得太狠了……这样撑了多久了？"

伍六一的眼神一下就空白了："五年了。"

高城站在车上,看着那辆救护车驶远,但并没意识到谁在车上。

261

他的车后，一个累脱了形的士兵正在做最后努力，这是这场比赛中能到达终点的最后一个士兵。

车还没停稳的时候，高城跳下车，大步走向那几个仍在人群中哭泣的士兵。他看着那几个兵，一时也说不出话来。

高城："我来领人，我以为我的任务是把败兵带回去……"

最后那名士兵撞进了人群，高城一把把他拉住，稳住那个摇摇晃晃的身子。

高城看着那张累得神志模糊的脸："到了这儿我很惭愧，我整个装备精良的侦察营都败给了你们。"

他抱起那个身子不断往下坠的士兵，走开放到自己的车上。那些军官也开始学他，或抱或背或架地将士兵们放到车上。高城回身看看他车上那个神志不清的兵。

"如果是这样的失败，就多来一些吧，它实在比浮夸的胜利更多光荣。"

开车的袁朗已经将许三多他们跑了三天三夜艰苦路程抛到了脑后。

"作业。"袁朗对他们平静地说。

那名士兵掏出了怀里的测绘地图，成才却瞧许三多，因为担任狙击掩护任务，他的测绘作业是由许三多代绘的。

许三多从怀里掏出地图，没看成才便递给了他，成才眼神很有点发虚，一个没接住，地图落在座位上。

袁朗在后视镜里看看。

成才咬咬牙，捡起两份作业交给了袁朗，他没敢多看许三多。

"为什么你们俩的作业只有一份？"

成才："我们俩是小组行动。"

许三多："我们仨是小组行动。"

袁朗："仨？"

许三多："仨！我们潜入阵地测绘，他担任火力掩护。没有他我们撤不出来。"

"看来你们互相很信任？"袁朗问成才。

成才如蒙大赦，他说："我们是老乡，是朋友，还是同届同车同年的兵。"

袁朗点点头，说话间已经看完了那两份作业："我很满意，虽然有点粗糙，但能满足实战需求。"

他将车拐过了那片模拟阵地，然后说："这三天过得够苦的，你们别怪我。短兵相接者尤其要求综合素质，所谓综合素质不光体能和技能，智能和反应，还有你的心，你的人，一切。"

许三多冷淡地看着窗外。

团大院里，机一连的连长一如往昔地在操场边等他们的归来。但从车上下来的只有许三多，有马小帅，有甘小宁几个，但没有伍六一。

一连长说:"六一呢?这就跟特种兵跑路啦?"

许三多轻轻地说了句:"住院了。"

"怎么会住院呢?你倒是说个明白!"

许三多没说,他头也不回地走开了。

七连宿舍。一个宁静无比的宿舍,一个空空的宿舍。

许三多在拖地,拖得很细致,水泥面子的地被他拖得都能照出人影了。旁边的成才在呆呆地等着他,已经等了很久了。

成才说:"你得说话!我等你十分钟了!"

许三多说:"我不去。"

成才说:"你为什么不去?你当然得去看他!"

许三多说:"我不跟你一起去。"

成才说:"你为什么不跟我一起去?我们三个人一直在一起呀!"

许三多看了成才一眼,只看一眼,又继续拖他的地。

成才委屈得嚷起来了:"我怎么得罪你啦?我做错什么了?你不乐意我先跑掉了是不是?可是就两个名额了,咱们三个人呀!谁都会这么干的!再说他的腿都这样了,他就算跑到终点,也进不了 A 大队啊!"

许三多用拖把砸翻了水桶,然后把拖把扔了出去。没人见他发过这么大火,成才惊得退了一步。伍六一的腿伤是许三多现在小心翼翼守护的禁区。

"干什么,要打架吗?"

"你刚说了最不该说的话!"

"你静下来好好回忆一下,当时当地,如果有三个名额,我背也要把他背到终点的!"

许三多嘘了口气,又去收拾刚才被自己搞乱的一切。

成才恼火地跟着,说:"你说是不是?我告诉你,我现在对六一印象很好,不比你差,我也难受。"

许三多忽然停住了,他回过头来,问道:"因为内疚吗?"

"我为什么内疚?……好吧,因为内疚,莫名其妙的内疚。"成才不想再争论下去。

许三多拖着地,叹口气:"你总让自己占足了理。"

"你是肯定不和我去了是吧?"

许三多不说话。成才掉身出去,在门口实在忍不住火又回身:"你不能要求每个人都跟你一样!因为你就是个傻子!"

许三多一下出现在他面前,成才吓得退了一步,许三多出来去军容镜前整理军帽,这对一个士兵来说就是打算出门。

成才连忙跟在后边。

伍六一住的是一家陆军医院。许三多和成才正在对面的一家商店买东西。

成才面前的购物袋里边,烟、水果、奶粉、果汁已经放了一大堆,烟是红塔山,水果是本地难得一见的品种,这对一个士兵来说,已经接近穷奢极欲。

成才:"还有没那个什么……牦牛壮骨粉的?"

售货员:"有,价格是……"

成才:"五盒!"

许三多一边看着,对这个他并不热情:"用得着吗?"

成才:"你不懂,那玩意好使的。"

许三多:"他是韧带拉断,骨头可没断。"

售货员:"一共是一千四百二十。"

许三多:"太多了。"

"你甭管!我给自己买的,好吗?"成才付账,掏完钱后,手上那一沓钞票已经剩不下一张一百的。

许三多叹口气:"成才,六一的事不能怪你。刚才是我混账,好吗?"

"你别管。"成才他拎着所有的购物袋,出门。

成才拎着东西直冲咨询台,那样子看上去很愣:"三五三团,伍六一。"

护士神情冷漠:"1022。"

成才不打拐弯地就走,许三多跟着。

门是虚掩的,加上点风,便缓缓地开了。一句大声冒了出来,那属于伍六一的机一连连长。

一连长:"我不是来探病,是来骂人!"

成才和许三多都僵在门外。

伍六一躺在床上,机一连连长正恼火地在旁边踱来踱去。

成才和许三多忐忑不安地站在门外。

一连长说:"韧带拉断,人怎么才能把一条韧带跑断?"

床上的伍六一,有点嬉皮笑脸:"跑得太多了些,路也太远了些。"

"你那么笑嘻嘻的是什么意思?你当那条腿长我身上吗?"

"如果一个发脾气,一个在哭,不好看的。"一连长瞪着他看,然后看他的腿,声音也渐渐低了下来。

一连长说:"我不是来骂人,是来探病的。商量一下往后的事情。这次的事情是个特例,团部决定给予特殊照顾……"

伍六一:"师侦察营的高副营长是不是跟您说什么了?"

一连长:"何止跟我?他动了一切能用的关系。一连司务长,你意见如何?"

伍六一淡漠地道:"谢了,不合规矩吧。"

"别婆婆妈妈!"一连长转身出去了。

一连长一走,许三多和成才这才靠近了过来。他们的手里买了很多的东西,他们把东西堆满了伍六一的床头。伍六一仍然在床上坐着,他看着他们两人,轻轻地道:"你们俩都过了?"

许三多点点头,说过了。他说:"准备下周走。"

伍六一说:"下周好。下周来新人,你们也换个地方做新兵。你们要去的那地方一定是很有意思的,想起来我都躺不住了。"

许三多:"我没这么觉得。说真的,我现在不想走。"

伍六一:"成才,我这会儿不方便,帮我剋他。"

成才生硬地笑笑。

伍六一:"我说真的。"

成才只好应付地在许三多颈根上拍了一下。

伍六一:"谢谢,成才。这趟跑下来真的挺值,发现我这两老乡是能交一辈子的人。"

许三多:"你的腿,怎么办?"

伍六一:"装一条钢筋进去,拿它当韧带使。许三多,以后跟我玩格斗要小心这只腿了,一脚够你躺一天的。"

一时间,三个人都看着那条腿,有点发愣。最后,伍六一舒了口气,说:"好了,你们走吧,做好你们那兵去吧。"

成才站起来就走了,到门口才回过头来,看见许三多从口袋里掏出了一个信封,放在伍六一的床上。伍六一问:"那是什么?"

许三多轻声说:"钱。"

伍六一问:"多少?"

许三多说:"不多,三千。"

伍六一将信封往外一推,他说:"我不要行吗?"

许三多说:"你先拿着吧,用不上了你再还我。"

伍六一这么一听,不再推了,他说:"行。我知道当兵的要攒这些钱多不容易。还有你,成才,我掏空了你们腰包。我会还你们的,走吧。"

伍六一的斩钉截铁,噎得许三多和成才再无话可说,只好真的走了。许三多刚从门口消失,后边的伍六一,突然大声喊道:"许三多!到新地方别再从孬兵开始,没人再宠着你了。"

他钻进了被窝躺下。许三多关上了门,把自己和成才都关在外面。

成才和许三多双人成列地从团大院走过,并不时被路兵投以羡慕的目光。

现在成才和我在三五三比六一更加出名,人们总是爱听好消息而忘掉坏消息,不管愿不愿意,垂头丧气从营里走过的他们遮去了医院病床上的六一。

成才:"你有没感觉,他们怎么看我们的?"他容光焕发,一切辛苦总算得到回报。

许三多:"像看外星人。"

王庆瑞坐在他的办公桌前,手边放着许三多和成才的档案,袁朗坐在他的旁边。

这时,许三多和成才走了进来:

"七连一级士官许三多报到!"

"三连一级士官成才报到!"

他们都看到了袁朗,但两人的目光不敢斜视。

团长翻翻眼前的档案,再看看眼前的两个战士,好像直到这时才发现了什么。惊奇地问道:"你们俩,是同乡?"

"报告,是一个村的!"成才回答。

团长惋惜地叹了口气,然后看看袁朗,说:"你看,又让你们占个便宜,两个同乡兵在战场上至少顶六个异乡兵!"袁朗不置可否地笑了笑。团长拍拍手上说:"这是你们俩的档案,我把它交给这位少校,你们就得跟人走了。"

两人默默地看着团长转交出去的两份档案,好像看到他们的命正从一个人的手里转到了另一个人的手里。他们立正着,动也不动。

"你们舍得机步团吗?"团长忽然问道。

成才的回答是:"报告,军人以服从命令为天职!"

团长看了看许三多:"你呢?"

许三多说:"报告!……可以不去吗?"

王庆瑞苦笑,看袁朗。

袁朗:"可以。我早说过不会强令要人。"

许三多于是看着王庆瑞,而成才侧眼看着他,那表情像要踢他一脚。

王庆瑞:"不去你又参加选拔?"

袁朗笑了,那是因为他背后激将了他。

许三多:"不是。因为我想……去了,可以跟大家一起执行任务。"

王庆瑞:"是了,你一个人看守营房已经半年了,是我的安排。那时候你做得好兵,可做不好人。而改编后的部队里,我需要这样的人,他一个人能带动一群人。"

许三多:"我……一直不会做人。"

王庆瑞:"不不。我纠正,人不用做,自己活出来的。我想这半年,你不光在看营房,也在看你自己。"

许三多:"是的。"

王庆瑞:"你已经是了。成了我最尊敬的那种兵,这样一个兵的价值甚至超过一个连长。"

他看着许三多,看了很久,他是真舍不得放走这个人,然后转过身——向着袁朗。

王庆瑞:"他跟你走吧,他有飞的能耐。平心而论,你们那里,这样的兵天地更广。"

袁朗:"这样我会派几个部下来协助三五三的训练。"

王庆瑞:"这事求之不得。"

许三多和成才仍立正着,看着王庆瑞最后在手上拍了拍那两份档案,然后给了袁朗。成才松了口气,许三多眼里的失落越发沉重。

王庆瑞:"去吧。你们这样的兵有一天会让我们也望尘莫及。"

许三多和成才敬礼,沉默着,团长说话就已经是不可违抗的命令了。

袁朗:"那就告辞了。"

王庆瑞:"再见。……许三多,这个拿去。"他郑重把窗台上那辆手铸的战车模型拿起来,向许三多送过来。

许三多:"这不行,团长。"

王庆瑞:"我说过送给你的。"

许三多:"您说做了值得的事情才送给我。我什么也没做……您做它用了一年。"

王庆瑞:"不是因为一件事送给你,是为了你这人送给你。拿着!"

袁朗:"拿着吧,许三多。如果我拿花费了一年时间的礼物送人,他不接受一定会让我遗憾又一个一年。"

许三多茫然地接住。

三人出了团长办公室。袁朗身后跟着许三多和成才,他站住转身:"一天时间够吗?"

成才:"报告,够!"

许三多:"一天时间,干什么?"

他看着成才,试图在成才那里找到一个答案,可看来斩钉截铁说够的成才也并不知道答案。

成才冲他使眼色。

袁朗笑笑:"收拾,告别。你们师招了三个兵,那一个现在都到基地了。"

成才:"够了! 五分钟之内就可以出发!"

许三多:"我想去看六一,还有去草原看看五班,还有……"

袁朗:"那可都不成了。就是明天上午。"

许三多不再说话。

袁朗:"现在,请你们吃饭,怎么说我让你们饿了两天。"

吃饭的时候,许三多仍在望着那辆步战车出神,或者说望着难受。

成才却显得意气风发得很,他和袁朗很快就酒至半酣了。袁朗看看许三多,笑着拍了拍,说:"行了,赶紧吃饭吧。第一名大概都让队长带到基地了,咱们还在这磨叽!"

"基地在哪?"成才好奇地问道。

"暂时保密。"

267

袁朗给成才又倒了杯啤酒,同时很觉有趣地看着他失落的表情:"为了补偿告诉你别的吧,我们这支部队有时会参加实战。"

这话真让许三多和成才愣住了。许三多谨慎地问道:"您说的实战是……"

袁朗说:"真枪实弹呀,真正的敌人,真的想杀了你。"

"那你杀过人吗?"成才也小心翼翼地问道。

袁朗笑了笑,随即挽起了袖子,让他们看他臂上的一个伤疤。说:"看见这个没有?M16A2,SS109子弹钻出来的,贯穿型伤口,好在没碰着骨头,卫生兵拿一块药棉从这头通到那头就消了毒。"

两个和平年代的兵惊讶莫名加钦佩加半信半疑地看着那个不知就里的伤疤。

许三多却以为自己听出了什么,怀疑地问道:"M16?美军?"

袁朗笑了:"那成世界大战了,境外的黑市上M16卖得也就比AK47差点。"

成才:"哪个境外?就是越境作战了?为什么实战?什么规模的实战?"

袁朗:"又要说那两字了。保密。"

成才:"就是说您杀过人,对不对?"

袁朗:"个人原因不想作答。"他笑着喝酒,"这杯算给你们庆功。"

成才却又找回刚才的话题,说:"杀人的感觉是什么样的?"

袁朗眉头皱起来了,说:"千万别向往这个。即使杀敌也是在杀人,我希望全世界都是没杀过人的军人。可惜。"

趁着酒兴,成才却不肯罢休,说:"行行。再问个问题好不好?"

袁朗说:"早知道这样找我老战友吃饭了。"

成才说:"你的包里放着我们的档案吗?"

袁朗说:"是的。"

成才:"我能看看吗?"他看袁朗笑着看他,又说,"您不知道,我多想看看自己的档案!据说对我们的评价就装在里边,付出那么大代价,我想知道被人怎么评价。"

袁朗:"付出什么代价呢?"

成才:"看看许三多吧,他在我们村里被大家当作傻子。现在……"

许三多正给自己揽菜,看他一眼,吃饭。

袁朗:"就算他……真是傻子吧,那现在也是长大了,是好事啊。"

成才:"是代价。您不知道我们走了多远。"

袁朗:"不给看,因为我走得比你们还远。你猜从列兵到中校要走多远?"

他扔下只好自己喝酒的成才,看看许三多。

袁朗:"你今天很少说话。为什么?"

许三多:"不知道说什么。"

袁朗:"我让你不知道说什么?"

许三多看着他,一会儿才说:"我不知道怎么办……还有,我的朋友还在医院……我总是记得……总记得……"

他记得伍六一发射了信号弹然后坐下,而袁朗在终点抱臂看着。他记得救护车驶走,而袁朗若无其事把车开往另一个方向。

袁朗:"我知道你记得什么,你现在很讨厌我?"

许三多:"不是……我说不清。"

他给许三多又夹了一筷子菜,并且再也不提这件事情。

许三多沉默地咀嚼着饭粒。啤酒沫在杯里浮沉,旁边的声音渐渐淡去。

那天晚上成才喝了很多,也问了很多,我和成才都累坏了,都有放松的权利,我却忘了怎么放松了。

要走了,七连的宿舍,这个屋里所有的铺盖都收了起来,宿舍里的高低床终于都只剩下光板了。许三多在最后一遍打扫卫生,这是一遍极其细致的打扫,因为对他来说,连一个桌角、一块奖牌的背面、一块床板下的缝隙都是钢七连的一部分。他从贴着伍六一的床板缝里找到一根烟,那根烟已经干得不像话了,显然是铺主不小心落在那的。

一天时间哪里都去不了,明天就有新兵要搬进来,我去不了医院,更去不了草原上的五班。纤尘不染的营房,将耗去我在三五三团的最后时间。

外面已经是深夜,许三多在打扫,一个人做完通常是整个连做的工作,可以想象这是个多么漫长的工作。从许三多的神情上看不出漫长,他打扫得怎么说呢,甚至很珍惜。熄灯号中最后一点舍灯终于熄去。

黑暗中点起一点火光,许三多做了对他少有的一件违规的事——他点燃了那根应该是没法再抽的烟,他第一次抽烟。

他一口口地抽着,将烟灰就掸在自己的手心里。干了的烟抽起来很辣,从不吸烟的许三多,被烟呛得不住地流着眼泪。在泪水中看见一个自己,很多个自己,各种各样的自己,投降的自己,孱弱的自己,哀怜的自己,悲愤的自己,欢乐的自己。

背包早打好了,就放在光光的床板上。看起来,许三多今晚不打算把它打开。他不打算睡觉了。

晨光,许三多在椅子上坐了一晚上,他这样迎来黎明。两件简单的行李放在地上,一个迷彩包,高城送的录音机。

我来的时候只带了一肚皮惠得惠失,走的时候行李多了很多,王庆瑞送的车模,连长送的便携音响,以及一个会被战友们用豪华来形容的前途,跟大多数来了又走了的人比,我走得很富有,是一个有财产的人。

天一亮许三多就冲上操场的跑道,开始他在这个操场上最后一次长跑。这次不再是慢跑,是全速,一个长程的冲刺。

他结束了在三五三的最后一次长跑,跑向连队的方向。

269

许三多远远地站住,虽然还很早,七连的空地上已停着两辆车,一辆是越野车,上边坐着袁朗和成才,那是来接他的;一辆是卡车,是来接收营房的,有很多兵正在车下列队。

许三多拿着他的背包出来,在自己的连旗下站住了。一名军官在他身边等待着,他的那一队士兵,也站在空地里等待着。

许三多缓慢而凝重地开始敬礼。

"许三多,给大家说点什么。"那军官郑重地说。

许三多愣了一下,他不是个会说话的人。

他说:"我不会讲话。"

"随便说,他们都是院校出来的,你给他们上上课吧。"那军官压低了声音,"你的事我跟他们讲过了,都是院校生,佩服坏了。"

许三多愕然了,他看看那些年轻的脸,目光里居然像认识他很久的样子。

许三多对视着那几十双眼睛,他说:"欢迎来这。我一直在等你们,等到你们来的时候我已经要走了。以后这里就是你们的了。以后对这个地方来说,我们就是老家伙了……我不知道该说什么……这是我这些年说得最多的话,有时是因为嘴拙,有时……真是觉得说不如不说。"

他站在那,看着他的连旗,很长时间的沉默,但并不是很长时间的冷场。

"我的父亲跟我说,好好活。我的班长跟我说,做有意义的事情。我是个笨人,偶尔做对一件事会让旁边人都替我庆幸。我只好跟我说——尤其在这个要走的时候更得对自己说——好好活,就是做有意义的事情。做有意义的事情,就是好好活——这是傻话,傻人对自己说话……聪明人可能用不上,聪明人会问什么是意义……我不知道……真不知道……你们用不上。"许三多苦笑,并且真真正正地乱了阵脚,"你们都有文化,当然不会有我这样的笨人。"

"有!我就是。"

"我也是。"

"都是。"

队列里一阵喧嚣。

许三多愣了一会儿,敬了个礼:"那就好……我走了……该走了,有人在等我。"

许三多头也不回地走向袁朗的车,他不敢回头。

袁朗为他将车门拉开,意味深长地看着他。

许三多他不是上车而是退上车,几乎是手足无措,所有士兵敬礼,然后是最庄重的注目礼,那让许三多的头撞在车顶上。

袁朗将车倒到车道上开始行驶。

许三多木然地将头转开,逃避着那个注目礼。

袁朗:"说得很好,我也受教。"

许三多:"啊?不会的。"他在沮丧和惶恐中看着钢七连离开自己的视线。

驶过敬礼的哨兵,驶出大门。上了中间那条道,两个兵呆坐着。

出了团部有三条路,许三多他们走的仍是中间那条。通向军用车站,军用机场,更多的军队,更多的血、泪、汗。

第十八章

陆航机场,袁朗的越野车通过机场口的哨卡,驶上跑道旁的便道,驶向一架正待发的轻型直升机。

"我们是要坐这个走吗?"成才简直不敢相信。看见袁朗笑笑,成才压抑不住地笑了,他捅了一下许三多,许三多不动窝,他索性痒痒许三多,许三多这才忍不住笑了起来。

袁朗将车停下。驾驶员看看表:"准时。"说着上了直升机。

袁朗:"五分钟后登机。成才拿行李,许三多别动。"

成才:"是。"这对他来说是求之不得的事情,从车后厢拉出行李往飞机上送。

许三多沉闷地坐着。

袁朗下车,倚在车门边,也就是许三多旁边,看着机场人员做起飞前的准备。

袁朗:"你越来越少跟我说话了,而且我肯定,不是因为上下级关系。"

许三多:"我就话少。"

袁朗:"那个人叫什么?"

许三多愕然了一下。

许三多:"谁?"

袁朗:"让你讨厌我的那个人,他叫什么?"

许三多:"我没有讨厌你。"

袁朗:"让你把我当另一种人的那个人,是你想拖着挣扎着过终点的那个兵吗?他叫什么?"

许三多:"伍六一。"

袁朗掏出一个本,郑重地记下那个名字。

袁朗:"番号?"

许三多:"三五三团一营机步一连三班班长……以后是司务长。"

袁朗边记边苦笑:"司务长……我很抱歉。你觉得不公平?"

许三多:"没有……我只是觉得……您知道您提供的这个机会对一个士兵来说有多不容易吗?……太不容易了。"

袁朗:"我知道。"他把本收了起来。

许三多犹豫一会:"那样有用吗?我是说,还会回这来选拔吗?"

袁朗:"不会了,下次会换支部队。"

许三多:"那记上有什么用?"

袁朗:"为了哄你,我给自己记的。我习惯记下一些士兵的名字,后来发现太多了,只好用本记。"

许三多:"记什么?"

袁朗:"尊敬,遗憾和尊敬,登机。"

他走开,许三多跟着下车。

他不可能解决六一的现实问题,就像他不可能让六一的腿恢复如初。但记下那几个字,让他又回到我的世界,不过我现在知道,他和我不是一种人。

直升机升空,在空中盘旋,悬停。

直升机已经将许三多和成才带到一个生平从未达到过的高度,高到机翼下的城镇像是一个小小的棋盘,而远处的草原已经成了一个穹形。

成才惊喜地叫道:"机步团!"

确实,机翼下出现了两人待了三年的团队,看着那些蚂蚁大小的士兵和瓢虫一般大小的战车,成才又喊起来了:"许三多,你说他们知不知道我们现在在他们头上?"

许三多想了想,说:"不知道吧。"

成才说:"我真想往下边扔个什么,好让他们知道知道。"

许三多信以为真,忙说:"会砸到人的。"

成才说:"想想咱们来的时候坐闷罐子!咱们走的时候直升机!更远的路,看更多东西!许三多,老A,以后我们要习惯从这上边看东西!"

袁朗听了不觉一笑,敲打一下驾驶员,那意思就他俩明白。

驾驶员朝后瞄了一眼:"两位,飞得还稳吧?"

"挺稳!特稳!"成才依然兴奋着。

"不晕吧?"

许三多摇摇头,说:"不晕。"

成才也说:"一点不晕!"

"那就好。现在可以晕了。"那驾驶员什么招呼都没打,飞机忽然就沉了下去,这个大迎角飞行还没完,再一拉,如一发出膛的炮弹往前射去。最后,直升机沉入了林荫掩映之中。

这是与草原完全不同的温带森林地貌。

直升机刚一着地,成才立刻就从里边扑了出来,往机窝后跑了过去。

袁朗看了看许三多说:"没事,人都得有个第一次。我倒是奇怪你,你怎么不晕?"

许三多说:"我晕过,晕得很厉害。"

袁朗说:"那难怪,狠晕过的人就难得再晕了,闹半天你也飞过?"

许三多说:"没飞过。"

"那你怎么会晕?"

"晕单杠,大回环。三百三十三个。"

袁朗不觉大笑了起来。

在进入 A 大队的腹地中,他们发现周围的军人也多了起来,都是些体形剽悍的行伍之人,目光锐利得倒像捕猎一般。许三多和成才忙不迭地开始跟路过的人敬礼,因为周围随便走过的一个人就是尉官。还礼的军人,倒对这两个新来的有点好奇。

袁朗脸上却带了点坏笑,因为身边这两兵举起的手,一直就放不下来。

袁朗:"这里的军人职业化,所以随便拎个都是尉官。很遗憾,咱们现在的职业化还不能达到尉官以下。"

成才好奇:"没有兵吗?"

袁朗提醒他们:"看他们瞧你们的眼神。"

一队全副武装的老 A 跑过,许三多和成才下意识看着对方,而一个队的目光看得他们把头转了回来。

袁朗笑乐:"恭喜,回头率百分之九十一,以士官身份来这受训的是稀罕物。"

他们最后停在了一栋军营楼前。袁朗说:"这就算到了,你们的临时宿舍,对面是我们正规军的宿舍,我很希望你们能尽快搬到那边去。"

成才自信地告诉他:"我们一准搬过去!"

袁朗笑了笑说:"临别赠言,综合素质就是随时随地,一切。齐桓!齐桓!"

随着袁朗的叫唤,一个浑身精武之气的中尉跑了过来。许三多和成才都没见过他,而现在的齐桓看许三多和成才像是块要往人脸上砸的铁板,再看向袁朗时就有点阿谀。

齐桓说:"到!"

袁朗问:"受训人员到齐了没有?"

齐桓说:"应到四十二人,实到四十人!都已经安排了住处。"

袁朗说:"最后两个你带走,我不操心了。"

齐桓:"没好地方了。"

袁朗:"找地方塞进去拉倒,就俩士官。"

齐桓:"哦,兵豆子倒好说。"

许三多和成才彻底愣住,这一校官一尉官市井俚语十足的对话,加上彻底的漫不经心在他们的军事生涯中从未见过。

袁朗:"那就塞下来了。我去瞧你嫂子了。"

齐桓:"嗯哪。撂这得了。"

袁朗挥下手,像对齐桓又像对目瞪口呆的那俩:"拜拜。"

两人看着袁朗优哉游哉地往别处走去。

"姓名？单位？"齐桓问道，"这是例行公事。"

成才："W集团军T师三五三团机步三连一级士官成才！"

许三多："W集团军T师三五三团侦察七连一级士官许三多！"

齐桓："一个团的了不起吗？要喊那么大声？"他一直把名册翻到最后才画了钩，"瞧你们排多后，麻烦。"

许三多两个戳着，尉官训话，再没理也得这么戳着。齐桓对地上的包踢了一脚，绝对不是轻踢："行李？"

成才："对。"

齐桓："你有权评价上级问话的对错吗？"

这语气即使连许三多也为之气结。

成才面色通红："是！"

齐桓："全部上交。连你们的随身衣物待会都要换了，我们送得起——真是不知道干吗揽这种赔本买卖！"说着又给了行李一脚，"来个人拖走。"

许三多："报告！"

齐桓："说。"

许三多："能不能轻点？……那是我战友送的东西。"

齐桓："哦，你有情义。"他对过来拿行李的一名老A说，"重放，重重放。"

齐桓名册拿在手上，手背在背后，一名年轻的尉官走得像个老干部的姿态，两人跟在后边。

很窄的楼梯前倒有两名哨兵，哨兵稍稍让宽了道，然后又把那条通道封上了。成才回头看了一眼，这显然是表示不可自由出入。

齐桓上着楼梯，头也不回地在跟两人说着规则，即使在两人新兵时也没受过这样的不友好和蔑视。

"这里九点钟熄灯，六点钟至六点半，洗漱、早饭，十二点和下午六点，午饭和晚饭，教官有权随时对此做出修改。不许私自下楼，外出要得到教官或我的批准；不许私自前往其他宿舍；不许与基地人员私下接触；不许打听你们在特训期的得分；不许使用任何私人通信器材与外界联络；你们的信一律交给我寄发；训练期间称呼名字一律使用编号……"

听后，成才的脸上出现了不满，他说："就是说这几个月我们只能在这栋楼上活动了。"

齐桓面无表情地看着他："还有，除教官和我之外，你们不能跟任何基地人员私下交流。有意见吗？"

许三多和成才都让他那冷冰冰的目光刺得缩了一下。

许三多回答道："没有意见。"

齐桓说："你的编号41，你的编号42。内务方面懒得说了，总不至于让我们拿扫帚墩布？你们这些外部队的，亏了还都叫老兵呢，看看好好一栋楼让你们糟踢成什么样子了?"

这楼确实是寒碜点,一看就是临时凑合加年久失修,但那绝对和新来人员是否能糟搭不上干系。

许三多和成才已经学会尽可能不发言。

齐桓:"这是你们的宿舍,晚饭前领发作训服和日常用品。"

他为那两人推开房门,许三多和成才连忙钻了进去,他们实在是受不了齐桓。齐桓根本不往屋里看,把门关上。

他的目光从走廊上扫过,一个正探头探脑穿海洋迷彩的尉官被他扫见。

齐桓:"你想站走廊上戳着看吗?"

那尉官怨愤交加地缩了回去。

这里比班里的宿舍小多了,只放两张高低床,很明显,一屋四人。先住进来的两个,一个是中尉,一个居然是少校。中尉叫拓永刚,大概二十四五岁的样子,空军迷彩。少校叫吴哲,看起来却比许三多他们也大不了多少,只是穿着常服。两人先看他们最普通的迷彩色,再看他们的肩牌,都有些错愕。

拓永刚疑惑地问道:"你们是基地的,还是来……受训的?"

成才回答道:"报告首长!我们来受训的!"

拓永刚:"哦,那就那就……真他妈的!"

新来的两位被他忽然释放的愤怒吓了一跳,刚稍息了又立正。

吴哲:"放松放松。不是说你们,我们刚才正在口头宣泄。"

拓永刚:"见过这样的部队吗?开眼吗?一窝黑!你们来晚一步,没见着这位少校刚被中尉训!做好做坏都没用,他就是要你难受!"

吴哲:"我在纳闷,号称甲种部队克星的老A会是这样练出来的?"

拓永刚:"我也在纳闷!"

吴哲:"你那是郁闷,纳闷是要伴随思考的,思考待会儿再说。"他看向许三多和成才,是真正平等的友好,"原来四十二人的最后两个是士官,放松好吗?人老A也说了,受训人员不分大小,他为大,咱们小。"

拓永刚:"小成微生物!对咱们像对病毒!"

吴哲:"不管啦!分床分床!学生时代最快活的事之一就是新宿舍分床!平常心平常心!"

成才:"我们上铺。"

拓永刚:"那怎么行?一个少校一个中尉,还要你们士官发扬风格。"

许三多:"我们都是班长。"

拓永刚:"班长怎么啦?"

吴哲:"我明白他的意思,做新兵那会都是班长睡新兵上铺,方便照顾。是不是?"

许三多:"是的。换下铺睡不着。"

拓永刚:"好笑了。要把我们当新兵照顾吗?"

吴哲:"咱们是有好久没过过新兵生活了,是新兵。平常心平常心。"说着,他让开,做个恭请的手势,"请,发扬风格给你们上铺。"

许三多和成才开始整理,连行李都没有,那种整理简单得要命。吴哲帮忙,拓永刚仍在生闷气。

拓永刚来自伞兵,老A挖过来的,他不理解被挖过来的人为什么要如此对待。吴哲和我们同一军区,军事外语双学士,光电学硕士,就比成才大俩月,一代骄子,可说的最多的就是……平常心。他们很快就坐下。

成才说:"我叫成才,编号41,他是许三多,编号42,我们一个团的。"

吴哲:"平常心平常心。吴哲我编号39。"

拓永刚:"拓永刚,27。"

然后他们沉默,无论军衔学历,此时一样茫然。

拓永刚觉着奇怪:"你们受得了吗?我已经觉得来错地方了。"

成才拿不准该怎么说:"我受不了的就一个,以前命令我的人对自己要求更严。这里对人和对己是两种对待。"

这时,楼下传来喧哗和笑语。许三多他们伸脑袋一看,齐桓和几个兵在楼下,他们在喝啤酒,不是休息时间,更不是会餐,居然在喝啤酒。齐桓现在是另一张脸,拍着他的老A队友,传递着冷餐食品。

这屋里的四个人缩回头来,脸上与其说是惊诧不如说是震惊。

成才:"我的天。非休息时间在公用场地聚酒,这在三五三团够记大过。"

拓永刚:"我可以去举报他们吗?"

吴哲:"我来给你复习一下规则。除教官和他之外,你们不能跟任何基地人员私下交流也就是说,你只能向他本人举报他。"

拓永刚:"这叫什么规则?"

吴哲凑在门边:"你们再看。"

就着门缝往楼下看去,一辆越野车视若无睹地从齐桓他们旁边驶过去,车上坐的是铁路。

吴哲:"如果没弄错的话,我记得他是这里的基地指挥官。"

领军服的那天,是一个中尉在教训十几个尉官和近十个校官。齐桓仍绷着他寒冰似的脸,喝酒时的好心情是绝没有了,他在训话。齐桓告诉大家,所有受训人员,在受训期间不得再穿戴军衔,因为以代号相称,所以所有的人都是从零开始,也就是说,都是他的士兵。

沉寂。

齐桓:"就是刚换军皮的老百姓。我没听见回答。"

一群尉官和校官沉默着,一群散步都会不自觉踢正步的人:"知道!"

几名老A发放着特种兵的作训服装。

老A:"35,36,37,38,39,40……"

大多数领到作训服的人都不是太满意,因为他们发现那套作训服空空如也什么也没有,虽说因为样式不错穿出去也不会被人当民工,可最多也就当是一军服迷。

41和42号笔挺的一个军礼,宝贝似的把那套军装捧走了,那自然只能是许三多和成才。吴哲对一脸不忿打量着那套作训服的拓永刚使眼色,拓永刚凑过去,吴哲轻轻说:"内幕。"拓永刚斜眼看着齐桓:"他要被撤了?"

吴哲乐了:"想得美。关于咱至今未露一脸的教官。"

拓永刚:"教官怎么啦?总不会比他还惨。"

吴哲:"说是真杀过人。"

"不会吧?真正的战斗英雄今天都多大年纪啦?"

吴哲:"我也在纳闷。但是我期待,打过仗的人会很不一样。"

拓永刚:"我还在郁闷。"

吴哲笑笑:"不要想现在是什么位置,该得到什么待遇,会好受得多。看41和42,正宝贝般地观察着新军装的每一个细节。"

齐桓:"27!39!做到校官都不知道列队时禁言吗?别立正了就装没事。"他刻意地把两人从众人中指点出来,"就是你和你。"

连吴哲都恨得咬肌绷紧。

然后齐桓掉了头就和他的队友说笑,听不见说话,但那表情摆明是取笑,顺便冲发服装的一名老A挥挥手。

老A:"解散吧!还想要什么?"

解散了,但是大部分人并不急于走,或者说气得并不想往门口拥。

成才、许三多:"让让,对不起,让让。"一屋子人瞧着这俩兵捧宝似的捧过去那套军装。成才乐不可支地对许三多使着眼色,许三多也有一种大功告成的表情。拓永刚没好气地又横一眼这俩没见过世面的小子。

回到屋里,成才就把衣服穿上了。那是他想了很久的作训服啊,穿好后,便不停地往镜子里照着,怎么也看不够。许三多也一样,正玩命把腿往裤子里套,一边套一边对成才说:"你出去照啊!一楼有军容镜!"

成才不去,他说:"你懂啥?去那能这么臭美吗?42,敬个礼给我看看!"

许三多说:"干吗给你敬礼?你又不是我的上级!"

成才说:"笨蛋!咱俩差不多,看见你就像看见我自己啊!"

许三多说:"那你也得给我敬!"

于是,两个傻瓜相对着给对方敬起了礼来,敬完了一个又敬一个,一直到拓永刚进来才放下了手。进门的拓永刚却看都没看他们。吴哲跟在他的后边。

"这叫什么服装啊?"拓永刚一屁股坐了下来,"不让戴军衔也就罢了,连个臂章都不给?闹半天人老A根本不认咱们,27号?把咱们当囚犯了?"

吴哲说："快换吧,我告诉你,这是心理仗,人为制造高压,我包咱们这几月不好过。"

拓永刚这才瞧见许三多和成才早把衣服换了,许三多还在忙着提裤子。他忍不住,开口就批道:"41,42,您两位真就这么荣幸?"

成才不理他:"42,咱们出去整整军容。"说着就把还在提着裤子的许三多拽了出去。

一楼军容镜里的许三多和成才,都三分害羞七分得意地对着自己微笑着。

成才:"这是咱们奋斗来的。"

许三多:"嗯。"

成才:"很适合我们。"

许三多看着镜子里的自己:"是的。"

成才:"在想什么?"

许三多:"想让熟人看看,真想让熟人看看。"

成才说:"我也是。"

成才随即想到了袁朗。许三多觉得不可能,他说:"都说了不让出去。"

成才说:"我试试,他好像是领导,说不定报个名就四通八达了。"转身,成才就向楼门前站岗的哨兵走去。那哨兵早把这两傻蛋看在了眼里,只是当没看见一样。

"41,你有什么事情?"看着过来的成才,哨兵问道。

这号一叫,等于把老底给揭了,成才顿时就有些气馁,他再看看对方,看看自己,服装倒是一样了,可人家戴着军衔,有狼头臂章,全套武装背具满满当当的,真是没法比。

可成才还是说了:"请问,袁朗少校在哪里?"

哨兵很不屑地笑了笑。

成才说:"就是你们那个……中校,队长。"

没说完,哨兵打断了:"知道你们想找谁。这楼里想找他的人多了,以为就你们跟他有交情?再说了,那要叫交情,什么不是交情?"

成才哦了一声:"好好好……也不让出去,是吧?"

哨兵却反问了:"你说呢?"

成才只好忍气吞声地退步:"我在这里看,可以了吧?"

哨兵说:"随便。"

许三多只好陪他待着,看着外边的青山绿树,人来人往。几个肌肉发达的小伙子在玩着足球,笑闹着过来,显然是 A 大队一员,没想那球被一脚踢歪了,向这边滚来。成才想利用机会跃跃欲试要一脚踢回,那多少也算个不违规的接触。哨兵一脚把球踩住了,成才的脚也硬生生地刹住。哨兵一脚把球踢回了那几个小伙子手上,让成才狼狈得只引来了那些人的一阵哄堂大笑。

成才僵直地立着,看着那几个人离开,"回去吧。"

许三多感觉到朋友心里的难受,静静地跟着。

六一说跑吧,团长说飞吧。我跟在成才的后边回到那间宿舍,想着本该一起跑到这却没能挺住的人。我想,这样一个现实。

天色依然如墨,与其说是凌晨不如说还是夜晚。突然,远处一声枪响,随后是点射和连发,枪声连成了一片,紧密得让人喘不过气来,暴风一般,中间间杂几声闷雷般的震爆。

许三多和成才不约而同地一跃而起,他们是被吓醒的,他们从上铺直接跳到了地上。

他们惊讶到甚至有些恐惧,盯着枪声传来的方向,此时的枪声已经响得异常的热闹了,像除夕夜十二点后的那十分钟。

楼下的哨兵仍若无其事地在巡逻,这至少是个还没有爆发战争的迹象。

许三多疑惑着这是怎么回事?成才也觉得疑惑,觉得不像打靶吧?这个说这什么枪呀?这声怎么没听过。那个说这一阵打出去怎么也得个十万发子弹吧?

拓永刚算是被他们给折腾醒了,他没好气地揉揉眼睛,说:"真没见过世面,你们不这么打靶吗?"

"当然打过!我做机枪副射手的时候,一天就打四百发!"成才很自豪地说。

"机枪才打四百发?我们空降兵那块是九五突击步枪,每天早上就打四百发!打完了再去吃早饭!今天可以上枪了吧?我一枪在手,让他们知道老A也不过如此。"

吴哲:"嗯,我也等着。我手枪左右开弓二十五米不带瞄的。"

成才:"我是狙击手,跟老A对抗我是毙敌最多的。他在我们团常指导夜间射击。"

他们立刻把自己鼓舞得很有斗志了。

楼下的哨声忽然尖厉地吹响了。随后是齐桓冷酷的喝令声:"紧急集合!"

许三多和成才条件反射地已经开始穿衣服。

拓永刚和吴哲跳下床来穿衣服,不可谓不迅速。

这时许三多和成才已经装束停当拉门就跑了出去。拓永刚和吴哲上衣还根本没上身,更别说武装带了,两人都愣住。

吴哲忽然笑了:"27以后不吹了,咱们吹完牛让几个小步给毙掉。"

许三多和成才是第一对冲下楼的,周围还是一片夜色,最奇怪的是一个人也没有,连哨兵和刚才吹哨的齐桓也没有。多年来已经养成习惯了,两人立正站着。

往下的人基本速度等齐,络绎不绝地冲了下来,大家自行地开始列队。仍是一片空地,连个鬼影子都没有,这支刚集合的队伍已经有点松动,更多的是莫名其妙。

拓永刚张望着:"刚才那集合哨吹的是咱们吗?"

"是咱们。"

"没人啊?怎么没人啊?"

"开玩笑吧?"

"谁开这种没品位的玩笑?这是军队,你当你还在念大一呢?"

队伍的嗡嗡声越来越大,连成才也已经开始东张西望了。只有许三多笔挺地站着,曾经独自撑住一个连队的人,已经习惯做事不是做给人看的。学员们还在聊着:"我看你昨天穿着陆战服,你是陆战吧?"

"对,你哪?"

"伞兵……这我同屋,他学历邪乎。"

交头接耳得正热闹,一个人影慢吞吞地从树丛后踱了出来,那是袁朗,众人讶然中都沉默下来,显然袁朗已经在树丛后待了很久了。

"你们完了,我是教官。"

如果刚才大家还算知错的话,他这么一句话加上幸灾乐祸的表情已经让人为之气结。齐桓拿着记分册出来,站在袁朗身边。

袁朗宣布:"扣吧。每人倒扣两分。我说我们的规则,做好事没分加,做错事扣分,一百个积分,扣完走人。两分本来是给大家见面礼的,队列中不交头接耳好像是新兵连就有吧?"

他在每一个人面前踱过,并且伴之以那种幸灾乐祸的注视,散漫而不在意,看起来是存心让人更加恼火,齐桓唰唰地在记分册上打着叉,到许三多面前停下。

袁朗:"这个不扣了,这个真没动。"

齐桓:"已经画上了。"

袁朗:"那没办法了。没问题吧,42?"

许三多:"没问题。"

齐桓:"上级问话,说是或者不是!"

许三多:"是。"

袁朗看着许三多,后者的眼光并不愤怒,倒像有些惋惜。

袁朗:"你在想怎么突然成了这样,以前跟你说那些,是不是只是手段。"

许三多不说话。

袁朗叹了口气说:"我有苦衷的,士兵。千万别认为我存心这样对待你们。我最不愿意的就是被你这样的士兵误会。"许三多沉默,但对方眼里的失落之意愈炽,他也就愈撑不住。

"什么苦衷?"许三多刚说完就后悔了,因为袁朗露出一种可算让我逮着了的得意表情:"扣五分。"袁朗简直有点沾沾自喜,为了许三多在队列中交谈无关话题和企图与教官套近乎。

齐桓有种奇怪的表情，但在分册上唰唰地记着。而从这时起袁朗再也不看许三多，尽管后者的表情终于从惋惜成了愤怒。

袁朗："规矩是我定的，这几个月你们完全由我支配，就是这样。现在跑步。"

这个队列在做全负重的狂奔，袁朗轻松之极地后来者居上，因为他和齐桓都坐在越野车上。

袁朗："跟上跟上！跟不上都扣五分！"

那支队伍已经跑散了架。

成才："你见过吗？跑步的时候，主官居然坐在车上！还喝茶？"

吴哲已经一头栽倒在地上。

许三多狂跑，几乎与那车齐平。袁朗毫不客气地让齐桓保持着中等车速，一边吹凉正要下嘴的茶，他根本没把这些玩命奔跑的学员放在心上，表情上写着。

那样的自得足以让许三多忘记疲劳，只剩下机械而无目的的奔跑。

我很失望，而且刚明白以前我不知道什么叫失望。我很庆幸六一没来，他那样纯净的人不该体会这样的失望。我很想念六一的右腿，六一居然为了这样的未来失去了一条腿。

一队人，一个个腮帮子咬得绷出了咬肌。齐桓宣布往后的训练日程："早中晚十公里负重越野各一次，早晚俯卧撑、引体向上、仰卧起坐、贴墙深蹲各一百个，早晚四百米越障、徒手攀缘各一次，全部项目要求全负重高于二十五公斤，全部项目要求在用餐时间前做完，因为，不能影响每天的正常课目训练。"

袁朗在他的队伍周围晃悠着："全体倒扣一分，这算是立正吗？"

那支队伍强打起精神立正。

袁朗："别再让我抓到把柄了，我都胜之不武了。"

齐桓唰唰地在记分册上画着叉。

学员们站着，而且沉重的背包一直就没有解下来过。

袁朗是最烂的教官，这位中校的领队才能甚至带不了一个班，第一天他在众目睽睽下玩弄感情就已经犯了众怒，所有人坚信在连队，第一个季度他就得走人。但在这里，正像他说的，他完全支配我们。

这支队伍三个月的磨难就这样开始了。

他们经常刚刚解下背上那要命的背包，就靠在了一张张课桌的旁边，接着听教官讲课。

他们的座位前，总有一摊汗水在不停地流。而且，每天课后作业的成绩，也会记入总分。慢慢地，一屋子的学员最后连愤怒的力气都没了，他们只是无力地看着袁朗。有人在暗暗地掐着自己的大腿。有人在狠狠地拧着自己的人中。

忘了，全都忘了，现在没人记得之前的光荣与理想，只盼着吃饭和睡觉。我恨他。我们很穷,现在连仅有的尊严也被他拿走了。

一个星期的时间漫长得就像一年,但没有一个人放弃,所有人都在等待着星期天的休息,那可以补充消耗殆尽的体力,迎接下一个星期。

四个人坐在床沿,明明困顿之极却没一个人睡,他们在等待什么。

拓永刚:"棺材钉还没出过声……"

吴哲:"乌鸦嘴!"

拓永刚轻扇了自己一下,居然就认同了此骂。这时熄灯号响起,齐桓的声音在走廊里响着:"熄灯!别让我说第二遍!"

拓永刚一个虎扑到开关前,把灯关上。然后全体屏息静气。

齐桓的脚步声远去。

拓永刚:"他没说,也许是忘了。"

吴哲:"能作践我们的事情怎么会忘了?只是坏也有个限度,咱们唯一没被取消的也就是明儿这个星期天了。"

拓永刚他已经轻松地哼唱起来:"反正他没说,他没说。明儿星期天,星期天。"天字刚出口,他已经鼾声如雷。

只有袁朗和齐桓没睡,他们在楼下看着他们,看着那些漆黑的宿舍。夜已经越来越深了,他们俩在按计划实施着自己的工作。

齐桓问:"现在吗?"

袁朗说:"现在。"

"熄灯号刚吹两小时。"

"我会看表。"

齐桓颇有些愁眉苦脸:"队长,我什么时候能恢复自由?"

袁朗:"现在不自由吗?你很自得呀。又不用跟班练,训练强度还不到以前的十分之一。"

齐桓:"那你给我加大二十倍!"他看起来真是很苦恼,"队长,我现在刚发现我是个坏人,坏得得心应手,这可真把我吓着了。"

袁朗:"我比你还坏,坏得出口成章。"

齐桓:"我不是在开玩笑。"

袁朗:"觉得自己有坏水是好事,正好提前反省。你当谁的理想是做坏人吗?都是出自好的目的可踏错了步子。——顺便说一声,以为跟我聊天我就忘了看时间吗?"

齐桓看他一眼,吹响了哨子,那一声哨响凄厉之极。紧急集合!!

许三多和成才一跃而起,那两人仍在沉沉地睡着。

许三多一边穿衣服一边对他们着急地喊道:"紧急集合!快点,紧急集合!"

许三多的呼喊把他们叫醒了,吴哲和拓永刚终于爬了起来。

"干什么?"吴哲晕晕然的。

"紧急集合！"说话间成才和许三多已经抓起背包,冲了出去。

拓永刚说:"不是今天休息吗?"

吴哲也是一脸的恼火:"紧急集合还需要理由吗?"

拓永刚可惨了,索性光着膀子把衣服套进去,然后急急地往外跑。

操场上,已经站了四五个学员。

袁朗手里拿秒表,嘴里宣布道:"从现在起,晚到者扣去两分。"

齐桓一边看着那些迟到的后来者,一边毫不留情地在记分册上不停地扣下他们的分数。

拓永刚是最后一个,正要冲进队列被袁朗拦住了:"这个扣五分,归队吧。"

这支队伍总算站齐,意志松懈睡眼惺忪,但最大的特征是怒发冲冠。袁朗看着这支队伍说:"紧急集合是有原因的。刚知道个好消息,急着告诉你们。"

好消息三个字让人们的火气稍小了一点,精神稍振作了一点。

"我刚看天气预报,发现明天,不,现在该说今天,是个大晴天。"

大家等着,当终于明白好消息就是天气预报时,立刻也就超出愤怒了,何况袁朗还是一脸无辜加天真的表情,像他惯常的作恶那样。

"你们不高兴吗?这样好的天气,我临时决定加个餐,来个五十公里强行军。"

愤怒在每个人脸上一潮接一潮地涌,涌到后来就成了绝望。

"报告！今天休息日!"

袁朗:"教官有权随时做出变更。不熟悉规则,扣两分。"

拓永刚:"报告!"

袁朗:"27发言。"

拓永刚:"为什么不提前通知?"

袁朗:"我刚看的天气预报。在队列中不听教官说话,扣两分。"

吴哲:"报告!"

袁朗:"39发言!"

吴哲:"这个时间谁播天气预报?"

袁朗:"哪都有。光电硕士,我荣幸地通知你我们已进入信息时代,所以我是上网查的,不能跟进时代,以及质疑教官,五分。"

他的用词和语气缺德到这种地步,吴哲是被成才硬给拉回队列里的。

袁朗:"41在队列里拉拉扯扯,两分。"

许三多:"报告!"

袁朗:"知道你跟41关系好。抱不平?"

许三多:"不是!"

袁朗:"说吧。"

许三多:"我们可以跑,再累也能跑……可是干吗这么对我们?……我知道您不是这样的……您跟我说生活是有意义的,我的梦想在什么地方等着我……不是这样的梦想……说这种话的人也不会这样对我们。"

袁朗:"十分。"

齐桓一笔戳空,在分册上划了一道,抬头看着袁朗,而后者现在还和许三多眼对眼看着。

齐桓:"理由?"

袁朗:"过于天真。"他是一字一咬牙地说的,说完了许三多一闭眼,两道眼泪流了下来。

袁朗在队列前踱着,时面向时背向,看来是打算好好发挥一下:"严将严兵,这里就是这样的带兵方针!做得鬼中鬼,方成人上人!你们有不服气的,就回忆一下我的兵在对抗中把你们收拾成什么样子!然后给我服服帖帖迈开你们的腿!技不如人还要穷叫唤……我的车呢?"

袁朗的车正好开过来,袁朗将一个队列扔在那,上车而去。

许三多仍站在那。

齐桓:"归队。"

许三多归队。

凌晨的山野里,这样的奔跑伤感而又愤怒,从迈开第一步就带着让人崩溃的疲倦。两辆野战救护车缓缓跟在后边。在奔跑中他们自由一点,可以说话。

"许三多,别难受了。他以为他在骂你,可天真不是坏事,只被他这样的人当作坏事。"吴哲宽慰许三多。

"没难受……叫我42。"

拓永刚豁出去了:"扣,扣又能怎么样?他好意思说严将严兵?火星来的严将这时候开着车听音乐!"

确实,前边袁朗的车上音乐响得让人烦躁,如果不是这种心情也可说蛮好听的。

吴哲:"我也带过兵,也挺狠。到这看,只能说心理阴暗……许三多,碰上这种人可以失望不要难受,他愿意活在阴沟里边。"

许三多:"我好了,真的好了。"

吴哲:"挺不住就一躺,上救护车,那个他不好扣分。"

许三多:"我不上。"

成才:"我也不上。"

吴哲苦笑:"那我也只好不上。"

拓永刚:"跑死我也不上。跑死正好走人,我爬也爬回空降兵!嗳嗳!"

吴哲忽然难受起来,跑到路边呕吐,拓永刚过去,许三多和成才也过去。袁朗将车停在路边,对他们摁着喇叭,从车里伸出脑袋说:"不要装着照顾病号来躲懒!"

晨光初起,照耀着这支怒火满腔又油尽灯枯的部队。已经到了没有人烟的地区,大部分人那点精力已经在几天前就耗光了,一名学员晃了晃就倒在路边。几名卫生兵从行驶的救护车上跳下,将他抬进救护车。

　　吴哲被成才和许三多用背包绳拉着,拖着在跑。

　　许三多竭力拉着身后那个人,竭力地在跑,忽然觉得手上轻了一下,一看,成才腾出手帮他接过了大半的分量。一直一声不吭的拓永刚也忽然一声不吭地倒了下去,许三多从吴哲身上解下一条背包绳,看来他们只好一个拖一个了。袁朗把车停在路边,冲着齐桓大声嚷嚷,那明显是嚷给所有人听的。

　　袁朗:"下次招兵别迷信什么老兵老部队了!直接上地方找几个老百姓!也不能跑成这熊样!"

　　吴哲摇晃着站起来,一把推开许三多,和两个人一起抬着拓永刚开始狂奔。

　　那一句话也惹毛了所有人,有人吼,有人骂,但统一的动作是成倍速地加快了速度。躺在路边的学员推开扶他的人,亡命地再次奔跑。正在救护的卫生兵赶回去发动他们的汽车,因为眼看就要被抛在后面。车后厢里正打点滴的那名学员拔下针头,跳下车就跑。卫生兵看着变得空空荡荡的车厢,瞠目结舌地招呼自己的同伴。

　　卫生兵急了:"追追!还让两条腿的甩了!"

　　山顶山风吹拂,袁朗看着这支摇摇欲坠的队伍。学员们正在报数,一个个数字从筋疲力尽或神志模糊的人嘴里传来。齐桓点数完毕,向袁朗敬礼。

　　齐桓:"报告,应到四十二人,实到四十二人!"他自己都有点惊讶没人掉队。

　　袁朗点点头,看看那支迎风屹立虽未丢盔弃甲却也相差无几的部队,相处一周,他第一次用不带戏谑的眼光去看他们,而平常他看人时总像在酝酿着恶作剧。

　　袁朗:"让车开上来,他们坐车回去。"

　　齐桓:"是!立正!稍息!向右转!目标,公路集结点——出发!"

　　那个队列从袁朗身边走过,没有人正眼看袁朗一眼,偶尔扫到他身上的眼神也充满怨恨。袁朗无奈地叹气。

　　后车厢里,成才给拓永刚小口小口地灌着矿泉水。吴哲已经恢复了一些,虚弱地看着许三多微笑。

　　吴哲:"明知道这没意义,你怎么还能跑下来?"

　　许三多:"都跑下来了。"

　　吴哲:"你跑,是为目的,眼里有,心里也烧着。我们跑,怒发冲冠,要证明自己确实不凡。他呢,一步一步,就是跑。"

　　许三多:"本来就是步兵,本来就是一步一步,步兵就是一步一步跑。"

　　吴哲:"我们都灰了心了,现在就是赌口气,训练一完没人在这多留一天。你们呢,要留下来吗?"

成才:"当然。"

许三多:"不知道。"

吴哲:"这地方烂到根子里了,人也不善良,不合适你们。"

成才:"我们付出很大代价才来的。"

吴哲:"在这,最大的代价就是自己也变得不善良。"

许三多:"不会的。我们现在都挺着,就是知道放弃是不对的。我们也知道教官是不对的,知道不对为什么还要去做错呢?"

吴哲愣了一会儿:"我真是佩服你的天真啊,许三多,不过这次是好话。"

袁朗和齐桓的车超过了他们,吴哲的笑脸也顿时拉了下来。

五十公里的一个来回下来,这个倒霉的星期天已经十去八九,剩下那点时间也许还不够恢复到学员们能自行爬回床上。仍然得在楼下边列队,袁朗一直到队列排好才从车上下来,慢条斯理地走过。

袁朗:"今天你们还算让我满意,所以有个小小的奖励,每人加两分。"

正如他所预期的那样,这两分加得队列里的人恨意炽然。可这跟袁朗没关系,他施施然地走了,并且没忘了拿走他的野外保温瓶。

齐桓:"解散。救护车暂时就停在这里,有不适的人可以现在就医。"

他刚说完,队伍散去,走向救护车的人接近了半数。

许三多和成才一人一个把吴哲和拓永刚搀了起来,往楼上搀。拓永刚两条腿拖得如劈了胯的山羊,人也是前所未有的失意:"我算是明白了。那个分没什么好挣的。他说扣就扣,说加就加,什么规则等于放屁。"

吴哲:"也就是他让你留就留,他让你走就走。"

拓永刚:"让他满意……嗨,原来我们吃了这么多苦是为了让他满意。"

吴哲:"嗳嗳,老拓别哭。"

拓永刚:"谁他妈哭?我就是不知道干吗来了……我干吗不在空降兵好好待着……现在正是训练紧的时候……蓝天白云,一开一片花……我怎么就空投到这泥潭里来了……"

他本来是真没打算哭,结果让吴哲安慰到想哭,最后成功地把自己说哭。

吴哲:"三多,成才,你们别光闷自己心事,也哄哄他呀。"

拓永刚:"他们懂屁。被人当狗欺,还欺得受宠若惊。我说你们俩,以前过的什么日子?是不是还把这当天堂了?"

成才:"不是空降兵,对蓝天白云天堂泥潭都没有兴趣。"

许三多干巴巴地安慰他:"以前过得很好。我们也很想以前的部队。"

"平常心平常心,你们怎么还有这份力气……"

楼下一声暴喝把他打断,那是齐桓:"进屋没进屋的都听清楚,明天实弹射击,成绩列入总分!"

楼上楼下怔住的绝不止在这楼梯口拖磨的四个。

拓永刚抹一把夺眶欲出的泪水,他已经忘了哭了:"他说什么?"

许三多:"明天实弹。"

拓永刚:"不用跑三个月了?还是我幻听?"

吴哲:"我想他们子弹快报废了,借咱们消耗点。"

拓永刚站了起来,不知哪来的力气,忽然也不用人扶了:"我想是时候让他们知道天底下还有其他的部队了。"

这大概是全体学员的同一反应,齐桓没事人一样走了,而所有人心领神会地交换着眼神,那有些像在提前预支着胜利。

四十二个人来自四十一个好斗的团队,通常还都是该团队最好斗的家伙。追着越野车屁股吃灰不是光荣而是污辱,一多半的愤怒是因为死老A居然连枪都不派一支。

成才在窗边,看着极远的一点星光,不是发呆也不是在惆怅,他在练目力。

拓永刚在闭眼养神,活动着指关节,看起来很有修行的样子,可说的全是没什么修行的话:"这回我要让死老A见识。我枪械全能,我能用十一种枪械打出接近满分的成绩,你们呢?"

许三多的声音听起来很沮丧:"我们没有十一种枪械。"

吴哲笑,他总算是在床上,但双手上各摊了一本书平举着,在练稳:"你别被他吓着。打好一把枪就行了,自己手上那把。"

许三多的床微微地动,翻上了上铺。

吴哲:"你睡觉吗?"

许三多:"嗯。"

吴哲:"这么有把握?"

许三多:"是没把握。我太久没摸枪了,现在补也没用。"

拓永刚:"什么太久,就一星期。"

许三多:"半年。"

成才:"我也是快半年没开过枪了。"

许三多:"你至少还摸到枪,有枪感。"

成才:"那也是八一杠,明天是九五式。"

吴哲:"那你……天天在摸什么?"

许三多:"扫帚。"

他有些不大开心地睡去。拓永刚和吴哲面面相觑。

"早说那个记分没有意义。平常心平常心。"

说是这么说,我是四十一个中被扣分最多的人。十分之一的分数竟然因为那么一个原因被扣掉了——过于天真。

第十九章

齐桓的哨子又吹响了,学员们瞬息间便在楼下集合成整齐的方队,今天没一个被扣到分。袁朗心里说估计他们都是穿着睡的,他看到队列中的大部分人,都在暗暗地活动着自己的手指。

随着齐桓的口令,队伍往靶场跑去。空旷的靶场上,只听得一声令下,要求整队人马四十秒内完成预备,一分钟内打完弹匣。

拓永刚一声冷笑,跳进了散兵坑。这是黎明前最黑暗的一段时间,他伸手到放枪位置上摸枪时,愕然地拿起来一个扳机组件:"这是什么?"

他的邻坑则拿着一个枪管件发愣。

众人位置上都是一些拆散成了七八个部分的枪械零件,能否全摸到手还是个问题。

成才开始用一种让人眼花缭乱的速度拼装枪械。众人恍然大悟,都开始装枪。

齐桓和几个老A淡漠地在散兵坑外走动,时间已经过去了一半,没一个人开出一枪。

袁朗精力十足地观察这些狼狈不堪的学员,与其说在打气不如说在捣乱:"射击!射击呀!现在的靶子都第二批了!会扣分的!你们在原单位都算枪王吧?喂,你这孬兵!"他嚷的是正在身边的许三多,后者刚把枪械组装好,并且刚射出所有人中间的第一枪。

可是连瞄准具都未曾调校过,他那一枪严重脱靶了。

袁朗大笑起来,就他和许三多的那个距离,可说笑声震耳。

许三多又开了一枪,仍是徒劳,他周围的枪声也零零落落在响了,能来这里的人毕竟都不是善茬,这么点时间他们已经把枪械组装完毕。

袁朗一脸不屑地走开。

但和许三多一样,绝大部分子弹都是跑靶,每个人的瞄具都是失之毫厘差之千里。

成才犹豫了一下换成了点射,他旁边位置的拓永刚立刻开始模仿,他做得更过,把半自动射击换成了全自动射击。

这个行动立刻被大多数人仿效。

许三多索性停止了射击,开始调校瞄具,吴哲也开始那样做,他们是四十二个中的两个异类。

齐桓卡下了秒表："停！停止射击！"

枪声最后响了一下，源于成才的一个点射。

袁朗："扣两分。"

射击位置上站着四十二个恼火而难堪的人，根本没人有时间打完弹匣里的子弹，最惨的几个根本没机会开枪。

沉默。老A用步话机和报靶员在通报成绩。袁朗笑，又是那种得逞的笑，阴谋家的笑容："四十二个人二十二发子弹上靶，我相信二十二发都叫作流弹，这里可从来没有过这样差的成绩。"

沉默。就要爆发的沉默。

袁朗："全体倒扣五分。"

学员："报告！"

袁朗："19发言。"

学员："枪械完全分解！我们刚够组装时间！"

袁朗："一支枪在实战的故障几率有多少？我当然可以把这个几率算在里边。"

吴哲："报告！"

袁朗："39，每次都有你。"

吴哲："枪械瞄具未经校正，校正一支枪需要多少时间？"

袁朗："一分钟肯定不够。"他转向齐桓，"跟教官说话使用质问语气，扣除两分。"

吴哲死戳着，脸色已气得煞白。

袁朗："答案是脱离瞄具你就不会射击吗？这么基本的常识。"

拓永刚："报告！"

袁朗："27发言。"

拓永刚："我请求退出！"

死寂。可能每个人都想过退出，但说这话的是第一个，而且在这样的公开场合。

袁朗照常地微笑："可以。你们都有弃权的权利。"

拓永刚："不是弃权！是退出！是抗议！谁能做这样的事情？这样的可视条件，用这样的枪射击？我这辈子不知道什么叫弃权！也无法放弃从来没得到过的权利！你不过是让我们做些不可能做到的事，然后来显示你们的优越感！畸形的优越感！"

他是说出了每个人的心声，每个人脸上都写着默认。袁朗沉吟，看着那些脸："你有一次选择的机会。归队，继续。或者找一个人，如果他能做到你认为不可能的事情，你弃权。"

拓永刚："我找你！就是找你！"

许三多忽然意识到什么,但他离拓永刚太远,他看成才,成才在拓永刚旁边,许三多拼命冲成才使着眼色。

成才似乎没看见他,表情与其他人完全一样。

袁朗:"你还有一次收回的机会。"

拓永刚:"不收回。就是你,如果你能用我这支枪射击,一分钟内打出你们的所谓合格成绩,我弃权。否则,我退出,并且向总部声明,是因为对歪风邪气的不齿,那不叫弃权。"

许三多使劲瞪着成才,似乎要把成才瞪穿。

袁朗:"分解你的枪械。"

拓永刚分解枪械,放下。袁朗进入他的射击位置:"现在可视条件比刚才稍好,我不想占你便宜,所以背着身来吧。"

他确实是背着身的,背后长了眼一样摸到他需要的零件,组装,然后转身射击,根本看不出他瞄准,用立姿点射打完了一个弹匣。拓永刚有些哑然,成绩还没看到,但对方的气势已经完全不是以往看到的那个小人。

齐桓用步话机和报靶通着话,然后过来。

齐桓:"三十发子弹全部上靶,二百四十四环。"

拓永刚:"我要看靶纸。"

袁朗:"拿过来。"

齐桓犹豫地看他一眼,但袁朗的表情像是铁铸的,齐桓只好拿起话机。

夜色下几个报靶员冲破夜色,拿着靶子而不是靶纸过来。靶子还冒着轻烟,烧炙的弹着点几乎还有余温,所有的弹痕都集中在几个致命位置。

拓永刚的脸色已经变得很难看,但仍然仔细地看着,并且用手去触摸弹孔。

袁朗:"我特意让他们把靶子拿过来,是怕有造假的歪风邪气,弹孔还有余温吧?"

拓永刚又仔细看了一次,表情可以用见鬼来形容,然后放弃了检查。他看其他人,其他人几乎因他那难看的脸色不忍看他,那是一个被完全击溃之人的神色,懊悔、痛苦,快让那表情扭曲。

拓永刚:"我弃权。"

袁朗没做任何表示就走开,齐桓神情复杂地看着拓永刚的身形佝偻下来。

许三多看着成才。

最后几个在这做课后作业的人也走了,只剩下许三多和成才。成才收拾了一下站起来:"许三多,回屋吧。"许三多低头写着最后几个字:"等等,我有话跟你说。"成才略有些不耐烦,但等着。许三多迅速收拾了东西过来。

"为什么不拉住他?"

"拉住谁?"

"我们不清楚教官的为人,可都知道他的射击。说到用枪这里没人比得过他,他一枪就让你失去做狙击手的勇气。"

成才的表情很怪,干咽了咽嘴:"拉得住吗?"

"拉得住。只要一个眼神,一句话,谁也不是傻子本来可以做得不那么绝。"

"我没想起来。"

"不是的。咱们俩从来没有不满这里的训练,因为在对抗中都长过见识那压根忘不掉。"

成才苦笑:"我讨厌他,行了吧?"

"讨厌谁?"

"27号。永远居高临下,说话伤人。你会喜欢这种人吗?优越感十足,跟你说句话都像施舍……好吧,你祖宗比我祖宗有出息,又怎么的啦?"

"我不觉得。"

"你当然不觉得,你那么温顺。好了,我不是多好,可也不是你想象的那种烂人。可以走了吧?"

许三多寸步不让:"我没把你想得怎么样,只是不明白,你讨厌我吗?"

成才笑:"我们都没权利讨厌对方了,两条小命早绑在一块儿了。"

许三多:"不要讨厌人,不好。"

成才:"是的,我错了,现在也知道错了。现在我很同情他,回去会安慰他。而且许三多,你我也知道,他是肯定撑不到最后的,是不是?"

许三多犹豫地点点头,成才觉得很放心地往前走,而许三多仍看着他。

其实真的不是因为讨厌。成才不是无聊的人,讨厌和记恨是真正的无聊,绝不是他会放在心上的东西,是更简单的原因,比这要简单得多的原因。

齐桓又和几个老A在楼下喝酒,但已经不会有人对此有什么反应了。齐桓把手上的酒瓶递给了队友,抹抹嘴,看向宿舍楼。几乎没人在走廊上出入,一个学员在走廊上淡漠地看着他,那眼神像囚犯看狱卒。齐桓看向拓永刚他们的宿舍门,那眼神绝不是没心没肺的。

宿舍里,拓永刚的行李已经收拾好了,放在地上,他在等待着走人的时间。三个同寝或站或坐在周围陪着他。

拓永刚说:"反正本来我就不想待了。但是认识你们很高兴,尤其你们俩,41和42,以后这两个数字对我会有特殊的意义了。"

一直沉默的成才显得有些意外,他没有想到拓永刚会提到他。

"真想送点什么东西留念,可那帮家伙已经让我身无长物了。"

"我也是。"吴哲笑了,笑得有点苦涩,"平常心平常心。"

拓永刚:"老喊平常心,可是39,你在他俩面前说平常心就跟骂自己似的。"

听着楼下的停车声,吴哲一向快乐的表情也没了,从门缝里往楼下看。拓永刚站起来:"该走了。别等棺材钉上来给脸子看。"

那几个人也站起来。

拓永刚:"不要。别送……哥几个,头个被轰走不是光彩事,你们不用陪着我丢人。"拓永刚很认真,而且看起来有些可怜,吴哲几个都只好原地站住。

"我说,你们几个得顶住,千万不能放。我弃权,错了,真后悔了……这里人又黑又横,可真有货……他一开枪我就知道错了,那样用枪的人绝不是混饭吃的……而且人家怎么活关你什么事呢?给你添点堵,事情就做不了,这不是自己把自己给宠的吗?"

成才好像刚认识拓永刚一样喃喃着:"我们不会放弃的,都不会。"

走廊上的脚步声,那属于齐桓。门开了,齐桓站在门外。几个人看他一眼又低头,等着他给句狠的。齐桓说:"你的行李已经装车了。"然后后退一步,门外等着。

拓永刚:"不要再输了,咱们已经输到底了。"他出去,然后齐桓轻轻把门带上。

三个人看着门,从此后这屋里只剩下三个人。

送拓永刚的车开走了,一双眼睛一直在盯着车的背影,那是袁朗,也许只有他独自一人的时候,他才能把自己真实的感情放在脸上。

这 42 个人都是费尽辛苦才弄过来的,拓永刚甚至是铁路亲自挖过来的。但是自己就这么对待他们?他真的很想把他们全留下,也可能一个也不留。很遗憾,但是没有商量的余地。

训练还在继续,仍然是越野车在前边奔驶,训练者在后边吃灰。速度很均匀,没人激动也没人牢骚,只是坚持,再恶劣的环境也有个习惯的时候。拓永刚走了后日子似乎好过了些,其实老 A 对许三多他们还是一个样,只是教官那一次射击已经让很多人放弃了反抗的打算。人人摇着头对自己说逆来顺受,其实心里想的是另外几个字:不能再输。

在袁朗和齐桓近乎变态的要求"比车晚到,扣 5 分"的提出后,大家异常的平静。

吴哲叉着腰在路边喘气,汗如雨下中苦笑:"平常心,平常心哪平常心。"

许三多和成才从他眼前跑过,吴哲也喘过了这口气,紧跟在后边一步不放。

这次队列奔跑的终点是水库,大家纷纷扑进水里,一时整个水面为之沸腾。齐桓不知从哪弄了艘快艇在水面穿梭,把水浪溅得人一脸都是。

齐桓:"教官不耐烦回基地了! 你们属乌龟?!"说完他掉头驶向河岸,醒过神来的人们也开始掉头往回游。

许三多:"他什么意思?"

吴哲:"目的地变更! 人话不用人嘴说!"

于是掉头往回游,有人在水里挣扎着,被快艇救起。这又是一个艰辛的回程。

每天都有人掉队。现在掉队的意思就是说,你以后再见不着他了。

又一次靶场射击,烈日炎炎。剩下还能在这里射击的人已经不到原来的三分之一。几个老A绑上他们的一只手。

单手持射。

齐桓用步话机和报靶联系着,唰唰地画着分:"6号,你分扣完!"

正在练习左手射击的6号脸色一下变得很难看,默然地放下枪,退出射击位置。

在远处阴凉地里看报的袁朗往这边看了一眼,继续看他的报纸。

一辆主战坦克正在空地上逡巡,砰的一枪打在它的观察镜附近。

坦克里的瞄准具显示着草丛中隐蔽的一个人体。机枪掉头开始扫射,同步机枪也开始射击。

草丛里的那位潜伏者冒着白烟站了起来。

袁朗支了张便携椅坐在空地侧,看起来很悠闲的样子。

潜伏者是吴哲,悻悻走开。

袁朗都懒得说了!他举了个手势,齐桓开始扣分。

袁朗:"坦克很吓人吗?知道中东战争单兵摧毁坦克的记录是多少?花钱装备你们干吗?卸下来扔军品店卖钱得了!"

吴哲怏怏念叨着"平常心,平常心"地回到林间队列集合地。

齐桓:"39,你还剩两分,特此通知!"

吴哲的平常心一下子九霄云外了,抹掉钢盔坐了下来。

那辆坦克仍在戒备,然后一个手榴弹扔在车前侧炸开。

坦克上的射手和炮塔在不停地转动着,他们仍没有发现自己的对手。

一个人影从近在咫尺的位置扑了出来,直插坦克的右后。看来他一直就在那里潜伏着。射手掉转枪口,但那人已经抓住车体,进入机枪的死角。

那就是许三多。他稳稳当当斜挂在坦克侧甲上,如附在坦克上的一块钢板。

副射手终于决定去掉这个讨厌的心腹之患,端着冲锋枪想爬出炮塔,许三多的手从侧甲上升了上来,一支手枪对着刚才记忆中的概略位置打光了所有子弹。

许三多翻上坦克时那两名射手只好冒着白烟眼睁睁看着他,然后许三多有条不紊地把一个手雷扔进了坦克驾驶舱里。

浓烟滚滚的坦克,就这样停下了。许三多对袁朗敬了个礼,打算归队。

"过来过来。"袁朗甚至都不站起来,"所有人都潜伏,从车后接近,你搞得像在斗牛表演,想出风头吗?"

许三多立正回答:"所有人都那样,驾驶员已经有了惯性思维。而且教官说的,坦克不可怕,是我打它,不是它打我。从正面接近就是为了看清它的射击死角。"

袁朗:"继续。"

是让坦克继续不是让许三多归队,许三多只好在他旁边干戳着。刚喊完继续就响了一枪,倒霉的车长又开始冒烟。

坦克在寻找目标,而枪声一直在响,第二枪打在坦克天线上,第三枪打在潜望镜上,第四枪打掉了想重掌机枪的装弹手,第五枪打掉了车长潜望镜。

那辆坦克索性停了下来,炮塔嗡嗡地转动着,但是找不到目标。

看不见的射手有条不紊一枪枪打坦克的外挂油箱,直到那个部位冒出白烟。

坦克停下,驾驶员还没探头先摇了白旗。

又是砰的一声,他也冒了白烟。

袁朗站起来,若有所思地看着:"停!41,为什么射杀战俘?"

丛林边界站起个完全被树叶野草遮盖了的成才。

成才:"他没有离开坦克,副驾驶没有出现,他们仍然持有杀伤武器。"

袁朗面无表情地重新坐下。

曾经四十二人的队伍现在凄凄惨惨,它已经只剩下九个人,他们要回的那栋宿舍楼几乎是空的了,已经两个月零二十九天了。当人们太快乐或太痛苦都是分不清时间,嫌短或者嫌长,都是纯属个人的心理时间。我们的许三多还剩二十五分,成才他还剩四十五分,是全队被扣分最少的人,吴哲还剩两分。所以吴哲很紧张,紧张得都奇怪以前念两个学士一个硕士的时候咋都没有现在费劲?

最后的九个人,全用绳子把自己倒挂了在那闭目冥想。袁朗比往常更舒服,坐的地方还有遮阳伞,今天他居然在打手机游戏。车声渐近,袁朗也没回头,他知道是谁。铁路过来,站他身后。

袁朗头也不抬:"不起来敬礼啦,坐。"

铁路于是坐,坐下看看九个人:"这是干什么?"

袁朗:"他们在算火炮射击坐标,同时锻炼非常环境下的注意力集中。"

铁路:"我来看看,最后一天,需不需要个仪式什么的。"

袁朗:"我们预备了。"

铁路:"要我参加吗?"

袁朗:"不用。"

铁路看看他:"你又在想什么?"

袁朗:"必生者可杀,必死者可虏。杀掉悍不畏死的人,俘虏贪生怕死的人,真正可怕,或者说真正可贵,是那些热爱生命并勇往直前的人。"铁路不说话,看着他,袁朗看着那九个人。

九个人的队列颇有些凄凄切切,他们进入饭堂。打头的几人进屋便愣住,以致后来者撞到他们身上。屋里平常的方桌挪开了,换上一张可容十多人的大圆桌,桌上放着丰盛的菜肴和酒。

齐桓还是冷冰冰的:"就这张桌,不想坐的走人。"

于是按人头入座,按这些天严格的习惯,因为齐桓没有发出吃的口令,大家眼观鼻鼻观心地坐着。

袁朗满面春风地进来,那种表情以至于大家一时不太认识他。

袁朗:"对不起,因为拿些东西所以晚了。"他拍拍许三多,"许三多,坐你旁边成吗?"也不等许三多答话,他坐下,"为什么不开酒?连虎,表演一下徒手开瓶的功夫。"

大家都觉得很不对劲,袁朗简直就不像袁朗,终于有人想通了这是为什么。

学员:"报告教官,我是11。"

袁朗:"叫11之前你叫什么?"

学员:"连虎。"

袁朗:"对了。许三多,你也不叫42了,你叫回许三多。"

他一个个看这些仍下意识对他怀着戒心的人:"成才、黄自强、吴哲、佟立国、薛钢……以后你们在任务中也许会用代号,但在基地你们都叫自己的名字。"

人们还怔着,不是反应不过来,而是被折磨得已经轻易不信有这种好事。

袁朗拿出了一摞臂章放在桌上:"刚才是去拿它们去了,你们的臂章。以后你们都得佩戴军衔了,即使老A也是要戴军衔的,对了,还有欢迎你们成为老A的一员。"

仍然沉默。

袁朗:"为什么不开酒?我还以为你们会欢呼呢。"

几个兵拿手指捏开酒瓶盖,默默地给众人倒上酒。

袁朗:"不信我?我会开这种玩笑?我把你们训傻了?"

有人下意识地看看齐桓,齐桓仍是那副冷模样。袁朗笑了:"放心,他没带记分册。那东西直接入库了,以后也许还能做资料查查,但不再决定你们的去留了。"

学员:"为什么?"

袁朗:"什么为什么?许三多,你那眼神是为什么?怪怪的。"

许三多:"很多个为什么。"

吴哲:"报告教官,人经历太多的坏事就有不相信好事的权利。"

袁朗:"怎么?你们做了很多坏事还是我做了很多坏事,为什么用那种眼神看我,我像个坏人吗?我是个坏教官,是吗?"

没人敢说是,许三多不说话。袁朗笑得很开心又很天真。

吴哲:"您别那么笑。您那么一笑我们就觉得五分甚至十分又要保不住。"

袁朗大笑:"再说一遍,三个月的训练,或者说审核期已经过去,你们现在正式成为老A的一员,以后你们和他(他指齐桓)没有区别。还反应不过来?好吧,再多说点吧,我坏,坏得是有目的的,我是比坏人还坏的好人。"

他对着的是九双疑惑的目光:"战争就是逆境,我们在战争中是站前排的,以寡击众,就是没有前方后方,那是逆境中的逆境。可这天下承平的环境给我们什么？国家是后盾,人民是源泉,班长哄着,连长罩着,物资有人供给着,你们有谁面临过真正的逆境吗？孤立无援,全无依靠？"

吴哲:"我想这三个月就是我们有生以来最大的逆境了。"

袁朗:"好的,这就是目的,都很想来老A吧？"

有人斩钉截铁地点头,有人犹犹豫豫地点头。

袁朗:"好吧,前期的选拔已经让这成为一个必须实现的理想,然后我让你们的理想碰上一个非常惨痛的现实,从来这起你们就要靠自己了,没有安慰没有寄托,甚至没有理想没有希望。从这里边走出来的人,才是我要的人。"

沉默。并不是每个人都能反应到他说的这些,更重要的是,每个人都学会了不相信他。

吴哲:"我想我能理解您说的一部分……"

这时响起一个铃声,来自袁朗身上,那只能是手机。

他起身,接电话,立刻响起大家已经惯常听到那种虚假而夸张的笑声。

袁朗:"啊？在公务呢。……没什么大不了,陪几个新兵吃饭……你有请,我就来……哪儿……你订你订,找个有特色的地方嘛,我还没吃呢……好,就来就来。"

一边打一边走,最后几个字在门外传来,然后没了,外边响起车声。

所有人僵直地坐着,包括齐桓。齐桓说:"还要等我给你们敬酒吗？"

于是九个人生硬地举杯,沉闷地开始吃饭。

这似乎是庆功宴,又似乎不是。教官接个电话便中途退席,去赶另一个饭局。他再没回来,不是说这顿饭再没回来,而是这个月再没回来。至少我们再没见过他。

九个人沉闷地回来,沉闷地回各自房间,各屋的灯也沉闷地灭去。

"什么比坏人还坏的好人,什么给我们制造一个逆境,全是借口。你可以用手段,但不要标榜手段,尤其是,这样的手段根本是他们的日常习惯。"这就是九个人对老A的评论,虽然他们赢了,虽然他们已经可以叫回自己的名字。特别是吴哲已经失望了,失望得已经放弃了自己的平常心。

新拿到的臂章。许三多和成才正在照着军容镜,军衔也配上了,他们和周围的特种兵终于没什么区别。成才的脸上孩童般的笑容,许三多有点失落。

成才:"你别那么心事重重的,现在训练也松了,管得也不那么严了,还想那么多？"

许三多:"所以才不舒服。"

成才:"陪我高兴一下,想想我们费多大劲拿到它。"

许三多强笑,成才二话不说上去痒痒,许三多真笑。成才说:"我们再试试？"

许三多当然知道他是说什么,有点胆怯地看看门口那两名哨兵。

成才说得热闹，却着实有点心虚，大张旗鼓地走过去，而后故作无意地将一只脚迈在门外。哨兵扫了他一眼，让开了一步。成才终于迈到了门外，他走了两步，冲门里目瞪口呆的许三多挤了挤眼睛。许三多仍有些畏惧地看那两名哨兵，因为那一个是少尉，一个是中尉。

成才壮着胆子，冲回门里揪住了许三多的脖领儿，生把他给揪了出来。那两位哨兵索性让开了。他终于忍不住了，跟着成才一溜烟跑开。两个年轻的士兵在林荫道里并无目的地追逐，那要求很技巧，因为时常得注意到不让旁的军官看见这明显不属于军人风范的举动。

盲目的高兴，不知道为了什么高兴。后来成才一句话就给挑明了，跟别人一样。我们从下榕树那山沟里出来时唯一的理想。

尖厉的哨声骤然响起。齐桓的声音居然在这里也能听得到——紧急集合！

许三多、成才和吴哲三个用一种发狂的速度冲进屋里收拾行李，将所有的东西打成背包。

齐桓的声音从走廊上传来，冰冷充满厌恶："毛病！以为脱胎换骨打造金身了？菜就是菜！不在屋等着出去瞎跑？你当在你家呢？队长哄你们两句玩的，就真当自己跟以前不一样了，赶紧收拾！"

等到吴哲一手拎包，一手抓着几本书冲出来时，九个人已经全部站在自己的屋门口，每个人都拿着自己的行李。齐桓冷着脸在发号施令，扫了吴哲一眼："拖拉磨蹭。"

吴哲："报告，该提前通知！"

齐桓："我还跑两趟？多大事？换个房而已嘛，搬到对面就是，还通知？立正！稍息！以连虎为基准，成纵列队形向右转！……松一天连路都不会走了，亏得了还叫老兵？"

其实那队形也没怎么的，他习惯地训，大家习惯地听，队列向楼梯口走去。

听说对面条件特好，可我想九个人没一个人想去，我们宁可住在这栋接近年久失修的破楼，我们不是他们，他们也不是我们。

这一小队人横穿了马路，因手上捧的行李多少像队难民，这引起了几个路兵驻足观望。吴哲和很多人都低下了头，大小都是个军官，被人当猴耍让他们很没面子。

一队跑步过来的老 A 被他们拦住了。齐桓笑了，他的笑容是只对受训者之外的人而发的："好看吧？咱们大队很久没见过菜鸟了是不是？走慢点，让人好好看看。"

那些老 A 中发出清晰的笑声，一队人灰头土脸地进了宿舍。

走廊上的老 A 讪笑着、议论着，看着每个房门口都站着的那个刚通过测试的新人，他们的谈笑对象是新来的，但绝不和新人交流。

一条走廊上立刻站出了两个世界。

成才对面那兵的目光如看空气般穿过他的身体,成才深受伤害地将目光望向远处的山林。

吴哲肩上那少校衔显然是让他的同寝不太服气,于是那名中尉踱过来跟他比了比个,吴哲回头狠狠瞪他一眼。

所有的人将包捧在手上,用这个姿势来接受老兵们嘻嘻哈哈的检阅。

齐桓从队首走到队尾,他明显是在延长这份难受的时间。

随着齐桓向后转的口令新人们用屁股对着老兵,笨拙地面对着那扇房门,迎接着背后的笑声。然后所有的新人都用这个姿势进了房间,在整层楼齐爆出来的哄笑声中,他们明白了这是一个并不友善的玩笑。

齐桓对他的老 A 哥们挤了挤眼睛。

许三多捧着自己的行李,队列步姿走进了屋里,他关上了门,也把那阵笑声关在屋外。

他和齐桓共一屋,他看着这间屋,居住条件优良,有独立的卫生间和娱乐学习设备,窗明几净,远胜过高城高连长的连长寝室。

他一直走到桌边,确定齐桓不会再发口令了才站住。

许三多呆呆地看着这间屋,他几乎不知道把自己放哪。桌上和墙上贴满了各种武器的三面识别图,看上去如齐桓一样,冰冷得没有半点人味。

已经是夜色渐下,齐桓才回来。正坐在一张椅子上的许三多忙站起来,半立正的姿势。

齐桓看了许三多一眼:"床褥怎么还不铺上,要我去请钟点工吗?"

齐桓说完就开始在屋里忙活,一会儿翻书一会儿找水,许三多铺着被时也时时保持一个半立正的姿势行注目礼,无比的难受。

齐桓踢了踢水瓶,脸上有些不忿。许三多忙拿起水瓶要出去打水。

"得了,以后记着点就行,"说着他把水瓶里所剩不多的一点水倒掉了底,"该干吗干吗。"

说是这么说,可在这么一个人面前你能干什么,许三多只好看着窗外发呆。

齐桓头也不抬:"你那嘴除了嗯和是都不出别的声吗?"

许三多:"出声。"

齐桓:"说点啥,说个笑话。"他找本书往床上一躺。

许三多干戳着:"从前有个人头痛,他去找医生,医生问他哪痛,他说头痛,医生拿把锥子……"

齐桓叹了口气说:"你人还老实,服帖点,就还能待下去。主要是在我跟前机灵点,别那么木木呆呆的。"

许三多:"明天干什么?"

齐桓:"拯救地球!干得来吗?训练啦!"

训练场上正在练习徒手攀缘,新人和老人绝对的不默契,甚至连队都分出了明显的两块。老兵笑闹,新兵沉默。

折磨我们的教官消失了,折磨我们的人并没消失。记分册没有了,只剩下机械、单调、冷冰和重复,我们甚至怀念教官,他在时还有挑战和愤怒,不会在适应中一点点放弃。我和成才、吴哲甚至都没有交流的时候,我们分了三个寝室,用吴哲的话,伺候各自的主子。

一个老A跑过来立刻被他的队友们围上了,老A们有意把声音压很低,依稀听到下星期要出任务,任务是一起出,但对许三多他们仍是保密的。

这个消息让许三多他们都很兴奋,他们一直在等着,等着一次机会打出自己的位置来,现在机会来了,他们关心的就是下星期出什么任务,有没有用得上自己的时候……

夜里,齐桓摇晃着水瓶,水瓶是满的,他给自己倒水。许三多僵硬地坐着,在看书。

齐桓找话:"死不喘气的,给点内幕要知道吗?"

"关于什么?"

"下星期任务。闲来磨牙,给你透个风。"

"是什么任务?"

"削你们。"

许三多愣住,但也不问。

"哈哈,你以为基地命令削你们这帮菜鸟呀?我倒想。是对抗,削你们这帮菜鸟来的二流部队。"

许三多:"部队只是职能不同,没什么几流几流的。"

"明天我拿个条写上真理两字,钉你嘴上,瞧着吧,打残你们,打废你们,老A才是老大。知道老A啥意思?ABCDEFG——A是老大嘛。"

"那跟三五三团打成平手,这A是不是要分大A小a了?"

"有时候你嘴也很利嘛。明摆着的事跟你说一句吧,削你们,削得你们越狠,我们经费越足,就是这个现实。你想什么呢想到眉头打结?"

许三多:"没想什么。"

我想到七连惨败之前,老A们也在这样对话。如果让我刻骨铭心的一切仅仅是为了这个目的,我想揍他,为了七连。

演习是没有悬念的,钢七连对抗时的遭遇在重演。唯一的区别是,这次对抗的部队不是七连那样的步兵精锐。

当战车轰鸣着驶过,车上坐的是常规重装部队的机械化步兵,他们讶异地看着旁边机动车里的老A们,像看一群异类。

许三多将脸转开,他简直有些羞愧。

这样的任务执行了几次。如果我们是出自齐桓所说的目的在和他们对抗,我无法正视他们。

许三多在疾速奔跑,后边追赶的虽足足有一个加强班的人马。他跃过一条沟坎后突然消失了,那名正不抱什么希望射击的尉官停了下来,做了个手势,枪声顿止。他和几名士兵在望远镜里寻找了半晌,却仍没见许三多出来。

　　尉官:"总得抓住这一个吧!"

　　士兵:"打中了?"

　　尉官不太有把握地摇头,几名士兵跟他往那条沟坎匍匐过去,将近沟沿,一声枪响,一名士兵脑袋上已经冒了烟。齐桓、成才整整一小队的老A在埋伏点射击,追赶者是被引进了埋伏圈。许三多从沟里坐了起来开始点射,暴露在射界中的人一个个倒下。

　　尉官和仅存的人冲进许三多藏身的沟里,所谓仅存,也就是还剩他和一名士兵。许三多近距射击,把那兵打冒了烟,那尉官战术动作极好,终于能逼近和他缠斗。许三多把对方摔倒,再一举手就能取消他的对抗资格。尉官突然认出了他:"许三多?"

　　许三多愣住,抹去对方脸上的些许油彩便能认出来,那是以前钢七连的指导员洪兴国。许三多反应不过来这样的巧遇,他茫然站了起来,洪兴国也站了起来,管他真假的战争已经不存在了,洪兴国看起来很想跟许三多说点什么。

　　砰的一声枪响,洪兴国被白烟笼罩。远处的成才拿粉笔在自己右手衣袖上又画上了道,他的衣袖上已经画上了近三个正字。

　　齐桓:"撤回! 任务完毕,撤回!"

　　许三多看看周围,满是虚拟的尸体,他又一次误会自己在真正的战场,又一次的怆然。他最后看了一眼仍在白烟中被呛得流泪和咳嗽的洪兴国,就转身追向已经撤出阵地的小队。

　　许三多他们在一块林间空地上集结,齐桓打出一发信号弹,然后开始无线联络。许三多他们警戒着四周,爆炸声仍在余响。

　　吴哲:"干掉九个,他还是有一点得意之色,成才你几个?"

　　成才亮衣袖给他看,无言的得意。

　　吴哲:"十四个? 你狠。许三多呢?"

　　许三多喘着气,不说话。

　　"许三多?"

　　许三多:"成才,你把咱们指导员打死啦!"

　　成才诧然:"哪个指导员?"

　　许三多:"七连洪指导员! 见面,一句话没有,你就砰!"

　　成才:"全大花脸……我看得清吗? 他是假想敌啊……又不是真死。"

　　许三多哑然,擦把汗:"我想跟他说话。"

　　"说什么? 都是过去的事啦。"

　　许三多看起来悻悻加惘然:"就是过去了太多事才想说。"

齐桓关闭了电台,起身:"准备回程,直升机马上到。"

吴哲:"回程?演习刚开个头!"

齐桓:"放弃了,那边出事了。"

成才:"什么事?"

齐桓不说话,徐徐下落的直升机旋翼吹掠着枝丛和风沙,齐桓的脸色是异乎寻常的沉重。

暮色下的机场已经早早打开了导航灯,许三多几个刚出机舱,就被接应上一辆越野车。几个老A正在卸下另一架直升机上的物资,吴哲诧然看着那包装箱上的标志:"核生化防护?!"

齐桓:"闭嘴。我不是玩笑,这也不是演习。现在是一级战备,这四个字够让你们闭嘴吗?"

死寂。齐桓满意地看着那几个人脸上的表情凝固:"离战争只差一步了。开车。"

车离开机场,而那辆装运物资的车就在他们前边。

战争?和谁的战争?

前边那车拐弯,许三多他们随之拐弯,那车的老A坐在包装箱上,沉郁地想着什么心事。

许三多呆呆地注视着那车老A坐的包装箱上的几个字。

NBC不是电台,跟球赛也没有关系。NBC是核武器,生物武器,化学武器,大规模毁灭性杀伤武器。

在许三多他们的视野中,基地与平日大相径庭了,没有训练归来的队列跑过,没有匆匆走过的军人,整个基地似乎忽然被清空了,但路边全副武装的岗哨却陡增了数倍。许三多和路口的岗哨对视,那完全是一双战时的眼睛。他将眼睛转开,因为那双眼睛诉说的不是盘查,而是他所见的目标是否应予以击毙,并且还伴随着下意识掉过来的枪口。

警报响起,一辆车满载着武装的老A迎面而来,完全没有减速地与他们擦过,直奔机场方向而去。许三多几个的瞳孔都有些扩大了,因为那车上的老A穿着全套的化学战防护服,钢盔下的脸孔让人想起骷髅。

天色已经将黑了。天空似乎忽然变了颜色。

车在他们所居住生活的楼下急急刹住,齐桓和许三多几个跳下车。这里也是空空荡荡,除楼口增加了几名武装的老A,一名军官迎上来,虽然和齐桓也是熟识,但没有表情也没有客套。

军官:"归队人员立刻全封闭管理,禁止出入,禁止与外界联络,没有队长以上直接命令,活动仅限于此楼。十分钟后电教室集合,观看相关资料。"

他们进楼后,哨兵用自己的身体和枪口将楼道封上。

第二十章

许三多和齐桓,两个征尘满身的人站在自己的屋里,没一个想到去换下身上的衣服。齐桓望着墙上的武器三面图发呆。许三多看着窗外。

警报声、车的疾驰和刹车声、直升机飞临和远去的旋翼声,这些来自基地各处的混响只能让人把严重的事态猜得更加严重。

三三两两络绎赶去电教室的老A成员,绝大部分人都沉默着,有人在低声交谈。齐桓加入交谈者之前看许三多一眼,稍微往一个方向动了动脖子,那意思是你去那边。许三多走开,与成才吴哲几个新来的做了一队,像是老兵们的一条尾巴。

没有解释,没有答案,即使在这时我们仍被排除在外。已经一个多月没见过声称要制造逆境的袁朗队长了,我们现在都深信这里的逆境无须制造,它本来如此。

电教室屋里光线很暗,只有一只白炽灯照明,那是为了待会观看影像的需要。暗影里有人在走动,有人在交谈,有人坐下,每个人看起来都烦躁和不安。许三多这帮新人坐在最后,前边人群有些动静,有人喊敬礼,于是跟着敬礼,从这里看不清发生了什么,只知道是有高官到来。

然后一个"坐下"的声音,全体坐下。

铁路站在台上,袁朗仍不见踪影,白炽灯光映得铁路本来就沉重的脸色更加难看。

铁路:"你们中队长出外未归,此队暂由我代理指挥。"成才和吴哲交换了一下眼色,多少透着不屑。

铁路:"部分人已经知道,但希望不要随便议论。事态严重,我们得尽全力,这也无须议论。"

死寂中最后一点灯光也灭了,投影屏上光线闪动,成像。背景显而易见是某电视台的新闻频道,并且闪烁着紧急插播的字样,然后闪现出一个影像质量很差的现场。导播在画外,用词也全无平日的精雕细琢。

"今天下午三时,一帮有组织的反社会分子劫持了X市东郊的第二化工原料加工厂,声称已经在厂内各处安放大量炸药。警方于四时赶到,与歹徒僵持不下……我这里能听到枪声,警方表示对方持有大量枪械……"

在一个模糊不清的远焦距镜头里,厂房、高塔、运输铁轨、晃动的人影,依稀的枪声,切换到下一段报道时,播音员已经更加惶遽,而且只是闪现了一下就切

303

换到远景拍摄的现场,信号比刚才更差,现场的语言也更加缺乏组织。

"追踪报道,被歹徒控制的化工加工厂在五年前转型成为几省重要的化工原料集散基地,歹徒选择这里是计划周密……我这里看到了紧急出动的军队,是防化部队和装甲部队……把镜头转一下……"

在厂房间开进的战车、步兵,所有人都戴着化学战面具,几个穿着全套防化服的人在用仪器做现场测试。电视中的画面已经进了夜色,开篇就是爆炸,镜头在摇晃,但坚持着对准那座在爆炸中坍塌的高塔。夜色下的士兵在冲击,但又被军官强行压回。

导播的声音紧张、混乱,带着人类的一切不安情绪。

"发生了爆炸!……现在是下午六时四十一分。之前谈判破裂,歹徒声称会有所行动……没想到是这样的行动!要炸塌那样一栋建筑肯定需要大量炸药……"

一个军官冲过去,把他的镜头拦上。投影幕成了雪花,并没关上。一个巨大的人影被投射在幕上,那是铁路。

铁路:"你们刚看到的新闻没有播出,临播前被卡了下来,考虑到此事公开会引发的社会动荡。以下是新闻媒体并不知道的情况,被劫持地存放了磷、钾、硝大量易燃易爆化学物质一万四百五十七吨,刚才的爆炸只是示威,但已经导致厂内通道完全无法供车辆使用,也就是重装部队无法动作……我想你们明白事态的严重,即使没有那些炸药,仅燃烧释放的剧毒气体足够让X市成为死城。"

他沉重地看着他的兵,然后意识到并非个人感慨的时候,苦笑道:"歹徒没有提出任何要求,这是最棘手的。市民正在疏散中,周边的军队也已经出动。我们基地已经有分队抵达现场,希望他们能解决危机……但是你们中队的防化装备也已经送到,随时做好准备。"

灯亮了,铁路想说什么而没说,最后挥了挥手:"全体在此待命,包括睡觉和吃饭。"

他离开了。离开的时候炊事兵正将他们的晚餐搬了进来。

老A们起身去拿饭,许三多他们这些新来的还呆呆地坐着。

电教室屏幕在闪动,关于事发工厂的详细地图,关于周边地区,关于化学防护常识,关于防化装备,卫星地图,市区街巷示意,事件进程。

累了的人就裹着睡袋在旁边睡去,渴了饿了就随便在旁边抓瓶矿泉水,吃点东西。许三多目不转睛地瞪着屏幕。整个晚上他们这帮菜鸟都在看这些不知道用上用不上的东西,似乎多看就多一分保证,不是别的,自己性命的保证。

他的前后一帮人瞪着屏幕,那包括了全部新人。

齐桓从睡袋里厌烦地张望了一眼,把袋口封上继续大睡。

许三多他们目瞪口呆地看着,屏幕上现在在播放各种各样的灾难,苏联核电站爆炸、失火的油轮、燃烧的科威特油井、坍塌的世贸大楼。早已熟识的画面现在有了新的意味。

　　老鸟们一直在睡,可我整个晚上都在想接触过的武器,穿甲弹、燃烧弹、钢尖弹、碎甲弹、平头弹、穿甲燃烧弹……我在想,它们打在我的身上会是怎样?

　　一个人在旁边拍了拍他,许三多转头被吓得一缩,那家伙穿着从头裹到脚的三防装备,那是成才。

　　成才:"你为什么不去试试?"

　　许三多透过面罩才看清斯人是谁,然后就琢磨这套衣服:"防弹吗?"

　　成才有点苦恼地道:"好像不防。"

　　吴哲:"对我们来说最好的防御就是自己的反应。"

　　成才:"在一个有上万吨化学制品装满炸药外加枪弹横飞的地方?"

　　吴哲想了想,改变了主意:"我去试试衣服。"

　　许三多:"吴哲,什么叫反社会分子?"

　　"欲求不满的人……嗯,并且把自己不幸福的原因归咎别人。"

　　"而且很暴力。"

　　"对,非常暴力,不加控制的暴力宣泄。"吴哲他指指正炸得满天飞的屏幕。

　　"是坏人吗?"

　　"这样的事都做出来了,还有必要想他的好坏吗?三多,你这样的善良没有自卫能力。"

　　许三多:"我是害怕。我没见过坏人,我怕坏人。"

　　成才和吴哲哑然,吴哲轻笑:"我想了想,我也没见过,我也怕。"

　　成才:"怕就开枪,打到他怕。"

　　许三多想了想,这两个人说的对他来说都不是答案,说:"我再看厂房情况。"

　　于是再一次投注到屏幕上闪现的资料。

　　天色微亮,老兵们裹着睡袋睡去,新人们无法安心钻进睡袋,歪七竖八地躺在座椅上睡去。许三多保持着一个坐姿睡去,并且身体被吴哲做了枕头。

　　成才总算是摘下了面罩,但穿着那身防护服睡去,无人去管的屏幕闪动着雪花。

　　第一批睡醒的人惺忪地坐在那揉着自己的脸颊,几个绝不亏待自己的老兵油子在昨晚剩下的食物中翻捡着可以下嘴的东西。

　　许三多睁开眼,茫然一阵才开始明白自己现在在哪里。

　　也许危机已经解决。也许更理想一些,什么都没发生,没人受到伤害,只是做了个梦。

　　警报尖厉地响起。

　　齐桓:"换装!机场集结!"老兵利落地套上了防护服,系着各处的密封口往外冲。许三多套上防护服,戴上面具,将一张紧张得没了表情的脸封在里边。

齐桓驾着车,用一种横冲直撞的风格驶向机场。车上坐着许三多和另外几位老A,成才和吴哲不在这辆车上,这让许三多更加没底。

远处的天穹已经有几架直升机离去。

齐桓百忙中看了眼许三多,后者把自己密封了起来,木然地坐在座位上。

齐桓:"现在有必要把自己包起来吗?"

许三多愣了一下,取下了面罩。

老A:"和他同组可真叫晦气。"他点上两支烟,往齐桓嘴里塞了一支,那种下意识的融洽是许三多永远无法企及的。

直升机在升空,用接近水平的速度爬升。机舱里的士兵已经携带上了全套战斗装备,利用这点空暇检查着各个部分。

许三多呆坐着,这一机人里除了他全是老兵。

齐桓:"密闭服装,检查通话器。我会在通话器里通报最新情况,听不清就回话。"

士兵们压紧耳机和送话器,密封服装。齐桓的声音从通话器里响过来。

齐桓:"昨晚发生正面接火,有两处炸点被歹徒引爆,造成有害气体泄漏,幸未大规模扩散。现在歹徒挟人质退守主要仓库,也是最后一处炸点。我们是C组,代号1、2、3、4,各战斗小组必须不惜代价予以拆除,注意,是不惜代价。完毕。通话情况?"

C2:"C2良好。"

C3:"C3良好。"

许三多:"C4良好……"他忽然掀开了面罩开始呕吐,周围人两分怜悯十分轻蔑地看着。

C2:"C4没有晕机记录。"

齐桓冷淡地看了一眼:"是吓的。"

机降地点像绝大多数城市的郊野一样,一个平坦的地形,远处矗立着昨晚已经在投影上看过无数次的厂房。直升机在一个贴地高度上投放下齐桓、许三多和另外两名老A,然后飞向下一个投放点。旋翼下的飞沙走石中,许三多刚来得及看清厂房上升腾的可怖烟柱,耳边就响起齐桓冰冷的声音:"推进,537点会合。"

推进。隐蔽、卧倒、跃起、掩护,接近厂房。

面罩隔绝了外界大部分声音,安静得像在梦里,许三多只能听见自己在面罩里喘气的声音。眼角的余影里闪过一条人影,许三多向侧方举枪。

C2:"C4,是E组。"

起伏的地形上一个和他们同样装束的人举了一下手示意。

他们继续推进。

E组的队尾看着正在地形下消失的C组,那是成才,他听着面具下自己粗重的喘气声,不自主地嘀咕。他在出汗,不光因为闷热也因为紧张,隔着面罩都能看见他汗湿的脸。

三名E组警戒着一处敞开的地井口,成才赶上,他第一眼便看见从井里冒出的浓浓黄烟。

E组:"氢钾化合物。注意防化服不要破裂,两分钟内致死。进。"

那三个连磕巴都没有就消失于浓烟之中了,成才站着,烟被风吹过来,他退了一步,声音低得只有自己能听见:"我从来没有……掉过链子。"

E组:"E4跟上!"

成才闭眼,他冲进了浓烟之中。

工厂外齐桓和队友合力拉开另一个井盖,那里边同样腾出黄白色的烟雾。C3立刻掏出仪器测试了一下。

C3:"含氢钾化合物。浓度致命。"

齐桓:"进。"

C2:"喂喂,C1,拿命玩呀?"

齐桓:"说过是不惜代价,检查服装密封情况。"

他就着台阶走下几步,刚过几米已经看不见人了,消失。

许三多看着那浓得像固体一样的烟雾,耳边只有同队对话的声音。

齐桓:"跟进。"

C2:"希望我的演出服做工优良。"

齐桓有点不耐烦了:"紧跟,推进。"

C2、C3往下走了几步,也消失了。

许三多犹豫,听着自己在面罩里深深喘气的声音。

齐桓:"都跟上了吗?"

许三多踏进烟雾中。

这里完全是另外一个世界,甬道里沉积的烟雾经久不散,即使强光的电筒也无法穿透哪怕三四米的烟雾层,在这里即使是千军万马也只觉得自己是一个人。许三多孤独地走着,枪永恒地保持在一个待击姿势,脚下随时会踢到废砖弃瓦和五花八门的工业废料,这几十年前的防空洞现在更近乎一个废料丢弃地。耳机里那三名队友的交谈伴着静噪一直在响。有时他能看见一点光柱的微光,但见得更多的是浓得分不开的烟雾。

齐桓和C2、C3在这样的环境下依然用轻松的语气开着轻松的玩笑,许三多甚至误以为他们还在基地的下午的楼前喝啤酒。"不要紧张。"许三多安慰着自己。

"安静。"C2突然完全换了一种语气,立刻安静下来。"C2位置右侧发现通道,听见异响,完毕。"

齐桓:"断绝光源,全组向C2靠近,完毕。"

整个世界立刻成了伸手不见五指的漆黑，漆黑里沉积着浓稠的毒气，许三多静静地移动，听着自己的呼吸声，也听着送话器里传来的那几个队友的呼吸声。

然后枪声响了，黑暗和烟雾也遮不住弹道的交光，在狭窄的甬道里擦过墙壁的流弹溅射着火星。

许三多卧倒，匍匐着向大致的方向前进，他不敢开枪，怕误伤队友。

然后爆炸，并不是发生在这条甬道里，是从地表的什么地方传来，在这地层之下就像一场突发的地震。甬道在颤抖、摇晃，许三多死死地贴住了地面，灰尘和碎石砸在他的身上，更远处是沉重的坍塌声。当震动停歇后，就成了一片死寂。最让许三多恐惧的是，送话器里完全听不到那几个人的声音，连静噪都断绝了。

许三多："C1……你们在哪里？"

回应他的是甬道一端的射击，子弹从头上划过，枪声迥异于他们的制式枪械，许三多对枪焰处打了一个点射，射击停止了，他爬起来不辨东西地奔跑，直到撞在一堵墙壁上。这样的环境足以让一个初战者失去所有勇气。

许三多："在哪里？位置？告诉我位置！"

因密封而失真的声音让他自己听着都害怕，许三多干咽，那个干咽声听起来都响亮得吓人，幸而这时耳机里的静噪又响了一下，那是所有他能抓住的东西。

许三多："说话！快说话呀！"

齐桓的声音，仍然是冰冷、平静，还带着一些倦意："C2 和 C3 失去联系。"

许三多："你在哪里，C1？"

齐桓："我的防护服破了。"

许三多立刻安静下来，慢慢地反应了一下这意味着什么，然后他的语气接近狂躁。

许三多："怎么会破？！你在哪？我来救你！"

齐桓："闭嘴。我能说的话不多了。"

仍是那个被吴哲形容成透骨寒的腔调，许三多安静下来。

齐桓："你可以撤回，不用承担任何责任。"

许三多："我带你出去！我来带你回去！"

齐桓："也可以继续，一个人继续，希望你有记清这里的路线。"

许三多他已经有点哽咽："我有，昨晚上我都在看资料。"

齐桓："很好。"

许三多："继续什么？"

齐桓："随时通报情况，做能做的事情。"

许三多："向谁通报，我一个人能做什么？"

静噪，再没人声。

许三多："C1？你在哪？……C1？说话。……齐桓？齐桓！"

再也没有声音了。

许三多摸着墙壁坐了下来,封闭在与世隔绝的套子里,封闭在黑暗与毒气里,除了自己的呼吸再没有别的声音。

许三多:"齐桓,带我回去……我在跟进,完毕。"

在漆黑中绝望。

防空洞内的另一处,一双被密封的手从冰冷的洞壁上摸过,那是快要抓狂的成才,他已经快站不稳了:"E1!E2!E3!你们在哪?我是E4!我是成才!我的防护服也破啦!在哪?!在哪?!他妈的在哪?!来救我呀!"

他拼命抓挠着喉咙,几乎把头罩都扯了下来,他软倒,坐在地上,两只脚在窒息中紧张地蹬踏,他终于安静下来的时候已经认定自己完了。面罩里的成才像是被水浇过一样,我们似乎是隔着桑拿室的玻璃看着里边的一个人。

然后他睁开眼,看了看,并且深吸了一口防护服里混浊的空气,以确定自己还能呼吸。成才又急切地检查了一遍防护服,发现他的防护服安然无恙,但那无济于事,这样的环境和这样的死寂让他难以忍受,成才声嘶力竭地喊了一声,喊的是打死他也不信会喊出来的三个字:"许三多——"

这里的厂房给人的感觉是介乎废弃和战乱之间,空无一人的车间,锈迹斑斑的铁轨,虽然在室内,四下里飘散着晨雾一样的淡薄雾气。

地盖被掀开,许三多钻出来,第一件事是躲在一个翻倒的车斗后休息,边检查自己的防护服是否完好。实际的体力也许并没耗去太多,但恐惧实在是一件太耗心力的事情。

还好没破。

许三多又开始检查通话器,那东西再没出过声。隔着不敢打开的防护服,那种检查也只能是意思意思。

"我是C4,C组4号,有没有人听见?"无人回应。许三多在面罩里苦笑。

齐桓说通报,向谁通报?通话器再没出过声。

在这套密封服里被与世隔绝。许三多他开始打量这偌大的空无一人的车间,人在这里渺小得像一个废弃的零件。但是,总得有声音。

喘息已定。他终于决定做回一个好士兵,也就是不去胡思乱想的士兵,他警戒着前往最后的目的地。

许三多:"我在第四车间,我在跟进,完毕。"

从高塔上看去,在厂房间掩映着推进的那个小小人影像一粒微尘。没有别的人了,没有队友,没有敌人,只有致命的雾气淡淡飘过。高塔上的一支枪向那个小小的人影瞄准。

那发子弹从许三多头上飞过,许三多转身,防化服对行动有些阻滞,但他很干净地完成了一个远距点射,然后保持着那个瞄准姿势。

再也没动静了,除了歪在外边的半截枪管,似乎从来不存在一个对他开枪的人。

许三多盯着那支枪,表情有点茫然,完全没意识到刚才也许杀了一个人。难道是昨晚看资料看多了,做了个梦?

瞬然间枪声席卷,枪弹瓢泼,全是冲着他来的。

许三多压低身子,狂奔,子弹在他刚立足的地方溅射着火星,然后形成一条延伸的追击线,对手的枪法同样精准。

许三多趴下,从轨道的缝隙下寻找向他射击的人,看不见人,只听得细微的从各方向接近的脚步声。对手和他一样善于隐藏,而且不是一两个,是一小群。

一发子弹打在铁轨的那一头,让人心悸的尖啸告诉许三多,这不是做梦。

许三多向一个地方摔出一块路基石,然后在估计吸引到对方视线时,往那个方向甩出闪光弹。趁着强光,许三多跃起狂奔。枪声立刻在身后追响,看来对手中仍有不上当的家伙。

许三多翻滚,扎进另一间厂房。枪声戛然而止,对手绝不在一个打不到的目标身上浪费子弹。一只手捡起许三多刚扔出的那块石头,在手上掂了掂。其他人分几路向那厂房包抄。

残破的窗户外闪现了人影,是同时包括了这间厂房的几扇窗户。他们并不急于进来,就算进来也不会选择易受袭击的正门。

第一个人从窗户里迈进,警戒,然后另两个方向同时进来两个,警戒,他们一直让所有方向被控制在枪口之下。他们没穿老A们那种连分子粒子都渗透不进的防化服,仅仅戴着更方便弄到的防毒面具,有的平民服饰,有的套了件工作服,但动作和默契程度绝非平民的感觉。

但是厂房里没人。几个人的视线上移,盯住了上方悬挂的一个运送车斗,几个人打算上旁边的天梯,几个人瞄准了车斗待击。一个人摇摇头,抛了抛手上那块石头,也就是许三多扔出的那块。他好整以暇地对着车斗把石头砸了上去。

一声空荡荡的铿然声响传来。那人说话了:"空的。"

然后他们再无声息地离开了。

许三多用手脚支撑着,让自己悬空在车斗上,这时他慢慢放开手脚,让自己落回车斗里。

许三多在厂房里移动,每一步都是快让神经崩断的一步,每转一个弯都得费上些许思量。那些对手虽然连正面都未曾见过,但实在可怖。

"我在跟进,穿越铁轨就抵达主仓库,完毕。"

通话器没反应,许三多也没指望它有反应,这样说话让他觉得自己不是一个人。

他是在一个类似工人换装室的小房间,透过气窗往外张望。窗外是铁轨,空荡荡一览无余,没有任何掩蔽,活脱一个死亡地带。许三多审视着每一个黑洞洞的窗口,每一处制高点,仍然像刚才一样,没有人,但这种没有人意味着随时来自任何方向的精准射击。

许三多:"听得到吗？歹徒很专业,所有入口都被封锁了,他们的枪手都藏着,必须小心……我不明白,他们只戴了防毒面具,真的,那防不住C3通报的剂量……可能,我是说可能这里的污染不如甬道严重……我想试试看。"他沉默,什么叫试试看,他唯一能用来测试的工具是他自己。许三多把手摸上了头罩与衣服的接口。

许三多:"再重复一遍,派人去537点抢救我的同队,可能还有救。还有,如果……如果我死了,让成才,对,就是成才把我的抚恤金给我爸爸……也不知道是多少。"

好了,他自己也觉得磨叽了,一咬牙把密封口拉开,让外边的空气渗入。等着,等待中毒反应甚至死亡。

什么都没有发生。许三多摘下了面罩,轻吸了口气,轻微地咳嗽了一声,那纯是心理作用:"我没死。也可能已经中毒了……可能是慢性的……不过穿着这身太不方便了,我们就像个靶子……"

他被自己的最后一句话镇住。

许三多进入了工人休息室,他在这间屋里翻寻,成排锈得已经变形的铁柜,他终于找到自己最需要的东西:一件早被主人丢弃的工作套衫,垢得都结了硬块。

许三多看着那件衣服:"我在跟进,不能再保持联络了,完毕。"他摘下了通话器。

一个人在空荡荡的铁轨上走过,像那些歹徒一样,他戴着面具,套了件脏污的工作服,一只手上拿着一支手枪。那是许三多,面罩下的脸紧张得惨白,但尽可能让自己走得轻松一点,伴之以偶尔的停顿和枪口无目的的虚指,让暗处存在的枪手觉得自己在检查什么。走过铁轨中段,一个在对面无法看见的枪手便出现在视线里,十几米开外,用钢材和水泥给自己搭就了一道屏障,他自己只露出一张戴着防毒面具的脸和枪口。

许三多和他对视,然后转开,并且强压着想要逃出射界的冲动。两道目光烧炽着他的后背,那个枪口也一直保持在他的方向。许三多把枪掖了,解开裤子,开始尿尿,这个故示轻松的动作最后让他很不好下台,因为这样紧张的时候根本尿不出来。

枪手:"别尿在这。"

算是把他救了,许三多走向仓库区的一个角落,是适于便溺的角落,当然也是更适于尿遁的角落。

那里又是一个,缩在厂房的窗户后,取了一个极刁钻的射角,只露出半张脸和枪口。

许三多站住,向他遭遇的第一名枪手挥了挥手,对方并不明白他忽如其来的热情,但第二名枪手的位置看不见那位,下意识地把这种表现领会成自己人。

许三多:"这里行吗?"

枪手不耐烦地挥手:"行行。"

第二名哪知道他说的是尿,索性连枪口也偏转了。

许三多几乎是擦着他的身边走过。

走到头便看见那个炸点,设置得如此明显,许三多为之错愕。

主仓库前停放的一辆卡车,车上满载了标示着 TNT 字样的木箱,分量之多让他们根本无须把炸药搬进库房,只要在附近引爆,效果都是一样。也没人敢袭击他们,因走火导致的爆炸和他们自发的引爆结果都是一样。一眼能看见的枪手就有四个,看不见的只好不列入计算,许三多面对的根本不是乌合之众的恐怖分子,而是军事味十足的整道防御。

许三多:"我到了,这里无法攻占……哦,我说话你们听不见了。"

许三多看着那地方无计可施,然后看着墙壁上的禁火标志。

靠近仓库堆积的一堆工业废料忽然开始着火,刚起的火苗就蹿到半人高,伴随着大量的燃烧废气和黑烟。这没能引起任何喧哗骚动,分出了几个人去周围搜查巡逻,但更多的人都在原来的位置上,只是成倍地加强了警戒。居然没有一个人去灭火,似乎没人介意自己坐在炸药堆上。火毕毕剥剥地烧着,除了火势越来越盛,没有发现袭击者,也没有发生任何事情。终于有人提着灭火器过去,但火烧了这么久,已经不是一只灭火器能止得住了,于是又有第二只第三只灭火器加入了他们,终于他们最关心的不是一直未发现的来袭者,而是那场人与火的较量。许三多躲在墙根后,无疑,他是这场火的肇事者。他在等待一个骚乱。

一个歹徒毫无预兆地从他身后跑了过来,闪避不及,许三多下意识摸到腰间的枪,那边也冲他挥舞着手上的冲锋枪。

歹徒:"愣着干吗?救火呀!"

许三多:"啊?!"

歹徒:"哪个愣头青干的?风向变了,车要烧着啦!"

许三多:"啊呀!"

许三多忽然意识到自己又犯了多大的错,冲向墙边,抢了具灭火器,放火的家伙开始与歹徒们一起灭火,而且他实在干得比任何一人都要热烈,半个身子快踩进了火堆里,完全是一副生死搏斗的架势。

风向确实变了,而且火星在天上飞舞着,飘向那辆卡车。不够灭火器的歹徒们已经在用铲镐拍打,那也是杯水车薪。

歹徒:"不够看啦!"

歹徒:"把车开走!快把车开走!"

他们中间最奋勇的那位灭火者把灭火器往旁人手上一塞,一个箭步跃上了车,发动。

终于有人看出点蹊跷。

歹徒:"站住!你哪队的?"

许三多不管不顾,只顾点火发动,一个人已经把半截身子钻进了驾驶室,被他一脚踢了出去,第二个扑上来的时候,车已经发动。

歹徒开始围追堵截,许三多驾车闪避,他实在不是一个多好的司机,为了闪避一名持枪从车头扑过来的歹徒,居然把车倒进了火堆里。

所有人目瞪口呆地看着那辆车从火堆里又钻出来,车厢的盖布上带着火苗。

歹徒:"着啦!"

"这回真着啦!"

"停车呀!着啦!"

停了有鬼了,许三多径直把车开往开阔的方向,尽可能远离这间堆满易燃品的仓库,身后追着的人,车前闪出拦截的人,鸣着空枪的人,乱成一片。

车碾上了铁轨,被颠得几乎跳了起来。许三多玩命地发挥着自己半生不熟的驾驶技术,那车碾着铁轨坑坑洼洼地前进。车后的箱子颠得弹了起来,上边的火苗已经蹿得几百米外都能看见。

许三多焦急地回望了一眼,就算看不见火苗他也闻得见那股焦煳味。十几个人在车后追着,其中一半人拿的不是枪而是灭火器。许三多碾得一个刚从车间里跳出来的歹徒又跳回了车间,他已经知道这样下去不是个办法了,屁股后的炸药库一定会在他冲出这里之前爆炸,捎带着引爆所有的化学用品。

车急刹,许三多抓起车上的小型灭火器跳上了后厢,他开始灭火,当发现那无济于事时便开始用盖布没着火的部分扑打着火的部分。

那真是狼狈,身上的衣服已经着了火,半边脸被熏得漆黑,半拉眉毛也被燎掉。他忽然停住,因为从车后追来的歹徒没有任何人枪击他,没有动作,只有笑声,刚开始是一个,后来是一片,哄堂大笑。

许三多回头,从车上看着围在车下的歹徒,那帮家伙枪倒提着,没一个人不是笑得打战。离许三多最近的一个笑得几乎是一种在地上打滚的架势,一只手指着已经被许三多扑灭一半的火势。

那家伙:"快……快灭!哈哈,笑得我快尿出来了!"

几具灭火器一起喷了过去,那里终于只剩下白烟。许三多跳下车,一步步向那个笑得最狠的家伙走过去,瞪着。

那家伙拿手揉掉许三多身上还冒着的白烟。

那家伙:"你真是……真是太可爱了,三。"

许三多伸手扯掉了那家伙的面具,瞪着,齐桓。齐桓终于笑得不大自在。

齐桓:"人手不够。我像好人一样死完,就得来坏人这边打工。"

许三多看着他,然后……

一拳打得齐桓蜷缩在他的脚下。

齐桓驾着车,驶离了那片厂区。许三多仍木然坐在他旁边,不说话,看起来甚至不呼吸。渐离渐远的厂区仍笼罩着烟雾,那当然是无害的,他们也不再戴着面罩。许三多脱下的装备在后座上轻轻晃动。

齐桓的心情好得要命,完全不是那透骨寒的声音,而且话比平时多出十倍:"我来介绍,这里五年前转型没错,不是转型成化工原料集散基地,是什么?给面子猜一下行不,三?"

许三多阴沉地看着他。

齐桓:"你看……如果想再给我一下,也是可以考虑的,不过最好先让我停车。"

许三多:"训练基地,城市战训练基地。"

齐桓:"宾果!"他连忙讨好地笑着,可许三多不给面子。

许三多:"新闻是假的,毒气是假的,什么都是假的。我们不想再被耍,可还是被耍得团团转。"

齐桓:"看来你该找心理战小组的麻烦。不过这真的只是一次季度演习,对你们的考核是其中一个部分。"

"考核什么?"

"这部分有人会跟你说。我现在只想说一件事,都是假的,我也是假的。"

"什么意思?"

"我不是你看到的那个虐待狂鸟人,你们叫棺材钉是吧?我恨死他了。"齐桓嘘口大气,"你不知道把这句话说出来我有多痛快。"

可许三多并没有因此而稍见友善。齐桓苦笑,拿起通话器。

齐桓:"我是C1,和C4返回途中……对,受了刺激,我已经挨过揍了,你们要提高警惕……他不错,别给我们调换寝室,完毕。"

许三多在迎车而来的风中蜷坐着,自己的心事被看到的景象化解,他看见坐在工厂外旷野上的一个人,穿着防化服但是没戴面罩,坐在那里发呆。还有三个老A站着,站得离他很远,结果是坐着的那一个在站着的三个人面前显得更加孤寂。

许三多:"成才?"

齐桓:"是E组,E组也完了。"

车驶远,许三多仍回望着旷野上那几个小小的人影。

一个老A在野外的简易营地,帐篷、装备、备战的车辆、直升机起降场——一切和许三多初见的老A一样,各司其职,紧张有序,之前所见的散漫再无踪影。

许三多下车,他仍裹着那块破布,像是刷过一个月的油漆,再在灰土和油渍里打过半天的滚,这让他在一群军人中成为回头率最高的一员。

齐桓:"赏个脸,换掉那块破布好吗?我们要去见人嗳!"

许三多视若无睹,下了车就站在那里不动。

齐桓有些哭笑不得:"那边走,那边。看什么看?没见过战斗英雄吗?"他搂着许三多的肩,许三多也就由着他,两人走向机坪上停着的一架直升机。

暮色下的机舱里已经有些昏暗,C2和C3坐在机舱里。齐桓拥着许三多进来,然后放开许三多,敬礼,他终于严肃起来。

齐桓:"报告,C组已经全部返回。"

前舱的声音:"你们对C4评价怎么样?"

"顽强,独立,关心队友,有责任心,也没忘了光棍劲。总之我喜欢。"

C2:"历次考核中,他是第一个敢脱掉防护服的人。在不知情的情况下,任何人都会对那套装备产生依赖,行动不便,妨碍视野,而且是个很显眼的靶子。"

C3:"好话都被你们说完了……"他挠挠头,"好吧。我在跟进,完毕。他真的每分钟说一次,我肚子都笑痛了,还有,我们的抚恤金是多少?我也很想知道。"

又一次的哄堂大笑。许三多木立,不管好话坏话,现在他都当作取笑的话。

前舱的声音:"你们认为他完成了任务吗?"

齐桓正色:"谁能完成那个任务呢?至少他面对无法解决的事态想了办法,也尽了力。从来没人做到这个地步,队长。"

许三多因为他最后两个字而抬头。

好久不见的袁朗从前机舱过来,这个袁朗让许三多觉得陌生又觉得熟悉,他更像许三多初见的袁朗,而来老A之后认识的那个袁朗不复存在。

袁朗:"你们可以回去参加演习了,许三多留下。"

那三个敬礼,离开。袁朗打量许三多,对他穿的那身也有些忍俊不禁,但迅速恢复成一个严肃的表情:"坐。"

许三多坐下。

袁朗:"你等我解释,可现在没时间。我就是来接你们回基地,参加明天的评估。"

许三多生硬地回答:"是。"

袁朗:"这个月真累,为了布置对你们的这场骗局。"他嘘了口气,然后坐在许三多身边。

齐桓的车离开,另一辆车擦着他的边停了下来。吴哲和他的同组从车上下来,和许三多不一样,吴哲一副嬉皮笑脸的样子,和他同行的老A则有些沉重。

吴哲:"队长在哪?"

老A没精打采指了指那架直升机,吴哲拍拍他过去。

吴哲进来,和老A一起对袁朗敬了个礼。

袁朗:"G组情况?"

老A一脸苦恼:"前半截大同小异。可他一进战区就穿帮了,这戏再演不

315

下去。"

袁朗看着吴哲:"这怎么说?"

吴哲:"漏洞太多。贮货过万的地方,铁轨锈变了形。那样的污染度一个防毒面罩就够。歹徒是非人类吗?设备一看就是荒废日久,我还发现一九四九年前生产的车床。太多太多。最重要的,您的骗局一直在锻炼我的怀疑精神。"

袁朗看着他,看不出喜怒:"你是兵油子……如果要让你看不出漏洞,那只能是真正的战场了。"

吴哲笑笑:"是的,您钻进死胡同了。无法解决的问题。"

袁朗不理他:"他做到哪一步?"

老 A:"距目标五十米时被击毙,没能完成。"

袁朗:"他也经历你怀疑的那些东西,可他就是想把任务完成。"

吴哲看许三多,"他"指的就是许三多,吴哲看许三多时全无方才的戏谑,但转向袁朗时就又带上了笑容。

吴哲:"我很想做他,他也很想做我,可都做不来。我们也没因此不满现状。"

袁朗:"如果你不怀疑,就能离目标再近一点,甚至完成任务。"

吴哲:"信任这种天赋不是人人都能有的。"

袁朗:"怀疑有助思考,用好倒也是桩本事。你是个难管的部下。坐。"

吴哲坐下,而许三多一直欲言又止地看着袁朗。

袁朗:"有话就问。许三多。"

许三多:"我想知道成才他……"

袁朗:"你们真是好朋友。"

许三多:"是啊。"

袁朗:"你让他把你的抚恤金交给你父亲,他则在放弃前的最后一刻叫了你的名字。"

许三多:"成才放弃?他不会!"

袁朗:"我想看你们的自我,一切设计都只为了让你们体会生死关头的自我,只有一个人面对……成才的自我为他做出了选择,他放弃了任务,逃到了远离任务区域的地方,坐着。"

许三多:"坐着?"

袁朗:"坐着,什么也没有做,发呆。"

成才仍坐在厂外那片旷野上,跟许三多远远看见他时一样。枪扔在一边,连那套穿着很难受的防化服都没有换去,只是摘下了面罩。

正如袁朗说的,他一个人坐着,发呆。他的队友们站在远离他的地方,沉默,鄙薄和失望让他们无心说话。

旋翼下的营地森林如沐浴着月色的波涛。直升机飞掠。

成才那天回去就把自己关进了宿舍,直到第二天的评估开始,他拒绝见任何人。他根本没进战场,却成了新兵中间伤得最深的人。

这次选拔的最终结果,将在第二天的会议中确定下来。铁路、袁朗几个基地的指挥官员占据了会议桌的一面,面前放着大量遍于翻查的文字和电脑资料。

吴哲进来,敬礼,坐下。

许三多在办公楼外等待着,和他一起等待的还有其他这次选拔出的新人,没有成才。许三多惴惴地看着那扇紧闭的宿舍门。这次评估,这次评估是忽然宣布的,但似乎做了大量准备,许三多他们都不知道要评估什么。

吴哲面对着那几位基地的主官,并不主动开口,一副不卑不亢的架势。

铁路看袁朗,毕竟他是最了解这几个新丁的人,袁朗点头。

铁路:"各方面都没有异议吗?"

袁朗叹了口气,他对吴哲似乎并不是太满意。

袁朗:"吴哲,希望你的不拘一格能多用在推陈出新上,而不是破坏规则上。"

吴哲:"谢谢提醒。"

袁朗再没说什么,那么这就算通过了,铁路换成了一种极正式的负责人口气,作为基地总长,他对吴哲这种高学历家伙极有好感。

铁路:"那么吴哲同志,在四个多月的相互了解中,我们深信你是我们需要的人才,并且希望你能成为特种兵作战大队的一分子。我们相信你的才能在这里有施展的天地,我们也会尽可能地为你创造这片天地。"

吴哲看着他们,重点是看着袁朗,看不出他有什么惊喜,这有点无礼。

吴哲:"都没有异议?"

铁路尽量平和地应对着这种无礼的问话:"没有。"

吴哲:"那么,我有异议。"

连同铁路在内的军官几乎有点震惊,袁朗忽然打起了精神,似乎一件他一直在期待的事情终于发生。

吴哲一直在等着这一天,他坚持到现在是因为不要输,可也不会把自己交给一个已经让他失望的地方。

吴哲对着几位主官开火了,他显然已经忍了很久:"我的异议会以书面形式呈交,并且希望能上送更高一级部门。我会详细陈述对这支部队失去热情的理由,我无法面对这样的主官,嘴上甚至跑到了二十一世纪中叶,然后一通手机电话,一顿饭吃得整月不见踪影,顺便我想请示在本基地使用个人无线通信器材是否严重违规?我也无法信任这样的战友,以违规和践踏他人为特权,成为老兵资格的炫耀。最重要的一点,我现在是少校。"

那几位主官被他数落得多少有点难堪,袁朗则很有兴趣地听着,也看着。

袁朗:"少校怎么啦?"

吴哲非常明显地看着袁朗的中校军衔,并且有意让人知道他在看着什么。

吴哲:"少校离中校也就一步之遥。我得趁着还有理想的时候维护理想,不能为了这一步之遥幻灭了我的理想。"

袁朗:"好。"他向着铁路,"现在我可以说了,我没有异议,他略显轻浮,但心里稳重,我要他。"

吴哲:"我也补充一句,很多人擅长评论别人,可对着镜子也看不见自己,这也是我不想留下的理由。"

铁路:"吴哲同志,你这已经不是异议,而是指控了。你明白吗?"

吴哲:"非常明白。"

铁路只好向着袁朗苦笑:"自己收拾吧。你是会喜欢他,你总会要些很有个性的部下。"

袁朗向吴哲:"那么你最大的反感是我践踏了他人的理想与希望,对吧?"

"是的。"

"那么你想象中的战场是什么样子呢?吴哲。如果你也认为军人最终是要面对不论哪种形态的战场?"

吴哲忽然有些语塞,袁朗问了一个他无法一下说清的问题。

"这问题很大,而且和我们谈的好像没有关联。"

袁朗并不准备放弃:"是地上跑着战车,天上飞着和平鸽,枪林弹雨时一边响着优美的旋律,一边歌唱主人公的希望与理想吗?"

吴哲有些愠怒:"当然不是。什么主人公和平鸽的,像部烂电影。"

袁朗:"嗯,谁也不是主人公,一个炮营的齐射都让我觉得自己的渺小,个人意志微不足道。那么吴哲,战场是由得理想与希望飞翔的地方吗?"

吴哲开始觉得不对味:"这种话您说过,我认为是借口。而且你使用了归谬法,我个人认为最不道德的辩论法。"

袁朗:"好,让辩论滚蛋。昨天的演习你认为最出色的是谁?"

吴哲:"是许三多,当然是他。"

袁朗:"为什么?"

吴哲:"他在最绝望的情况下尽了最大努力……"他哑住了,并且意识到自己又要被人抓住把柄。

"在最绝望的情况下,在完全失去了希望和理想的情况下。"袁朗笑了笑。吴哲在想着反击对方的办法,而袁朗根本不用想,他想过太久。

袁朗:"我不会践踏你们的希望与理想,说真的,那是我最珍惜的部分,我看中你们的第一要素。但是我希望你们在没有这些东西时也能生存,在更加真实和残酷的环境里也能生存。我敬佩的一位老军人说,他费尽心血但不敢妄谈胜利,他只想部下在战争中能少死几个。他说,这是军人的人道。"

吴哲现在不是在想如何反驳,而是在思考。

袁朗:"这句话送给你。从少校到中校确实只一步之遥,尤其你这样年轻,但我想给你的一步之遥加上点沉重的东西。"

吴哲:"我还是不能信服。"他看着袁朗和那几个已经拿他头痛的军官,"我以为我长于辩论,原来你更长于辩论,但这种人都有个通病,太相信自己的舌头,太不相信自己的耳朵。"

袁朗苦笑,伴着苦笑一串钥匙扔了过来,吴哲下意识接住。

袁朗:"你现在就可以去检查我的办公室,我的个人无线通信器材在右上第一个抽屉,别失望,因为它没卡没电池,就是为了让你们失望的道具。顺便问一下,你怕辛苦吗?"

吴哲老实不客气地把钥匙收了:"得看什么事。"

袁朗:"这星期你查岗吧,全基地的任何角落,如果发现任何违纪现象,你可以直接呈报大队长铁路。"

吴哲:"也包括您吗?"

袁朗笑笑:"也包括他。"他指指铁路。

吴哲:"是。我现在可以……去查您的办公室了吗?过时怕会有假。"

铁路苦笑。

袁朗:"可以。"

吴哲:"一个星期的查岗不说明什么,我能查一个月吗?"

袁朗:"随时吧。只要你还在 A 大队期间,如果发现有任何违纪现象,你可以直接呈报大队长。这不叫越级。"

吴哲想了想,终于庄重地行了个军礼:"是!中校!"

他出去。铁路看着袁朗苦笑:"他都不叫你队长,干吗给自己挑这么难管的部下?"

袁朗根本没回答这个问题,他显得很兴奋,因为刚发现一个优秀的部下:"我喜欢他以下三点:其一,刚才表现出来的原则。其二,乐观和希望。其三,他和许三多这样的农村兵也是朋友,他不会毁于就他很容易产生的优越感。"

现在敬礼之后坐下的是许三多。铁路看看袁朗,又看许三多,对一个表现如此出色的士兵他能说什么。

铁路:"我没有异议。"

袁朗:"许三多,你昨天反差大得让我们惊讶。"

许三多:"报告,什么反差?"

袁朗挠挠头,他面对的家伙有时会很愚钝:"在和你的队友一起时,你几乎不知道该迈哪条腿。然后你相信你的队友都已经牺牲了,你开始选择自己的行动,那种独立和大胆又让我们惊讶。"

许三多看起来很沮丧:"我没能完成任务。"

袁朗:"那根本不是能单兵完成的任务。而且我昨晚做了个数据模拟,你的行动使主目标被引爆的几率减少到百分之十四点七,是有效行为。"

许三多还是没精打采:"那就好。"

袁朗:"许三多,别人是你的障碍吗?还是你太介意别人了?"

许三多:"没有吧。"

袁朗有些不知何以为继,许三多萎靡得让他感觉陌生,他也只好草草收场:"许三多,愿意留在特种兵作战大队吗?"

"愿意。"

袁朗看铁路,铁路只好草草打了个钩:"你去吧。出去的时候叫成才进来。"

许三多:"是。"

袁朗:"许三多?"许三多在门边站住,看着袁朗。

"你病了吗?还是……没恢复过来?"

"没有。"

"去吧,注意休息。"

许三多萎靡地走出去。

我也不知道怎么了,费那么大劲走上这条路,忽如其来,一夜之间,心愿达成,却一片茫然。

许三多出来,第一眼就找见成才。成才呼吸,挺胸,尽量让自己军仪十足,然后推门。

许三多:"成才别泄气。不放弃,不抛弃。"

成才根本无心听他,将许三多伸过来的手也甩在背后,他握着门把深深吸了口气,推开,去独自面对他的命运。

第二十一章

　　成才端坐，甚至比在场的每一位高阶军官更像军人，他已经只好捞这点印象分了。成才所面临的评估与那几个都不同，接近于穷追猛打。
　　袁朗："在与所有人失去联系后，你判定行动失败，因此撤出战区？"
　　成才："是的。"
　　袁朗："判定依据是什么？"
　　成才："作战部队减员过半视为丧失战斗力，E 组减员达四分之三。"
　　袁朗："这是常规战争中常规部队的逻辑。昨天的态势是常规战争吗？我们是常规部队吗？你意识到放弃行动的后果吗？我们的一切训练是不是都预示我们将在高压甚至绝境下作战。"
　　成才："我害怕了，我承认，可这只是第一次，以后不会。"
　　袁朗："我们都能理解。其实我们也用了一切手段来让你们害怕。"
　　成才把这误认为一线生机，他是从不放弃机会的人："我错了。觉悟不够，以后一定加强学习，军人是要有随时舍生赴死的觉悟。这次我失败了，但下次我不会做得比别人差，我有这个自信。"
　　袁朗看着他，眼神越来越显得遗憾："成才，让你们把演习当成真实，需要比演习本身花费更多的精力，为什么要这么做？"
　　"为了……看我们的真实表现。"
　　"错了。成才，你总把什么都当成你的对立，总想征服一切。费了很大力气，只是想你们在没有战争的时候就经历第一场战争。在战争中伤亡最重的总是新兵，因为没有心理经历，没有适应时间。我们制造这样的心理经历，可这样的机会只有一次，下次就不灵了。成才，我是说，这样的经历在你的人生中也只有一次，可你放弃了。"
　　成才显得很不安："对不起，我……很遗憾。"
　　袁朗："我也很遗憾。成才，我们肯定你的能力，但无法接受你为我们的成员。我不怀疑，真正的战争中，你会奋勇杀敌，仅凭杀伤数目就能成战斗英雄。可是，那真不是这支部队需要的，甚至不是现代战争需要的。"
　　成才咬着嘴唇，端坐，脸色发白，他在坚忍，也在崩溃："为什么？理由？理由！就是这么一次！只是这一次！"
　　袁朗："理由是你太见外。别人或者团队，很难在你心里占到一席之地。你很活跃也很有能力，但你很封闭，你只是关在自己的世界里想自己的，做自己的。

成才,我们这些人不是为了对抗你的战友甚至你的敌人,需要你去理解、融洽和经历。"

成才:"凭什么这么说我,我是什么人你又怎么知道!"

袁朗:"小小地测试一下吧,成才,给我们解释一下七连最重要的六个字。"

成才在愤怒中愕然,在这一年的疯长中,七连对他来说已经是个太远的话题。

"七连?……"

"你军龄才三年,不至于连待过两年的老部队都忘了吧?"

"钢七连!怎么会忘?没忘!……六个字?"

袁朗苦笑:"这道题我收回。我一直在想,你怎么会违背这六个字,是我们让你不安,还是你太过患得患失。现在我知道了,你在那里生活了两年,那地方为之自豪的根本,可那六个字根本没进过你的心里,'不放弃,不抛弃'。"

成才脑子发炸,眼前黑了一下。

就在几分钟前,就在门外,许三多伸过来的手,"成才别泄气。不放弃,不抛弃。"成才根本没理那句话,也没理那只手,没理他唯一的机会。眼前仍在发黑,脑子还在发炸,把他炸回了现实的世界。袁朗已经站在他身前,看着,同情但是遗憾。

袁朗:"你经历的每个地方、每个人、每件事都要你付出时间和生命,可你从来不付出感情。你冷冰冰地把它们扔掉,那你的努力是为了什么呢?为一个结果虚耗人生?成才,你该想的不是成为特种兵,是善待自己,做好普通一兵。"

成才:"我不知道!……我不知道你是指这六个字!"

袁朗:"你知道,可心里没有。七连是你过路的地方,如果有更好的去处,这里也是你过路的地方,所以我们不敢和这样的战友一起上战场。"

"我不服!不信!我的分是排最高的!表现也最好!一个月前你就说了,欢迎成为老A的一员!还有这臂章!我早就是老A了,怎么说走就让走?"成才看来已经失去自控,袁朗压低了身子,他说的话不想让铁路他们听到。

袁朗:"记得27吗?"

成才茫然:"拓永刚……记得。"

袁朗:"我给了他一次机会,你知道我能做到的,你和我较量过,我希望你阻止他,但是你淡漠地站在靶坑里,旁边正在发生的事情与你没有关系,他跟你没有关系。你们是同寝,一起经历那样的艰难,但你认为他和你没有关系。他是你的竞争对手,你想到你少去了一个竞争者,却没想失去了一位战友。"

成才淡漠地站着,想着自己的心事。

他从伍六一身边跑开,他离开沙漠中的五班,他扔下一个烟头,从孬兵许三多身前走开,他离开正在患难中的七连。

现实中的成才呆坐着。

袁朗:"我很失望。我想,这样优秀的一名士兵,为什么不能把我们当作他的战友?从那时候我已经对你失望。"

成才呆坐着,袁朗的声音很轻,但对他如同雷电。

袁朗:"你们是团队的核心,精神,唯一的财富。其他都是虚的,我无法只看你们的表现,只能看人。成才,你知道我觉得你唯一可取的一点是什么吗?"

成才木然地道:"不是我的射击。"

袁朗:"是你在放弃之前叫了你朋友的名字。我终于发现还有一个人是你在意的,可这不是说你就学会了珍惜。回去吧,成才,对自己和别人都仁慈一点,好好做人。"

那是逐客,成才僵硬地站了起来,从这里走出去他就没了希望,但就算在这里戳到明天他又有什么希望。成才从办公楼里出来便开始奔跑。许三多一直在外边等待着。

成才没理他,往一个没人的角落里狂奔,在一个无人处终止,他扑在地上恸哭。

许三多追来,什么都不用问了,慢慢地靠近,在成才身边坐下。

成才哽咽着:"我已经累了。跟他们争……争了好久……争得声嘶力竭……争得筋疲力尽……争辩……把所有事情拿出来过一遍……争辩,争的时候还知道,没了希望,自己理屈……我不配。该找个地方去哭自己的……他说得对,我哭的时候,都不配你在旁边……"

许三多小心地从成才口袋里找到了烟,点上一支塞进他的嘴里。

我明白,队长说回去,说白了就是哪来的回哪去。对成才来说,回荒原,五班,他在心理上早已经永别了的地方。

许三多犹豫不决地站在大门内,他看着门口的哨兵,因为还不太确定自己是否有自由出入的权利。一辆车停下来,车上坐着齐桓,从反恐演习后,棺材钉的脸已经与齐桓永别,他真正的个性是棺材钉的反面:"完毕先生,我回来了!"

"你好。"

"想出去吗?"齐桓看看哨兵,冲许三多挤挤眼。

"想。可是不知道……"

"你有出入自由,可周围几十公里都是山地。"

"这样啊。"

"你小子!跟你使半天眼色了!你是女人啊?上车!"

"哦。"许三多上车,"谢谢。"

"说明一下,这个大号是C3给你取的,是洋名,姓完毕,叫我在跟进。全称,我在跟进,点,完毕。尊称完毕先生。去哪?完毕先生。"

"想买点东西,给朋友。"

"成才?"齐桓的笑容没了,也不再玩笑,成才对他是个外人。

齐桓把车开出了山,许三多茫然看着渐渐繁华起来的路,瞪大了眼睛,他没来过这么大的城市。

齐桓又好气又好笑:"老天爷,一个县级市哎!……不能怪你,军队总是离城市很远。想买什么?"

许三多:"枪……"

齐桓吓一跳:"这可不行啊,年轻人。"

许三多:"枪上用的瞄准镜。"

齐桓打着哈哈拍拍自己心口,并且攀着许三多的肩走,他尽一切可能在拉近与许三多的距离,为了以往的内疚。

军品店柜台上已经放了好几具枪用瞄准镜,基本都是号称俄罗斯军品的货色,齐桓帮着许三多,用他们的方式在挑。

"你肯定要这个吗?你知道的,这种货色连军品规格的脚丫子也凑不上……还贵得死人。"

"他喜欢狙击枪,他去的地方没有,甚至没有子弹。"

"什么枪用?"

"八一杠。"

"八……"齐桓活活给噎住,那种枪从来没有用瞄准镜的打算。

"你们这样对他是不公平的,你们不知道他多棒。"

齐桓摇摇头,对店主说:"给实价,这里就一个外行。"店主下意识地看许三多:"对不起,是说你呀。"

成才呆坐在寝室的床边,旁边是自己少得可怜的行李。行李上放着许三多买的瞄准镜。远远的枪声、操练声、车声和从不间断的直升机旋翼声传进这间屋子,但已经与他无关了。

门开了条缝,许三多往里看了一眼,进来。

成才:"你没去训练?"

许三多:"请假了。"

成才:"马上就走了,没必要。"

许三多:"就是帮着拿东西。"

他提起成才的行李,轻到让他不由得看了成才一眼。

成才:"很轻吧?这几年换的地方太多,颠沛流离的,什么也没留下来。这个我自己拿,谢谢你。"他把瞄准镜小心地拿在自己手上。

许三多:"那东西其实一点用没有……我总是做这种可笑的事情。"

"怎么会?倒是你,死老A,过些年看着我这个大头兵,不要觉得可笑。"

"怎么会……怎么会?"

"许三多,当了三年兵。你能想起……每一天吗?"

"能啊。每一天。"

"我昨天拼命地在想,什么都想不起来。能想起咱们家想起咱们俩,其他全空白。我怀念钢七连,又臭又硬的钢七连,我的七班,可想不起他们,我把自己想哭了,可想不起一张脸一件事。你是一棵树,我是电线杆,为了出人头地,我把所有的枝枝蔓蔓全部砍光。"

许三多:"不是的。"

成才:"是的。离开家乡的时候,你把自己打开,我把自己关上。"

许三多:"不是这样的。"

成才:"是这样的。现在,我回去找我的枝枝蔓蔓。"他出去。楼下,一辆车已经在那里等待。

基地外的清晨有些雾气,许三多站在雾气里发呆。成才已经走了,他坐的那辆车正消失在雾气中。

成才说:"我走了,老朋友都走了,你要有一个新的开始了。"

我不知道怎么开始。被淘汰的人知道怎么开始,被留下的人不知道。

他带着湿气和忧伤回他不得不回的宿舍。

宿舍楼下,吴哲在做一件让人诧异的事情,他在浇宿舍楼下的花,并且伴之以偶尔的修剪。他看起来很快活,快活得要命。许三多过来,看着他忙。

吴哲看见他了:"哈,许三多,你逃避训练。"

许三多:"我请假,送成才。"

吴哲:"我查岗来着。我已经查了三天了,我很满意。"

许三多呆看着,他不知道什么叫满意。他从来没让自己满意。

吴哲:"顺便说一声,以后这块花地不许你们碰了。我在园艺上还是有小小成就的,园艺要的是参差和错落,不是你们这种一概通杀的整齐划一。"他看看许三多,"我找到一个理想的地方,我要在这里安家了。快把你的家也安下来吧,许三多。"

许三多只有在自己的寝室里尝试给自己安家,齐桓在旁边挑剔和观赏,并且很快地挪出在棺材钉时期被他占用的空间。

"完毕先生,你是一个有财产的人嘛,家私真不少。完毕。"

许三多正很郑重地把团长送的战车模型放在一个位置,把高城送的放录机放在一个位置:"都是别人送的。"

"朋友不少嘛。不错的机器,法国货?这模型不像是买卖品,要是自己手铸的就扯了。"

"是手铸的,用了一年。"

"我的妈呀,我看着都感动。"

许三多看着发呆。

"用下你的机器好吗?有什么音乐?磁带?不是CD?"齐桓找盘带塞进去,然后自我陶醉地打着拍子,直到那盘带发出呜咽的声音。

齐桓:"我干的?我把带弄坏了?完毕先生,带坏了。完毕?许三多?三?"
许三多在哭,齐桓在他眼前晃着手指。
我把东西放下,想把这里叫作家。可是,我不觉得它是家。
今天的攀缘和越障被搞得极具争斗性,两组人各分一头,在抢上制高点后便阻止后来的一组攀上,后来者亦不相让。不断有人从高处摔下落在软地上,然后顾头不顾脸地再度冲上。
许三多一人对付着两位队友的侵袭,头上脚下笑骂一片,对别人来说,这种锻炼接近娱乐,对许三多来说是苦撑。对观战的袁朗和齐桓来说,他是两人注目的焦点。
齐桓:"还是那样,表现无懈可击,就是迷迷瞪瞪,说难听了叫鬼缠身。昨晚上睡着了哭,跟他搭讪,不哭了,早上问他家里出事了,说没有,问他怎么了,说不知道怎么了。"
许三多的眼睛空虚、恍惚,光看眼神根本看不出他在争斗,他正把 C2 从攀缘架上摔下去。
袁朗:"压力,长期的压力、焦虑、紧张,生活动荡,一天一变,他不知道怎么把握自己。说要在绝境中作战,可不是在绝境中生活,总得有个寄托。没有寄托。明天是什么,将来是什么,诸如此类的。简单说吧,空虚。"
齐桓苦笑:"不会吧。这里?现在?多少事要做?甚至要考虑学直升机驾驶,忙成这样还……空虚。"
袁朗:"你们和他不一样,你们来这之前就是各部队的兵王、宠儿,来这你们觉得可扎堆了,军中骄子的大团圆嘛。他呢,他是这里第一个来自最底线的士兵。"
齐桓:"有什么区别。我以为穿上军装都是一样的。"
袁朗:"齐桓,你们也许是军中的栋梁,栋梁有栋梁的命运,可军中他这样平平常常的兵才是基石,多得也像铺路的基石,铺路石有铺路石的命运,浮浮沉沉,总在底线左右……你或者吴哲,你们能理解这种感受吗?"
齐桓默然,想了一会儿,摇头。
袁朗:"所以他在这里找不着落点,在你们中间找不着同伴,他最不需要的就是我们的同情。他是这批新人里最听话也最让人操心的兵,也是最值得操心的。"
训练完的老 A 们集结列队中,袁朗在训话:"这话是对新来的同志们说的,咱们为什么称自己为老 A?"
许三多下意识看看齐桓,齐桓没看见他一样,肃立。
吴哲:"因为 ABCDEFG,A 是老大。"
袁朗:"战场上有生死没老大,谁要真这么想我削他。A 是老大这种话听起来是不是很讨厌?就是编出来让你们讨厌的。"

许三多又看齐桓,齐桓做个鬼脸,立刻恢复严肃。

袁朗脸上有些调皮的表情:"现在解释老 A 的真正意思,你玩牌吗?"他问的是许三多。

许三多:"报告,玩牌没意思……我是说不玩。"

袁朗笑了笑:"那你体会就不会太深刻了,这基地流行的一种玩法,A 是总得藏着掖着,最后用来出奇制胜的那张牌。老 A 就是藏着掖着的那张牌,藏着掖着,才能出奇制胜。"他特意看了看新来的几个,果然都有些哑然。

袁朗:"还有第二个意思,你看来有上网聊天的习惯?"这回问的是吴哲。

吴哲:"报告,明白了。网聊说 A 是骗的意思,我 A 你一下就是我骗你一下。第二层意思是兵者诡道,对敌人要 A,对我们……他存心让话里有点其他意思——更加要 A,老 A 嘛。"

袁朗:"这里有个举一反三的家伙。玩笑到此,我们是把刀,我们的训练主要就是把这把刀捅出去再收回来,尽可能不损锋刃地收回来。我保证一点,你们光练这个捅出和收回花费的精力,足够把两门外语学得像母语一样好。"说着,他挥了挥手,"练吧。"

我告诉我自己,应该满意。队长说这些话有他的意思,不光明确战术目的,也是告诉我们,以后是自己人。他们尽一切努力消除审核期留下的阴霾。作为自己人,每个人都有了外号,我叫完毕,吴哲喜欢园艺,叫八一锄头,对应据说刀功一流的齐桓,齐桓叫八一菜刀。

突然的,某处拉响的尖锐警报,"整备!一级战备!四号着装!十五分钟后机场集结!"

四号着装是亚热带丛林迷彩,老 A 们集结在敞开舱门的直升机边整理装备,每个人都是各司其职,装备上也是不尽相同。袁朗的车直接停在了直升机旁边,跳下车拖出装备就往后舱走。老 A 们似松实紧地跟着。

吴哲东张西望注意着每一个细节,想瞧出哪怕一丝破绽,最后有点泄气,他们越演越像了。

直升机在夜色下飞行。忽然一道闪电将漆黑的天穹映成了血红,雨水瓢泼。在一处不知名的丛林里,还未停下的旋翼击打着雨水,但直升机已经着陆。

老 A 们冒雨在停机的空地边集结,袁朗离开了他们,径直走向迎过来的几个人,那是几名公安和武警的官员,事急从权,这样的大雨中竟然没人打伞,仅有几个人穿着雨衣。

许三多看着袁朗在那边与人低语了两句,然后向他们这边挥手,到路边集结。临战准备。

许三多茫茫然随大队离开了这里,那几位公安和武警的如临大敌让他印象深刻。

袁朗所谓的路边,也就是一条上山的羊肠小径,这条上下山的必经之路已经完全被封锁了,雨夜的丛林里闪动着武警雨衣和枪械的反光,几辆警车把下山的路完全堵死,几个人钻在车里使用无线通讯,一辆救护车刚刚停稳,警车和救护车的尖啸,让这个静寂的山谷充满了喧哗和不安。

因为是临战准备,刚下飞机的老 A 完全省去了队列章程,直接在路边的枝丛里蹲踞下来,沉默地浇着,但气氛如此紧张,却什么事也没有发生。

齐桓又往丛林里看了一次,袁朗仍没有过来。

吴哲仍是永恒的怀疑主义精神:"上次是毒气加巷战,这次是丛林和雨夜泥潭。"

几个上次被折腾过的家伙都露出大有同感的神情,齐桓瞄他一眼,也不说话。

吴哲:"你们这次编排的是什么状况?菜刀。"

齐桓:"我比你还想知道。"

山路上人影闪动,一小队武警正下山,那是个很引人注目的队伍,因为中间夹着几副担架,有几个人带着伤,所有人都没穿雨衣,仅有的几件雨衣都盖在担架上。丛林里潜伏的武警因此而拥出几个到路边,沉默地看着那一小队人路过,老 A 们本来就在路边,一多半倒站起身来,他们更急于看清情况。

什么也看不清,武警们垂着头,干脆连表情也看不清。担架上的几个人形也被他们的队友遮得过于严实,最多能看到一角制服。

作为最好奇的家伙,吴哲拦住靠他最近的一名武警:"伙计,您哪中队的?……别逗了,你不会真是武警吧?"

被他拦住的人沉闷地看着他,没表情,雨水沿着帽檐滴成了雨线。

吴哲被看得有点无趣:"这回气氛造得不如上次……"

那边二话不说,一拳对着他脸上挥了过来,许三多正在吴哲身边,一伸手抓住。

许三多放开那只拳头,那名武警看他一眼,也没二话,跟着担架走开。

吴哲有点哑然,看看许三多,看看齐桓,看看其他队友,有点下不来台的感觉。

许三多用拧亮的电筒对地上指了指,光束下一滴血正在雨水中化去,那是从担架上滴下来的。血水一直滴到担架被抬上救护车的地方。

吴哲干咽了咽嘴,又擦了擦脸上的雨水:"我还是不信。他什么干不出来?"他看看正跑过来的袁朗。

这一小队人已经呈散开队形,平行地在丛林里推进。迈过可能踏出声响的枯枝,一边往脸上抹着油彩,袁朗已经把他们练成了这样,不论信与不信,都能立刻进入一种战场心态。

一直到天亮的时候,吴哲还是将信将疑,尽管队长早已经说清了事态:一队越境毒贩,军队化武装,像军队一样的纪律严明,他们的秘密通道被边警发现,于是驳火,激烈地驳火。我方拦截未果,毒贩逃回原境,但据可靠情报,近日将会再犯。袁朗说,行文上大概就这几个字,字的背后就是这个。我们不会叫它战争,但对经历中的每一个人,它就是战争。

晨光下,一滴血水滴在积水里泛成淡淡的红丝。

许三多他们踏足的这一小片丛林像被犁过一样,折掉的灌木、被刀削过一样的常绿植物。

许三多和其他人一样在警戒,他注意着深嵌在树干里的几颗钢珠,在这片人烟罕至的丛林里那太是个异物。这是被称为丛林杀手的定向雷几千颗钢珠,音速发射,定向散布的结果。吴哲用刀抠了一颗递过来给许三多。

许三多摇摇头,他从本能上嫌恶这种赶尽杀绝的武器。吴哲耸耸肩,自己收了起来。"昨晚的家伙是中了这个吗?如果是真的……该去道歉呢。"

许三多看着吴哲茫然,吴哲的神情里有一丝惘然。

袁朗关闭了电台,指了指一个方向,他们将去那个方向。

拂开草丛,便看见国界碑上的2071字样,在这个丛林世界里,它可能是唯一的人工造物。当视野不再被密林遮蔽,晨雾下的山谷和峰峦便让这帮兵神情都变得迷茫起来,杂树生花群莺乱飞,这里实在是个还未为文明玷污的化境,连他们的武器在这里都显得突兀了。

吴哲轻声地道:"这可真不好。"

许三多:"怎么?"

吴哲:"小生尚未婚娶,倒先找着一个可以终老之处。"

许三多不自禁地咬着牙忍笑,齐桓忍不住皱了眉提醒:"小心警戒!你还以为是假的吗?"

吴哲:"正自思量。"

背后一个家伙张扬地伸懒腰打呵欠,齐桓回身不由得有些气结,那是一队之长袁朗。

袁朗:"马放南山,埋锅造饭,那帮子白粉军现在还扛着火箭炮在境外晃荡呢,又不舍财又想要命,一路磕碰,不到天黑绝不敢来的。"

齐桓:"可是……"

袁朗:"不相信军警联勤的情报网络吗?"

齐桓:"但是……"

袁朗:"好吧,每次三人,轮值警戒。……你跟我去看地形。"他施施然走了,齐桓不放心又只好跟着。

吴哲:"坏了坏了。"

许三多:"又怎么啦?"

吴哲:"如果他刻意让咱们放松,那多半就是真章了。"

老A:"吴哲少废话,咱们首值。"

所有人的工作瞬息就分配了下来，大部分人休息，袁朗和齐桓看地形，吴哲和另两个老A值勤。

许三多没事干，他也不想休息，一脸惆怅地在树边坐了下来。

他今天的心情不好，可以说比昨天更糟。因为今天是他的生日，二十三岁，可能没人愿意在生日时来到陌生的边境，阻击素未谋面的陌生人……不管是真是假。

一支被枝叶包缠着的枪口从枝丛里探出来，连瞄准镜都用枝叶遮住了可能的反光。老A已经布阵完毕，他们并不像平常的步兵那样选择同一阵地，而是在距离很远的地方抢制要害点，几乎是单独作战，但又互为支援。

吴哲趴在草窝里用高倍望远镜观察，耳边鸟语啁啾，视野里漫无人烟，幽静得让他生惧。

许三多用一种步兵最习惯的姿势蹲踞在树干下，没轮值的队友大部分在补昨晚没睡的觉，但许三多在看一只在他枪上爬来爬去的硕大山蚁，那只山蚁似乎颇有把枪管当家的意思，每当它往那里边钻的时候，许三多就用手指把枪口堵住，迫使它换个地方。他介乎心事重重和忧心忡忡之间和那只蚂蚁较劲，袁朗的话占据了频道："你们的观察位置仍有死角，往337K派人。完毕。"

老A："派谁？完毕。"

许三多终于有了点精神："我可以吗？其他人都在休息。完毕。"

袁朗："你不行。完毕。"

许三多："我希望记住今天做过什么。完毕。"

袁朗明显是想了想。

袁朗："许三多前往337K。完毕。"

对他的无所事事是个解脱，许三多立刻往那个位置穿梭。

静默，许三多穿过树林。

丛林里，袁朗在摘花，并且已经摘了一大把，很讲究地摆放着，齐桓一秒不肯松懈地警戒着周围，于是袁朗把他的枪口当了花瓶，把稍次一点的花插在他的枪口上。

齐桓很别扭地看看自己的枪口。

袁朗："能逸则逸，该劳则劳。你以为林子里就你一双眼睛？空天地面，各路线报，情报分析，既然他们拖了支军队过来，也就没打算让他们再拉回去。"

齐桓："是……这些花够了吧。"

袁朗："不够，我们给他的实在是少了点……"他摇了摇头，苦笑，"真说起来，你用不着总把枪端手上，倒是很有型，可现在没镜头对着你。"

齐桓："习惯了。"

袁朗："是我不习惯，有横着放的花瓶吗？"

齐桓犹豫一会儿，很无奈地把枪口朝上背了，也就是默许了袁朗的花瓶。袁朗换了个角度看着,并且是真的心无挂碍地在欣赏着。

袁朗:"这一天可以很枯燥,也可以变得很有趣。你看看,以后你拿起枪不光会想起瞄准和射击,会想起它还有花瓶的用途,你就又变得有趣一点了。"

齐桓:"嗯,我会记得您这话的。可现在我只觉得害臊。"

许三多从瞄准镜里瞄着齐桓枪口上的那朵花,他有点莫名其妙。然后他继续监视他的区域,风声如涛,山林叠翠,许三多纹丝不动看着那片亘古不变的山林。他突然很想成才,这种方式的战斗是他的至爱,在茫茫中寻找一点,一个目标,瞄准,锁定,击发。

成才、六一、班长、爸爸,你们知不知道?今天我二十三岁。像往常一样,又要在岗位上度过这一天,旁观、做分内的事,这样过了这一天。二十一岁我丢了班长,二十二岁我没了七连,二十三岁我会失去什么?

他有些跑神,由林间看到林梢上的白云,今天的天气好得出奇,白云的群落如同从头顶奔腾而过的马群。

就在此时的远方。

一个人坐在山顶上俯视着五班的屋、五班的路,只有五班的地平线。那块平展的岩石上放着一支八一杠步枪和一具绝不配套的瞄准镜,那是成才。

就在此时的远方。

一个穿着制式迷彩裤的人在走路,先迈出左脚,再提过去右脚,我们会叫他瘸子,但我们可能很少见过走得这样有力的瘸子,这是伍六一。

就在此时的远方。

一辆农用的三轮小货车在稻田边的公路上小停,一个人下了这种当地出租,一身俗套的西装,很气粗地付给人一堆毛票。这是许三多他爹许百顺。

就在此时的远方。

《生日快乐》的旋律在响,一个男人的手握着一只婴儿的手,两只手一起握着一支笔,这支笔在生日卡上画出一个光屁股的婴孩,然后他在信封上写的地址是七连许三多收。这个家不宽敞但温暖,不富裕也不贫穷,这是史今的家。

暮色西垂,丛林中,吴哲几个正用汗巾把许三多的眼蒙上,当兵的没别的,连汗巾都是迷彩。

对许三多来说命令就是铁板道理,于是眼前成了一片漆黑。被吴哲几个领着从林间走过,只能从蒙眼布里看见一条线的地面。他听见周围有人在轻笑,似乎整个分队的人都聚在他周围。

许三多眼上的蒙眼布一下被拉开了,他发现他的战友们把他拉到了山峦之巅,正对着一轮刚触上山顶的落日,流金的世界耀得他满眼生花,连自己也被染成红色。

这种瑰丽让他目瞪口呆兼之眼泪长流,后一个效应是源于忽来的强光而非感动。从来不安于室的老A们也安静了,心情随着这片金红一起流动。

吴哲:"许三多哭啦！真是个感性家伙!"
许三多擦着眼泪:"明明是被晃的！真漂亮。"
吴哲:"那是老天爷送你的生日礼物,这才是我们为你预备的。"
他把许三多扳过身来,许三多第一印象是面对着一个小小的花坛,然后明白那便是他的生日晚餐,尽管只是些野战口粮和野果野菜,但他的战友们精心地用野花野草在视觉上弥补了吃的遗憾。
一帮老 A 鬼哭狼嚎唱着《生日快乐》,难听不够,还要尽可能跑调和刺耳。
许三多怔着,似乎刚从另一个时空被拉到眼前的世界。
许三多:"怎么……怎么会这样？"
齐桓:"是啊,有看头没吃头。这个半吊子花匠弄的,活像个诓人钱财的礼品果篮。"
许三多:"我是说……怎么在这时候？……这地方？"
吴哲:"谁让你偏挑这会来人间添乱？二十三年前的今天,一颗孤独的灵魂降生了,反省着自悔着,完了一屁股坐在这烦着我们……喂?!"
他边说边摁着许三多坐下,齐桓因他嘴上的无所顾忌一掌扣了下来,钢盔被扣出一声大响:"基地食堂的蛋糕只好回去再吃了。可队长说,不能因为几个白粉鬼就不过日子吧。"
许三多茫然地感激着,看向袁朗。袁朗的注意力似乎在食物上,并且找了个位置坐下。
袁朗:"坐,坐。你们都会记住这个人的生日,而且你们谁有过这样的生日？这边 HAPPY 着,那边武装到牙的多国白粉联军正在抵近,为毒品献身的佣兵,扛着火箭炮,端着轻机枪,刀头舔血,久经沙场。他打着哈哈——羡慕不羡慕？"
吴哲:"能记住一天都做过什么,那可真不错……不过队长,你说得那么邪乎,到底真的假的？"
袁朗很认真地看着他:"你已经错过一次了,正企图错过第二次。"
吴哲想了想,明白了。不要再去想它的真假,就当它是真的。
袁朗点点头,转向许三多:"生日快乐,许三多,天天都快乐。这里都是你的朋友,这很重要。我们都真心喜欢你,这也很重要。"
许三多听着、看着,在这样一个非常战斗日其他人为他做的一切:"我也很喜欢你们……真的……以前没有觉得,我总是看不清身边的事……很幼稚,又错了……"
袁朗:"有人又急于忏悔了,这样的生日可不快乐。"
许三多笑了笑,住嘴,齐桓把一束东西拿过来:"吹吧,你的蜡烛。"
二十三支蒲公英,这样一种蜡烛。许三多看着,眼里忽然有些调皮之意。
许三多:"吴哲、齐桓,有一件很重要的事告诉你们。"
往下他小声嘀咕了什么,很严重的表情,以至齐桓和吴哲都把头凑了过去。

许三多一口把蒲公英吹了他们满头满脸,然后大笑。

这是我二十三岁的生日,似乎全世界都知道这个平平无奇的辉煌日子。二十一岁他失去了班长,可学会了自立。二十二岁他没了七连,可懂得了荣誉。二十三岁他和从前断掉了联系,可得到了现在。

袁朗把手做出一个拍照的姿势,没人会在这种时候带来相机,所以他摆出的是一个空架子。

夜视镜里有红外信标在各处闪动,然后依次灭去。虽然只是寥寥十人,但选择的位置已经把整个山谷完全包围。许三多卧伏在灌木丛中,即使在白天看他也只会是一丛遍地皆是的灌木。另一丛灌木在附近移动,那是袁朗在检查阵位。耳机噼啪地在响。

"到达 A 点。完毕。"

"到达 B 点。完毕。"

"……"

最后一个是许三多。远处几只夜鸟惊飞,那不属于这边的动静,甚至是不属于中国这边的动静。

齐桓:"F 点观测到目标现在 297C 位置。预计十五分钟后越过 2071 国界碑,十分钟后进入狙击距离。完毕。"

当等了一个昼夜的目标终于来临,所有人都静默下来。

袁朗在许三多身边停下来,他选定了这个阵位:"各小组注意,目标拥有强大火力,并屡次杀伤我边防军警。在未彻底放弃抵抗之前,力求予以击毙。完毕。"

许三多忽然间有些惶然了,他看近在咫尺的袁朗。

袁朗:"我提醒你们,干上这行就成了亡命徒,就把自己当了死人,和他们短兵相接时千万不要有侥幸心理。完毕。"

但尽管是在公用频道里发言,袁朗看的却是身边的许三多,他随手关上了送话器:"紧张?"许三多:"不紧张。"

袁朗:"反恐演习你的杀伤纪录全是自卫,这是设伏,主动出击,不紧张?"

许三多犹豫一会儿:"不是紧张。"

袁朗用夜视仪观察着边境方向:"记得我胳膊上的伤吗?许三多。"

"记得。穿透型枪伤,M16 打的。"

"骗你的,改锥扎的。"

"改锥?"

"碰上一个亡命徒。我全副武装,他只有一把改锥。"

"为什么……不开枪?"

"我忘了我有枪,也忘了一切战斗技能。他记得他有改锥,也记得他要杀人。袁朗苦笑,善一旦遇上恶,总是善良先受伤。"

许三多在哑然中看着他监视的方位。

袁朗打开通话器:"各小组,我要零伤亡。完毕。"

简短的应是声。

齐桓:"已确认目标二十一名,驮畜十。全部越过2071国界碑。完毕。"

袁朗:"全部放入狙击圈,不要跑了一个。完毕。"

许三多看着山谷里第一个映入他夜视镜的人影,僵硬的手指扶着扳机。

第二十二章

在齐桓的高倍率红外成像里,夜间进入狙击圈的已经是一个人畜夹杂的队列。那绝非乌合之众,当在夜林中穿行时,他们的队形几乎与老 A 们是一致的,有先锋和后卫,有呼应的侧翼。每一根神经都绷得很紧,每一个人都是一触即发的临战状态。在红外的成像里,像袁朗所说的一样,他们确实是持有火箭与机枪等支援和杀伤武器的,那是为图轻便连老 A 们也未携带的步兵重武器。

瞄准镜扣准了目标。

袁朗:"E 点照顾蛇头。C 点,右翼三。B 点,左翼二。A 点优先打击重火力目标。F 点保持潜伏以便封口。完毕。"

简短的应是声。

许三多的手指在扳机上活动了一下,他和袁朗是 E 点,要对付的是两名先锋,瞄准镜里的目标清晰无比,许三多已经能听见踏上碎叶的声音。

袁朗放下了步枪而拔出了装着消音器的手枪,许三多也是如此。

袁朗在目标距离自己仅二十来米时才开枪,一声轻响,一个先锋直挺挺栽倒。

许三多的枪口对着第二个目标,在他的夜视镜里,目标将向着前方的枪口立刻掉向他和袁朗潜伏的侧上方,如此清晰,像一个绿色的梦魇。

第二声轻响,袁朗在许三多迟疑时打掉了第二个斥候。

步枪清脆的声音接踵而来,那是来自三个狙击点的远射,全是单发,精确到如此地步,两个侧翼和队里几个持重火器的人倒下,像是所有人的行动连接着一个开关。

齐桓的夜成像里,目标在几秒钟内便少掉了半数,剩下的目标立刻隐蔽了,难得的是居然没有一枪还击。

九名目标已经完全丧失战斗力。

夜视仪里倒伏的尸体,毫无威胁地躺伏在许三多的视野中。

然后所有人都听到了喑哑的一响,像是有人把重物投进了深水潭。

齐桓叫道:"六〇炮!C 点小心!"

同时他打开表尺,对着发炮时暴露的烟尘点打了一发榴弹。

六〇迫击炮弹在吴哲的潜伏位置炸开,吴哲已经转移。

然后齐桓发射的榴弹在刚才的发炮位置炸开,烟焰下映着翻倒的人影和迫击炮架。

齐桓:"目标十名,确认丧失战斗力。目标一名,疑似负伤。"

他观察着的目标终于失去了自制力,山谷里终于开始轰鸣,弹道、爆炸,尽其所有倾泻着远超过一个步兵班总和的轻重武器。

狙击点上的人静默着,即使流弹削下头上的枝叶。

又响了一个单发和这场战斗中老A的第一个点射,还是一击毙命。

齐桓:"目标欲逃逸未果,被击毙两名。目标十二名确认丧失战斗力。"

袁朗嘘了口气,他现在确认已经完全掌握了主动权。

袁朗:"保持监视,自由射击。完毕。"

他这才看了看许三多,至今为止,许三多未开过一枪。

许三多僵硬地瞄准着,但他并不知道自己在瞄准什么。

山谷里的枪声仍在响着,但已经稀疏了很多,恐怕连身临绝境的毒贩也知道这样的盲射不是办法。

偶尔的一声单响便意味着又多了一个至死未找着敌人的鬼魂。

齐桓的声音单调而尽忠职守。

齐桓:"目标十四名,确认丧失战斗力。"

许三多静静地卧在自己的枪边,实际上他已经放弃瞄准了,放弃了开枪。

现代战争,理性,高效,残酷。枪声响了一夜,目标还击、抵抗、叫骂、哭号,但他们一直没放下枪,于是我们也不能放下枪。后来报告上写我方十人,耗弹五十七发,毙敌二十人。报告上没写,许三多一枪未发。

其实袁朗早知道许三多不会开枪,他早打算容忍这种不开枪。

当晨光初现,伸手不见五指的丛林已经可以看见些微的人影,枪声早已静止。毒贩仍被他们压制在谷底,靠着几棵树木和岩石藏身,整整一个晚上他们就没能动过。各狙击点上的老A仍在监视着,几个潜伏得好的位置,如袁朗从头到尾就没动过身子。

山谷里有人粗嘎地叫嚷着,东南亚某国的语言。

袁朗:"在说什么?"

吴哲:"放他们一条生路,驮子里的东西一半给我们。"

那个人还是在反复地叫嚷一句话,听起来绝望得让人难受。

吴哲:"涨价码了,现在全部给我们。"

现在换成了另一个粗哑的嗓音,喊的全然不是一个意思,而且无论国籍都听得出那种气急败坏的语气。

吴哲:"这个我听不懂了,应该是在问候我辈的祖宗吧。"

袁朗:"那还不如投降。"

吴哲:"我要喊话吗?"

袁朗:"不要。有过先例,你喊话,他冲你开枪。因为他知道被引渡回国也是毫无争议的死刑。"

山谷里:"我是中国人!中国人啊!解放军,给同胞条活路吧!"

老A们互相看看,没人说话。

山谷里:"我们会死的啊!都快死光了!给条路吧,求你们了!"

气氛忽然变得很沉闷,谷底有人啜泣,然后被同伴殴打,许三多看看袁朗,袁朗没说话。

许三多终于忍不住了:"放下武器!"

袁朗立刻把许三多拖开了,跃入早看好的预备阵地,但是并不像他预期的,没有一发火箭弹飞来,也没有子弹扫过。

良久,树后伸出一块沾着血的白布,摇晃。

吴哲:"他们投降了,怎么办?"

袁朗站了起来:"举手,走过来,让我看到你没有武器。"

树后也走出一个人,已经伤了,摇摇晃晃,并没举手,但两只手都用来拿着一根绑了白布的树枝。

袁朗:"各小组保持警戒。"

那个人走过来,一步一步,不像正常人的步子,像喝醉了,一度让人以为是因为伤势过重,直到袁朗看清他涣散而疯狂的眼神。

袁朗:"小心,他吸毒过量。"

话音未落,那人向他猛冲,狂喊,同时也拉开了衣服,扯上了一排手榴弹的扣环。喊声也是个信号,树后闪出一个人,用火箭发射器向这边瞄准。

袁朗打了一个点射,扑倒。同一时间吴哲击中了那个扛着火箭发射器的人。

两次爆炸几乎是同时发生的,手榴弹的爆炸炸得那个假投降者完全淹没在烟尘中,持火箭者则在翻倒时把一发火箭弹打上了头顶的大树枝干,他倒下,然后击断的枝干把他覆盖了。驮马惊蹿,逃向来时的方向。

齐桓起身,蹲踞,击中了想随驮马逃逸的一个目标,整整一个晚上,这恐怕是老A枪声响得最密的一个瞬间,同时他们也放弃了自己的潜伏位置,开始冲击。

齐桓跳出潜伏地,用一梭空射的子弹拦住了驮马。

五处阵地上潜伏的老A在警戒姿势中现身,刚才的混乱中已经击倒了几乎全数的目标,整条山谷里从这头到那头似乎全是尸骸和血污,它再也不复昨日的洁净。

齐桓是那种很难忘记自己职责的人。

齐桓:"确认,击毙目标十九人。驮马悉数拦截。"

所有人迅速散开了。吴哲在路边停留了一下,用手指轻触了一摊血污,看看袁朗。

吴哲:"就这样?"

袁朗:"是的,你的第一场实战就这样。觉得容易?这连最低烈度的战争都够不上。而且你们平时也流了太多汗。"

吴哲："不容易，真的。"他边将那只沾血的手指放到鼻子下闻，这家伙在这时仍有点狐疑。

袁朗苦笑："是真的，你真的杀了人。"

一瞬间吴哲脸上有种惘然之色，甚至显得有些苍老："我失去了一些东西……不过我早就准备好失去这些东西。"

袁朗："我明白，我不担心你。"

吴哲："十匹马的粉……能害多少人？"

袁朗："天文数字吧。"

吴哲在草叶上揩净了手指上的血，然后苦笑了一下："没办法。我只好想我救了多少人。"

一瞬间，袁朗的眼神显得温暖和宽慰。

丛林外，两名老A已经封锁了通往境外的通道，许三多和其他人在附近搜索仍然漏网的两人。许三多的搜索并不专心，树后倒毙的一具尸体吸引了他的全部注意力，被炸散的花丛散落在那具尸体上。他终于强行把目光从那上边转开，并且绕着它上了远离羊肠小径的林里。

穿越枝丛，许三多忽然在触觉上感觉有些不对，他回头，一支在枝丛中抖得不成样的枪管。

反应早成了下意识的事情，许三多抓住枪管，后跃，同时用枪对准了枝丛："出来！放下武器！"

枝丛发抖，动弹，然后一个人从里边钻出来，脏污和着血污，恐惧到濒临崩溃，手上抓着另一个小个子，并且尽可能地让小个子挡在自己的身前。他一只手举着一枚手榴弹，保险销已经拔掉，扣在上边的手指是最后一道保险，那只手抖得像是中了风。从声音听他是在山谷里喊话的那个中国人。

毒贩："会炸……真的会炸。"

许三多看了看那型号："延时爆炸的，你吓不到我。"

毒贩："是炸她呀！炸她，还炸我。我炸人质……对，我有人质，她是人质啊。"

看来许三多因对方的抓狂有点无奈："你们是同伙。"

毒贩："不是的。她是我买来的，买来的。老婆！对，有钱什么都能买到，你不知道吗？"说完诡异地笑了。

许三多面对的又是一个吸毒过量的人，那种笑是神经崩溃的前兆。那家伙掀掉了小个子的帽子让长发落下，他用抓手榴弹的手挽死了女人的脖子，另一只手下流地摩挲着女人的胸前。

看来那确实是他买来的，可绝不是买来的老婆，只是一个泄欲和虐待的工具，一个被折磨得只剩下颤抖反应的女人。

许三多面对着，茫然，愤怒，有点恶心，他从来没面对过的一切。

毒贩:"想要吗？给你。只当没看见我……好吗？想要钱吗？很多钱,多得吓死你,什么都能买来。"

许三多:"放开她。"

耳机轻响,齐桓的声音:"许三多,报告位置。"

毒贩:"扔掉！扔掉！扔掉！"他把抓手榴弹的手也塞进了女人的怀里,女人恐怖到抽搐,被撕裂一样地轻泣。

许三多稍犹豫一下,摘下通话器扔掉:"把人放开,手榴弹给我。"

毒贩:"我要想想了。……把枪也扔掉。什么都扔掉。对,都扔掉。你们好厉害,满身长刺……满身都是枪……我的人死光了,你们人都看不到……枪扔掉,衣服也脱掉。对,脱掉全脱掉。我是说脱光呀！你总上过女人吧？对,就是那样子。"

许三多扔掉了枪,然后被那些完全错乱的话弄得诧异莫名,他终于明白在这个人身上发生了什么:"你吸太多毒了。"

毒贩:"多好啊。你不知道这多好。不怕了,高兴,你们别追我,再追我就飞。"

许三多伸出手:"把那东西给我。"

毒贩:"脱光呀！"他使劲拽那女人的头发,看起来要把对方的颈骨都扭断了,并且他看起来打算把手榴弹塞进女人的嘴里。

许三多解掉了身上的装具和外衣,一件迷彩背心和作战裤,他现在已经没有任何武装了。

毒贩让他看刚拽下来的一绺头发,带着血,他让那绺头发落在地上:"我还要。"

许三多解开武装带,那种标准和毫无拖沓像在做一个军事动作。

昨天落下的太阳今晨喷薄而出,但没人去看这幅美景。老 A 们在搜索山谷,十个人搜索这一片地方不是个小工程。

齐桓匆匆跑过:"看见许三多吗？"吴哲摇头。

许三多赤裸着,看着那双眼睛,疯狂、崩溃、幻灭、恐惧、贪婪、淫秽……如果人间曾被误认为地狱,都因为这些情感。

毒贩:"不怕了,什么都不怕了。你们抓不住我,怎么都抓不住我。我会变。我变成风。你们抓得住风吗？"

许三多:"抓不住,变之前把那东西给我。"

那个抓狂家伙紧张地思考着,维持着他和现实世界的最后一丝联系。

毒贩:"我得想想……好好想想……"他忽然很高兴地笑了,"你服不服？我犯的事到外国够判两百次死刑。祖国好,祖国就判一次！"他高兴得乐不可支,"就一次,一次就够了。"

许三多:"够了。把那玩意给我,拿着多碍事。"

339

毒贩:"不给。你要什么都给,你是个好人,就这个不给。"
　　许三多:"我是好人,我什么都不要,只要这个。"
　　毒贩:"你是要我死!干什么?干什么都逼我死?"他乐极生悲,他又开始啜泣,"我不会变风不会飞,再逼我就死给你看。"
　　许三多:"我没有想要你死……可这么活?"
　　毒贩立刻开始惊喜起来:"我妈也说耶!这么活,全家一起死了算了!哈哈,傻瓜,要好好活嘛,要人上人嘛。咱们山里人,要教人看得起就要钱,更多的钱更多的钱更多的钱更多的钱,什么山里人城里人海边人,就都一样了。更多的钱,谁都认识你了,更多的钱……爸你来看呀,你躺的风水宝地五万块,你住过这么贵吗?我疯了,我们都疯了。天堂是买得来的,地狱,不够钱买天堂,那你就下地狱了……地狱呀,我已经进地狱了。这批货呀,这批货多少钱……吓死你!吓死你呀!……你不要我死?有人要我死的!"他毫无前兆地松开了手指,许三多抢上,把他那只手连同手榴弹一起握住,使他根本无法松开保险销上的手指。
　　他身上还有一支手枪,他掏出那支枪,当许三多还在试图解除那枚将爆的手榴弹时,已经指到许三多前额上,并且毫不犹豫地就要扣动。
　　许三多一拳短距击出,两指骨突,打在他的喉结上。
　　那毒贩立刻软倒了下来,一只抓着手榴弹的手仍被许三多紧握着,另一只手扔掉了枪,拼命抠着喉咙想吸进一口空气。
　　当许三多意识到发生了什么,也就松开了手,同时松开了那枚将爆的手榴弹。一个人抢过来,捡起那枚手雷扔了出去,一秒钟后,爆炸。
　　那是齐桓,他同时转身出枪,监视着那具在地上翻滚挣扎的躯体,然后他才注意到许三多。
　　许三多跪了下来,蜷曲着,赤身裸体让他足似一个胎盘的姿势,在颤抖,在呕吐,尽管他没受一点肉体上的伤害。
　　任务结束了,袁朗正在用电台汇报,他的心情看起来不大顺:"随机携带输氧器材抢救毒贩!"
　　他看看林边的那副应急担架,裹单在山风中飘拂,下边那具挣扎的人体已经安静下来。
　　许三多坐在树下,他仍然没有穿上自己的衣服,但已经被吴哲用睡具给裹了起来。吴哲半跪着,一只手轻按着许三多的后脑,什么话也没说。
　　齐桓把许三多的衣服和装具、武器一股脑全拿了过来,放在他身边。
　　许三多没反应,但空中传来的直升机旋翼声提醒了他什么,他站起来,任身上的睡袋落在地上,就那么光着走向那副担架。
　　那毒贩正躺在担架上做最后的抽搐,他甚至赶不上用直升机运来的器材。许三多把手伸过去,那只手立刻被救命稻草一样死死抓住。
　　两个不同命运的人紧握在一起,后者喉咙里哽咽,艰难地发出一个声音,许三多将耳朵凑近。

毒贩:"妈……妈。"

许三多:"你比我幸运,我都没见过我妈。"然后他看着那个毒贩咽气了。

许三多呆呆看着,似乎他的一部分生命也随之而去了。

今天我二十三岁。二十三岁时我失去了天真,一个杀死了同类的人再也不会天真,明白了死亡就没有天真。

直升机在升空。许三多呆呆坐在机舱里,他至少算是穿上了衣服。

林海在机翼下一掠即逝。

吴哲坐在另一个角落,其实他和大多数老A的表情都和许三多有些相似,一群刚经过杀戮,同样失去了天真的人。

吴哲发现自己衣服上有些什么,摘下来看看是一簇蒲公英,在一夜的折腾后居然还粘在身上。他想了想又把它粘回原处,看来打算做它的义务播种者。

齐桓和几个老A正在炊事车边摆弄他们的即兴晚餐,许三多从帐篷里出来,他连午饭都没吃过!如果人真有三魂六魄,那他大概剩下半数都不到。

这具行尸走肉头也不回,径直穿过空地进了袁朗的帐篷。齐桓带点气把锅铲都扔了,他再没兴致去摆弄晚餐。

袁朗把正在打的报告扔在一边,看看他面前那个倔强而消沉至极的兵。

袁朗:"不予批准。"

许三多:"为什么?"

袁朗:"我们这样性质的部队,这样性质的行动,可以去面见死者家属吗?回去休息吧。"

许三多不说话了,但也不回去,戳那。

袁朗敲两字又停下,叹口气。

袁朗:"许三多,当时最坏情况是死三个,最好情况是死一个,你已经做到最好。"没动静。

"即使他没死,不出一个月他就会被判死立决。这是他清楚你也清楚的事情。"

"那是两回事。"

"是两回事。许三多,去休息,你没睡过也没吃过。"

"我会拒绝登机。"

袁朗烦躁地看看那份未完的报告。

火葬场里,死者家属的哭声仿佛淹没了整个空间,许三多离得很远,看着那老人和孩子,以及那年轻的妻子,还有白发苍苍的母亲。他完全被眼前的一切震慑住了,他脚在悄悄地往前挪了一步,又挪了一步……死者家属的哭声顿时席卷,这正是刚接了骨灰出来走向墓地,最为号啕的时候。

许三多在屋里看着,送的人很少,只有一位老妪,被几个人搀扶着,所有的伤痛也全集中在那乡下老妪身上。

我想去跟那位妈妈说,杀了我吧,我是凶手。如果队长不在,如果我不是军人。

直升机降落在机坪上,在几天的辛苦后,老A们也有散漫的时候,没什么队形,三五成群地提着装备离开。许三多怏怏地走在最后。

吴哲存心停下来等他,但是许三多离他有几米就站住了。吴哲只好掉头赶上齐桓,许三多等他们离开十数米才又迈开步子,他有意远离了众人。

绝对的黑暗中,那个抠着自己喉咙的毒贩清晰而真切,周围什么都没有,只是黑暗。许三多躺着,也是躺在绝对的黑暗中,他动弹不了,只能瞪着那双痛苦的眼睛向他逼近。

许三多从梦魇中被推醒,他的被子里被汗湿得像浇了半桶水,齐桓在旁边关心地看着他。许三多茫然,齐桓开了台灯,但屋角也是黑的,他似乎还看见那个人站在屋角的黑暗中。

齐桓把室灯开了,让这屋里再没有黑暗。

"你知道你睡着时的表情有多可怕?我能大半夜在乱葬岗睡觉,可看着你,我想叫人来壮胆……"齐桓心有余悸。

"不光是害怕。还有内疚,他想活下去,可我杀了他,所以他钻进了我的脑子里。"

许三多不打算继续今夜的睡眠了,拿了本书坐在桌边,翻开,但绝对是两眼茫然。

早晨,齐桓睁眼的第一件事情就是去看许三多,后者终于倦极而眠,是倚了椅子坐着睡的。齐桓在外边传来的晨号和操练声中犹豫,一会儿,他像对一个孩子一样把许三多抱上床。许三多没有醒,身边和屋外的扰动都没能弄醒他,这在以往不可思议。

窗帘拉着,门紧闭,白天像黄昏一样昏暗。

许三多呆呆躺在揉成一团的被子里,跟他以前的严整相比,也可以说他躺在猪窝里。外边在射击在训练,这样躺在床上,对许三多来说十分怪异。

遵守了三年的规则忽然一文不值了,睡得晚,起得晚,我给自己放了大假。我的队友们也学会比较隐晦地称呼我这种状态,他们说我病了。

随着外边老A们训练归来的脚步声和笑语,齐桓进来把刚打的饭盒放在桌上。

"今天多吃点,这不是猫食。"

许三多苦笑了一下,他根本无心去碰。

齐桓开始打扫,以前这个工作都是许三多做的,许三多看着,想说什么,但甚至根本懒得说。

许三多站在走廊的阳光中,看着下边花坛里盛放的鲜花,花坛边一个人背对着他,正专心地看着花坛中的某一朵。

许三多的看花纯粹是为了应付,吴哲为了让他尽快忘掉他不能忘掉的事情,死活逼着他走出窝了四天的房间。

队友们从走廊上经过,在齐桓和吴哲的眼色下没人敢搭话,只好奇怪加关切地匆匆从他们旁边通过。与他们那种永远像要起跳的劲头相比,许三多似乎来自一个苍白和萎靡的世界。

他想回屋,但齐桓吴哲一左一右地攀着他,让他站在原地。

吴哲:"要细赏嘛。许三多,这样的天气,这样的日子交给一张床,那可不是活见鬼吗?……"

花坛边的人转过身来,那是袁朗,他第一眼就看见了许三多,许三多也看见了他。两个人一个楼上一个楼下地对视着,袁朗的神情里有着理解、关切与询问,而那都是许三多想要逃避的东西,他强挣开身边的两人,回了房间。袁朗忧郁地看着他。

铁路在窗边看着外边训练的那些兵,然后回头看看屋中间戳着的袁朗,从某个角度来说,袁朗是被叫过来罚站的,那个姿势已经不知道保持了多久。

铁路问:"听说你队里那个兵,从执行任务回来已经躺了一周?"

"我的过失。目标企图引爆一枚手榴弹,在争抢过程中,他击碎了对方喉结,骨片刺入气管,因为缺乏医疗器材,窒息身亡。我让他过早面对真实的流血和死亡。"

铁路有些不能理解:"这报告上写了。我没看出你的过失,也没看出他的。一夜间彻底摧毁为祸数年的贩毒武装,这叫过失?……就许三多的表现也无懈可击,他是军人,必须有承担这些的心理准备。"

"……"

这种准备对有些人很容易,对许三多这种人真的很难……至少是暂时很难。由于袁朗急于让他成为老A的一员,在这里找到他自己的位置,所以带他出任务目的只是希望他经历一次,以后就可以有铁路说的那种心理准备了。可是出了意外,这个意外是袁朗没有想到的,许三多经历的比别人都要残酷。对初上战场的兵,甚至于久经沙场的老兵来说击毙和格毙也完全是两回事情。

是的,许三多很出色,可从来没想过学的练的都是用于杀伤,他像训练时那样一拳打出去了,可没法面对之后的结果。导致现在他无法回到训练场上了,任何训练都会让他重温极不愉快的心理经历。而袁朗现在真的不想放弃许三多。这种状况让铁路和袁朗大伤脑筋。

当袁朗说出自己要全权处理这件事情的时候,铁路忽然明白了袁朗的意思,神情立刻显得惊讶而惋惜。

夜色中的训练场,袁朗让齐桓找许三多过来,齐桓不放心地看着自己的队长:"队长,别责怪他。这种任务对我不是第一次了,可我到现在也没恢复过来。

是的,我们有使命感,有心理准备,早在行动前就开始自我调整。可他呢?满心平和,只想好好和人相处。我们还没像他那样,面对面,看着一个人瞳孔扩散,呼吸消失。"

袁朗:"怕我亏待你的小朋友?"

"我晚到一步,如果我早到一步,就是我来击毙罪犯,这些东西我来承担。"

袁朗摇着头:"总会有这一天的,这是我们都得过的关。本来有几天假,想回家,可还陪你们耗。为什么?没法用刚杀过人的手碰老婆和女儿……你现在不怕我亏待他了吧?"

许三多仍在宿舍里窝着,他的一切日常举动都定格成相,那归功于吴哲在旁边拿着数码相机,闪光频频,吴哲看似要拍部个人专集。

吴哲的手都摁酸了,512兆的记忆卡都快满了,许三多连半个笑脸都没有给他,只是忧郁、憔悴、强打精神地看着他。

许三多终于嚅动着嘴唇说:"吴哲,谢谢你为了我做了这么多。"

然后又不说话了,吴哲瞪着,抓耳挠腮,做尽表情与反应,许三多很漠然。

许三多真的不想天天关在屋子里,他也想说也想笑,可是他做不动。他也不知道自己怎么了,背二三十公斤跑十几公里好像上辈子的事情,突然连动动嘴都觉得费劲。

一向很容易被逗乐的许三多忽然不吃这套,吴哲决定让自己显得严肃:"你忽然觉得累到了极点,是不是?你渴望归宿。大家一样,都是希望做个不平常的平常人,可你现在累了,你怀念那些早被你抛下的东西:有点小财产,有份工作,有些朋友,有个老婆,从容平淡,有点私生活。"

以他的口才要吃下许三多实在轻而易举,而且这样的话题立刻让许三多全神贯注地听。

"可就算你找到了以为是归宿的地方,也会发现看不见尽头。归宿就是终点,其实没有归宿,人生没有穷尽。顺便说一句,这是我觉得生活中最有意思的一个部分。"

许三多实在在这件事上想得太多,吴哲立刻搞得他悲从中来,眼泪夺眶而出。

齐桓这时走了进来,看到许三多在哭,一愣问吴哲:"你不是包把他搞笑吗?怎么倒给弄哭了?"

吴哲讪笑着:"呵呵,这时候哭和笑是同一个效应。"

齐桓转向许三多,并告诉他队长在操场上等他,许三多很犹豫。

"去吧,我们正和你一起受煎熬。"

齐桓的最后这句话让许三多拿定了主意,他起身,默然看了两人一眼,就出去了。吴哲真实的表情这时才露出来,不是滑稽也不是做作的严肃,是和齐桓一样的担忧。

许三多穿越基地去训练场,月色、草香和树香,夜虫与夜鸟的鸣声。他走了一会儿,闭上了眼睛,漆黑,但气味和声音如旧。

我经常跟自己玩一个游戏,闭上眼睛,只闻到气味,听到声音,然后冒充自己回到吴哲所说的那些平常。

家乡田间的土埂。

五班宿舍外辽阔的草原。

三五三团朴实的大院。

这些都在许三多闭上的眼睛前重现。许三多睁开眼时发现一个哨兵正疑惑地看着他,毕竟闭上眼睛走夜路的人并不多。

袁朗在训练场边坐着,看着另外一个中队的人在打夜靶,直到许三多站在他身后也没回头。"山里的夜晚,容易让人想起旧事,是不是?我在想我的旧事。"

许三多戒备地站着,这并非他想象中的与袁朗谈话。

"我想起一个兵,也是步兵连的侦察兵,他服役的团叫老虎团。演习时他犯了急性阑尾炎,拉去野战医院手术。当时有点乱,护士忘了打麻药,一刀下去,喊得天翻地覆。"

许三多迅速又失去了戒备心,关心着那个士兵的阑尾:"然后呢?"

"护士说喊什么,老虎团的还怕痛?那个兵就再也不吭一声,就这么着切掉了盲肠。"

许三多哑然:"我喜欢这个兵。"

"是喜欢不是佩服?或者像吴哲说的,这个兵有一种病态的自尊心。或者像齐桓说的,该把那个护士拖出去毙了。"

"是喜欢,我理解他为什么忍着。而且吴哲习惯跟别人见解不一样,齐桓是维护原则,但我想他们也喜欢这个兵。"

袁朗站起来,拍了拍许三多的肩膀,这样亲昵的动作自许三多来老A后就许久没有过了。"谢谢,谢谢你喜欢我,被喜欢的感觉真好。"

许三多:"是您?"

袁朗:"十年前的事情,那时候比你还小。那个要被齐桓拖出去毙了的护士因疚生爱,后来成了我老婆,并且至今认为她老公是个怪胎……总之是世事难料。"

许三多:"不怪。我认识很多兵,如果说三五三团还怕痛,他们也会忍着。"

袁朗:"如果说老A还怕痛,你会忍着吗?"

许三多愣了一下,没说话。

袁朗:"我们现在就遇到了你的盲肠,对不对?做指挥官经常让我茫然,不知道该把兵当作整体的一个部分,还是一个个体。不过不尊重个体又何来的集体,对不对?"

许三多:"对吧。"

袁朗："所以怎么解决这截盲肠由你决定。"

许三多："队长,我……想复员。"

他看着正打夜间射击的那些士兵,说出这几个字就坐了下来,因为他已经用尽了所有的勇气。

袁朗讶然,又有些恻然："我想过很坏的结果,可没想过这么坏。我想你可能要求回三五三团,是啊,既然你质疑的是军人的意义,回三五三团和待在这又有什么区别?"

他沉默,许三多也沉默。

复员,回家,回到从小就适应了的地方,从此再没有挑战和离别。

我始终是个差劲的兵,无法明白战斗的荣誉。

袁朗对不远处射击壕里的一名老A说："中尉同志,把你的枪拿过来。"

那名战士被这位神勇的大队长搞得有些莫名其妙,但二话不说就跳了出来,把手上的自动步枪递给他。袁朗随手卸下弹匣,看了一下,把枪从一个极其刁钻的角度扔给许三多,许三多下意识地接住,而且从枪着手就完成了一个待击姿势。袁朗又扔过来弹匣,许三多左手轻轻动了一下,那个弹匣已经装上,并且下意识地保持在一个待击位置。

袁朗从心里开始苦笑："看看你自己,你可能过回老百姓的日子吗?"

许三多犹豫了一下,但很快又恢复了原有的信念,他曾经付出很多从老百姓做到老A,也肯定可以从老A做回上榕树的许三多。

袁朗认真地看了他一会儿似乎读懂了许三多的心："是的,你能。那我提醒你一下,如果我批准你复员,刚才也许是你一生中最后一次摸枪了。"

他仍然看着许三多,直到看出许三多眼里的一丝恻然和不舍。

袁朗终于又开了口："好吧,就是这样。我们都不要急于下结论。怎么切除盲肠是你的自由,可我一定不会忘了给你上麻药。"他甩手把一个信封扔了过来,"你的麻药。我这月的工资。一个月假,你尽情地出去走走,看看。然后回来告诉我,你的决定,无论是走是留,我不会再有异议。"

许三多："这没有意义。"

"不要对一件没做过的事说没有意义。好了,从现在起你已经自由了,没有什么约束你,再也没人管你了,你要对自己负责,或者……不负责。"袁朗说这话的时候站起身来,而且摆明了是打算扬长而去。

"队长?!"许三多要追上去,但袁朗坚定的眼神又让他立定不动了。

"去吧,你得一个人去。我们都希望你坚持,可是……坚持不坚持是你自个儿的事情。"

许三多捏着那个信封,看着袁朗在夜色下走远。

出去走走,去自己想去的地方。当一个从未单独行动过的人有了这个念头,它立刻变得如此急切。

许三多要离开的那天,才感觉离开是那么的陌生,似乎那不是他的决定。对着自己的铺位发了会怔,终于拽出野战包开始收拾自己的行李。齐桓和吴哲从身后进来,两个人有点怪怪地打量着他。许三多有些局促不安。齐桓沉默着将一套衣服扔给他,那是套便装,而且颇为时尚,不过这对许三多来说没什么区别,穿了这么些年军装,他哪还知道什么衣服叫作时尚呢。

"吴哲给你拿了套衣服,可能这个月你不想天天穿着军装。"齐桓看出许三多有些不自在,便解释道。

吴哲做了个鬼脸,笑着说道:"你穿着准比我好看,你小子其实是个好的衣服架子。说不定你这趟就能把女朋友给解决啦。"

许三多并不擅长去反应这种玩笑,他讷讷地把衣服放进包里。

齐桓对吴哲使个眼神,故意问:"你不换上呀?"

"现在不想换……对不起,我觉得自个儿好像个逃兵。"许三多把头垂得更低了,他害怕自己会忍不住哭出来。吴哲很有信心地说道:"你放心吧,跑不了兔子你的!"

许三多忽然发现,他们其实就为了说一句话:"我们都等着你回来。"

齐桓忙不迭地翻着自己的东西,翻出什么就往许三多的行李里扣:"这是我的超级酷的游泳裤,结果咱们但凡下水,都是穿八一裤衩的!这是我的雷朋墨镜,借你!我的奥索卡包,借你!我的腰包,借你!哎呀,攒这么些年初夜权,全让你小子用了。对了,我的旅行手册,全国名山大川都画遍了,一直没空去,也借你!吴哲,你还有什么藏着掖着的,交出来!"

"对了!"吴哲突然大叫道,"三儿总不能再蹬个作战靴吧?我那双锐步也便宜你了!"他兴高采烈地就要去拿,目瞪口呆的许三多终于醒过神来,拦住了吴哲。

他说:"喂喂,你们到底在干什么?"

齐桓一反以往的冷静:"干什么?你以为大家谁都能有一个月假出去晃荡吗?那还不把全体老A的好行头都凑齐了?免得你出去丢人!"

"就是就是,你回来再还给我们不就得了!"吴哲终于推开许三多跑了出去,许三多不再阻挡,看着齐桓把作战包里的东西,一样一样地倒腾到他那个时髦的登山包里。

"都很贵的哦!你要知道我这包我这墨镜多少银子都能吓死你。"

拼命给我塞行头,并且标榜行头的价值,总穿着军装也有点遗憾,更重要的,他们怕我不回来,现在他们知道为了还这些东西我也得回来。

第二天一早,天还蒙蒙亮,许三多背着一大包奇形怪状的装备走出了宿舍区。他还是穿着那身自己已经熟悉可能今生也不愿舍弃的军装。

他站在基地的大门内,眼前是漫长的山路,已经无数次被他们跑过,可是无一例外地都是负重行军。

迈出大门的第一步很怪,许三多小心地用脚轻触了地面。

自由的味道。硬的,带着柏油和轮胎的味道,我可以想干什么就干什么,我可以想去哪儿就去哪儿。

哨兵奇怪地看着他,许三多一步三回头地走开。

山峦上的视野,空旷的山中公路上军车驶过。许三多站在山峦之上,呼吸着山野间的空气,并尽可能地让自己觉得神清气爽,他不时下意识看看自己身后的山路。

这座山一向是我们武装越野的终点,但我是第一次自己上来,我是说,自己想上来就上来。

他看远处,基地已经完全掩映在山峦间了,看不见。

他们为什么不来送我?生气了?他们知道我不会再回来,我承担不起我应该承担的东西。第一次是我走,而不是送人走,可是没人送我。

树林里轻微的脚步声,那是许三多等待的,他惊喜地回头,并没想他的伙伴未必能找到这里。

两名巡逻哨,警惕地看着他,完全像对一个外人:"这是军事禁区,请出示证件。"

许三多愕然地拿出证件,巡逻很仔细地看着,并且很注意他的那双吴哲的锐步旅游鞋和齐桓的登山包,那绝对不是军事的制式。

老A们在进行例行射击,那边核实的电话已经接到了这里,袁朗看着许三多所在的山峦方向,嘴角不自禁地有点笑意。

被放行的许三多快快在路边走着,他再不敢上山路了,以免再踩进禁区。一队正徒步回基地的兵诧异地看着他。许三多看起来很想把那双时尚的旅游鞋吃下去,再把头塞进那个民用背包里。

城市的边沿,车声与公路,建筑群,飞扬的尘土和喧嚣。许三多已经看见了车站。他再次地迷茫,这次是迷茫于售票厅。始发地,中转地,终至地……密密麻麻地翻动。

那双旅游鞋默默地站着,时稍息时立正,穿它的人找不到落点。

许三多茫然瞪着车牌。

我可以想干什么就干什么,想去哪就去哪……可是,我去哪?

他彻底被那么多的选择淹没了。

许三多背着包站在大厅里熙熙攘攘的人流里,并且尽可能不让自己显得碍事。

大厅很大,但看来许三多在这里找不到放自己的地方。

播音室里响着列车进站与出站的广播,人们匆忙地走向刚停稳的那辆列车,这是一辆从某地驶往北京的慢车,途中有很多上下的人。

许三多在上车的人流里,除了自己的包还帮旁人提着一个大箱子。

我莫名其妙选择了驶往首都的慢车,当兵的对首都总有些莫名其妙的感情。班长复员时要求去看看天安门。连长说那里有块碑,上边能看见钢七连的五千个人。我们的防区也反复在说,我们在保卫首都。

许三多坐在人满为患的硬座车厢。

他被人看着,目光来自斜上方,一个没得座位只好站在他旁边的中年人。

那是一场长久的目光交锋,许三多时常将目光挪往窗外,但对方的毫不动摇堪比最坚强的士兵。许三多终于决定放弃,他站起身。

那边一屁股坐下,绝对的当作理所当然之事,然后掏出一包瓜子开嗑,从现在起他绝对不再看许三多一眼。

许三多拎着自己的包与人错肩而过,挤进卫生间,关上门。他并不是要上厕所,而是站在这难得的空间里喘口气。

铁轨声的节奏有些变动,列车驶进了一条隧道。

瞬时间,他所处的这空间里成了绝对的黑暗。

许三多看着窗外,他又看见他杀死的那名毒贩,就站在那片黑暗里,目光里并无责难,依恋而安静地看着他,许三多也静静看着他。

抱歉。我要忘了你,我得继续生活。

隧道尽头刺入的阳光让一片黑暗粉碎了,瞬间这片空间被阳光充斥。

外边有人在敲门,许三多开始脱下军装。

然而,却再无人看他。

他已经不愿意再回到原来的位子上,他钻到车厢接口处,呆呆地和几个烟民一起站着,呆呆看着车外掠过的风景。

许三多忽然发现,这是第一次从车窗而不是闷罐子里看外边的风景,可是现在的他却不知道去哪。

车窗外的风景确实要好很多,可是终点没有战友,没有了任务也没有了目标。

许三多从厕所里出来,让旁人侧目,让我们这些一直看着他长大的人则有些喷饭。特种兵待遇不算低,当兵的人又没处花钱,吴哲齐桓之类还家境不错,给他的行头全足以领导一个中型城市的闲酷一族。

酷得没脾气的许三多无法迎对旁边人的目光,往车厢接缝挤着,一边为避人耳目地架上齐桓给的墨镜。站在车厢接缝的烟民中,一边尽可能少吸入烟气,一边迎对着所有人的目光。

现在看他的人更多了,许三多只好把目光看着窗外。他绝对意识不到在属于工农兵的硬座车厢里,他那身名牌还要名出反时尚来的包装比军装更为抢眼。

我已经跟你们一样了。为什么还看着我?

第二十三章

北京西站,一个被名牌包装起来的农民的军人儿子,在车站下四通八达而又哪都不通不达的隧道里徘徊,他至今未找到能看见天空的出口。

许三多又一次停了下来,辨识方位,并且查看不知哪位塞给他的多功能运动表,那上边有指南针。

他茫然看着从这方向来的人,往那方向去的人,在这里就算掌握经纬度精确到厘米又有什么用处。

首都让我想起那次让我出尽洋相的演习,每走一步都觉得要撞到墙。队长如果到了这里会欣喜若狂,他一定会利用这样难得的复杂地形布置他的反恐演习。

许三多终于发现要出去是如此简单,放弃自己的认知,随大溜拥出去便能看见天空,不要走出去,而是被推搡着流出去。

终于看见一丝天光的许三多惊讶地看着压在自己头上的大楼,以至于要伸出一只手去压着并不存在的军帽。

大楼,街道,更多的大楼和街道,逆着阳光的大楼和街道,背着阳光的大楼和街道似乎在旋转,转得他喘不过气。

许三多从茫然中坠入更大的茫然,但是绝对看不出满意。

刚出车站的许三多便被人袭击了,几个人同时从四面八方冲上来,许三多退一步,抢制背后的墙,同时摆出一个防御姿势。

"要车吗?"

"要住宿吗?"

"……"

许三多迅速把这些乱七八糟在脑子里过一遍,确认没有自己想要的东西,并且立刻给自己想出了摆脱窘境的办法,一辆大巴正从旁边驶过,他一跃而上,攀住车门,那姿态在上战车或者直升机时是常见的。

车急刹,司机探出头怒骂道:"你要找死换辆别的车!"

车驶走了,许三多茫然。

对了,这不是战车和直升机。这里没人跟你说全军冲击,这里人只说走吧走吧。

终于知道做了不得了的错事,许三多臊得狠低了头,一直到为他侧目的人全走空才敢再想自己去什么地方。

写得蚂蚁打架一样的车牌比别的东西更让他头大。

于是一个步兵出身的人选择了自己最习惯的方式,他沿着环线开步走。

走吧,只要开步走,总是可以走到自己要去的地方。

车水马龙,楼山灯海。

一个傻子在这中间神驰目眩,一个傻子用自己的腿子在丈量着这座巨大城市的环线。两步一米,标准步伐,不疾不徐,但一步后紧接着下一步,没有停顿没有间歇,用的是一种对城市人来说是小跑的步子。

一个接一个的路口,永远过不完的路口,永远看不完的新奇。直到厌倦。

许三多终于发现了自己熟悉的东西,可那不是个好兆头。他看见了那座巨大的车站,他作为始发的北京西站。

我发现一件事情,首都是圆的。六个小时以后,我回到了出发的地方。圆圈,终即始,始即终。军营都是方的,成排,成列,从几排几列去几排几列,从目标A到目标B,我们绝不允许原地转圈的生活。

走进地下通道的人都成了黝黝的黑影,一个疲劳的家伙在徘徊着,许三多已经心力交瘁了。走在隧道里,看见天空就算胜利。可在这样大的城市,看见什么算是胜利?在这空旷的地下通道里歌声让人清朗,也很让此时的许三多觉得感怀。

一个流浪歌手,像许三多一样年轻、忧伤、沧桑,一个背包,一把吉他,垫一张晨报坐在地上。伤感而迷茫,许三多蹲下了,他一直把那首歌听完。

那厮看着许三多,笑笑,很强的倦意。跟暴发户许三多相比,他算是褴褛。

歌手:"谢谢你听完。其他人都好像有很多大事要忙。"

许三多看着,这个人让他想起史今,想起伍六一,想起很多人,但这么一个人和他认识那些行如风坐如钟的军人实在没有一丝相像的地方。

他审度对方的行装,打了补丁,仅仅维持在一个不要太落魄的程度。

"我能帮你吗?"

"不能。肯定不能。"歌手这样斩钉截铁,几乎让许三多愕然。

许三多:"那你,能帮我吗?"

歌手:"好像也不能。"

许三多沮丧得快要哭了:"我只是想去天安门,我找不到它。"

歌手讶然得快笑了出来:"你沿着长安街走就是呀!"

"我完全不认路。我只要知道方向,我只认方向。可所有人只告诉我地名,不告诉我方向。"

"这个拿去吧。"一张北京地图,很旧,上边打满了很多的圈圈和叉叉,天安门用显眼的五角星画上,那正是许三多需要的东西。

好吧,那么现在算是有了方向,许三多大步走着,啃着一个刚买来的面包,同时很注意营养地啜着一盒牛奶。

华灯初上,夜色慵懒,在逛街遛狗打发时间的人们中,一个人像箭头一样穿过,径直往他那说出来会被人笑话的目标。

在首都像在荒原一样,容易走失,人们各忙各的,蚂蚱和蝗虫永不相干。在荒原做兵时,我们像牧民一样深信敖包的神圣,因为它是我们在迷路时唯一的标志,在这里,天安门是我所知的唯一标志。

现在他终于看见了,宏大而广阔,被灯光点缀,被人流和车流拥挤,被哨兵守卫。许三多平静一下心情,让早已起泡的脚得到几秒钟歇息,让急切的心情趋近平和。

这个幼稚的朝圣者流连在华表之下,被人流从金水桥边挤开,终于发现地下通道可以去到他已经把眼望穿的对面,到了对面又被巨大的会堂吓呆。

最后吸引他的是人民英雄纪念碑,当然只能是人民英雄纪念碑,因为那上边雕的有军人。

然后一个傻子尝试着从各个角度观察那座碑,远至箭楼,近至需要仰望,侧至能看到碑的棱角,如果有一架直升机,他可能还要试试俯瞰。

横看成岭侧成峰,远近高低各不同——于是更加茫然。

最后的几只风筝在夜空飘荡。

纪念碑前的哨兵在换岗。

一个小小的人影远远地蹲在一个新的角度。

人流已经消失了,已经是深夜,车流也终于不再成流,像是关闭的水龙头滴下的水滴。仍然在广场上出没的只有那些两人一队的卫戍士兵。

许三多蹲踞着,角度是新的,姿势是老的,他现在的位置看纪念碑需要仰视,以至能看见上边的星空,那是个沮丧又伤感的表情。

我没蠢到相信碑上会刻着我们的名字,当然也不会刻在地砖上,那只是个比喻。我来找个明白,或者退一步,哭一场,笑一场,然后,一个方向,一个标志至少该告诉人下边的方向。可我只是在这里发呆,在这里像在别处一样。

一个人在这广场上会显得如此的小,海水里掺杂的一粒沙子,被夜幕包裹的一个小小黑点。

那个黑点无目的地沿着整个广场又走了一圈,并且身后缀上了又一个稍大的黑点,后者是两名双人并行的卫戍士兵。

一双便鞋,即使是名牌也经不起这样的折腾,许三多抬脚看了看,鞋底上的刻纹已经完全被磨没了。

身后传来一个声音:"您好。"

许三多回身,两个笔挺的卫戍士兵站在那里就像一堵墙,威武、庄重,像他们的岗位要求那样的一丝不苟,让许三多惘然。

许三多:"你们好。"

士兵 A:"我能帮您吗?"

许三多:"不能。"

他心情很复杂地看着那两位,士兵A略老成些,士兵B稍小,可能今生还没刮过胡子,军装是许三多从没穿过的那种质地,这一切都让许三多觉得亲切和留恋。

士兵A:"那么,请出示证件。"

后五个字立刻把许三多拉回现实,有些愕然,又有些习以为常。那边极仔细地查看他的证件,用电筒照射,只差没有射到他脸上来看。

士兵A:"军人为什么不穿军装?"

许三多:"因为……是的,我没穿。"

那几乎不算个答案。问话者也不是质问,是疑问。

士兵A:"您已经在这里逗留了四个半小时以上。我能帮您吗?"

许三多:"不能。"

士兵B:"您想做什么?"

许三多迎着那两人的目光:"我想看升旗。"

士兵A:"五个小时后才会升旗。"

许三多:"哦。谢谢。"

对方把证件还给了他。许三多试图回到刚才的心境,他看向空旷的广场,而那两兵纹丝不动地戳在原地。这不自在,许三多决定换个地方,可身后的两人脚步声如同一人,不用回头也知道,那两位精确地跟在他十五米之内。许三多站住,那两位距离拉近到五米站住。

许三多终于有点负气:"我不明白……是不是不能在这里等着看升旗。"

士兵:"这里是公共场地。您有在这里等待的自由,但这里禁止留宿。"

许三多:"我不会留宿,只是想看着旗升起来。"

士兵:"您可以在这里等,我们不会打扰您。"

许三多走一步,并且看到那两位又打算迈开步子。他站住不动了,蹲踞。那两位站在原距离纹丝不动,看许三多的表情他认为他在跟人僵持。

这个时候广场上除了士兵已经看不见其他人,只偶尔有一辆车掠过这片宁静。许三多不宁静,他仍蹲踞着,背对着他的两位监视者。两个兵没动过手指,连视线的方向都未曾动过。

说是不打扰,但是也绝不会走开,对现在的许三多来说,那就是最大的打扰。现在的许三多不是言听计从的许三多,是会为了捍卫什么大打出手的许三多,并且不管那东西是什么。

他瞪着那两张脸,僵持,一张脸和他一样年轻,一张脸比他更年轻。那两人目光并不与他交锋,因为那种较量有损他们在这个岗位上的尊严。

这样的僵持不会有结果,就像与在草原上修路的许三多僵持不会有结果。

许三多呆看着他们,那两人仍然连目光的交流都欠奉,只是像任何哨兵那样单调地直视前方,许三多看了看他们看着的方向,什么也没有,除了一座碑和碑前的哨兵什么也没有。

许三多只好蹲了下来,标准的步兵下蹲姿势,他也看着那座碑,目光几乎像那两名卫戍兵,一样平静。

我看到了两个答案,我想和他们说话,他们的缄默让我明白,平凡和沉默可以如此庄严。

两个矗立的兵监视着一个蹲踞的兵,看来他们必须这样度过一夜。

许三多看着那座碑。

他看见自己站在那条让人生无味的小路尽头,五班荒原之路上的一个小小黑点。

看见史今静静坐在驶过天安门的军车里痛哭。

看见伍六一拖着断腿蹦跳奔跑。

看见散去的七连,向军旗敬礼的士兵,看见潜伏的老A,似乎与石头与树林长在一起的老A,看见史今独自拦住一群老A的进击,被干掉留下的最后一个机会,看见成才的枪口,看见枪后那双针刺都不会眨动的眼睛。

清晨奔驰的车流静止了,护旗兵和升旗手穿越街道,以精确到毫米的动作完成着每天例行的一切。

国旗扬起,对这个国家的芸芸众生来说,又是新的一天。

许三多早已经站起来了,远远地看着,情不自禁早已是最严格的立正姿势。一个便装者在广场一角向新一天的国旗施以军事生涯中最长的军礼,并且不再去想这身便装是否符合规则。

他回身,两名卫戍兵还站在那里。

许三多走向离开的方向,并且再也不打算回头。卫戍兵恢复他们的负责路段,按他们的标准步幅在这区域内走动和巡逻。

车流开始驶动,沉思的夜晚过去,纷扰的白天登场。

一个孩子在火车车厢过道里爬行,并且狠拽一个人腿上的制式作战裤,直到被他的母亲抱开。

许三多看着,温和地笑笑,他已经换回了他的军装,被人看的概率仍然很高,可那又怎么样呢。

车里人很少,因为外边越来越荒凉,这是从都市分流到荒野的路线。

外边平板车上装载的一辆战车吸引了许三多全部的注意力,老A一向习惯轻装的生涯,那些战车也成了久违的事情。

三五三团大门似乎都没有变,除了门口又换了一茬的哨兵。

值星少尉看着许三多的证件,但他对人的兴趣明显超过证件,那身作战服让他很好奇:"泄密的话就不用答了,您是什么兵种?"

"步兵。"

少尉耸耸肩,并且知道再问也不会有什么结果,他开始例行公事。

少尉:"来处……你自己看着证件填写,××××部队……我要问××××是什么,你也不会说吧?"

许三多笑了笑,这里的一切让他如此放松如此亲切:"对不起。"

少尉:"没关系。你分内事,探访事由?"

许三多心不在这,他看着大门内外来往的部队眼睛发亮:"访友。"

少尉:"接领人。你说个人我好给你叫。"

许三多毫不犹豫,那些名字已经在他心里转了多日:"一连司务长伍六一。"

少尉比他更干脆:"没这人。"

许三多:"怎么会。机一连啊。"

少尉拨电话:"我在机一连待过,全连带长字的全认识,没这人。"对电话,"警卫连。你们司务长叫什么?"他放了电话,"司务长姓陈,陈达刚,不对号。"

许三多开始有点茫然了。

少尉:"接领人写谁?"

"三连五班班长成才。"

"沙漠里那个班吧?就算能联系到也是明天见了。"他玩笑地说,"你不如找个招待所先住下。"

那似乎不行,许三多绞尽脑汁想:"四连甘小宁。"

少尉拨了个电话,少顷:"调走了。"

许三多已经连诧异的力气都没了,他越来越失落:"九连马小帅。"

战车在门外进出,他像是另一个世界来的人。

少尉又电话核实了一趟:"一样,也调走了。"

许三多越来越沮丧,那让旁边人看着都替他着急。

少尉:"好好想啊。不是不放你进去,可没接领人我也没办法。"

许三多:"怎么都走了呢?"他简直有些错乱,"我在三五三待了两年多,我回来看老部队呀!"

"刚改编完,又来了新兵。来得多,也走得多,所以……"他同情地合上了登记簿,"对不起。"

许三多站在门边,他期待一个熟人,一张熟脸,但一个也没有,在这个他如此熟悉的地方,进出的却全是崭新的军装,新进的兵,陌生人。团大院里的兵在列队,在运动,在训练,有口令声,也有笑声,那一切都让许三多眼馋也眼红,他隔了一道门看着,如一个孩子看着一块永远拿不到的糖。

哨兵:"请站在警戒线外。"

许三多怏怏走开,已经落暮了,他一整个下午的时间花在寻找与期待。

落暮,对一支军队来说就是放松的时候,欢声笑语比方才更多,吹的是晚饭号,有成连建制的拉歌声。

355

许三多蹲在墙下,看着那道墙上的暮色,听着墙里传来的所有声音。

这一切几乎让他融化。

这里很安静,是三五三团的后墙,他已经绕着偌大的团大院又逡巡了几圈,四周没有人,只有一只老乡家的狗寻寻觅觅地过来。

远处晚餐前的拉歌声却响得如同潮水,这简直让他痴狂。

我想进去,我很想进去。这辈子从来没有这样想去一个地方。

想进去是如此简单,后退几步,起跑,上蹬两脚,手一够,已经攀住了墙头,许三多发现自己要进去只需要再做一个引体向上。他攀在墙上愣了一会儿,主要是着力地说服自己——我就是要进去。

引体向上,他轻巧地落入墙的那边。

车场,许三多熟悉的地方。

许三多落地,战车和后勤车辆静静地停放着,一辆重型卡车就停在他的跟前,看不见人。

既然已经做了初一,许三多就往里走。

卡车下轻响了一声,一个满身油污的兵用滚板把自己滑出半截身子,讶然地看着他。

许三多也看着地上的那位,真是极其难堪的一瞬,只好挤出个强笑,点了点头,故作无事状地往里走。

车那边是足一个班的兵,前蹲后坐地正在观摩车下那位修车,许三多立刻被十多双眼睛瞪牢了,这会儿连强笑也笑不出来了,只好硬撑出一个理直气壮的场面。

他平安地走了大约五米。

"站住!"

"干什么的?"

"抓住他!他翻墙过来的!"

"别跑!"

许三多没跑,刚转了身立刻被一个班围得水泄不通,他将两只手举到胸前,否则那两只手就要被扭起来。

许三多:"我是三营七连老兵。我错了,你们送我去三营营部吧。"

"毛都没长齐他敢叫老兵?想得美。这是一营车场,要送也送一营营部。"

"明明是扭送。扭送!"

"去叫警卫连!"

"先叫营长。"

"营长、教导员都在靶场呢。"

"副教导员。"

许三多使这个班的例行观摩充满亢奋与惊喜,他自己则是一副出师未捷身先死的造型被一帮兵咋呼着拥走。

一营营部,许三多呆坐在这间屋里,窗关着,门关着,窗外有人影闪动。

门外传来对话:"副教导员!"

"怎么关贮藏室?"

"报告,这屋窗户是毛玻璃,以免被他刺探到更多军情。"

"你们倒想得周到。"

"装备全换了,保密细节要注意。"

门开人进,许三多死低了头,这辈子不是没丢过人,可没丢过这种人。眼睛看着地面,眼前的地面站了好几双鞋,一双军官的制式皮鞋,好几双士兵的作训鞋。

许三多极羞耻地慢慢把头抬起,然后面对了一张很家常很平凡的脸,如果不是那身军装,极易被人当作老百姓。

许三多瞪着何红涛,何红涛瞪着许三多,两人都是一般的惊诧,然后何红涛的脸被笑容扭曲。

何红涛大笑,于是把惊讶传染给每一个在屋里屋外期待而亢奋的兵:"谢谢大家!我找他很久了!好好,这小子当年抓过特种兵中校,现在被汽修班一把抓,汽修班战斗力比特种兵大队还盖。"

兵们惊愕,个别脑子慢的还在自喜。

何红涛:"你没怎么着他们吧,许三多?都出去,门里门外岗哨都撤了,告诉警卫连也不用来了。"

一帮兵讪讪地出去,何红涛回身面对了许三多:"怎么回事?哈哈,许三多。"

"我想进来,没接领人不让进来。我在外边晃了一下午,就隔一道墙……我晕了,我错了,可我真的太想了……"他的沮丧混着惶恐,"我想了一路了,可是人呢?"

何红涛:"我不是人?不会提我?原三连指导员何红涛,现一营副教导员,还是你从来当我外人?"

许三多的一腔委屈生给噎在那里,给闷得脸红脖子粗。

何红涛:"好了好了,我知道咱们一直没机会走近。这段时间也动得大,铁打营盘流水兵嘛,上周就有老兵回来看看,哭倒在团大门口了……你要是也那样就好了,就进来了。"

许三多:"我不能那样。"

我真想那样。

何红涛看着他,眼神越来越温和,就像他当年发现许三多是一个有情义的孬兵:"饭点都过了,三多。咱们要在这聊吗?你有很大的心事呢。"

"我想看见他们。"

"我帮你找他们,现在换个地方。"

"我去找他们。"

"你这个兵不懂规矩,我是你的老上级,要听我的。"

许三多犹豫一下,何红涛说的确是实情,何红涛现在也摆出一副营指战员的样子。

何红涛出去,许三多讪讪跟着,几个还在走廊上小心防备的兵连忙闪人。

夕阳把三五三的大院铺成了一片金黄,训练者、赋闲者,似乎如旧,只是物是而人非。没有一件东西不让许三多投注目光,即使一片落叶也让他小心地绕开步子,一切记忆中的东西都如此脆弱虚幻。

何红涛只是走,当许三多又被什么勾起回忆的东西缭绕时,便站住等会,他很明白一个回到这里的老兵会有什么样的心情。

最后许三多完全被操场上的一个队列吸引了,不仅因为那个队列让人惊讶的年轻,也因为队首的两面旗。"浴血先锋钢七连,装甲猛虎钢七连。"

何红涛这次不在原地等待了,他靠近许三多,因为知道不是一会儿的事情。那个队列正在进行的是一个仪式,一个新兵的入连仪式,由一连之长亲自主持。

"张毅,你明白钢七连的荣誉吗?"

"我将会用我的人生来明白钢七连的荣誉。"

"钢七连有多少人?"

"钢七连有五千一百零三人。我是钢七连的第五千一百零三名士兵,在我之前走过了五千一百零二名士兵。有很多人我们已经失去了他的名字,但我们会记得他们。"

何红涛看着许三多梦境中一般的眼神:"还是钢七连。人换了,可他们连长把你们的仪式传下来了。物是人非吧?"

许三多的回答是长长的一声叹气,那声气叹得何红涛有点发愣。

可何红涛是指战员,指战员说起兵的经来就会没完:"许三多,七连现在不是装甲侦察连了,是电子侦察连。地面作业车,空中几架无人驾驶的侦察机……刚开始我们也叹气,全团最能打的部队,就被玩具给顶了,后来……他们效率确实比你们高,高几个数量。"

许三多:"我明白。"

何红涛苦笑:"你的明白……看起来真无奈。"

"明白大概就是这样吧。"

何红涛拍拍他的肩以示安慰:"老七连的刺刀职能分散到各连,也就是各连加强单兵和连排班战斗力,本该如此,一个连出众不代表全团战斗力,我就想现在的红三连也许能和老七连在战场上较较……要不要去看看你们营房?"

他说的是钢七连的宿舍,一列安静的建筑,什么都没变,士兵宣言仍在房前的空地上,让人觉得走进去也许就能看见当年那帮把自己当钢往火里淬的侦察兵。

　　许三多:"不去了……回不去了。"
　　三五三团的家属区与他们日新月异的装备并不配套,可以说还完全在七十年代的筒子楼水平。
　　一个两岁许的小崽子蹒跚着,照何红涛一头撞了过来,何红涛夸张地腆着肚子蹲下:"儿子,再来一次爸就被计划生育了。"
　　小崽子嘴快地叫着:"爸爸爸爸爸爸!"
　　何红涛抱着儿子想狠来两口,不禁愕然,他儿子嘴上被人画上了一撇精致有型的络腮胡子。
　　何红涛:"这又哪个王八蛋干的?对不起,儿子,那三字你没听见。"
　　小崽子:"一连的爸爸他们。他们说以后早上要和爸爸一起刮胡子。"
　　何红涛:"他们是叔叔!你就一个爸爸。"
　　许三多在旁边看着,甚至没有笑的心情。
　　何红涛:"今天又给你带回一个叔叔,叫叔叔。"
　　小崽子很大方地冲着许三多:"爸爸!"
　　何红涛苦笑,现在轮到他难堪:"我妈身体不好,老婆总回家照顾。这小子打会走路就到处滚,这可好,教坏了,穿军装就是爸爸。"
　　许三多笑笑,把一只手伸给何红涛的儿子玩,那小子很认真地研究:"这个爸爸也有茧子。"
　　"得了得了,给你爸爸做点脸成吗……许三多,有地住吗?"
　　许三多茫然看看暮色,摸着小崽子的头:"没有。"
　　何红涛:"住我这嫌弃吗?老婆不在,咱们仨一双人床,宽敞。"
　　许三多没说话,何红涛因这沉默而欢喜。
　　何红涛住的是一间不会超出十五平方米的屋子。这样大的地方放下一家必需的用品后自然不会再有多少空间,但在其中忙碌的何红涛宛如一只穿行林梢的蝙蝠,支上一张桌子,所谓桌子是我们会称之为几的折叠家具,放上一张椅子,双人床自然可放得下另外两个屁股,叮当二五地挪进一个煤气罐,与几上的简易煤气灶相连。一张几放下一煤气灶自然再放不下什么,于是羊肉白菜豆腐什么的都码在地上。
　　何红涛一边忙碌,一边觉得有点报然。
　　"地方丑点,刚提的副营,很快就换房,你晚来三月我就是有居有室。"
　　挺好!是挺好。煤气灶上的锅在蒸腾着水汽,关了声的电视放着没声的新闻,挤得如此温暖,何红涛的儿子用一把玩具枪向许三多瞄准射击,闪闪地制造着电子噪音。
　　何红涛百忙中说:"你得躺下,得说我死了,要不他没完。"
　　许三多把地上的菜排开了点,躺在地上。任那小崽子在身上折腾。

359

他看着水汽缭绕的天花板。

我又看见一个答案。平常、琐碎、苦寒,但它是个答案。

何红涛出了房间在隔壁跟人嚷嚷:"老幺救灾。支援鸡蛋……有多少连锅端……你才禽流感,又生化兵器……对了,以后再折腾我儿子剃了你眉毛,等你睡着,我有你屋钥匙……对了,你们全团通缉的人在我屋呢……谁呀,你细细想,最好我们吃完了还没想到。"

两大一小的三个男人终于吃上了饭,何红涛是最忙的人,忙着给许三多涮锅子夹菜,忙着喂儿子,还得小心那毛手毛脚的儿子在这个小空间里给捣出乱子。

许三多:"成才好吗?"

"不知道。"何红涛看看许三多,趁这当口忙给自己塞了口食,"我到营部隔三连可就多一层了,只知道他还在三连五班。怎么他就回来了?"

许三多又问:"六一好吗?"

"咱慢慢访细细谈好吗?你很急着回去?"

许三多茫然,火锅里的蒸汽让他眯着眼睛,这一瞬间那些在枪弹下毙命、在他拳击下毙命的人又真真切切地重现。

何红涛使劲嗅着:"煤气开大了吧?熏得你好像要哭的样子。"

许三多不说是也不说不是,起身帮何红涛调整着煤气。

门被轻叩了两声。

"滚进来,"何红涛向许三多笑着,"你不是想了解六一的情况吗?来了。"

许三多慌张站起来的时候几乎把椅子撞倒,他瞪着那扇门,惊喜加着惶恐,他误以为即将出现的是六一。

六一不说话,可能扛起一座山。软弱的时候总可以借用他的坚强。

门被推开了,机一连连长两只手上拎了半打啤酒,站在门外,看见许三多他并不惊讶,只是许三多十足地惊讶。

许三多敬礼:"一连长好。"

一连长如在自己家一样放松:"得了吧你,这屋哪有个大小的,要说大他儿子最大。"

他嘻嘻哈哈开着酒给许三多和何红涛倒上而许三多至此一直看着门外,他期待着还有一个人进来。

"喝吧,许三多,欢迎回家。"

一连长顺着许三多视线看了看,然后伸手把许三多的脖子扳了回来。

一连长:"看来你也不知道那发穿甲弹飞哪去了。"

许三多:"什么……穿甲弹?"

一连长:"伍六一啊。那个名字叫得番号一样的家伙,说复员就复员,我管他去死。"

许三多:"去死……六一复员?"

一连长是没一脸好气,何红涛使劲冲那家伙使着眼色。

何红涛:"一连一直在找你,找到通报全团连营干部,谁见你立刻拉住。因为六一已经复员,复员后把一张汇款单寄到他们连部,是要转交给你的。"

许三多错愕而一连长苦笑,并且掏出一张汇款单放在桌上。

一连长:"这是你的事,还得管。钱不多,就三千,可是个数目,任务完成。"

许三多:"我不明白。六一复员?怎么会……复员?"他问得迟钝,脸上表情可一点不迟钝,已经接近于凶狠。

一连长半点不软地看着他,给自己灌了杯酒下去:"你也这么看我,老七看我时像要杀我。知道安排一个司务长要费多大劲吗?我只是一个小连长。"

"所以你们就让他复员?"

一连长差点没把杯子在桌上顿碎了:"我让他?我让他?!"

何红涛用手拍着许三多,用眼光抚慰着一连长,现在要同时搞定两个人:"两位,小心轻放。不怪老幺,这事是一连、一营、加上师里老七一起办的,不易,可总算办妥了。老七从没求过人的,这回求遍了,面子人人都要,可得看为了什么。"

许三多:"那就说怪六一?"

一连长干笑,何红涛苦笑:"不怪他,说真的是我们服他。可确实是事情办妥了,他复员报告也写得了。他说他一条半腿也能走很远,比我们想的还远。你把那杯干了灭灭火好不好?我儿子看着呢。"

小崽子毫不给面子地拍着桌子大笑。

伍六一的走是那么的坚决,甚至于当时何红涛、一连长和高城都求他留下来,但是他还是走了,一瘸一拐地走了。"做司务长太舒服了,实在太舒服了,我真有想过在这待一辈子,可一个兵……我是说,一个瘸子,就不敢太偷懒了,要不……以后瘸的就不光是腿了。"这是伍六一被高城打了一耳光后说的话。

何红涛家火锅在蒸腾,三个成年人看着蒸汽发呆,一个小崽子敲着自己的空碗抗议:"爸爸饿!"

一连长醒过神来,拣好的往小崽子碗里夹,何红涛摸着儿子的头发怔。

何红涛:"老七打完了就抱着哭,我和老幺就知道一切玩完,如果连高城都被打败,我们也不在话下……许三多,是不是七连散了,一向的依靠没了,你们倒对自己更加负责……我对六一说不下话,因为他活得比我们认真,叫我汗颜。"

一连长悻悻地道:"汗个屁颜,给他擦屁股擦到汗颜。"

何红涛:"老幺就算了,你是喜欢那个人,爱之深责之切。"

一连长愤愤往嘴里填着肉:"听说回老家也放弃伤残待遇,不要安排,说自由了,还云游四海,切!"

许三多喉头哽咽着。

自由的味道,队长早已经告诉我了,你可以对自己负责,或者不负责。六一

361

是真正自由的人,他对自己负责……他恪守的东西,我在离开基地时就放弃了。

漆黑中何红涛的儿子大叫:"爸爸!便便!"

灯亮了,两个男人都坐了起来,何红涛看着许三多苦笑。

"许三多,他叫爸爸你起什么?"

许三多讪讪笑了笑,躺倒。何红涛家的床躺倒了就能看见月亮,有些露天的感觉,他听着何红涛在跟儿子磨叽。

何红涛:"勇敢啊,儿子,要便便自己去。"

小崽子:"黑黑。"

何红涛:"你打它。打跑黑黑。"

小崽子掂量了一下,端着玩具枪自己去了,与其说是便便不如说去打仗。

何红涛蹑着手脚跟出去,如同在查暗哨。

许三多翻了个身,他睡不着,不光因为心情,也因为身下的床垫。

太软,睡不着,睡在板上或者地上,坐睡甚至站睡,但士兵的睡眠与席梦思无缘。

许三多就像在自己留守七连时一样自言自语道:"我命令你睡着。"

但是很遗憾,这次的命令失效了。在下了命令后的两秒钟,他再次睁开了眼。

小崽子噼里啪啦地跑了回来,进门后还摆了个警戒后方的持枪 pose,看来他已经击败了他惧怕的黑黑,然后踩过地上的一团什么,回归了他的床铺。

保卫者何红涛在之后贼头贼脑钻了回来,看来他对儿子的英勇甚是满意,但他在上床之前也踢到了儿子踏过的东西。

何红涛打量着那团东西,那团东西是许三多,在很短的时间内他用背包和背包里的衣物为自己搭筑了一个可以睡着的便铺,并且已经成功地睡着。

许三多睡着的脸像个孩子,但是咬肌咬得很紧,眉头皱得打结,即使睡着了也还在与睡眠中的什么作战。

他笑得有些忧愁了:"我儿子怕黑,你怕什么,许三多?"

这问题没答案,灯灭了,何红涛睡了。

许三多蹙着眉头,黑暗中也能听到他咬牙的声音,不是磨牙,是咬牙。

我怕空洞,怕失落,怕丢失了始终,怕不在乎……那天晚上我一直梦见六一,六一很强,什么也击不倒他。

工地的顶端,一个现代都市的最高处,与这灯海中任何一处相比也是最璀璨的地方,因为工人们在赶夜工,完成这栋未完建筑的顶层架构。

伍六一在工作,他很专心,像对他的战车和机枪一样,偶尔抬头看看脚下的那片灯海,甚至更远的地方,他的眼神就很温和,一个有很多怀念的人才有那样的温和。

口令,整齐的脚步,纷沓的脚步,汗湿了的迷彩背心和裸露着的铜色膀臂。

三五三的晨练仍然像以前一样朝气。

畏缩在操场角落的许三多是最萎靡的人,即使他身边的小崽子也在有模有样地蹦跶:"爸爸早操!爸爸早操!"

许三多心不在焉:"爸爸不早操。"

小崽子:"每个爸爸都早操!"

许三多望着那些被汗湿了的人,像个投胎转世的家伙望着上一个轮回。

许三多:"这个爸爸不操……别学这个爸爸,这个爸爸不乖。"

何红涛脱离了一帮晨操的人跑过来,即使跟许三多说话他也还维持着原地抬腿,那主要是为了避免抽筋:"他好带不?他不烦吧?"

"好带。他真的很乖。"

"我今儿回来又早不了啦!我儿子又要麻烦你啦!"

"明明是我在麻烦您。"

"笑话笑话。对了,七连长想请你参加他们连会,聊聊。"

"……"

"又是兵王,又是七连故人,你去还不有的说吗?"

许三多纯是一种哀求的语气:"不去好吗?"

何红涛愣了一下:"那是你说了算……七连长可要失望了,他没少听我们吹你。"

许三多:"别吹我,我是七连最次的兵……吹我干吗?"

何红涛:"哈哈,就算是本性难移,你这也谦过头了。"

"没谦。您是不知道……"许三多郁郁走开,小崽子知道今天的看护人是谁,绕着许三多一个个跑着圈子。

何红涛今天是仍然不在,一个教导员每天的四分之三都得泡在营房和训练场,副的恐怕更忙。许三多和小崽子在吃饭,吃的是军队食堂打回来的东西。那小子路都不太走得稳,掉的比吃得多。

许三多呆呆看着他,无疑,在一个成年人的目光注视下,小崽子的吃饭很有些人来疯的意味。

一天又一天,每天我都跟自己说,换个地方,换个不会烦着别人的地方。

许三多现在正翻着何红涛从七连帮他抄回来的一堆信,几十个早已经打算埋在心里的名字,他翻开一张生日卡,那是史今寄出的,音乐轻轻响着,许三多变得僵硬。

一辆似乎还带着硝烟和征尘的越野车,两个全副伪装还未去尽的人。通过大门,在家属区楼下停稳。

何红涛从营房区匆匆赶来,和车上的两人显然早有默契,到了连招呼都不用打的程度。三个人风风火火地冲进了宿舍楼。

许三多正在和小崽子玩着幼稚到无聊的游戏。

门被猛然推开,那两个人冲了进来:"是真人吗?核实一下。"

许三多哑然,直到被人把手伸到脸上狠拧了一把,才透过那两位脸上的油彩认出是甘小宁和马小帅。

欢喜和羞涩几乎是同时涌上来的,欢喜因为重逢,羞涩源于潦倒:"你们……"

那两家伙已经一边一个把他架了,使了蛮力便往外拖。

何红涛一脸微笑或者说一脸奸细相地站在门外,顺便抱了跟着看热闹的儿子:"好走好走,不送不送。"

甘小宁:"副教导员,我们副营长说您告密有功,有空上他那领赏。这是他原话,不是我没上下级观念。"

何红涛:"我赏他个巴掌。许三多,你该去的地方找你来了,你就好好去吧。"

许三多挣扎着:"怎么也没个招呼……"

何红涛:"招呼了你就又要多想。儿子,说叔叔再见。"

许三多已经被架上了车,他知道挣不过,面对着这两名老战友也并不想挣。

何红涛轻轻拍打着儿子,平静而满足地看着那车驶走。

甘小宁和马小帅把一切搞得像场绑架,即使上车亦然,甘小宁闷头驾车,马小帅则把许三多摁在后座搜身。

许三多:"干什么?好好说话行不行?我就是想跟你们说说话!"

马小帅:"废话少说,先行检查。嗳,我说小宁,死老 A 的作战服是比咱们强点。"

许三多已经放弃抵抗了,干脆一言不发地瞪着他。

车正驶过大门,哨兵敬礼,几个家伙终于稍歇,还礼,这总算让他们不那么纠缠成一堆。

三条路,甘小宁径直扎向往草原的方向。

后座上两位终于安静下来,但那似乎也是暂时的。

许三多:"咱们上哪?"

甘小宁:"少问。没给你眼睛蒙上已经是优待俘虏啦。"

马小帅看着军营渐行渐远,再没人来揪军纪,又开始蠢蠢欲动。

许三多摆出个防御姿势:"干什么?休息啦。别再搞啦!"

马小帅怪叫一声扑了过来,也难为他在并不宽敞的后座上能搞出如此动静。许三多惨叫,因为马小帅不折不扣在他额头上亲了个响。

许三多防备着,并且继续压抑了一下子,但几个月来的渴望并不是那样就能压下去的,马小帅吱哇轻叫了一声,因为在许三多结结实实的拥抱中被挤出了肺里的一口空气。尽管仍是郁郁,但在许三多的脸上也在许三多的心里,某些东西已经化冻,那真不是任何道理或者说教讲得通的。

第二十四章

　　这辆车载着三个人,已经扎入了茫茫的草原深处。
　　草原那不是路的路面被碾满了深深的车辙,轮与履带搅在一起,来自四面八方,去往一个方向。越野车碾上这些深深的辙印也有些颠簸,已经驶了很久,甘小宁麻木地驾着车,反正这地方闭着眼也不会撞上什么,马小帅闹过了头,现在已经昏昏欲睡,许三多则看着那些车辙发呆。
　　当过兵的人都知道这意味着部队集结地,是我现在竭力想避开的地方……可我想见的人,也全绑在这些地方。
　　一个交通哨在路边挥舞信旗,放目皆是地平线,他是唯一可见到的一人:"原地停车!熄火!禁止下车!"
　　甘小宁一脚急刹,连马小帅也给颠醒了:"到了吗?"
　　甘小宁摇摇头。视距之外的地平线传来隐隐的闷响,空气中也起了波动,那是高速飞行的弹体撕裂空气的声音,它们从一个地平线之外的起点飞向一个地平线之外的目标,爆炸如大槌擂响鼓面,震颤由车轮下的地面传导入车体。
　　甘小宁看看驾驶座边水杯里泛起的纹路,对许三多笑笑:"远程精确打击。今天得打十四个目标,我们营担任引导。"
　　许三多有点没反应过来:"你们营?"
　　马小帅:"师侦营嘛!最近一直忙这个!嗳,好家伙!"他说的是远程打击的又一个目标,许三多他们的位置几乎就在弹道终点,高速飞行的弹体肉眼难辨,但空中传来的声音似乎有一列机车驶过,然后,远处山头架设的一个天线塔目标在爆炸中完全消失了。
　　许三多:"这个准。谁带的队?"
　　甘小宁:"谁带的都一样。班代,跟你在的时候换打法了呢。"
　　他看着那两张自豪得容光焕发的脸,如果那种神情在他脸上有过,那已经是很久以前的事情。
　　交通哨挥动了信旗放行,汽车驶动,穿越刚才爆炸的扬尘。
　　师侦营虽是临时隐蔽地,但大得能直接驶进战车,实际上一辆指挥车也真就停在里边。甘马两位带着许三多在其中穿行,透过头上的红外伪装网能看见被分成了网眼的湛蓝天空。
　　许三多在钢七连尘封的半年再加上去老A的半年里,这支部队在技术成分上密集了数倍,那些正在设备前核算打击结果的技术兵和许三多这种兵明显是两回事的,即使与许三多目光相对也是视若无睹,他们的战争几乎全靠脑子里的数字世界进行。

　　一个人在指挥车边背对了所有人蹲着,正在补吃别人早已吃过的正餐,简单潦草到不像话,一饭盒汤,两个和他一样征尘遍布的馒头,一口汤,一口馒头。他的胃口倒是好极,背着身也能听到他喉咙里传出的大口吞咽。

　　许三多站住了,那个背影让他陌生又让他熟悉,而那样对付的饮食也吃得如同珍肴,这种辛苦让许三多觉得心酸:"连长?"

　　那人转过脸来,许三多第一眼是觉得自己认错了人,因为先映入眼的是自眼角直至嘴角的一条伤痕,但当那张脸全转过来时,伤痕下确是高城的脸。许三多呆呆瞪着那张脸,高城曾经是以精英才俊而自赏的,现在却像他正嚼咽的冷馒头。

　　许三多仍讶然瞪着他,高城停止了嚼咽,下意识摸摸脸上那道痕。

　　高城:"很难看吗?我有时还觉得挺酷的。"

　　许三多:"连长你怎么……"

　　高城:"远程引导靠太近,石头子咬一口。要精确到米嘛,就得付出点代价。"

　　马小帅小声说:"其实是正儿八经的杀伤破片……"

　　高城:"爆速飞行,弹片或者树叶有区别吗?得失我命,你来啰唆。"

　　甘小宁:"嗯,嗯,不许说,许三多来了也不许说。"

　　高城:"本是想训练完了跟你聚,可老何一天一电话,说你那边闹毛病。那就接过来吧,反正这阶段也完了,很快就回师部。"

　　提起这个实在让许三多有些羞愧:"我的不对,连长。天天烦着指导员……"

　　高城:"你烦他和烦我没区别,你来烦我我很高兴。小宁,通知大家开拔,今晚在936点歇宿。许三多跟我车。"

　　甘小宁和马小帅去得有些悻悻。许三多看着高城,高城一眼扫过来,许三多避开他的目光。

　　高城:"心怀鬼胎,你有话要说吗?"

　　许三多:"没有。"他的眼睛在发潮。

　　"忍着吧。供水车里还剩了一多半,用不着你锦上添花。"

　　高城坐下,说话也恍似在自言自语:"明明是个强人,偏生一副熊样。"他继续咀嚼他的正餐,一口馒头一口汤。许三多恭敬地站着,不叫坐也就不坐,如回到高城治下的时光。

　　连长也是个强人,似乎能击倒一切,包括他自己。看他第一眼就能知道。

　　高城灰头土脸还在嚼着馒头,那条大疤在难看地抽动。并且坦白讲,高城的眼睛也有点发潮。

　　一支小小的车队在草原暮色下行驶,高城的战斗指挥车夹在其中。头车的甘小宁把大半截身子探在舱外大唱本地民歌。

跟战车相比宽敞许多的指挥车舱里,许三多呆坐,看着高城和几个参谋在地图桌上谋划运算,现代战争实在对技术要求太多,地图桌边那几个人即使在行军中也沉浸于他们的数字世界。

车声辘辘,一直埋头的高城忽然抬头看着舱外的天空苦思,忽然想起许三多的存在来便看他一眼,这一眼就能教许三多忙将眼光避开。"出去待着,这么好的空气景色,我都想上车顶坐会。"

也不清楚那算是命令还是建议,许三多从舱顶钻了出去。

许三多扶着重机枪架,在车舱顶上坐下,这上边宽敞得像个平台,绿色的草原因暮色而显苍茫,笼着一个绯色的天穹,高城实在是提议了他一个望景散心的好地方。

甘小宁见到了宝一样,离了几百米的头车对他大挥手势,许三多笑笑。然后迅速融入了这些,机油、钢铁、火药、燃烧的柴油味加上草香,一切都已经久违,车队也驶上一条平展的道路,目标是地平线尽头的几栋小小房屋。

许三多扫了那里一眼,又仔细看了看,那房子比他记忆中要整齐,似乎重新整修过,但他永远会记得屋前造型独特的路和那根旗杆。几个小小的人影跑出来,迅速在旗杆下整队,同一时间许三多也认出了那处所在,他就手跃进了舱里。

这是许三多在草原五班时常上的那处小山峦,一具步枪瞄准镜的十字环套准着地平线上车队的首车,它平稳地随着车队移动,甚至消除了呼吸时应有的微颤。

那具瞄准镜和以往所见的任何制式不同,上边的标示竟然是俄文字母。

瞄准镜的十字环套准着车上正显摆的甘小宁。

成才的枪终于从他的假想目标上移开,那是一支如此奇怪的枪,完全是用各种不损害枪械的办法,把一个民用瞄镜固定在一支制式的八一杠步枪上。

许三多落进车舱,制造出来的响动和那份惊慌让几个人全转头看他。

许三多:"五、五班?"

大家很会意,开始整理那一桌的运算工具。高城站起来,看着惊讶失措的许三多,泛出他们见面后的第一个笑脸,伤痕让他的笑看起来有些古怪,像是挤出来的:"看看图就知道,936 就是五班嘛。我们来这扎营,顺便,见个强人。还顺便,治你毛病。"

在几年的散漫之后,五班终于像军营应该的样子,仍是那几间东倒西歪屋,可一切细部显出它有了自制力和秩序,最重要的是在旗杆下列队的那几个兵,他们有五班从没有过的自信和自尊,而且在许三多的记忆中,五班从未能列出过这样像样的队形。

高城半个身子探在舱外立正,一个班用行为表示出来的尊严让他这副营长也不得不打起了精神对待。

旗杆下的队形成才是队首,如果以往的成才一直紧张不安,一向计算得失,那么现在他有了另一种气质———一个比大多数人更清楚自己重心的人。车队减速,那个队形敬礼,高城还礼,并且没忘了拿起车间通话器。高城:"环行半周,以旗杆为基准三百米扎营。注意队形,别让一个后勤班毙傻掉。"

于是车队执行着他的命令,环行并且在停车时也保持着队形,小心翼翼地维护着一个师直一线战斗单位的自尊。

高城目光下觑,车舱里的许三多坐立不安,一脸惶然。

高城:"许三多,那就是强人了,你的老乡。被老A打回来,面子丢尽,那就去他的面子,短短几月,他让这块荒地成了训练部队宁可绕道都要来的休憩之地。你看他,得失由心,想要的只是一个给自己的答案。"

成才仍保持着立正,像以前的许三多一样,那种立正不是给人看的。

许三多并不看,反而背着窥孔坐下来,他再无法掩饰他的颓丧。

车停稳,几个参谋先行下车,高城一只手把住舱门,看许三多一眼:"魂丢了一样……许三多,你为什么回来?"

"我不知道。"

"狗总在找到过骨头的地方转悠,你呢?"

"狗?"许三多苦笑,"我差不多吧。"

"老A这么差劲?你转了一圈就找着一脸空洞?"

"他们不差……是我太熊。"

"你我是为了什么?你我不干,中国军队要散了吗?六一走了,他不走会把中国军队吃穷了吗?没有大道理,是不是都想给自己一个说得过去的答案?你守着七连图什么?我给脸上弄出这大疤瘌为什么?是不是这件事情不做到底,我们这段人生就和了稀泥?没了答案?"

"是的。"

"你想走,脸上神是散的,还想当兵的人不会散了神。可是七连不再当兵的人也没谁散了神,七连人不凑合,走时也有答案。像发子弹,什么琐碎,什么想不明白,咱直接穿透了它。"

许三多瞧高城一眼,高城脸上并无豪情倒有些凄婉,许三多也知道他在想着谁。

"我真想六一。和好那么美味的一盘稀泥给他送上,他端起来就糊在我们脸上。他真悍,我当时真想给他跪下……我想说,留下来,我想天天看见你。"

许三多抱着头,挤在战车的一角。

高城自行下车,并且带上了舱门。

指挥车的装甲并不能让许三多觉得安稳,只让他更觉得自己的孤独。

师侦营车队已经在五班驻地旁边为自己搭好了歇宿的帐篷,正在做最后的收尾,成才带了五班的人在尽可能地提供帮忙。甘小宁、马小帅一边忙活一边瞟着那辆指挥车,舱门虚掩着停在那。高城从旁边过去。

甘小宁:"副营长。"

高城:"什么事?"

他们的眼睛仍瞟着那车,目光神情也近似哀求,高城横他们一眼,目光转向了成才:"晚上聚个餐行吗?"

成才立刻从忙碌中回身敬礼,他现在成了一个总让自己绷得很紧的人:"五班已经在为师部的同志准备晚饭。"

"成才,我说的是一起聚餐,你非得绷成发条还是拒我千里?"

"听副营长指示。"

"我说了算是吗?那就顺个便。"高城促狭地笑笑,"这回队里正好有几个枪法还过得去的家伙,聚餐完即兴一下。"

"您说过得去那都不是一般的好了,听副营长指示。"

路、营房与旗杆,忙于晚餐的兵,五班的兵和师侦营的兵,在草丛中休憩的车辆。

指挥车的后舱门关上了,但顶舱并未关上,金色的夕照聚成了一束,投射在车里那个抱头苦坐的士兵身上,从高城走后他似乎没动过一个手指头,但在这个生长于斯的地方,过去和现时让他胸怀激荡。

现时的许三多仍坐在车里,从窥孔里看着外边,他似乎在看自己的过去。

那时的许三多坐在牧民的车斗里,灰头土脸地和几只羊窝在一起,并且在对面驶来的坦克面前畏缩。那个许三多这样安慰自己:"有意义就是好好活,好好活就是做有意义的事情。"

许三多睁开眼,看着眼前的世界,窥孔里的草原,草原中的一条路,单调而坚强地在茫茫中强调出一个方向,它如此清晰。

草原入夜和薄星,五班驻地飘着笑语和轻声,火光点点,师侦营和五班一起享受着闲暇。

餐盒已经空了,高城在检查几个士兵刚拿过来的枪械,那都是特地挑出来的新配枪械,配着几个师侦营最强的射手。高城显得满意,看看旁边的成才:"挑一支吧。"

成才:"我用习惯的。"

五班一个兵正把成才那支怪模怪样的步枪拿过来,高城似乎想笑:"那把枪怎么回事?骨折了吗?"

"嗯,也算是折过。"

高城苦笑:"什么叫折过?好吧,灯光条件射击。"

四周都静了,给让出了一条路来,随意是随意,但这关系到两个军事单位的比量,观者又有些紧张。

成才拿过枪,忽然显得有些难以启齿:"副营长,对不起……五班没配子弹的。"

高城："你一发子弹也没有？"他向他的士兵，"你们信吗？这里有个名副其实的枪王，可居然是个不配子弹的兵！都说枪法拿子弹喂出来的，成才，你拿什么把自己喂成这样？"

"报告副营长，因为开枪的机会少了吧，所以格外珍惜。"

"不止吧。你现在可比在七连手稳，心稳了，手也就稳，坦坦荡荡，比人少些坑坑洼洼。"

"我不稳。"

高城摇摇头，从马小帅身上抻出一个弹匣，扔给成才。成才换上实弹，一言不发地走向射击位置，要跟他比量的几个枪手互相交换着目光，尤其是那支不伦不类的旧枪，从外观上说，师侦营的顶级射手实在不太看得上这个一身油泥的杂兵和那支枪。

指挥车上几个大灯都亮了，几道光束投射在射手身上，那样的照明还不如不要，从光明地里射击暗处的目标加倍地困难。

射手脸上有些难色。

一辆敞篷越野车已经在远处行驶，加着速，并且不规则地绕行着S线路。不是一般的难，师侦营的几个射手已经在屏息宁神，成才安静地站着，把原来的单手持枪改成左手托了步枪的枪管。

一个空酒瓶从那辆车上打着旋飞出，在星光下闪烁微芒，师侦营射手抬枪寻找目标，成才的枪已经响了，碎片溅飞。车拐着急弯，车上的人也把酒瓶往各个方向扔出，有时一只刚飞出第二只已经离手，枪声响着，一片凌乱中成才的八一杠声音独特而有节奏地响着，他用一支自动武器在打单发，而从他开了第三枪之后，师侦营的射手已经只有望洋兴叹，他们就算能开枪，九五式枪的子弹也只来得及追赶那支老式步枪的弹道轨迹，然后从溅射的碎片中徒劳无功地穿着。

成才的动作幅度越来越小，任那车的驾驶员和扔瓶的人要多少花招，他所做的只是微微调整一下枪口的位置，他现在的射击状态和袁朗如出一辙，一种没有任何牵挂的纯粹射击。

许三多从指挥车里的窥孔看着，作为最熟悉成才的人，成才这样用枪他并不惊讶，他注意的是成才的枪。

成才现在很善待自己，他学会了珍惜。

这场射击已经看得每一个人都屏住了呼吸，即使成才的对手也会因成才错失一个目标而叹息，但成才没有分毫错失。

瓶子扔得越来越多，快枪声也响得越来越快，后来已经接近了手指扣动扳机的最大频率。然后枪声猛然停了，成才在待击，但车上再没扔出任何东西。

成才又赢了，默然着没有任何表态，他很难受，因为本来寂静的人群中在高城明确示输后开始嗡嗡地议论，一种把他当成人物的目光，夹着两个现在让他很不舒服的字"枪王"。

"我不是的……多点时间练,那也不是什么王……"

"成才,你要照自己心中的数,就得习惯被人叫。"高城又找补一句,"就像许三多以前被人叫傻子。"

成才并不太同意他,不愿再被人盯着干看,抽身想退,卸下了弹匣,并且立刻在人群中找到了马小帅,他归还那个弹匣:"射弹二十四发,余弹六发。"

马小帅愕然:"这也要还?"

"五班不配实弹。留着违规。"

"拿好吧,他有原则。"高城拿过成才那支枪,细细打量。

"我说你这枪好像被打成骨折一样,你说也算折过,这话怎么说?"

成才有点狼狈:"您知道的。"

"我知道的不细。好像被打断了脊梁骨,拿膏药一贴就重新装人。本师不止你一个人去了老A,但你没几月就灰溜溜地回来,哪来的回哪,这怎么回事?"

愕然的已经不仅仅是成才,也有五班,也有高城自己的师侦营。

成才:"我做了差劲的事情,以前活在狗身上了,我回来活得明白点。"

"现在就活在人身上了?你倒是很方便,想重新开始就重新开始了?"

"……"

高城笑:"说说看,这么多人,就当言传身教吧。"

"副营长,过日子总得爬起来过吧。"

"你这一爬起来倒好,把我整个师侦营给灭了。"他掂掂那支枪,扔还给成才,"这枪我问过,干吗粘这么个几百块钱的地摊货,搞得狙击不像狙击,突击不像突击,你说朋友送的。你那蠢朋友怎么老干这种蠢事?"

从成才到旁边的任何一人,没人阻止高城,只因为他是在场官阶最高的人。

"您知道的,您也问过。以前活在狗身上了,交的朋友就一个……唯一一个,可他够朋友。我看重的东西他也珍惜,他知道我来的地方没狙步,就送我这个。"

高城继续刺激着成才和指挥车里的许三多:"滑稽人呐,就做滑稽事。"

成才:"如果您现在觉得滑稽了,祝您笑口常开。"

高城:"那人我认识,是个笑柄嘛。是不是,小宁?"

甘小宁欲言又止:"不是。副营长。"

成才:"那么我们都是笑柄,我是远不如他的笑柄。当兵的穷,战友、团队、坚持,除了这些什么都没有,但是……"他怔住了,他想起对他刺激甚大的那一天,袁朗在甄别上对他穷追猛打。想起袁朗在追问他的那六个字。

高城一副讥诮的表情:"说呀。说来给大家乐乐。"

成才的声音低了很多:"不放弃,不抛弃,只有这些,飞机坦克、兵王枪王、巡航导弹或者航空母舰、死老A或者师侦营,跟这些比,都只是短命的玩具。连

371

长,放过我。我知道现在说也晚了,可我真的好想钢七连,四千九百四十四,那是我在七连的数字。"

高城阴晴不定地看着他。

成才:"或者您想怎么样都行。七连人最难过的日子被我逃掉了,我一直是个逃兵。"

高城伸出一只手,似乎要大力拍他一下,但是他把成才拥了过来,拥过来附耳:"对不起,是因为你的朋友在里边。"

他放开了成才,对着指挥车:"你知道我为什么挤对他,可你要看到什么时候?好吧,天下大得很,选择多得很,明白这个的人直接跟这里的丘八说再见吧,祝你心宽了,放弃你自己,抛弃了我们。聪明人许三多,你会活得比现在舒服的。"

高城对着车体就是一记大脚:"可别跟人说你当过兵,尤其说当过七连的兵。"

大多数人是不知道车里还有一个人的,所以诧然地听着里边那个瓮声瓮气的哭腔。

那是许三多的声音:"我没有啊,没要走啊。"

高城愤愤:"脸上写着呢,你来告别的,看看我们,讨个心安。"

"我想,可我还没说呢。"

"我替你说了,滚吧!"

"可现在不想了啊。"

高城的怒发冲冠里带上了些忍俊不禁,仅仅是为了严肃才强自维持:"妈个孬兵,就会赖账!……闹你个鬼的毛病,差点折了我大脚指头。"他一瘸一拐地走开,临走时拍拍成才的肩,呆若木鸡的成才终于动了一下。

高城离开了人群,身后的人群里,成才正打开后舱门,和一个人拥在一起。高城苦笑,一边摸着脸上的大疤癞,年轻的连长在人后对这还是有些在意的。

特种部队基地。

袁朗匆匆走向禁卫森严的基地大门,齐桓在身边跟着。两个人的表情都不轻松。

齐桓:"他就会说要找许三多,可我看他跟许三多一点也不像。"

"怎么找到这的?"

齐桓:"邮戳上有个地名,他照着这地方部队一个个问,有没一个叫许三多的。说找第五天了。"

袁朗苦笑,这倒跟许三多蛮像。

齐桓:"准是大事。要不谁这么找人的?"

袁朗已经不是苦笑而是忧虑了:"一个人得走多少路才能配得上人的称号?"

那只是感慨,他径直走向哨卫室,一个佝偻的人在里边的暗影里坐着。

袁朗:"您找许三多?"

那个人站起来,是许一乐,他已经未老先衰得不太好认了。

草原上的一切都已偃旗息鼓,师侦营的临时营区火光点点,放哨者、检修者、休息者,许三多和成才是这些规范之外的,他们是两个聊天者。成才又拿过一个餐盘,看许三多补充着多少天来从没好好吃过的饭。许三多狼吞虎咽,看得成才也露出些同情之色。

又一个餐盘塞了过来,高城笑嘻嘻站在身后。

许三多有些赧然:"吃不了啦。"

高城:"吃不了有鬼啦。许三多,现在才活过来了,你知道昨儿见你什么感觉?人死在老 A 了,这是魂游回来了。我真想说,拖出去毙了。"

许三多:"谢谢连长。我现在好了,心眼太窄,被你一骂,宽了。我回基地。当兵的离开了自己部队,真什么也不是,现在大概只有那才是我待的地方。"

"你这个死老 A 我是不想再操心了,你有你的地方。"高城转向成才,"军部要优秀射手,我不知道做什么,可我想给你报上去。"

成才有点为难:"连长,这个……"

高城:"你大概觉得自己在这里是个稀罕货,可我非给你找个稀罕货扎堆的地方。就是这样,不做讨论。走了走了,七连都散了我还跟两个孬兵扯什么?睡了睡了。"

他洒洒然去也,那是为了把空间留给这两同乡。

于是许三多继续吃,成才继续看着他吃,好朋友就是说不论做什么都是享受。

哨兵的身影融入了草原上深重的夜色,所有的人也都已睡了,那不包括火堆边的两名同乡兵。一个躺着,另一个也躺着,看着天穹,湛蓝的天穹比地面明亮。

就在这天晚上,在这个草原的夜色中,许三多学会了承担,成才明白了感激。

许三多又看见了那个毒贩,像草原的空气一样稀薄和飘忽,很平静。

我永远记得你,永远替你我惋惜,你的生命、我的天真都在同一时间消失了。可下一次我还会那样做的,我是士兵。我也知道从明天开始我永远不会再看见你了。

五班营地的清晨,今天的一切都是繁忙而充满生气的。

晨光下侦察营的士兵正在准备新一天的出巡。成才和他的几个兵正帮忙给战车加油,许三多在旁边帮忙。

"许三多!电话!"甘小宁为了让他看见站在一辆野战通信车上,许三多讶然,那意味着电话来源只能是专用的军队无线网络。"快点,死老 A,你队长的!"

许三多醒过神来就飞跑过去。

野战通信车里密密麻麻的电台和通话设备里接出了一个话筒,是军队里那种临时接线就用的话机,通信兵把它一直接到舱门,方便许三多接话。

通信兵:"不知道转了多少线,隔了八座山的单位。"

许三多小心地拿起话机,因为珍惜:"队长?"

"许三多呀,你去的这地方可真没悬念。"

许三多笑得哽住:"是啊是啊。"

"好了点吗?"

"好了。没有问题了,我很快就回去,昨晚我都在想回去。"

他是以从未有过的热情洋溢在接着这个电话。

袁朗在那边干咳了一声:"许三多……公事和私事,我先说哪件?"

"当然公事。"

现在的袁朗看起来有些狼狈,他身后的许一乐,在这间军人的办公室里更加格格不入和畏缩,但那不妨碍他尽可能挤在电话旁边。

"我们要参与一场大规模的联合军事行动,是国与国之间的,我的预备人员名单里有你一个。"

许一乐在旁边着急:"那件事那件事!"

袁朗再次地苦笑,他已经应付了许一乐许久,到了深知其人。

许三多在疑惑着话筒外的那个人声。他已经预感到不祥。

袁朗:"私事……是打这个电话主要为这件私事,你知道多费劲。你家里事……许三多,你大哥就在我旁边,他找你找得很辛苦,你家里出了事。"

"说吧,队长。"

袁朗一只手下意识地擦着桌边,要擦去些并不存在的污痕,他很难有这种焦躁的动作:"你父亲,跟人合伙开个小矿,私下里买的炸药就囤在家里,保管不善,炸了。"

许三多沉默,麻木感渗透了全身。

大哥是被逼得从家逃出来的。他能想到的最后一件事就是通知我,然后去远离这些烦扰的随便什么地方。逃避,简单说就这两字。

那辆通信车都已经驶走了,许三多仍坐在接电话的位置,他在让自己恢复。成才在旁边陪他站着,他帮不上忙,或者说他能帮上的只有这个。远处高城连走带跑地过来,后边跟着甘小宁和马小帅。

许三多的背包在被甘小宁做最后的加固,成才看着,马小帅等着,许三多站着。

高城担心地看着许三多:"脸又皱上了。许三多,昨天你想通了,你以为你想通了就万事亨通吗?过日子就是问题叠了问题,你能做的就是迎接这些问题。像打仗一样,未必给你准备。走吧,小帅,你得一路飞车。"

他看着许三多调整着自己的心情和表情。

许三多又恢复到了昨天之前:"连长……"

"清清心火。眉头打开了。"一边说一边拿着包,把许三多拥到了帐口,"这样走你就又败了。"

许三多继续:"连长,你去整整容吧!"

"啥!"高城太高兴了,他对着的已经是一个能正面对待所有难事的人了。许三多在一片表示赞同的声音中被拥了出去,高城摸着脸上的大疤乐了。

许三多与马小帅在检票口外分手。

许三多:"我走了。"

马小帅:"笑一笑啦。"

说是笑一笑,但碰上那样的事,许三多能挤出的只是嘴角的一下嚅动,他走向检票口。

许三多通过检票口走向那列车,身后的马小帅迅速被他忘却了,他立刻沉浸于还未见到的那场家庭灾难。

马小帅突然在身后呼喊:"班长,你看我!"

许三多回头看,马小帅猛地起了一下高,看起来他像是想凭空一下子蹦过栅栏,那只是个开端,马小帅拿出一个侦察兵的浑身解数,落地时翻了一个空心筋斗,那也只是第一个,马小帅接二连三地翻着空心筋斗,在车站外的人群中,随着正赶往列车方向的许三多前进。

笑容终于浮现在许三多脸上,伤感的、感激的,但也是愉悦和发自内心的。

他最后看了看那个在栅栏外发着疯的家伙,赶向他的火车。

我尽力,我会尽力……让你们给我的笑容留到最后,不,永远像做三百三十三个大回环一样,一个人的战争。

许三多惶然地站在家乡车站外,一个让他完全感觉陌生的地方,广场、商用楼、喷泉,尽管是现代工艺的千篇一律和急就,而且不管多少建筑都会被人填满,但他当年离开这里的时候,这里只是集市和平房。

许三多顺着田埂走向山里掩映的上榕树村,自家的村落。不是农忙,水稻田里也清清闲闲的没个人,村子现在离公路很近,有些东西变了,但有些东西永远不会变。

有人看着他,但那是看稀罕,没人认出这个制服家伙就是当年的许三呆子。

进村口便是小卖部,七扭八歪的名字叫个拥军爱民大成百货,那份狗屁不通叫许三多多看了几眼,他走向家的方向。

一个半老头子从小卖部里扑了出来,一把把许三多逮住。那是成才他爸,此地的村主任。

"是许三多吧?可不是许三多嘛!我刚才瞧你多一会儿呢!我还以为是我儿子回来了!许三多,我儿子啥时候回来?"

许三多:"老伯您……"

村主任:"成才!成才!娘的,天天跟我儿子扎堆,你连他爸都不认了!你怎么还回来?这种时候你回来管什么用?"

许三多忽然发现成才他爸认出自己时不是惊喜而是惶恐,话音未落便先往周围看了一个遍,确定没人注目便揪他进小卖部,外间不算安全,还要进里间。

许三多:"成伯,这是……"

村主任:"别想啥荣归故里了,你家人现在就是被人抓的特务。"他把许三多搡进屋,最后看了一次外边,然后关上了门。

许三多坐下,一切被成才他爸搞得惶恐不安,老头子从外边进来,许三多什么没来得及问,先被他嘘了一声。

"躲什么?成伯。"

"人哪!除了人还有什么要人躲的?追债的、讨命的、整事的,什么都有,全冲着你家的。"

"出人命了吗?"

"伤了俩。对,还有要医药费的,现在开出的单子小十万。"

许三多又坐下擦着汗,再坚强现在也是一头雾水的茫然。

"怪就怪村后那片石灰岩。你二哥跟你爸说那是建材,是钱,你爸说整呀,就整。全村都起劲,集资,都不用我这村主任动员,都说一本万利,现在石头能卖钱……我就跟你爸说,开矿那炸药千万小心点,他说没事,锁着呢。炸药这玩意是锁不锁的事吗?没开工,爆了,你家新房倒了半爿,邻家玩完三分之一,还捎带着全村玻璃。"

天不热,可许三多一个劲在擦汗,似乎出不完的汗:"我爸他呢?"

"拘留了。我亲送他上的车。是好事,许三多,要在这他会急死。你大哥扛不过早跑了,就剩你二哥……"

外边有人敲:"拿包烟。"

"等会儿……你二哥倒是能患难的主……"

"万宝。快点。"

"说他他就来了。全村除你二哥没抽这烟的主。——二和,你家这么大事你还抽这么贵烟,烧钱哪?"

一个会被城里人看成乡下人,乡下人看成城里人的家伙站在外边,阴着脸,烦恼、厌倦、不耐烦,种种的负面情绪让他的年龄也难辨:"二十万搞定这事,合成烟二万包,我省这二万分之一干吗?"

他怔住,因为许三多也随之探头,二和本来就是一副厌恶的表情,现在做了个更加厌恶的表情。

村主任表着功:"看谁回来了。我反应快,见了他就让躲着,要不你家又得让人围了。"

"他有什么好躲的?人又能把他怎么样?回来抹把眼泪,一撅屁股做回他的大头兵。没能耐就是好,躲都不用躲。"

许三多委屈地叫道:"二哥。"

二哥终于仔细看了看他,他厌恶的是这世界和现在的事情,对这个小弟还是亲情犹在的:"你实在该挑早些日子回来的,那时咱家过得还是不错的。"

然后他走了。

许三多愣住,村主任叹着气:"你这哥还真有个哥哥样。"

许三多终于明白那意思,拎起了包追上。

许二和走着,许三多追着,众人都认识的二和和众人都不认识的三多同样让村人敬而远之。

许二和终于从拆开的烟盒里拍出一支示意,许三多摇头,二和叹口气点上:"谁告诉你的?你回来干什么?"

"大哥。他去了我们队里。"

"这孙子,原来去你那了。"

"二哥,他是咱们大哥。"

二和焦躁地咬着烟头:"灰孙子。没出事时啥忙帮不上,有了事跑个鬼影子不见。我说了让他不告诉你的,反正你在那里也混得心安理得,混着吧。"

"二哥,我知道你为我好,可这事实在该让我知道。"

"不是对你好不好的问题,是你知道了又有什么用的问题。"

许三多噎住,跟随着。

"知道什么叫有用吗?出了事我买把菜刀,磨了锃亮,天天就砍在桌上。来了讨债的索命的,哥们说请了,人在这,刀在那,要哪块自己动手拿走。这叫有用。"

二和瞟了弟弟一眼:"你要手上有个几十来万再来跟我说对错。"

"我是说,二哥过得这么难,我早该回来。"

二和愣了一下,掉了头,看着墙,这让他走得极不自然:"你现在别给我下软药。我现在怎么都行,就是不能软,得硬着。"

许三多伸过去一只手:"二哥别难受,我回来了,咱们一起扛。"

"不难受吗?好,你也不要难受。"

这村子实在不大,他们也已经走到自己家门前,从院子外看是很完好的,但是门没锁,二和也毫不爱惜,一脚把门踹开:"看吧。这就咱们家。现在不叫家,叫现场,我没动过,不为保护现场,我懒得动——有本事别难受。"

许三多看着他的家,许百顺曾经为了把家里房子翻新呕心沥血,现在那完全成一片废墟了,窗户和门框都已经不复存在,家具成了垃圾,房子成了毛坯。

一张桌子摆在一地玻璃屑和碎砖之中,上边砍着一把菜刀——关于赖账的事情,许二和是半点没有吹牛。

许三多从房架子里把一张床拖了出来,现在他们家任一个地方都能沐浴到月光了。二和坐在桌子边看着,桌上有瓶酒,他喝着酒:"你折腾那干什么?我都是铺张席就睡。"

"总不能不管。这咱们家呀。"

在砖瓦堆里翻寻着被褥的弟弟让二和不忍卒视,不忍的结果是掉头又给自己灌了一口:"你不用担心咱爸。他说我进去,我说他进去,心里都明白,进去了好,没人催着,没人追着。他年纪大了,身体也不好,到里边反而有人照顾……"

"爸身体怎么不好了?"

"酗酒过度,胃出血几次了,现在酒精综合征,不喝就抖。"二和又给自己灌了一大口,"本可以保外就医的,可是算了吧,那会被人逼死缠死……老三,看看咱爸呀,他一口气生了三个废物呢。"

许三多看了他一会儿,过来,沉着脸把酒瓶拿开。

二和不满:"你跟我起什么哄?"

许三多把他摁在那,二和带着醉意苦笑:"你说这一世人有什么意思?发了垮了,赔了赚了,哭了笑了,真了假了,也就喝口的时候还能摸着自己的边。"

"你不是做生意赚了好多吗?为什么不帮帮他?!"

二和伏在桌上喃喃:"告诉你一个秘密,一百个人说赚了,其实在哄自己,真赚了的人不说赚了,赔了的人才说赚了,他得哄着自己撑下去呀。"

许三多发着怔,叹了口气,把自己的衣服披在二和身上。

二和:"真赚了我会回来搞什么石灰矿……这里好香吗?"

许三多:"香不香我们都会回来,这里是家。"

二和聊着聊着已经睡着了。

许三多看着他的家,他的哥哥,又看了看手上的酒瓶。

他的手动了动,把剩下半瓶酒全倒在地上。

许二和是被阳光耀醒的,他发现自己居然躺在床上。床在房架子里,虽然只是个架子,但许三多的一夜辛苦已经让这里像间房子,有张床,挖出了一个床柜,墙上甚至钉了钉子,挂着许三多的背包,而包里的衣服被掏出来枕在他的头下,盖在身上。

二和很没心没肺地发现盖在身上的衣服很时髦,并且拿起来试穿,这时他发现放在床边的一张纸条。

"二哥,我去看爸爸。"

许三多坐在水稻田的田埂间发愣,雾气刚刚散去,水里映着那个忧郁的军人,人声从村里传来,车声从公路上传来,一切都很安静,但该做的必须去做。

许三多起身走向公路。

门前的警察注意着走过来的那个军人,那身军装很罕见,而那个军人的步子让同样操过队列的他发现自己的那些把式见不得人。

警察向军人敬礼,军人向警察还礼,警对军有种下意识的不当外人:"您有什么事？"

许三多："我来看我爸,他被拘留了。"

警察比许三多更觉得难堪。

许三多看着许百顺在警察的陪同下进来,后者老多了,萎靡,不光因为那件不合体的号衣,更要命的是,他的手脚和身体无时不在做一种神经质的颤抖。

坐下,挑许三多一眼,并见不出热情："要不是公安说来了个兵,我还不知道来的是你。"

"爸。"

"跑这么远就为叫一声啊？撑的。"

许三多看着,许百顺硬着,眼里发潮就擦掉,然后继续给儿子个半脸,硬着。

"咱们怎么办,爸？"

"天塌下来我和你哥顶着,要你想怎么办？再说天也没塌,咱家天花板都没塌。"

许三多看着他那双放在桌上的手,那双手仍在抖动。

"反正集资的也是我,我在这里边,外边就拿我没法,这里也清静,总也活了快六十了,来这也给了个单间,不跟刑事犯一块儿……"他有些说不下去,因为许三多用双手握住了他的手,这样的亲昵动作在两人间从未有过,许百顺只好装傻。

"回头判,也判不了多会,判多久我都顺着,那叫伏法,要钱可是没有,确实也没有……划算,那是二十好几万……我赚,就算坐两年吧,那也是一月省一万,不,一月赚一万,这好事哪找去……你搅什么？!"

因为许三多把他的手分开,头低了,把两只手掌合在自己脸颊上。

许三多："爸,再叫我声龟儿子,爸。"

许百顺："你哪里是龟儿子嘛,你爸又不是龟。傻的。"

他撸着许三多放在他手上的那颗头颅："人要没了想就像你爸这样,容易做些没出息的事,喝酒喝死、躲牢里赖邻里的账。你爸以前是很有想的,那时有了你们三个,美呀,我有三个,三个都是儿子,三个都是指望。后来……后来不知咋搞的,就没了想,就剩了不服,跟人比跟人抢,要做人上人……做不来就喝,大不了喝死。你知道我为啥没揪你回来吗？"

"我该跟你回家的,爸。"

"我到部队里一看,完了,我这儿子完了,发不了财,做不了人上人,这辈子平平常常了。可他喜欢,他有个想啊……他不比人强,可他也不比人差呀,他会好好活,不会酗酒,酗酒就是糊弄自己,他不糊弄自己,他有个想,他喜欢。好吧,那就待着,待着就待着,我儿子不止吃喝拉撒睡,他比好多人强。"

许三多呆呆地听着,他把父亲的手翻过来看,看见几块老人斑。

许百顺："回去吧,我不是说回家,回你部队去。我不管你在那边惊天动地还是小打小闹,别的事你爸你哥顶着,你在那舒服,你在那有精神。我就跟这的公安说,我儿子一个撂翻你们这样的十好几个。"

许百顺把手从许三多手上抽了回来,往椅背上一靠,并深为自己为儿子安排的这个归宿满意:"回吧。儿子,好好活。"

许三多匆匆地走过繁华的街道,如同一个人走在荒野。

我想说,我现在是特种兵,那是步兵的巅峰,我想说队长等我回去,我们有军事行动……可是那又怎么样?爸爸挡在我的身前,我有什么可以跟他炫耀?

他突然停住,跟着是一个急转身,吓得走在身后的人缩了一下,他的目标是一具公用电话。

运指如飞,拨通了一个电话,电话那边是袁朗的声音。

"队长,我要借钱!"

袁朗稍顿了一下:"没有问题。"

许三多:"我会还!"

袁朗:"这个稍缓再说。"

许三多一种恶狠狠的语气:"一定要还!"

"你随意。"

许三多终于意识到自己的冒失,并且想起自己要借的是多少:"可是……我要借的是二十万。"

袁朗比刚才更加干脆:"没有问题。"

许三多家砍在桌上的菜刀被拔掉,二和抱了膀子看着许三多忙活,并且他穿着许三多的休闲装,那件休闲装最初的主人是吴哲。

院子里已经清空了一片没有砖屑和玻璃碴的地面,许三多把桌子放在那里,放上了一把椅子,在上边放上一个本,那是本账簿,一支笔。

二和一脸的不屑和不信:"你是说你们那给你把钱预备好了,你回去就能把钱寄来?"

许三多深信不疑地道:"嗯!二十万。"

"你那样子真他妈坚定。"

许三多把院门大开了,这些天许家的门一直是紧闭的:"什么叫真他妈坚定?"

"你知道吗?你越这个样子我越不信,人骗自己就是这个表情,人说天上会掉馅饼下来,掉馅饼下来,他最后就真以为掉了,他还说他吃着了。"

"我信。"

二和不禁打了个寒噤:"老三,说了这事跟你没相干,是我们自己造的孽,你可别急出了魔障。"

"二哥,这些年我就学会两个字,我信。"

二和瞪着他,摸他额头,摸他脸颊,许三多毫不动摇地瞪着他,二和终于有些将信将疑:"告诉你,这么些年我也就学会两字,不信。"

"信不信都想想咱爸,他在扛。"

二和咬了咬牙:"好吧,这一条我保证,刀山火海,赴汤蹈火,没哪个催命鬼能把债要到咱爸床前。"

二和和许三多把还钱的事情告诉他爸的时候,探候室内的许百顺从桌子边一下站了起来,被警察扫了一眼,又强自压抑着坐下:"他是疯了吗?"

许二和斜着身边的许三多,破罐子破摔,他有心情幸灾乐祸:"对呀,我也是说,有人借给他?那借他的人就是疯子,不过现在世界上疯子可不多。"

"不借他好!不借他才好呢!借给他拿什么还?"

二和这才想了起来:"对呀,你拿什么还?"

许三多:"我有工资,还有补贴。所有的工资和补贴。"

二和生噎了一下子:"你的……工资和补贴,大头兵,要还多少年?"

这个问题许三多早已算过,所以他的回答精确得让父亲和哥哥发呆:"两百零八个月。十七年又四个月。"

他的父亲和兄弟仍在发怔,所以许三多觉得有必要让他们放松一点:"我工资还会涨,所以其实不用这个时间,不过现在算不出来。"

"你在抽风吧?我玩玩命,运气再好一点,这钱我一年半年就挣回来!"

"可是你没有啊。二哥,我们说实在话,那天晚上你就说实在话。"

二和哑然,叹了口气,他看父亲,许百顺不再跳了,而是沉郁。

许百顺:"这叫什么事?我把我儿子搭进去了。"

"没有啊,爸。那天我回来,看咱们家看哭了,后来我就觉得幸运了,炸成那样,可您没出事,二哥也好好的,大哥也好好的,你们三个,不管谁出了事,再给我两百零八个月也补不回来,怎么也补不回来。"

许百顺摇摇头:"可我不想出去。我有三个儿子,三个儿子都不是拿来还债的。"

许三多:"那我就没了想,爸。您说您酗酒是因为没了想,因为空虚。我也会空虚,连自己爸爸都照应不了还说什么别的?我就完了……我再也没法好好活。"

许百顺发着怔,用屁股把椅子推开了,似乎要离座,然后,蜷成了一团痛哭。

许三多在车上看着车下的二和,二和仍抱着膀子左顾右盼,威风丧尽而架子不倒,十足两字"穷横"。

"二哥我等不及爸出来了,你照顾他。"

"你就快去找钱吧。"二和苦笑,"我现在真有点信,大概是没别的指望了吧。"

二和话还没说完就跳了起来,猛冲向人群中:"许一乐王八蛋给我站住!"

许三多在驶动的列车上看着二和揪住一个佝偻的人影,就是一拳K了下去,两个人撕扯成了一团。许三多怔忡地看着两位互殴的哥哥远离。

我根本不可能解决家里遇到的所有问题,就像我不可能解决自己遇到的所有问题。爸爸病着,哥哥们恨着,家像是刚被炮击,连长说你当你想通了就万事亨通?过日子就是问题叠了问题。

袁朗坐在驾驶座上,看着齐桓和吴哲一左一右将许三多从车站里挟持出来,吴哲拉开了车门:"这家伙你认识吗?队长。"

许三多苦笑。

袁朗:"上来。再晚银行关门了。"

正被那两个操上车的许三多吓了一跳。一个包从前座扔到了许三多身上,其分量砸得许三多震了一下。

"现金,二十万。"

许三多哽住了,袁朗开着车,嘴角泛着笑意,短短时间凑出二十万,他对自己也很满意。

许三多:"怎么来的,队长?"

齐桓:"凑的呗。哈哈,队长这几天像个长腿的银行,就是光吃不吐。"

吴哲:"我来给他算,哈哈。首先本中队全体人员本月别想领工资了,全预支了。队长又开口,跟大队借了五万。富人们又凑了凑存折,就凑够了。"

许三多:"谁记的账?我要还。"

齐桓:"用得着吗?我们这世界里有钱这一说吗?人均一摊也不是什么数目。大队那五万公款扣你工资就行了。"

许三多:"这样我会在队里待不下去,我觉得欠着每一个人。"

袁朗:"齐桓你记的账,回去把账本给他。欠的钱要还,这很现实,而且许三多,我想你介意的也不是钱,你不想为了钱卖掉你的尊严,尤其在我们面前,这很对,越是朋友越讲尊严。"

他从后视镜里扫着那两位:"你两个这事上远不如他,你们不在乎就搅糨糊?你们光想哥们义气,战场生存,他比你们多想了一层。你们条件太好也是个问题啊。"

打完款回到基地袁朗坐在自己的办公桌前,看着屋里有些局促的许三多,一番巡游回来,许三多对这里已经显得陌生。

"钱解决了。问题解决了吗?"

许三多:"问题不会解决的,问题永远是问题。只是它本来是我家的灾难,现在……只是问题,每个家里都有自己的问题。"

"你自己的问题呢?"

许三多摇摇头:"不解决它了。忘掉,不当回事,或者把自己闷死……都不是办法。我的连队没了,每个人都正在经历着磨难,不舒服,真的,可是……连我快六十的老爸爸都在承担事情,我们这些当兵的又怎么会不能承担?……我会带着问题生活,因为……这就是生活。"

袁朗揶揄地看着他:"你的连队?我们不是连建制呀,许三多。"

许三多略为有些脸红:"我的老部队。"

袁朗笑了,往椅子上一靠,真正的心满意足。他介意的根本不是那个:"我不会再跟你谈这种事情了,许三多。如果你决定担当了,你能担当起一座山。做人,这是起码的自信。"

"是的。"许三多的眼里闪着光,他想起了某些人,"我的战友们都扛着两座山。"

许三多看着袁朗,那个人的高兴是完全为他而发的,像是史今为他高兴,六一为他板脸。和袁朗的对视是短暂而又印象深刻的,但袁朗很快就跳了起来,搓了搓手,通常他这样兴奋的时候,又一个折腾此中队的方案诞生。

袁朗:"现在,我的问题了。"

一个厚重的文件夹扔了过来:"资料,熟读。对手和以前不一样,是陌生人。"

许三多:"陌生人?"

"高拟真的跨军区对抗,对手将完全按照外军作战方式和风格,不留余地。许三多,你见过真正的高烈度战争吗?你快见到了。我们是一个大规模军事行动的一小部分,小得像晶片,作用也差不多。成员,四人。代号:'Silent。'"

还是那样,什么都不说清楚。有一点很清楚,能让他这么兴奋的,对我们一定不是好事情。不过我们也早学会 Silent——安静,沉默。

寝室里,齐桓心猿意马地在看书,更多时候在看许三多收拾,许三多的地方很乱,和他走时一样乱。许三多的收拾不是细心,而是细腻,让它比来时更为整洁。

齐桓说:"我特意没给你动。我想,你自己动一定更有意思。"

许三多笑了。

"什么感觉?像见着老婆一样稳当踏实还是见着情人一样兴奋?"

许三多微笑:"那我就都不知道。"他整理,尤其擦拭着那辆步战车模型,像在机步团一样,只不过车小了几十个号。

齐桓拿一个本,用手指弹着,看看他:"好了,你的账本,按你的要求。"说着他把账本飞了过来,许三多接住,翻看。

齐桓:"太沉了就说一声,总不能一个人扛门八二迫击炮长途奔袭吧。"

许三多:"也没那么沉啦。"

"作为你的小队长,我有责任要求你把这次出行去过哪里,见过的人,做过的事书面报告,要巨细无遗。"

"啊?"

齐桓背了身跟自己嘀咕:"吓成这样,一定做了很多见不得人的事情。"

许三多明白那是个玩笑时就笑容上脸,笑容刚上脸就听见楼下的哨声。

袁朗的声音:"紧急集合!"

老A们在山野中穿行,因为是武装急行军,并没人去顾及队形。许三多重温着这久别的一切,对他再次出现在队列里,队友们并没有多话,只是擦肩而过时拍他一拍,或者更干脆,给他一脚:"死回来了?"

每一下都让许三多微笑,微笑时听着一个词轻声在队列里传递:"Silent。"

"Silent。"

吴哲赶上来,看着队首的袁朗轻声跟许三多抱怨:"在选拔。他又搞这套!"

"那就选吧。"

"不是选我们,四个Silent已经内定了三个,队长、你、我,你以为叫你回来做什么?是选他们!人一来先给下马威,心理压力!"许三多顺着吴哲所指才发现,他实在太专注自己的心情,以致没发现被他们远远抛在后边的另一队兵,服色和他们不一致,追他们追得疲于奔命。

许三多:"还有一个Silent在他们中间定吗?为什么不是齐桓?"

吴哲:"他说我们配合太默契了!"

许三多:"那不是好事吗?"

吴哲:"谁知道?他总有搞不完的鬼。任务,把新来的远远抛在后边,这是命令!"

许三多开始加速。两队不同单位的士兵穿山越河,许三多远远望见,被他们落下的那队里已经有倒下的了。

冲在前面的老A们已经遥遥领先地跨进了自己的射击位置,解下背上的枪械开始射击。许三多专注地打掉微光下那些难辨的移动靶标,他的眼角瞟见已经有人跃进靶场另一端开始射击。无论如何老A们也领先了太多,他们很快收拾掉了所有有效射程内的靶子,那边靶场上的人在这种光线下难以辨认,但枪声仍密集地响着,于是老A们终于可以休息,休息就是观察那边爆发的枪火,伴之以领先者的评头论足。

那边的枪声也终于渐见稀疏,因为有效射程内剩余的靶子越来越少,但一个枪声仍持续着独有的节奏在响着,说它独特,因为这帮心理素质极好的老A都打点射,那个全是单发。

晨曦下飘浮着轻声的议论,朦朦胧胧的光线下,相当部分射手已经离开了自己的射击位置,因为他们想看清那个一枝独秀的同行。

终于射击场上只剩下那一个枪响,枪位里以极稳定的节奏爆发着枪火,以及一个纹丝不动的人形。瞠目结舌的包括了这批很见过世面的老A,望远镜忽然成了抢手货,因为他们得用望远镜才能看见那名射手击倒的靶子。

吴哲喃喃地道:"听这枪声莫不是光耀千秋的八一杠?一把八一老杠打这么远?"

"听说是当地的枪王。"

"这不是枪王,是妖精。"

许三多一直在他们身边沉默地看着,他第一个注意到从那边怒气冲冲过来的袁朗,袁朗从来没有这样怒形于色,一个基地的军官追在他身后解释:"可这个人是集团军力荐呀!他的成绩你也看见了!大家都看见了!"

袁朗:"那当然!这是一个最在意成绩的人!"

军官:"我知道你注重什么,可成绩也是一个标尺。"

"他已经被淘汰过一次!你可以自己去问他原因!我用不着他来这里表演扣动扳机和击中目标!因为他和我的士兵根本不是一个目标!"

许三多转头看着那名一直趴伏的枪手,那边现在终于打掉了所有别人难以企及的靶子,一言不发地起身,在自己的位置上立正。

许三多目不转睛地看着。

齐桓从望远镜里看着,放下望远镜,面色变得很难看。

那个人正是成才。

两队兵站在食堂外,一夜辛苦后在等待自己的早餐。

严苛归严苛,礼貌是礼貌,老A们原地不动,让兄弟单位的人先进食堂。

许三多一直盯着队尾的成才,并且在等待一个他们最接近的时机。

成才终于从他身边走过。

许三多:"成才?"

成才看看他,微笑:"家里还好?"

许三多:"还好……成才。"他笑得简直是心满意足,也并不想表述什么,就是高兴。

成才:"你说得对,我们不能让自己太舒服。"

许三多:"所以你又来了。"

吴哲在身边拉他,而成才随队进了食堂。许三多回头便看见吴哲的苦笑和齐桓绷着的脸,后者比较罕见。

齐桓:"许三多,你违规了。我们禁止与选拔者接触。"

许三多:"是。"

他看着成才的背影。近在咫尺,两个世界。

袁朗没有吃饭,他在电脑上点击即将用到的卫星地图,门外的报告声也没让他目光偏移。

进来的是许三多。

袁朗脸上也去尽了笑纹,他知道是为了成才。最后看了一眼屏幕上的地图,索性摁了休眠键:"有话就说吧。"

许三多:"您会接受他吗?"

袁朗:"不会。如果我先期看过名单,他就不用麻烦跑这趟了。"

385

"但是……"

袁朗生生给他截断:"你和他相交几年了?"

"从小到大。"

"你对他有过判断吗?"

许三多:"什么是判断呢?"

"在商场上,这个人是否可以合作?在战场上,这个队友是否比敌人更危险,如果团体的目标他从来没进过脑子。"

"没有。但是……"

袁朗再次打断了他:"想来也没有,而我判断过了,就是这样。"

"但是成才现在不是这样的……"

"选拔的时候我最费心考察的是你们的潜质,在潜质上没有现在、过去和将来。"

"这不公平啊,他的成绩我们都看着,而且不光是射击上……"

"不过是又一次顶着压力而已,这个你不用替我担心。"

袁朗又摁了下电脑的启动键:"我们都很忙。"

许三多看了他两眼,悻悻地出去。

基地里,阳光在树林间流动,许三多在树林间走动。

树林外一队汗流浃背兼精疲力竭的兵在老A呼喝的口令下跑了过去,那是那队待选者,去迎接他们下一场鬼知道什么内容的考验。

许三多呆呆看着队尾的成才。

他仿佛看见当年的成才对着自己微笑,但那种笑容从脸上渐渐淡去。

阳光晃得他目眩。许三多知道,他其实是一个一直被人照顾的人,一个还欠着所有人债务的人。所以他再次折回了身去。

袁朗的电脑刚自启动完毕,他又回到自己的地图世界。

门外:"报告!"

仍是许三多,袁朗皱了皱眉:"进来。"

进来的许三多不像方才那样没理没气,而是一股子破釜沉舟。

袁朗:"还是那件事?"

"是的。"

"许三多,我为什么不选择齐桓?我们明明有足够的人手。"

许三多愣了一下,这愣一下可让他锐气尽失:"是啊,为什么不是齐桓?"

"因为你们配合得太好,太过默契。"

"这不是好事吗?"

"你、我、吴哲、齐桓,这个组队太理想了,真到了战时不会有这么理想的组合。被打残的一连遇上全建制的二连怎么办?与大队失散的你碰上一个还想作战的友军怎么办?不同战区的A集团军要和B集团军整合作战怎么办?"

386

"我……好像明白一点了。"

"对了,齐桓和我们不会有任何计较,把他剔出名单他也毫无怨言。可一个陌生人呢?计较争强,从没试过配合,完全是另一支部队的风格和习惯,现在你们得试着适应和容忍了,人与人之间的琐事与战术等重,真打起来也别忘了这点。"

"我想我明白了。"

"所以成才是绝不合适的,抛开我的判断,我们都认识他,并且有一个不算太好的印象。"

"那个印象也许是不对的。"

"我会试试。但是……"

"我知道啦。"许三多打算出去,"成才不合适。"

袁朗:"许三多,如果你真要跟人争论一件事,坚持立场,不要被人转移方向。你进来是要跟我说成才的,可被我绕到齐桓了。"

许三多:"啊?可你在说很认真的事啊。你也说应该认真听人说话的。"

"我说是我说,你做是你做。坚持就不能听人说话了吗?"袁朗笑了笑,"这只是对你说的,跟刚谈的事情无关,那件事情不会逆转。"

于是许三多这次出去时比上次更加沮丧。

袁朗再次打开电脑,他刚才又摁了休眠键,这回刚开始启动门就又响了。

许三多:"报告!"

袁朗这回终于见了点恼火,他也不再用休眠键,把电脑合上的时候也用了点力度。

袁朗:"进来。"

许三多这次进来的时候再也不是理不直气不壮,也不是狗急跳墙,而是跟平常一样。

袁朗:"是别的事情吧?哪怕就问我吃过没有呢?"

许三多:"成才。"

袁朗苦笑。

许三多:"我现在坚持我的立场了。成才很合适,您刚才那么一说,成才更合适。"

袁朗:"你改正错误还真快,可这件事我才是判定者,我判定我没错。"

许三多:"您刚才说一个陌生人可以让我们锻炼适应和容忍。"

袁朗:"我说了。"

许三多:"那我们,就不能适应和容忍印象都不太好的成才?那不是更好的锻炼吗?您带他来这,让他看天外有天,再把他批一通就走人了。不抛弃不放弃,您抛弃他了吗?"

袁朗:"嗳,要这么说我抛弃的人就多了。"

387

许三多:"不一样。你把他做人的根基都打没了,唯一一个。"
袁朗:"重新起跑并不是一件坏事……"
"您也承认他现在重新起跑,但是您不让他跑。"许三多补充,"就是说心有成见。"
袁朗:"你出门喘口气就能说起来了,一直藏着?"
"我急了。"
"这事上你无法分清个人和团体。"
"您也没有分清,您还完全放弃纠正旧有观点,连我都在改正错误,您说坚持立场我就坚持了。"
"许三多,这么说我真有点重了。"
"我知道……您是这辈子帮我最多的人,真的比谁都多。"
"跟这没关系。二十多岁也别说这辈子,我说都牙酸。"
"所以如果您错了我就忍不住要说出来。"
袁朗叹口气:"我要再说我没错就孩子气了。另外我以后也不跟你辩了,咬定青山不放松,吴哲也要被你崩掉牙,你是辩神。"
"我就觉得您说的原因都不是否定他的原因,有点闪烁。"许三多终于看了看袁朗表情。
"好吧,真正原因。"袁朗先狠狠瞪了许三多一眼,"我无法判定。"
"什么……无法判定?"
"他已经经历过一次了,不,该说他没有经历,他选择逃避。从今后我的所有手段对他无效,他对这里所有的东西都是这样的认知:'假的,我要表现。'好吧,我信你说的,他不是那样了,我也看到,他比以前要稳。看起来真诚的表现不叫真诚,顾忌他人也不叫顾及他人。我现在根本无法判断他的真假,他也太清楚这里要的是什么。"
许三多站着,不说话。
袁朗缓和了一下:"明白了吗?现在回去吧。"
许三多:"不是的。您说了好多话,我听完了还得想一下。"
袁朗多少是有点气结:"细细想慢慢想。"
"想明白了。是您自以为是。"
袁朗现在真的是气结了:"这回你就必须给我讲明白了。"
"我正要讲明白呢。您太聪明了,我们都不知道您在想什么,我说的我们是全队,包括齐桓和吴哲他们。"
"您觉得您设计的手段比人过日子还要复杂,"许三多看袁朗一眼,"还有还要精彩,"他又看袁朗一眼,"还有还要见人心,您说他逃避了您设计的经历,这个您在意,那他真实都经历了什么,您根本不在意。您设计的几个小时比他过的这段日子还难吗?您要是去过五班就不会说这话……"

袁朗:"我没说这话,是你说的。"

"是啊。五班……"

"什么五班?"

"一个根本没人管你在干什么的地方,在我们辖区……"

"喔。一千二百华里以外的地方。还有你该说三五三团辖区。"

"对。李梦回一趟团部,抱着树就哭,五班方圆百里看不见一棵树。可成才从这回去后让那里成了连长都服气的地方……"

"什么连长?"袁朗已经不打算知道李梦是谁了。

"我们连长。"

"哦,高连长。"

许三多:"那里没人看,怎么表现也没人看得见。表现给羊粪蛋子看,老马说的。"他想起来袁朗不认识老马,又补充,"老马是班长,我第一个班长。"

袁朗沉郁地说:"谢谢你告诉我。我是第二个班长。"

"不,您是第三个。第二个是史班长。哦,不,您是队长。他后来终于喜欢上了五班,我是说成才,他说那很舒服,我说人不能过得太舒服,这其实是六一说的……六一您不知道吧?"

袁朗苦恼了:"伍六一我知道。记在本上了。"

许三多:"对,又尊敬又遗憾的。六一说人不能过得太舒服,我跟成才说了,他就来了……我说清楚了吧?"

"应该是……很清楚了吧。"

"您在想什么?"

"你也说了很多,我听完了也得想想。"

许三多沮丧:"还是没说清楚。我想想……"

袁朗:"不,真的很清楚了。至少在我自命不凡和成才怀才不遇上是说得很清楚了。"

许三多轻声修正:"是自以为是。"

袁朗揉着眉头:"对。"

"您不要这么想,其实我话是说重了点,您也不是那么自以为是。"

"谢谢……还有,我暂时还没觉得我自以为是,至少你还没让我觉得。"

许三多:"不管怎么样,您是有点用脑过度了,吴哲说的……吴哲是说他自己来着,我挪用了。您仔细想想,我跑了那么远还得回来,就因为这里简简单单的,大家一起高兴一起难受,一起什么什么的,当然,我也分在这个单位啦。"

袁朗:"承蒙惠顾,不胜感激。"

许三多非常诚恳地说:"太复杂了不好。"

"是啊。"袁朗已经在揉太阳穴了。

许三多:"我走了。队长您好好想想吧,免得以后要把成才记在本上。"

袁朗："什么本？"

许三多："又尊敬又遗憾的呀。"

袁朗："我还没尊敬他呢！"

许三多："是吧。那我走了。"他被袁朗瞪得有些慌张，但总算是走了。袁朗苦笑，然后开始去开自己的电脑，他坚强地打算继续工作。

许三多在门外又喊了一声："报告！"

袁朗："什么事？"

许三多推开了门，袁朗可以庆幸一下的是，这次他没进来。

许三多："好多话说重了，队长您别介意。"

袁朗："许三多，今天我不想再看到你了。"

许三多："可是晚上中队有会呀。"

袁朗坚强地咬着牙："那就晚上见。"

这回他是瞪着门关上，听着脚步声去远，袁朗又去开电脑，但刚开了一半就又合上，还好，只是幻听。他已经被逼到幻听了。

袁朗终于放弃了他的案头工作站了起来，咬牙切齿地在屋里转动着，嘴里喃喃。然后，他对自己大笑。

城市战训练基地几个待选者从冒烟突火的巷道里突围出来，身后仍有着连锁的爆炸。虽然不知道他们经历过什么，但看起来刚从地狱里打了个转回来。一名老A没给任何间歇，开始吹响尖厉的哨音："列队！"

成才这时才架着一个严重扭伤的同队从硝烟里出来，他一直把那名伤兵交到医护手上才去属于他的队列。站在待选者的最后一列，毫不起眼的一个边角。

袁朗从远处的车里看了一眼，似乎毫无兴趣地将目光转向了手上的人事材料。

一双军靴踏过焦黑的地面，袁朗在那个队列前走动，他几次走过了成才，像是压根没看见他。终于站住，站在成才和另一个待选者的中间："特种兵和步兵有什么区别？"

成才和那个待选者都茫然了一下，因为不知道他在问谁。曾和袁朗争辩的那名军官则掠过一丝讶然的神色，伴之以对身边同志的一句低声嘀咕："这么粗浅的问题。"

袁朗："成才？"

成才："没区别。"

那名军官的神情更加讶然，这样粗浅的问题都能答错，而且还是目前为止成绩最优的一个兵。

但是袁朗踱了回来，他终于老实地站在成才面前："继续。"

成才："飞机最后会被击落，战舰最后会被打沉，一场真正惨烈的战争，所谓的高尖端武器都会很快耗尽，战争最后还是人对人的战争。特种兵和步兵都是靠人的基本在对抗复杂和残酷,特种兵和步兵都是没有最后的兵种,因为都是到了最后还在坚持的人。"

袁朗:"你很知道我要听什么的。"

成才:"是的。这也只是七连最根本的生存逻辑,在我们连因战术思维陈旧而改编之前,我们用这个自勉……改编之后,散到各处的每个人,用这个坚持。"

袁朗眼里明显地闪动着揶揄:"你现在又是七连的人了?"

成才:"不是的,我只是草原上跑失了的一个兵,我跑失了我的队列。"他的脸上若有若无地闪动着感伤,"现在我来跑完全程。"

袁朗很干脆:"我不信任你。"

成才:"明白。"

袁朗:"如果你留下来,是因为有人跟我说了很多。"他苦笑,"太多。可是你很精,油滑,闪烁,我要什么你给什么,哪怕你没有。"

成才:"是的,这是我。"

袁朗:"而那个人,你知道,嘴又太拙。"

成才几乎要微笑:"是啊,真拙。"

袁朗:"人呐,有时最难搞懂的就是真假。"

成才沉默。

袁朗:"如果我留你下来,是因为那个人我很器重,是因为他的面子。至今为止你没有什么让我看中的地方。我只是给他面子,为了这个,你愿意留下来吗?"

他存心把声音说得很大,以至队列里的每一个人都能听到,每个人尽量做得像没听到一样,但那对成才更是羞辱。

成才沉默着:"我愿意。"

沉寂,袁朗刻意延长着这种羞辱,观察着成才神情的每一丝变动。

袁朗:"好吧。让我们试试。"

几乎在同时,吴哲在电脑上制作关于这次行动的加密档案:小组代号:Silent。成员:袁朗、吴哲、许三多、成才……

Silent 档案。领队:袁朗,领队损失则下延一位执行代指挥权,任务必须完成。强度:高烈度。行动级别:允许真实死亡。

许三多在账本上又划掉了一笔,他看着那些要用二百零八个月来偿还的数字。他把账本合上,把那个账本交给齐桓:"麻烦你这个帮我保管。"

成才在军械室将刚领到的狙击步枪分解擦拭,裹上伪装布。完全被迷彩覆盖的脸下边,那双沉静的眼睛,历经沧桑后真正的沉静。

袁朗在最后一次复习即将用到的卫星地图,地图的分辨率一次次成几何数地放大,分解数从0%到100%飞快地跃进,数字栅格下的地图一次次推进,从全球切入了中国,切入了中国的某处边境,切入边境上的某座城市,切入城市某一栋特定的建筑。

弹体飞行的呼啸和瞬爆顿时充斥着整个空间。

这是一个废弃的城市工厂区,军靴纷沓着踏过那堆瓦砾。战车在其上辗转轰鸣。

地下掩蔽所内,一点微光,头顶上的爆炸让这点灯光也摇曳不定。

四个人沉默地谛听着头上的动静,也看着头顶上簌簌下落的碎石和灰尘。在整个战区,现在已经只有极少几个人知道他们的存在了。

敌军在一个阴晦的早晨发动了攻击,我方的第一道防线很快被撕碎了,鲜血和生命换来了时间,各主力集团军得以集结并构筑第二防线。洪水终于撞上了堤坝。双方都伤亡惨重,高烈度战争吞噬多得难以想象的资源。胶着、复杂的战势忽然变得简单了,谁能先行发动第二波有效攻势就是胜者。

终于安静了下来,整个世界似乎都安静了下来。

代号Silent,沉默,战争伊始便保持绝对的沉默,在预计将被敌军占领的区域潜伏下来,四天后,当双方都在包扎伤口休养生息的时候,我们将不再沉默。唯一目标,摧毁敌军指挥中枢,彻底遏制他的第二波攻势。

等待是枯燥而紧张的,吴哲拿起水壶润了润自己紧张而干燥的喉咙:"长期潜伏,水得省着喝。"

老天爱捉弄多嘴的,一发近弹把穹顶上水管震裂了,水喷溅而出,吴哲还没放下水袋就和许三多、成才几个一道成了落汤鸡。

袁朗没被水喷着,淡淡瞧他一眼,眼神里可透着揶揄。

吴哲坐在水坑里,放下水袋:"我们现在不缺水了。"

被炸开的围墙缺口,一辆八一标志的战车曾在那里进行最后的狙击,现在它已经歪在一边,烟与火在它旁边燃烧,它歪斜的炮口仍指着围墙外的某个方向,那边是被它击毁的敌军最后一辆战车。

听说连长和他的师侦营也参战了,不过他是敌军。在这样激烈的战情中很可能已经牺牲了,不,他是敌军,他被击毙了。

断垣中轻动了一下,许三多从密室里出来,作为四人队中最少技术含量的普通步兵,他打头阵,也就是耗损的头个位置,然后是成才,然后是袁朗。

许三多和成才警戒四周,袁朗帮助全队中最紧要的大人物吴哲拿出他的仪器。

雾气袅袅下,瞄准镜里的敌指挥阵地,伪装良好,绝不是我们常见的千军万马抖雄风,说白了它几乎与这个厂区浑然一体,得很仔细才能从一些地表迹象中发现地下的规模。

袁朗和吴哲在架设仪器。

吴哲:"手动引导容易暴露。"

袁朗:"要精确到点,最好不过手动引导。"

连袁朗在内都做着战前准备,吴哲开始操作他的仪器。

云层里一架超音速战斗轰炸机呼啸而来的声音,它仅仅在云层外露了几秒钟,而后机首上仰又没入了云层,一个小迎角投弹。

一个流线型的抛射体顺着飞行惯性仍在推进,它滑进了一段距离,制导头开始检索,然后弹翼弹开,它现在已经确认了方向,开始靠自身的一级动力推进。

苍茫的大地从弹头下一掠而过。

吴哲早已经用激光指示仪精确到厘米地对准了目标,可为避免提前暴露,他不敢开机。

袁朗:"距离二十五公里,二点七个马赫。"

吴哲用一只发抖的手凑上了开关,但是袁朗伸着的手做了个否决的动作。

袁朗:"十七公里。"

吴哲:"进入引导范围了!"

袁朗没动作,吴哲擦擦汗,紧张地看着袁朗伸着的那只手不疾不缓地依次把五个指头全部曲下,那种节奏让吴哲快要窒息。

袁朗:"开!"

吴哲开机,肉眼不可见的指示光束照射在他校定的目标上。但他们是在一个光电仪器成了林的地方,这样干实在跟明火执仗差不多,一具光电侦测仪立刻向他们方向转了过来,一队武装的小小人影从隐蔽的地下出口里现身,向这边冲来。

三支枪口向冲过来的敌军瞄准,吴哲仍保持着光束定位,看来把他头剁了也会让引导束一直保持在那个方向。

第一发子弹贴着他的头顶划过。

"砰"的枪声一响,远处那个卧射的敌军扔枪翻倒,成才还击了第一枪。

那边的机枪开始轰鸣,袁朗和许三多仍不开枪,只有成才仗着狙击步枪的远程和精确做弹无虚发的还击。

枪声忽然稀疏下来,因为所有人都听到一个不祥的声音,一个冲在前沿的士兵回望,被成才毫不客气地一枪撂倒。然后安静下来,打了第一枪的成才似乎也打了最后一枪。

空中高速弹体撕裂空气的声音笼罩了敌军伪装良好的指挥阵地。

那发钻地弹用近千米的秒速飞临了目标上空。弹体炽热,但是弹体里的仪器在做着冰冷的计算。发现引导束,锁定,一级推进器脱离,二级推进器加速。尖锥形的弹头在瞬间又加速了一倍,以至周围的景观都成了模糊的影像,它呈一个垂直角照着目标点扎了下去。击中,厂房一掠而过,水泥地面瞬间便被穿透,像是纸糊,影像忽然一片漆黑。它钻入了地底,但仍在继续,它必须达到事先标定的十五米定深。死寂,近处的人看着地上新开出的一个洞,并不大,还不到一米直径的一个黑黝黝洞口,深不见底,硬点攻击并不会造成太大的进口。

静候的几秒钟格外漫长,连成才也停止了射击而屏息静气地等待着一个结果,毕竟他们花了那么多精力才发出这一弹。

攻击他们的守军也在回望,当沉寂的时间已经远超过常规弹的引爆时间时,侥幸心理就暗示他们这是一发臭弹,攻击他们的人从地上爬起来回归攻击位置,几个人走向那处洞孔试图往里打量。

然后猛然的沉闷爆炸,大块的钢筋水泥从那个孔洞里喷溅出来,大地被摇撼,厂房上还残存的玻璃成了碎裂的晶体哗然掉落,然后钢筋水泥的碎块下雨般砸落在整个厂区范围内。

这只是被波及的地表,真正爆心的地下发生了什么没人看见。

吴哲在震动中扶住快要塌架的激光指示仪,同时开始检索信号。那三个人稳稳地盯着爆炸中奔跑闪避和摔倒的敌军,监视着那一片混乱。吴哲终于从自己的光电世界里还神,语气激动得有些失常。

"信号源中断!"

袁朗一跃而起:"撤退!"

守军迅速从对指挥部的致命一击中恢复过来,枪声又开始响起,几发近弹铲下了断墙上的砖屑,对手是那类被砍掉了脑袋仍有战斗力的精锐。

"许三多,掩护!"这个毫不迟疑的命令来自袁朗,并且被许三多毫不迟疑地回应。

"是!"

正在收拾装备的吴哲愕然了一下,但许三多开始还击。

成才纹丝未动,他仍在搜索着威胁最大的目标然后予以击倒。

袁朗:"成才!"

成才:"我掩护!"

袁朗:"你还有用!——记得战前你跟我说过什么!"

成才终于从卧姿改成了跪姿,他在跪姿中击中一名敌军,看了一眼许三多,许三多聚精会神在打点射,往下的场合多少子弹也不够用,他得省子弹。

成才:"许三多,我等着你。"

许三多从刚完成的一次射击中转过头来:"啊?"

成才看起来很想揍他,但只是在枪声中跟他比了一个手语,然后追随在袁朗和吴哲身后,前两人已经撤出隐蔽阵地。

许三多露出看着像蚂蚁一般的笑容,他明白那手语的意思,那是属于钢七连的手语代表着"不抛弃,不放弃",他开始独自一人对付无穷无尽的敌军。视野中的整个厂区都是在隐蔽推进的敌军,那根本不是一个人能应付得来的兵力,他开始转移,被封在这里死磕只有死路一条。

他是转移而不是逃跑,尽力把追击者引离队友撤离的方向。

一辆装甲车在厂区里驶动,许三多在厂区里跃进,装甲车上的大口径机枪将他身边的砖石打得粉碎。敌军迅速漫向他们方才的隐蔽阵地,爆炸,S1小组什么也没给敌军留下来。

许三多已经逃进这处废弃工厂的无人区,他竭力奔向狭窄之处,以避开那辆穷追不舍的战车。战车终于被卡在某处前进不得,许三多的身影在车间里一闪而没。车上的敌军下车追击,那也是一批极其老练的军人,一个极其默契的包抄队形。

袁朗三个人仍在奔跑,他们已经到达了一片山野上,工厂已经成了身后的远景。

"停!"当头站住的袁朗警戒着前方,吴哲和成才警戒着后方,许三多的努力起了作用,并没人追上来。

成才与袁朗的目光交会,成才冷漠,甚至带点敌视,袁朗似乎并不关心他的态度,将头转向吴哲:"核实。"

吴哲开始检索他从包围中抢出的必要仪器。

吴哲:"目标毁灭。我军炮火四分钟后将覆盖敌表面阵地。"

操作仪器的手指忽然停顿了一下,吴哲露出愕然的神色。

"不。"

他用一种发狂的速度操作着仪器,看起来有些失措。

良久他才抬起头苦笑:"敌军指挥能力仍然存在……备用系统开始启动……"他对着新传输过来的数据苦笑,"我们完成了任务,我们又没完成任务……新数据,目标,G4军港。"

许三多在巨大到空旷的车间奔跑,在车间上空的传输栈桥间隐蔽着攀爬,身下和身后,敌军同样沉默和有序,隐蔽和搜索。几个敌军从大门处包抄进来,几个敌军攀上了直梯,就要上到传输轨道,他已经进退无路了。许三多决定由连接各车间的栈桥转移往相邻的车间,他快速前进了一小段,怔住,这段栈桥中断了,一段废弃的栈桥,中间间隔了一个人力很难逾越的距离。人声和人影越来越近。

许三多站起来,连解下身上负荷的工夫都没有,他持枪在手,全力纵跳。跟找好的落点只差了一线之隔,他下落,消失在这处断裂的轨道之间。

我又出洋相了,又闹笑话了。

许三多消失了,从栈桥往地面下望是一个让人目眩的高度。

一个敌军出现在栈桥从车间里延伸的出口,他往外看了看,空无一人。

他还试图往前搜索的时候,警报凄厉地响起,搜索的敌军收队回师,他做了最后一个。

许三多僵硬地挂在栈桥之下,两手各握着步枪的一端,步枪的背带挂在断桥一端延伸出来的铁条上,那是他没直接摔下去的唯一原因。

摇摇欲坠的平衡。而且那根铁条已经被陡增的重量压得一点点下弯,枪背带也在一点点下滑,当它滑到尽头时也就是许三多摔下去的时候。

我应该呼救,投降。然后剩下的时间在敌营里度过,他不是敌军,这只是演习。

但他没有开口,敌阵地上的警报鸣响,那名守军离开,所有的搜索者都回师了。

许三多一筹莫展地看着。一颗汗珠先他掉了下去。又下滑了一小段,许三多在下滑中拼力保持住平衡。他看着一米多开外的断桥支架,他也许能用腿够上它,一旦够上它他就可以找到一个新支点,把自己解脱出这个窘境。

他试图用脚去够它,那看起来有点像耍杂技,但他几乎做到了。几乎,就是主角必然的幸运并没作用在我们的主角身上,在脚刚触到支架时,枪背带也彻底脱离了它的挂点。

许三多平伸着躯体下落,两只手紧紧抓着他的步枪。结结实实地落地,背部着地,钢盔和背包起了一定的缓冲,但那样的冲击远超出人体极限,许三多在冲击中瞳孔放大,他仍呈摔落时的姿势,也仍抓着他的枪,但眼神立刻就黯淡下来。

我还欠着钱呢……十九万八千六百零五十还有队长给过我他一月的工资……还有吴哲的衣服……

瞄准镜里许三多在下落,那是一闪而逝的事情。成才放下狙击步枪,茫然、难以置信,他下意识看他的队长,袁朗也正在使用他的高倍率望远镜,然后面无表情地放下。

S1小队在山野上休憩,成才忧伤地看着地面,吴哲在尝试重建联系,他的声音完全是惶急而嘶哑的。

"S1呼叫S3!S1呼叫S3!通报位置!"吴哲绝望地看了看炼钢厂方向。

袁朗边整理着装备,边看着成才,后者木然。

袁朗:"我已经后悔和你同队。你根本不知道该怎么做。"

"您也看见了。"

袁朗:"看见了。许三多从高处跌落,目测高度十四米。"

"我和他,我们只是您用得上或者用不上的工具。"

袁朗:"他为什么不呼救?"

"我不知道。"

袁朗:"你知道。你们都是一种人,我们穿同一制式的衣服,用同一制式的武器,流一样的血,并且很不幸,在同一战斗小组。真是不幸,百万大军数年心血,人走人留抛家舍业,一切数据和非数据的结果都要在这几天检验,最后得不出一个公平的结果,因为我的战士要在战场上和他的朋友重拾友谊。"

成才张了张嘴,他出不来声。

"我想为了这一个结果,你、许三多,你们都付出过代价吧?这代价不仅仅是眼泪吧?也许还有汗水?也许还有血?也许还有很多你熟悉的人?熟悉的朋友?"

成才木然着,惘然着,痛惜着,甚至……伤逝着。

"你开始珍惜,可你真懂珍惜吗?不抛弃,不放弃,你倒记住了,你也这样告诉许三多,"袁朗近似轻蔑地比出成才当时比出的手语,"那么先想想,做到这六个字的人抛弃了什么,放弃了什么。想吧,现在。"

成才忽然往后一躺,头在地上撞出了重重的一声,他就那样躺在那里纹丝不动。

袁朗嘘了口气:"我的评价,你不合格,仍然。演习结束后回去吧,哪来的哪去,你和我们无缘……我很抱歉。"

吴哲轻声地道:"你最后为什么要那么说?你明明对他很有兴趣。"

袁朗看他一眼,同样地轻声:"再联络不上许三多就向 G4 进发。"

吴哲讶然地看着他的指挥官,后者走开,吴哲回头看了一眼成才,成才刚站起来,他现在在整理自己的狙击步枪。

晕迷的许三多躺在断裂的水管边,水管里喷出来的水渐升渐高,水洼已经要淹过他的鼻子。耳机里响着吴哲的声音。

"S3 回答 S3 回答! 敌军指挥所西移往 G4,此阵地已被放弃! 我们前往 G4 点,S3 回答! 我必须保持静默了,否则会被敌军侦测!"

许三多恍惚地听着,水已经呛进他的鼻腔,但这让他清醒,他费力地抬起头来。

"已经为你呼叫救援! 由敌方为你提供救援! 听见了吗? 你现在撤出战斗!"

"S3 不需要敌军救援。"已经没有回音了。

许三多怔怔看着一只扭曲的脚,费了点心思才明白那属于他自己。

吴哲关上了跳频电台,无奈地看着袁朗:"只能这样了。"

袁朗简单地说:"出发。"

吴哲准备出发,他对袁朗是无奈,对成才可是歉疚。成才没说话,和袁朗一前一后,将技术兵吴哲卫护在队列中间。

一辆救护车停在许三多摔下的地方,几个救护人员在这片区域寻找。一个救护兵在和他的基地通话,他多少有些惊讶:"他们通报的位置很精确,可我们找不到伤员。"

一个车间再大也有其极限,但对此时的许三多来说,他确确实实是在跋涉过这个车间。枪做了拐棍,每一步都得拖动自己的腿,他的身上湿透了,一多半倒是汗水。

又一次摔倒在地上,这样不行。

搜索他的救护人员从外边闪过,许三多把自己挪到角落里回避。他恍惚地看着自己那只扭曲的脚,然后想用双手让它归位,那不太可能,一使劲就痛得他浑身脱力。许三多看着自己的脚发怔,他有种近乎于温柔的表情:"你好,我的腿。"他站了起来,把伤腿靠在墙根,然后倒提了枪,用枪托瞄了一下。他发愣,那实在需要断腕一样的勇气:"对不起,我的腿。"

然后,一枪托抡下,体内的骨骼发出令人悚然的撞击声,许三多栽倒在地上,他痛得连支撑一下的力气都欠缺,结结实实的一跤。极端的痛苦让他痛得捶打地面,并且伴之以对自己的咒骂:"你个傻瓜!傻瓜!傻瓜!"

汗水涩得睁不开眼睛,但终于能睁开眼睛时,脚踝已经复位。许三多躺在地上,深吸进一口满带着硝烟味的空气,痛苦、欢悦、战栗。

他等着痛苦之后的虚脱过去。

是的,一个傻瓜,让队长他们知道就会这么说,一个没有幽默感的家伙。可我怀疑遇上这种倒霉事时他们会一笑置之,就像他们要求我做的那样。

暮色下的军港,舰只、设施,各个局部在高倍率的指挥型观瞄仪上调整着焦距。林立的舰只,如镜的水面,他们所观察的地方与之前所见那些战火焦炽的地方迥异,平静,与战争似乎完全无涉。

袁朗看向正在使用仪器捕捉电子信号的吴哲:"能确定目标吗?"

假目标太多,吴哲已经被那些紊乱的信号捉弄得头大如斗:"拟真度极高。"

"十分钟确定大致方位,然后上舰观察。"

"冒险。"

"正面战争开始,我们就不比一支步兵小队来得更有价值。"

"明白,最后一搏。"吴哲看了下表就回到他的仪器上,"十分钟。"

袁朗看一眼正为他们警戒的成才:"成才参与观测。"

成才:"我不懂光电。"

袁朗:"你要么就给我一直傲下去,说几句就变谦虚了算怎么回事?"

成才放下了枪,一时让人以为他要罢工,但成才是掏出一瓶药水来清自己的眼睛,那并不方便,袁朗毫无表情地拿过帮他。

成才开始观测,蹲踞在他身后的袁朗久久地打量着他,然后转身看向他身后的旷野,没有人烟,但他有所牵挂。他瞄准镜中的军港,除了几个移动的明哨,那边几乎是凝固的,这个时候,凝固意味着紧张。

一只手拉动了牵在枝叶间的绳索,让绳索那一端的背包从树梢上猛然下落。落点是在一辆正要驶过的军车前方,军车戛然而止,驾驶舱门打开,司机下车察看,副驾驶座上的门打开,一个人正要出来。一个瘸子拖着一条腿从车后冲出来,运动中射倒了司机,然后迅速将枪口对准了正从车里探出的半个身子,瘸子自然是许三多,他要开枪,他现在没有抓俘虏的精力和体力。然后许三多彻底地讶然住了。被他用枪对着的那个人半个身子歪着,那是为了够放在座位上的枪套。在演习一线却没把枪配在身上,因为他并非一线的作战军官,他是三五三团一营副教导员,老好人何红涛正在许三多的枪口下,一脸后悔莫及的神情。

许三多:"报、报告指导员,我、我这个……"他几乎要把枪放下来个敬礼,幸好他坚持住了,只是把枪口歪在一边。何红涛也终于从大惑中苏醒,他恐怕比许三多更为讶然:"许三多?……这是在干什么?"

"想、想劫车吧……我想我是。"

"听说敌方有一名伤兵在我军阵地上流窜作乱,就是你吧?"

"应该是我。对不起。"许三多太容易被打回原形,又是一脸做错事的表情,做错事的姿态,唯一还没放下的就是他的枪。于是何红涛看看他的枪口,又看看自己的枪套。

"我想配上枪,在一线不配枪有点违反规定了。"何红涛苦笑,"我贪舒服,不想被人揪住,可以吧?"

"可以的。"许三多连忙退开了一步,何红涛终于把枪套拿在手上,并且打量了许三多一眼,那小子离倒下差不多远,可枪还抓在手上,何红涛也许还合计了一下人家拿在手里的枪出得快,还是他扣得严丝合缝的枪抽得快。结果显然不利于他,何红涛把枪套扣回腰上,下车,并且干咳了一声,即使在身为许三多上级时也没见他拿过这样色厉内荏的架子。

何红涛:"你们是来袭击我方指挥部吧?死老A,真牛。这个指挥阵地活让你们打废了,我们都放弃了,我是撤走的最后一批。"

许三多:"你们也牛,指挥能力一点没乱……"这种吹捧话实在不是他的擅长"指导员您怎么在这?"

"这咱们团防区。"何红涛画了个大圈子,"从这到海边,咱师防区,我能在哪?"

许三多悔得唉声叹气,枪也耷拉在手上:"我这个真是……我真不知道……你们都不用原来番号。要不您走吧,我再换辆车。"

"换?换什么换?我司机也被你报销了,要去的地方我不认路,要紧的会赶不上了。"何红涛叹着气,眼角的余光可从没离开过许三多那枪,"你够猛。"

"那……怎么办?"

"算了,碰见你没别的,两个字,高兴。高兴倒是真的。"何红涛甚至大力拍了拍许三多,带累到许三多那处伤势,让后者直吸凉气——"怎么啦?你方给你的命令没传达到吗?你退出战斗,由我方急救站接收。阵地上找翻天了,连我都知道。"

"不是命令,是建议。我战友……他们不了解情况。"

"是吗?你觉着你还能战斗?"他斜着眼打量着许三多,眼前这个摇摇欲坠的兵,那浑身上下的擦伤摔伤烟熏火燎,一只完全无法着力的脚,让何红涛扶在枪套上打开暗扣的手微微发抖。

许三多:"能。"

"你累了,也伤得很重,早该休息了。告诉我,从上次离开我家,你休息过吗?只是演习,你用不着永远这么死较真,来,坐下,我看看你的腿,车里有急救包。"

他的语气一时变得很柔和轻缓,那对此时的许三多实在是种难言的诱惑:"坐下,坐下。把靴子脱了,你那脚踝一定在内出血,绑着扎着有多痛呀,脱了过过风,放松一下。"

许三多:"不能坐。坐下,起不来了。"

何红涛苦笑,并且在同时也下了个很无奈的决定,他的枪套已经打开:"对了,许三多,我新家,我钥匙已经拿到了,你说我多可笑,钥匙就揣身上了,等这演习完了我就装修,买大桌子,能让从老幺到老九全一屋坐下来,还有你,你看。"

许三多强打精神微笑:"那敢情好……"他开枪,因为何红涛掏出的不是他家钥匙而是他的枪,何红涛苦笑,严格按照演习规则坐下,并且一边掏白牌一边嘀咕着骂:"死老A,真牛。"

许三多在他身边蹲下,他沮丧得不行:"我不是死老A,我是许三多。"

何红涛苦笑:"你早就知道,是不是?"

"我只知道我不会放一个要去袭击我方指挥部的人过路的,你更加不会……我真希望你会。"

"谁都不会,三多你别天真了。苦了这么些年,聚散离合,劳燕分飞,谁到这时候不想要个答案?这是我们自己孵出来的崽,这个答案也一定要真实,纯粹。"

"嗯。"许三多擦了擦脸,不知是擦去汗水、油泥,或者是眼泪。

"快走吧。那车有点往右拧,你上路要小心。"

许三多迅速收拾了一下装备,上车,留给他的时间确实不多,车很快驶去。

何红涛和他的司机一人一个位置,看着那辆远去的车。

司机:"副教导员,您的兵?"

何红涛有点悻悻:"哪壶不开提哪壶——别人的兵。"

军港边,袁朗三个人在做着入水作业前的准备,不可能携带沉重的潜水装备,所以老A们做的也是他们擅长的减轻负荷,倒空软体水袋里的水作为氧气储具,诸如此类。

水波拍击着滩涂,远处的军港只有星点灯光。袁朗再一次地观望着夜色而若有所思,他回身看了看那两人,成才正在收拾刚整理完的装备,吴哲仍企图从这个距离上核定目标。

袁朗:"下水。"

他没等他们就走向了水里,冰凉的水很快没腰,那两人跟上。三个人没入水中,并且那是长时间的潜水,在波光之后再不露头。

在夜视镜的绿色视野里,几个巡逻兵正在检查歪斜在路边的一辆军车,身后的远处是他们防卫的那座军港,他们警惕,但这只是一辆空车,他们甚至找不着可以警惕的对象。无线电静噪噼啪地响着,巡逻兵的领队者正在和基地联系。

哨兵："车号是隶属我师装甲步兵团，可这不是他们防区……是的，已经全面搜查，没发现可疑……是，送回进一步搜查。是的，明白。"

几个手势，从巡逻兵中分出两人来将那车发动，另外的人沿着这条路继续巡逻。

许三多从盖在身上的防红外罩里露出一条缝来，他在着急，他伪装得天衣无缝，却无法跳上那辆即将被人开走的车。

好在巡逻兵仍在原地磨蹭，好一会儿才点着车，刚行驶加速就歪向了路的右侧，传来了驾驶者猝不及防的笑骂。

驾驶者："这车闹右倾，难怪没人要。"

路面上的几个总算转身，车上的两个也在把车倒回正确的方向，许三多从伪装下跃身起来，那条瘸腿追赶一辆正在加速的车实在费劲，但他总算没发出什么声息就跃进了后厢。

路上巡逻的几个回头看了一眼，幸好许三多已经进入车厢，于是大家平安无事，分别向两边走开。

港口泊位里，林立的船舷和龙骨间波光微动，以袁朗为首的三人从水下浮出，他们四周全是钢铁的龙骨，一片静寂，几个人也轻轻往肺里吸进缺失的空气，唯恐打破这种寂静。

直接攀上高昂的钢铁船舷是不可能的，他们登上一艘目测找好的小舰，并且发现用来隐藏自己身形的是一具小型的深潜器。

吴哲一刻也不耽误，在那两人还在警戒四周时已经开始操纵仪器。探照灯的光束从水面扫过，无疑中间还伴着种种复杂的侦测手段。吴哲几个把自己隐藏在红外护罩下，从那一丝缝隙中扫描着泊位深处的几艘大舰。

舰船的剖面结构图在手臂电脑的屏幕上翻转倾斜，凭借着现代技术和自己的记忆，吴哲已经迅速把目标的结构了解了个八九不离十："目标确认。为03型伪装通讯船，民用外观，军用舰体，我们只能打击三层干舱以下的电机房，表面摧毁肯定无效……呼叫空中打击？"

袁朗："如果我们要贴上鼻子来确认，机器脑袋怎么寻找目标？"

吴哲毫不犹豫地道："手动引导。"说到这里，他恨得想抽自己，"可指示器扔在第一阵地了。"

袁朗不以为意："拖着那东西早已全军尽没了。"

一艘装备着机枪的游弋快艇从旁边驶过，三个人在甲板上平躺了隐蔽，都不说话，对一个仅三人的小队来说，办法是大家想的。快艇荡起的波浪摇晃着他们所在的小船，远去。

袁朗："成才检查爆破装置。"

成才："下水前核查，可以使用。"他看了袁朗一眼，"我自作主张了。"

袁朗："你像个指战员一样思考了。"从字面上听不出他的意思好坏，但语气之尖刻连吴哲都觉得有点吹毛求疵,吴哲只是看他一眼,眼下绝非争辩的时候。

袁朗:"你们俩潜入,手动引爆。"他观望着那艘游弋快艇驶走的方向,"我去把那玩意儿弄来,撤离用得上。"

于是就分头行事,当中校袁朗不在时,少校吴哲是理所当然的指挥者,他冲着成才微一领首示意跟上,但成才一把将他拖回来并且摁低了。高高在上的邻船干舷,一个暗哨从暗处出来,用夜视仪仔细地搜索了每一寸水面,所幸他没有搜索眼皮底下。那名暗哨终于又回到他的潜伏地,行动几乎像这三人一样隐秘。

吴哲无声地嘘了口气,全部的努力几乎在刚才毁于一旦。袁朗从潜伏处微微抬起了身子,他刚才一直在监视那艘快艇的动向,根本没看这边,但他又把背后发生的一切了如指掌。

袁朗:"吴哲领路,但是我不在时成才接替领队。"

这种排布方式古怪到自相矛盾,领队和领路向来是同一人的职责,吴哲惊讶地眯了眯眼睛,但袁朗已经顾自照港岸的方向去了。

吴哲看着成才苦笑:"你听见他说的了。"

成才基本没什么情绪变动:"方向?"

方向由吴哲的探测器决定,吴哲指了个方向,成才无声地滑进水里,并转身帮助他的队友。

军港大门外,那辆被守军发现的遗弃车辆驶入大门,在转弯减速时,一个人影轻轻从车后厢滑落,然后滚入路边的隐蔽物后。这里的防卫不可谓不严,尽管驾车的是自己人,几个岗哨又拿着仪器过来将车复查了一遍——但这种严格对许三多来说亦成了可乘之机,来路不明的车正好吸引了守卫们大部分的注意力,许三多趁机潜入基地。他自隐蔽处观望着这最后的目标点,停泊的众多船只让人的目光一时尽失焦点,探照灯不懈地在搜索,但那与其说是警戒不如说是转移注意力,对一个有经验的士兵来说,更危险的是那些在暗处使用着夜视器材的潜伏哨。

许三多从一组这样的潜伏哨身后蹑行而过。

港口泊位里,吴哲和成才自水中探索,目标舰高大的龙骨触手可及。

自无从着力的水中攀上滑不溜秋的船舷不是易事,但成才终于用纤长的枪体搭上一截悬垂的锚索,他把自己拉了上去,然后悬垂了身体作为吴哲上行的攀缘物,因为后者的负载远大于他。吴哲轻轻拍了拍成才,表示了一下谢意才开始攀缘,最后一下他是踩着成才的脑袋才上去的。

吴哲轻轻落在尾甲板上,成才紧随其后,两人除去枪口上的防水物。舰顶的探照灯光束照射着水面,甲板上却空无一人,通往船体内部的狭窄甬道黑得能把人吞噬。两人不约而同看了眼袁朗所去的方向,袁朗的身影在层叠的舰船干舷间一闪而没了,他的目标是刚在泊位停稳的游弋艇,于是把压力完全扔给了已经身入重地的两个人。

成才:"怎么走？"

吴哲:"从底舱绕。这艘舰有条竖道直通轮机舱。"

他在甲板上摸索了一会儿，打开一个很难被注意到的舱盖，一条竖道直通下方。

军港外，许三多试图通过附属建筑区前往泊位，芒刺在背一样的直觉让他闪回了原地，一道设得几近恶毒的暗哨——两个哨兵居然藏在集装箱里监视着前往泊位的必由之路。几个明哨从路上过来，许三多进退两难，连滚带爬中军仪尽失，他被迫避往一片堆放货物的开阔地，哪怕换作一秒钟之前，他也不会去那种容易暴露的地方。

开阔地上也传来人声，许三多一头扎进一个空汽油桶，他调整头盔上的摄像头，所看到的让他惊呆。

一具小型的阵地步兵雷达停放在空地上，其形很像一具精致的卫星天线，那东西主司的是侦测生物信号，守候着这个昂贵玩具的是几个技术兵，他们正用无线通信把侦测到的情况通报给他们的指挥方。

雷达兵:"再次核实，三号目标前往第七泊位，第一二目标已抵达底舱 N 段，建议封锁 N3 和 G2 舱门。"他放下通讯器向自己的同僚笑笑，"有点胜之不武。"

雷达兵:"没辙，我们也得干活。"

许三多蜷缩在油桶里，他用尽可能轻的声音操作通话器。

"S3 请求通话，发现阵地雷达。"

没有回应，在这么个侦测仪器论吨装的地方，他的队友们自然是保持了绝对静默。许三多茫然看着油桶之上的圆形夜空。

港口泊位里，袁朗已经接近那艘在七号泊位停靠的游弋快艇，一队之长绝非白盖，他贴近目标时如夜风般流畅和安静，面对他的艇员被他一枪撂倒，然后他毫无拖泥带水地干掉了背对他的驾驶员。

他跃上驾驶位置试图操艇，艇是被锁死的，袁朗看一眼驾驶员的得意表情，第一反应就是起身跳水。

几近一个班的潜伏者已经从各个位置上瞄准了他，另一艘艇驶来封住了泊位，断绝了他从水下逃走的可能。

于是什么反抗也没有，袁朗坐下，并且打算翻出身上的白牌。

潜伏者中的一人过来，军官高城，但除了肩章外武装程度和一线兵没有区别:"还是老规矩。你没阵亡，只是被俘。"

袁朗看了他一眼:"也真够邪的。被人生擒两次，全落到你阁下手上了。"

高城:"那次逮你的是许三多。你没把他带来吧？"

袁朗笑了笑:"你很想看到他吗？"

高城:"我很快就能看到他了。"他拿起通话器，"关闭 N3、G2 舱门，雷达集中监视第二扇面，三号已解决。"拿下了老对手，即使已经沉稳的高城也有点不成熟了,"用了步兵雷达,不公平,不过这次技术上我方占优。"

袁朗:"你那脸怎么回事?电话里怎么没说?"他提起的是高城最不愿意被人提的事情,高城转过身来下意识摸着脸上的痕。

高城:"咱们交情还没到要说这事。你那电话也没说清楚,咱们兴许会碰上,这我明白,已经碰上了。帮你个小忙?怎么帮?"

袁朗笑了:"你做你分内的,也就是帮我了。"

高城拿起通话器:"第一至第四小组合围一二号目标,我即率五至八组前往增援。"他看一眼袁朗,"这就是我分内的。"

袁朗:"做得好。"虽然是笑,但是他那笑容实在让高城不爽,形同摸着高城的头说好孩子一般,并且让高城生出了某种疑虑。

高城:"你……"看看他的兵,他尽可能压低了声音,"……的被俘是不是早有预谋的?"

袁朗:"不是。你带兵跟以前不一样,阴损许多,而且步兵雷达。"他苦笑,"真以为我能捅破天吗?"

"真的?假的?"

"副营长,人最难搞懂的就是真假。"

"可不,所以我根本无意搞懂你的真假,谁知是不是又在拖延。"他向他的战斗组挥了挥手,"跟我来。"

袁朗轻轻嘘了口气跟在后边,是的,不管说的什么内容,他是在有意拖延。

在步兵雷达的小型显示屏上,两个红点正被众多的绿点悄无声息地包围,更多的绿点在向那一片绿点增援。夜视镜里的绿色视野在静寂的底舱里晃动,画外隐隐传来轮机舱的震动,成才和吴哲正在这里推进,他们就是雷达屏上的那两个红点。

这里的隔绝和寂静让吴哲觉得久已未有的安全感,他终于可以心无旁骛捣鼓他最爱的仪器,在上边检索出这艘舰细到通风口的每一条通道。

吴哲:"我们正在全舰最安全的角落。这舱段的唯一用途就是在舰体破损时封闭进水,从这绕过警戒直抵电机中枢……"

成才:"别说话。"

吴哲静下来时便听到电机械装置轻轻的一响,在这片寂静中格外明显,两人还在寻找声音的来源,前方的舱门已经开始滑动。

成才扑上,试图用枪卡住舱门,他晚了一步,门撞上后咔嗒一响,自动锁完全咬合了。成才徒劳地摇撼了一下,那能水泄不进的合金门自然不是他能撼得开的。

成才:"能打开吗?"

吴哲:"电子锁就可以试试。"

成才:"打开!"

吴哲还想说什么,成才已经如临大敌地伏在地上,将耳朵贴上了舱底。纷沓的脚步声在接近,很多,虽然竭力地放轻了,成才仍从船体的杂音中把它们分辨了出来。

成才起身,摘下了背包,那是一副准备搏命的架势。吴哲正试图撬开电子锁让它短路。

成才:"我能挡多久挡多久!你别放弃!"

吴哲愣了一下:"成才?"

成才笑了笑,在接连数天的演习中恐怕他是第一次笑:"我是临时凑合的领队,可是我不敢凑合。"

吴哲看着成才跑向甬道那端,他开始专心与那把锁搏斗。

成才在甬道里找好了隐蔽位置,脚步声越来越近了,但忽然戛然而止,那只是对手因为靠近目标而完全改成了蹑行。

成才等待,并且将头盔上的摄像头扳向了监视的方向,终于,一个、两个、三个蹑行的人影在他的显示屏上现身。

成才探身,开枪,几无间断的三枪,三个人影倒下,而连眨眼的工夫都没有,一个弹体从甬道那头飞掷过来。成才飞速地掩住了口鼻,催泪弹已经就在脚下冒烟,当这段甬道被烟雾淹没时,他已经套上了防护面具,然后在一个很近的距离上用手枪对趁隙冲来的对手开了一枪。

安静下来。对手和他一样老到,双方都在等待对方失误的时机。

更多的增援来到了舰上,许三多混迹其中,他已经除去了所有那些和守军迥异的装备,剩下的部分在夜色下已经难以辨认,即使如此许三多还是从登船伊始便离开了人群遁藏。车在泊岸上停下,高城和袁朗下车,高城匆匆地跨过跳板,高城:"清船!所有人离舰!只保留一至八号战斗小组!"

甘小宁:"报告,刚照面第四小组就全报销了。"能让高城惊讶,但不足影响他的决定:"好极了,以后你们就明白什么叫战场意识。"他看袁朗,"报销我全组的家伙是谁?"

袁朗:"你猜。"

高城:"不用猜了,上月还哭哭啼啼,直起腰就来收拾我的人。"他有点好气又好笑,"小宁不会手软吧?"

身为一组领队的甘小宁跃跃欲试,不可否认,那夹杂着重逢的喜悦。

高城:"一二三五组跟我正面,其他组防御原定节点。跟我来。"

尉官从通话器里听着什么:"报告,二组又报销了两个。"

高城:"许三多到您那块还真是大有作为。"

袁朗忽然叹了口气:"许三多受伤了,现在在医院。"

高城:"那是谁?"

甘小宁:"下边刚说,是个准得要命的狙击手。"

高城讶然地看着袁朗,并且终于从袁朗的神情里看出什么。

高城:"成才也是我推荐过去的!"

袁朗:"谢谢。演习完了我请您,一定是大餐。"

高城:"不用。半小时后我请你们夜宵,就我这食堂,我和俘虏兵会餐!"他做了个请的手势,带着增援组钻进内舱,袁朗犹豫一下跟进。

通信船舱室里,吴哲惶急地看一眼甬道那头已经渐渐逼近的烟雾,他已经打开电子锁的密封盒,但要让那东西起反应并非那么容易的事。

一个戴着防毒面具的家伙从烟雾里冲了出来,吴哲抬枪欲射,然后发现那是成才。

成才:"怎么样?"

吴哲转回头,一言不发地继续着他的微操,成才也无话,转身为他的队友警戒。门的另一边,马小帅带着的一组人早已在这边埋伏,四支枪口瞄准着一扇随时将开启的门。

通信船舱室内,许三多低着头快步走过甬道,高城的驱逐令已经生效,船上几乎再无闲杂人等,只甬道尽头一个士兵正在关闭舱门。这时候的许三多自然显得醒目。

士兵:"你哪组?……等等……"

许三多不会等,消音手枪响了一下,他跃过那具躯体冲进没能成功关闭的舱门,既然已经开始就不再温暾,许三多觉得瘸拐着太费时间,顺着梯上的扶手一滑到底,落地时成了直接摔倒,这个拖着一条腿转战半个战场的家伙钻进了底舱的甬道,并且看见马小帅所率的那组人。而他是出现在他们背后。

许三多用他的步枪点射,四个着弹的人身上冒出的烟雾将一条甬道淹没。许三多去开启那道舱门,门自己开了,他面对的是被成才推到一边的吴哲和成才的枪口。

讶异之极,那是成才的反应,从他的角度看许三多端枪对他就射,那打的是成才的身后,高城带领的增援组已经在烟雾中出现。

许三多:"走啊!"

成才和吴哲冲进了舱门,许三多仍在死心眼子地帮他的战友们阻击,直到吴哲关上舱门并把锁拧死。吴哲:"三儿,这时可以不那么玩命的。"他笑了笑,并且在看着眼前这个伤痕累累筋疲力尽的队友时尽可能不流露感情。

成才搀起了许三多:"电机房的通道肯定锁死了。"

"没有。"许三多实在没有力气说更多了。

吴哲在惊喜之余也知道这该归功于谁,他轻拍了一下许三多就冲在头里,成才搀着许三多随在其后。

"班长,你不理我呀?"马小帅躺在呛人的烟雾中,一脸怠懒的笑意,那实在让许三多惊讶,可他没时间也没力气惊讶。

许三多:"你……"

成才:"你闭嘴!"也不知道他在喝许三多还是喝马小帅,也许是因为看到朋友负伤的愤慨与痛惜,总之一声喝得双方哑然,成才搀着许三多追上吴哲。

现在轮到高城他们对着那扇锁死的门一筹莫展,甘小宁正试图做吴哲先前所做的事——让电子锁短路。

袁朗看着,从他的处境也只能看着,他也不知道往下要做何发展。

通信船舱室内,吴哲将通往甲板的舱门锁死,外边传来枪托的捶打声,但那已经只能是泄愤了。他看向正搀着许三多前来的成才,甚至有点笑吟吟的得意之色。

吴哲:"现在,咱们几只瓮中之鳖,只要把引爆装置装进电机房,等它发送信号就会被判定胜利……"他忽然猛拍了一下自己的头颅,其表情可以用痛不欲生形容:"炸药在背包里,背包在门那边……"成才愣了一下,放开了许三多,但瘸着腿的许三多还抢在他之前。

成才:"我去!不能连续让你做两次这样的事!许三多!"

许三多:"演习还没完,才第一阶段。你还有得忙,成才,好好表现。"

成才:"我表现你的头!"

许三多:"你努力,再努力一下我们兴许就在一起了。好吗,成才?我们做梦都是一起做的……从老家开始,都一样的梦。"

成才愣了一下,放开,然后看着许三多瘸着走向甬道,成才茫然地看吴哲,后者吐了口气坐在阶梯上:"我羡慕你们的梦境。"

甘小宁和几个兵已经借助复杂的工具在对付那尊锁,无奈吴哲锁门时用的是手动,比电子锁要牢靠得多。高城叹口气,立刻警惕地看向袁朗,袁朗强压住忍俊不禁,也叹了口气。

高城:"炸开。"

甘小宁吓了一跳,小声地:"副营长,这怎说也是演习。"

高城:"不是演习。战损率是个模拟数字,可这帮人……我是说这里所有人的心血不是演习,岁月不是演习,我的战友来了,我的战友走了不是演习……您说呢中校?公平点。"

袁朗叹了口气:"我也会……炸开。然后背上这辈子最值得背的一个处分。"

甘小宁仍在犹豫,而门忽然开启,一个人影从里边冲出,抓起门边被人忽视的背包扔进了门里,高城是第一个反应过来的人,他开枪,同时几支枪发射的模拟弹射在那个人身上,恐怕引发了目标身上所有的传感器。

但是门已经关上。

许三多倚在关闭的门上,疲倦地对高城笑了笑,没那些子弹他也站不住了:"连长。"

407

高城:"许三多?"他瞧了袁朗一眼,那是一种被欺骗的眼神,而且夹杂着愤怒。

袁朗苦笑:"别看我。他真的该在医院……按道理。"

许三多:"队长,许三多归队。"

袁朗:"我听到了。"

高城:"他是俘虏,你是烈士,不过,嗯……你归队了。"许三多在听着高城说话时就已经眼皮打架,然后带着一个笑容闭上了眼睛,那个笑容可以让任何活得不满意的人为之羡慕。

高城抢过去,但袁朗抢在他之前,老上级高城停住了步子,并有些悻悻:"晕迷了?"

袁朗:"睡着了——"他看着那张年轻的脸微笑,"太累了。也好,累到忘了痛。"

一名尉官匆匆过来,他的脸色很不好看:"报告,总指急电,接收到爆破信号,我营防御的指挥中枢已被摧毁。"

高城:"你们谁把这位烈士背起来?我营往下要准备在不利情况下作战了。"袁朗背起了许三多,甘小宁小心翼翼地托着他的伤腿,这一切都没能惊醒许三多的酣睡。

通信船上,败兵高城和战俘袁朗从内舱里出来,看看已晨光初现的远处。从另一处舱门里,吴哲和成才出来,现在任务已经完成,他们自觉地打开了舱门,吴哲还好,成才对着高城则有些悻然。

高城像没看见他。

成才:"连长。"

高城:"嗯,也有你。你们两个。"

成才:"是我们四个。"

于是高城看看这四个,看的眼神像要把这四个挨个揍一遍,然后噓了口气:"拜你们所赐,我营将会撤离这处失去价值的阵地。那位怎么办?我先说一句,师部的野战医院条件不错。"

成才:"我想……他醒来时会比较希望和我们在一起。"

高城看袁朗。

袁朗:"他们是比较适合在一起。"

高城:"好吧,还给你们,但他不能再参与往下的演习……他叹口气……反正真打仗的话你们一定会抢回这具遗体。"

吴哲:"是的。"

成才:"谢谢连长。"

高城:"再白饶一个,这个俘虏,这个中校,带走。反正……真打仗的话你们一定会把他从战俘营抢回来……他看看袁朗……我帮到你了吗?"

袁朗:"是的。计划之外,但是……谢谢。"

高城:"谢谢就不用,但是……对他们好一点。"

"我会尽力。"袁朗看了看他的那几个兵,即使最完整的吴哲也让他惨不忍睹,这让他内疚得拍了拍高城的肩,"可不是为了让你满意。"

高城也看看那几个,沉睡的许三多和快倒掉的成才让他恨得咬牙:"你也不可能让我满意。"

袁朗:"路还有多远,他们就有多漫长。再见。"

高城:"再见。"

他们也就不废话了,成才接手了仍在沉睡的许三多,和他的队长、队友们上艇,他细心地让许三多平躺了。

高城:"成才?!"

成才颇为有愧地抬头:"啊,连长?"

高城:"实话告诉你,老子很生气。"他就手把什么东西砸了过来,成才连躲的心都没有,那东西砸他钢盔上又滚在艇舱里。

袁朗微笑着发动了快艇。

高城有所思地看着那条快艇在水面上划出的水浪。

远去。

成才让许三多枕在自己膝上,他仍在郁郁。

吴哲忽然轻笑:"你看你连长拿什么砸你。"

成才看着吴哲手上拿着那个高城用来砸他的东西——一个急救包。吴哲看着伤痕累累的许三多:"我想你们连长大人砸的是许三多吧。"

袁朗加速,让艇驶向己方阵地的方向,在水面上划出一道优美的弧线。

许三多睁开眼时已经晨光耀眼,这艘快艇已经熄火,在水面漂泊。许三多看着正在引擎边忙活的成才,后者一脸抱怨。

成才:"连长给了船又不给足油,这回可好,成漂流族了。"

袁朗:"怎么说这几天他还是敌人,所以对我们——"他笑笑"——也算战术阻滞吧。"他看见许三多,"三多醒啦?"

许三多:"嗯。"他茫然地想着为什么自己会在这里。

袁朗:"一直想给你矫正,你那脱臼的脚接得不对,又怕给你痛醒。"

许三多:"嗯,我又错了。"

袁朗笑:"你为什么这么勇于认错,或者说急于认错?"

许三多:"我就叫我又犯错了。"他也在微笑,因为这是他和袁朗初识时的对话,在一辆步战车里,那时的车里还坐着史今,坐着伍六一。

袁朗开始轻轻地搬动许三多的腿,成才将自己做了许三多的枕,吴哲在旁边照应,四个人为一个人将临的痛苦做准备。

袁朗开始说一件许三多最关注的事,他选择在这时候说这件事其实也是为了减轻许三多的痛苦。

袁朗:"成才,演习完了你就要回你的老部队。"

成才多少有些黯然:"我知道。"

袁朗:"但是我希望你有心理准备回来,是的,回来和你的朋友一起,可不是为了这个。你合适走的是比他要长得多的路,可能还是你不喜欢的路……"他这边说话,那边手上可没忘了使劲,"许三多是一个兵,优秀的兵,有他这样的兵我觉得幸运。吴哲呢,虽然他的优点和缺点一样多,可老 A 最看重他的还是一点……"

吴哲:"你不要说啦,长腿的电脑,活动雷达,这次演习我就看出来了。"

许三多听着来自头顶之上的喧哗,在剧痛中喜悦,在剧痛中迷惑。

袁朗对吴哲的说法不置可否:"你喜欢的是别的,可在不喜欢的事上你最能派用场。成才,你也一样。你知道我年轻时最像你们三个中的谁吗?像你,别惊讶。比吴哲更专心,比许三多更知道自己要什么,比他们都要理智,当有一天能看破自己狭隘的天地时,他就是一个可能的管理者。是的,管理者,不讨人喜欢,可一个合格的管理者放在第一位的绝不是讨人喜欢——就像我有时候很讨人厌一样。你要选择做一个有用的人,而不是可爱的人。"

成才在发愣,而袁朗在一声让人牙酸的骨骼轻响中终于完成了他的工作,许三多痛得战栗,成才将他抱紧。

袁朗:"是啊,路很长,比许三多还要长,你会比许三多更多迷茫,所以……"他轻轻拍打着许三多,并期望这样能减轻他的痛苦,"我必须先问你一句,如果这是你的路,你愿意来我们老 A 吗?"

许三多在痛苦中战栗,而成才搂紧了战栗的朋友,因为这一句过于漫长却绝非答案的话哭泣。